CRISE

OBRAS DO AUTOR PUBLICADAS PELA EDITORA RECORD

Cérebro

Coma

Corpo estranho

Crise

Cura fatal

Degeneração

Erro médico

Estado crítico

Intervenção

Marcador

Mutação

Terminal

Toxina

Vírus

ROBIN COOK
CRISE

Tradução de
Marcio de Paula S. Hack

EDITORA RECORD
RIO DE JANEIRO • SÃO PAULO
2014

CIP-BRASIL. CATALOGAÇÃO NA FONTE
SINDICATO NACIONAL DOS EDITORES DE LIVROS, RJ

C787c   Cook, Robin, 1940-1995
         Crise / Robin Cook; tradução de Marcio de Paula S. Hack. – 1. ed.
         – Rio de Janeiro: Record, 2014.

         Tradução de: Crisis
         ISBN 978-85-01-09036-2

         1. Ficção americana. I. Hack, Marcio de Paula S. II. Título.

13-00942   CDD: 813
                                                  CDU: 821.111(73)-3

Título original em inglês:
Crisis

Copyright © 2006 by Robin Cook

Texto revisado segundo o novo Acordo Ortográfico da Língua Portuguesa.

Todos os direitos reservados. Proibida a reprodução, no todo ou em parte, através de quaisquer meios. Os direitos morais do autor foram assegurados.

Editoração eletrônica: Abreu's System

Direitos exclusivos de publicação em língua portuguesa somente para o Brasil
adquiridos pela
EDITORA RECORD LTDA.
Rua Argentina, 171 – Rio de Janeiro, RJ – 20921-380 – Tel.: 2585-2000,
que se reserva a propriedade literária desta tradução.

Impresso no Brasil

ISBN 978-85-01-09036-2

Seja um leitor preferencial Record.
Cadastre-se e receba informações sobre nossos lançamentos e nossas promoções.

Atendimento e venda direta ao leitor:
mdireto@record.com.br ou (21) 2585-2002.

AGRADECIMENTOS

Como sempre, ao escrever meus romances baseados em histórias reais, tive de contar com amigos e conhecidos para responder às minhas inúmeras e irritantes perguntas. Isso foi especialmente importante para *Crise*, uma vez que o enredo abarca os campos da medicina e do direito. Embora eu agradeça a todos que tiveram a gentileza de me ajudar, aqueles que eu gostaria de citar em especial são (em ordem alfabética):

John W. Bresnahan, investigador, Division of Professional Licensure, estado de Massachusetts

Jean R. Cook, psicóloga

Joe Cox, J. D., LL. M., advogado especializado em direito fiscal e patrimonial

Rose Doherty, acadêmica

Mark Flomenbaum, M.D., Ph.D., legista-chefe, estado de Massachusetts

Peter C. Knight, J. D., advogado especializado em imperícia

Angelo MacDonald, J. D., advogado especializado em direito penal, ex-promotor

Gerald D. McLellan, J. D., advogado especializado em direito da família, ex-juiz

Charles Wetli, M.D., legista-chefe, condado de Suffolk, Nova York

Este livro é dedicado ao profissionalismo médico contemporâneo, como promulgado pelo Physician Charter, na esperança de que ele crie raízes e dê frutos... Abra caminho, Hipócrates!

As leis da consciência, que dizemos ser nascidas da natureza,
são filhas dos costumes.

— MONTAIGNE

PRÓLOGO

8 DE SETEMBRO DE 2005

O outono é uma estação magnífica, apesar de frequentemente usada como metáfora para a proximidade da morte e para o ato de morrer. Em nenhum outro lugar sua atmosfera revigorante e suas cores luxuriantes ficam tão evidentes quanto na região nordeste dos Estados Unidos. Mesmo no início de setembro, os dias quentes, enevoados e úmidos do verão da Nova Inglaterra são gradualmente substituídos por dias límpidos, de ar fresco, agradável e seco, e céu azul. O dia 8 de setembro de 2005 era um exemplo perfeito disso. Nenhuma nuvem desfigurava o céu translúcido, do Maine até Nova Jersey, e, no labirinto de ruas de macadame do centro de Boston e na malha de concreto de Nova York, a temperatura era de confortáveis 25ºC.

Quando o dia chegava perto do fim, dois médicos, simultaneamente e por coincidência, tateavam para tirar seus celulares que tocavam nos compartimentos de seus cintos, em suas respectivas cidades. Nenhum deles ficou feliz com a intromissão. Ambos temiam que o toque fosse prenúncio de uma crise que exigiria sua presença e atenção profissional. Uma interrupção inoportuna, uma vez que esperavam ansiosos pelos programas divertidos que tinham planejado para a noite.

Infelizmente, suas suspeitas se confirmaram, visto que os telefonemas vieram para confirmar a reputação metafórica do outono. A chamada de Boston dizia respeito a alguém à beira da morte, com um princípio de dor aguda no peito, fraqueza intensa e dificuldade para respirar, enquanto a de Nova York era sobre alguém recém e indubitavelmente morto. Ambas as situações eram emergências para os respectivos médicos, exigindo que colocassem em suspenso seus planos pessoais. O que não sabiam era que uma das ligações recebidas daria início a uma sequência de eventos que teria grande impacto para os dois, colocaria ambos em risco e os transformaria em inimigos ferozes; e que o outro telefonema ia, no fim das contas, dar ao primeiro uma perspectiva diferente!

BOSTON, MASSACHUSETTS
19h10

O Dr. Craig Bowman deixou que seus braços pendessem por alguns instantes, para aliviar a dor muscular nos antebraços. Ele estava de pé na frente do espelho atrás da porta do closet, se esforçando para dar o nó na gravata-borboleta preta. Não vestira um smoking mais do que meia dúzia de vezes em sua vida, a primeira na festa de formatura do ensino médio e a última quando se casou, e em todas essas ocasiões, se contentara em usar um modelo com nó pronto que acompanhava os trajes alugados. Mas agora, em sua reencarnação de si mesmo, ele queria o artigo genuíno. Havia comprado um smoking novo em folha, e não ia se contentar com uma gravata falsa. O problema é que ele realmente não sabia dar o nó, e tinha vergonha de pedir ajuda ao vendedor. Na hora, não se preocupou, pois imaginou que seria mais ou menos como amarrar os sapatos.

Infelizmente, não era nada disso. Havia uns bons dez minutos que ele tentava dar o nó naquela porcaria. Por sorte, Leona, sua recém-contratada e estonteante secretária e arquivista, além de nova companheira, ocupava-se com a própria maquiagem no banheiro. Na pior das hipóteses, ele teria de pedir a ajuda dela, mas isso era algo que realmente não queria fazer. Os dois andavam se encontrando socialmente havia pouco tempo, e Craig preferia manter sua imagem de sofisticação, na qual ela aparentemente acreditava, temendo que, se a perdesse, o falatório não teria fim. Leona era o que a matronal recepcionista-secretária de Craig e também sua enfermeira chamava de "linguaruda". O tato não era seu forte.

Craig lançou um rápido olhar na direção de Leona. A porta do banheiro estava entreaberta e ela pintava os olhos, mas Craig não via nada além de seu curvilíneo traseiro de 23 anos, coberto por um lustroso crepe de seda cor-de-rosa. Ela estava na ponta dos pés, inclinando-se sobre a pia, para ficar mais perto do espelho. Um sorriso breve e vaidoso passou pelo rosto dele, quando se imaginou caminhando ao lado da jovem pelos corredores do Symphony Hall naquela noite. Não era por outra coisa que haviam se enfeitado com suas melhores roupas. Leona era "linguaruda", mas, em compensação, era também uma gata, especialmente no vestido decotado que eles haviam comprado recentemente na Neiman Marcus. Craig tinha certeza de que ela faria cabeças se virarem, e que ele, com 45 anos, se esquivaria de alguns olhares invejosos de homens da sua idade. Craig se deu conta de que essas emoções eram bastante imaturas, para dizer o mínimo, mas não as sentia desde aquela primeira vez que usara um smoking, e estava decidido a aproveitar a situação.

O sorriso de Craig vacilou quando pensou se algum amigo, seu ou de sua mulher, estaria na plateia. Certamente não tinha o objetivo de humilhar ou ferir os sentimentos de ninguém. Mas ele duvidava que encontrassem qualquer conhecido, porque ele e sua esposa nunca foram a concertos, e menos ainda seus poucos amigos, que eram em sua maioria médicos estressados como ele. Curtir a vida cultural da cidade não fazia parte do estilo de vida suburbano deles, graças às horas de trabalho que um consultório exigia.

Craig estava separado de Alexis havia seis meses, então não era absurdo que tivesse uma companheira. Ele achava que a idade não era problema. Contanto que estivesse com uma mulher adulta, de uma idade razoável, aquilo não teria importância. Afinal, ser visto andando por aí com uma namorada aconteceria mais cedo ou mais tarde, considerando o quão ativo ele se tornara. Além de comparecer regularmente a concertos, passou a frequentar uma nova academia de ginástica, assim como o teatro, o balé, e uma série de outras atividades e reuniões sociais das quais as pessoas instruídas normais participavam em uma cidade de nível internacional. Como Alexis havia, desde o início, sistematicamente se recusado a aceitar sua nova identidade, ele agora se sentia no direito de sair com quem quisesse. Não o impediriam de se tornar a pessoa que aspirava a ser. Inclusive tornara-se membro do Museum of Fine Arts, e ansiava pelos vernissages, mesmo nunca tendo ido a nenhum. Ele tivera de sacrificar o desfrute dessas atividades culturais durante os árduos e solitários esforços para tornar-se médico — especificamente, para tornar-se o melhor médico que podia ser —, o que significa que por dez anos de sua vida adulta ele só se ausentara do hospital para dormir. E então, quando terminou a especialização em clínica médica e pendurou a sua proverbial tabuleta, teve ainda menos tempo para atividades pessoais de qualquer tipo, inclusive, infelizmente, grande parte de sua vida familiar. Tornara-se o workaholic arquetípico, intelectualmente um provinciano, sem tempo para ninguém, exceto seus pacientes. Mas tudo isso estava mudando, e a culpa e os arrependimentos, especialmente os relativos às questões de família, precisavam ser postos de lado. O novo Dr. Craig Bowman abandonara a vida medíocre, inflexível, apressada e inculta, que não lhe trazia realização alguma. Ele sabia que algumas pessoas talvez chamassem sua situação de crise da meia-idade, mas ele tinha outro nome. Para ele tratava-se de renascimento ou, mais precisamente, de despertar.

No ano anterior, Craig empenhara-se — chegando mesmo a ponto da obsessão — em se transformar em uma pessoa mais interessante, feliz, completa, aperfeiçoada, e, consequentemente, um médico melhor. Sobre a mesa de seu apartamento no centro da cidade estava uma pilha de catálogos de várias universidades locais, incluindo Harvard. Ele pretendia assistir a aulas de humanidades: talvez uma ou duas matérias por semestre, para compensar o tempo perdido. E o melhor de tudo: graças à sua repaginada, ele conseguira voltar às suas amadas pesquisas, que ficaram totalmente negligenciadas ao se dedicar à carreira. O que começara, durante a faculdade, como um emprego remunerado cuidando de tarefas de rotina para um professor que estudava canais de sódio em células neuromusculares, havia se transformado em paixão, quando foi promovido a pesquisador assistente. Craig fora até coautor de vários artigos científicos bastante aclamados, ainda estudante de medicina e depois como residente. Agora, estava de volta à bancada, podendo passar duas tardes por semana no laboratório, e amava fazer isso. Leona o chamava de homem do Renascimento, e embora ele soubesse que a descrição era prematura, pensava que com alguns anos de esforço ele poderia chegar perto de merecê-la.

A origem da metamorfose de Craig fora bastante súbita, e o pegara completamente desprevenido. Há pouco mais de um ano, e por puro e feliz acaso, sua vida profissional e seu consultório mudaram muito, com o benefício duplo de aumentar tanto sua renda quanto sua satisfação com o trabalho. De repente, se tornara possível aplicar na prática o tipo de medicina que havia aprendido na faculdade, onde as necessidades dos pacientes eram mais importantes do que as regras obscuras dos planos de saúde. De repente, Craig podia passar uma hora com o paciente, caso lhe conviesse. Agora, como devia ser, a decisão cabia a ele. Em uma tacada só, se livrara do flagelo duplo dos reembolsos cada vez menores e dos custos crescentes, que o forçaram a espremer mais e mais pacientes em seu dia já cheio. Para ser pago, ele não tinha mais de lutar contra funcionários de planos de saúde, que muitas vezes nada sabiam de medicina. Craig começara a atender chamadas domiciliares quando era de interesse do paciente, algo impensável em seu antigo estilo de vida.

Aquela mudança fora a realização de um sonho. Quando a oferta viera, de forma inesperada, ele contara ao seu futuro benfeitor — e, agora, sócio — que teria de pensar no assunto. Como pôde ser tão estúpido a ponto de não concordar na hora? E se tivesse perdido aquela oportunidade de ouro? Tudo melhorara, exceto por seu problema familiar, mas a raiz daquela questão estava no quanto ele estivera absorto, desde o primeiro dia, em sua antiga situação profissional. Em última análise, a culpa era dele, algo que não hesitava em admitir. Havia permitido que as exigências da prática médica do mundo moderno ditassem e limitassem sua vida. Mas agora ele certamente não estava sufocado por aquilo tudo; então, talvez, os problemas com sua família pudessem ser resolvidos no futuro, dando tempo ao tempo. Talvez Alexis pudesse ser convencida do quanto suas vidas podiam melhorar. Por enquanto, ele decidira desfrutar de seu processo de autoaperfeiçoamento. Pela primeira vez na vida, Craig tinha tempo livre e dinheiro.

Com uma ponta da gravata em cada mão, Craig estava prestes a tentar o nó mais uma vez, quando o celular tocou. Sua cara caiu. Olhou o relógio. Eram sete e dez. O concerto começaria às oito e meia. Seus olhos passaram pelo identificador de chamadas. Era Stanhope.

— Droga! — exclamou Craig enfaticamente. Abriu o celular, e disse alô.

— Dr. Bowman! — disse uma voz refinada. — É sobre Patience. Ela piorou. Sinceramente, acho que desta vez ela está doente mesmo.

— O que está havendo, Jordan? — perguntou Craig, enquanto se virava para olhar de novo na direção do banheiro.

Leona ouvira o telefone e olhava para ele. Ele fez com os lábios o nome *Stanhope*, e Leona assentiu. Ela sabia o que aquilo queria dizer, e Craig percebia em seu rosto que ela temia a mesma coisa — ou seja, que a noite deles estivesse em risco. Se chegassem tarde demais para o concerto, teriam de esperar pelo intervalo para se sentar, o que significava desistir da diversão e da agitação da entrada, momento pelo qual ambos ansiavam.

— Eu não sei — disse Jordan. — Ela parece estranhamente fraca. Pelo visto, não consegue nem se sentar.

— Além de fraqueza, quais são os sintomas?

— Eu acho que devemos chamar uma ambulância e ir para o hospital. Ela está muito inquieta, e isso me preocupa.

— Jordan, se você está preocupado, então eu também estou — disse Craig, em um tom reconfortante. — Quais são os sintomas? Porque eu estive na casa dela hoje de manhã, lidando com suas queixas habituais. É alguma coisa diferente?

Patience Stanhope estava entre a meia dúzia de pacientes que Craig classificava como "pacientes-problema", mas ela era a pior. Todo médico tem os seus, em todo tipo de especialidade, e os acham um tédio na melhor das hipóteses e enlouquecedores, na pior. Eles persistiam todo santo dia com uma ladainha de queixas que eram, na maioria das vezes, completamente psicossomáticas ou totalmente inexistentes, e que raramente podiam ser remediadas por qualquer tipo de tratamento, mesmo medicina alternativa. Craig havia tentado de tudo com esses pacientes, sem sucesso. Eles eram em geral deprimidos, exigentes, frustrantes e consumiam muito tempo; e agora, com a internet, bastante criativos com seus pretensos sintomas. Queriam longas sessões de conversa e consolo. Em seu antigo consultório, depois de se certificar de que não havia dúvida razoável sobre sua hipocondria, Craig organizava-se para atendê-los o mínimo de vezes possível, basicamente enviando-os para um clínico geral, ou, raramente, para um especialista, se conseguisse convencê-los a ir, indicando em especial um psiquiatra. Mas no arranjo atual do consultório de Craig, ele tinha uma capacidade limitada de recorrer a tais artifícios, portanto os "pacientes-problema" formavam o único bicho-papão de sua nova atividade. Representando apenas três por cento de sua base de pacientes, como o informou seu contador, eles consumiam mais de quinze por cento de seu tempo. Patience era o exemplo perfeito. Ele a vinha atendendo pelo menos uma vez por semana ao longo dos últimos oito meses e, na maioria dos casos, ao anoitecer ou à noite. Como Craig muitas vezes gracejava com seus funcionários, ela estava abusando da "paciência" dele. O comentário sempre arrancava risadas.

— Isso é muito diferente — disse Jordan. — Não são as mesmas reclamações da noite passada e de hoje de manhã.

— Em que sentido? — indagou Craig. — Você pode me dar alguns detalhes?

Ele queria estar o mais certo possível sobre o que estava acontecendo com Patience, forçando-se a lembrar de que, de vez em quando, os hipocondríacos de fato adoecem. O problema de lidar com esses pacientes era que eles o tornavam mais cético. Era como a alegoria do menino pastor que gritava "lobo" apenas para se divertir até que, um dia, ele de fato aparece.

— A dor é em outro lugar.

— Certo, isso já é um começo — disse Craig. Ele deu de ombros para informar Leona de que ainda não sabia o que estava havendo e gesticulou para que ela se apressasse. Se fosse o que ele imaginava, levaria a jovem à consulta domiciliar.

— A dor é diferente como?

— A dor nessa manhã era no reto e no baixo-ventre.

— Eu lembro — concordou Craig. Como poderia esquecer? Sensação de inchaço abdominal, gases, e problemas na eliminação deles, descritos com detalhes de um preciosismo repugnante, eram suas queixas de praxe. — Onde é agora?

— Ela diz que é no peito. Ela nunca reclamou de dor no peito antes.

— Isso não é bem verdade, Jordan. No mês passado, houve vários episódios de dor no peito. Foi por isso que prescrevi um teste ergométrico.

— É verdade! Tinha me esquecido disso. Não consigo me lembrar de todos esses sintomas.

Nem eu, Craig quis dizer, mas se conteve.

— Eu acho que ela deve ser levada a um hospital — repetiu Jordan. — Acho que ela está tendo alguma dificuldade para respirar e até mesmo para falar. Mais cedo, ela conseguiu dizer que tinha dor de cabeça e enjoo.

— Náusea é outra de suas aflições rotineiras — interrompeu-o Craig. — Assim como a dor de cabeça.

— Mas dessa vez ela vomitou um pouco. Também disse que sentia como se estivesse flutuando no ar, sentindo certa dormência

— Esses são novos!

— Estou dizendo, dessa vez é completamente diferente.

— A dor é visceral e esmagadora, ou é aguda e espasmódica, tipo uma cãibra?

— Não sei dizer.

— Poderia perguntar a ela? Isso pode ser importante.

— Certo, aguarde na linha.

O médico pôde ouvir Jordan largando o telefone. Leona saiu do banheiro. Estava pronta. Para Craig, ela deveria estar em uma capa de revista. Ele deu sua opinião com um sinal de positivo com o polegar. Leona sorriu e fez com os lábios:

— O que está acontecendo?

Craig deu de ombros, mantendo o celular pressionado contra a orelha, mas afastando-o da boca.

— Parece que eu vou ter de ir à casa de uma paciente.

Leona concordou e disse:

— Está tendo problemas com a gravata?

Craig, relutantemente, fez que sim.

— Vamos ver o que eu posso fazer — sugeriu Leona.

Craig ergueu o queixo para dar mais espaço para a manobra, enquanto Jordan voltava ao telefone.

— Ela disse que a dor é horrível. Que é todas essas palavras que você usou.

— Certo — disse Craig. Parecia a Patience que ele bem conhecia. Dela, não viria ajuda alguma. — A dor se irradia para algum lugar, como para o braço, ou o pescoço, ou outro lugar?

— Ah, céus! Eu não sei. Devo perguntar?

— Por favor.

Depois de algumas hábeis manobras, Leona fez um laço nas extremidades da gravata-borboleta e apertou o nó. Depois de um pequeno ajuste, deu um passo para trás.

— Nada mau, mesmo que eu seja suspeita para falar — declarou.

Craig olhou-se no espelho e foi obrigado a concordar. Ela tinha feito aquilo parecer fácil. A voz de Jordan retornou ao telefone.

— Ela diz que é só no peito. Você acha que ela está tendo um ataque cardíaco, doutor?

— Isso tem de ser levado em consideração, Jordan — replicou Craig. — Lembre-se, eu disse que ela apresentou pequenas anomalias no teste ergométrico e foi por isso que recomendei uma investigação mais completa de seu estado cardíaco, mesmo que ela não quisesse.

— Eu lembro, agora que você mencionou. Mas seja qual for o problema atual, creio que esteja avançando. Acho até que ela está com uma aparência meio azul.

— Certo, Jordan, daqui a pouco chego aí. Uma última pergunta rápida: ela tomou algum daqueles antidepressivos que deixei aí de manhã?

— Isso é importante?

— Pode ser. Não parece um caso de reação adversa, mas temos de ter isso em mente. É um medicamento novo para ela. Foi por isso que eu a instruí que não começasse a tomá-los antes de hoje à noite, quando fosse dormir, pois podia sentir tontura ou coisa parecida.

— Eu não tenho ideia se ela tomou ou não. Ela tem muitos remédios que o Dr. Cohen receitou.

Craig fez que sim com a cabeça. Ele sabia muito bem que o armário de remédios de Patience parecia uma pequena farmácia. O Dr. Ethan Cohen receitava com muito mais liberalidade que Craig, e fora o médico anterior de Patience. Foi quem ofereceu a Craig a oportunidade de trabalhar em seu consultório, mas, atualmente, eles eram sócios mais na teoria do que na prática. O homem tinha seus próprios problemas de saúde e estava de licença prolongada, que podia acabar se tornando permanente. Craig herdara todo o rol de pacientes-problema do sócio ausente. Para a felicidade de Craig, nenhum dos pacientes-problema de seu antigo consultório havia decidido gastar o dinheiro necessário para ingressar no novo sistema.

— Ouça, Jordan — disse Craig. — Estou a caminho, mas faça um esforço para encontrar o pequeno frasco de comprimidos que dei a Patience nessa manhã, para contarmos quantos tem.

— Farei o melhor que puder.

Craig fechou o celular e olhou para Leona.

— Não tem outro jeito. Preciso fazer uma visita à casa da paciente. Você se importa de vir comigo? Se for alarme falso, podemos ir direto para o concerto, a tempo de fazer nossa entrada. A casa deles não é muito longe do Symphony Hall

— Sem problemas — disse Leona alegremente.

Enquanto vestia o paletó do smoking, Craig foi com rapidez até o closet da sala. Da prateleira de cima, tirou sua maleta preta e a abriu com um clique. Havia sido um presente de sua mãe, quando ele se formou em medicina. Aquilo significou muito para Craig, pois ele sabia por quanto tempo ela tivera de economizar, sem que o pai dele soubesse, para poder comprá-la. Era uma grande e antiquada maleta de médico feita de couro preto, com fecho de latão. Em seu antigo consultório, Craig nunca a utilizava, uma vez que não visitava pacientes. Mas, ao longo do último ano, ele usava-a bastante.

Craig jogou dentro dela um monte de apetrechos dos quais talvez precisasse, incluindo um kit de diagnóstico de infarto do miocárdio ou biomarcadores de ataque cardíaco. A ciência avançara desde sua época de residência. Naqueles tempos, os resultados de exames poderiam levar dias para ficarem prontos. Agora, ele podia fazer o teste ao lado da cama do paciente. O resultado não era quantitativo, mas isso não era o principal. O que importava era a prova do diagnóstico. Também da prateleira de cima tirou sua máquina portátil de ECG, a qual passou para Leona.

Quando Craig se separou formalmente de Alexis, ele encontrou um apartamento em Beacon Hill, no centro de Boston. Era um dúplex no quarto andar de um prédio sem elevador, na Revere Street, bem-iluminado, com um terraço e vista para Cambridge, do outro lado do rio Charles. Beacon Hill ficava num ponto central da cidade e atendia às necessidades de Craig maravilhosamente bem, ainda mais porque ele podia ir a pé a vários bons restaurantes e também a muitos teatros. A única e pequena inconveniência era com o estacionamento. Ele teve de alugar uma vaga na Charles Street, a cinco minutos a pé.

— Quais são as chances de conseguirmos sair de lá a tempo para o concerto? — perguntou Leona a caminho no novo Porsche de Craig, acelerando para o oeste na Storrow Drive.

Craig teve de falar num tom mais alto, para que pudesse ser ouvido em meio ao barulho do motor.

— Pelo visto, Jordan acha que dessa vez pode ser sério. Isso é o que me assusta. Ele vive com Patience, portanto a conhece melhor que ninguém.

— Como ele consegue viver com ela? Ela é um pé no saco, e ele parece um cavalheiro bastante sofisticado. — Leona havia observado os Stanhope no consultório em algumas ocasiões.

— Imagino que existam benefícios. Minha impressão é que ela é que tem o dinheiro, mas quem vai saber? As vidas privadas das pessoas nunca são o que parecem, incluindo a minha, até bem pouco tempo. — Ele apertou de leve a coxa de Leona.

— Eu não sei como você tem tanta paciência com essas pessoas — observou Leona com perplexidade. — Falo sério.

— Dá trabalho, e, cá entre nós, eu não as suporto. Por sorte, é uma minoria. Fui treinado para cuidar de doentes. Hipocondríacos para mim são o mesmo que golpistas. Se eu quisesse ser psiquiatra, teria estudado psiquiatria.

— Quando a gente chegar lá, devo esperar no carro?

— Você decide — disse Craig. — Não sei quanto tempo vou demorar. Às vezes, ela me prende por uma hora. Acho que você devia entrar; é tedioso ficar sentada no carro.

— Vai ser interessante ver como eles vivem.

— Eles passam longe de ser um casal normal.

Os Stanhope viviam em uma imensa casa de tijolos de três andares de estilo georgiano, num grande terreno arborizado próximo ao Chestnut Hill Country Club, numa região sofisticada de Brighton, Massachusetts. Craig entrou na estradinha circular e parou o carro na frente da construção. Ele conhecia o caminho bem até demais. Jordan abriu a porta enquanto Craig e Leona subiam os três degraus. Craig segurava a maleta preta; Leona, a máquina de ECG.

— Ela está lá em cima, no quarto — disse Jordan logo.

Ele era um homem alto e metódico. Vestia um paletó de smoking de veludo verde-escuro. Se ficou impressionado com os trajes formais de Craig e Leona, não deixou transparecer. Ele estendeu um pequeno frasco de plástico e o colocou na mão de Craig, antes de girar sobre os calcanhares.

Era a embalagem de amostra grátis de Zoloft que Craig dera a Patience naquela manhã. O médico pôde ver imediatamente que dos seis comprimidos um estava faltando. É óbvio que ela começara a tomar a medicação antes do que Craig sugerira. Ele pôs o frasco no bolso e seguiu Jordan.

— Você se importa se minha secretária vier junto? — inquiriu Craig. — Ela talvez possa me dar uma ajuda.

Leona algumas vezes no consultório demonstrara boa vontade em ajudar. Desde o início Craig ficara impressionado com sua iniciativa e seu empenho, bem antes de pensar em convidá-la para sair. Ele ficou igualmente admirado por ela estar fazendo cursos noturnos na Bunker Hill Community College, em Charleston, com o objetivo de conseguir algum tipo de diploma na área de saúde, como técnica ou enfermeira. Para ele, isso a tornava ainda mais atraente.

— De forma alguma — respondeu Jordan por cima do ombro, gesticulando para que o seguissem. Ele havia começado a subir a escadaria principal que margeava a janela palladiana acima da porta da frente.

— Quartos separados — sussurrou Leona para Craig, enquanto apressavam o passo para seguir o anfitrião. — Para fazer isso, por que se casar? Eu pensava que isso só existisse em filmes antigos.

Craig não respondeu. Percorreram rapidamente um longo corredor acarpetado e entraram na suíte master feminina, acolchoada por 2 quilômetros quadrados de seda azul. Patience, com pálpebras semicerradas, estava deitada em uma cama king-size, acomodada por travesseiros exageradamente estofados. Uma criada em um modesto uniforme se endireitou na cadeira. Ela estivera segurando um pano úmido sobre a testa de Patience.

Com um rápido olhar para a paciente e sem dizer palavra, Craig correu até a mulher, largou a maleta ao lado da cama e sentiu o pulso dela. Abriu a maleta e puxou o estetoscópio e o esfigmomanômetro. Enquanto ajustava a braçadeira do aparelho ao braço direito de Patience, berrou para Jordan:

— Chame a ambulância!

Elevando microscopicamente as sobrancelhas para indicar que tinha ouvido, Jordan se dirigiu ao telefone da mesa de cabeceira e discou. Fez um aceno para a criada, dispensando-a.

— Deus do céu! — murmurou Craig enquanto arrancava a braçadeira.

Puxou os travesseiros que apoiavam o corpo de Patience e seu torso caiu sobre a cama como uma boneca de pano. Tirou as cobertas com um puxão, abriu seu robe, e então auscultou brevemente o tórax com o estetoscópio, antes de fazer um movimento pedindo a Leona que lhe entregasse a máquina de ECG. Podia-se ouvir Jordan falando com o atendente da emergência. Craig desembaraçou com as mãos os eletrodos do ECG e rapidamente os fixou com um pouco de gel condutor.

— Ela vai ficar bem? — perguntou Leona, num murmúrio.

— Quem pode saber? — replicou Craig. — Ela está cianótica, pelo amor de Deus.

— Cianótica? O que é isso?

— Quantidade insuficiente de oxigênio no sangue. Não sei se é porque o coração dela não está bombeando bem, ou se é porque ela não está respirando direito. É uma coisa ou outra. Ou as duas.

Craig se concentrou na máquina de ECG, enquanto ela cuspia seu gráfico. Só se viam pequenos picos, bem distanciados entre si. Ele arrancou a folha com o exame e o analisou rapidamente com mais atenção, antes de enfiá-lo no bolso de seu paletó. Então, retirou os eletrodos das extremidades de Patience.

Jordan colocou o telefone no gancho.

— A ambulância está a caminho.

Craig apenas assentiu enquanto vasculhava sua maleta e tirava a máscara de respiração Ambu. Ele colocou o objeto sobre as vias respiratórias de Patience e comprimiu o balão de ar. O peito dela subiu com facilidade, indicando boa ventilação.

— Você pode cuidar disso? — perguntou a Leona, enquanto continuava a ventilar Patience.

— Acho que sim — disse Leona, hesitante.

Ela espremeu-se entre Craig e a cabeceira, e assumiu o controle da respiração assistida.

Craig mostrou a ela como manter a vedação e sustentar a cabeça de Patience inclinada para trás. Ele então examinou as pupilas da paciente. Estavam muito dilatadas e não reagiam, o que não era um bom sinal. Com o estetoscópio, Craig verificou os sons da respiração. Ela estava sendo bem ventilada.

De volta à sua maleta, Craig pegou o kit para testar os biomarcadores associados aos ataques cardíacos. Rasgou a caixa e puxou um dos dispositivos de plástico. Então, usou uma pequena seringa heparinizada para extrair sangue de uma das veias principais, agitou a amostra e pôs seis gotas na área de teste. Craig segurou o dispositivo contra a luz.

— Bem, isso aqui deu positivo — disse ele após alguns instantes. Jogou então tudo desordenadamente no interior da maleta.

— O que deu positivo? — perguntou Leona.

— O sangue dela deu positivo para mioglobina e troponina — explicou Craig. — Numa linguagem simples, significa que ela teve um ataque cardíaco.

Com o estetoscópio, Craig se certificou de que Leona a ventilava corretamente.

— Então a sua impressão inicial estava correta — comentou Jordan.

— Na verdade, não — retrucou Craig. — Infelizmente, sou obrigado a dizer que o estado dela é muito grave.

— Eu estava tentando relatar exatamente isso ao telefone — disse Jordan secamente. — Mas, agora, eu me referia ao ataque cardíaco.

— Ela está pior do que você me levou a crer — argumentou Craig enquanto pegava epinefrina e atropina, junto com um pequeno frasco de fluido intravenoso.

— Desculpe, mas deixei bem claro que ela estava piorando cada vez mais.

— Você disse que ela estava tendo alguma dificuldade em respirar. Na verdade, ela quase não estava respirando quando chegamos. Você podia ter me avisado. Você disse que ela parecia um pouco azul, mas quando chego aqui eu a encontro totalmente cianótica.

Craig começou a administrar habilmente uma infusão intravenosa. Ele prendeu a agulha no lugar certo com um esparadrapo, e injetou a epinefrina e a atropina. Pendurou a pequena bolsa de soro no abajur, usando um gancho em S que mandara fabricar justamente para essas ocasiões.

— Fiz o melhor que pude para deixá-lo a par do que estava acontecendo, doutor.

— Eu entendo — falou Craig, levantando as mãos em um gesto conciliatório. — Me desculpe. Não é minha intenção criticar. Só estou preocupado com sua esposa, é tudo. O que precisamos fazer agora é levá-la ao hospital o mais rápido possível. Ela precisa ser ventilada com oxigênio e também de um marca-passo. Além disso, tenho certeza de que ela está acidótica, e isso precisa ser tratado.

O estridente som da ambulância que se aproximava podia ser ouvido a distância. Jordan desceu para abrir a porta para os socorristas e levá-los ao quarto de Patience.

— Ela vai sobreviver? — perguntou Leona, enquanto continuava a comprimir a máscara Ambu. — Ela já não parece estar tão azul.

— Você está operando o Ambu muito bem — disse Craig. — Mas não estou otimista; as pupilas não voltaram a se contrair e ela está muito lânguida. Mas saberemos mais quando ela for para o Newton Memorial, fizer alguns exames de sangue e estiver no respirador e com um marca-passo. Você se importa de dirigir meu carro? Quero ir na ambulância, caso ela tenha parada cardíaca. Se ela precisar de ressuscitação cardiopulmonar, quero ser o responsável por fazer as manobras no peito.

Os socorristas formavam uma equipe eficiente. Eram um homem e uma mulher que trabalhavam juntos havia algum tempo, o que era óbvio pela forma como um antecipava os movimentos do outro. Com rapidez, colocaram Patience em uma maca, levaram-na para baixo e a acomodaram na ambulância. Poucos minutos após sua chegada à residência dos Stanhope, eles estavam de novo na estrada. Reconhecendo que a situação era uma emergência legítima, ligaram a sirene e a mulher dirigiu com presteza. No caminho, o socorrista telefonou para o Newton Memorial, avisando-os do tipo da emergência.

O coração de Patience ainda batia, embora fraco, quando chegaram. Uma cardiologista do hospital, conhecida de Craig, fora chamada, e ela os recebeu na entrada da emergência. Patience foi levada rapidamente para dentro, e toda uma equipe começou a se dedicar ao seu caso. Craig relatou à cardiologista o que sabia, incluindo os resultados do teste dos biomarcadores que confirmavam o diagnóstico de infarto do miocárdio, ou ataque cardíaco.

Como Craig previra, de imediato Patience foi colocada em um respirador com cem por cento de oxigênio e, em seguida, num marca-passo externo. Infelizmente, logo se confirmou que ela estava com AESP, atividade elétrica sem pulso, ou seja, o marca-passo estava criando uma imagem no eletrocardiograma, mas o coração não apresentava qualquer batimento. Um dos residentes subiu a mesa para começar as compressões torácicas. Os resultados dos exames de sangue chegaram. Os valores gasométricos não estavam ruins, mas o nível dos ácidos era alto, um dos maiores que a cardiologista já vira em sua vida.

Craig e a cardiologista olharam um para o outro. Ambos sabiam, por experiência, que a AESP trazia resultados fatais para o paciente hospitalizado, mesmo quando percebida logo cedo. A situação de Patience era muito pior, uma vez que ela acabara de chegar de ambulância.

Depois de várias horas de enormes esforços para reavivar o coração, a cardiologista chamou Craig. Ele estava vestido em sua camisa formal, com a gravata-borboleta ainda no lugar. Respingos de sangue cobriam a parte superior de seu braço direito, e o paletó do smoking pendia de um suporte para soro sobressalente, apoiado contra a parede.

— O músculo cardíaco deve ter sofrido danos graves — opinou a cardiologista. — É a única maneira de explicar todas as anormalidades de condução e a AESP. Poderia ter sido diferente, se tivéssemos começado a tratá-la um pouquinho mais cedo. Pelo histórico que você apresentou da situação de hoje, imagino que o infarto inicial tenha se expandido significativamente.

Craig concordou. Ele olhou de novo para a equipe que ainda tentava a ressuscitação cardiopulmonar no magro corpo de Patience. Ironicamente, a cor dela havia quase voltado ao normal, devido ao oxigênio e às compressões torácicas. Infelizmente, eles não tinham mais o que tentar.

— Ela tinha um histórico de doença cardiovascular?

— O teste ergométrico, alguns meses atrás, apresentou um resultado incerto — respondeu Craig. — Indicava um problema leve, mas a paciente recusou qualquer exame para investigar a questão mais a fundo.

— Ela se prejudicou — disse a cardiologista. — Infelizmente, as pupilas não estão se contraindo, o que indica dano cerebral anóxico. Diante disso, o que você quer fazer? A decisão é sua.

Craig inspirou fundo e expirou ruidosamente, demonstrando seu desalento.

— Acho que devemos parar.

— Concordo plenamente — disse a cardiologista.

Ela apertou o ombro de Craig, reconfortando-o, e então caminhou de volta à mesa, para orientar a equipe a interromper os esforços.

Craig pegou o paletó de seu smoking e se dirigiu à mesa da emergência para assinar os papéis indicando que a paciente falecera e que a causa fora parada cardíaca seguida de infarto do miocárdio. Depois, foi à sala de espera. Leona estava sentada entre os doentes, os feridos e suas famílias. Folheava uma revista velha. Vestida como estava, ela lhe parecia uma pepita de ouro em meio a pedregulhos comuns. Os olhos de Leona ergueram-se à aproximação de Craig. O médico percebeu que ela entendera tudo, só de olhar seu rosto.

— Não teve sorte? — disse ela.

Craig balançou a cabeça. Passou os olhos pela sala de espera.

— Onde está Jordan Stanhope?

— Ele saiu faz uma hora.

— É mesmo? Por quê? O que ele disse?

— Disse que preferia ficar em casa, onde estaria esperando você ligar. Disse alguma coisa sobre se sentir deprimido em hospitais.

Craig deu uma risada curta.

— Isso faz sentido. Sempre o achei um sujeito bastante frio, esquisito, e que o casamento deles era apenas de fachada.

Leona largou a revista e seguiu Craig para fora, os dois entrando na noite. Ele pensou em lhe dizer algo filosófico sobre a vida, mas mudou de ideia. Achava que ela não entenderia e preocupava-se com não saber explicar. Não trocaram palavras até chegarem ao carro.

— Você quer que eu dirija? — ofereceu-se Leona.

Craig balançou a cabeça, abriu a porta do passageiro para ela, e então deu a volta e se acomodou atrás do volante. Não ligou o carro imediatamente.

— Obviamente, perdemos o concerto — disse ele, olhando pelo para-brisa.

— Pra dizer o mínimo — exclamou Leona. — Já são mais de dez. O que você quer fazer?

Craig não tinha a menor ideia. Mas ele sabia que teria de ligar para Jordan Stanhope e não estava com a menor vontade de fazer isso.

— Perder um paciente deve ser a coisa mais difícil de ser médico — disse Leona.

— Às vezes o difícil é lidar com os que sobrevivem — respondeu Craig, sem ter ideia de quanto seu comentário era profético.

CIDADE DE NOVA YORK, NOVA YORK
19h10

O Dr. Jack Stapleton estava sentado em seu apertado escritório no quinto andar do Instituto Médico Legal por mais tempo do que gostaria de admitir. Seu colega de escritório, o Dr. Chet McGovern, o havia deixado logo depois das quatro, quando saiu para malhar em sua elegante academia no centro da cidade. Como acontecia normalmente, ele atormentara Jack para que o acompanhasse, com ardentes histórias sobre o mais novo lote de moças atraentes em sua aula de musculação, com suas roupas apertadas que não deixavam nada para a imaginação, mas Jack declinou com sua réplica costumeira, de que, em matéria de esporte, ele preferia ser um participante a um observador. Custava acreditar que Chet ainda achasse graça daquela réplica, que já se tornara tão banal.

Às cinco horas, a Dra. Laurie Montgomery, colega e alma gêmea de Jack, havia aparecido brevemente para dizer que estava indo para casa tomar um banho e mudar de roupa para o encontro romântico que ele preparara para os dois naquela noite, no restaurante favorito do casal em Nova York, o Elio's, onde tiveram vários jantares memoráveis ao longo dos anos. Ela sugeriu que ele fosse junto para se arrumar também, mas Jack recusou o convite, dizendo que estava atolado de trabalho e que a encontraria no restaurante às oito. Ao contrário de Chet, Laurie não insistiu. Era algo tão raro para Jack estar com tanta disposição em um dia de semana que ela faria todas as concessões, na esperança de encorajar esse comportamento. Os planos típicos dele para o começo da noite incluíam pedalar loucamente na direção de casa em sua mountain bike, um jogo árduo na quadra de basquete do bairro com seus amigos e uma salada rápida num dos restaurantes da Columbus Avenue por volta das nove, logo seguida por um silencioso desmaio sobre a cama.

Apesar do que dissera, Jack não tinha tanto a fazer. Estivera perambulando em busca de alguma ocupação, particularmente na última hora. Mesmo antes de se sentar à mesa, andara bastante ocupado com todas suas necropsias em andamento. O motivo de estar se forçando para trabalhar naquela tarde específica era manter a mente ocupada, em uma vã tentativa de controlar a ansiedade que sentia quanto aos seus planos secretos para a noite. O processo de ficar absorto ou no trabalho ou em estafantes atividades físicas vinha sendo seu alívio e sua válvula de escape por mais de catorze anos, portanto, não ia abandonar aquele artifício agora. Infelizmente, o trabalho que se forçava a realizar não lhe prendia o interesse, em grande parte porque quase já não havia mais o que fazer. Sua mente estava começando a vagar por áreas proibidas, o que o atormentou a ponto de causar dúvidas sobre os planos da noite. Foi nesse momento que seu celular ganhou vida. Ele olhou para o relógio. Faltava menos de uma hora para o Dia D. Sentiu seu pulso acelerar. Uma ligação naquela hora era sinal de mau agouro. As chances de ser Laurie eram nulas, então era bem provável que fosse alguém que poderia estragar o programa daquela noite.

Pegando o celular do compartimento em seu cinto, Jack olhou para a telinha de LCD. Exatamente como ele temia: Allen Eisenberg, um dos residentes de patologia forense que estavam sendo pagos pelo IML para cuidar de problemas rotineiros depois do expediente, os quais o investigador forense de plantão achava que necessitavam da atenção de um médico. Se o residente em patologia achasse que um problema estava além da sua alçada, então o médico-legista de plantão tinha de ser chamado. Essa noite, era a vez de Jack.

— Desculpe ter de chamá-lo, Dr. Stapleton — disse Allen, com um tom de voz lamuriento e irritante.

— Qual é o problema?

— É um suicídio, senhor.

— Certo, e qual é a questão? Vocês não podem cuidar disso? — Jack não conhecia Allen muito bem, mas conhecia Steve Marriott, o investigador forense da noite, um homem experiente.

— É um caso dos grandes, senhor. A falecida é a esposa ou namorada de um diplomata iraniano. Ele está gritando com todo mundo e ameaçando ligar para o embaixador iraniano. O Sr. Marriott me chamou para ajudar, mas acho que não tenho competência para isso.

Jack não respondeu. Era inevitável: ele teria de fazer uma visita ao local. Casos importantes assim invariavelmente tinham implicações políticas, e essa era a parte de seu trabalho que Jack detestava. Ele não fazia ideia se conseguiria visitar o local e ainda chegar ao restaurante às oito, o que só fez sua ansiedade aumentar.

— Você ainda está na linha, Dr. Stapleton?

— Creio que sim — retrucou Jack.

— Achei que a ligação pudesse ter caído — disse Allen. — De qualquer modo, o local é o apartamento 54J na Torre das Nações Unidas, na rua 47.

— Moveram o corpo ou tocaram nele? — Jack vestiu sua jaqueta de veludo cotelê marrom, inconscientemente afagando o objeto quadrado que se encontrava no bolso direito.

— Não por mim, nem pelo investigador forense.

— E a polícia? — Jack caminhou pelo corredor que levava aos elevadores. Estava deserto.

— Creio que não, mas ainda não perguntei.

— E quanto ao marido ou namorado?

— É melhor perguntar à polícia. O detetive encarregado está ao meu lado e quer falar com você.

— Põe ele na linha.

— Olá, meu chapa — disse uma voz alta, forçando Jack a afastar o telefone. — Vem já pra cá!

Jack reconheceu a voz áspera; era de seu amigo de dez anos, o tenente-detetive Lou Soldano, da divisão de homicídios da polícia de Nova York. Jack o conhecia havia quase tanto tempo quanto conhecia Laurie. Fora ela que os apresentara.

— Eu devia saber que você estaria por trás disso — lamentou Jack. — Espero que se lembre de que é para estarmos no Elio's às oito.

— Ei, essas merdas não têm hora marcada. Acontecem quando acontecem.

— O que você está fazendo num suicídio? Vocês acham que pode não ser?

— De jeito nenhum! Que é suicídio não tem dúvida, com um tiro à queima-roupa na têmpora direita. Minha presença é um pedido especial do meu querido capitão, levando em consideração as partes envolvidas e a quantidade de críticas negativas que elas são potencialmente capazes de produzir. Você vem ou não?

— Estou indo. O corpo foi tocado ou movido de lugar?

— Não por nós.

— Quem é que está gritando aí perto?

— É o marido ou namorado diplomata. Temos de dar um jeito nisso. Ele é insignificante, mas é agressivo e me faz ter saudade do tipo que sofre em silêncio. Está gritando conosco desde que chegamos, tentando dar ordens como se fosse o próprio Napoleão.

— Qual é o problema dele? — perguntou Jack.

— Ele quer que cubramos o corpo de sua esposa ou namorada nua e está furioso porque insistimos em não interferir na cena até que vocês a examinem.

— Espera. Você está me dizendo que a mulher está nua?

— Como veio ao mundo. E, para completar, ela não tem nem pelos pubianos. Mais lisa que uma bola de sinuca, o que...

— Lou! — interrompeu-o Jack. — Não foi suicídio!

— Como é? — perguntou Lou, incrédulo. — Você está tentando me dizer que sabe que isso foi um homicídio antes mesmo de examinar o corpo?

— Vou examinar pessoalmente, mas, sim, eu estou dizendo que não foi um suicídio. Encontrou algum bilhete?

— Supostamente sim, mas está escrito em parse. Então, eu não sei o que diz. O diplomata diz que é um bilhete de suicídio.

— Não foi suicídio, Lou — repetiu Jack. O elevador chegou. Ele entrou, mas impediu que a porta se fechasse. Não queria que a ligação caísse. — Aposto cinco pratas que não é. Nunca ouvi falar de uma mulher cometendo suicídio nua. Isso simplesmente não acontece.

— Você está de piada!

— Não estou. A questão é que não é assim que as mulheres suicidas querem ser encontradas. É melhor você agir de acordo e chamar os seus peritos. E você sabe que o diplomata mal-humorado, marido ou seja lá o que for da moça, tem de ser o seu suspeito número um. Não deixe que ele desapareça na embaixada iraniana. Você pode nunca mais vê-lo.

A porta do elevador fechou enquanto Jack encerrava a ligação. Ele esperava que não houvesse um significado mais profundo por trás da interrupção dos planos para a noite. Um dos maiores medos de Jack era que a morte perseguisse as pessoas que ele amava, fazendo dele um cúmplice quando elas morriam. Ele olhou seu relógio. Eram sete e vinte.

— Droga! — disse ele em voz alta e bateu na porta do elevador algumas vezes, com as palmas das mãos, se sentindo frustrado. Talvez devesse reconsiderar seus planos.

Com uma velocidade adquirida com o hábito, Jack tirou sua mountain bike da área do necrotério onde os caixões da Potter's Field estavam armazenados, abriu o cadeado, pôs o capacete, e a levou para fora, na plataforma de embarque e desembarque, que dava para a rua 30. Entre os carros fúnebres, subiu na bicicleta e se dirigiu à rua. Na esquina, virou à direita, para a Primeira Avenida.

Ao começar a pedalar, a ansiedade de Jack evaporou-se. Ficando de pé, ele pôs força nos pedais e disparou, rapidamente ganhando velocidade. O tráfego da hora do rush havia diminuído, e os carros, táxis, ônibus e caminhões moviam-se num bom ritmo. Jack não conseguiu acompanhá-los, mas foi por pouco. Quando atingiu sua velocidade de cruzeiro, acomodou-se de volta no selim e aumentou a marcha. Com suas pedaladas e frequentes partidas de basquete, Jack estava em sua melhor forma.

O final de tarde estava maravilhoso, com um brilho dourado permeando a vista da cidade. Arranha-céus se destacavam nitidamente contra o céu azul, cujo matiz se aprofundava a cada minuto. Jack deslizou velozmente pelo Centro Médico Langone, da Universidade de Nova York à sua direita e, um pouco mais para o norte, pelo complexo da Assembleia Geral da ONU. Quando pôde, Jack moveu-se para a esquerda, de modo que conseguisse virar na rua 47, que era de mão única, indo convenientemente para o leste.

A Torre da ONU ficava a uns poucos prédios depois da Primeira Avenida. Revestida de vidro e mármore, a estrutura elevava seus impressionantes sessenta e tantos andares em meio ao céu do início da noite. Logo diante do toldo que se estendia desde sua entrada até a rua, estavam diversos carros da polícia de Nova York, com suas luzes lampejando. Nova-iorquinos calejados caminhavam por ali, sem olhar para o lado. Havia também um surrado Chevy Malibu estacionado em fila dupla, próximo a um dos carros da polícia. Jack reconheceu-o como sendo o de Lou. Em frente ao Malibu, estava um carro fúnebre do Departamento de Saúde e Recursos Humanos.

Enquanto Jack acorrentava sua bicicleta a um poste com uma placa de proibido estacionar, sua ansiedade voltou. A corrida tinha sido curta demais para criar qualquer efeito duradouro. Agora eram sete e meia. Ele exibiu seu distintivo de médico-legista para o porteiro uniformizado e foi orientado a subir até o quinquagésimo quarto andar.

Lá em cima, no apartamento 54J, as coisas estavam consideravelmente mais tranquilas. Quando Jack entrou, Lou Soldano, Allen Eisenberg, Steve Marriott e uma série de policiais uniformizados estavam sentados na sala de estar, como se fosse a sala de espera de um consultório.

— E aí? — perguntou Jack.

O silêncio reinava. Ninguém sequer conversava.

— Estamos esperando você e os peritos da cena do crime — disse Lou, levantando-se.

Os outros seguiram o exemplo. Em vez de seus clássicos trajes amarrotados e levemente desalinhados, Lou vestia uma camisa bem-passada abotoada até o pescoço, uma gravata nova e discreta, e jaqueta esporte de lã xadrez, de bom gosto, embora não tivesse um caimento perfeito, pequena demais para seu tipo atarracado. Lou era um detetive experiente, tendo trabalhado na unidade de combate ao crime organizado por seis anos antes de ser transferido para a de homicídios, onde estava havia mais de dez anos, o que sua aparência não desmentia.

— Devo dizer que você está bem vistoso — observou Jack.

Até mesmo os cabelos de Lou, bem curtos, haviam sido penteados recentemente, e sua famosa barba por fazer desaparecera.

— Melhor que isso não fica — comentou Lou, levantando os braços como quem flexiona o bíceps para impressionar os outros. — Em homenagem ao seu jantar, passei em casa e troquei de roupa. Aliás, vamos comemorar o quê?

— Onde está o diplomata? — perguntou Jack, ignorando a questão de Lou.

Olhou para a cozinha e para um cômodo usado como sala de jantar. Exceto pela sala de estar, o apartamento parecia vazio.

— Deu o fora — disse Lou. — Saiu correndo logo que falei com você pelo telefone, ameaçando todos nós com consequências terríveis.

— Você não devia ter deixado ele ir — disse Jack.

— O que eu podia fazer? — reclamou Lou. — Eu não tinha um mandado de prisão.

— Não podia tê-lo detido para interrogatório até que eu chegasse?

— Ouça, o capitão me colocou no caso para manter as coisas simples e não para complicar a situação. Deter aquele cara nesse estágio seria complicar muito a situação.

— Está bem. Isso é problema seu, não meu. Vamos ver o corpo.

Lou fez um gesto na direção da porta do quarto, que estava aberta.

— Já conseguiu identificar a mulher? — perguntou Jack.

— Ainda não. O supervisor do prédio diz que ela se mudou pra cá faz menos de um mês e que não falava inglês bem.

Jack olhou em volta antes de se concentrar no cadáver. Um leve odor de açougue pairava no ar. A decoração parecia ter sido feita por um profissional. As paredes e os carpetes eram todos pretos; o teto, espelhado; e as cortinas, um amontoado de objetos decorativos e os móveis todos brancos, incluindo as roupas de cama. Como Lou havia explicado, o cadáver estava completamente nu, deitado de costas, atravessado na cama, com os pés para fora do lado esquerdo do colchão. Embora de tez escura em vida, ela estava agora cinzenta em contraste com os lençóis, exceto por algumas contusões na face, incluindo um olho roxo. Seus braços estavam abertos para os lados, com as palmas das mãos para cima. A mão direita envolvia frouxamente uma pistola automática, com o dedo indicador no gatilho. A cabeça estava levemente virada para a esquerda. Os olhos encontravam-se abertos. Na extremidade superior da têmpora direita havia evidência de um ferimento por arma de fogo. Atrás da cabeça, nos lençóis brancos, uma grande mancha de sangue.

Um pouco longe da vítima, à sua esquerda, alguns respingos de sangue, com alguns pedaços de tecido humano.

— Alguns desses caras do Oriente Médio podem ser muito brutais com suas mulheres — disse Jack.

— É o que dizem — falou Lou. — Essas contusões e esse olho roxo são resultado do tiro?

— Duvido. — Ele então voltou-se para Steve e Allen: — Já tiraram as fotos do cadáver?

— Sim, já — gritou Steve Marriott, de perto da porta.

Jack vestiu um par de luvas de látex e afastou cuidadosamente os cabelos escuros, quase negros, da mulher, para expor o ferimento de entrada. Havia um nítido padrão em forma de estrela ao redor da lesão, indicando que a boca da arma estava encostada na vítima no momento do disparo.

Cuidadosamente, Jack virou a cabeça da mulher para o lado, para examinar o ferimento de saída. Estava bem abaixo da orelha esquerda. Ele endireitou-se.

— Bem, temos mais provas — disse ele.

— Provas de quê? — perguntou Lou.

— De que não foi suicídio. A bala, partindo de um ponto alto, fez uma trajetória de ângulo descendente. Não é assim que as pessoas dão tiro em si mesmas. — Jack imitou uma pistola com a mão direita e pôs a ponta do indicador, fazendo o papel de boca da arma, próxima à sua têmpora. O dedo estava paralelo ao chão. — Quando as pessoas atiram em si mesmas, a trajetória da bala é em geral quase horizontal ou talvez um pouco ascendente, nunca descendente. Isso foi um homicídio, encenado para parecer um suicídio.

— Ótimo — resmungou Lou. — Eu tinha esperanças de que sua dedução com base na nudez da vítima estivesse errada.

— Foi mal — disse Jack.

— Alguma ideia de há quanto tempo ela está morta?

— Ainda não, mas, dando um palpite infundado, diria que não faz muito tempo. Alguém ouviu um tiro? Isso seria mais preciso.

— Infelizmente, não — respondeu Lou.

— Detetive! — gritou um dos policiais uniformizados da entrada. — Os homens da perícia chegaram.

— Mande entrarem logo — replicou Lou por cima do ombro. Então, perguntou para Jack: — Você acabou ou não?

— Acabei. Teremos mais informações para você pela manhã. Eu mesmo farei o trabalho.

— Nesse caso, vou tentar comparecer também.

Com o tempo, Lou aprendera a reconhecer quantas informações sobre as vítimas de homicídios podiam ser colhidas durante uma necropsia.

— Tudo bem, então — disse Jack, tirando as luvas. — Vou dar o fora. — Olhou para o relógio. Ainda não estava atrasado, mas seria inevitável. Eram sete e cinquenta e dois. Ele precisaria de mais de oito minutos para chegar ao restaurante. Olhou para Lou, que estava se curvando para examinar um pequeno rasgo no lençol, a alguns centímetros do corpo, na direção da cabeceira. — O que é?

— O que você acha disso? Será que pode ser o ponto de entrada da bala no colchão?

Jack reclinou-se para examinar o rasgo linear de cerca de 1 centímetro de comprimento.

— Sim. Esse seria o meu palpite. Há uma mancha de sangue bem tênue ao longo das margens.

Lou endireitou-se quando os peritos que investigariam a cena do crime entraram com os equipamentos. Lou pediu que extraíssem o projétil, e os técnicos o asseguraram de que se esforçariam.

— Você vai conseguir sair daqui numa hora razoável? — inquiriu Jack.

Lou deu de ombros.

— Não tem motivo para eu não sair daqui com você. Com o diplomata fora de cena, não tenho motivo para ficar aqui. Vamos juntos.

— Estou com a minha bicicleta — informou-lhe Jack.

— E daí? Põe ela no meu carro. Você vai chegar lá mais cedo. Além disso, e mais seguro assim. Não consigo acreditar que Laurie continua deixando você andar naquela coisa pela cidade, ainda mais quando vocês veem tantos daqueles office boys que são esmagados.

— Eu sou cuidadoso — disse Jack.

— Cuidadoso o cacete — retrucou Lou. — Já vi você em disparada pela cidade mais de uma vez.

Jack pensou no que fazer. Ele queria pedalar para sentir seu efeito calmante e também porque não conseguia aguentar o cheiro dos 50 bilhões de cigarros que já haviam sido fumados no Chevy, mas ele tinha de admitir que, com Lou ao volante, o carro seria mais rápido, e o horário marcado se aproximava rapidamente.

— Tudo bem — concordou ele, relutante.

— Meu Deus do céu, um indício de maturidade — disse Lou. Pegou as chaves do carro e jogou-as para Jack. — Enquanto você cuida da bicicleta, vou ter uma palavrinha com os meus garotos, para saber se está tudo certo.

Dez minutos mais tarde, Lou estava dirigindo na direção norte pela Park Avenue, que ele dizia ser a rota mais rápida para a parte superior da cidade. A bicicleta de Jack estava no banco de trás, ambas as rodas removidas. Jack insistira que os vidros de todas as quatro janelas fossem baixados, o que criava uma ventania dentro do carro, mas tornava o ar respirável, apesar do cinzeiro entulhado de cinzas e guimbas.

— Você parece meio tenso — disse Lou enquanto deixavam para trás a Grand Central Station, na pista elevada.

— Estou com medo de chegar atrasado.

— Na pior das hipóteses, o atraso vai ser de quinze minutos. Pra mim, isso não é atraso.

Jack olhou pela janela do carona. Lou estava certo. Quinze minutos não era um grande atraso, mas isso não ajudava em nada a ansiedade.

— Então, qual é a ocasião? Você não disse qual era.

— Por acaso tem que haver uma ocasião? — Jack devolveu com uma pergunta.

— Está bem, então — disse Lou, lançando um olhar rápido na direção de Jack.

Seu amigo não estava agindo normalmente, mas Lou deixou passar. Alguma coisa estava acontecendo, mas ele não queria insistir.

Pararam em uma área de estacionamento proibido, sujeito a reboque, a poucos passos da entrada do restaurante. Lou jogou no painel um cartão que indicava que aquele era um carro da polícia.

— Você acha que isso é seguro? — perguntou Jack. — Não quero que minha bicicleta seja rebocada junto com seu carro.

— Eles não vão rebocar meu carro — disse Lou com convicção.

Os dois homens caminharam até o Elio's e entraram no burburinho. O lugar estava lotado, especialmente perto do bar que ficava próximo à porta da frente.

— Todo mundo está voltando dos Hamptons — explicou Lou, praticamente gritando para ser ouvido em meio àquele zum-zum de vozes e gargalhadas.

Jack fez que sim com a cabeça, pediu licença aos que estavam em sua frente e, pondo-se de lado, abriu caminho pelo restaurante. As pessoas equilibravam seus drinques enquanto ele passava aos esbarrões. Ele procurava a recepcionista, de quem se lembrava como sendo uma mulher esguia, de voz suave e com um sorriso agradável. Antes de conseguir encontrá-la, alguém lhe cutucou o ombro com insistência. Quando se virou, percebeu que encarava diretamente os olhos azul-esverdeados de Laurie. Jack notou que ela tinha levado o "vou me arrumar" bem a sério. Seus exuberantes cabelos ruivos haviam sido libertados das sóbrias tranças que normalmente usava e pendiam em cascata sobre os ombros. Ela vestia uma das roupas favoritas de Jack: uma blusa branca franzida, de gola alta e estilo vitoriano, com uma jaqueta de veludo cor de mel. À meia-luz do restaurante, a pele dela brilhava, como se fosse iluminada por dentro.

Para Jack, ela estava linda, mas havia um problema. Em vez da expressão feliz, afetuosa, risonha que ele esperava, ela parecia dura como o âmbar e fria como o gelo. Laurie raramente se dava ao trabalho de esconder suas emoções. Jack sabia que algo estava errado.

Ele pediu desculpas por estar atrasado, explicando que fora chamado para um caso, onde se encontrara com Lou. Estendendo o braço para trás, Jack puxou o amigo para a conversa. Lou e Laurie cumprimentaram-se com dois beijinhos, Laurie respondeu estendendo o braço para trás e trazendo para a conversa Warren Wilson e sua namorada de muito tempo, Natalie Adams. Warren era um afro-americano assustadoramente musculoso, com o qual Jack jogava basquete quase todas as noites. Por isso, haviam se tornado bons amigos.

Depois dos cumprimentos, Jack gritou que encontraria a recepcionista para perguntar sobre a mesa. Quando recomeçou a abrir caminho em direção à entrada, sentiu que Laurie o seguia.

Jack parou ali. Logo atrás, havia uma preciosa zona intermediária que separava as pessoas que jantavam das que estavam no bar. Jack viu a recepcionista recebendo um grupo de clientes. Ele se voltou para Laurie para ver se a expressão dela mudara depois de suas desculpas por estar atrasado.

— Você não se atrasou — disse Laurie, como se lesse a mente de Jack. Embora o comentário o absolvesse, o tom de voz não fazia o mesmo. — Chegamos aqui poucos minutos antes de você e Lou. Na verdade, você chegou na hora certa.

Jack estudou o rosto dela. Pela posição de seu maxilar e pela compressão dos lábios, era óbvio que ela ainda estava irritada, mas ele não tinha ideia do motivo.

— Você parece mal-humorada. Quer me contar alguma coisa?

— Eu estava esperando um jantar romântico — disse Laurie. O tom dela agora era mais triste do que zangado. — Você não me contou que convidaria uma multidão.

— Warren, Natalie e Lou não são uma multidão — replicou Jack. — Eles são nossos melhores amigos.

— Bem, você poderia e deveria ter me avisado — disse Laurie. Não demorou muito para que sua irritação retornasse. — Eu obviamente esperava mais dessa noite do que o que você planejou.

Jack olhou para o lado por um instante, a fim de não revelar o que sentia. Depois da ansiedade e das emoções conflitantes com que se deparara ao planejar aquela noite, não estava preparado para uma atitude negativa, mesmo que fosse compreensível. Estava claro que, sem querer, ele ferira os sentimentos de Laurie por ficar inteiramente concentrado nos seus próprios. A ideia de que ela esperava um jantar a dois sequer lhe ocorrera.

— Não revire os olhos para mim — falou Laurie bruscamente. — Você poderia ter sido mais comunicativo sobre o que tinha em mente para hoje. Você sabe que eu não me importo nem um pouco quando você quer sair com Warren e Lou.

Jack desviou o olhar e mordeu a língua, para evitar um contra-ataque. Por sorte, ele sabia que, caso fizesse isso, a noite planejada poderia muito bem estar destruída. Soltou um suspiro profundo, resolveu engolir o sapo e então cravou seus olhos nos de Laurie.

— Me desculpe — disse ele, com toda a sinceridade que conseguia juntar naquelas circunstâncias. — Não me ocorreu que você ficaria chateada por ser uma espécie de jantar em grupo. Eu deveria ter sido mais aberto. Para falar a verdade, convidei os outros para que eles dessem apoio.

As sobrancelhas de Laurie se arquearam, numa expressão óbvia de confusão.

— Que tipo de apoio? Não estou entendendo.

— A essa altura, é difícil de explicar — disse Jack. — Você pode me dar um tempinho, tipo meia hora?

— Acho que sim — respondeu Laurie, ainda confusa. — Mas não consigo imaginar o que você quer dizer com *apoio*. Mesmo assim, aceito suas desculpas.

— Obrigado — disse Jack. Ele expirou com força, antes de voltar os olhos para os fundos do restaurante. — Bom, onde está a recepcionista e cadê a nossa mesa?

Mais vinte minutos se passaram antes que o grupo estivesse sentado próximo ao fundo do salão de jantar. Laurie parecia ter esquecido a irritação de antes e estava se divertindo, sorrindo e conversando animadamente, embora Jack sentisse que ela evitava olhar em sua direção. Como ela estava sentada à sua direita, tudo o que ele podia ver era seu perfil bem delineado.

Para satisfação de Jack e de Laurie, o mesmo garçom de bigode espesso com extremidades recurvadas que os servira nos jantares anteriores no Elio's apareceu para atendê-los. A maioria daquelas refeições havia sido prazerosa, embora algumas não tenham chegado a tanto, mas ainda assim todas foram inesquecíveis. O último jantar, um ano antes, havia sido do segundo tipo, e havia marcado o ponto mais crítico do relacionamento entre Jack e Laurie, durante um "tempo" de um mês, no qual os dois pararam de viver juntos. Fora naquele jantar que ela lhe revelara que estava grávida, e ele teve a insensibilidade de perguntar, irreverente, quem era o pai. Embora depois disso tenham se reconciliado, a gestação tivera de ser interrompida às pressas. Foi uma gravidez tubária, que exigiu uma cirurgia de emergência para salvar a vida de Laurie.

Aparentemente por iniciativa própria, embora estivesse na verdade agindo de acordo com orientações prévias de Jack, o garçom passou a distribuir taças de champanhe de haste longa. Depois, abriu uma garrafa de champanhe. O grupo fez festa ao ouvir o sonoro espoucar da rolha. O garçom então encheu rapidamente as taças de todos.

— Ei, cara — disse Warren, erguendo seu champanhe. — À amizade.

Todo mundo seguiu o exemplo, exceto Jack, que em vez disso ergueu a mão vazia.

— Se vocês não se importarem, eu gostaria de dizer uma coisa agora. Todos vocês se perguntaram por que os convidei para jantar nesta noite, especialmente Laurie. A verdade é que eu precisava do apoio de vocês, para conseguir fazer uma coisa que tenho vontade de fazer há algum tempo, mas tive dificuldades em juntar coragem. Tendo isso em mente, eu gostaria de fazer um brinde que será bastante egoísta.

Jack levou a mão ao bolso lateral da jaqueta. Com certo esforço, conseguiu extrair uma pequena caixa quadrada, embrulhada num distinto e brilhante papel azul-esverdeado e envolta num laço prateado. Ele a pôs sobre a mesa, diante de Laurie, e então ergueu sua taça.

— Eu gostaria de fazer um brinde a Laurie e a mim.

— Muito bem! — disse Lou, animado e com ênfase. — A vocês!

Ele ergueu a taça. Os outros fizeram o mesmo, exceto Laurie.

— A vocês — repetiu Warren.

— Aos dois! — disse Natalie.

Todos tomaram um gole, exceto Laurie, que estava mesmerizada pela caixa à frente. Ela imaginava o que estava acontecendo, mas não conseguia acreditar. Lutou contra seu lado emotivo, que ameaçava vir à tona.

— Você não vai participar do brinde? — perguntou Jack.

A imobilidade de Laurie gerou uma dúvida alarmante quanto a reação que ele esperava. De repente, ele se perguntou o que diria e faria, caso ela recusasse.

Com alguma dificuldade, Laurie tirou os olhos da caixa cuidadosamente embrulhada e os fixou nos de Jack. Ela achava que sabia o que havia dentro do pequenino embrulho, mas tinha medo de admitir. Já se enganara muitas vezes. Por mais que amasse Jack, sabia que certas dificuldades psicológicas ainda pesavam sobre ele. Sem dúvida, ele ficara severamente traumatizado pela tragédia que acontecera antes de os dois se conhecerem, e ela havia se acostumado com a ideia de que ele talvez jamais a superasse.

— Vamos, anda logo! — incitou Lou. — Que diabos é isso? Abra.

— É, anda logo, Laurie — estimulou Warren.

— É para eu abrir agora? — perguntou Laurie.

Seus olhos ainda estavam presos aos de Jack.

— Bom, a ideia era essa — disse Jack. — É claro, se você preferir, pode esperar mais alguns anos. Não quero pressionar.

Laurie sorriu. De vez em quando, achava o sarcasmo de Jack engraçado. Com os dedos tremendo, ela removeu primeiro o laço e então o embrulho

Todos, com exceção de Jack, se curvaram para a frente, ansiosos. A caixa que estava no embrulho era forrada por veludo *panné* preto. Temendo que Jack talvez estivesse lhe pregando uma peça inconveniente e muito bem elaborada, ela abriu a embalagem. Reluzindo diante de seus olhos, estava um solitário da Tiffany. O diamante cintilava como se tivesse luz própria.

Ela virou a caixa de modo que os outros pudessem ver, enquanto fechava os olhos e lutava para não chorar. Essa emotividade era um traço de sua personalidade que ela abominava, mas, naquelas circunstâncias, mesmo ela achava compreensível. Ela e Jack namoravam havia quase uma década e viviam juntos havia anos, contando idas e voltas. Ela gostaria de se casar e estava convencida de que Jack sentia o mesmo.

Houve uma série de oohs e aahs vindos de Lou, Warren e Natalie.

— Então? — perguntou Jack a Laurie.

Laurie esforçou-se para manter o controle. Usou o nó de um dedo para limpar uma lágrima de cada olho. Olhou para Jack e subitamente tomou a decisão de virar a mesa e fingir que não entendia o que estava escrito nas entrelinhas. Era algo bem no estilo de Jack. Depois de todos esses anos, ela queria ouvi-lo dizer com todas as letras o que o anel de noivado implicava.

— Então o quê? — perguntou ela.

— É um anel de noivado — disse Jack, com uma risada curta e nervosa.

— Eu sei o que é — respondeu Laurie. — Mas o que significa?

Ela estava gostando daquilo. Colocar a pressão sobre Jack lhe dava a vantagem de manter suas próprias emoções sob controle. Um leve sorriso surgiu nos cantos de sua boca, enquanto observava o constrangimento dele.

— Seja claro, sua besta! — vociferou Lou. — Faça o pedido!

Jack percebeu o que Laurie havia feito, e sorriu também.

— Está bem, está bem! — disse ele, apaziguando Lou. — Laurie, meu amor, apesar do perigo que no passado se abateu sobre os que amo e quero bem, e apesar do medo de que esse perigo possa se estender a você, quer se casar comigo?

— Agora sim! — exclamou Lou, erguendo novamente sua taça no ar. — Eu proponho um brinde à proposta de Jack.

Dessa vez, todos beberam.

— E então? — repetiu Jack, voltando sua atenção para Laurie.

Laurie pensou por um momento antes de responder.

— Conheço seus medos e compreendo a origem deles. Acontece que não compartilho deles. Seja como for, aceito por completo o risco, seja ele real ou imaginário. Se algo acontecer comigo, a culpa será exclusivamente minha. Com essa condição, sim, eu adoraria me casar com você.

Todos comemoraram enquanto Jack e Laurie trocavam um beijo constrangido e um abraço desajeitado. Laurie então tirou o anel da caixa e o experimentou. Ela estendeu a mão para olhá-lo.

— Fica perfeito no meu dedo. É lindo!

— Peguei emprestado um dos seus anéis por um dia, para ter certeza do tamanho — confessou Jack.

— Não é o maior diamante do mundo — comentou Lou. — Veio com uma lupa de brinde?

Jack jogou um guardanapo em Lou, que o interceptou antes que atingisse seu rosto.

— Seus melhores amigos são sempre sinceros. — Lou riu e devolveu o guardanapo.

— O tamanho dele é perfeito — disse Laurie. — Não gosto de joias espalhafatosas.

— Seu desejo foi concedido — acrescentou Lou. — Ninguém vai chamá-la de espalhafatosa.

— Quando será o grande dia? — perguntou Natalie.

Jack olhou para Laurie.

— Obviamente, ainda não conversamos sobre isso, mas acho que vou deixar a decisão nas mãos de Laurie.

— Mesmo? — perguntou Laurie.

— Mesmo.

— Então eu gostaria de conversar com minha mãe sobre a data. Ela já me disse em muitas ocasiões que gostaria que eu me casasse na igreja de Riverside. Sei que ela própria gostaria de ter se casado lá, mas não conseguiu. Se não for problema, eu adoraria levar em conta a opinião dela sobre data e lugar.

— Por mim, ótimo — disse Jack. — Agora, onde está o garçom? Preciso de mais champanhe.

(um mês depois)
BOSTON, MASSACHUSETTS
7 de outubro de 2005
16h45

Os exercícios haviam sido excelentes. Craig Bowman usou a sala de ginástica por meia hora para se alongar e recuperar as energias. Depois, participou de alguns jogos de basquete três contra três, disputados, mas informais. Um golpe de sorte deixara-o no mesmo time de dois jogadores talentosos. Por bem mais de uma hora, ele e seus companheiros permaneceram invictos e só saíram da quadra por estarem exaustos. Depois do basquete, Craig deu-se ao luxo de uma massagem seguida por sauna e ducha.

Agora, enquanto se avaliava no espelho da seção VIP do vestiário masculino do Sports Club LA, teve de admitir que há muitos anos não parecia tão bem. Perdera 10 quilos e 2,5 centímetros de cintura desde que se tornara membro, seis meses antes. Talvez ainda mais óbvio fosse o desparecimento da palidez gorducha de suas bochechas. Agora, via-se um saudável brilho rosado. Em uma tentativa de parecer mais moderno, deixara seu cabelo alourado crescer um pouco e o cortara em um cabeleireiro, de modo que agora o penteava todo para trás, em vez de parti-lo na esquerda como sempre fizera. Na sua opinião, a mudança geral era tão incrível que, se visse o Craig de um ano antes, não se reconheceria nele. Sem dúvida, não era mais aquele médico maçante e banal.

A rotina atual de Craig era ir ao clube três vezes por semana: segundas, quartas e sextas-feiras. Dos três dias, a sexta era o melhor — o local ficava menos cheio e havia o estímulo psicológico do fim de semana se aproximando, com todas suas promessas. Adotara a política de fechar o consultório nas tardes de sexta e só receber ligações pelo celular. Desse modo, Leona podia vir malhar com ele. Como presente para ela, e também para si mesmo, comprara um segundo título de sócio.

Várias semanas antes, Leona mudara-se para o apartamento de Craig em Beacon Hill. Ela decidira sozinha que, como passava todas as noites com ele, era ridículo continuar pagando por um apartamento em Somerville. A princípio, Craig se irritara com a mudança, uma vez que eles não haviam sequer discutido o assunto. Leona simplesmente se mudou. Craig achou autoritário da parte dela, justo quando estava desfrutando de sua liberdade recém-conquistada. Mas, depois de alguns dias, ele acabara se ajustando. Havia esquecido o poder do erotismo. Também ele racionalizou que o atual arranjo das coisas poderia ser revertido facilmente, caso fosse necessário.

O último estágio da arrumação de Craig era vestir sua nova jaqueta Brioni. Depois de mexer os ombros algumas vezes para colocá-la na posição correta, olhou-se no espelho. Virando a cabeça de um lado para o outro para se observar de ângulos ligeiramente diferentes, pensou um pouco sobre estudar artes dramáticas em vez de arte. A ideia trouxe um sorriso ao seu rosto. Ele sabia que sua imaginação estava correndo solta, mas ainda assim aquela possibilidade não era completamente absurda. Com as coisas indo bem como estavam, ele não podia deixar de sentir que o mundo inteiro estava ao seu alcance.

Quando Craig terminou de se arrumar, checou as mensagens no celular. Ele estava livre. O plano era voltar ao apartamento, relaxar com uma taça de vinho e a edição mais recente do *New England Journal of Medicine* por mais ou menos uma hora, e então seguir para o Museum of Fine Arts para ver a exposição em cartaz, e por fim sair para jantar, em um novo e badalado restaurante na Back Bay.

Assobiando baixinho, Craig andou do vestiário até o saguão principal do clube. À sua esquerda, estava a mesa da recepção, e à sua direita, no fim de um corredor, depois dos elevadores, ficavam o bar e o restaurante. Uma música ambiente podia ser ouvida na área comum. Embora as salas de ginástica geralmente não lotassem nas tardes de sexta, o happy hour no bar era outra história, e estava apenas começando a esquentar.

Craig conferiu as horas. Ele cronometrara cada atividade com perfeição. Eram quinze para as cinco: exatamente o horário que combinara de se encontrar com Leona. Embora chegassem e saíssem juntos do clube, cada um fazia suas próprias coisas enquanto estavam lá. Leona atualmente ficava no step, e fazia pilates e ioga, e nada disso interessava Craig.

Uma rápida olhada pela área confirmou que Leona ainda não chegara. Craig não se surpreendeu. Junto com uma relativa falta de discrição, a pontualidade não era um de seus fortes. Ele sentou-se, perfeitamente satisfeito em poder olhar o desfile de gente bonita indo e vindo. Seis meses atrás, em uma situação semelhante, ele teria se sentido como um estranho no ninho. Agora, estava inteiramente à vontade, mas justo quando se acomodou, Leona apareceu, passando pela porta do vestiário feminino.

Assim como se avaliara alguns minutos antes, Craig olhou rapidamente Leona de cima a baixo. Os exercícios também estavam fazendo bem a ela; porém, por ser relativamente mais nova, seu corpo era firme e atraente e suas bochechas já eram rosadas antes de começar a frequentar a academia. Enquanto Leona se aproximava, Craig pôde ver que era uma mulher jovem e atraente, e também animada e decidida. A principal desvantagem, do ponto de vista de Craig, era o sotaque e a maneira de falar da cidade de Revere, Massachusetts. Acreditando querer o melhor para ela, Craig tentara chamar sua atenção para esse detalhe, com a esperança de fazê-la mudar, mas Leona reagiu com fúria, acusando-o venenosamente de ser um elitista da Ivy League. Então, Craig sabiamente desistira. Com o tempo, seus ouvidos se acostumaram um pouco, e no calor da noite, o sotaque não tinha importância.

— E os exercícios? — perguntou Craig, levantando-se.

— Maravilha — disse Leona. — Melhor que o normal.

Craig fez uma leve careta. O *maravilha* soava como "magavilha", e o *melhor* como "miliór". Caminharam na direção do elevador, Craig, resistindo ao impulso de fazer um comentário, esforçou-se para não prestar atenção. Enquanto ela falava sobre seus exercícios e sobre por que ele devia experimentar o pilates e o ioga, ele, satisfeito, refletia sobre a noite que chegava, e sobre como o dia havia sido agradável até então. Naquela manhã, no consultório, atendera doze pacientes: nem muito, nem pouco. Não tivera de correr freneticamente de uma sala de exame para outra, o que havia se tornado o ritmo normal em seu antigo trabalho.

Com o passar dos meses ele e Marlene, sua secretária principal e recepcionista, que lhe lembrava uma matrona, haviam desenvolvido um sistema de agendar os pacientes de acordo com as necessidades de cada um, com base no diagnóstico e na personalidade do indivíduo. As visitas mais curtas eram de quinze minutos para consultas de retorno de checkup com pacientes obedientes e instruídos, e as mais longas, de uma hora e meia. As sessões de mais de uma hora eram geralmente para pacientes novos com problemas de saúde graves e já conhecidos. Pacientes novos e saudáveis tinham de quarenta e cinco minutos a uma hora, dependendo da idade e da gravidade das queixas. Se um problema inesperado surgisse ao longo do dia, como um paciente não agendado precisando de uma consulta ou Craig tendo que ir até o hospital, o que não ocorrera naquele dia, Marlene ligaria para os pacientes seguintes para remarcar, quando possível e apropriado.

Consequentemente, era raro que alguém ficasse esperando no consultório de Craig, e igualmente raro para ele sofrer a ansiedade de estar atrasado e tentar cumprir os horários. Era uma maneira civilizada de se praticar a medicina, muito melhor para todo mundo. Agora, Craig realmente gostava de ir para o consultório. Era aquilo que imaginara, na época em que sonhava ser médico. A única pequena inconveniência naquilo que seria de outra forma uma situação quase perfeita estava no fato de que não havia sido possível manter todos os aspectos de seu relacionamento com Leona em segredo. As suspeitas corriam soltas e eram agravadas pela juventude e tenacidade de Leona. Portanto, Craig tinha de aguentar as críticas veladas de Marlene e de sua enfermeira, Darlene, e observar sem poder fazer nada o comportamento ressentido e passivo-agressivo delas com Leona.

— Você não está me ouvindo — reclamou Leona, irritada.

Ela inclinou-se para encarar Craig. Ambos estavam de frente para as portas do elevador, enquanto desciam para o estacionamento.

— É claro que estou — mentiu Craig.

Ele sorriu, mas a petulância impulsiva de Leona não foi abrandada.

As portas do elevador abriram-se no andar do estacionamento com manobrista e Leona apressou o passo para juntar-se a um grupo de meia dúzia de pessoas que esperavam seus carros. Craig a seguiu, poucos passos atrás. As mudanças de humor bastante intensas eram uma característica da personalidade de Leona da qual Craig não gostava, mas elas costumavam ser breves, contanto que Craig as ignorasse. Caso ele tivesse cometido o deslize poucos minutos antes, no lobby, de chamar atenção para o sotaque dela, a coisa teria sido diferente. A primeira e única vez que ele fizera um comentário desses, ela ficara aborrecida durante dois dias.

Craig entregou o tíquete de estacionamento para um dos manobristas.

— O seu Porsche vermelho já está saindo, Dr. Bowman — disse o manobrista, enquanto tocava a ponta de seu quepe com o indicador, em uma espécie de continência. E depois saiu com pressa.

Craig sentiu-se secretamente satisfeito. Ele estava orgulhoso de possuir o que considerava o carro mais sexy do estacionamento e a antítese da perua Volvo que dirigia em sua vida anterior. Craig imaginou que os que esperavam à sua volta por seus respectivos carros estivessem impressionados. Os manobristas sempre ficavam, como era evidenciado por sempre estacionarem seu carro perto do estande onde trabalhavam.

— Se eu pareço um pouco distante — sussurrou Craig para Leona — é porque estou ansioso pela nossa noite: do início ao fim. — Ele piscou, insinuante.

Leona olhou-o com uma sobrancelha erguida, indicando que estava apenas parcialmente apaziguada. A realidade era que ela exigia atenção integral cem por cento do tempo.

No mesmo momento em que Craig ouviu o conhecido ronco do motor de seu carro, dando a partida em algum lugar próximo, também ouviu seu nome sendo chamado atrás de si. O que despertou sua atenção foi que a inicial de seu nome do meio, "M", também fora mencionada. Poucas pessoas a conheciam, e menos gente ainda sabia que se referia a Mason, o nome de solteira de sua mãe. Craig virou-se, esperando ver um paciente ou talvez um colega de profissão, ou um velho conhecido de faculdade. Em vez disso, viu um estranho aproximar-se. O homem era um belo afro-americano, de movimentos lépidos e aparência inteligente, com mais ou menos a mesma idade de Craig. Por um momento, Craig pensou que fosse um companheiro de equipe dos jogos de basquete daquela tarde que queria se gabar novamente das vitórias alcançadas.

— Dr. Craig M. Bowman? — perguntou o homem de novo, enquanto caminhava na sua direção.

— Sim? — disse Craig, inclinando a cabeça em dúvida.

Ainda tentava se lembrar de onde conhecia o sujeito. Ele não era um dos jogadores do basquete. Tampouco um paciente ou colega dos tempos de faculdade. Craig tentou associá-lo com o hospital, mas não conseguiu.

O homem respondeu colocando um grande envelope selado na mão de Craig, que olhou para o objeto. Seu nome, junto com sua inicial do meio, estava impresso na frente. Antes que Craig pudesse responder, o estranho girou sobre os calcanhares e conseguiu entrar no mesmo elevador que o trouxera antes que as portas se fechassem. O homem se fora. A transação levara apenas alguns segundos.

— O que é isso? — perguntou Leona.

— Não faço a menor ideia!

Ele voltou a olhar para o envelope e viu a primeira pista de que aquilo significava problema. Impresso no canto superior estava: Tribunal Superior, condado de Suffolk, Massachusetts.

— Então? — indagou Leona. — Você não vai abrir?

— Não tenho certeza se quero! — disse Craig, embora soubesse que teria de abrir, mais cedo ou mais tarde.

Passou os olhos pelas pessoas agrupadas à sua volta, esperando por seus carros. Alguns o olhavam com curiosidade, após terem testemunhado o encontro.

Enquanto o manobrista parava o Porsche de Craig na frente do estande e saía do carro, mantendo a porta do motorista aberta, Craig enfiou seu polegar sob a aba do envelope e a rasgou. Ele podia sentir sua pulsação acelerando enquanto retirava o conteúdo. Tinha em suas mãos um feixe de papéis grampeados, com dobras nos cantos das páginas.

— Então? — repetiu Leona, preocupada.

Ela podia notar nitidamente o desaparecimento do rubor que os exercícios haviam causado em Craig. Ele ergueu os olhos para Leona. Neles, havia uma intensidade que ela não conhecia. Não sabia se ele estava confuso ou simplesmente não acreditava no que acontecia, mas estava obviamente chocado. Por alguns instantes, ficou completamente imóvel. Ele nem sequer respirava.

— Alô? — disse Leona, em dúvida. — Tem alguém em casa?

Ela agitou a mão na frente do rosto de Craig, rígido como mármore. Lançando em volta um olhar furtivo, percebeu que os dois haviam se tornado o objeto da atenção de todos.

Como se estivesse acordando de uma crise, as pupilas de Craig estreitaram-se e a cor rapidamente voltou ao seu rosto. Suas mãos começaram a amarrotar os papéis, em gestos autômatos, antes que a racionalidade entrasse em ação.

— Fui intimado — resmungou Craig em voz baixa. — O canalha está me processando.

Ele ajeitou os papéis e os folheou rapidamente.

— Quem está processando você?

— Stanhope! Jordan Stanhope!

— Pelo quê?

— Imperícia médica e morte acidental. Isso é um ultraje!

— É o caso da Patience Stanhope?

— E o que mais seria? — perguntou Craig ferozmente entre dentes cerrados.

— Ei, eu não sou a inimiga — disse Leona, levantando as mãos, imitando a postura de quem se defende.

— Inacreditável! Isso é um ultraje! — Craig folheou novamente os papéis, como se pudesse ter lido errado da primeira vez.

Leona olhou para os manobristas. Um segundo funcionário havia aberto a porta do passageiro para ela. O primeiro ainda estava segurando a porta aberta do lado do motorista. Leona voltou a olhar para Craig.

— O que você quer fazer, queridinho? — disse ela em voz baixa, insistentemente. — Não dá pra ficar aqui para sempre. — O "sempre" soou como "sempri".

— Cala a boca! — vociferou Craig. O sotaque incomodou seus nervos já inflamados.

Leona soltou uma risada abafada, que simulava ressentimento, e avisou:

— Não se atreva a falar comigo desse jeito!

Como se despertasse pela segunda vez, e tomando consciência de que todos os olhavam, Craig pediu desculpas baixinho e disse:

— Preciso de um drinque.

— Ok — concordou Leona, ainda ressabiada. — Onde? Aqui ou em casa?

— Aqui! — disse Craig abruptamente. Virou-se e foi na direção dos elevadores.

Com um sorriso constrangido e um leve dar de ombros para se justificar perante os manobristas, Leona o seguiu. Quando o alcançou, ele estava pressionando repetidamente o botão do elevador com o nó de um dedo.

— Você tem que se acalmar — disse. Ela olhou novamente para o grupo. As pessoas rapidamente desviaram seus olhares, fingindo que não prestavam atenção.

— É fácil falar — disparou Craig de volta. — Não é você que está sendo processada. E ser intimado desse jeito, em público, é humilhante pra cacete.

Leona não tentou puxar assunto novamente, até se sentarem em uma mesa pequena e alta, o mais distante possível da multidão do happy hour. As cadeiras eram banquinhos com costas baixas, o que explicava a altura da mesa. Craig tomou um uísque duplo, o que era raro para ele. Normalmente, bebia bem pouco, por medo de uma chamada profissional, que poderia vir a qualquer momento. Leona tomou uma taça de vinho branco. Ela podia ver, pelas mãos trêmulas com que ele segurava o copo, que sua atitude havia mudado outra vez. Ele fora do choque e descrença iniciais para a raiva, e agora para a ansiedade, tudo isso dentro dos quinze minutos passados desde que recebera a intimação e a petição inicial.

— Nunca vi você tão chateado — disse Leona, tentando entabular conversa. Embora não soubesse exatamente o que falar, sentia que tinha de dizer alguma coisa. Ela não era boa com silêncio, a menos que fossem nos termos dela, quando ficava propositalmente de birra.

— É claro que estou chateado — rebateu Craig. Ao levantar o copo, estava tremendo o suficiente para fazer com que o gelo retinisse várias vezes contra o vidro. Quando o pôs nos lábios, chegou a derramar o uísque pelas bordas. — Merda — disse, enquanto apoiava o copo na mesa e limpava o uísque da mão. Usou o guardanapo que viera com o aperitivo para limpar os lábios e o queixo. — Não consigo acreditar que aquele cretino maluco do Jordan Stanhope faria isso comigo, especialmente depois de todo o tempo e energia que desperdicei com aquele arremedo de esposa, aquela hipocondríaca e dependente emocional. Eu odiava aquela mulher. — Craig hesitou por um momento e então disse: — Acho que eu não deveria estar contando isso pra você. É o tipo de coisa sobre a qual os médicos não falam.

— Eu acho que você deve falar sim. Está muito chateado.

— A verdade é que Patience Stanhope me enlouquecia com aquela repetição nojenta e infinita de todas as malditas evacuações dela, e isso vinha depois de descrições detalhadas do catarro amarelo-esverdeado e grosso que ela cuspia diariamente e até guardava para me mostrar. Era patético. Cristo, ela enlouquecia todo mundo, incluindo Jordan e até ela mesma!

Leona fez que sim. Embora a psicologia não fosse um de seus fortes, sentia que era importante deixar Craig desabafar.

— Não sei dizer quantas vezes no último ano eu tive de ir até lá de carro depois do trabalho ou até mesmo no meio da noite, para aquela casa gigante deles, para segurar a mão dela e ouvir aquelas reclamações. E pelo quê? Ela raramente obedecia a qualquer uma das minhas orientações, incluindo parar de fumar. Ela fumava como uma chaminé, não importava o que eu dissesse.

— Sério? — perguntou Leona, incapaz de se conter. — Ela reclamava de tosse com catarro e continuava a fumar?

— Não lembra como o quarto dela fedia a cigarro?

— Na verdade, não — disse Leona, negando com a cabeça. — Eu estava impressionada demais com aquela situação para sentir o cheiro de qualquer coisa.

— Ela fumava como se não houvesse amanhã, um cigarro depois do outro, muitos maços por dia. E isso era só parte do problema. Estou dizendo, ela era a campeã entre todos os pacientes desobedientes do mundo, especialmente em relação aos remédios. Ela exigia receitas e então tomava ou não os remédios de acordo com o que lhe dava na telha.

— Você tem alguma ideia de por que ela não seguia as ordens?

— Provavelmente porque gostava de estar doente. Isso lhe dava algo com que se ocupar. No fim das contas, tudo se resume a isso. Ela desperdiçava o meu tempo, o do marido, e até o dela. Ela ter morrido foi uma bênção para todos. Aquela mulher não tinha vida.

Craig acalmou-se o suficiente para tomar um gole de seu uísque sem derramar nada.

— Eu me lembro das poucas vezes que me encontrei com ela no consultório. Parecia uma pessoa difícil — disse Leona, tentando tranquilizá-lo.

— Esse é o eufemismo do ano — rosnou Craig. — Ela era uma vaca de carteirinha que herdou um pouco de dinheiro e por isso esperava que eu segurasse sua mão e ouvisse suas reclamações *ad nauseam*. Eu penei quatro anos de faculdade, quatro anos de graduação em medicina, cinco anos de residência e provas do conselho, fui autor de vários artigos científicos, e tudo o que ela queria é que eu segurasse a mão dela. Isso era tudo, e se eu a segurasse por quinze minutos, ela queria trinta, e se eu desse trinta, ela queria quarenta e cinco, e se eu recusasse, ela ficaria ressentida e agressiva.

— Talvez ela fosse uma pessoa solitária — sugeriu Leona.

— De que lado você está? — perguntou Craig, com raiva. Bateu o copo na mesa, fazendo os cubos de gelo tilintar. — Ela era um pé no saco.

— Ih, relaxa!

Ela olhou em volta, constrangida, e se sentiu aliviada ao ver que ninguém prestava a menor atenção neles.

— Por favor, não comece a fazer o papel de advogada do diabo — disse Craig rispidamente. — Não estou com paciência para isso.

— Só estou tentando fazer você se acalmar.

— Como eu posso me acalmar? Isso é um desastre. Trabalhei a minha vida inteira para ser o melhor médico que podia ser. Caramba, ainda estou me esforçando para isso! E agora essa! — Craig bateu com força no envelope que continha os papéis do tribunal.

— Mas não é por isso que você paga o seguro, do qual você reclama tanto?

Craig olhou para Leona com irritação.

— Eu acho que você não está entendendo. Esse maluco do Stanhope está me difamando publicamente com a exigência de, cito, "pleitear seus direitos". O processo é o problema. Isso é ruim, não importa o que aconteça. Sou impotente diante disso, uma vítima. E se isso for mesmo a julgamento, quem sabe como pode acabar? Não há garantias, nem mesmo na minha situação, tendo feito tudo o que era possível pelos meus pacientes, ainda mais no caso de Patience Stanhope. Eu a atendia em casa, meu Deus do céu! E essa história de ser julgado por "pares"? Isso é uma piada de mau gosto. Arquivistas, encanadores, professores aposentados não têm ideia do que seja ser um médico como eu, acordando no meio da noite para consolar hipocondríacos. Jesus Cristo!

— Não pode contar isso para eles? Inclui no seu testemunho.

Craig revirou os olhos com exasperação. Às vezes, Leona o tirava do sério. Era o lado ruim de passar tempo com alguém tão jovem e inexperiente.

— Por que ele acha que houve imperícia? — perguntou Leona.

Craig olhou para as pessoas do bar, bonitas e normais, obviamente curtindo a noite com suas conversas animadas. O contraste o fez sentir-se ainda pior. Talvez vir ao bar tivesse sido uma má ideia. Ocorreu-lhe o pensamento de que tornar-se um deles, por meio de suas atividades culturais, talvez estivesse, na verdade, além de seu alcance. A medicina e seus problemas atuais, incluindo aquela bagunça da imperícia, o haviam capturado.

— Qual é essa imperícia que disseram que houve? — indagou Leona, reformulando sua questão.

Craig levantou as mãos para o alto.

— Ouça, meu anjinho! A queixa é genérica, dizendo alguma coisa sobre eu não usar a habilidade e o cuidado para chegar a um diagnóstico e prescrever um tratamento, coisa que um médico razoável e competente faria nas mesmas circunstâncias... Blá-blá-blá. É tudo besteira. No fim das contas, o que importa é que houve um resultado ruim, ou seja, a morte de Patience

Stanhope. Um advogado especializado em danos pessoais decorrentes de imperícia médica simplesmente vai partir disso e usar a criatividade. Esses caras sempre conseguem achar alguma coisa que um médico idiota de porta de cadeia vai dizer que deveria ter sido feito de outro modo.

— Anjinho! — rebateu Leona. — Não seja condescendente comigo!

— Está bem, desculpe. — Ele respirou fundo. — Eu obviamente não estou bem.

— O que é um médico de porta de cadeia?

— É um médico que vende seus serviços como "especialista" e que dirá qualquer coisa que o advogado de acusação quiser que ele diga. Costumava ser difícil achar médicos que testemunhassem contra médicos, mas isso era antigamente. Há alguns canalhas desprezíveis que ganham a vida fazendo isso.

— Isso é terrível.

— É o de menos — disse Craig. Ele balançou a cabeça, desanimado. — É muito hipócrita que esse maluco do Jordan Stanhope esteja me processando sendo que ele nem ficou no hospital enquanto eu lutava para ressuscitar sua esposa patética. Raios, em várias ocasiões ele me confidenciou que sua mulher era uma hipocondríaca incorrigível e que ele não conseguia se manter em dia com todos aqueles sintomas. Ele até pedia desculpas quando ela o obrigava a ligar e insistir que eu fosse até a casa deles às três da manhã porque ela achava que estava morrendo. Isso realmente aconteceu mais de uma vez. Normalmente, as consultas em casa eram no início da noite, me forçando a interromper o que quer eu estivesse fazendo. Mas, mesmo então, Jordan sempre me agradecia, portanto, ele estava consciente do esforço que era ir até lá sem um bom motivo. A mulher era uma desgraça. Todo mundo está melhor com ela fora de cena, inclusive Jordan Stanhope, e ainda assim ele está me processando e alegando danos de 5 milhões de dólares pela perda dos benefícios. Que piada cruel. Craig abanou a cabeça, desanimado.

— Como assim, benefícios?

— O que teoricamente uma pessoa recebe de um cônjuge. Você sabe: companhia, afeição, apoio e sexo.

— Eu não acho que eles faziam muito sexo. Eles dormiam em quartos separados.

— Você provavelmente está certa. Não imagino que ele quisesse ou até mesmo pudesse transar com aquela bruxa horrorosa.

— Você acha que o processo pode ter algo a ver com você ter criticado ele naquela noite? Ele pareceu ofendido mesmo.

Craig balançou a cabeça afirmativamente algumas vezes. Leona podia ter razão. Com o copo na mão, ele escorregou para fora do banquinho e voltou ao bar para mais uma dose. Enquanto esperava entre os felizes farristas, pensou na ideia de Leona e se perguntou se ela estava certa. Lembrava-se de ter ficado arrependido do que disse a Jordan quando entrou no quarto de Patience e viu o quanto ela estava mal. O comentário escapara de seus lábios no calor do momento, por ter sido pego de surpresa. Na hora, pensou que seu apressado pedido de desculpas fora suficiente, mas talvez não tenha sido. Caso não, ia se arrepender ainda mais do incidente.

Com um segundo uísque duplo, Craig abriu caminho de volta à mesa e se acomodou no banquinho. Ele se moveu devagar, como se suas pernas pesassem 50 quilos cada uma. Para Leona, pareceu que ele havia passado por uma nova transição. Parecia deprimido, com a boca mole e os olhos semicerrados.

— Isso é um desastre! — Craig conseguiu exclamar, em meio a um suspiro. Encarou o fundo do copo de uísque, com os braços dobrados sobre a mesa. — Isso pode ser o fim de tudo, justo quando as coisas estavam indo tão bem.

— Como assim, o fim de tudo? — perguntou Leona, tentando animar a conversa. — O que você deve fazer agora que foi intimado?

Craig não respondeu. Sequer se mexeu. Leona nem mesmo podia perceber sua respiração.

— Não seria bom arrumar um advogado? — Leona persistiu.

Ela inclinou-se para a frente, tentando ver o rosto de Craig.

— Supostamente, a companhia de seguros vai me defender — respondeu Craig, num tom desanimado.

— E por que você não liga pra eles?

Craig ergueu os olhos, que se encontraram com os de Leona. Ele aquiesceu algumas vezes, enquanto pensava na sugestão dela. Eram quase cinco e meia da tarde de uma sexta-feira, mas ainda assim a companhia de seguros devia ter funcionários de plantão. Valia a pena tentar. Ter o conforto de pelo menos estar fazendo alguma coisa não seria nada mau. Grande parte de sua ansiedade vinha do desamparo que sentia por estar diante de uma ameaça intangível, mas esmagadora.

Com um sentimento de urgência recém-descoberto, Craig pegou o celular. Com dedos desajeitados, pesquisou a agenda de telefones. Como um farol numa noite escura, o nome e o número do celular de seu agente de seguros apareceram na tela. Craig fez a chamada.

Por fim, foram necessárias várias ligações, inclusive ter de deixar seu nome e número em um correio de voz para emergências, mas, dentro de quinze minutos, Craig pôde contar sua história para uma pessoa real, que tinha uma voz firme e agia com a calma de quem sabia o que estava fazendo. Chamava-se Arthur Marshall, e o som desse nome foi curiosamente reconfortante.

— Considerando que é a primeira vez que você enfrenta esse tipo de coisa — disse Arthur —, e como sabemos, por experiência, como é profundamente inquietante, eu acho importante que você compreenda que para nós é uma situação muito comum. Em outras palavras, temos experiência em lidar com litígios de imperícia e daremos ao seu caso toda a atenção que ele merece. Além disso, quero enfatizar a importância de não se deixar afetar pessoalmente.

— E de que outro jeito isso pode me afetar? — reclamou Craig. — Está colocando em xeque o trabalho de uma vida inteira. Está colocando tudo em perigo.

— É comum que uma pessoa em sua situação se sinta assim, e é inteiramente compreensível. Mas confie em mim; a coisa não funciona desse jeito! Isso não tira o crédito de sua dedicação e do trabalho de sua vida inteira. Frequentemente, a coisa é só um tiro no escuro, na esperança de algum ganho financeiro, apesar das alegações em contrário do advogado de acusação. Todos que conhecem o mundo da medicina sabem que resultados menos do que perfeitos, mesmo os erros inocentes, não são imperícia, e o juiz aconselhará o júri nesse sentido, se esse caso for a julgamento. Mas não esqueça: a grande maioria desses casos não chega a tal ponto, e quando isso acontece, a grande maioria é vencida pela defesa. Aqui em Massachusetts, pela lei, suas alegações devem ser apresentadas diante de um tribunal, e com os fatos que você me deu, a coisa provavelmente para por aí.

O pulso de Craig desacelerara para um nível quase normal.

— Você foi sábio, entrando em contato conosco tão cedo no curso deste caso infeliz, Dr. Bowman. Logo vamos escalar um advogado qualificado e experiente para o caso e, para isso, precisamos ter em mãos a intimação e a petição inicial o mais cedo possível. É exigida uma resposta de sua parte em até trinta dias após a intimação.

— Posso mandar este material por um mensageiro na segunda-feira.

— Seria perfeito. Enquanto isso, sugiro que você comece a refrescar sua memória sobre o caso, juntando seus registros e arquivos. É algo que tem de ser feito e trará a sensação de que você está fazendo algo de construtivo para se proteger. Pela nossa experiência, sabemos que isso é importante.

Craig balançou a cabeça em concordância.

— Quanto aos seus registros, Dr. Bowman, devo avisar que não deve modificá-los de maneira alguma. Isso significa não mudar uma palavra com erro de ortografia, ou um erro gramatical óbvio, ou qualquer coisa que lhe pareça malfeita. Não modifique nenhuma data. Resumindo: não modifique nada. O senhor compreende?

— Sem dúvida.

— Ótimo! Dos casos de imperícia decididos a favor da acusação, em um bom número deles houve alguma modificação nos registros, mesmo que a alteração não tivesse relevância absolutamente nenhuma. Qualquer intervenção é uma receita para o desastre, pois coloca em dúvida sua integridade e sua honestidade. Espero que eu esteja sendo claro.

— Perfeitamente claro. Obrigado, Sr. Marshall. Estou me sentindo um pouco melhor.

— E deve se sentir melhor mesmo, doutor. Esteja certo de que daremos ao seu caso toda a nossa atenção. Todos nós queremos chegar a uma conclusão rápida e bem-sucedida, de modo que você possa voltar ao que faz de melhor: cuidar de seus pacientes.

— É o que eu mais quero.

— Estamos ao seu dispor, Dr. Bowman. Uma última questão, da qual tenho certeza de que o senhor já está ciente. Em hipótese alguma... e eu repito... em hipótese alguma discuta esse problema com alguém, com exceção de sua esposa e do advogado que escalaremos. Isso vale para todos os colegas, conhecidos e até mesmo amigos íntimos. Isso é muito importante.

Craig olhou para Leona do outro lado da mesa, sentindo-se culpado ao perceber o quanto ele tagarelara inapropriadamente.

— Amigos íntimos? — perguntou Craig. — Isso significa possivelmente ter de abrir mão do apoio emocional.

— Nós reconhecemos isso, mas a desvantagem é pior.

— E qual é, exatamente, a desvantagem?

Ele não sabia o quanto Leona podia ouvir do que Marshall estava falando. Ela o olhava atentamente.

— Porque amigos e colegas podem ser encontrados. Os advogados de acusação podem forçar amigos, até mesmo amigos íntimos, a testemunhar; e o fazem, se isso servir ao interesse deles. E muitas vezes isso tem grande influência sobre o caso.

— Não vou me esquecer disso — falou Craig. — Obrigado pelos conselhos, Sr. Marshall.

O pulso de Craig havia acelerado novamente. Sendo sincero consigo mesmo, ele teve de admitir que não conhecia Leona de verdade, nada além de seu egocentrismo juvenil e compreensível. Ter falado tanta coisa fez com que sua ansiedade aumentasse.

— E eu também agradeço, Dr. Bowman. Entraremos em contato assim que recebermos a intimação e a queixa. Tente relaxar e viver sua vida.

— Vou tentar — disse Craig sem muita convicção.

Ele sabia que viveria sob uma nuvem escura até que tudo estivesse resolvido. O que ele não sabia era quão escura. Nesse meio tempo, jurou que não chamaria atenção para o sotaque de Leona. Ele era sagaz o bastante para saber que o que havia segredado sobre seus sentimentos em relação a Patience Stanhope não causaria boa impressão em um tribunal.

CIDADE DE NOVA YORK, NOVA YORK
9 de outubro de 2005
16h45

Jack Stapleton voltou sua atenção ao coração e aos pulmões à sua frente. Espalhados sobre a mesa de necropsia, estavam os restos mortais nus e eviscerados de uma mulher branca, de 57 anos. A cabeça da vítima estava escorada em um bloco de madeira, e seus olhos cegos encaravam inexpressivamente as luzes fluorescentes acima. Até aquele momento da necropsia, poucas patologias haviam sido encontradas, exceto por um fibroma uterino bem grande e aparentemente assintomático. Ainda não havia nada de específico que explicasse a morte de uma mulher aparentemente saudável em um colapso em uma loja Bloomingdale's. Miguel Sanchez, o técnico do necrotério do turno tarde-noite, que chegara às três da tarde para começar seu dia, o auxiliava. Enquanto Jack preparava-se para examinar o coração e os pulmões, Miguel estava ocupado na pia, lavando os intestinos.

Apenas ao apalpar a superfície dos pulmões, as mãos experientes de Jack perceberam uma resistência anormal. O tecido estava mais firme do que o esperado, o que era coerente com o fato de o peso daquela amostra ser maior do que o normal. Com uma faca que parecia uma lâmina comum de açougueiro, Jack fez vários talhos. Novamente, havia a indicação de uma maior resistência do que previsto. Levantando o órgão, ele examinou a superfície dos cortes, que refletiam a consistência. O pulmão parecia mais denso do que o normal, e ele estava certo de que o microscópio revelaria fibrose. A questão era... por que os pulmões estavam fibróticos?

Voltando sua atenção ao coração, Jack pegou um fórceps dentado e um par de pequenas tesouras sem pontas. Justo quando ele estava prestes a se dedicar ao órgão muscular, a porta abriu-se. Jack parou de trabalhar e alguém se aproximou. Demorou apenas um momento para reconhecer Laurie, apesar da luz que se refletia na máscara de plástico que lhe encobria o rosto.

— Eu estava me perguntando se você estaria aqui — disse Laurie com um pouquinho de irritação.

Ela vestia um macacão protetor descartável, assim como Jack e Miguel. O uso de traje para proteção contra possíveis agentes infecciosos na sala de necropsias era uma ordem do Dr. Calvin Washington, o chefe. Nunca se sabe que tipo de micróbios podem ser encontrados, especialmente em uma sala de necropsias tão movimentada quanto a de Nova York.

— Perguntar-se onde eu estaria indica que você estava à minha procura.

— Dedução brilhante — comentou Laurie. Ela lançou um rápido olhar para aquela pálida e fantasmagórica carcaça humana sobre a mesa. — Este era o último lugar em que esperava encontrar você. Por que está trabalhando tão tarde?

— Você sabe como eu sou — brincou Jack. — Eu não consigo me controlar de jeito nenhum quando aparece uma oportunidade de diversão.

— Alguma coisa interessante? — perguntou Laurie, imune ao sarcasmo de Jack.

Ela esticou o braço e tocou a superfície do pulmão cortado com seu dedo indicador enluvado.

— Ainda não, mas acho que estou prestes a tirar a sorte grande. Você pode ver que o pulmão parece fibrótico. Acredito que o coração vá nos contar o porquê.

— Qual é o histórico do caso?

— A vítima foi informada do preço de um par de sapatos Jimmy Choo na Bloomingdale's e teve uma parada cardíaca.

— Muito engraçado.

— É sério, ela realmente teve uma parada cardíaca na Bloomingdale's. Eu não sei o que ela estava fazendo. Aparentemente, os funcionários da loja e um médico bom samaritano que por acaso estava no local acudiram imediatamente. Eles começaram a ressuscitação, que foi continuada na ambulância durante todo o caminho até o Manhattan General. Quando o corpo chegou aqui no IML, o chefe dos médicos da emergência me ligou para contar a história. Ele disse que, por mais que se esforçassem, não conseguiram fazer com que o coração batesse uma única vez, mesmo com um marca-passo. Desapontados como estavam pela paciente se mostrar tão pouco prestativa a ponto de não voltar à vida, ele esperava que pudéssemos dar alguma luz sobre se havia algo que poderia ter sido feito. Fiquei impressionado com a iniciativa e com o interesse dele, e uma vez que esse é o tipo de comportamento profissional que devemos encorajar, disse que cuidaria do caso imediatamente e entraria em contato assim que possível.

— Muito louvável e diligente da sua parte — disse Laurie. — É claro, com uma necropsia a essa hora você está fazendo o resto de nós parecer um bando de vagabundos.

— Se a carapuça serviu...

— Está bem, espertinho! Não vou tentar competir com seu sarcasmo. Vamos ver o que temos aqui! Me deixou interessada, então vá em frente.

Jack curvou-se rápida mas cuidadosamente, rastreou as principais artérias coronarianas e então começou a abri-las. De repente, endireitou-se.

— Bom, veja só isso — disse ele.

Ele pegou o coração e segurou-o para que Laurie pudesse ver melhor. Apontou com a ponta do fórceps.

— Céus — exclamou Laurie. — Esse talvez seja o estreitamento mais grave do ramo principal da artéria coronária descendente posterior que já vi. E parece congênito e não ateromatoso.

— Também acho, e isso provavelmente explica o fato de o coração não ter reagido. Uma obstrução súbita, mesmo que passageira, teria causado um ataque cardíaco extenso, abrangendo partes do sistema de condução. Imagino que todo o lado posterior do coração tenha sido afetado pelo infarto. Mas por mais dramático que isso seja, não explica as mudanças pulmonares.

— Por que você não abre o coração?

— Minha intenção era exatamente essa.

Substituindo as tesouras e o fórceps pela faca de açougueiro, Jack fez uma série de cortes nas câmaras do coração.

— *Voilà!* — disse ele, se afastando para que Laurie conseguisse ver o órgão aberto.

— Aí está: uma válvula mitral danificada e imprestável!

— Uma válvula mitral pra lá de imprestável. Essa mulher era uma bomba-relógio humana. É impressionante que ela não tenha tido sintomas nem do estreitamento da coronária nem da válvula que a levassem a um médico. É triste isso. Os dois problemas poderiam ter sido corrigidos.

— O medo muitas vezes causa um estoicismo triste em algumas pessoas.

— É verdade — disse Jack, enquanto começava a tirar amostras para o exame microscópico. Ele as pôs em frascos adequadamente rotulados. — Você ainda não disse por que estava me procurando.

— Uma hora atrás recebi uma notícia. Nós agora temos uma data para o casamento. Estava ansiosa para perguntar se você concorda, porque tenho que dar a resposta para eles o mais rápido possível.

Jack parou o que estava fazendo. Até mesmo Miguel, na pia, parou a lavagem dos intestinos.

— Este é um ambiente estranho para se fazer esse anúncio — comentou Jack.

Laurie deu de ombros.

— Foi onde eu encontrei você. Minha ideia era dar a resposta na tarde de hoje, antes do fim de semana.

Jack lançou um breve olhar na direção de Miguel.

— Qual é a data?

— Dia 9 de junho, à uma e meia. O que você acha?

Jack riu baixinho.

— O que é pra eu achar? Parece bem distante, agora que finalmente decidimos levar isso em frente. Eu estava meio que pensando na próxima terça-feira.

Laurie riu. O som foi abafado pela película plástica em seu rosto, que ficou embaçada por alguns instantes.

— É fofo você dizer isso. Mas a verdade é que a minha mãe sempre sonhou com um casamento em junho. Eu, da minha parte, acho que junho é um mês ótimo, porque o tempo vai estar bom, não só para o casamento, mas também para a lua de mel.

— Então, por mim, está tudo bem — disse Jack, lançando outro olhar rápido na direção de Miguel.

Sentia-se incomodado com aquilo: Miguel estava ali parado, sem se mover, obviamente ouvindo tudo.

— Só tem um problema. Junho é um mês tão popular para casamentos que a Riverside já não tem nenhum sábado disponível. Dá pra imaginar? Oito meses de antecedência! De qualquer maneira, 9 de junho cai numa sexta. Isso é ruim?

— Sexta, sábado, não faz diferença para mim. Tanto faz.

— Excelente. Na verdade, eu preferia sábado, porque é tradicional e é mais fácil para os convidados, mas a verdade é que essa opção não está disponível.

— Ei, Miguel — chamou Jack. — Que tal acabar esses intestinos? O ideal é que você não fique a vida inteira neles.

— Já terminei, Dr. Stapleton. Só estou esperando o senhor vir e dar uma olhadinha.

— Ah! — Foi tudo o que Jack disse, constrangido por pensar que o técnico estava espiando. Então, virou para Laurie: — Desculpa, mas o show tem de continuar.

— Sem problemas.

Ela o seguiu até a pia. Miguel passou os intestinos ao médico. Tinham sido abertos em todo seu comprimento, e então inteiramente lavados, para que a superfície mucosa ficasse exposta.

— Teve outra coisa que descobri hoje — disse Laurie. — E queria contar.

— Vá em frente — incentivou-a Jack, enquanto começava a examinar de forma metódica o sistema digestivo, descendo a partir do esôfago.

— Você sabe, nunca me senti muito confortável no seu apartamento, principalmente porque o prédio é um chiqueiro.

Jack vivia em um apartamento no quarto andar de um prédio decadente, sem elevador, na rua 106, logo em frente à quadra de esportes comunitária que ele pagara para ser reformada. Devido a uma crença obstinada de que não merecia conforto, seu padrão de vida era bem inferior ao que permitiam seus recursos financeiros. A presença de Laurie, porém, havia alterado a equação.

— Eu não quero ofender dizendo essas coisas — continuou Laurie. — Mas, com o casamento chegando, temos de pensar na nossa situação. Então, tomei a liberdade de pesquisar quem afinal é o dono da propriedade, que a suposta companhia de administração para a qual você envia os seus cheques relutava em divulgar. Enfim, descobri quem é e entrei em contato com ele, para saber se haveria algum interesse em vender. E adivinha só: ele quer vender, contanto que seja comprado no estado em que se encontra. Eu acho que isso levanta algumas possibilidades interessantes. O que você acha?

Jack havia parado de examinar as tripas em suas mãos enquanto Laurie falava. Voltou-se para ela.

— Planos de casamento na mesa de necropsia, e agora planos para casa sobre a pia de limpar intestinos. Você não acha que esse talvez não seja o melhor lugar para essa conversa?

— Fiquei sabendo disso há poucos minutos e estava animada para contar, para você já ir pensando a respeito.

— Maravilha — disse Jack, suprimindo um impulso quase irresistível de ser mais sarcástico. — Missão cumprida. Mas o que você acha de conversarmos sobre a compra e, eu suponho, a reforma de uma casa com uma taça de vinho e uma salada de rúcula, em um ambiente um pouquinho mais apropriado?

— É uma ótima ideia — concordou ela, feliz. — Vejo você em casa.

Tendo dito isso, Laurie girou sobre os calcanhares e saiu. Jack continuou a olhar para a porta que dava para o hall por vários segundos, depois que se fechara atrás dela.

— Que ótimo que vocês vão se casar — disse Miguel, para quebrar o silêncio.

— Obrigado. Não é um segredo, mas nem todos estão sabendo. Espero que você respeite isso.

— Sem problemas, Dr. Stapleton. Mas eu tenho que dizer, por experiência própria, que o casamento muda tudo.

— Você tem toda razão — concordou Jack.

Também ele sabia disso por experiência própria.

1

(oito meses depois)
BOSTON, MASSACHUSETTS
SEGUNDA-FEIRA, 5 DE JUNHO, 2006
9H35

— Todos de pé — disse o meirinho uniformizado, enquanto emergia do gabinete do juiz, segurando um bastão branco.

Diretamente atrás do agente apareceu o juiz, envolto em seus paramentos pretos ondeantes. Era um afro-americano corpulento com uma papada flácida, cabelo crespo e meio grisalho, e um bigode. Seus olhos negros e intensos percorreram brevemente seu feudo enquanto subia os dois degraus que levavam ao seu assento com um modo de andar vigoroso e calculado. Chegando à cadeira, voltou-se para encarar a sala, emoldurado pela bandeira americana à sua direita e a bandeira do estado de Massachusetts à sua esquerda, ambas encimadas por águias. Tendo a reputação de ser justo e possuir um sólido conhecimento das leis, mas um temperamento irascível, ele era a encarnação da autoridade confiável. Realçando sua estatura, uma faixa da intensa luz solar matinal penetrava pelas laterais das cortinas que cobriam as janelas separadas por barras de metais e caía em cascata sobre sua cabeça e seus ombros, dando ao seu contorno um brilho dourado como o que se via nos deuses pagãos das pinturas da Antiguidade clássica.

— Atenção, atenção, atenção — continuou o meirinho em sua voz barítona, com sotaque de Boston. — Todas as pessoas com alguma questão perante os honoráveis juízes do Tribunal Superior neste momento situadas em Boston e no condado de Suffolk aproximem-se, falem à corte, e serão ouvidos. Deus salve o estado de Massachusetts. Sentem-se.

Fazendo lembrar o efeito da conclusão do hino nacional em um evento esportivo, a ordem final do meirinho deu início a um burburinho de vozes, enquanto todos no Tribunal 314 se acomodavam em seus lugares. À medida que o juiz arrumava os papéis e o jarro d'água diante de si, o escrevente sentado a uma mesa logo abaixo da bancada do juiz declarou:

— O espólio de Patience Stanhope *et al.* contra Dr. Craig Bowman. O Honorável Juiz Marvin Davidson preside.

Num movimento calculado, o juiz abriu um estojo com um estalo e pôs seus óculos de leitura sem aro, posicionando-os perto da ponta do nariz. Então, olhou por cima deles para a mesa da acusação e disse:

— Que os advogados se identifiquem para os autos. — Em contraste com o meirinho, ele não tinha sotaque e sua voz era de baixo.

— Anthony Fasano, Meritíssimo — apresentou-se o advogado do querelante sem demora, com um sotaque não muito diferente do meirinho, enquanto se levantava de sua cadeira em uma posição semiereta, como se carregasse um grande peso em seus ombros. — Mas as pessoas costumam me chamar de Tony. — Fez um gesto para a sua direita. — Estou aqui em nome do querelante, o Sr. Jordan Stanhope. — Ele então indicou sua esquerda. — Ao meu lado, está minha competente colega, a Sra. Renee Relf. — Logo se sentou outra vez, como se fosse tímido demais para permanecer no centro das atenções.

Os olhos do juiz Davidson se moveram para a mesa de defesa.

— Randolph Bingham, Meritíssimo — disse o advogado de defesa. Ao contrário do advogado de acusação, falou com vagar, pronunciando claramente cada sílaba, com uma voz melíflua. — Represento o Dr. Craig Bowman e sou acompanhado pelo Sr. Mark Cavendish.

— E eu presumo que vocês estejam prontos para começar os trabalhos — declarou o juiz Davidson.

Tony apenas fez que sim com a cabeça, enquanto Randolph novamente ficou de pé.

— Há algumas moções de rotina a serem tratadas antes do julgamento — afirmou.

O juiz lançou um olhar furioso na direção de Randolph por um instante, para indicar que não gostava ou não precisava ser lembrado das moções preliminares. Baixando os olhos, umedeceu o dedo indicador na língua antes de começar a pesquisar as páginas em suas mãos. Seus movimentos indicavam que ele se sentia contrariado, como se o comentário de Randolph houvesse trazido à tona o renovado desdém que nutria pelos advogados em geral. O juiz limpou a garganta antes de dizer:

— Moções pelo indeferimento negadas. É também a opinião da corte que nenhuma das evidências ou testemunhas propostas são muito complexas ou chocantes para a capacidade do júri de levá-las em consideração. Portanto, negados todos os pedidos de liminares. — Ele ergueu os olhos e novamente encarou Randolph com fúria, como se dissesse "toma essa", antes de voltar o olhar para o meirinho. — Faça entrar o corpo de convocados para o júri! Temos trabalho a fazer. — Ele também era conhecido como um profissional que não gostava de perder tempo.

Como se a fala do juiz fosse uma deixa, um burburinho agitado surgiu de novo entre os espectadores, sentados depois da barreira que os separava do juiz e das partes interessadas. Mas não houve muita oportunidade para conversas. O escrevente rapidamente puxou dezesseis nomes do arquivo de jurados, e o meirinho saiu para buscar os selecionados no acervo de jurados. Dentro de poucos minutos, os indivíduos foram guiados para dentro da sala e prestaram o juramento. O grupo era claramente heterogêneo, dividido em partes quase iguais entre os sexos. Embora a maioria fosse caucasiana, outras minorias também eram representadas. Aproximadamente três quartos vestiam roupas apropriadas e respeitosas, e metade desses eram homens ou mulheres de negócios. O restante vestia-se com uma mistura de camisetas, moletom, jeans, sandálias e roupas de rapper, e algumas dessas peças tinham de ser continuamente puxadas para que não caíssem. Algumas das pessoas, já experientes no processo de seleção de jurados, haviam trazido coisas para ler, em sua maioria jornais e revistas, embora uma mulher já no fim da meia-idade estivesse com um livro de capa dura. Alguns se impressionavam com o lugar, outros o desprezavam descaradamente, enquanto o grupo se alinhava no compartimento dos jurados e ocupava os assentos.

O juiz Davidson fez uma breve introdução, na qual agradeceu aos presentes pelo serviço que prestavam e informou-os de como ele era importante, tendo em vista que seriam os juízes dos fatos. Descreveu de forma resumida o processo de seleção, embora soubesse que eles já haviam recebido as mesmas informações na sala do júri. Então, começou a fazer uma série de perguntas para determinar a qualificação daquelas pessoas, com a esperança de eliminar aqueles com alguma predisposição específica que talvez os fizessem ser preconceituosos para com o querelante ou o réu. O objetivo era, ele insistiu, que a justiça fosse feita.

Justiça o cacete!, pensou Craig. Respirou fundo e se mexeu na cadeira. Só agora tomava consciência do quanto estava tenso. Ergueu as mãos, que haviam se transformado em punhos cerrados sobre seu colo, e as colocou sobre a mesa, inclinando-se para a frente e usando os antebraços como ponto de apoio. Abriu os dedos e os esticou até onde pôde, sentindo mais que ouvindo os estalos das juntas doloridas. Usava um de seus ternos cinzentos mais conservadores, camisa branca e gravata, tudo isso de acordo com ordens específicas de seu advogado, Randolph Bingham, sentado imediatamente à sua direita.

Ainda seguindo ordens específicas de seu representante legal, Craig manteve a fisionomia neutra, por mais difícil que fosse numa situação tão humilhante. Ele fora instruído a agir de forma séria, respeitosa (seja lá o que aquilo significasse) e humilde. Devia evitar parecer arrogante e zangado. Não parecer bravo era a parte difícil, pois ele estava furioso com aquilo tudo. O médico também fora aconselhado a criar uma conexão com os jurados, a olhá-los nos olhos, a vê-los como colegas e amigos. Craig riu sarcasticamente consigo mesmo enquanto seus olhos examinavam os possíveis jurados. A ideia de que eles fossem seus pares era uma piada sem graça. Seus olhos se detiveram em uma mulher desmazelada de cabelos louros e viscosos que quase ocultavam seu pálido rosto de duende. Ela vestia um suéter do time Patriots grande demais, de mangas tão longas que se viam apenas as pontas de seus dedos, e não parava de afastar as mechas de cabelo que caíam sobre seu rosto, para poder enxergar.

Craig suspirou. Os últimos seis meses tinham sido um inferno. Quando recebeu a intimação no outono passado, pressentiu que a coisa não ia ser boa, mas havia sido bem pior do que imaginara. Primeiro, foram os interrogatórios, nos quais esquadrinharam os mais ínfimos detalhes de sua vida. Eles tinham sido péssimos, mas os depoimentos conseguiram ser ainda piores.

Inclinando-se para a frente, Craig lançou um olhar para a mesa da acusação e observou Tony Fasano. Craig já tivera suas implicâncias com algumas pessoas na vida, mas nunca odiara alguém tanto quanto passara a odiar Tony Fasano. Até mesmo a aparência e as roupas do homem, seus ternos cinzentos da moda, camisas e gravatas pretas e joias de ouro vulgares só faziam aumentar sua aversão. Para Craig, Tony Fasano, com sua aparência de dublê de mafioso de segunda categoria, era o espalhafatoso estereótipo do advogado de porta de hospital dos tempos modernos, determinado a ganhar dinheiro com a desgraça dos outros, extorquindo milhões de companhias de seguros ricas e recalcitrantes. Para desgosto de Craig, Tony tinha até mesmo um site no qual se gabava disso, e o fato de que poderia arruinar a vida de um médico com isso não fazia a menor diferença.

Os olhos de Craig voltaram-se para o perfil aristocrático de Randolph, enquanto o homem se concentrava nos procedimentos do juramento. Seu representante tinha um nariz pontiagudo, com um leve formato de gancho, não muito diferente do de Tony, mas cujo efeito era completamente outro. Enquanto Tony olhava sob suas sobrancelhas negras e cerradas, com o nariz para baixo, encobrindo parcialmente um sorriso cruel e afetado em seus lábios, Randolph erguia o nariz impavidamente e olhava aqueles à sua volta com o que alguns chamariam de leve desdém. E em contraste com os lábios cheios de Tony, que muitas vezes os umedecia com a língua enquanto falava, a boca de Randolph era uma linha fina e precisa, e quando falava, sua língua ficava quase invisível. Em resumo, Randolph era um exemplo perfeito da antiga elite de Boston, um homem capaz e contido, enquanto Tony era o jovem e exuberante valentão cheio de zombarias. De início, Craig ficara contente com o contraste, mas agora, olhando para os possíveis jurados, não podia deixar de se perguntar se a persona de Tony não seduziria mais e teria maior influência. Essa nova preocupação só fez aumentar a ansiedade de Craig.

E havia muitos motivos para estar ansioso. Apesar das garantias de Randolph, o caso não estava indo bem. O mais significativo era que já fora basicamente decidido em favor do querelante pelo tribunal estatutário do Massachusetts — que tomara sua decisão após ouvir um testemunho de que havia evidências suficientes, devidamente embasadas, de uma possível negligência —, que permitiu que o caso fosse a julgamento. Como consequência dessa decisão, o querelante, Jordan Stanhope, foi eximido de prestar garantias.

O dia em que Craig foi informado disso fora o pior para ele de todo o período pré-julgamento, e, sem o conhecimento de ninguém, ele pela primeira vez em sua vida pensara em suicídio. É claro, Randolph ofereceu a mesma ladainha que Craig recebera no início; ou seja, de que ele não devia ver aquela pequena derrota como algo pessoal. Mas como ele poderia não tomar como pessoal aquela decisão, considerando que havia sido proferida por um juiz, um advogado e um colega médico? Aquelas pessoas não eram vagabundos que abandonaram a escola, nem operários embrutecidos; eles eram profissionais, e o fato de que pensassem que ele cometera imperícia, ou seja, prestara um tratamento inferior ao padrão, foi um golpe mortal para sua honra e integridade. Ele havia devotado literalmente sua vida inteira a se tornar o melhor médico que poderia ser, e fora bem-sucedido, como ficava óbvio por suas notas excelentes na faculdade de medicina, excelentes avaliações no período da residência em uma das instituições mais cobiçadas do país, e até mesmo diante do convite para que se tornasse sócio do consultório no qual trabalhava atualmente, vindo de um clínico famoso e de grande renome. E agora esses profissionais o acusavam de um delito civil. De uma maneira muito concreta, a imagem que tinha de si mesmo e sua autoestima haviam sido minadas e agora corriam riscos ainda mais sérios.

Houve outros acontecimentos além da decisão do tribunal que haviam tornado o horizonte mais sombrio. No começo, mesmo antes do fim dos interrogatórios, Randolph aconselhara seriamente que Craig fizesse todos os esforços para se reconciliar com sua esposa, Alexis, desistisse de seu apartamento recreacional na cidade (como Randolph se referia a ele) e voltasse para a casa da família em Newton. Randolph acreditava fortemente que o estilo de vida relativamente novo e autoindulgente (como ele o chamava) de Craig não seria bem-visto pelo júri. Disposto a ouvir os experientes, embora irritado pela dependência que aquilo representava, Craig havia seguido os conselhos. Ele ficara satisfeito e grato por Alexis estar disposta a recebê-lo de volta, mesmo que para dormir no quarto de hóspedes, e ela prestava seu apoio com graciosidade, como era visível pelo fato de estar sentada, naquele exato momento, na seção dos espectadores. Instintivamente, Craig virou-se e seu olhar cruzou com o dela. Alexis vestia-se num estilo profissional informal para seu trabalho como psicóloga no hospital Boston Memorial, com uma blusa branca e um cardigã azul. Craig conseguiu dar um sorriso forçado, e ela o respondeu do mesmo modo.

Ele redirecionou sua atenção ao processo de seleção do júri. O juiz castigava um desmazelado contador, que estava determinado a ser liberado por causa de suas atribulações. O homem alegava que seus clientes não podiam ficar uma semana sem ele, tempo estimado pelo juiz para o julgamento, levando em consideração a lista de testemunhas, que eram em sua maioria da acusação. O juiz Davidson foi impiedoso e contou ao cavalheiro o que ele pensava de seu senso de responsabilidade cívica, mas então o liberou. Um substituto foi chamado, fez o juramento e o processo continuou.

Graças à generosidade de Alexis, que Craig atribuía em primeiro lugar à sua maturidade, e depois ao seu treinamento como psicóloga, as coisas haviam se passado bem, na medida do possível, ao longo dos últimos oito meses. Craig sabia que poderia ter sido insuportável caso Alexis houvesse escolhido comportar-se como ele provavelmente faria, se a situação fosse inversa. De sua atual posição privilegiada, Craig podia ver que o seu chamado "despertar" era uma tentativa adolescente de ser alguém que não era. Ele nascera para ser médico — uma vocação que o tomava por inteiro —, e não um aristocrata que sai nos jornais. Na verdade, havia recebido o seu primeiro kit de médico da mãe coruja, aos 4 anos, e lembrava-se de cuidar dela e do irmão mais velho com uma seriedade precoce que prenunciava seu talento clínico. Embora no curso pré-medicina e até mesmo nos primeiros anos da faculdade de medicina ele sentisse que sua vocação fosse a pesquisa médica, mais tarde ele perceberia que tinha um dom nato para o diagnóstico clínico, que impressionou seus superiores, e, portanto, o deixou feliz também. Quando se formou na universidade, sabia que se tornaria um clínico interessado em pesquisas, e não o contrário.

Embora Alexis e as duas filhas mais novas de Craig — Megan, de 11 anos, e Christina, de 10 — houvessem se mostrado prontas a perdoar e aparentemente compreensivas, com Tracy a história fora outra. Aos 15 anos e no meio de sua adolescência, ela se mostrara clara e persistentemente incapaz de perdoar Craig por ter abandonado a família durante seis meses. Talvez estivessem associados a isso seus infelizes episódios de rebeldia, que incluíam uso de drogas — o que muito atormentou seus pais —, desrespeito descarado de seus horários de voltar para casa e até mesmo fugas ocasionais de casa à noite. Alexis estava preocupada, mas por ter uma relação aberta com a menina, sentia-se razoavelmente segura de que aquela fase passaria. Alexis insistiu com Craig para que ele não interferisse, dadas as circunstâncias. Ele ficou satisfeito em obedecer, uma vez que não teria ideia de como lidar com a situação mesmo nas melhores circunstâncias, e estava intelectual e emocionalmente preocupado com seu próprio desastre.

O juiz Davidson eliminou dois jurados potenciais por interesses conflitantes. Um era abertamente hostil às companhias de seguros e achava que elas estavam roubando o país: portanto, tchau. Outro tinha um primo que fora atendido no antigo consultório de Craig e tinha ouvido que Craig era um ótimo médico. Vários outros possíveis jurados foram dispensados quando os advogados começaram a usar algumas de suas rejeições peremptórias, incluindo um homem de negócios bem-vestido rejeitado por Tony e um jovem afro-americano em espalhafatosas roupas de rapper rejeitado por Randolph. Quatro outros jurados foram efetivados e fizeram seus juramentos. As perguntas continuaram.

Ter de lidar com o ressentimento de Tracy havia magoado Craig, mas aquilo não era nada em comparação aos problemas que ele tinha com Leona. Como amante rejeitada, ela se tornara vingativa, especialmente quando foi obrigada a procurar outro apartamento. Sua atitude hostil tumultuou o consultório, e Craig estava numa sinuca de bico. Ele não podia demiti-la, com medo de ser processado por discriminação sexual além do processo que já estava enfrentando, então teve de lidar com ela da melhor maneira possível. Por que ela não pedira demissão, ele não fazia ideia, considerando que era guerra aberta entre ela e a dupla Marlene e Darlene. Todo dia havia uma nova crise, tanto com Marlene quanto com Darlene ameaçando pedir demissão. Mas Craig não podia deixá-las fazer isso, precisava das duas mais do que nunca. De tão abalado que ficara com o processo, emocional e fisicamente, passou a achar a prática da medicina quase impossível. Ele não conseguia se concentrar e via cada paciente como um inimigo jurídico em potencial. Quase desde o dia em que fora notificado, ele sofria surtos recorrentes de ansiedade, o que prejudicara seu sistema digestivo hipersensível, causando azia e diarreia. Para piorar, havia a insônia, que o forçava a usar remédios para dormir e o fazia sentir-se prostrado ao invés de renovado ao acordar. Resumindo, ele estava péssimo. A única vantagem foi que não recuperou o peso que perdera indo à academia, graças à falta de apetite. Por outro lado, seu rosto voltou a ficar pálido e arredondado, o que agora era piorado pelos olhos profundos, circundados por olheiras.

Por mais nocivo que fosse o comportamento de Leona no escritório, em termos de complicar a vida de Craig, ele não era nada comparado ao efeito que ela provocou no processo por imperícia. O primeiro indício de que havia problema ocorreu quando seu nome apareceu na lista de testemunhas de

Tony Fasano. O quanto aquilo se provaria ruim ficou evidente no depoimento dela, e foi doloroso para Craig ser forçado a ver o profundo ressentimento de Leona, que chegara a ponto de humilhá-lo com uma descrição desdenhosa de sua falta de masculinidade.

Antes do depoimento, Craig confessara a Randolph os detalhes de seu caso com Leona, de modo que o representante soubesse o que esperar e quais perguntas fazer. Ele também contou sobre como tagarelara irresponsavelmente na noite em que fora intimado sobre o que de fato sentia em relação à falecida. Só que, na verdade, Craig poderia ter poupado essa conversa com o advogado. Quer fosse por despeito quer por simplesmente ter boa memória, Leona reproduzira quase tudo o que Craig dissera sobre Patience Stanhope, incluindo o fato de ele odiá-la, chamá-la de uma vaca hipocondríaca de carteirinha e sua asserção de que o falecimento dela era uma bênção para todos. Depois de tais revelações, até mesmo o perene otimismo de Randolph sobre o resultado final do processo havia sofrido um sério golpe. Quando ele e Craig saíram do escritório de Fasano, no segundo andar de um prédio da Hanover Street, na zona norte de Boston, Randolph estava ainda mais calado e tenso do que o normal.

— Ela não vai ajudar o meu caso, vai? — perguntara Craig, esperando em vão que seus medos fossem infundados.

— Eu espero que esta seja a única surpresa que você tenha para mim — dissera Randolph. — Sua tagarelice conseguiu tornar essa guerra muito mais difícil. Por favor, me garanta de que você não falou com mais ninguém de maneira igualmente lamentável.

— Não falei.

— Graças a Deus.

Enquanto entravam no carro de Randolph, Craig havia admitido para si mesmo que desprezava a atitude de superioridade do outro, embora mais tarde percebesse que o que ele odiava era a dependência que o prendia ao advogado. Craig sempre fora independente, enfrentando sem ajuda os obstáculos que apareciam em seu caminho, até aquele momento. Agora não podia lutar sozinho. Precisava de Randolph e, consequentemente, os sentimentos de Craig em relação ao seu advogado de defesa variavam durante os meses que antecederam o julgamento, dependendo dos novos desenvolvimentos do caso.

Craig percebeu o suspiro de descontentamento de Randolph quando Tony usou o último veto a que tinha direito para rejeitar uma senhora vestida com requinte, administradora de uma casa de repouso. Os elegantes dedos de Randolph bateram com desprazer contra seu bloco de anotações amarelo. Aparentemente por vingança, Randolph eliminou a magrela que usava o moletom grande demais. Dois outros indivíduos foram então selecionados e prestaram juramento, e as perguntas continuaram.

Inclinando-se para seu advogado, Craig perguntou com um suspiro o que ele precisava fazer para ir ao banheiro. Seu cólon hipersensível reagia à ansiedade. Randolph assegurou-o de que não havia problema e que ele deveria apenas indicar sua necessidade, como estava fazendo. Craig assentiu e levantou-se da cadeira. Era humilhante sentir todos os olhos sobre ele enquanto deixava a sala. A única pessoa com quem fez contato visual foi Alexis. Evitou o restante.

O banheiro masculino era antiquado e fedia a urina. Craig não perdeu tempo e logo entrou em uma cabine, de modo a evitar qualquer contato com os vários homens com a barba por fazer e aparência suspeita que conversavam em voz baixa. Com as paredes pichadas, o chão de mármore em mosaico precisando de reforma e o odor desagradável, o toalete parecia simbolizar a vida atual de Craig e, da forma como seu sistema digestivo andava se comportando, ele temia fazer visitas frequentes àquele ambiente desagradável durante o julgamento.

Com um pedaço de papel higiênico, Craig limpou o assento. Depois que havia se sentado, pensou de novo no depoimento de Leona. Embora fosse possivelmente o pior depoimento quanto ao impacto potencial sobre o resultado do caso, não havia sido o mais grave, do ponto de vista emocional. Aquela dúbia honra pertencia tanto ao seu próprio depoimento quanto àqueles dos especialistas convocados por Tony Fasano. Para o assombro de Craig, Tony não tivera problemas em fazer com que especialistas locais concordassem em testemunhar, e o grupo era impressionante. Todas eram pessoas que ele conhecia e admirava, e que o conheciam. A primeira a prestar depoimento foi a cardiologista que o auxiliara na tentativa de ressuscitação. Seu nome era Dra. Madeline Mardy. A seguir, o Dr. William Tardoff, o chefe de cardiologia do Newton Memorial, e o terceiro — e mais penoso para Craig —, o Dr. Herman Brown, chefe de cardiologia do Boston Memorial e docente de cardiologia em Harvard. Todos afirmaram que os primeiros minutos após um ataque cardíaco eram os mais cruciais para a sobrevivência do paciente. Eles também concordaram ser de conhecimento comum que é absolutamente essencial levar o paciente a um hospital assim que possível e que qualquer atraso era uma irresponsabilidade. Embora todos rejeitassem a ideia de visitar o paciente em domicílio diante de uma suspeita de infarto do miocárdio, Randolph fez com que todos declarassem que acreditavam que Craig não tinha certeza do diagnóstico da paciente antes de vê-la pessoalmente. Randolph também fez com que dois dos três declarassem oficialmente que ficaram impressionados com a disposição de Craig a fazer uma visita à paciente, não importando qual fosse o diagnóstico.

Randolph não ficara tão perturbado com os depoimentos dos especialistas quanto Craig e encarou-os com tranquilidade. O motivo por eles terem incomodado tanto Craig era que os doutores eram colegas respeitados, e ele encarou a disposição deles em testemunhar para a acusação como uma crítica aberta ao seu bom nome como médico. Isso valia especialmente para o Dr. Herman Brown, que fora preceptor de Craig na faculdade de medicina, e residente-chefe durante sua residência. A crítica e a desaprovação do Dr. Brown foram o que atingiu Craig em cheio, ainda mais porque havia conseguido grande aprovação do mesmo indivíduo em sua época de estudante. Para piorar tudo, não conseguira nenhum colega local para testemunhar em seu favor.

Por mais inquietantes que fossem os depoimentos dos especialistas, o seu próprio fora muito mais perturbador. Ele chegara a ponto de considerá-lo a experiência mais irritante e penosa de sua vida até aquele momento, especialmente porque Tony Fasano havia esticado a sessão por dois cansativos dias, como um tipo de estratégia para ganhar tempo. Randolph conseguira até certo ponto antecipar-se às dificuldades de Craig e havia tentado orientá-lo. Ele lhe aconselhara a hesitar antes de responder a uma pergunta, para o caso de um protesto da parte de Randolph ser necessário; a pensar por um momento sobre as implicações de uma pergunta antes de responder; a não se apressar ao fazê-lo; a evitar fornecer qualquer informação que não fosse pedida e, acima de tudo, não parecer arrogante e não entrar em bate-bocas. Ele disse que não poderia ser mais específico, uma vez que nunca havia sido oponente de Tony Fasano. Aparentemente, aquele era o primeiro caso de Tony na arena da imperícia; sua especialidade era danos pessoais.

O depoimento havia ocorrido no sofisticado escritório de Randolph, no número 50 da State Street, com sua deslumbrante vista para o porto de Boston. A princípio Tony mostrara-se razoável, não exatamente agradável, mas com certeza não agressivo. Aquele era o seu personagem brincalhão. Ele chegou até a insistir em fazer algumas piadas extraoficiais, embora apenas o escrevente do tribunal achasse graça. Mas o personagem divertido logo desapareceu, dando lugar ao valentão. Quando começou a golpear e a acusar, abordando tanto a vida pessoal quanto a profissional de Craig, incluindo detalhes humilhantes, as frágeis defesas do médico começaram a ruir. Randolph protestava quando podia, e até tentou sugerir recessos em vários momentos, mas seu cliente chegara a ponto de não querer mais saber daquilo. Apesar de aconselhado a não se irritar, Craig ficou furioso, muito furioso, e começou a desrespeitar todas as advertências de Randolph e a ignorar todas as suas recomendações. O pior bate-boca acontecera no início da tarde do segundo dia. Mesmo Randolph tendo novamente aconselhado, durante o almoço, que Craig não perdesse o controle, e mesmo este tendo prometido seguir seu conselho, ele não demorou a cair na velha armadilha, sob o ataque violento das alegações absurdas de Tony.

— Espere um minuto! — dissera Craig abruptamente. — Deixe eu dizer uma coisa.

— Por favor! — replicara Tony. — Sou todo ouvidos.

— Eu cometi alguns erros em minha vida profissional. Todos os médicos cometeram os seus. Mas Patience Stanhope não foi um deles! De jeito nenhum!

— Mesmo? — perguntara Tony, com arrogância. — O que você quer dizer com "erros"?

— Acho que seria sensato fazermos uma pausa agora — interrompera Randolph, tentando intervir.

— Eu não preciso de pausa porra nenhuma — gritara Craig. — Eu quero que esse idiota entenda só por um instante como é ser um médico: ser aquele lá nas trincheiras da linha de frente, com pessoas doentes e também com hipocondríacos.

— Mas o nosso objetivo não é instruir o Sr. Fasano — argumentara Randolph. — As opiniões dele não têm importância.

— Erros são quando você faz alguma idiotice — dissera Craig, ignorando Randolph e curvando-se para a frente, para aproximar seu rosto do de Tony

—, como trabalhar com pressa quando você está exausto e tem que ver mais dez pacientes, ou esquecer de pedir um exame quando você sabe que é indicado, porque no meio disso ocorreu uma outra emergência.

— Ou como fazer uma visita besta à casa de uma paciente seriamente doente, que mal respirava, em vez de encontrá-la no hospital, de modo que você pudesse chegar ao concerto a tempo?

O som da porta de entrada do banheiro masculino batendo trouxe Craig de volta ao presente. Esperando que seu intestino permanecesse inativo pelo resto da manhã, ele se limpou, vestiu o paletó e saiu para lavar as mãos. Nisso, olhou-se no espelho. Estremeceu ao ver seu reflexo. Sua aparência agora estava perceptivelmente pior do que quando ele começou a frequentar a academia, e ele não via muitas chances de melhora no futuro próximo, com o julgamento em curso. Seria uma semana longa e estressante, em especial se levasse em consideração sua performance desastrosa no depoimento. Passada aquela discussão, não foi necessário que Randolph o informasse de como fora péssimo, embora o advogado fosse gentil o bastante para não fazer mais do que sugerir que eles precisavam treinar antes que Craig testemunhasse no julgamento. Antes de deixar o escritório de Randolph naquele dia, Craig havia puxado-o para um canto e o olhado nos olhos.

— Tem uma coisa que eu quero que você saiba — afirmou ele, insistente.

— Eu tive os meus erros, como disse a Fasano, mesmo que tenha feito das tripas coração para ser um bom médico. Mas não errei com Patience Stanhope. Não houve negligência.

— Eu sei — respondeu Randolph. — Acredite em mim, eu entendo a sua frustração e o seu sofrimento, e prometo que, haja o que houver, vou me esforçar ao máximo para convencer o júri disso.

De volta à sala do tribunal, Craig retomou seu assento. A seleção dos jurados fora concluída, e o júri arrolado. O juiz Davidson deu aos escolhidos algumas instruções preliminares, incluindo a de desligar os celulares, e explicou o processo civil que estavam prestes a testemunhar. Informou-os de que eles, e somente eles, seriam os juízes dos fatos neste caso, o que quer dizer que decidiriam as questões factuais. Ao fim do julgamento, disse que os informaria das leis aplicáveis ao caso, coisa que era seu dever. Agradeceu novamente pelo serviço que prestavam antes de olhar por cima dos óculos em direção a Tony Fasano.

— A acusação está pronta? — perguntou o juiz Davidson.

Ele já informara o júri de que os procedimentos teriam início com o advogado da acusação fazendo seu pronunciamento inicial.

— Um momento, Meritíssimo — disse Tony. Inclinou-se para o lado e conversou em sussurros com sua assistente, a Sra. Relf.

Ela assentiu enquanto ouvia e então entregou a ele um maço de cartões com anotações.

Durante o breve atraso, Craig tentou começar a estabelecer uma ligação com o júri, como Randolph havia lhe recomendado, olhando para cada um deles individualmente, esperando que fizessem contato visual. Enquanto isso, torcia para que sua expressão não refletisse o que lhe passava pela cabeça. Para ele, o conceito de que esse grupo heterogêneo e discrepante de leigos representasse os seus iguais era, na melhor das hipóteses, ridículo. Um bombeiro estava sentado impassível, em uma camiseta imaculadamente branca que destacava seus músculos. Havia um grupelho de donas de casa que davam a impressão de estar animadas com tudo aquilo. Uma professora aposentada de cabelos azuis parecia a imagem que todos tinham de uma avó. Um assistente de encanador acima do peso, vestindo jeans e uma camiseta suja, apoiara um de seus pés no parapeito da banca dos jurados. Ao lado dele, criando um contraste nítido, estava um jovem bem-vestido, com um lenço vermelho saindo do bolso frontal de um paletó de linho marrom-claro. Uma empertigada enfermeira de ascendência asiática vinha a seguir, com as mãos cruzadas sobre o colo. Depois, haviam dois pequenos empresários em ternos de poliéster, que pareciam claramente entediados, e também irritados por terem sido coagidos a cumprir seus deveres de cidadãos. Um corretor bem-sucedido estava na segunda fileira, atrás dos pequenos empresários.

Craig percebia um desespero crescente enquanto seus olhos passavam de um jurado para o seguinte. Nenhum deles quis fazer contato visual, nem mesmo por um breve momento, exceto pela enfermeira asiática. Ele sentia que eram poucas as chances de que qualquer um dos jurados pudesse entender como era ser médico no mundo de hoje, com exceção daquela mulher. E quando pensou em seu desempenho durante o depoimento, e no testemunho que era esperado de Leona e nos dos especialistas convocados pela acusação, as chances de um resultado positivo pareciam, na melhor das hipóteses, remotas. Tudo aquilo era muito deprimente, mas ainda assim um fim apropriado para os horríveis oito meses de ansiedade, aflição, solidão e insônia, gerados por uma repetição infinita de todos os detalhes do caso na cabeça de Craig. Ele sabia que a experiência o afetara profundamente, privando-o de sua autoconfiança, de sua crença na justiça, de sua autoestima e até de sua paixão pela prática da medicina. Enquanto observava os jurados, perguntou-se, independente de qual fosse o resultado, se algum dia poderia voltar a ser o médico que um dia fora.

2

BOSTON, MASSACHUSETTS

SEGUNDA-FEIRA, 5 DE JUNHO, 2006

10H55

Tony Fasano agarrou as bordas da tribuna como se manejasse um gigantesco controle de videogame. Seu cabelo cheio de pomada, alisado para trás, tinha um brilho impressionante. O grande diamante encrustado em seu anel de ouro lampejava à luz do sol. Suas abotoaduras de ouro estavam à vista de todos. Apesar da estatura relativamente baixa, seu tipo físico quadrado lhe dava uma aparência formidável. Sua compleição robusta e morena lhe conferia um ar saudável, apesar das paredes amareladas da sala do tribunal.

Depois de apoiar seu mocassim borlado na barra de metal da tribuna, ele deu início ao pronunciamento de abertura.

— Senhoras e senhores do júri, quero expressar meu reconhecimento pelo serviço que vocês prestam ao conceder ao meu cliente, Jordan Stanhope, as condições de pleitear seus direitos.

Tony pausou para olhar para Jordan, que permaneceu impassível e imóvel, como se fosse um manequim. Estava impecavelmente vestido em um terno preto, e um lenço branco despontava do bolso de seu peito, como um dente de tubarão. Cruzava as mãos manicuradas diante de si, e seu semblante não transparecia qualquer emoção.

Olhando em volta, Tony retomou o contato visual com os jurados. Seu rosto assumiu uma expressão de luto.

— O Sr. Stanhope está em luto profundo, praticamente incapaz de levar uma vida normal depois do lamentável e inesperado falecimento, nove meses atrás, de sua maravilhosa e dedicada esposa e companheira de vida inteira, Patience Stanhope. Foi uma tragédia que não precisava ter acontecido, e não teria ocorrido se não fosse a deplorável negligência e imperícia do Dr. Craig Bowman, cliente do advogado que é meu adversário.

Craig ficou imediata e perceptivelmente tenso. Logo, os dedos de Randolph apertaram o antebraço de Craig, e ele se inclinou para o médico.

— Controle-se — sussurrou.

— Como esse desgraçado pode dizer isso? — murmurou Craig de volta. — Eu pensei que o julgamento era justamente para decidir a veracidade disso.

— E é mesmo. Ele tem o direito de fazer a alegação. Admito que está sendo agressivo. Infelizmente, é conhecido por ter esse estilo.

— Agora — disse Tony, apontando na direção do teto com o indicador em riste —, antes que eu forneça a vocês, bons cidadãos, um resumo de como comprovarei o que acabo de dizer, gostaria de fazer uma confissão sobre mim mesmo. Eu não me formei em Harvard, como o estimado colega que hoje enfrento. Sou apenas um garoto da cidade, do North End, e às vezes não sei falar de um jeito bonito.

O assistente de encanador gargalhou descaradamente, e os dois homens de ternos de poliéster sorriram, apesar de parecerem ofendidos.

— Mas eu tento — acrescentou Tony. — E se vocês se sentem um pouco nervosos por estarem aqui, saibam que também me sinto.

As três donas de casa e a professora aposentada sorriram ao ouvir a inesperada confissão de Tony.

— Agora, serei sincero com vocês — continuou ele. — Exatamente como fui com meu cliente. Eu não tenho muita experiência com casos de imperícia médica. Na verdade, este é meu primeiro caso.

O bombeiro musculoso então sorriu e fez que sim com a cabeça, aprovando a sinceridade de Tony.

— Então, vocês devem estar se perguntando: por que esse carcamano aceitou o caso? Vou lhes dizer o porquê: para nos proteger, a mim e a vocês, e aos meus filhos, de gente como o Dr. Bowman.

Leves expressões de surpresa surgiram no rosto da maioria dos jurados, enquanto Randolph erguia-se, exibindo toda sua aristocrática estatura.

— Meritíssimo, devo protestar. O advogado está sendo sedicioso.

O juiz Davidson olhou para Tony, por cima de seus óculos, com um misto de irritação e surpresa.

— Os seus comentários estão ultrapassando os limites do decoro do tribunal. Esta é uma arena de combate verbal, mas os ritos e as regras estabelecidos devem ser respeitados, especialmente em meu tribunal. Estou sendo claro?

Tony ergueu as mãos musculosas acima da cabeça, como quem humildemente se desculpa.

— Sem dúvida, e peço desculpas à corte. O problema é que às vezes me deixo tomar por minhas emoções, e foi o que aconteceu agora.

— Meritíssimo... — reclamou Randolph, mas não chegou a concluir a frase.

O juiz acenou para que ele se sentasse, enquanto ordenava que Tony continuasse com o apropriado decoro.

— Isso está virando um circo — murmurou Randolph enquanto se acomodava na cadeira. — Tony Fasano é um palhaço, mas um palhaço diabolicamente esperto.

Craig olhou para seu advogado. Era a primeira vez que via uma fissura no autodomínio glacial do homem. E o comentário foi inquietante. Era óbvio que Randolph sentia uma admiração relutante.

Depois de um breve olhar para seus cartões sobre a tribuna, Tony voltou ao pronunciamento de abertura:

— Alguns de vocês talvez se perguntem por que casos como esse não sejam decididos por juízes eruditos, e por que vocês têm de interromper suas vidas. Vou lhes dizer o porquê. Porque vocês têm mais bom senso do que os juízes. — Tony apontou para cada um dos jurados. Todos prestavam a maior atenção. — É verdade. Com todo o respeito, Meritíssimo — disse Tony, olhando para o juiz. — As memórias dos juízes estão cheias de leis e estatutos e de todo tipo de bobagens jurídicas, enquanto estas pessoas — ele voltou a atenção ao júri — são capazes de enxergar os fatos. Isso para mim é uma verdade incontestável. Se eu um dia entrar numa enrascada, eu quero um júri. Por quê? Porque vocês, com o senso comum e a capacidade intuitiva que têm, podem enxergar além da confusão jurídica e dizer onde está a verdade.

Vários jurados agora assentiam em concordância. Craig sentiu seu pulso acelerar e uma dor atacar seus intestinos. Seu medo de que Tony caísse nas graças do júri pelo visto já estava se tornando realidade. Aquilo era comum a todo o caso lamentável. Justo quando parecia que as coisas não podiam piorar, elas pioravam.

— O que eu vou fazer — continuou Tony, gesticulando com a mão direita — é provar para vocês quatro pontos básicos. Número um: falando com os próprios funcionários do doutor, vou demonstrar que o Dr. Bowman tinha um dever para com a falecida. Número dois: com o testemunho de três reputados especialistas de três instituições renomadas de Boston, demonstrarei o que um médico razoável faria nas circunstâncias em que a falecida se achava na noite de 8 de setembro de 2005. Número três: com o testemunho do querelante, de um dos funcionários do doutor e de um dos especialistas que teve parte no caso em questão, mostrarei como o Dr. Bowman, por negligência, não agiu como um médico razoável agiria. E número quatro: como a conduta do Dr. Bowman foi a causa imediata da triste morte da paciente. Em resumo, é isso.

Gotas de suor surgiram na testa de Craig, e sua garganta pareceu-lhe seca de repente; ele precisava ir ao banheiro, mas não se atrevia. Serviu para si um pouco de água de uma jarra que havia na mesa, com a mão embaraçosamente trêmula, e bebeu um gole.

— Agora estamos de novo em terra firme — sussurrou Randolph.

Ele obviamente não estava tão abalado quanto Craig, o que era um consolo. Mas Craig sabia que viria mais.

— O que acabo de esboçar — prosseguiu Tony — é o núcleo de um caso corriqueiro de imperícia médica. É o que os advogados chiques e caros como meu adversário gostam de chamar de caso *prima facie*. Eu chamo de coração, ou de tripas. Muitos advogados, assim como muitos médicos, gostam de usar palavras que ninguém entende, especialmente palavras em latim. Mas este não é um caso corriqueiro. É muito pior, e é por isso que falo dele com palavras tão fortes. Ora, a defesa vai querer que vocês acreditem, e eles têm testemunhas que dirão isso, que o Dr. Bowman é um médico excelente, caridoso, cheio de compaixão, com uma família perfeita, mas a realidade é muito diferente.

— Protesto! — interveio Randolph. — A vida privada do Dr. Bowman não está em julgamento. O advogado está tentando desonrar o meu cliente.

O juiz Davidson encarou Tony depois de tirar seus óculos de leitura.

— Você está saindo do caminho, filho. A direção que você está tomando é relevante para essa alegação específica de imperícia médica?

— Certamente, Meritíssimo. É essencial.

— Você e a ação de seu cliente terão sérios problemas, caso não seja. Protesto negado. Continue.

— Obrigado, Meritíssimo — respondeu Tony, antes de voltar-se novamente para os jurados. — Na noite de 8 de setembro de 2005, quando Patience Stanhope encontraria seu prematuro fim, o Dr. Craig Bowman não estava aninhado em sua elegante e aconchegante casa em Newton, com sua querida família. Ah, não! Vocês ficarão sabendo, por uma testemunha que era sua funcionária e namorada, que ele estava com ela no ninho de amor que tinha na cidade.

— Protesto! — disse Randolph com uma violência atípica. — Sedicioso e testemunho indireto. Não posso tolerar esse tipo de linguagem.

Craig sentiu o sangue correr para seu rosto. Ele queria virar-se e fazer contato visual com Alexis, mas não conseguiu forçar-se a fazê-lo, não com a humilhação com a qual estava lidando.

— Protesto aceito! Advogado, atenha-se aos fatos, sem usar de enfeites inflamatórios até que a testemunha tenha sua vez.

— É claro, Meritíssimo. É que não é fácil controlar minhas emoções.

— Se não controlar, estará cometendo desacato.

— Entendido — concordou Tony. Ele voltou a olhar para os jurados. — Vocês ouvirão um testemunho mostrando que o estilo de vida do Dr. Bowman havia mudado dramaticamente.

— Protesto! — disse Randolph. — Vida privada, estilo de vida: nada disso é relevante para o caso em questão. Este é um julgamento de imperícia médica.

— Santo Deus! — exclamou o juiz Davidson, frustrado. — Advogados, aproximem-se.

Randolph e Tony obedientemente se dirigiram para a lateral da bancada do juiz, fora do alcance auditivo de todos na sala do tribunal e, o mais importante, fora do alcance tanto do escrevente quanto do júri.

— Neste ritmo, este julgamento vai durar um ano, pelo amor de Deus — queixou-se o juiz. — Minha agenda do mês inteiro vai ter de ir para o lixo.

— Não posso permitir que essa farsa continue — reclamou Randolph. — É prejudicial para o meu cliente.

— Essas interrupções me fazem perder a linha do raciocínio — resmungou Tony.

— Quietos! Não quero mais ouvir o choro de nenhum de vocês. Sr. Fasano, dê alguma justificativa para esse desvio em relação aos fatos médicos relevantes.

— Foi a decisão do médico visitar a falecida em casa, em vez de concordar com o pedido do querelante para que sua esposa fosse levada imediatamente para o hospital, mesmo que, como o próprio doutor dirá em seu testemunho, ele suspeitasse de um ataque cardíaco.

— E daí? — questionou o juiz. — Pelo que entendo, o médico respondeu à emergência sem qualquer demora indevida.

— Estamos dispostos a concordar com isso, mas o Dr. Bowman não atendia os seus pacientes em casa antes de sua crise de meia-idade, ou "despertar", como ele chama, e antes de se mudar para o centro da cidade com sua amante. Meus especialistas testemunharão que o atraso causado pela visita à casa da paciente foi crucial para a morte de Patience Stanhope.

O juiz Davidson refletiu. Enquanto o fazia, distraidamente encolheu o lábio inferior para dentro da boca, de modo que a distância do bigode ao queixo reduziu-se pela metade.

— O estilo de vida e o estado de espírito do provedor de serviço não são relevantes para um caso de imperícia médica — asseverou Randolph. — Legalmente, a questão é apenas se houve um desvio do padrão de conduta, causando danos pelos quais se pode obter uma compensação.

— Em linhas gerais, você está certo, mas acredito que o Sr. Fasano tem um argumento válido, desde que os testemunhos subsequentes o apoiem. Você pode afirmar que este é inequivocamente o caso?

— Com certeza o caso é este! — respondeu Tony, confiante.

— Então, caberá ao júri decidir. Protesto negado. Você pode prosseguir, Sr. Fasano, mas advirto-o novamente quanto ao uso de linguagem sediciosa.

— Obrigado, Meritíssimo.

Randolph voltou ao seu lugar, ostensivamente irritado.

— Vamos ter de lidar com isso — avisa. — O juiz está concedendo a Fasano uma liberdade de ação atípica. Pelo lado positivo, isso nos dará base para um recurso, se o caso for decidido em favor da acusação.

Craig fez que sim, mas o fato de que Randolph, pela primeira vez, estava enunciando a possibilidade de um resultado negativo fez aumentar seu desalento e pessimismo.

— Bom, onde diabos eu estava? — disse Tony depois de voltar à tribuna. Folheou os cartões de anotação, ajustou as mangas do paletó de seda, de modo que os punhos de sua camisa aparecessem o bastante para que seu extravagante relógio de ouro estivesse à vista. Ergueu os olhos. — Quando eu estava no terceiro ano do ensino fundamental, descobri que eu era péssimo na hora de falar em público, e isso não mudou muito, então, espero que vocês sejam um pouco tolerantes.

Alguns dos jurados sorriram e assentiram, solidarizando-se.

— Apresentaremos um testemunho mostrando que a vida profissional do Dr. Bowman mudou dramaticamente quase dois anos atrás. Antes disso, ele trabalhava no sistema tradicional de cobrar um preço por consulta. Então, mudou. Ele juntou-se a um bem-sucedido consultório de medicina concierge e basicamente assumiu seu controle.

— Protesto! — disse Randolph. — O julgamento não é sobre o tipo de atividade profissional.

O juiz suspirou, frustrado.

— Sr. Fasano, o tipo de atividade do Dr. Bowman é pertinente à questão que discutimos em particular?

— Sem dúvida, Meritíssimo.

— Protesto negado. Prossiga.

— Ora — disse Tony, dirigindo-se aos jurados —, estou olhando aqui para uma série de rostos que parecem um pouco confusos quando menciono o termo *medicina concierge*. E vocês sabem por quê? Porque há um monte de pessoas que não sabe o que é isso, inclusive eu mesmo não sabia, até que me encarreguei desse caso. É também chamada de medicina de comissão, o que significa que os pacientes que querem participar têm de pagar um bom dinheiro antecipadamente a cada ano. E me refiro a muito dinheiro mesmo, em alguns dos casos, mais de 20 mil dólares por pessoa a cada ano! Ora, o Dr. Bowman e seu sócio, Dr. Ethan Cohen, que está praticamente aposentado, não cobram tanto, mas cobram bastante. Como vocês podem muito bem imaginar, esse estilo de atividade só pode existir em regiões ricas e sofisticadas, como algumas de nossas maiores cidades, e em lugares chiques, como Palm Beach, ou Naples, na Flórida, ou em Aspen, no Colorado.

— Protesto! — exclamou Randolph. — Meritíssimo, a medicina concierge não está em julgamento aqui.

— Eu discordo, Meritíssimo! — disse Tony, olhando para o juiz. — Em certo sentido, a medicina concierge está em julgamento, sim.

— Então, faça a relação com o caso, advogado — disse o juiz Davidson, irritado. — Protesto negado.

Tony voltou a olhar para os jurados.

— Ora, o que as pessoas que se associam a um consultório de medicina concierge recebem por toda essa grana adiantada que pagam, além de serem expulsas e abandonadas, caso não consigam mais pagar? Vocês ouvirão um testemunho sobre o que eles, em tese, recebem. Serão mencionados acesso em tempo integral ao médico de sua escolha, com a disponibilidade do número do celular e do e-mail do médico, e uma garantia de não ter de esperar por suas consultas; coisas que eu, pessoalmente, acho que as pessoas deviam ter direito sem ter de pagar adiantado. Mas o mais importante de tudo, em relação ao caso em questão, é que eles têm o direito de ser atendidos em casa pelo médico, quando isso for apropriado e conveniente.

Tony pausou por um momento, para deixar que seus comentários surtissem efeito.

— Durante o julgamento, vocês ouvirão um testemunho direto afirmando que, na noite de 5 de setembro de 2005, o Dr. Bowman tinha ingressos para um concerto, para ele mesmo e para a namorada com a qual morava junto, enquanto sua esposa e suas queridas filhas estavam em casa, infelizes. Eu adoraria ter a esposa do doutor como testemunha, mas, como hoje ele está de volta à casa de sua família, não posso por causa da confidencialidade matrimonial. Ela deve ser uma santa.

— Protesto — disse Randolph —, pela mesma razão já citada.

— Aceito.

— Vocês também ouvirão um testemunho — continuou Tony, praticamente sem fazer uma pausa — de que o padrão de conduta estabelecido quando há a suspeita de um ataque cardíaco é levar o paciente para o hospital imediatamente, de modo que o tratamento tenha início. E quando eu digo imediatamente, não estou exagerando, porque minutos, talvez segundos, podem fazer a diferença entre vida e morte. Vocês ouvirão um testemunho mostrando que, apesar das súplicas de meu cliente para encontrar o Dr. Bowman onde ela pudesse ser tratada, o médico insistiu em visitá-la em casa. E por que ele foi atendê-la em casa? Vocês ouvirão um testemunho dizendo que isso era importante porque, se Patience Stanhope não estivesse sofrendo um ataque cardíaco, mesmo que, vocês ficarão sabendo pelo testemunho do próprio médico, ele suspeitasse da possibilidade, se ela não estivesse sofrendo um ataque, então, ele conseguiria chegar a tempo para o concerto, dirigindo o seu novo Porsche vermelho, e entrar em grande estilo e ser admirado por sua cultura e pela mulher jovem e atraente ao lado. E isto, meus amigos, constitui a negligência e a imperícia médica; pois, por sua vaidade, o Dr. Bowman violou o padrão de conduta, que determina que uma vítima de ataque cardíaco seja levada o mais rápido possível para onde ela possa ser tratada.

"Vocês ouvirão algumas interpretações diferentes desses fatos, graças aos esforços do meu colega mais experiente e refinado. Mas estou certo de que verão a verdade, assim como creio que fez o tribunal de Massachusetts quando ouviu este caso e o recomendou para julgamento."

— Protesto! — gritou Randolph, levantando-se num pulo. — Proponho que isso seja retirado dos autos e peço à corte que advirta o advogado. A decisão do tribunal não é admissível: Beeler contra Downey, Suprema Corte do Massachusetts.

— Aceito! — disse o juiz Davidson de pronto. — O advogado de defesa está correto, Sr. Fasano.

— Peço desculpas, Meritíssimo — disse Tony. Ele foi até a mesa da acusação e pegou o papel que a Sra. Relf oferecia. — Eu tenho aqui uma cópia das leis do estado de Massachusetts, capítulo 231, seção 60B, dizendo que as decisões do comitê e os testemunhos diante do comitê são admissíveis.

— Isso foi anulado pelo caso citado — disse o juiz. Ele olhou para o escrevente do tribunal. — Remova dos autos a referência ao tribunal.

— Sim, senhor — disse o escrevente.

O juiz Davidson então voltou-se ao júri:

— Vocês são orientados a desconsiderar o comentário do Sr. Fasano sobre o Tribunal de Massachusetts e são instruídos a que isso não tenha qualquer influência em sua responsabilidade como juízes dos fatos. Entendido?

Todos os jurados assentiram docilmente. O juiz olhou então para Tony.

— A inexperiência não é desculpa para o desconhecimento da lei. Espero que não aconteçam mais deslizes do tipo, ou serei forçado a anular o julgamento.

— Me esforçarei ao máximo — disse Tony. Ele voltou à tribuna a passos largos. Parou um momento para organizar os pensamentos e então olhou para os jurados. — Eu estou certo, como já disse, de que vocês verão a verdade: que a negligência do Dr. Bowman causou a morte da adorável esposa de meu cliente. Vocês então serão encarregados de determinar os danos que serão pagos pelos cuidados, pela orientação, pelo apoio, pelos conselhos e pela companhia que Patience Stanhope estaria dando hoje ao meu cliente, caso estivesse viva. Portanto, agradeço a vocês pela atenção, e peço desculpas, como pedi ao juiz, pela minha inexperiência nesta área específica do direito e aguardo a chance de me dirigir novamente a vocês na conclusão do julgamento. Obrigado.

Juntando os cartões que deixara na superfície da tribuna, Tony retirou-se para a mesa da acusação e imediatamente lançou-se em uma conversa em voz baixa, mas intensa, com sua assistente. Ele agitava o papel que ela recentemente lhe entregara.

Com um suspiro de alívio por Tony haver concluído, o juiz Davidson olhou brevemente o relógio, antes de voltar-se para Randolph.

— O advogado de defesa deseja fazer seu discurso de abertura neste momento dos procedimentos, ou depois da apresentação do caso da acusação?

— Definitivamente agora, Meritíssimo — respondeu Ran- dolph.

— Muito bem, mas primeiro faremos um recesso para o almoço. — E então bateu o martelo com vigor. — A corte está em recesso até a uma e meia. Os jurados são instruídos a não discutir o caso com ninguém, nem entre si.

— Todos de pé — ordenou o meirinho, como um leiloeiro público, enquanto o juiz se levantava.

3

BOSTON, MASSACHUSETTS

SEGUNDA-FEIRA, 5 DE JUNHO, 2006

12H05

Embora quase todos começassem a sair em fila da galeria do tribunal, Alexis Stapleton Bowman não se moveu. Ela estava olhando para o marido, que havia afundado na cadeira, como um balão esvaziado, no momento em que a porta para os aposentos do juiz se fechara. Randolph inclinava-se em sua direção e falava num tom baixo. Pousava a mão no ombro de Craig. O assistente do advogado, Mark Cavendish, estava de pé do outro lado de Craig, juntando papéis, um laptop e outras quinquilharias, e colocando-os em uma pasta aberta. Alexis tinha a impressão de que Randolph estava tentando convencer Craig de alguma coisa e pensou se devia intervir ou esperar. Por enquanto, decidiu que seria melhor esperar. Então, viu o querelante, Jordan Stanhope, passar pelo portão que dividia a sala do tribunal. O rosto dele estava neutro, sua atitude parecia indiferente, suas roupas eram discretas e caras. Alexis olhou, enquanto ele, sem palavras, encontrou-se com uma jovem mulher que se comportava e se vestia como se fosse uma versão feminina dele.

Trabalhando como psicóloga em um hospital, Alexis comparecera a diversos julgamentos, depondo em vários contextos diferentes, embora na maioria das vezes como testemunha especialista. Por experiência, sabia que eram ocasiões inquietantes para todos, especialmente para os médicos processados por imperícia, e mais ainda para o marido, que ela sabia passar por um momento de grande vulnerabilidade. O julgamento de Craig era o ponto culminante de dois anos particularmente difíceis; muita coisa dependia da sentença. Graças ao treinamento e à capacidade de ser objetiva, mesmo em assuntos pessoais, conhecia bem tanto os pontos fracos do marido quanto os fortes. Infelizmente, na crise atual, ela estava consciente de que a vulnerabilidade sobrepujava seus pontos fortes de tal modo que, se ele não saísse vencedor nessa investigação tão pública de suas competências como médico, ela duvidaria de que ele fosse capaz de retomar sua vida, que havia se estilhaçado antes mesmo do processo judicial, com uma crise de meia-idade bastante típica. Craig era antes e acima de tudo um médico. Seus pacientes vinham em primeiro lugar. Ela soubera disso desde o início do relacionamento com ele, e o aceitara, e até mesmo o admirara, pois entendia que ser um médico, particularmente um bom médico, era, ao seu ver — e ela tinha bastante conhecimento direto, trabalhando em um grande hospital — um dos trabalhos mais duros, exigentes e implacáveis do mundo.

O problema era que havia boas chances, pelo menos na primeira instância, como Randolph havia lhe segredado, de que houvesse uma condenação, apesar de não ter havido imperícia. No fundo, Alexis tinha certeza disso, ao ouvir a história e porque sabia que Craig sempre punha seus pacientes em primeiro lugar, mesmo nas situações em que isso causava alguma inconveniência, mesmo que fosse às três da manhã. No caso, era a infeliz confluência de fatores, a acusação de imperícia com os conflitos da chegada à meia-idade, que complicava a situação. O fato de que tenham ocorrido em conjunto não surpreendia. Alexis não atendera muitos médicos em seu consultório, pois procurar ajuda, ainda mais psicológica, em geral não era da natureza deles. Eles cuidavam dos outros, e não o contrário. Disso, Craig era um exemplo perfeito. Ela insistira em sugerir que ele procurasse terapia, em especial considerando a reação que tivera ao depoimento de Leona, e aos depoimentos dos especialistas da acusação, e Alexis poderia facilmente ter providenciado isso, mas Craig, determinado, recusara. Havia chegado até a reagir com raiva quando ela refez a sugestão uma semana depois, quando estava óbvio que ele tornava-se ainda mais deprimido.

Enquanto Alexis continuava a pensar se deveria se reunir a Craig e Randolph ou permanecer onde estava, percebeu outra pessoa que havia ficado na galeria depois do êxodo em massa. O que chamou sua atenção foram as roupas, quase idênticas às do advogado de acusação, em estilo, cor e corte. A similaridade dos trajes e também das constituições físicas sólidas e cabelos pretos lhes davam a aparência de gêmeos, contanto que não estivessem juntos, porque o homem na área reservada ao público tinha no mínimo uma vez e meia o tamanho de Tony Fasano. Ele também se diferia por ser menos moreno, e em contraste com a pele do rosto do advogado, que era como a de um bumbum de bebê, tinha as lastimáveis sequelas de uma severa acne juvenil. As cicatrizes nas maçãs do rosto eram tão profundas a ponto de parecerem queimaduras.

Naquele momento, Tony Fasano interrompeu a conversa com sua assistente, pegou a pasta de couro de avestruz e saiu a passos largos pelo portão da galeria para fora do tribunal. Era óbvio que estava indignado com o erro em relação às decisões do tribunal. Alexis perguntou-se o porquê daquela reação desproporcional, pois o discurso inicial dele, na opinião dela, havia sido lamentavelmente eficiente, e era sem dúvidas o motivo para Craig estar taciturno. A assistente de Tony docilmente seguiu o chefe. Sem sequer olhar para o lado nem hesitar em sua caminhada, ele gritou — "Franco!" —, enquanto gesticulava para o homem com as roupas iguais às suas, pedindo que o seguisse. Franco obedeceu. Um momento depois, todos haviam desaparecido pelas pesadas portas duplas que levavam ao hall e que se fecharam com um som desagradável.

Alexis olhou novamente para o marido. Ainda não se movera, mas Randolph agora estava olhando na direção dela. Quando fizeram contato visual, ele acenou para que ela se aproximasse. Com um convite explícito, Alexis ficou feliz de se aproximar. Ao chegar, o rosto de Craig parecia tão indefeso quanto ela presumira, julgando por sua postura corporal.

— Você precisa falar com ele! — ordenou Randolph, saindo de seu autocontrole estudado e aristocrático, demonstrando uma leve exasperação. — Ele não pode continuar a se comportar dessa maneira desanimada, derrotada. Aprendi por experiência que os júris têm detectores especiais. Estou convencido de que conseguem perceber o estado de espírito das partes e decidir o caso tendo isso como base.

— Você está dizendo que o júri pode decidir condenar Craig apenas por ele estar deprimido?

— É exatamente o que estou dizendo. Você tem de dizer pra ele se animar! Se continuar a se comportar dessa maneira negativa, existe o risco de que presumam que ele é culpado da imperícia alegada. Não estou dizendo que não vão ouvir os testemunhos ou levar as evidências em conta, mas só farão isso com o pensamento de talvez negar a impressão inicial. Esse tipo de comportamento transforma um júri neutro em um júri desfavorável e joga o ônus da prova para nós, a defesa, quando ele deve caber à acusação.

Alexis olhou para Craig, que estava agora massageando as têmporas enquanto apoiava a cabeça nas mãos, com os cotovelos sobre a mesa. Seus olhos estavam fechados. Ele respirava através da boca, aberta e frouxa. Animá-lo não seria nada fácil. Ele tivera surtos depressivos durante a maior parte dos oito meses que antecederam o julgamento. O único motivo para aparentar mais disposição naquela manhã e nos dias imediatamente anteriores ao julgamento era a perspectiva de que aquilo tudo chegasse ao fim. Agora que a audiência havia começado, ficara óbvio que a realidade do resultado possível tinha se manifestado. Sentir-se deprimido não era uma reação irracional.

— Por que não saímos todos para almoçar? Assim podemos conversar — sugeriu Alexis.

— O Sr. Cavendish e eu vamos ter de ficar sem almoço — disse Randolph. — Preciso planejar meu discurso de abertura.

— Você ainda não o planejou? — perguntou Alexis, obviamente surpresa.

— É claro que eu já havia planejado — replicou Randolph com irritação. — Mas graças ao fato de o juiz ter concedido ao Sr. Fasano tanta liberdade de ação em seu discurso de abertura, eu preciso modificar o meu.

— Fiquei surpresa com o discurso de abertura da acusação — admitiu Alexis.

— E devia ficar mesmo. Foi simplesmente uma tentativa de assassinato de reputação ou de culpa por associação, pois eles obviamente não têm qualquer evidência de uma negligência médica real. A única coisa boa é que o juiz já está nos fornecendo base para um recurso, se for necessário, especialmente com o truque barato de Fasano de mencionar a decisão do tribunal.

— Você não acha que foi um erro mesmo?

— Longe disso — escarneceu Randolph. — Pesquisei alguns casos nos quais ele trabalhou. Ele é um advogado de acusação da espécie mais desprezível. O homem não tem consciência. Não que eu não suspeitasse disso, tendo em vista que ele escolheu se especializar nesse tipo de caso.

Alexis não tinha tanta certeza. Tendo visto o advogado dando uma bronca em sua colega, se aquilo era fingimento, era digno de Oscar.

— Você quer que eu me anime e já está falando em recurso? — disse Craig com um suspiro, falando pela primeira vez desde que Alexis havia se aproximado.

— É preciso se preparar para todas as possibilidades — respondeu Randolph.

— Por que você não corre e faz sua preparação? — disse Alexis a ele. — Eu e o Dr. Bowman vamos conversar.

— Excelente — disse Randolph, decidido. Era um alívio ser liberado. Gesticulou para o assistente para que saíssem. — Nos encontramos aqui na hora marcada. O juiz Davidson é, entre outras características não tão agradáveis, ao menos pontual, e espera que os outros também sejam.

Alexis viu Randolph e Mark caminharem pela sala e depois desaparecerem no corredor, antes de voltar os olhos para Craig. Ele a fitava sombriamente. Ela sentou na cadeira de Randolph.

— Que tal almoçarmos juntos? — sugeriu ela.

— A última coisa que quero fazer agora é comer.

— Então vamos sair. Vamos sair deste ambiente opressor.

Craig não respondeu, mas levantou-se. Alexis foi à frente, saindo do tribunal, atravessando a galeria do público, e passou pelo hall até o saguão dos elevadores. Havia pequenos grupos de pessoas andando por ali, algumas engajadas em conversas furtivas. O tribunal emitia uma aura de controvérsia por todos os lados. Craig e Alexis não falaram enquanto tomavam o elevador para baixo e saíam para um dia claro e ensolarado. A primavera finalmente chegara a Boston. Em um agudo contraste com o interior do tribunal, opressivo e sujo, havia esperanças e promessas no ar.

Depois de cruzar um pequeno pátio de tijolos apertado entre o tribunal e um dos prédios em forma de lua crescente do Boston Government Center, Craig e Alexis desceram um lance curto de escadas. Cruzar as quatro movimentadas faixas da Cambridge Street exigia algum esforço, mas eles logo conseguiram caminhar pela extensa esplanada defronte à Prefeitura de Boston. A praça estava lotada de pessoas que fugiam de seus escritórios confinados para pegar um pouco de sol e de ar fresco. Havia algumas bancas de frutas com vendedores barulhentos.

Sem nenhum destino em mente, o casal viu-se perto da entrada do metrô de Boston. Eles sentaram-se num parapeito de granito, inclinados para que ficassem de frente um para o outro.

— É inútil eu dizer para você se animar — disse Alexis. — Você só vai se animar se quiser.

— Como se eu já não soubesse.

— Mas eu posso ouvir. Talvez você devesse simplesmente me dizer como se sente.

— Ah, uuuh! Sempre a terapeuta pronta a ajudar os doentes mentais. Diga-me como se sente! — arremedou Craig zombeteiramente. — Quanta atenção!

— Não sejamos hostis, Craig, eu acredito em você. Estou ao seu lado no processo.

Craig olhou para outro lado por um momento, para dois garotos jogando um frisbee pra lá e pra cá. Ele suspirou, e então encarou Alexis novamente.

— Desculpe. Sei que você está ao meu lado, me deixando voltar como um cachorro com o rabo entre as pernas, e quase sem fazer perguntas. Eu agradeço. De verdade.

— Você é o melhor médico que eu conheço, e conheço muitos médicos. E também entendo um pouco o que você está passando, o que ironicamente tem algo a ver com você ser um médico tão excelente. Isso o torna mais vulnerável. Mas, tirando isso, eu e você temos questões a serem resolvidas. Isso é evidente, e eu farei perguntas. Mas não agora. Vai haver tempo para tratarmos da nossa relação, mas primeiro temos de fazer você sair dessa confusão toda.

— Obrigado — disse Craig, de maneira simples e sincera.

Então, sua mandíbula inferior começou a tremer. Lutando contra o choro, esfregou os olhos com os nós dos dedos. Aquilo lhe custou alguns segundos, mas quando sentiu que havia se controlado, olhou de novo para Alexis. Os olhos dele estavam úmidos e vermelhos. Passou nervosamente a mão pelos cabelos.

— O problema é que essa coisa toda não para de piorar. Estou com medo de perder. Merda, quando penso no meu comportamento na época em que aquilo aconteceu, fico com vergonha. E sabendo que isso vai vir a público é um desastre para nós dois e vergonhoso para você.

— O seu comportamento se tornar público é um fator importante na sua depressão?

— É parte dela, mas não a maior. A maior humilhação vai ser o júri informando ao mundo que sou um médico de segunda categoria. Se isso acontecer, não sei se vou conseguir clinicar de novo. Já é difícil do jeito que está. Estou olhando todos como se fossem outros acusadores, e cada encontro com um paciente, como um possível caso de imperícia. É um pesadelo.

— Eu acho que isso é compreensível.

— Se eu não puder praticar medicina, o que mais poderei fazer? Não sei fazer mais nada. Tudo o que eu sempre quis foi ser médico.

— Poderia se dedicar às suas pesquisas em tempo integral. Você sempre se sentiu dividido entre a pesquisa e a clínica médica.

— Acho que é uma possibilidade. Mas tenho medo de perder minha paixão pela medicina como um todo.

— Então está bem claro que você tem de fazer todo o possível para vencer. Randolph disse que você tem de reagir.

— Ah, Randolph, meu Deus do céu! — reclamou Craig. Desviou o olhar um pouco para longe. — Não sei não. Tendo visto o desempenho de Fasano esta manhã, não acho que Randolph seja o advogado certo. Ele e aquele júri vão ser como óleo e água, enquanto Fasano já os têm comendo na palma da mão.

— Se você acha isso, não pode pedir outro advogado para a empresa de seguros?

— Não sei. Acho que sim.

— Mas a questão é: isso seria sensato a essa altura do campeonato?

— Quem sabe? — perguntou Craig melancolicamente. — Quem sabe...

— Bom, vamos trabalhar com o que já temos. Vamos ouvir o discurso de abertura de Randolph. Enquanto isso, temos de pensar num jeito de arrumar você, a imagem que você passa.

— Falar é fácil, fazer nem tanto. Você tem alguma ideia?

— Só dizer para você se animar não vai funcionar, mas que tal se concentrar na sua inocência? Pense nisso por enquanto. Você teve de enfrentar a gravidade da condição de Patience Stanhope; você fez tudo o que era humanamente possível. Chegou até a acompanhá-la na ambulância, para poder estar presente caso houvesse uma parada cardíaca. Meu Deus, Craig! Concentre-se nisso, e em sua dedicação à medicina em geral, e passe essa imagem. Estufe o peito diante daquele tribunal inteiro! Como você poderia ter sido mais responsável? O que me diz?

Craig, em dúvida, deu uns risinhos diante do entusiasmo súbito de Alexis.

— Deixa ver se eu entendi. Você está falando para eu me concentrar em minha inocência e transmitir isso para o júri?

— Você ouviu o que Randolph disse. Ele tem muita experiência com júris e está convencido de que eles têm uma sensibilidade especial para o estado de espírito das pessoas. Acho que você deve tentar criar uma ligação com eles. Deus sabe que mal isso não vai fazer.

Craig soltou um suspiro intenso. Ele estava longe de se sentir confiante, mas não tinha energia para lutar contra o empenho de Alexis.

— Está bem, vou tentar.

— Bom. E outra coisa: tente utilizar sua capacidade de médico de compartimentalizar as coisas. Eu já vi você fazendo isso inúmeras vezes, clinicando. Enquanto estiver pensando em que grande médico você é e em como deu seu máximo, profissionalmente falando, no caso de Patience Stanhope, não pense em mais nada. Concentre-se.

Craig simplesmente fez que sim e parou de fazer contato visual com Alexis.

— Você não está convencido, está?

Craig negou com a cabeça. Ele olhou para o prédio pós-moderno e em formato de caixa da Prefeitura de Boston, que dominava a esplanada como um castelo medieval. Sua grandiosidade taciturna e desgastada parecia a Craig uma metáfora do lamaçal burocrático que o aprisionava. Custou para que conseguisse tirar os olhos da construção e os voltasse para sua esposa.

— A pior coisa disso tudo é que eu me sinto completamente indefeso. Estou dependendo por completo do advogado que minha companhia de seguros indicou. Todos os outros obstáculos da minha vida exigiram mais esforço de minha parte, e sempre foi o esforço a mais que salvava o dia. Agora parece que quanto mais esforço eu faço, mais me afundo.

— Concentrar-se em sua inocência, como sugeri, exige esforço. Compartimentalizar exige esforço também.

Alexis pensou que era irônico como o que Craig estava exprimindo era exatamente como as pessoas em geral se sentiam sobre estarem doentes e dependerem de seus médicos.

Craig fez que sim com a cabeça.

— Eu não me importo de me esforçar. Falei que vou tentar criar uma ligação com o júri. Eu queria que houvesse outra coisa. Algo mais tangível.

— Bom, tem outra coisa que me passou pela cabeça.

— É? O quê?

— Eu pensei em chamar meu irmão Jack e ver se ele pode vir de Nova York e dar uma ajuda.

— Ah, isso seria muito útil! — disse Craig sarcasticamente. — Ele não vai vir. Vocês não se falam há anos e, além disso, ele nunca gostou de mim.

— Jack tem lidado com uma dificuldade compreensível diante do fato de termos sido abençoados com três filhas maravilhosas, enquanto ele perdeu tragicamente as duas que teve. É doloroso para ele.

— Pode ser, mas isso não explica por que ele não gosta de mim.

— Por que você diz isso? Ele alguma vez disse que não gostava de você?

Craig olhou para Alexis por um instante. Ele havia entrado num beco sem saída e não conseguia pensar num jeito de escapar. Jack Stapleton nunca dissera nada de específico; era só algo que Craig sentia.

— Sinto muito que você pense que Jack não gosta de você. A verdade e que ele admira você e me disse isso com todas as letras.

— Mesmo? — Craig se surpreendeu, convencido de que a opinião de Jack era exatamente a contrária.

— Sim, Jack disse que você era o tipo de estudante que ele evitava na faculdade de medicina e na residência. Você é do tipo que lê todo o material não obrigatório, de algum modo conhece todos os fatos mais insignificantes e pode citar detalhadamente algo que viu na edição mais nova do *New England*. Ele confessou que a admiração realmente gerava certo desprezo, mas era, na verdade, dirigido para si, ou seja, ele gostaria de ter se dedicado tanto quanto você.

— Me sinto muito lisonjeado. De verdade. Eu não fazia ideia! Mas me pergunto se ele sente a mesma coisa depois de minha crise de meia-idade. E mesmo que ele viesse, que ajuda poderia dar? Na verdade, chorar no ombro dele pode piorar o que estou sentindo agora, se é que isso é possível.

— Na segunda carreira de Jack, como médico-legista, ele teve muita experiência em tribunais. Ele viaja pra todo canto como testemunha especialista para o IML de Nova York. Ele me contou que gosta de fazer isso. Eu o acho muito criativo, embora tenha um lado negativo: é um aventureiro inveterado. Com você tão desanimado com o curso que as coisas estão tomando, talvez a criatividade rápida dele possa ser útil.

— Sinceramente, não consigo ver como.

— Nem eu, e acho que é por isso que não sugeri antes.

— Bom, ele é seu irmão. Vou deixar essa decisão com você.

— Vou pensar no assunto — disse Alexis. Ela olhou as horas. — Não temos muito tempo. Tem certeza de que não quer comer nada?

— Sabe, agora que saí daquele tribunal, meu estômago está roncando. Um sanduíche rápido cairia bem.

Depois que eles se levantaram, Craig envolveu sua mulher num abraço prolongado. Ele realmente valorizava o apoio que ela lhe dava e se sentia ainda mais envergonhado com o comportamento que tivera antes de seus problemas com a justiça. Ela estava certa sobre a capacidade de compartimentalizar. Ele havia separado totalmente sua vida profissional de sua vida familiar e posto uma ênfase exagerada na primeira. Rezava para que tivesse uma chance de equilibrar as duas.

4

BOSTON, MASSACHUSETTS

SEGUNDA-FEIRA, 5 DE JUNHO, 2006

13H30

— Todos de pé — anunciou o meirinho.

O juiz Marvin Davidson surgiu de súbito de seus aposentos, sua toga preta em torvelinho, no exato instante em que o segundo ponteiro do impessoal relógio de parede passou do número doze.

O sol movera-se em sua trajetória diurna, e algumas das cortinas que cobriam as altas janelas, que ficavam na parte de cima das paredes, revestidas de carvalho e de quase 2 metros de altura, haviam sido erguidas. Um pequeno pedaço da paisagem urbana estava à vista, assim como uma manchinha de céu azul.

— Sentados — ordenou o meirinho depois que o juiz se sentara.

— Espero que todos tenham feito uma refeição revigorante — disse o juiz ao júri.

A maioria dos jurados fez que sim com a cabeça.

— E como instruí, espero que ninguém tenha falado sobre o caso de maneira alguma.

Todos os jurados balançaram afirmativamente suas cabeças, concordando.

— Bom. Agora, vocês ouvirão o discurso de abertura da defesa. Sr. Bingham.

Randolph não se apressou enquanto levantava, caminhava até a tribuna e colocava suas anotações na superfície inclinada. Ele então ajustou o paletó de seu terno azul-escuro e os punhos de sua camisa branca. Estava ereto, usando cada centímetro de seus mais de 1,80 metro de altura, enquanto seus dedos longos envolviam gentilmente as laterais da tribuna. Cada fio de seus cabelos prateados sabia perfeitamente que lugar ocupar na cabeça, e haviam sido aparados de modo a ficarem de um tamanho predeterminado. Sua gravata, com brasões de Harvard sobre um fundo carmesim, tinha um nó perfeito. Ele era o retrato da elegância inata e refinada, e se destacava em meio ao decadente tribunal como um príncipe em um bordel.

Craig não pôde deixar de ficar impressionado e por alguns instantes voltou a achar que o contraste com Tony Fasano talvez fosse favorável. Randolph era a figura paternal, o presidente, o diplomata. Quem se recusaria a confiar nele? Mas então os olhos de Craig passaram para o júri e foram desde o bombeiro musculoso até o encanador e depois voltaram para os incomodados homens de negócio. Cada rosto deixava transparecer um tédio espontâneo, a reação oposta à gerada por Tony Fasano, e mesmo antes que Randolph abrisse a boca, o breve lampejo de otimismo de Craig desapareceu como uma gota de água em uma frigideira quente.

Porém, essa rápida reviravolta em sua percepção não foi de todo ruim. Ela confirmou o que Alexis dissera sobre o estado de espírito. Assim, Craig fechou os olhos e evocou a imagem de Patience Stanhope na cama, no momento em que ele e Leona entraram apressados no quarto da mulher. Pensou no quanto ficara chocado com a cianose, sobre como reagira rápido e em tudo o que havia feito, desde aquele momento até a hora em que ficou evidente que não seria possível ressuscitá-la. Ao longo dos últimos oito meses, ele havia repassado mentalmente a sequência de eventos inúmeras vezes, e embora em uns poucos outros casos do passado ele pudesse criticar retroativamente os próprios atos e acreditar que deveria ter feito algo um pouco diferente, com Patience Stanhope ele fizera tudo conforme as regras. Tinha certeza de que, se tivesse de enfrentar a mesma situação hoje, não faria nada diferente. Não houvera negligência. Daquilo, ele tinha certeza absoluta.

— Senhoras e senhores do júri — disse Randolph, lenta e precisamente —, vocês ouviram um discurso de abertura singular, de alguém que admite não ter experiência em lidar com casos de imperícia médica. Foi um *tour de force*, com astutas expressões de autodepreciação logo no início, que os fizeram sorrir. Eu não sorri, pois percebi que era um truque. Não vou degradá-los usando tais truques de oratória. Falarei apenas em nome da verdade, a qual tenho certeza que compreenderão quando ouvirem o testemunho que a defesa apresentará. Ao contrário do advogado oponente, há trinta anos venho defendendo nossos bons médicos e hospitais, e de todos os julgamentos dos quais participei, nunca ouvi um discurso de abertura que fosse igual ao do Sr. Fasano, que em muitos sentidos foi uma injusta difamação de meu cliente, o Dr. Craig Bowman.

— Protesto — gritou Tony, saltando. — Argumentativo e sedicioso.

— Meritíssimo! — interpôs Randolph. Com irritação, fez um leve gesto de desdém com uma das mãos na direção de Tony, como se espantasse um mosquito. — Posso me aproximar?

— Certamente — respondeu o juiz Davidson, rápido.

Ele acenou para que os advogados se aproximassem. Randolph caminhou a passos largos até a lateral da bancada do juiz, com Tony logo atrás, se aproximando rapidamente.

— Meritíssimo, ao Sr. Fasano foi concedida ampla liberdade de ação em seu discurso de abertura. Espero ter direito à mesma cortesia.

— Eu só descrevi o que pretendo substanciar com as testemunhas, e um discurso de abertura é para ser exatamente isso. E você, Sr. Bingham, protestava a cada dez segundos, interrompendo a minha linha de raciocínio.

— Deus do céu! — reclamou o juiz Davidson. — Isso não é o julgamento de um assassinato em primeiro grau. É um julgamento de imperícia médica. Os discursos de abertura sequer acabaram, e vocês estão querendo um cortar a garganta do outro. Neste passo, vamos ficar meses aqui. — Fez pausa de alguns instantes, para que sua frase surtisse efeito. — Que isso seja um aviso para vocês dois. Eu quero que as coisas comecem a andar. Estão me ouvindo? Ambos são bastante experientes para saber o que é apropriado e o que o adversário vai tolerar, então, controlem-se e atenham-se aos fatos.

"Agora, quanto à objeção atual. Sr. Bingham, o que vale para um, vale para o outro. O senhor protestou contra o Sr. Fasano por ser sedicioso. Ele tem todo o direito de protestar contra o senhor por fazer o mesmo. Sr. Fasano, é verdade que lhe foi concedida ampla liberdade de ação, e que Deus ajude o senhor e o seu cliente, se os testemunhos apresentados não corroborarem suas alegações. O Sr. Bingham terá a mesma liberdade de ação. Estou sendo claro?"

Ambos os advogados assentiram respeitosamente.

— Ótimo. Continuemos.

Randolph voltou à tribuna. Fasano sentou-se novamente na mesa da acusação.

— Protesto aceito — disse o juiz Davidson para que o escrevente do tribunal registrasse nos autos. — Continue.

— Senhoras e senhores do júri — disse Randolph —, a motivação geralmente não é parte dos julgamentos de imperícia médica. O que normalmente é julgado é se o padrão de conduta foi cumprido: se o médico tinha posse e fez uso do grau de conhecimento e habilidade no tratamento da doença do paciente que um médico razoavelmente competente teria empregado na mesma circunstância. Percebam que, em seu discurso de abertura, o Sr. Fasano nada disse sobre seus especialistas indicarem que o Dr. Bowman não usou seu conhecimento e suas habilidades de forma adequada. Em vez disso, o Sr. Fasano teve de utilizar o conceito de motivação para substanciar sua alegação de negligência. E a razão para isso, como nossos especialistas dirão em seus testemunhos, é que desde o momento em que o Dr. Bowman soube da gravidade do estado de Patience Stanhope, agiu com rapidez e destreza louváveis e fez todo o possível para salvar a vida da paciente.

Alexis viu-se meneando a cabeça em concordância enquanto ouvia o discurso de Randolph. Ela gostava do que ouvia e achava que o homem estava fazendo um bom trabalho. Seus olhos voltaram-se para Craig. Ele pelo menos agora estava sentado com uma postura decente. Ela gostaria de poder ver seu rosto de onde estava sentada, mas era impossível. Seus olhos então passaram para o júri, e a avaliação que fazia do desempenho de Randolph começou a ruir. Havia algo na postura dos jurados que era diferente em relação a quando Tony Fasano falara. Eles pareciam relaxados demais, como se Randolph não estivesse prendendo a atenção deles o suficiente. Então, como se para confirmar seus temores, o assistente de encanador deu um grande e longo bocejo, o qual se espalhou pela maioria dos outros jurados.

— O ônus da prova é de quem acusa — continuou Randolph. — O trabalho da defesa é refutar a alegação da acusação e o depoimento das testemunhas de acusação. Como o Sr. Fasano indicou ser a motivação seu principal artifício, nós, a defesa, devemos nos ajustar e apresentar, por meio de nossas testemunhas, um atestado da dedicação e dos sacrifícios do Dr. Bowman ao longo de toda a sua vida, começando com um kit de médico de brinquedo, que ganhou aos 4 anos, até se tornar um médico excelente, que pratica uma medicina excelente.

— Protesto! — disse Tony. — A dedicação e os sacrifícios do Dr. Bowman durante seu aprendizado não são pertinentes ao caso em questão.

— Sr. Bingham — perguntou o juiz Davidson. — Suas testemunhas relatarão a dedicação e os sacrifícios do Dr. Bowman em prol de Patience Stanhope?

— Sem dúvida, Meritíssimo.

— Protesto negado — disse o juiz. — Prossiga.

— Mas antes que eu faça um resumo de como planejamos apresentar nosso caso, gostaria de dizer uma palavra sobre a atividade profissional do Dr. Bowman. O Sr. Fasano a descreveu como "medicina concierge" e sugeriu que o termo possui uma conotação pejorativa.

Alexis olhou de novo para o júri. Estava preocupada com a sintaxe de Randolph e se perguntava quantos dos jurados tinham alguma familiaridade com as palavras *conotação* e *pejorativa* e, dos que podiam entendê-las, quantos as considerariam presunçosas. O que seus olhos viam não era nada animador: os jurados pareciam estátuas de cera.

— Contudo — disse Randolph, erguendo um de seus longos e manicurados dedos no ar, como se estivesse dando bronca em um grupo de crianças malcriadas. — O significado da palavra "concierge", no seu sentido usual, é ajuda ou serviço, sem qualquer conotação negativa. E, de fato, é esse o motivo para ter sido associada com a medicina por comissão antecipada, que requer um pequeno pagamento adiantado. Vocês ouvirão testemunhos de uma série de médicos mostrando que a justificativa para tal formato de atividade é ter mais tempo para o paciente durante as consultas e durante as recomendações, de modo que o paciente desfrute do tipo de medicina a que todos nós, pessoas normais, gostaríamos de ter acesso. Ouvirão testemunhos mostrando que a medicina praticada num consultório do tipo concierge é o tipo de medicina que todos os médicos aprendem na faculdade. Vocês ouvirão também que sua origem veio das restrições econômicas da prática tradicional, que força os médicos a espremer cada vez mais pacientes em um determinado espaço de tempo, para manter o faturamento acima dos custos. Deixem-me dar alguns exemplos.

Foi mais um reflexo do que um pensamento consciente que impulsionou Alexis a ficar de pé em reação à incursão de Randolph pela tediosa economia da medicina. Pedindo desculpas, moveu-se de lado ao longo do banco que parecia de igreja até o corredor central. Seus olhos cruzaram brevemente com os do homem que se vestia igual a Tony Fasano. Ele estava no assento do corredor, bem do outro lado da fileira da qual Alexis saía. A expressão e o olhar fixo e resoluto dele a deixaram nervosa, mas isso escapou de sua mente de imediato. Foi em direção à porta que saía para o hall e a abriu, tentando ser o mais silenciosa possível. Infelizmente, a porta pesada fez um clique ouvido em todo o tribunal. Sentindo-se constrangida por um breve instante, Alexis saiu para o hall e caminhou até o grande saguão dos elevadores. Sentada num banco revestido de couro, procurou o celular na bolsa e o ligou.

Vendo que o sinal estava ruim, desceu de elevador até o térreo e voltou para fora, sob a luz do sol. Tendo saído de um local fechado, foi obrigada a semicerrar os olhos. Para evitar a poluição da fumaça de cigarro dos viciados em nicotina espalhados pela entrada do prédio do tribunal, caminhou certa distância até que estivesse sozinha. Reclinando-se sobre uma amurada, com a bolsa pendurada no ombro e seguramente encaixada sob o braço, Alexis pesquisou os contatos do celular até que chegasse aos números de seu irmão mais velho. Visto que passavam de duas da tarde, ela escolheu o telefone do trabalho, no Instituto Médico Legal da cidade de Nova York.

Enquanto a ligação se completava, Alexis tentou lembrar-se exatamente quando havia sido a última ocasião que ela telefonara para Jack e conversara com ele. Não conseguia lembrar, mas sabia que fazia no mínimo alguns meses, quem sabe até meio ano, com o tanto que estivera absorta em seus problemas familiares. Mesmo antes disso, o contato entre eles não passava de intermitente e fortuito, o que era lamentável, porque ela e Jack haviam sido muito próximos um do outro na infância. A vida não fora fácil para Jack, especialmente quinze anos atrás, quando sua esposa e suas duas filhas, de 10 e 11 anos, morreram em um acidente de avião. Elas estavam voltando para casa, em Champaign, Illinois, após terem visitado Jack em Chicago, onde ele fazia um curso de reciclagem em patologia forense. Quando Jack mudou-se mais para o leste, para Nova York, dez anos atrás, Alexis tivera a esperança de que eles se vissem muito mais. Mas não acontecera, devido ao que ela dissera a Craig anteriormente. Jack ainda estava lutando para superar a tragédia, e as filhas de Alexis eram um lembrete doloroso do passado dele. A filha mais velha de Alexis, Tracy, nascera um mês depois da trágica perda de Jack.

— É melhor que isso seja importante, Soldano — disse Jack, sem nem dizer um "alô" depois de atender ao telefone. — Não estou conseguindo fazer nada.

— Jack, é Alexis.

— Alexis! Desculpa! Pensei que fosse meu amigo detetive da polícia de NY. Ele acabou de me ligar várias vezes do celular, do carro dele, mas as ligações sempre caem.

— É uma ligação que você precisa atender? Posso ligar mais tarde.

— Não, posso falar com ele depois. Ainda não temos o que ele quer. Nós o treinamos bem, então ele está enamorado com o poder da ciência forense, mas quer os resultados da noite para o dia. O que houve? É bom falar com você. Nunca esperei que fosse você, a uma hora dessas.

— Desculpe por estar ligando no horário de trabalho. Essa é uma boa hora para conversarmos, tirando seu amigo detetive que está tentando falar com você?

— Bom, para ser honesto, eu estou com uma sala de espera cheia de pacientes. Mas acho que eles podem esperar, se levarmos em conta que estão todos mortos.

Alexis deu uma risadinha. A nova persona sarcástica e bem-humorada de Jack, com a qual ela tivera contato apenas algumas vezes, era uma mudança grande em relação ao "eu" anterior dele. Ele sempre tivera senso de humor, mas no passado, era mais sutil, e na verdade bastante seco.

— Está tudo bem aí em Beantown? Você normalmente não liga durante o dia. Onde está? Trabalhando no hospital?

— Na verdade, não. Sabe, tenho vergonha disso, mas não consigo lembrar quando foi a última vez que nos falamos.

— Foi cerca de oito meses atrás. Você ligou para me dizer que Craig havia voltado para casa. Se bem me lembro, eu não estava muito otimista e disse isso. Ele sempre me deu a impressão de não ser exatamente um homem de família. Lembro que falei que ele era uma pessoa que dava um grande médico, mas um pai ou marido não tão bom. Desculpe se isso ofendeu você.

— Seus comentários me surpreenderam, mas não me ofenderam.

— Como você não entrou mais em contato, pensei que estivesse ofendida.

Você poderia ter me ligado se pensasse assim, pensou Alexis, mas não disse.

— Já que você perguntou, as coisas não vão muito bem aqui em Beantown.

— É uma pena ouvir isso. Espero que minha profecia não tenha se tornado realidade.

— Não, Craig ainda está em casa. Acho que não mencionei da última vez que ele está sendo processado por imperícia.

— Não, você não mencionou esse detalhe. Isso foi depois de ele voltar para casa ou antes?

— Tem sido difícil para todos nós — disse Alexis, ignorando a pergunta de Jack.

— Posso imaginar. O que é difícil de imaginar é ele ser processado, considerando o quanto se dedica aos pacientes. Mas, na verdade, no ambiente atual das relações entre a medicina e a lei, todos estão correndo risco.

— O julgamento começou hoje.

— Bom, deseje boa sorte para ele. Conhecendo a necessidade que ele tem de ser o primeiro da turma, imagino que não tenha encarado nada bem o que equivale a uma censura pública.

— Bem pior do que isso. Ser processado por imperícia é difícil para qualquer médico, mas para Craig é especialmente difícil, quando se leva em conta sua autoestima. Ele sempre apostou tudo na profissão. Os últimos oito meses foram um inferno para ele.

— Como você e as meninas estão, com tudo isso?

— Não tem sido fácil, mas estamos conseguindo levar, com exceção talvez de Tracy. Quinze anos pode ser uma idade difícil, e esse estresse adicional piorou tudo. Ela não consegue perdoar Craig por nos abandonar e ficar com uma de suas secretárias. A imagem que ela tem dos homens sofreu um golpe. Meghan e Christina levaram a coisa mais ou menos na boa. Como você sabe, Craig nunca teve tempo de participar muito da vida delas.

— As coisas estão bem entre você e Craig? Elas voltaram ao normal?

— Nosso relacionamento está em suspenso, com ele dormindo no quarto de hóspedes até que toda essa confusão da imperícia esteja resolvida. Eu sou realista o bastante para saber que ele está até aqui de problemas. Na verdade, está fugindo ao controle, e esse é o motivo de eu estar ligando para você.

Houve uma pausa. Alexis respirou fundo.

— Se você precisa de um dinheiro, não é problema — ofereceu-se Jack.

— Não, dinheiro não é problema. A questão é que há boas chances de que Craig perca o caso. E com a reprimenda pública, como você a chamou, acho que há também boas chances de que ele desmorone, ou seja, sendo bem clara, tenha um colapso nervoso. E se isso acontecer, eu realmente não vejo uma reconciliação entre nós dois. Acho que seria uma tragédia para Craig, para mim e para as meninas.

— Então, você ainda o ama?

— Pergunta difícil. Digamos deste modo: ele é o pai das minhas filhas. Eu sei que ele não tem sido o melhor pai socialmente falando, nem o melhor marido no sentido tradicional dos contos de fada, mas tem sido um provedor maravilhoso; nunca deixou de cuidar de nós. Acredito de verdade que ele nos ama tanto quanto é possível para ele. É um médico exemplar. A medicina é sua amante. De uma maneira muito real, Craig é uma vítima de um sistema que o forçou a se destacar e a competir desde o momento em que decidiu tornar-se médico. Sempre há um teste, outro desafio. Ele é insaciável pelo respeito profissional. O sucesso social tradicional não tem a mesma importância. Eu sabia que era assim quando o conheci, e sabia que era assim quando me casei com ele.

— Você pensava que ele mudaria?

— Na verdade, não. Tenho de dizer que sempre o admirei pela dedicação e pelos sacrifícios feitos, e ainda admiro. Talvez isso diga algo sobre mim, mas isso não vem ao caso no momento.

— Não vou discutir com você sobre nada disso. Eu basicamente sinto o mesmo sobre a personalidade de Craig, tendo passado pelo mesmo sistema de treinamento e sentido a mesma pressão. Só não teria conseguido expressar isso tão bem quanto você. Mas isso é provavelmente porque, como psicóloga, é sua especialidade.

— E é mesmo. Os distúrbios de personalidade são meu feijão com arroz. Eu sabia antes de me casar com Craig que ele tinha vários traços narcisísticos. Agora talvez tenham evoluído para um distúrbio, uma vez que fizeram com que aspectos de sua vida se tornassem problemáticos. A questão é que não consegui convencê-lo a se consultar com um profissional, o que não surpreende, pois os narcisistas em geral têm dificuldades em admitir qualquer deficiência.

— E tampouco gostam de pedir ajuda, eles veem a dependência como um sinal de fraqueza — disse Jack. — Conheço isso por experiência própria. A maioria dos médicos tem no mínimo um pouco de narcisismo.

— Bom, Craig tem muito mais do que um pouco, e é por isso que o problema está sendo tão avassalador para ele.

— Sinto muito em ouvir tudo isso, Alexis, mas aqueles meus pacientes mortos estão começando a ficar inquietos. Não quero que saiam daqui sem ser examinados. Posso ligar pra você hoje à noite?

— Desculpe por ficar tagarelando — disse Alexis rapidamente. — Mas tenho um favor a pedir. Um favor nada pequeno.

— É?

— Você estaria disposto a vir até aqui e ver se poderia ajudar?

Jack deu uma risada curta.

— Ajudar? Como eu poderia ajudar?

— Você já me contou quantas vezes foi testemunha em julgamentos. Com toda essa experiência nos tribunais, você poderia nos ajudar. O advogado da companhia de seguros encarregado de representar Craig é experiente e parece competente, mas não está conseguindo criar uma ligação com os jurados. Craig e eu conversamos sobre pedir outro advogado, mas não temos nenhuma maneira de avaliar se isso seria sensato ou não. A questão é que estamos desesperados e pessimistas.

— A grande maioria das vezes em que compareci aos tribunais foi em julgamentos criminais, não civis.

— Não acho que isso importe.

— No único caso de imperícia em que estive envolvido, eu estava do lado da acusação.

— Isso também não me importa. Você é inovador, Jack. Você consegue pensar de forma criativa. Precisamos de um pequeno milagre. É isso que minha intuição está me dizendo.

— Alexis, não vejo como eu poderia ajudar. Eu não sou advogado. Não me dou bem com advogados. Eu nem mesmo gosto deles.

— Jack, quando éramos mais novos, você sempre me ajudava. Você ainda é meu irmão mais velho. Preciso de você agora. Como eu disse, estou desesperada. Mesmo que no final das contas seja um apoio mais psicológico do que prático, eu agradeceria muito se viesse. Jack, não pressionei para que você nos visitasse desde que se mudou para a Costa Leste. Sei que foi difícil. Sei que você tem algumas características do transtorno de personalidade esquiva e que me ver com minhas filhas, também, lembra você da sua terrível perda.

— É tão óbvio assim?

— É a única explicação. E eu vi alguns indícios desse tipo de comportamento quando éramos crianças. Pra você, sempre foi mais fácil evitar uma situação emocional do que enfrentá-la. De qualquer modo, respeitei isso, mas agora estou pedindo para pôr isso de lado e vir até aqui. Por mim, por minhas filhas, e por Craig.

— Quanto tempo o julgamento deve levar?

— O consenso geral é que deve durar quase a semana toda.

— Da última vez em que conversamos, havia uma novidade na minha vida sobre a qual não falei: eu vou me casar.

— Jack! Essa notícia é maravilhosa. Por que você não me contou?

— Não me pareceu a coisa certa a fazer, depois de você me contar as últimas notícias sobre o seu casamento.

— Isso não teria importância. Eu conheço a sua futura esposa?

— Você a conheceu na primeira e única vez que me visitou aqui no trabalho. Laurie Montgomery. Somos colegas. Ela também é médica-legista.

Alexis sentiu um arrepio de repugnância descendo pela espinha. Ela nunca havia visitado um necrotério antes de visitar o lugar de trabalho de Jack. Mesmo ele tendo enfatizado que o prédio era um Instituto Médico Legal, e que o necrotério era apenas uma pequena parte do todo, ela não achara a distinção convincente. Para Alexis, era um lugar de morte, pura e simplesmente, o que transparecia na aparência e no cheiro do prédio.

— Fico feliz por você — disse ela, enquanto imaginava vagamente sobre o que seu irmão e a futura esposa dele conversavam na mesa do café da manhã. — O que me faz mais feliz por você é que conseguiu trabalhar o luto por Marilyn e pelas meninas e seguiu em frente. Eu acho que isso é excelente.

— Eu acho que nunca se supera por completo uma dor dessas. Mas obrigado!

— Quando vai ser o casamento?

— Sexta à tarde.

— Ah, meu Deus. Desculpe por estar pedindo um favor em um momento tão crítico.

— Não é culpa sua, com certeza, mas isso complica as coisas, embora não as impossibilite. Não sou eu o encarregado dos planos para o casamento. Fui encarregado da lua de mel, e já está tudo acertado.

— Quer dizer que você vem?

— Vou, a menos que eu ligue na próxima hora dizendo que não, mas é melhor que eu vá o quanto antes, para que possa voltar logo. Senão, Laurie pode achar que estou tentando dar o fora.

— Eu posso falar com ela para explicar a situação.

— Não é preciso. O plano é o seguinte: viajo no fim da tarde ou no início da noite, depois do trabalho. Óbvio que tenho que falar com Laurie e com o vice-diretor, bem como despachar algumas coisas aqui no meu escritório. Depois que me hospedar num hotel, ligo para sua casa. Vou precisar de um arquivo completo do caso: todos os depoimentos, descrições ou cópias de todas as provas e, se você puder, qualquer testemunho que conseguir.

— Você não vai ficar num hotel! — disse Alexis com determinação. — De jeito nenhum. Você tem que ficar na nossa casa. Temos espaço de sobra. Preciso falar com você pessoalmente, e seria melhor para as meninas. Por favor, Jack.

Houve uma pausa.

— Você ainda está aí? — perguntou ela.

— Sim, ainda estou aqui.

— Você está fazendo o esforço de vir, então quero que fique na minha casa. Quero muito. Será bom para todos, embora isso possa ser uma racionalização egoísta, ou seja, sei que será bom para mim.

— Tudo bem — disse Jack, com um pouco de relutância na voz.

— Ainda não houve nenhum testemunho no julgamento até agora. A defesa está fazendo o discurso de abertura neste exato momento. O julgamento ainda está muito no começo.

— Quanto mais material você puder me arranjar sobre o caso, maior será a probabilidade de que eu consiga dar alguma sugestão.

— Vou ver o que posso fazer quanto a conseguir o discurso de abertura da acusação.

— Bom, então, acho que nos vemos mais tarde.

— Obrigada, Jack. Sabendo que você está a caminho, me sinto quase como nos velhos tempos.

Alexis concluiu a ligação e guardou o telefone na bolsa. No final das contas, mesmo que Jack não conseguisse ajudar, a visita a deixava feliz. Ele forneceria o tipo de apoio emocional que só alguém da família poderia oferecer.

Alexis tomou o caminho de volta, passando pelos seguranças, e pegou o elevador para o terceiro andar. Enquanto entrava na sala do tribunal e fazia com que a pesada porta fechasse o mais silenciosamente possível atrás de si, ouviu que Randolph ainda descrevia o efeito deletério que o modelo econômico da medicina de hoje estava tendo sobre a prática dos médicos. Decidindo sentar-se o mais perto possível do júri, ela viu em seus olhares vazios que não estavam mais interessados do que quando ela saíra. Alexis ficou ainda mais feliz por Jack estar a caminho. Isso lhe deu a sensação de que estava fazendo alguma coisa.

5

NOVA YORK, NOVA YORK
SEGUNDA-FEIRA, 5 DE JUNHO, 2006
15H45

Por alguns minutos depois de acabar a conversa ao telefone com a irmã, Jack ficou sentado à sua mesa tamborilando sobre a superfície metálica. Ele não fora completamente sincero com Alexis. A avaliação dela de por que ele evitara visitá-la havia sido certeira, e ele não admitiu. Pior ainda, ele não assumiu que a situação não havia mudado. Na verdade, talvez fosse ainda pior agora, considerando que Meghan e Christina, as duas filhas mais novas de Alexis, estavam atualmente com as mesmas idades de suas falecidas filhas, Tamara e Lydia. Porém, ele estava preso por uma ligação emocional, considerando o quanto ele e Alexis foram próximos um do outro nos velhos tempos em Indiana. Jack era cinco anos mais velho, e a diferença de idade era grande o suficiente para que seu papel fosse um pouco paternal, mas ainda assim próximo o bastante para que também fosse solidamente fraternal. Aquela circunstância, com o acréscimo da culpa por ter evitado Alexis durante todos os dez anos que estivera em Nova York, tornaram impossível não responder aos apelos de sua irmã em seu momento de necessidade. Infelizmente, não seria fácil.

Ele levantou-se e por um breve momento refletiu sobre com quem deveria falar a princípio. Primeiro, tendeu a Laurie, embora aquela tarefa não fosse nada animadora. Era claro que ela estava ansiosa com os planos para o casamento; a mãe dela a estava enlouquecendo e Laurie, por sua vez, estava enlouquecendo Jack. Consequentemente, ele pensou que talvez falar antes com

Calvin Washington, o chefe, fosse mais sensato. Era Calvin que tinha de dar permissão a Jack para que tivesse uma folga do IML. Por um instante ainda mais breve, a esperança de que Calvin se recusasse a conceder uma licença extra passou pela mente de Jack, visto que ele e Laurie já estavam agendados para duas semanas de férias, começando na sexta. Ter negada a permissão de sair para ir a Boston certamente resolveria suas questões de culpa em relação a Alexis e a relutância em ver as filhas dela, além da necessidade de levantar o assunto com Laurie. Mas uma desculpa tão conveniente não se tornaria realidade.

Calvin não diria não: uma licença em casos de emergência familiar nunca era recusada.

Mas antes mesmo que desligasse seu computador, a racionalidade prevaleceu. Intuitivamente, soube que devia ao menos tentar falar com Laurie primeiro; se ele não falasse e ela descobrisse que Jack não havia tentado, as consequências não seriam nada agradáveis, com o dia do casamento tão próximo. Tendo essa ideia em mente, caminhou pelo corredor até o escritório da noiva.

Havia outro motivo pelo qual a possível viagem a Boston não o animava: Craig Bowman estava longe de ser sua pessoa preferida no mundo. Jack o havia tolerado por causa de Alexis, mas nunca fora fácil. Desde o início, quando foi apresentado a Craig, Jack reconheceu o tipo. Tivera contato com várias pessoas de personalidade semelhante na faculdade de medicina, e todas tinham as notas mais altas de suas turmas. Eram do tipo de indivíduo que, sempre que entrava em uma discussão médica, fazia questão de sufocar qualquer um com uma avalanche de citações de artigos científicos, que teoricamente corroboravam suas opiniões. Se esse fosse o único problema, Jack seria capaz de tolerar, porém, infelizmente, o estilo dogmático do cunhado era encimado por um nível irritante de arrogância e pretensão. Mas até isso ele poderia tolerar, se conseguisse de vez em quando desviar o rumo das conversas com Craig para longe da medicina. Mas nunca conseguia. A medicina, a ciência e seus pacientes eram os únicos interesses dele. Não tinha qualquer paixão por política, cultura e nem mesmo esportes. Craig não tinha tempo para essas coisas.

À medida que Jack se aproximava da porta do escritório de Laurie, pigarreou audivelmente quando se lembrou de Alexis dizendo que ele tinha traços de uma personalidade esquiva. Que atrevimento! Pensou por um instante e então sorriu da própria reação. Com um lampejo de clarividência, soube que ela estava certa e que Laurie concordaria sem reservas. Em muitos sentidos, tal reação era uma evidência de seu narcisismo, o que ele havia admitido para Alexis.

Jack inseriu a cabeça pela fresta da porta do escritório de Laurie, mas na mesa dela não havia ninguém. Riva Mehta, a colega de escritório dela, de pele escura e voz suave, estava em sua mesa e falava ao telefone. Ela olhou para ele com seus olhos de ágata.

Jack apontou na direção da cadeira de Laurie enquanto erguia as sobrancelhas inquisitivamente. Riva respondeu apontando para baixo e fazendo com os lábios "no fosso" sem tirar o telefone do ouvido.

Fazendo que sim com a cabeça para demonstrar que entendera que Laurie estava lá embaixo, na sala de necropsias, sem dúvida cuidando de um caso que chegara após o horário normal, Jack deu meia-volta e dirigiu-se para os elevadores. Agora, se ela descobrisse que ele falara com Calvin antes, ele teria uma justificativa.

Como de costume, encontrou o Dr. Calvin Washington em seu escritório, próximo ao do diretor. Ao contrário da sala deste, a de Calvin era pequena e lotada com arquivos de metal, sua mesa, e umas duas cadeiras de encosto reto. Mal havia espaço para os 115 quilos de Calvin se espremerem atrás da mesa e sentar na cadeira. Era trabalho dele administrar o Instituto Médico Legal diariamente, o que não era uma tarefa fácil, considerando que havia mais de uma dúzia de legistas e mais de 20 mil casos por ano, resultando em quase 10 mil necropsias. Havia em média dois homicídios e duas overdoses por dia. O IML era um lugar movimentado, e Calvin o supervisionava nos menores detalhes.

— Qual é o problema agora? — perguntou o chefe, com sua voz cavernosa

No começo, Jack sentira-se um pouco intimidado pela massa muscular e pelo temperamento tempestuoso do homem. Com o passar dos anos, os dois desenvolveram um respeito cauteloso um pelo outro. Jack sabia que o latido de Calvin era pior do que a mordida. Ele não entrou em detalhes. Simplesmente disse que tinha uma emergência de família em Boston que exigia sua presença.

Calvin olhou para Jack através de suas lentes multifocais com aro metálico.

— Eu não sabia que você tinha família em Boston. Pensei que você fosse de algum lugar do Meio-Oeste.

— É uma irmã — disse Jack simplesmente.

— Você vai voltar em tempo para as suas férias? — perguntou Calvin.

Jack sorriu. Ele conhecia Calvin bem o suficiente para saber que aquilo era uma tentativa de humor.

— Vou me esforçar muito.

— Quantos dias serão?

— Não sei com certeza, mas espero que só um.

— Bom, mantenha-me informado — disse Calvin. — Laurie sabe desse acontecimento repentino?

Com o passar dos anos, Jack percebera que Calvin havia desenvolvido um apego quase paternal a Laurie.

— Ainda não, mas ela está no topo da minha lista. Na verdade, ela é a única na minha lista.

— Está bem! Cai fora daqui. Tenho trabalho a fazer.

Depois de agradecer ao vice-diretor, que respondeu com um aceno de dispensa, o médico saiu da área da administração e tomou as escadas até o andar das necropsias. Ele acenou para o técnico em medicina legal no escritório do necrotério e para o chefe da segurança no escritório. Uma lufada do que os habitantes da cidade de Nova York chamam de ar fresco entrava pela plataforma de desembarque aberta, que dava para a rua 30. Virando à direita, caminhou pelo chão de concreto manchado, passando pela grande câmara fria e pelos compartimentos refrigerados individuais. Chegando à sala das necropsias, olhou pela janela gradeada. Havia duas figuras vestidas em roupas cirúrgicas, passando pelo processo de limpeza. Um único cadáver, com uma incisão de necropsia já suturada, se encontrava na mesa mais próxima. O caso tinha sido concluído.

Jack abriu um pouquinho a porta e gritou perguntando se alguém sabia o paradeiro da Dra. Montgomery. Um dos ocupantes disse que ela saíra cinco minutos antes. Praguejando baixinho, Jack refez o caminho e tomou o elevador de volta para o quinto andar. No elevador, se perguntou se havia alguma maneira de apresentar a situação que fosse mais tranquila para Laurie. Sua intuição lhe disse que ela não ficaria feliz com os últimos acontecimentos, tendo em vista a grande pressão que sua mãe lhe impunha nos preparativos para sexta-feira.

Ele a encontrou no escritório dela, arrumando as coisas que estavam sobre a mesa. Obviamente, ela havia acabado de chegar. Riva ainda estava ao telefone e ignorou os dois.

— Que surpresa boa! — disse Laurie, animada.

— Espero que seja — comentou Jack.

Ele apoiou o traseiro na borda da mesa de Laurie e olhou de cima para ela. Não havia outra cadeira. Não só os legistas eram obrigados a dividir os escritórios do antiquado prédio do IML, como também esses cômodos eram pequenos. Duas mesas e dois arquivos bastavam para encher a sala.

Os olhos azul-esverdeados inquisitivos de Laurie sustentaram o olhar de Jack sem piscar. O cabelo dela estava reunido no topo da cabeça, preso por uma presilha de imitação de casco de tartaruga. Alguns feixes de cabelo se encaracolavam diante de seu rosto.

— O que quer dizer com "espero que seja"? Pelo amor de Deus, o que você vai me contar agora? — Ela já estava desconfiada.

— Acabei de receber uma ligação da minha irmã, Alexis.

— Que bom! Ela está bem? Estranhei o fato de vocês não se falarem mais vezes, ainda mais agora que ela e o marido estão tendo dificuldades. Eles ainda estão juntos?

— Ela está bem, e, sim, eles estão juntos. O telefonema foi sobre ele. Craig está em um momento difícil. Está sendo processado por imperícia.

— Muito triste, e mais ainda se ele for um médico tão bom quanto você diz. Odeio ouvir esse tipo de história, sabendo o que nós, legistas, conhecemos sobre os médicos que realmente merecem ser processados.

— Os médicos ruins são muito mais voltados para a administração de riscos, para compensar o que eles não têm em capacidade e conhecimento.

— O que está havendo, Jack? Eu sei que você não veio aqui para discutir a crise das imperícias médicas. Disso, eu tenho certeza.

— Aparentemente, o caso do meu cunhado não está indo bem, pelo menos segundo Alexis, e com o tanto que ele investiu do próprio ego na profissão, ela acha que se ele perder o caso, pode perder também o juízo. Além disso, ela acredita que se isso acontecer, o casamento e a família vão desmoronar. Se Alexis não tivesse um doutorado em psicologia, eu talvez não desse muito crédito a tudo isso, mas como ela tem, sou obrigado a partir do pressuposto de que está certa.

Laurie inclinou a cabeça alguns graus para o lado, de modo a ver Jack de um ângulo um pouco diferente.

— Você obviamente está querendo chegar a algum lugar, e tenho a sensação de que não vou gostar nem um pouco.

— Alexis pediu que eu fosse até Boston e tentasse ajudá-los.

— Mas que diabos você poderia fazer?

— Provavelmente, nada além de consolá-la. Fiquei tão cético quanto você e disse isso, mas ela praticamente implorou para que eu fosse. Para ser sincero, ela soube manipular meu sentimento de culpa.

— Ah, Jack — murmurou Laurie em tom de queixa. Ela respirou fundo e deixou o ar sair. — Você vai ficar lá quanto tempo?

— Espero que só um dia. Foi o que eu disse a Calvin. — E então rapidamente acrescentou: — Vim ao seu escritório primeiro para falar com você e depois parei no escritório de Calvin no caminho para o fosso, onde descobri que era aqui que você estava.

Laurie assentiu. Baixou os olhos para a mesa e brincou com um clipe que estava solto por ali. Era óbvio que estava dividida entre a necessidade da irmã de Jack e a sua própria.

— Não preciso lembrar você de que estamos numa tarde de segunda-feira e que o nosso casamento está marcado para sexta à uma e meia.

— Eu sei, mas você e sua mãe estão cuidando de tudo. A lua de mel foi tarefa minha, e já está tudo arranjado.

— E quanto a Warren?

— Até onde sei, nas palavras dele, está tudo certo, mas vou confirmar.

Jack tivera dificuldades em decidir quem seria o padrinho, Warren ou Lou. No final das contas, teve-se de tirar no palitinho, e Warren saíra vencedor. Além dos dois, as únicas pessoas que Jack convidara foram seu companheiro de escritório, o Dr. Chet McGovern, e alguns de seus colegas de basquete. Ele havia intencionalmente evitado convidar a família, por uma infinidade de razões.

— E você?

— Estou pronto.

— Devo ficar preocupada com você ir para Boston e ver as filhas de sua irmã? Você já me disse que isso era um problema para você. Que idade elas têm agora?

— Elas têm 15, 11 e 10.

— Suas filhas não estavam com 11 e 10?

— Sim.

— Com base no que você me confidenciou ao longo dos anos sobre como sua mente funciona, tenho medo de que o contato faça com que você sofra tudo de novo. Onde vai ficar?

— Na casa deles! Alexis insistiu.

— Não me importo se ela insistiu. Você se sente confortável em ficar lá? Se não, não ignore o que você estiver sentindo e se hospede num hotel. Eu não quero que isso o afete nem correr o risco de que você desista do casamento. Há uma chance de que essa viagem reabra velhas feridas.

— Você me conhece bem demais. Eu tinha pensado sobre tudo o que você falou. Acho que levar esse risco a sério, em vez de simplesmente ignorá-lo, é um indicativo saudável! Alexis me acusou de possuir algumas características de uma personalidade esquiva.

— Como se eu não soubesse disso, considerando quanto tempo levou para que você se acostumasse com a ideia de se casar comigo.

— Sem golpes baixos — disse Jack, com um sorriso.

Ele esperou, para ter certeza de que ela entendera que ele estava brincando, porque o que Laurie havia dito era verdade. Por vários anos, a culpa e o luto de Jack o deixaram com a sensação de que era indecente sentir-se feliz. Ele até pensara que deveria ser ele o morto, e não Marilyn e as garotas.

— Seria mesquinho de minha parte tentar convencê-lo a não ir — continuou Laurie, com uma voz séria. — Mas estaria sendo falsa se não dissesse que não estou contente com a situação, tanto de um ponto de vista egoísta quanto pelo que isso pode fazer com seu estado de espírito. Vamos nos casar na sexta-feira. Não me ligue de Boston pra sugerir que adiemos. Se você fizer isso, será um cancelamento, não um adiamento. Espero que você não encare isso como uma ameaça irracional. Depois de todo esse tempo, é assim que me sinto. Dito isso, faça o que você tem de fazer.

— Obrigado. Eu entendo como você se sente, e tem seus motivos. O caminho de volta à normalidade foi longo para mim, em vários sentidos.

— Quando você vai, exatamente?

Jack olhou o relógio. Eram quase quatro da tarde.

— Agora mesmo, acho. Vou de bicicleta até o apartamento, pego algumas coisas e parto para o aeroporto.

Atualmente, ele e Laurie estavam vivendo no primeiro andar do velho prédio de Jack, na rua 106. Eles haviam se mudado do quarto andar porque o prédio estava sendo reformado. Jack e Laurie o haviam comprado sete meses atrás e tinham cometido o erro de tentar viver nele enquanto a reforma era realizada.

— Você vai me ligar hoje à noite, quando estiver acomodado?

— Claro.

Laurie levantou-se e eles se abraçaram.

Jack não perdeu tempo. Depois de organizar algumas coisas em sua mesa, desceu para o fosso e pegou sua bicicleta onde a havia estacionado. Com capacete e luvas especiais, e um clipe preso na perna direita da calça, Jack subiu pela rua 30 e foi em direção ao norte, pela Primeira Avenida.

Como de costume, depois de subir na bicicleta, os problemas de Jack haviam sumido. Os exercícios e a euforia que o acompanhavam transportavam-no para outro mundo, especialmente quando cortava o Central Park em diagonal. Como uma joia verdejante despencada no meio da cidade de concreto, o parque oferecia uma experiência transcendente. No momento em que saiu pela Central Park West na rua 106, a tensão causada pela conversa com Laurie havia cessado. Fora extraída de seu organismo pela sensação de se estar em outro mundo, que o interior repleto de flores do parque causava.

Do outro lado da rua de seu prédio, Jack desmontou da bicicleta perto da quadra do bairro. Warren e Flash estavam lá, arremessando bolas ao cesto, preparando-se para um dos jogos noturnos, velozes, furiosos e altamente competitivos. Jack abriu o portão na alta cerca de elos de corrente e puxou a bicicleta para dentro da quadra.

— Ei, cara! — gritou Warren. — Chegou cedo. Você vai jogar hoje ou o quê? Se for, vem logo porque hoje vai ser uma festa.

O corpo jovem e impressionantemente musculoso de Warren estava todo escondido sob seus trajes grandes demais, no estilo típico dos rappers. Flash era mais velho, com uma barba cheia que começava a ficar prematuramente grisalha. Seu pulo era muito alto, mas a boca era ainda maior. Ele podia argumentar em favor de qualquer coisa e fazer com que a maioria das pessoas concordasse. Juntos, formavam um time praticamente imbatível.

Depois de breves abraços e apertos de mão rituais, Jack contou a Warren que não poderia jogar, pois teria de ir a Boston e passar algumas noites lá.

— Beantown! — exclamou Warren, usando o apelido carinhoso da cidade de Boston. — Tem um mano lá que é gente fina e joga basquete. Eu poderia dar um toque e dizer pra ele que você vai estar nas redondezas.

— Isso seria ótimo! — disse Jack. Não tinha lhe ocorrido levar suas roupas de jogo, mas um pouco de exercício poderia ser justamente o necessário, caso as coisas ficassem emocionalmente perigosas.

— Vou dar seu celular para ele e deixar o dele na sua caixa postal

— Beleza — disse Jack. — Escutem! Todo mundo já arrumou os smokings para sexta?

— Tudo arranjado. Vamos pegar na quinta.

— Ótimo — disse Jack. — Talvez eu veja vocês quarta de noite. Gostaria de me exercitar um pouco antes do grande dia.

— Estaremos aqui, doutor — disse Warren e arrancou a bola de um Flash surpreso e encaçapou uma cesta de três pontos, de longe.

6

BOSTON, MASSACHUSETTS
SEGUNDA-FEIRA, 5 DE JUNHO, 2006
19H35

Jack desembarcou do Delta Shuttle que partira às seis e meia e deixou-se levar pelo grupo de pessoas que desembarcou com ele. Supôs que elas soubessem aonde estavam indo. Logo, viu-se na calçada do terminal da Delta e dentro de cinco minutos o ônibus da locadora de carros chegou. Jack subiu a bordo.

Fazia algum tempo que não visitava Boston e, graças à interminável construção do aeroporto, não reconheceu nada. Enquanto o ônibus fazia o trajeto pelos vários terminais, Jack perguntou-se que tipo de boas-vindas encontraria quando chegasse na casa dos Bowman. A única pessoa com quem ele podia contar que fosse hospitaleira era Alexis. Quanto aos outros, não tinha ideia do que esperar, em especial de Craig. E mesmo Alexis ele não via pessoalmente fazia mais de ano, o que tornaria a coisa um pouco desconfortável. A última vez havia sido em Nova York, aonde ela tinha ido sozinha para comparecer a uma conferência de profissionais da psicologia.

Jack suspirou. Ele não queria estar em Boston, ainda mais sabendo que suas chances de conseguir ajudar de qualquer forma eram mínimas — exceto por consolar a irmã e solidarizar-se com ela —, e também considerando que Laurie ficara chateada com a viagem. Ele tinha certeza de que a noiva superaria aquilo, mas ela já vinha sofrendo a pressão de sua mãe nas semanas anteriores. A ironia era que ela, em tese, deveria gostar da cerimônia de casamento tanto quanto dos preparativos. Em vez disso, a coisa estava mais para um fardo. Ele teve de morder a língua em diversas ocasiões em que se sentira tentado a dizer que aquilo não devia ser nenhuma surpresa. Se a decisão fosse dele, teriam marcado uma pequena cerimônia privada, com apenas alguns amigos. De sua perspectiva cínica, a realidade dos grandes eventos sociais nunca correspondia às expectativas românticas.

Jack e os seus companheiros de viagem por fim desembarcaram nas instalações da locadora de automóveis, e, sem muito estresse, ele se viu por trás do volante de um Hyundai Accent creme que o fazia lembrar de uma antiga lata de suco Minute Maid. Armado de um mapa simples e de algumas instruções confusas, ele corajosamente seguiu adiante e se perdeu de imediato. Boston não era de maneira alguma uma cidade gentil com os motoristas que não a conheciam. Tampouco eram gentis os motoristas de Boston. Jack sentia-se num rali, lutando para encontrar a área suburbana onde Alexis vivia. Em suas poucas visitas anteriores, sempre se encontrara com a irmã em Boston.

Estressado, mas não derrotado, ele estacionou no acesso para carros dos Bowman às quinze para as nove. Ainda não escurecera totalmente, graças ao solstício de verão que se aproximava, mas as luzes incandescentes dos cômodos estavam acesas, dando à casa o que Jack presumiu ser a falsa aparência aconchegante de uma família feliz. O lugar era impressionante, assim como os outros imóveis das cercanias de Newton. Era uma construção grande, de dois andares mais um sótão, feita de tijolos e pintada de branco com uma série de águas-furtadas se destacando do telhado. E, como nas outras residências, havia um amplo gramado, muitos arbustos, árvores imponentes e vastos canteiros de flores. Embaixo de cada janela do andar térreo, uma jardineira transbordante de flores. Ao lado do Hyundai de Jack havia um Lexus. Dentro da garagem, pelo que Jack soubera em uma de suas conversas anteriores com a irmã, havia a perua familiar de praxe.

Ninguém saiu correndo de dentro da casa agitando uma bandeira de boas-vindas. Jack desligou o motor e por alguns instantes considerou a ideia de simplesmente dar meia-volta e ir embora. Porém, não podia fazer isso, portanto, pegou a bagagem de mão no banco de trás e saiu do carro. Do lado de fora, o ruído familiar dos grilos e de outras criaturas. Exceto por esses sons, o lugar parecia desprovido de vida.

Na porta da frente, Jack espiou pelas estreitas e pequenas janelas verticais que a ladeavam. Havia um pequeno vestíbulo com um porta-guarda-chuva.

Para além, um corredor. Enxergava um lance da escada que levava ao segundo andar. Não viu ninguém e não ouviu som algum. Jack tocou a campainha, que era, na verdade, carrilhões que ele pôde ouvir distintamente através da porta. Quase ao mesmo tempo, uma pequena figura andrógina apareceu descendo as escadas aos pulos. Ela vestia uma camiseta simples, short, e estava descalça. Era uma loura ágil, com pele imaculada, branca como o leite, e braços e pernas delicados. Ela abriu a porta. Era evidente que se tratava de uma menina decidida.

— Você deve ser o tio Jack.

— Eu sou, e você? — Jack sentiu o coração acelerar. Já podia ver sua falecida filha, Tamara.

— Christina — declarou ela. Então, sem tirar seus olhos esverdeados de Jack, ela gritou: — Mãe! O tio Jack chegou.

Alexis apareceu no fim do corredor. Ao se aproximar, Jack viu nela todas as características típicas de uma mulher de família. Vestia um avental e estava secando as mãos em um pano de prato xadrez.

— Bom, convide-o para entrar, Christina.

Embora seu aspecto fosse condizente com sua idade, Alexis parecia, em essência, igual à criança de que Jack se lembrava, quando cresceram juntos em South Bend, Indiana. Não era preciso pensar duas vezes para concluir que eram irmãos. Tinham o mesmo cabelo cor de areia, os mesmos olhos cor de mel, os mesmos traços do rosto bem-definidos, e a mesma cor de pele, que sugeria que haviam tomado sol até quando não era o caso. Nenhum dos dois ficava completamente pálido, mesmo no auge do inverno.

Com um sorriso afetuoso, Alexis caminhou até Jack e deu-lhe um longo abraço.

— Obrigado por vir — sussurrou ela em seu ouvido.

Enquanto ainda abraçava a irmã, Jack viu as duas outras meninas aparecerem no topo da escada. Era fácil diferenciá-las, pois Tracy, aos 15 anos, era mais de 30 centímetros mais alta do que Meghan, que tinha 11. Como se não tivessem certeza de como agir, desceram as escadas lentamente, hesitando a cada degrau. Enquanto se aproximavam, foi fácil para Jack ver que diferiam tanto em personalidade quanto na altura. Os olhos azul-celeste de Tracy ardiam com uma intensidade insolente, enquanto os castanhos de Meghan iam de lá pra cá, evitando contato visual. Jack engoliu em seco. Os movimentos dos olhos de Meghan sugeriam que ela era tímida e introvertida, assim como sua Lydia.

— Desçam aqui e cumprimentem seu tio — ordenou Alexis afavelmente.

Quando as garotas terminaram de descer as escadas, Jack ficou surpreso com a altura de Tracy. Os olhos dela estavam quase na altura dos seus. Era uns bons 7 ou 10 centímetros mais alta do que a mãe. Percebeu também que tinha dois piercings bem à mostra. Um era na narina, com um pequeno diamante encrustado, e o outro, uma argola prateada no umbigo descoberto. Ela usava um curto top de algodão sem mangas, que se esticava sobre seios precocemente desenvolvidos. Vestia uma larga calça saruel de cintura baixa. Suas roupas e seus acessórios lhe davam uma sensualidade atrevida, tão insolente quanto o olhar.

— Esse é o seu tio, meninas — disse Alexis para apresentá-lo.

— Por que você nunca visitou a gente? — perguntou Tracy logo de cara com ambas as mãos desafiadoramente enfiadas nos bolsos das calças.

— É verdade que suas filhas morreram num acidente de avião? — perguntou Christina, quase ao mesmo tempo.

— Meninas! — exclamou Alexis, pronunciando a palavra como se tivesse seis ou sete sílabas. Depois, pediu desculpas a Jack: — Desculpe. Você sabe como são as crianças. Nunca se sabe o que elas vão dizer.

— Não tem problema. Infelizmente, as duas perguntas são razoáveis. — Então, olhando nos olhos de Tracy, ele disse: — Quem sabe amanhã não conversamos? Vou tentar explicar porque nunca apareci. — Em seguida, olhando para Christina, ele acrescentou: — Em resposta à sua pergunta, é verdade que eu perdi duas lindas filhas em uma tragédia de avião.

— Agora, Christina — disse Alexis, se intrometendo —, como você é a única que já terminou o dever de casa, por que você não leva o tio Jack até o quarto de hóspedes do porão? Tracy e Meghan, vocês duas vão voltar para cima e terminar os deveres. E Jack, suponho que você não tenha comido nada.

Ele concordou. Tinha devorado um sanduíche no aeroporto LaGuardia, mas aquilo há muito desaparecera nas partes mais baixas de seu trato digestivo. Embora não esperasse estar com fome, a verdade é que estava.

— Que tal um macarrão? Mantive o molho marinara aquecido e posso fazer uma salada.

— Seria ótimo.

O quarto de hóspedes do porão era como ele imaginava. Tinha duas janelas altas que davam para vãos revestidos de tijolos. O ar era úmido e frio, parecendo o de um galpão subterrâneo. Pelo menos, era decorado com bom gosto, em vários tons de verde. Os móveis incluíam uma cama king-size, uma mesa, uma poltrona com luz de leitura e uma TV de tela plana. Havia também um banheiro adjacente.

Enquanto Jack tirava as roupas da bagagem de mão e pendurava o que podia no armário, Christina se jogou na poltrona. Com os braços estirados nos braços da cadeira e os pés balançando no ar, avaliou Jack.

— Você é mais magro que o meu pai.

— Isso é bom ou ruim? — perguntou Jack.

Ele pôs os tênis de basquete no chão do armário e levou o kit de barbear para o banheiro. Gostou do fato de que havia um boxe generoso, em vez de uma banheira genérica.

— Quantos anos tinham suas filhas quando o avião caiu?

Embora Jack devesse ter esperado que Christina voltaria ao assunto delicado depois da resposta inadequada dele, a pergunta tão direta e pessoal o levou de volta ao passado, àquele episódio perturbador quando se despedira da mulher e das filhas no aeroporto de Chicago. Aproximava-se o aniversário de 15 anos do dia em que levara sua família de carro até o aeroporto, para que pegassem uma ponte aérea de volta a Champaign enquanto uma perigosa série de temporais e tornados se aproximava pelas vastas planícies do Meio-Oeste. Ele estava em Chicago, fazendo uma reciclagem em patologia forense, depois que um gigante dos planos de saúde havia engolido seu consultório de oftalmologia, na época do auge da expansão da assistência médica gerenciada. Jack estivera tentando fazer com que Marilyn concordasse em se mudar para Chicago, mas ela havia acertadamente se recusado, pelo bem das crianças.

A passagem do tempo não havia atenuado a memória do último adeus. Como se fosse ontem, ele podia visualizar, olhando através da barreira de vidro, Marilyn, Tamara e Lydia descerem a rampa atrás do portão de embarque. Quando as três chegaram à boca da ponte de embarque, somente Marilyn virou-se para acenar. Tamara e Lydia, com seus entusiasmos juvenis, haviam acabado de desaparecer no túnel.

Como Jack ficaria sabendo mais tarde naquela noite, apenas 15 ou 20 minutos depois da decolagem o pequeno avião de hélices havia colidido a toda velocidade contra as férteis terras negras da pradaria. Fora atingido por um raio e pego em meio a uma profunda rajada de vento. Todos a bordo tinham morrido num piscar de olhos.

— Você está bem, tio Jack? — perguntou Christina.

Por vários segundos, Jack havia ficado imóvel, como se alguém tivesse apertado o botão "pause".

— Estou bem — disse Jack com um alívio perceptível.

Ele acabara de reviver o momento de sua vida sobre o qual evitava incansavelmente pensar e ainda assim o episódio terminou sem as típicas sequelas viscerais. Ele não sentiu como se seu estômago estivesse sendo virado pelo avesso, como se seu coração tivesse parado por um segundo, ou como se um pesado e sufocante cobertor tivesse caído sobre ele. Era uma história triste, mas ele se sentiu distanciado dela, como se pudesse ter acontecido com outra pessoa. Talvez Alexis estivesse certa. Como ela dissera ao telefone: talvez ele tivesse superado a dor e seguido em frente.

— Quantos anos elas tinham?

— A mesma idade que você e Meghan.

— Que horror!

— Foi mesmo — concordou Jack.

De volta ao salão principal com cozinha anexa, Alexis fez com que Jack se sentasse à mesa de jantar enquanto ela acabava de cozinhar a massa. Todas as meninas se retiraram para o segundo andar, para se aprontarem para dormir. Tinham aula no dia seguinte. Os olhos de Jack passearam pelo cômodo. Era amplo, mas ainda assim aconchegante, e combinava com a aparência externa da casa. As paredes eram de um amarelo claro. Um sofá fundo e confortável, estofado com um tecido verde florido e coberto de almofadas ficava diante de uma lareira, sobre a qual estava a maior televisão de tela plana que Jack jamais vira. O tecido das cortinas tinha o mesmo padrão do sofá, e elas emolduravam uma janela saliente que dava para um terraço. Para além do terraço, uma piscina. Além da piscina, um gramado, com o que, na penumbra, parecia um gazebo.

— Sua casa é linda — observou Jack.

Para ele, era mais do que linda. Comparando com seu estilo de vida ao longo dos últimos dez anos, era o ápice do luxo.

— Craig tem sido um provedor maravilhoso, como te disse ao telefone — disse Alexis, enquanto derramava a massa em um escorredor.

— Onde está ele? — perguntou Jack.

Ninguém havia mencionado o nome de Craig. Jack deduzira que ele tinha saído, quem sabe para dar uma consulta de emergência, ou talvez estivesse conferenciando com seu advogado.

— Ele está dormindo no quarto de hóspedes do segundo andar — disse Alexis. — Como falei, não estamos dormindo juntos desde que ele se mudou para a cidade.

— Pensei que ele talvez houvesse saído para ver um paciente.

— Não, ele está livre disso nesta semana. Contratou uma pessoa para cuidar de seus pacientes durante o julgamento. O advogado recomendou isso. Acho que foi uma boa coisa. Por mais dedicado que seja, não gostaria de tê-lo como meu médico num momento assim. Ele está preocupado demais.

— Estou impressionado com ele estar dormindo. No lugar dele, eu estaria de pé, andando de um lado pro outro.

— Ele teve uma ajudinha — admitiu Alexis. Ela trouxe o macarrão e a salada para a mesa e os colocou diante de Jack. — Foi um dia difícil, com o início do julgamento, e ele está deprimido, compreensivelmente. Temo que esteja se automedicando com soníferos para lidar com a insônia. Ele também tomou álcool: uísque, pra ser mais exata, mas não uma quantidade preocupante, acho. Pelo menos não ainda.

Jack assentiu, mas não disse nada.

— O que você quer beber? Eu vou tomar uma taça de vinho.

— Um pouco de vinho seria bom — disse Jack.

Ele sabia mais sobre depressão do que gostaria. Depois do acidente de avião, lutara contra ela por anos.

Alexis trouxe uma garrafa de vinho branco aberta e duas taças.

— Craig sabia que eu estava a caminho?

Era uma pergunta que devia ter feito antes de concordar em vir.

— É claro que ele sabia — respondeu Alexis enquanto servia o vinho. — Na verdade, falei com ele antes.

— E ele não achou ruim?

— Ele duvidou que pudesse ser útil, mas disse que deixaria a decisão comigo. Para ser sincera, ele não ficou empolgado quando falamos do assunto e disse algo que me surpreendeu. Disse que achava que você não gostava dele. Você nunca comentou nada nesse sentido, né?

— Certamente que não — respondeu Jack.

Enquanto começava a comer, perguntou-se até onde devia levar aquela conversa. A verdade era que, quando Alexis e Craig ficaram noivos, ele não pensou que Craig fosse a pessoa certa para sua irmã. Mas Jack nunca dissera nada, principalmente porque pensava, sem saber muito bem o porquê, que os médicos raramente tornavam-se bons cônjuges. Fora apenas relativamente há pouco tempo que o tortuoso caminho de Jack para a recuperação havia lhe dado a inteligência para compreender o antigo pressentimento — ou seja, de que todo o processo de formação de um médico ou selecionava pessoas narcisistas ou as criava, ou havia alguma combinação dos dois. Na opinião de Jack, Craig era o exemplo perfeito disso. Sua dedicação bitolada à medicina era quase uma garantia que suas relações pessoais fossem sempre superficiais, um tipo de jogo psicológico que não saía do zero a zero.

— Eu disse a ele que você não se sentia assim — continuou Alexis. — Na verdade, comentei que o admirava, pois você me falou isso uma vez. Estou lembrando corretamente?

— Eu falei que o admirava como um médico excelente — reafirmou Jack, consciente de que estava sendo um pouco ambíguo.

— Eu apontei isso, dizendo que você invejava as realizações dele. Você chegou a mencionar algo nesse sentido, não foi?

— Sem dúvida. Sempre fiquei impressionado com a capacidade dele de fazer pesquisas científicas reais, publicáveis, enquanto ao mesmo tempo cuidava de um consultório clínico grande e bem-sucedido. Esse é o objetivo romântico de muitos médicos que nunca sequer chegaram perto disso. Tentei quando era oftalmologista, mas, vendo pela perspectiva de hoje, minhas supostas pesquisas eram uma piada.

— Não consigo imaginar que isso seja verdade, sabendo o que sei sobre você.

— Voltando à questão essencial, como Craig se sente realmente quanto a eu ter vindo? Você não chegou a responder.

Alexis tomou um gole de vinho. Era óbvio que ela pesava a resposta, e quanto mais tempo ficava nisso, mais inquieto Jack se sentia. Afinal, ele era um hóspede na casa daquele homem.

— Acho que a minha não resposta foi intencional — confessou ela. — Ele se sente constrangido por estar pedindo ajuda, como você sugeriu que poderia acontecer, quando falamos ao telefone. Não há dúvida de que ele identifica dependência com fraqueza, e esse caso todo fez com que ele se sentisse totalmente dependente.

— Mas tenho o pressentimento de que não é ele quem está pedindo ajuda — disse Jack. Terminou de comer a massa e passou à salada.

Alexis pôs na mesa sua taça de vinho.

— Você está certo — admitiu ela, com relutância. — Sou eu quem está pedindo ajuda em nome dele. Craig não está muito feliz por você estar aqui, pois se sente constrangido. Mas eu estou felicíssima com sua presença. — Alexis esticou-se por cima da mesa e pegou na mão de Jack. Ela a apertou com uma ferocidade inesperada. — Obrigado por se importar, Jack. Eu estava com saudades. Sei que não é a melhor hora para você estar longe de casa, e isso torna tudo ainda mais especial. Obrigada, obrigada, obrigada.

Uma irrupção repentina de emoções tomou Jack de assalto, e ele sentiu o rosto ruborizar. Ao mesmo tempo, a natureza esquiva de sua personalidade interveio e o dominou. Ele separou sua mão da de Alexis, tomou um gole de vinho e mudou de assunto.

— Então, me conte sobre o primeiro dia do julgamento.

O leve sorriso de Alexis curvou as extremidades de sua boca.

— Você é sutil, igualzinho antigamente: essa foi uma guinada de 180 graus incrivelmente rápida, fugindo de uma área carregada de emoções. Você achou que eu não perceberia?

— Eu vivo esquecendo que você é psicóloga — disse Jack, rindo. — Foi uma reação instintiva de autopreservação.

— Pelo menos você admite que tem um lado emotivo. Enfim, quanto ao julgamento, tudo o que aconteceu até agora foram os dois discursos de abertura dos advogados adversários e o depoimento da primeira testemunha.

— Quem foi a primeira testemunha? — Jack terminou de comer a salada e pegou a taça de vinho.

— O contador de Craig. Como Randolph Bingham explicou mais tarde, o único motivo pelo qual ele foi incluído foi simplesmente estabelecer que Craig tinha um dever para com a falecida, o que foi fácil, pois ela havia pagado o adiantamento, e Craig lhe atendia com regularidade.

— O que você quer dizer com "adiantamento"? — perguntou Jack, surpreso.

— Craig mudou do esquema tradicional de pagamento por consulta para o estilo concierge há quase dois anos.

— Mesmo? — perguntou Jack. Ele não fazia ideia. — Por quê? Eu pensava que a clientela de Craig estava crescendo rapidamente, e que ele estava adorando isso.

— Eu vou contar o motivo principal, mesmo que o próprio Craig não o admita — disse Alexis, aproximando-se da mesa, como se estivesse prestes a revelar um segredo. — Ao longo dos últimos anos, Craig vinha sentindo que estava perdendo progressivamente o controle das decisões sobre os pacientes. Tenho certeza de que você sabe de tudo isso, mas com o crescente engajamento das companhias de seguros e de vários planos de saúde na contenção de custos, tem havido uma intromissão cada vez maior na relação médico-paciente, e eles basicamente dizem aos médicos o que podem ou não fazer. Para alguém como Craig, foi um pesadelo longo e cada vez pior.

— Se eu perguntasse a ele o porquê da mudança, que motivo ele daria? — perguntou Jack.

Ele estava fascinado. Já ouvira falar da medicina concierge, mas pensava que era um pequeno grupo à parte ou uma simples peculiaridade passageira do sistema. Ele nunca conversara com um médico que trabalhasse com essa estrutura.

— Ele diria que jamais chegou a fazer uma concessão em uma decisão sobre um paciente por pressão externa, mas isso é mentir para si mesmo. Só para que o consultório conseguisse se pagar, ele teve de passar a atender a um número cada vez maior de pacientes por dia. O motivo que ele dá para ter mudado para a medicina concierge é que assim ele tem a oportunidade de praticar a medicina do jeito que aprendeu na faculdade, onde podia passar o tempo que fosse necessário com cada paciente.

— Bom, é a mesma coisa.

— Não, há uma diferença sutil, embora haja um aspecto de racionalização da parte dele. A diferença é a que existe entre um empurrão negativo e um puxão positivo. A explicação dele enfatiza o paciente.

— O tipo de atividade que ele exercia é relevante quanto à acusação de imperícia?

— Sim, pelo menos de acordo com o advogado de acusação, o qual, sou obrigada a dizer, está se saindo melhor que o esperado.

— Como assim?

— Só em olhar para ele, e você verá se for ao tribunal, não se imagina que seja eficiente. Como posso dizer isso? Ele é um estereótipo composto do advogado barato, de porta de hospital, especializado em danos pessoais e do advogado de defesa de mafiosos, mas com metade da idade do advogado de Craig. Mas ele está criando uma ligação com o júri de uma maneira surpreendentemente eficiente.

— O que o estilo de prática de Craig supostamente tem a ver com o caso? O advogado de acusação fez referência a isso no discurso de abertura?

— Sem dúvida, e com muita eficiência. Todo o conceito da medicina concierge é baseado em poder satisfazer as necessidades dos pacientes, como o concierge de um hotel.

— Eu entendo o paralelo.

— Para esse fim, cada paciente tem acesso ao médico pelo celular e/ou por e-mail, de modo que possa contatar a qualquer hora e ser atendido, se necessário.

— Soa como um convite para que os pacientes usem e abusem.

— Suponho que, com alguns pacientes, sim. Mas não incomodava Craig. Na verdade, ele parecia gostar, porque começou a visitar os pacientes em casa em horários fora do expediente. Acho que para ele tinha algo de retrô e nostálgico.

— Consultas em casa? — perguntou Jack. — Fazer visitas ao paciente e normalmente desperdício de tempo. Para um médico dos tempos modernos, as possibilidades de ação ficam muito limitadas.

— Mesmo assim, alguns pacientes adoram, e a falecida era um deles. Craig foi à casa dela muitas vezes em horários incomuns. Na verdade, ele a visitou na manhã do dia em que supostamente a imperícia aconteceu. Naquela noite, ela piorou, e Craig foi vê-la de novo.

— Me parece que seria difícil achar algo de errado nisso.

— Presumivelmente, sim, mas de acordo com o advogado de acusação, foi o fato de Craig ir vê-la em casa, em vez de mandar a paciente a um hospital, que causou a imperícia, pois atrasou o diagnóstico e o tratamento de emergência de um ataque cardíaco.

— Isso parece absurdo! — disse Jack, indignado.

— Não quando você ouve da boca do advogado de acusação durante o discurso de abertura. E há outras circunstâncias relacionadas ao caso que são importantes. Tudo aconteceu quando eu e Craig estávamos separados. Na época, ele morava num apartamento em Boston com uma de suas sensuais secretárias e arquivistas, Leona.

— Deus do céu! — exclamou Jack. — Eu não sei quantas histórias já ouvi de médicos casados tendo secretárias como amantes. Eu não sei o que acontece com os médicos. Nos dias de hoje, a maioria dos homens em outras profissões sabe que não deve ter relacionamentos com suas funcionárias. Isso é pedir para ter problemas com a lei.

— Eu sinto que você está sendo generoso demais com os homens casados de meia-idade que se veem presos a uma realidade que não corresponde às suas expectativas românticas. Acho que Craig se encaixa nesse grupo, mas não foi o corpo de 23 anos de Leona que o atraiu a princípio. Foi, ironicamente, a mudança para a medicina concierge que deu a ele algo que nunca teve antes: tempo livre. Esse tempo pode ser uma coisa perigosa para alguém que passou metade da vida de maneira tão bitolada quanto Craig. Foi como se ele acordasse e se olhasse no espelho. Não gostou do que viu. De repente, desenvolveu um interesse maníaco por cultura. Queria recuperar o tempo perdido e se transformar, da noite para o dia, na própria imagem de uma pessoa madura, completa. Mas não foi o bastante fazer aquilo sozinho, como um hobby. Assim como fez com a medicina, queria dedicar àquilo um esforço total e insistiu que eu o acompanhasse. Só que era óbvio que eu não podia, não com meu trabalho e com a responsabilidade de cuidar das meninas. Isso foi o que o afastou, pelo menos até onde sei. Leona veio depois, quando ele se deu conta de que estava sozinho.

— Se você está tentando me fazer sentir pena dele, não vai funcionar.

— Eu só quero que você saiba contra o que estamos lutando. O advogado de acusação sabe que Craig e Leona tinham ingressos para um concerto na noite em que a esposa do querelante morreu. Ele diz que testemunhas provarão que Craig foi visitar a paciente em casa mesmo suspeitando que ela estivesse tendo um ataque cardíaco, baseado na possibilidade remota de que não fosse um infarto. Se ele descobrisse que não era mesmo, conseguiria chegar a tempo para o concerto. O Symphony Hall é mais perto da casa do querelante do que o Newton Memorial.

— Me deixa adivinhar: essa Leona está escalada como testemunha.

— É claro! Ela agora é a amante desprezada. Para piorar a situação, ainda está trabalhando no consultório de Craig, e ele não pode demiti-la, por medo de levar outro processo.

— Então, o advogado de acusação está argumentando que Craig pôs a paciente em risco apostando contra o possível diagnóstico.

— É basicamente isso. Eles estão dizendo que isso não está conforme o padrão de conduta, em termos de se chegar a um diagnóstico em tempo hábil, o que para um ataque cardíaco é crucial, como os acontecimentos demonstraram. Eles nem mesmo têm de provar que a mulher teria sobrevivido se fosse levada de imediato para o hospital, mas apenas que *poderia* ter sobrevivido. É claro, a cruel ironia é que a alegação é diametralmente oposta ao estilo de atividade de Craig. Como estávamos conversando, ele sempre pôs os pacientes em primeiro lugar, acima até da própria família.

Frustrado, Jack correu a mão pelos cabelos.

— Isso é mais complicado do que eu pensava. Eu supus que a questão se resumia a algum assunto médico específico. Esse tipo de caso significa que há ainda menos chances de que eu possa ajudar do que eu esperava.

— Quem sabe? — disse Alexis, fatalista, e se levantou da mesa, foi até uma bancada e pegou um grande envelope repleto de papéis. Ela o trouxe de volta e o deixou cair sobre a mesa. Fez um baque retumbante. — Aqui está uma cópia do que reuni sobre o caso. É basicamente tudo, desde os interrogatórios até os depoimentos e os registros médicos. A única coisa não incluída é uma transcrição do que houve hoje no tribunal, mas já passei uma boa noção do que foi dito. Incluí até alguns dos artigos científicos recentes de Craig, por sugestão dele. Não sei por que ele sugeriu isso, talvez por orgulho, imaginando que você ficaria impressionado.

— Provavelmente vou ficar, se conseguir entendê-los. De qualquer modo, parece que tenho um grande desafio pela frente.

— Eu não sei onde você prefere trabalhar. Há vários lugares disponíveis. Posso mostrar algumas alternativas além de seu quarto lá embaixo?

Alexis levou Jack num tour pelo primeiro andar da casa. A sala de estar era gigante, mas parecia desconfortavelmente imaculada, como se ninguém jamais houvesse caminhado sobre seu grosso carpete. Jack dispensou-a. Ao lado daquele cômodo, havia uma biblioteca de paredes revestidas de mogno e um bar, mas a iluminação fraca a tornava escura e fúnebre. Não, obrigado! Descendo o corredor, havia uma sala de TV com um projetor pendendo do teto e várias fileiras de poltronas reclináveis. Inapropriada, com uma iluminação ainda pior do que a da biblioteca. No fim do corredor, havia um escritório de bom tamanho, com escrivaninhas "dele" e "dela" no mesmo estilo em paredes opostas. A mesa dele era arrumadinha, com todos os lápis apontados à perfeição e armazenados em um porta-lápis. A mesa dela era o oposto, com pilhas de livros, periódicos e fotocópias formadas ao acaso. Havia várias poltronas de leitura e pufes. Uma janela saliente, semelhante àquela do salão, dava para um canteiro de flores com uma pequena fonte de água. Diretamente oposta à janela havia uma parede repleta de prateleiras que iam do chão ao teto, dos dois lados da porta de entrada. Em meio a uma mistura de livros de medicina e psicologia estava a maleta de médico de Craig, de couro preto e estilo antiquado, e uma máquina portátil de ECG. Por ser uma área de trabalho, a melhor coisa do cômodo era o arranjo das luzes, com spots embutidos no teto, abajures individuais sobre as mesas e luminárias de chão ao lado de cada poltrona.

— Aqui é maravilhoso — disse Jack. — Mas tem certeza de que não se importa que eu fique no seu escritório particular?

Ele ligou uma das luminárias de chão. Viu que emitia um brilho amplo e cálido.

— De modo algum.

— E quanto a Craig? Afinal, é o escritório dele também...

— Ele não se importa. Se tem uma coisa que eu posso dar como certa quanto a Craig é que ele não costuma marcar território.

— Está bem, então, prefiro ficar aqui. Tenho o pressentimento de que isso vai me ocupar por um bom tempo. — Ele depositou o gordo envelope sobre a mesa entre as duas poltronas de leitura.

— Como se costuma dizer, mete as caras. Eu vou pra cama. Amanhã o dia começa cedo aqui: preciso levar as crianças para a escola. Há muitas bebidas na geladeira da cozinha e mais ainda no bar, então, sirva-se.

— Excelente! Estou feito.

Alexis deixou que seus olhos corressem pelo corpo de Jack, para então voltarem ao rosto dele.

— Tenho que dizer, irmão: você está com uma ótima aparência. Quando visitei você lá em Illinois, e tinha seu consultório de oftalmologia, parecia outra pessoa.

— Eu era outra pessoa.

— Eu tinha medo que você ficasse acima do peso.

— Eu estava acima do peso.

— Agora você parece saudável, esfomeado e com o rosto encovado, como um ator de western spaghetti.

Jack riu.

— É uma descrição criativa. De onde saiu isso?

— As meninas e eu recentemente vimos alguns filmes antigos do Sergio Leone. Era um dever de casa de uma matéria de cinema que Tracy está cursando na escola. Sério, você parece estar em boa forma. Qual é o segredo?

— Basquete na quadra da minha rua e bicicleta. Eu trato essas coisas como segundas carreiras.

— Talvez eu deva tentar — disse Alexis, com um sorriso sarcástico. E então falou: — Boa noite, irmão. Nos vemos de manhã. Como você deve imaginar, é sempre um pouco caótico, com três meninas.

Jack ficou olhando Alexis caminhar pelo corredor e, assim, com um último aceno, desaparecer escada acima. Ele voltou-se e olhou em volta mais uma vez. Um silêncio repentino caiu sobre o lugar como uma manta. A aparência e o cheiro dali eram tão diferentes de seu ambiente costumeiro, que ele bem poderia estar em outro planeta.

Um pouco constrangido por estar num lugar que não era dele, Jack sentou-se na poltrona iluminada pela luminária de chão. A primeira coisa que fez foi pegar o celular e ligá-lo. Havia uma mensagem de Warren, com o nome e o telefone do seu amigo em Boston que ele prometera mandar. O nome era David Thomas. Jack ligou na mesma hora, pensando que talvez precisasse se exercitar, caso o dia seguinte fosse tão estressante quanto ele temia. A atitude evasiva de Alexis sobre a reação de Craig à presença de Jack era o bastante para fazer qualquer pessoa não se sentir muito bem-vinda.

Warren provavelmente cobrira Jack de elogios quando falou com David, pois ele se mostrou excessivamente empolgado com a ideia de Jack aparecer para um jogo.

— Nesta época do ano, nós jogamos toda noite, começando mais ou menos às cinco da tarde, cara — dissera David. — Traga essa bunda branca pra cá e vamos ver se você é bom mesmo.

Ele ensinou a Jack o caminho até a quadra no Memorial Drive, perto de Harvard. Jack disse que tentaria chegar lá no fim da tarde.

Em seguida, Jack ligou para Laurie, para informá-la de que estava instalado da melhor maneira possível até o momento.

— O que isso quer dizer? — perguntou ela, desconfiada.

— Eu ainda não falei com Craig Bowman. A verdade é que ele não está muito feliz com a minha presença.

— Isso não é muito bom, considerando todos os fatos, em especial o timing.

Jack então descreveu o que ele pensava ser a boa notícia, sobre como reagira às filhas de Alexis. Ele disse a Laurie que uma das meninas havia chegado até a mencionar o acidente logo de cara, mas que isso não o fizera perder o equilíbrio, para sua agradável surpresa.

— Estou surpresa e feliz — disse Laurie. — Acho excelente e me sinto aliviada.

Jack disse então que a única má notícia era que a imperícia não envolvia uma questão técnica de medicina, mas sim algo bem mais complexo, de modo que havia menos chances do que imaginara de que pudesse ajudá-los.

— Espero que isso signifique que você vai voltar pra cá imediatamente — declarou Laurie.

— Vou ler o arquivo do caso agora — disse Jack. — Acho que vou poder ter certeza depois disso.

— Boa sorte.

— Obrigado. Vou precisar.

Jack desligou o telefone e colocou-o de lado. Por um instante, esforçou-se para ouvir algum barulho naquela casa imensa. O silêncio era o mesmo de um sepulcro. Pegando o envelope, jogou o conteúdo sobre a mesa que ficava ao lado da poltrona. A primeira coisa que pegou foi um artigo científico que Craig havia escrito em coautoria com um renomado especialista em biologia celular de Harvard, publicado pelo prestigioso *New England Journal of Medicine*. Era sobre a função dos canais de sódio nas membranas celulares responsáveis pelo potencial de ação de nervos e músculos. Havia até alguns diagramas e fotografias microscópicas de estruturas moleculares subcelulares. Deu uma olhada na seção de materiais e métodos. Era impressionante que alguém pudesse conceber conceitos tão herméticos, e ainda por cima estudá-los. Vendo que aquilo estava totalmente além de sua compreensão atual, Jack deixou o artigo de lado e pegou então um depoimento. Era o de Leona Rattner.

7

BOSTON, MASSACHUSETTS

TERÇA-FEIRA, 6 DE JUNHO, 2006

6H48

A primeira coisa que Jack percebeu foi o som de uma discussão distante, seguida pela força violenta de uma porta sendo batida. Por um breve instante, tentou incorporar os sons ao seu sonho, mas a coisa não fez qualquer sentido. Então, Jack abriu os olhos e percebeu que não tinha ideia de onde estava. Depois de ver o chafariz banhado pela intensa luz do sol do lado de fora da janela saliente, assim como o interior do escritório, lembrou-se de tudo num instante. Em sua mão estava o depoimento de uma enfermeira chamada Georgina O'Keefe, do Newton Memorial, o qual ele estava relendo quando caíra num sono profundo.

Juntando todos os papéis do caso de imperícia Stanhope *versus* Bowman, Jack os colocou no envelope. Custou um pouco conseguir enfiar tudo lá. Ele então se levantou. Uma onda breve de tontura fez com que parasse por um instante.

Jack não fazia ideia de quando havia caído no sono. Tinha lido toda a coleção de papéis e começara a reler as partes que achara mais interessantes, quando seus olhos se fecharam involuntariamente. Para sua surpresa, ele se sentira fascinado pelo material desde o início. Se a história não envolvesse indiretamente sua irmã, teria considerado um roteiro interessante para uma novela, porque as personalidades pitorescas dos personagens pareciam saltar para fora das páginas. Havia o médico talentoso e dedicado, mas arrogante e adúltero; a amante sensual, rejeitada e furiosa; o viúvo formal e bastante lacônico; os especialistas, instruídos, mas acusadores; a grande quantidade de outras testemunhas; e, por fim, a vítima, aparentemente hipocondríaca. Era uma comédia de fraquezas humanas, exceto pelo infeliz resultado fatal, e por haver terminado como um processo por imperícia. Quanto ao provável veredito, pelo menos a partir da leitura do material, Jack achou que as preocupações e o pessimismo de Alexis eram bem fundados. Com sua pretensão e arrogância, que ficaram evidentes nos estágios finais de seu depoimento, Craig não ajudou a própria causa. O advogado de acusação havia conseguido fazer com que o médico aparentasse considerar um ultraje o fato de seu julgamento clínico estar sendo posto em questão. Aquilo não pegaria bem com o júri. E, além disso, Craig deixara implícito que o caso que tivera com a secretária fora culpa de sua esposa.

Sempre que Jack era pressionado a descrever o objetivo de seu trabalho como médico-legista, sua resposta habitual, dependendo em certo grau de quem perguntava e da ocasião, era dizer que ele "falava em nome dos mortos". Enquanto lia o caso *Stanhope vs. Bowman*, Jack viu-se no final das contas pensando principalmente sobre a vítima, e a infeliz, mas óbvia, circunstância de que ela não podia depor ou servir como testemunha. Criando um jogo em sua mente, refletiu sobre como o caso seria influenciado se ela pudesse participar. Pensar nesse rumo o fez acreditar que Patience Stanhope era a chave de uma solução bem-sucedida para o caso. Parecia a ele que se o júri acreditasse que ela era a hipocondríaca que Craig dizia ser, os jurados teriam de decidir em favor da defesa, apesar dos sintomas finais de Patience terem sido bem reais e da personalidade narcisista de Craig. Usar essa linha de raciocínio acentuava o lamentável fato de que não houvera necropsia e, por isso, não havia um médico-legista na lista de testemunhas da defesa para falar em nome da falecida.

Com o envelope debaixo do braço, Jack caminhou furtivamente pelo corredor, em direção à escada que levava ao porão, embaixo da escada principal. Desmazelado do jeito que estava, preferia que ninguém o visse. Enquanto começava a descer a escada, ouviu mais gritos no andar de cima, de uma das meninas, e outra porta batendo.

De volta ao seu alojamento, Jack fez a barba, tomou uma ducha e se vestiu o mais rápido possível. Quando voltou para o andar de cima, todo o clã dos Bowman estava no salão. O clima era tenso. As três meninas estavam à mesa, atrás de caixas de cereal matinal. Craig estava no sofá, escondido atrás do *New York Times* com uma caneca de café na mesa de centro à sua frente. Alexis estava na bancada, ocupada fazendo sanduíches para o almoço das meninas. A TV acima da lareira estava ligada no noticiário local, mas o som era bem baixo. O sol fluía através das janelas salientes. Sua luz era quase cegante.

— Bom dia, Jack — cumprimentou-o Alexis alegremente quando o viu de pé sob o portal. — Espero que você tenha dormido bem lá embaixo.

— Foi muito confortável — disse Jack.

— Deem bom dia para o seu tio — disse Alexis às meninas, mas apenas Christina o cumprimentou.

— Eu não sei por que eu não posso usar a blusa vermelha — choramingou Meghan.

— Porque ela é da Christina, e ela disse que prefere que você não use — argumentou Alexis.

— O avião queimou com as suas filhas dentro? — perguntou Christina.

— Christina, já chega! — exclamou Alexis. Ela revirou os olhos na direção de Jack. — Tem um suco que fiz agorinha na geladeira, e café fresco na cafeteira. O que você come normalmente no café da manhã?

— Só frutas e cereais.

— Temos os dois. Sirva-se.

Jack foi até a cafeteira. Quando seus olhos começaram a buscar uma xícara, uma caneca veio deslizando pela bancada de granito, graças a Alexis. Ele a encheu de café e despejou uma colherada de açúcar e uma grande quantidade de creme. Enquanto mexia, voltou ao salão. Christina e Alexis estavam agora entretidas em uma conversa sobre os planos para depois da escola. As duas outras meninas pareciam quietas e amuadas. Craig ainda não emergira de trás de seu jornal, o que a Jack pareceu uma evidente desfeita.

Recusando-se a se deixar intimidar e acreditando que um bom ataque era a melhor defesa, Jack caminhou até o console da lareira. Ele agora olhava diretamente para o jornal de Craig, o qual o cunhado erguia todo aberto, como um muro.

— Alguma notícia interessante? — perguntou Jack, enquanto tomava um gole do café fumegante.

A margem superior do jornal desceu lentamente, progressivamente revelando o rosto inchado e flácido de Craig. Seus olhos eram como os de um touro, circundados por anéis escuros, e o branco das órbitas, com uma teia de minúsculos capilares vermelhos, davam a ele o aspecto de um homem que passara a noite toda na farra. Contrastando com seu rosto abatido, ele vestia uma camisa branca recém-passada e uma gravata discreta, enquanto seus cabelos cor de areia estavam bem penteados, com um leve brilho, o que indicava uma aplicação de gel.

— Não estou no clima para falar de amenidades — comentou Craig, irritado.

— Nem eu — replicou Jack. — Pelo menos, nós concordamos logo de início. Craig, vamos acabar com essa tensão! Eu estou aqui a pedido da minha irmã. Não estou aqui para ajudar você. Estou aqui para ajudá-la. Se isso acabar ajudando você, vai ser apenas um efeito colateral. Mas me deixe dizer uma coisa: eu acho péssimo que você esteja sendo processado por imperícia. Do meu ponto de vista, do que conheço de você profissionalmente, você é a última pessoa que devia ser processada por imperícia. Agora, há algumas outras áreas sociais nas quais você não brilha, na minha opinião, mas isso é outra história. No tocante ao caso, li o material e tenho algumas ideias. Você pode ouvi-las ou não, a decisão é sua. Quanto a eu estar na sua casa, a decisão é sua. Quando sou visita, exijo unanimidade da parte dos casais. Posso ir para um hotel, sem problemas.

Exceto pelos sons abafados do noticiário local e por alguns pássaros cantando lá fora, a sala ficou quieta e silenciosa. Ninguém se moveu, até que Craig ruidosamente fechou o jornal, dobrou-o sem cuidado e o jogou de lado. Em seguida, ouviu-se de novo o retinir das colheres contra as tigelas de cereais, na mesa. Da pia, veio o som da torneira sendo aberta. Os sons e os movimentos haviam voltado.

— Eu não tenho problemas em ser franco — disse Craig. Sua voz agora parecia demonstrar mais cansaço e tristeza do que irritação. — Quando fiquei sabendo que você estava vindo, fiquei irritado. Com tudo o que está acontecendo, não achei que fosse um momento apropriado para ter companhia, ainda mais porque você nunca se incomodou em nos visitar antes. Francamente, fiquei furioso de pensar que você poderia ter a ilusão equivocada de que seria a cavalaria chegando na hora certa para salvar quem estava em perigo. Você me dizer logo de cara que esse não é o caso me faz ter outra atitude. Você é bem-vindo para ficar, mas peço desculpas se não estou disposto a ser um bom anfitrião. Quanto às suas ideias sobre o caso, eu gostaria de ouvi-las.

— Eu não esperava de modo algum que você fosse um bom anfitrião, levando em conta tudo pelo que está passando — respondeu Jack. Então sentou-se na quina da mesa de centro, em diagonal a Craig. A conversa andava melhor do que tinha previsto. Ele planejara outros argumentos conciliatórios, como um elogio a Craig. — Junto com todos os papéis do tribunal, haviam dois de seus artigos científicos mais recentes. Fiquei impressionado. É claro que eu ficaria mais impressionado se os compreendesse.

— Meu advogado teve a ideia de introduzi-los como prova do quanto sou dedicado à medicina. O advogado de acusação, pelo que vimos no seu discurso de abertura, vai tentar provar o oposto.

— Mal não pode fazer. Eu não consigo imaginar como ele vai apresentá-los, mas não sou advogado. Se ele o fizer, tenho que dar crédito a você, Craig. Você é impressionante. Praticamente todos os médicos que conheço pensam que gostariam de aliar trabalho clínico e pesquisa. É o ideal máximo assimilado nas faculdades de medicina, mas você é um dos poucos que realmente consegue. E o que é surpreendente é que são pesquisas de verdade, e não aquele tipo de artigo que tenta se passar por pesquisa, mas não é nada além do relato de um caso interessante.

— Não tenha dúvida de que é pesquisa de verdade — disse Craig, se animando um pouco ao entrar no assunto. — Nós estamos aprendendo mais e mais sobre canais de sódio dependentes de voltagem nas células nervosas e musculares, e isso tem uma aplicação clínica imediata.

— No seu último artigo no *NEJM*, você falou sobre dois canais de sódio diferentes, um para o músculo do coração e outro para os nervos. Em que eles diferem?

— Eles são estruturalmente diferentes, o que agora estamos determinando em nível molecular. Nós soubemos que eram diferentes pelas respostas nitidamente distintas que apresentavam à tetrodotoxina. Eles são diferentes de mil maneiras distintas, o que é extraordinário.

— Tetrodotoxina? — perguntou Jack. — Essa é a toxina que mata as pessoas que comem o sushi malfeito, no Japão.

Craig riu sem querer.

— É isso mesmo. É o sushi feito por um chef inexperiente, usando um baiacu em um momento específico do ciclo reprodutivo.

— Incrível — comentou Jack. Tendo cumprido a tarefa de fazer com que Craig se animasse, ele estava ansioso para seguir em frente. As pesquisas do cunhado, embora interessantes, eram complexas demais para o seu gosto. Saltando de um assunto para outro, Jack mencionou sua sensação de que a vítima, Patience Stanhope, era o elemento-chave para a vitória no julgamento: — Se o seu advogado conseguir demonstrar incontestavelmente para os jurados como essa mulher era hipocondríaca, o júri terá de decidir contra a acusação.

Por alguns segundos, Craig ficou apenas olhando para Jack. Era como se a transição da conversa houvesse sido tão abrupta que seu cérebro tivesse de reiniciar.

— Bom — disse ele, finalmente. — É interessante você dizer isso, porque já falei a mesma coisa para Randolph Bingham.

— Bom, aí está. Nós estamos pensando no mesmo plano, o que dá maior credibilidade à ideia. O que o seu advogado disse?

— Não deu bola, que eu me lembre.

— Acho que você deve mencionar de novo — continuou Jack. — E uma vez que estamos falando da falecida, eu não vi um relatório de necropsia. Suponho que não tenha havido uma. Estou certo?

— Infelizmente, não houve necropsia — disse Craig. — O diagnóstico foi confirmado pelo teste do biomarcador. — Ele deu de ombros. — Ninguém esperava por um processo de imperícia. Tenho certeza de que, se estivessem esperando um, os médicos-legistas teriam optado por fazer uma necropsia, e eu teria solicitado uma.

— Houve um outro pequeno detalhe nos arquivos que eu achei curioso — observou Jack. — Uma enfermeira da emergência, de nome Georgina O'Keefe, que era a enfermeira-chefe no Newton Memorial. Ela escreveu em seu prontuário que a paciente apresentava acentuada cianose central. Isso chamou minha atenção porque ela não mencionou isso no depoimento. Eu chequei. É claro, eu estava atento à questão porque, no seu depoimento, você disse que ficou chocado com o grau da cianose quando viu a paciente. De fato, houve uma discordância entre você e o Sr. Stanhope quanto a isso.

— Com certeza, houve discordância — disse Craig, na defensiva. Parte da amargura inicial havia voltado à sua voz. — O Sr. Stanhope havia dito ao telefone, e eu estou citando-o: "Ela parece meio azul." Quando cheguei à casa, ela estava completamente cianótica.

— Você teria chamado de cianose central, como a enfermeira O'Keefe?

— Central ou periférica, que diferença faz nesse tipo de caso? O coração dela não estava bombeando o sangue rápido o suficiente para os pulmões. Havia muito sangue desoxigenado no organismo dela. É isso o que geralmente causa cianose.

— A questão é o grau de cianose. Eu concordo que a cianose profunda certamente indica que uma quantidade insuficiente de sangue estava fluindo pelos pulmões dela, ou que uma quantidade insuficiente de ar estava entrando nos pulmões. Se fosse cianose periférica, quer dizer, com o sangue simplesmente se estagnando nas extremidades, a coisa não seria tão evidente, ou nem mesmo perceptível.

— O que você está dizendo? — perguntou Craig agressivamente.

— Para ser sincero, eu não sei. Como médico-legista, tento manter a mente aberta. Me deixe perguntar o seguinte: que tipo de relacionamento a falecida tinha com o marido?

— Um pouco estranho, eu diria. Eles certamente não demonstravam afeto em público. Duvido que fossem íntimos, visto que ele pedia desculpas a mim pela hipocondria dela.

— Você vê, nós, legistas, por experiência, somos naturalmente desconfiados. Se eu fizesse essa necropsia, levando em conta a cianose, procuraria por algum sinal de sufocamento ou estrangulamento, apenas para descartar a hipótese de homicídio.

— Isso é absurdo — disse Craig, num estalo. — Aquilo não foi homicídio. Por Deus, homem!

— Não estou sugerindo que tenha sido. Só estou pensando na possibilidade. Outra alternativa poderia ser que a mulher tivesse um shunt cardíaco direita-esquerda, não diagnosticado.

Craig correu os dedos pelo cabelo sem paciência, o que mudou sua aparência de cansado, mas bem-arrumado, para levemente desgrenhado.

— Ela não tinha um shunt direita-esquerda!

— Como você sabe? Ela não deixou que fosse feito qualquer imageamento não invasivo do coração, como você queria fazer, depois do resultado suspeito do teste ergométrico. O qual, aliás, eu não achei no arquivo.

— Nós ainda não conseguimos achar a cópia no escritório, mas temos os resultados. Mas você está certo. Ela rejeitou qualquer exame cardíaco.

— Então, ela poderia ter um shunt direita-esquerda congênito e não diagnosticado.

— Que diferença faria se ela tivesse?

— Ela poderia ter um problema estrutural grave no coração, ou nos grandes vasos sanguíneos, o que levanta a questão de autonegligência, pois ela recusou exames que complementassem o teste ergométrico. E, mais importante ainda, se ela tinha uma falha estrutural grave, seria possível argumentar que o resultado teria sido o mesmo, mesmo que ela tivesse sido levada para o hospital imediatamente. Se fosse o caso, o júri seria obrigado a decidir a seu favor, e você venceria.

— São argumentos interessantes, mas infelizmente, para mim, não passam de argumentos teóricos. Não se fez uma necropsia, então nunca saberemos se ela tinha uma anomalia estrutural.

— Não necessariamente — disse Jack. — Não se fez uma necropsia, mas isso não quer dizer que não se possa fazer uma.

— Você quer dizer exumar o corpo? — perguntou Alexis, da área da cozinha.

Obviamente, ela vinha prestando atenção na conversa.

— Contanto que ela não tenha sido cremada — acrescentou Jack.

— Não foi cremada — disse Craig. — Foi enterrada no Park Meadow. Eu sei porque fui convidado para o funeral por Jordan Stanhope.

— Suponho que isso tenha sido antes de ele processar você por imperícia.

— Obviamente. Esse foi outro motivo para eu ter ficado tão surpreso quando recebi a intimação e a queixa. Por que o homem me convidaria para o funeral para depois me processar? Como tudo o que ocorreu depois, não fez sentido.

— Você compareceu ao funeral?

— Eu me senti na obrigação. Quero dizer, fiquei perturbado por não conseguir ressuscitar a mulher.

— É difícil fazer uma necropsia depois de o corpo estar enterrado por quase um ano? — perguntou Alexis. Ela se aproximara e sentara no sofá. — Parece tão macabro.

— Nunca se sabe — disse Jack. — Há dois fatores preponderantes. Primeiro: se o corpo foi bem embalsamado. Segundo: se a cova permaneceu seca ou se a vedação do caixão permaneceu intacta. A verdade é que nunca se sabe até que o túmulo seja aberto. Mas, seja qual for a situação, e possível obter muitas informações.

— Sobre o que vocês estão falando? — gritou Christina, da mesa.

As duas outras garotas haviam desaparecido escada acima.

— Nada, querida — disse Alexis. — Suba e pegue suas coisas. O ônibus vai passar a qualquer minuto.

— Essa poderia ser minha contribuição para o caso — disse Jack. — Eu poderia descobrir qual é o procedimento de exumação aqui em Massachusetts e fazer uma necropsia. Além de dar um mero apoio moral, é provavelmente a única ajuda que posso oferecer. Mas a decisão cabe a vocês. O que me dizem?

Alexis olhou para Craig.

— O que você acha? — perguntou ela.

Craig balançou a cabeça.

— Para ser sincero, eu não sei o que pensar. Quero dizer, se uma necropsia provasse que ela tinha algum grande problema cardiovascular congênito, de modo que qualquer atraso em levá-la a um hospital não tivesse qualquer importância, eu seria totalmente a favor. Mas qual é a probabilidade? Eu sou obrigado a supor que é bem pequena. Por outro lado, se uma necropsia mostrasse que o infarto do miocárdio foi ainda mais amplo do que seria de esperar, talvez a necropsia piore a situação. Não tenho como saber se isso vai me ajudar ou atrapalhar.

— Ouçam a minha proposta — disse Jack. — Vou pesquisar o assunto. Vou descobrir todos os detalhes e depois informo a vocês. Enquanto isso, vocês dois podem pensar bem no assunto. Que tal?

— Parece um bom plano — respondeu Alexis. Ela olhou para Craig.

— Por que não? — disse ele, dando de ombros. — Eu sempre digo que o excesso de informação é melhor do que a falta.

8

BOSTON, MASSACHUSETTS
TERÇA-FEIRA, 6 DE JUNHO, 2006
9H28

— Todos de pé! — anunciou o meirinho, enquanto o juiz Marvin Davidson emergia de seus aposentos e subia os degraus que levavam à sua bancada. Os paramentos negros escondiam seus pés, de modo que ele parecia deslizar, como um fantasma. — Sentados — ordenou o meirinho, depois que o juiz acomodou-se em sua cadeira.

Jack olhou para trás, para que pudesse se abaixar até o assento sem derramar o café. Depois disso, percebeu que ninguém mais havia trazido algo de beber para o tribunal, desse modo, sentindo-se culpado, escondeu o café perto de si.

Ele estava sentado ao lado da irmã, na seção lotada dos espectadores. Ele havia lhe perguntado por que tanta gente viera ver o julgamento, mas ela dissera que não fazia a menor ideia. Quase todos os assentos da assistência estavam ocupados.

A manhã na residência dos Bowman tinha sido melhor do que Jack esperava. Embora Craig houvesse alternado um pouco entre sociável e taciturno, eles ao menos tiveram uma conversa em que ambos foram muito sinceros, e Jack sentiu-se infinitamente melhor com sua situação de hóspede na casa deles. Depois que as meninas tinham saído para a escola, houve mais conversas, mas concentrada entre Alexis e Jack. Craig voltara ao seu estado rabugento e absorto.

Houve uma longa discussão sobre o transporte de ida e de volta da cidade, porém, no fim das contas, Jack insistiu em dirigir seu carro. Ele queria ir ao tribunal para formar sua própria opinião sobre os protagonistas, em especial dos advogados, mas depois disso, queria ir de carro até o Instituto Médico Legal de Boston, onde começaria sua investigação sobre as leis de Massachusetts a respeito da exumação de corpos. Jack não tinha planos do que faria em seguida. Dissera aos dois que talvez voltasse ao tribunal, mas que, se não retornasse, os encontraria em casa, em Newton, no fim da tarde.

Enquanto a corte não se apressava em seus preparativos para o início dos procedimentos, tratando das moções administrativas, Jack estudou os atores principais. O juiz afro-americano parecia um decadente ex-jogador de futebol americano, mas ainda assim a imponência que irradiava através da confiante calma com que lidava com os papéis em sua mesa e conversava à meia-voz com o meirinho deu a Jack a sensação tranquilizadora de que aquele homem sabia o que estava fazendo. Os dois advogados eram exatamente como Alexis descrevera. Randolph Bingham era o retrato perfeito do advogado de uma grande firma, elegante e polido: na maneira de vestir, de se movimentar, de falar. Em contrapartida, Tony Fasano era o jovem advogado atrevido e espalhafatoso, que ostentava suas roupas chiques e seus enormes acessórios de ouro. Mas a característica de Tony que Jack percebera imediatamente, e que Alexis não havia mencionado, era que ele parecia estar se divertindo. Embora o querelante viúvo estivesse sentado de forma muito rígida, Tony e sua assistente encontravam-se entretidos em uma animada conversa, com sorrisos e gargalhadas abafados, muito diferente da mesa da defesa, cujos componentes se sentavam ou com um decoro congelado ou com um desespero hostil.

Os olhos de Jack se moveram em staccato pela fileira de jurados, que se acomodavam na área do júri. Era evidentemente um grupo diversificado, o que ele achou conveniente. Pareceu-lhe que, se saísse do tribunal e caminhasse pela rua, as primeiras doze pessoas que cruzassem o seu caminho formariam um grupo equivalente.

Enquanto Jack estudava os jurados, Tony Fasano chamou a primeira testemunha do dia. Era Marlene Richardt, a matrona recepcionista-secretária de Craig. Ela prestou o juramento e sentou-se no banco das testemunhas.

Jack voltou sua atenção à mulher. A ele, Marlene parecia a *Frau* enérgica que seu nome alemão sugeria. Tinha proporções consideráveis e uma constituição física quadrada, não muito diferente da de Tony. Seu cabelo estava preso no alto da cabeça, num coque apertado. Sua boca estava fechada como a de um buldogue, e seus olhos brilhavam de desprezo. Não era difícil sentir que ela era uma testemunha relutante, que Tony fizera o juiz declarar testemunha hostil.

Da tribuna, Tony começou devagar, tentando fazer piadas para a mulher, mas não teve sucesso, ou era o que Jack pensava antes de voltar a atenção para os jurados. Diferentemente da testemunha, a maioria deles sorriu com suas tentativas de ser engraçado. Subitamente, Jack entendeu o que Alexis dissera, ou seja, que o advogado possuía um dom para encantar os jurados.

Jack havia lido o depoimento de Marlene, que tivera muito pouca ligação com o caso, uma vez que no dia do falecimento de Patience Stanhope ela não tivera contato com a paciente, que não havia ido ao consultório. As duas vezes que Craig vira a paciente naquele dia foram na casa da própria. Assim, Jack ficou surpreso por Tony gastar todo aquele tempo com Marlene, mapeando meticulosamente a associação dela com Craig e sua própria vida pessoal, com seus problemas. Como os dois haviam trabalhado juntos durante quinze anos, havia muito o que contar.

Tony manteve o estilo engraçadinho. A princípio Marlene ignorou, mas depois de cerca de uma hora do que estava começando a parecer uma tática para atravancar o julgamento, ela começou a ficar furiosa, e com isso começou a responder com a emoção, em vez de com a razão. Foi nesse ponto que Jack corretamente pressentiu que o estilo piadista era um estratagema deliberado de Tony. Ele a queria desestabilizada e com raiva. Como se sentisse que algo de inesperado estava prestes a acontecer, Randolph tentou protestar, dizendo que o depoimento estava se alongando demais e não era pertinente ao caso. O juiz pareceu concordar, mas depois de uma rápida conversa em reservado, a qual Jack não pôde ouvir, a inquirição recomeçou e não demorou a trazer benefícios para a acusação.

— Meritíssimo, posso me aproximar da testemunha? — perguntou Tony, segurando uma pasta, erguendo-a no ar.

— Sim — disse o juiz Davidson.

Tony foi até o banco das testemunhas e entregou a pasta a Marlene.

— Você poderia contar ao júri o que tem em mãos?

— O arquivo de uma paciente do consultório.

— E de quem é arquivo?

— De Patience Stanhope.

— O arquivo tem um número não é?

— É claro que o arquivo tem um número! — explodiu Marlene. — Sem isso, como poderia ser encontrado?

— Você pode ler em voz alta para o júri? — disse Tony, ignorando o pequeno acesso de raiva de Marlene.

— PP oito.

— Obrigado — disse Tony.

Ele pegou o arquivo de volta e retornou à tribuna. Ansiosos, vários jurados se curvaram para a frente.

— Srta. Richardt, poderia explicar ao júri o que as iniciais significam?

Como um gato encurralado, os olhos de Marlene dardejaram pela sala, antes de se fixarem em Craig por um instante.

— Srta. Richardt — Tony espicaçou —, alô? Tem alguém em casa?

— São letras — falou Marlene, ríspida.

— Bom, obrigado — disse Tony sarcasticamente. — Creio que a maioria dos jurados percebeu que são letras. O que estou perguntando é o que elas significam. E permita-me lembrar-lhe de que você está sob juramento e prestar falso testemunho é perjúrio, coisa para qual a penalidade é severa.

O rosto de Marlene, que havia ficado cada vez mais vermelho durante seu testemunho, ruborizou-se ainda mais. Até mesmo suas bochechas incharam, como se ela estivesse fazendo um esforço físico.

— Se isso puder ajudá-la a se lembrar, testemunhos posteriores vão mostrar que você e o Dr. Craig Bowman criaram essa forma de catalogação, que não é comum no consultório de vocês. Na verdade, eu tenho aqui dois outros arquivos de pacientes de seu consultório. — Tony ergueu as duas pastas no ar. — O primeiro é de Peter Sager, e o número é PS um dois um. Escolhemos esse específico, pois as iniciais do indivíduo são as mesmas da falecida, mas as letras no arquivo dela são PP, e não PS.

"E o terceiro arquivo é de Katherine Baxter, e esse número é KB dois três três. Havia outros também, e em cada exemplo, as duas primeiras letras correspondiam às iniciais do paciente. Ora, nós sabemos que existem alguns outros PP, mas bem poucos. Então, pergunto novamente. O que PP significa, uma vez que não se refere às iniciais da paciente?"

— PP se refere a "paciente-problema" — respondeu Marlene, com um ar de desafio.

O rosto de Tony contorceu-se num sorriso sardônico, para que os jurados o vissem.

— Paciente-problema! — repetiu ele, lentamente, mas em voz bem alta. — O que, diga-me, isso significa? Eles são malcomportados?

— Sim, eles são malcomportados — rebateu Marlene. — São hipocondríacos. Eles têm um monte de queixas idiotas que inventam e tomam o tempo que o doutor devia passar com as pessoas que estão realmente doentes.

— E o Dr. Bowman concordou com que você desse aos pacientes essa designação?

— É claro. Foi ele quem nos disse quais pacientes eram.

— E só para garantir que não haja mal-entendido, o arquivo de Patience Stanhope era um arquivo PP, o que quer dizer que ela era uma paciente-problema. Isso é verdade?

— Sim!

— Sem mais perguntas.

Jack inclinou-se para Alexis e sussurrou.

— Isso é um desastre de relações públicas. O que Craig estava pensando?

— Não faço a menor ideia. Mas algo desse tipo não ajuda. Na verdade, as coisas estão ainda piores.

Jack meneou com a cabeça, mas não disse mais nada. Ele não conseguia acreditar que Craig pudesse ser tão insensato. Todo médico tinha pacientes que chamava de "pacientes-problema", mas isso nunca era indicado nos registros. Todos tinham pacientes que eram odiados ou desprezados, os quais os médicos tentavam fazer com que não fossem mais seus pacientes, mas muitas vezes não conseguiam. Jack lembrava-se de que, no seu consultório de oftalmologia, ele tivera dois ou três que eram tão desagradáveis que, quando via seus nomes marcados na agenda, aquilo afetava seu estado de espírito pelo resto do dia. Ele sabia que esse tipo de reação fazia parte da natureza humana, e ser um médico não isenta a pessoa desses sentimentos. Era uma questão que era varrida para debaixo do tapete na época da faculdade, exceto na psiquiatria.

Na reinquirição, Randolph tentou tranquilamente reparar o dano da melhor maneira possível, embora estivesse óbvio que aquilo o havia pegado de surpresa. Com o processo ritualizado da fase de instrução, tais surpresas eram raras. Tony exibia um sorriso presunçoso.

— Classificar um paciente como um "paciente-problema" não é necessariamente pejorativo, não é verdade, Srta. Richardt?

— Suponho que não.

— Na verdade, o motivo para classificar dessa maneira um paciente é planejar lhe dar mais atenção, e não menos.

— Realmente, marcávamos consultas mais longas para eles.

— É exatamente nisso que eu queria chegar. Seria correto dizer que, assim que via as letras PP, a senhorita delimitava um tempo de consulta maior para aquele paciente?

— Sim.

— Então, a classificação PP era para o benefício do paciente?

— Sim.

— Sem mais perguntas.

Jack inclinou-se para Alexis novamente.

— Estou indo para o IML. Isso me deu um pouco mais de motivação.

— Obrigado — sussurrou Alexis de volta.

Jack sentiu um alívio perceptível ao sair do prédio do tribunal. Ser uma presa dentro do sistema legal sempre fora uma de suas fobias, e ver isso acontecendo ao seu cunhado o impressionava muito. A noção de que a justiça prevaleceria por milagre era exageradamente idealista, como o caso de Craig ameaçava demonstrar. Jack não confiava no sistema, embora não pudesse pensar em alternativa melhor.

Ele retirou seu carro alugado do subsolo do parque Boston Common. Ele o havia deixado lá naquela manhã, deparando-se com o estacionamento público depois de procurar em vão por vagas nas ruas do distrito do Boston Government Center. Jack não fazia ideia de onde Craig e Alexis haviam estacionado. A ideia inicial fora segui-los até a cidade, mas sempre que ele permitia que o Lexus dos Bowman se afastasse a distância suficiente para um carro se encaixar entre eles, era justamente isso o que acontecia. Isso passou a ocorrer direto desde que entraram na rodovia expressa e, não estando disposto a ser tão agressivo quanto seria necessário para permanecer bem atrás de Craig e Alexis, perdeu contato com os dois em meio ao mar de motoristas que iam para seus trabalhos. Na sua opinião, dirigir em Boston, que já tinha sido difícil na noite anterior, era cem vezes mais desafiante no auge da hora do rush.

Usando um mapa, ele conseguira entrar em Boston propriamente dito sem dificuldades. Desde o estacionamento, a caminhada ao tribunal até havia sido curta e bastante agradável.

Ao sair da garagem mal-iluminada, Jack encostou o carro e consultou o mapa. Demorou um pouco até que achasse a rua Albany, mas assim que a encontrou, conseguiu se orientar com a ajuda do Boston Common, que estava à sua direita, e o Boston Public Garden, à sua esquerda. O jardim chamejava com as flores fora de época. Jack havia esquecido como Boston era uma cidade charmosa e atraente, uma vez que você já estivesse lá.

Enquanto dirigia, o que ocupou a maior parte de sua concentração, tentou pensar em alguma outra maneira de ajudar o cunhado. Parecia absurdo e irônico que se considerasse Craig responsável por imperícia médica porque tivera o cavalheirismo de consultar a paciente em casa.

Foi relativamente fácil encontrar a Albany Street, assim como o IML. Tornando tudo ainda mais fácil, havia um edifício-estacionamento de muitos andares ao lado. Quinze minutos mais tarde, Jack estava falando através de um vidro com uma atraente recepcionista. Ao contrário do antiquado prédio do IML em Nova York, a sede de Boston era novíssima em folha. Jack não conseguiu evitar sentir-se ao mesmo tempo impressionado e com inveja.

— Posso ajudá-lo? — perguntou a mulher, num tom alegre.

— Imagino que sim — disse Jack. Explicou então quem era e disse que gostaria de falar com um dos legistas, que não fazia questão de nenhum em particular, bastava alguém que estivesse disponível.

— Eu acho que estão todos na sala de necropsias, doutor — disse a mulher. — Mas deixe-me verificar.

Enquanto a recepcionista fazia diversas ligações, Jack olhou em volta. A decoração era utilitarista, com o odor característico de tinta fresca. Havia um escritório para a conexão com o departamento de polícia, e através da porta aberta, Jack viu um policial uniformizado. Havia muitas outras salas, mas Jack só podia imaginar para o que serviam.

— A Dra. Latasha Wylie está disponível, e vai descer daqui a pouco — informou-lhe a recepcionista, praticamente gritando para que ele pudesse ouvi-la do outro lado do vidro.

Jack agradeceu e começou a pensar onde exatamente ficava o cemitério Park Meadow. Se Craig e Alexis quisessem que ele realizasse a necropsia, Jack teria de agir bem rápido, pois já estavam no segundo dia de um julgamento que tinha duração prevista de cinco dias. Fazer a necropsia em si não seria o desafio. O desafio seriam as formalidades burocráticas. E numa cidade tão antiga quanto Boston, no estado de Massachusetts, Jack temia que as formalidades pudessem ser descomunais.

— Dr. Stapleton? — perguntou uma voz.

Jack sobressaltou-se. Ele estava ruidosa e clandestinamente espiando uma das outras salas do lobby, tentando entender sua utilidade. Sentindo-se culpado, Jack virou-se na direção de uma afro-americana surpreendentemente jovem, com longas madeixas soltas e negras como carvão, e bonita como uma miss. Jack passou da culpa para um breve desconcerto. Nos últimos tempos, não eram poucas as ocasiões em que se via diante de colegas de profissão que pareciam universitárias. Aquilo o fazia sentir-se uma múmia.

Depois das apresentações, que incluíram Jack mostrar seu crachá de legista, só para garantir que não era um maluco, ele fez um pequeno esboço do que queria — ou seja, informações sobre os procedimentos de exumação em Massachusetts. Latasha imediatamente convidou Jack a subir para o seu escritório, o qual o deixou com mais inveja ainda. A sala não era imensa ou suntuosa, mas tinha uma mesa e uma bancada de trabalho, de modo que os inevitáveis papéis e os trabalhos de microscópio podiam ser mantidos separados, e, portanto, não era preciso guardar um para ter espaço para se dedicar ao outro. Também tinha janelas. Era apenas uma vista do estacionamento ao lado, mas deixava entrar uma boa quantidade da luz do dia, coisa que ele não via em sua própria sala.

No escritório, Jack narrou com detalhes o caso de imperícia de Craig. Ele torceu um pouco a realidade, dizendo que Craig era um dos principais clínicos da cidade, mesmo trabalhando nos subúrbios, e sugerindo que ele seria considerado responsável pela morte da falecida, a menos que o cadáver fosse exumado e uma necropsia, feita. A racionalização que usou para justificar essa douração de pílula foi que ele pensava que, se o IML de Boston tivesse motivação suficiente, poderia afastar quaisquer problemas burocráticos. Em Nova York, a coisa era assim. Infelizmente, Latasha o desiludiu de imediato.

— Nós, legistas de Massachusetts, não podemos nos envolver no requerimento de uma exumação, a menos que seja um caso criminal — observou ela. — E, mesmo assim, o requerimento tem de passar pelo promotor, que por sua vez tem de pedir um mandado judicial a um juiz.

Jack lamentou em pensamento. A burocracia começava a mostrar sua carranca.

— É um processo longo — continuou Latasha. — Essencialmente, o IML deve convencer o promotor de que existe uma alta suspeita de crime. Por outro lado, se não houver um crime envolvido, o procedimento aqui em Massachusetts é só *pro forma*.

Jack ficou alerta.

— É mesmo? Como é isso?

— Você só precisa de uma autorização.

Jack sentiu seu pulso acelerar.

— E como se consegue uma autorização?

— Do secretário municipal de onde o cemitério estiver localizado, ou da Comissão de Saúde, se for aqui em Boston. A maneira mais fácil seria contatar o agente funerário que realizou o enterro. Se a funerária for na mesma cidade do cemitério, e normalmente é, ele tem contato direto com o secretário municipal ou com o pessoal da Comissão de Saúde. Poderia talvez ser obtido dentro de uma hora, com os contatos certos.

— Isso é uma boa notícia — disse Jack.

— Se você for em frente com a necropsia, poderíamos ajudar; não fazendo aqui, é claro, porque este é um prédio público, e não posso imaginar nosso chefe autorizando uma coisa assim. Mas poderíamos fornecer recipientes e fixadores e ajudar a processar as amostras. Poderíamos ajudar também com a toxicologia, se for apropriado.

— O certificado de óbito tem a funerária registrada nele?

— Certamente. A disposição do corpo tem de ser registrada. Qual é o nome mesmo?

— Patience Stanhope. Ela morreu há cerca de nove meses.

Latasha usou o computador para acessar o certificado de óbito.

— Aqui está. No dia 8 de setembro de 2005, para ser exata.

— É mesmo? — perguntou Jack.

Ele levantou-se e examinou com atenção a data por sobre os ombros de Latasha. Parecia uma coincidência. O dia 8 de setembro de 2005 havia sido uma data importante em sua vida também. Fora o dia do jantar no Elio's, quando ele e Laurie tinham noivado.

— Foi a funerária Langley-Peerson, em Brighton, que cuidou do corpo. Quer que eu escreva o endereço e o telefone?

— Obrigado — disse Jack.

Ele ainda estava impressionado com a coincidência da data. Voltou a se sentar. Não era supersticioso, mas aquilo o intrigava.

— Qual é o plano? Quando você acha que fará essa necropsia? — perguntou Latasha.

— Para ser sincero, ainda não foi decidido se a necropsia será feita — admitiu Jack. — A decisão cabe ao médico e à esposa dele. Creio que seria útil, e foi por isso que sugeri, e é também o motivo pelo qual estou pesquisando sobre o assunto.

— Existe uma coisa sobre a autorização para a exumação que eu me esqueci de mencionar — disse Latasha, pensando melhor.

— Ah — falou Jack, refreando o entusiasmo.

— Você precisará da aprovação e da assinatura do parente mais próximo.

Os ombros de Jack murcharam visivelmente. Repreendeu-se por não se lembrar do que agora parecia tão óbvio. É claro que o parente mais próximo teria de concordar. Ele permitira que o empenho em ajudar a irmã se sobrepusesse à racionalidade. Jack não conseguia imaginar o querelante concordando em permitir que a esposa morta fosse desenterrada para talvez ajudar a defesa. Mas ele então se lembrou que já vira coisas mais estranhas do que aquilo acontecerem, e como uma necropsia talvez fosse a única coisa que poderia oferecer a Alexis, não aceitaria ser derrotado sem lutar. Mas, por outro lado, havia Laurie, lá em Nova York. Se ele fosse fazer a necropsia, isso exigiria que ficasse em Boston, o que a chatearia. Como tantas coisas na vida, a situação era muito mais complicada do que ele gostaria.

Quinze minutos mais tarde, Jack estava de volta ao seu Hyundai Accent, batucando os dedos na tampa do airbag do lado do motorista. O que fazer era a questão. Ele olhou as horas. Meio-dia e vinte cinco. Quaisquer chances de voltar ao tribunal foram descartadas, pois a corte estaria em recesso para o almoço. Ele poderia ter ligado para o celular de Alexis, mas, em vez disso, decidiu fazer uma visita à funerária. Tendo optado por isso, desdobrou o mapa da cidade que recebera na locadora de veículos e planejou o caminho.

Sair de Boston dirigindo não era nem um pouco mais fácil do que entrar, mas assim que topou com o rio Charles, soube onde estava. Vinte minutos mais tarde, chegou à rua certa no subúrbio de Brighton, e cinco minutos depois, encontrou a funerária. Funcionava em uma antiga casa de família, de estilo vitoriano, branca, de madeira, com torre e detalhes inspirados em *villas* italianas. Se estendendo a partir dos fundos, havia um anexo moderno, uma construção de concreto de estilo indefinido. Mais importante para Jack era o amplo espaço de estacionamento.

Depois de trancar o carro, ele deu a volta até a frente do prédio e subiu os degraus, chegando a uma espaçosa varanda que contornava todo o exterior da casa. Não havia móveis ali. A porta da frente estava destrancada, e ele entrou no vestíbulo.

A impressão imediata de Jack foi que o interior era tão tranquilo quanto uma biblioteca medieval deserta, com cantos gregorianos tocando baixinho, fornecendo a música de fundo ideal. Ele gostaria de ter dito que era austera como uma funerária vazia, mas visto que aquilo era uma funerária, sentiu-se obrigado a inventar outra coisa. À sua esquerda, via-se uma galeria de caixões, todos com tampas abertas para exibir os interiores de veludo ou cetim. Nomes reconfortantes, como "Felicidade eterna", estavam à mostra, mas os preços não. À direita, uma sala de velório, que no momento se encontrava vazia. Fileiras de cadeiras dobráveis ficavam de frente para um estrado com um catafalco vazio. Flutuando no ar, um leve odor de incenso, como em uma lojinha de suvenires tibetanos.

De início, Jack ficou sem saber onde acharia um ser humano vivo, mas antes que pudesse vagar para longe, um deles apareceu como por mágica. Jack não ouvira uma porta se abrindo e nem mesmo o som de passos se aproximando.

— Posso ajudá-lo? — perguntou um homem em uma voz quase inaudível.

Era esguio e austero em seu terno preto, camisa branca e gravata preta. Com o rosto descorado e cadavérico, parecia candidato a receber os serviços do estabelecimento. Os cabelos finos, curtos e profundamente tingidos estavam emplastrados no áspero domo de sua cabeça. Jack teve de conter um sorriso. O homem era a encarnação perfeita de um popular, mas falso, estereótipo de um funcionário de funerária. Era como se houvesse sido contratado para protagonizar um filme de terror. Jack sabia que a realidade não confirmava a imagem incutida por Hollywood. Como legista, interagira muitas vezes com funcionários de funerárias, e nenhum deles se parecia com o homem que estava de pé à sua frente.

— Posso ajudá-lo? — repetiu o homem, a voz um pouquinho mais alta, mas ainda assim quase um sussurro, apesar de ali não haver ninguém, nem mesmo um morto, que pudesse ser incomodado.

Ele se mantinha rigidamente comedido, com as mãos juntas de forma devotada sobre o abdômen e os cotovelos dobrados rente ao corpo. Só seus lábios estreitos se moviam. Ele não parecia sequer piscar.

— Estou procurando pelo agente funerário.

— Ao seu dispor. Meu nome é Harold Langley. Minha família é a proprietária e administradora do estabelecimento.

— Eu sou um médico-legista — disse Jack.

Ele exibiu o crachá oficial bem rápido, de modo a poder estar quase certo de que Harold não teria tempo de notar que não era de Massachusetts. Harold ficou perceptivelmente tenso, como se Jack fosse um emissário do Departamento de Registros Profissionais de Massachusetts. Desconfiado por natureza, Jack achou a reação curiosa, mas seguiu em frente.

— Vocês lidaram com a disposição do corpo de Patience Stanhope, que faleceu em setembro passado.

— É verdade. Lembro-me bem. Também cuidamos do funeral do Sr. Stanhope, um cavalheiro muito ilustre na comunidade. E também do funeral do único descendente dos Stanhope, temo dizer.

— Ah! — grunhiu Jack em resposta a uma informação pela qual não estava procurando. Rapidamente a armazenou na memória e voltou ao assunto em questão. — Surgiram algumas questões relacionadas à morte da Sra. Stanhope, e uma exumação e uma necropsia estão sendo consideradas. A funerária Langley-Peerson tem experiência em lidar com coisas do tipo?

— Temos, mas é incomum — respondeu Harold, relaxando de volta para o seu jeito de ser sóbrio e cerimonioso. Jack, pelo visto, não era mais considerado como uma possível ameaça. — O senhor está em posse dos documentos requeridos?

— Não. Minha esperança era de que você pudesse me ajudar nisso.

— Certamente. São necessárias autorizações para a exumação, para o transporte do corpo e para um novo enterro, e, o mais importante, a autorização deve conter a assinatura do atual Sr. Stanhope, sendo o parente mais próximo. É o parente mais próximo quem deve conceder a autorização.

— Foi o que me informaram. Você por acaso teria os formulários necessários aqui?

— Creio que sim. Se tiver a bondade de me acompanhar, os darei para o senhor.

Harold levou Jack na direção da escadaria principal, passando por uma arcada, mas imediatamente virou à esquerda, num corredor mal-iluminado e com carpete espesso. Agora Jack entendia como Harold conseguira aparecer sem fazer qualquer ruído.

— Você mencionou que o primeiro Sr. Stanhope era muito conhecido na comunidade. Como assim?

— Ele foi o fundador da corretora de seguros Stanhope of Boston, que teve muito sucesso no seu apogeu. O Sr. Stanhope era um homem rico e um grande filantropo, coisa rara em Brighton. Brighton é uma comunidade habitada pela classe trabalhadora.

— O que significa que o atual Sr. Stanhope deve ser um homem rico.

— Sem dúvida — disse Harold, enquanto levava Jack a um escritório tão austero quanto ele mesmo. — A história do Sr. Stanhope atual é um maravilhoso conto ao estilo de Horatio Alger. Ele nasceu Stanislaw Jordan Jaruzelski, um menino local, filho de uma família de trabalhadores imigrantes, que começou a trabalhar na agência assim que saiu da Brighton High School. Era um jovem de grande talento, mesmo não tendo frequentado a universidade, que partiu do zero e conquistou, pelo próprio trabalho, o posto administrativo mais alto. Quando o velho faleceu, ele casou-se com a viúva, o que provocou especulações sensacionalistas. Ele até assumiu o nome da família.

Embora lá fora o dia estivesse claro e ensolarado em pleno verão, dentro do escritório de Harold a escuridão era tanta, que era preciso manter ligados os abajures da mesa e as luminárias de chão. As janelas eram cobertas por pesadas cortinas de veludo verde-escuro. Após terminar de contar a saga do atual Sr. Stanhope, Harold foi até um arquivo vertical de quatro gavetas revestido por uma lâmina de mogno. Da gaveta de cima, retirou uma pasta. De dentro dela, tirou três papéis, um dos quais entregou a Jack. Os outros dois, colocou sobre a mesa. Fez um gesto na direção de uma das cadeiras estofadas em veludo, de frente para a mesa, para que Jack se acomodasse, antes de sentar-se em sua cadeira de encosto alto.

— O que lhe dei é o formulário para a autorização da exumação — disse Harold. — Há uma linha para que o Sr. Stanhope assine, concedendo a permissão.

Jack deu uma olhada no papel depois de sentar. Conseguir a assinatura obviamente seria o ponto-chave, mas por enquanto ele não se preocuparia com aquilo.

— Quem preencherá o resto, depois que o Sr. Stanhope assinar?

— Eu me encarregarei disso. Quando você planeja realizar a necropsia?

— Se o procedimento for feito, terá de ser imediatamente.

— Então, é melhor que me informe o mais rápido possível. Eu teria de providenciar o caminhão da empresa responsável pelo jazigo e uma retroescavadeira.

— A necropsia poderia ser realizada aqui na funerária?

— Sim, na sala de embalsamamento, consigo arranjar um horário para você. O único problema é que talvez não tenhamos todos os instrumentos necessários. Por exemplo, não temos uma serra para crânio.

— Tenho como conseguir os instrumentos.

Jack estava impressionado. Harold parecia bastante esquisito, mas era bem-informado e eficiente.

— Devo mencionar que esse não será um empreendimento barato

— Estamos falando de quanto?

— Haverá o preço da empresa responsável pelo jazigo e da retroescavadeira, assim como as taxas do cemitério. Além disso, cobramos pela obtenção das autorizações, pela nossa supervisão e pela utilização da sala de embalsamamento.

— Pode me dar um preço aproximado?

— Pelo menos vários milhares de dólares.

Jack assoviou baixinho, como se pensasse que o valor era alto, quando na verdade considerava barato, com tudo o que envolvia. Ele ficou de pé.

— Você tem um telefone para eu entrar em contato fora do horário de expediente?

— Vou lhe passar o número do meu celular.

— Excelente — disse Jack. — Outra coisa. Você sabe o endereço da casa de Stanhope?

— É claro. Todo mundo conhece a casa de Stanhope. É um marco de Brighton.

Alguns minutos depois, Jack estava de volta ao carro alugado, batucando no volante enquanto pensava no que devia fazer a seguir. Passava das duas da tarde. A ideia de voltar ao tribunal não o empolgava. Ele sempre fora mais de fazer do que de ficar olhando. Em vez de voltar para Boston, pegou o mapa. Levou alguns minutos, mas conseguiu achar o Newton Memorial e, mais tarde, chegou ao destino.

O hospital Newton Memorial fazia Jack se lembrar de praticamente todos os hospitais suburbanos nos quais já estivera. Havia sido construído numa confusa miscelânea de várias alas acrescentadas ao longo do tempo. A mais antiga tinha adornos datados que lembravam a decoração de um bolo, em sua maior parte no estilo de arquitetura neoclássico, mas as novas estruturas eram cada vez mais despojadas. O acréscimo mais recente era composto apenas de tijolos e vidro escurecido, sem qualquer tipo de enfeite.

Jack estacionou na área dos visitantes, em uma área que adentrava por um terreno lamacento, com um pequeno lago. Um bando de gansos-do-canadá flutuava imóvel na superfície, como se fossem estátuas de madeira. Consultando o espesso arquivo do caso, Jack memorizou os nomes das pessoas com as quais queria falar: o médico da emergência, Matt Gilbert; a enfermeira da emergência, Georgina O'Keefe; e a cardiologista-chefe, Noelle Everette. Todos os três estavam na lista de testemunhas da acusação e todos haviam sido dispensados pela defesa. O que inquietava Jack era a questão da cianose.

Em vez de ir à entrada principal do hospital, Jack foi para o setor de emergência. A plataforma das ambulâncias estava vazia. Ao lado, havia uma porta de vidro automática. Jack entrou e dirigiu-se para a mesa da recepção.

Parecia uma boa hora para fazer uma visita. Haviam apenas três pessoas na área de espera; nenhuma delas parecia doente ou ferida. A enfermeira, sentada à mesa, olhou para cima quando Jack se aproximou. Ela vestia roupa hospitalar e tinha o clássico estetoscópio enrolado no pescoço. Estava lendo o *Boston Globe*.

— A calmaria antes da tempestade — brincou Jack.

— Tipo isso. Em que posso ajudá-lo?

Jack repetiu os procedimentos de hábito, incluindo mostrar o distintivo do IML. Ele perguntou por Matt e Georgina, usando de propósito seus primeiros nomes, para indicar familiaridade.

— Ainda não chegaram — respondeu a enfermeira. — Trabalham no turno tarde/noite.

— Quando esse turno começa?

— Às três.

Jack checou o relógio. Eram quase três.

— Então eles estão para chegar.

— Assim espero — disse a enfermeira severamente, mas sorrindo para mostrar que estava fazendo piada.

— E quanto à Dra. Noelle Everette?

— Tenho certeza que ela está aqui, em algum lugar. Quer que eu a bipe?

— Seria ótimo.

Jack voltou para a área de espera, juntando-se às três outras pessoas. Tentou fazer contato visual, mas ninguém estava a fim. Olhou para um exemplar velho da *National Geographic*, mas não o pegou. Em vez disso, ficou pensando sobre Stanislaw Jordan Jaruzelski se transformando em Jordan Stanhope e refletiu sobre como faria com que Jordan Stanhope assinasse a autorização para a exumação. Parecia impossível, algo como escalar o Everest não apenas sem oxigênio, mas também pelado. Jack deu um breve sorriso ao imaginar dois alpinistas de bunda de fora, triunfantes no cume da montanha. *Nada é impossível*, pensou. Ouviu o nome da Dra. Noelle Everette em um antiquado sistema de avisos, que parecia um anacronismo na era da informação, na qual até estudantes do ensino fundamental trocam mensagens de texto.

Cinco minutos depois, a enfermeira encarregada da emergência o chamou de volta à mesa de recepção. Disse que a Dra. Everette estava lá em cima, na radiologia, e que falaria com ele. Ela então o mostrou como chegar lá.

A cardiologista estava ocupada analisando angiografias coronárias, sentada em uma pequena sala com uma parede inteira coberta de radiografias. A única luz vinha de trás das lâminas de raios X, e banhava a médica com seu branco azulado fluorescente, como o luar, porém, mais intenso. Fazia a cardiologista parecer fantasmagórica, ainda mais em seu jaleco branco. Jack presumiu que, sob aquela iluminação, ele teria a mesma aparência. Ele foi completamente franco. Explicou quem era e porque estava associado àquele caso.

— Vou servir como testemunha especialista para a acusação — disse Noelle, querendo ser igualmente sincera. — Vou testemunhar que, no momento em que a paciente chegou aqui na emergência, nós realmente não tínhamos chance de ressuscitá-la, e fiquei indignada ao saber que houvera um atraso que poderia ter sido evitado. Alguns de nós, médicos da velha guarda, que tratam todos os pacientes que recebemos e não só os que pagam adiantado, não gostamos desses médicos concierge. Estamos convencidos de que trabalham para si mesmos e não, como alegam, para o benefício de seus pacientes, que é o que o verdadeiro profissionalismo determina.

— Então você vai testemunhar porque o Dr. Bowman está praticando a medicina concierge? — perguntou Jack, surpreso com a resposta enfática de Noelle.

— De maneira alguma — disse Noelle. — Vou testemunhar porque houve um atraso no transporte da paciente até o hospital. Todo mundo sabe que, após um infarto do miocárdio, é essencial iniciar o tratamento de reperfusão com fibrinolíticos o mais rápido possível. Se essa opinião por acaso diz algo sobre como me sinto em relação à medicina concierge, que assim seja!

— Ouça, eu respeito sua opinião, Dra. Everette, e não estou aqui para tentar convencê-la do contrário. Acredite em mim: estou aqui para perguntar sobre o grau de cianose que a paciente aparentava. É algo de que se lembre particularmente?

Noelle relaxou um pouco.

— Não posso dizer particularmente, porque a cianose é um sinal frequente em casos de problemas cardíacos graves.

— A enfermeira da emergência escreveu nas notas que a paciente apresentava cianose central. O que quero dizer é: ela disse especificamente cianose "central"

— Ouça, quando a paciente chegou aqui, estava quase morrendo, com pupilas dilatadas, o corpo inteiro flácido, bradicardia pronunciada e bloqueio atrioventricular total. O coração dela não podia ser regulado externamente. Ela estava às portas da morte. A cianose era apenas parte do todo.

— Bem, obrigado por conversar comigo — disse Jack e levantou-se.

— De nada — respondeu Noelle.

Ao descer para a sala de emergência, Jack sentia-se ainda mais pessimista quanto ao resultado do caso. A Dra. Noelle Everette seria uma poderosa testemunha de acusação, não só devido ao seu status de especialista, mas também porque era uma médica eloquente e dedicada, que tivera envolvimento direto no caso.

— Os tempos mudaram — murmurou Jack em voz alta, pensando em como costumava ser difícil encontrar um médico disposto a testemunhar contra outro.

Tinha a impressão de que Noelle estava ansiosa para testemunhar, e apesar do que ela dissera, parte do que a motivava era a antipatia que nutria pela medicina concierge.

Quando Jack voltou à emergência, o turno havia mudado. Embora o lugar ainda estivesse tranquilo, ele teve de esperar para falar com a enfermeira e o médico, enquanto os dois se informavam sobre os pacientes presentes, que estavam esperando por resultados de exames ou pela chegada de seus médicos particulares. Eram quase três e meia quando Jack finalmente conseguiu sentar-se com eles em uma pequena sala de estar exclusiva dos funcionários do hospital, logo atrás da mesa da recepção. Ambos eram jovens. Jack supunha que não passavam muito dos 30 anos.

Jack disse basicamente o mesmo que dissera a Noelle de início, mas a resposta dos funcionários da emergência foi muito menos entusiástica ou depreciativa. Na verdade, Georgina, com seu jeito alegre, disse ter ficado muito impressionada com Craig.

— Puxa, quantos médicos chegam à emergência junto com o paciente, na ambulância? Posso dizer que não são muitos. O fato de que ele esteja sendo processado é uma piada. Fica óbvio que o sistema não funciona quando médicos como o Dr. Bowman são atacados por gente tipo aquele advogado de porta de hospital. Não me lembro o nome dele.

— Tony Fasano — disse Jack.

Ele estava gostando de ouvir alguém que pensava como ele, embora se perguntasse se Georgina conhecia o lado social da história de Craig, em especial a parte de que Leona tinha ido ao PS naquela noite fatídica.

— Isso! Tony Fasano. Quando ele veio bisbilhotar aqui pela primeira vez, parecia um coadjuvante daqueles filmes de máfia. Pensei isso mesmo. Quero dizer, não consegui levá-lo a sério. Ele realmente se formou em Direito?

Jack deu de ombros.

— Bom, não foi Harvard, eu digo isso. De qualquer maneira, não consigo imaginar por que ele me convocaria para ser testemunha. Contei a ele exatamente o que acho do Dr. Bowman. Eu acredito que ele fez um ótimo trabalho. Tinha até uma máquina portátil de ECG e já havia testado os biomarcadores antes de chegarem aqui na emergência.

Jack assentiu enquanto a enfermeira falava. Ele havia lido tudo isso no depoimento dela, no qual Georgina fizera elogios sem fim a Craig.

Quando ela parou de falar, Jack disse:

— Eu queria conversar com vocês sobre a cianose.

— O que tem a cianose? — perguntou o Dr. Matt Gilbert.

Era a primeira vez que abria a boca. Sua personalidade calma era subjugada pela vivacidade de Georgina.

— Você se lembra da cianose, bobinho — disse Georgina, dando um tapinha de brincadeira no ombro de Matt antes que Jack pudesse falar. — Ela parecia uma mulher de sangue azul.

— Eu não acho que essa expressão tenha alguma coisa a ver com a cor — disse Matt.

— Não tem? — perguntou Georgina. — Bom, devia ter.

— Você se lembra da cianose? — Jack dirigiu-se a Matt.

— Vagamente, suponho, mas o estado geral dela superava tudo o mais.

— Você descreveu como "cianose central" em suas anotações — disse Jack a Georgina. — Havia um motivo específico para isso?

— Mas é claro! Ela estava toda azul, não só nos dedos ou pernas. O corpo inteiro dela continuou azul até que a puseram no oxigênio com o respirador e começaram a fazer a massagem cardíaca.

— Qual você acha que pode ter sido a causa? — perguntou Jack. — Acha que pode ter sido um shunt direita-esquerda ou talvez um edema pulmonar grave?

— Não sei quanto ao shunt — falou Matt. — Mas ela não tinha nenhum edema pulmonar. Os pulmões dela estavam limpos.

— De uma coisa eu lembro — disse Georgina de repente —: ela estava completamente flácida. Quando introduzi outro cateter intravenoso, o braço dela parecia o de uma boneca de pano.

— E isso é incomum na sua experiência? — perguntou Jack.

— É — afirmou Georgina. Ela olhou para Matt, procurando confirmação. — Normalmente, há alguma resistência. Eu acho que varia com o grau de consciência.

— Algum de vocês viu alguma hemorragia petequial nos olhos dela, ou alguma marca estranha no rosto ou pescoço?

Georgina fez que não com a cabeça.

— Eu não. — Ela olhou para Matt.

— Eu estava preocupado demais com a situação como um todo para prestar atenção nesse tipo de detalhe — respondeu Matt.

— Por que pergunta? — Georgina quis saber.

— Eu sou médico-legista — explicou Jack. — Sou treinado para ser cínico. Sufocamento, esganadura ou estrangulamento têm ao menos de ser considerados em qualquer morte súbita com cianose.

— Hum, esse é um ângulo novo — comentou Georgina.

— Uma análise dos biomarcadores confirmou o ataque cardíaco — disse Matt.

— Não estou questionando o infarto do miocárdio — replicou Jack. — Mas estou interessado em saber se alguma outra coisa que não os processos naturais o causaram. Deixem-me dar um exemplo. Certa vez, trabalhei no caso de uma mulher, possivelmente alguns anos mais velha do que a Sra. Stanhope, que teve um ataque cardíaco logo depois de sofrer um assalto à mão armada. Foi fácil provar a correlação entre os fatos, e o criminoso está sentado no corredor da morte até hoje.

— Nossa! — disse Georgina.

Depois de dar a ambos um cartão de visita que incluía o número de seu celular, Jack voltou para o carro. No momento em que destrancou a porta e entrou no veículo, já passavam das quatro horas. Permaneceu sentado por alguns instantes, olhando para o pequeno lago. Pensou sobre sua conversa com a equipe do hospital, avaliando que havia um empate no tocante ao caso de Craig entre Noelle e Georgina, com uma avidamente pró e outra avidamente contra. O problema era que Noelle com certeza ia testemunhar, enquanto Georgina, como ela esperava, provavelmente não testemunharia, pois não estava na lista da defesa. Além disso, ele não havia tomado posse de nenhuma informação valiosa, ou se havia, era burro demais para reconhecê-la. Uma coisa era certa: ele gostara de todas essas pessoas e ficara impressionado com elas, e se sofresse um acidente e fosse levado para aquele hospital, sentiria estar em boas mãos.

Jack pensou no que fazer a seguir. O que ele gostaria de fazer era dirigir até a casa dos Bowman, vestir sua roupa de basquete e jogar com David Thomas, o amigo de Warren, no Memorial Drive. Mas, sendo realista, Jack sabia que sua chance de ajudar no caso residia em uma necropsia nos restos mortais de Patience Stanhope, e para isso ele seria obrigado a confrontar Jordan Stanhope com a ideia de assinar a autorização para a exumação. O problema era descobrir outra maneira de fazer isso que não arranjar um revólver e apontá-lo para a cabeça de Jordan. Jack não conseguia pensar em nenhuma tática razoável e, por fim, resignou-se a improvisar, tentando apelar para o senso de justiça e para a integridade do homem.

Pegou o pequeno cartão retangular que Harold Langley lhe dera com o seu número de celular e o endereço de Jordan Stanhope. Equilibrando-o sobre o volante, alcançou o fiel mapa e tentou encontrar a rua. Foi preciso ter paciência, mas ele a encontrou perto do Chandler Pond e do Chestnut Hill Country Club. Presumindo que a corte houvesse entrado em recesso por volta das três e meia ou quatro horas, achou que não havia motivos para não fazer uma visita naquele momento. Se seria admitido na casa do homem, não fazia ideia, mas não seria por falta de tentativa.

Custou-lhe uma boa meia hora de percurso através de um labirinto enlouquecedor de ruas tortuosas até que achasse a casa de Stanhope. A riqueza de Jordan Stanhope era logo evidente. A casa era imensa, com um terreno espaçoso, imaculado, árvores e arbustos cuidadosamente podados e jardins floridos. Um cupê Bentley de duas portas, novo, brilhando, azul-escuro, estava estacionado na entrada circular na frente da casa. Uma garagem à parte, de três vagas, encimada por um cômodo, era visível através das árvores que ficavam à direita da construção principal.

Jack estacionou seu Hyundai Accent ao lado de seu companheiro de quatro rodas obscenamente caro. A justaposição era um exemplo perfeito de contrastes. Ele saiu de seu carro e se aproximou do outro. Teve de olhar o interior da máquina extravagante, atribuindo, divertido, seu interesse inesperado a um gene no seu cromossomo Y que até então não havia se manifestado. As janelas estavam abaixadas, o que fazia com que o cheiro do couro luxuoso pairasse no ar. Era óbvio que o carro era novinho em folha. Depois de se certificar de que não estava sendo observado, Jack enfiou a cabeça pela janela do motorista. O painel de controle era simples e elegante. Notou então outra coisa: as chaves estavam na ignição. Jack deu um passo para trás. Embora achasse o cúmulo do ridículo gastar a quantidade de dinheiro que imaginava valer o carro, o fato de que as chaves estavam ali despertara uma agradável fantasia passageira de deslizar suavemente por uma estrada cinematográfica no Bentley com Laurie ao seu lado. Foi um devaneio que o fez se lembrar de um sonho recorrente que tinha em sua juventude, de estar voando. Mas o devaneio rapidamente se dissolveu para ser substituído por um leve constrangimento por estar cobiçando o carro do outro, mesmo que apenas para um passeio imaginário.

Jack contornou o Bentley e se aproximou da porta da frente. Sua reação ao carro o surpreendera em vários sentidos, o mais importante dos quais quanto à ideia de não ter qualquer vergonha em sentir prazer. Durante muitos anos depois do fatídico acidente de avião, ele fora incapaz disso, uma vez que o prazer fazia surgir sua culpa por ser o único sobrevivente da família. O fato de que ele pudesse pensar naquela ideia agora era o maior indicativo, até então, de que havia feito um bom progresso na direção da recuperação.

Depois de tocar a campainha, Jack voltou-se para o Bentley reluzente. Ele havia pensado sobre o que o carro significava para ele, mas agora refletiu sobre o que dizia de Jordan Stanhope, também conhecido como Stanislaw Jordan Jaruzelski. Sugeria que o homem estava realmente aproveitando sua nova fortuna.

O barulho da porta se abrindo trouxe a atenção de Jack de volta para o assunto em questão. No bolso interno de sua jaqueta, encontrava-se a autorização para a exumação não assinada, e ela se amarrotou quando Jack ergueu a mão para proteger os olhos. O sol do fim da tarde era refletido na aldrava de metal polido e o ofuscou por alguns instantes.

— Sim? — inquiriu Jordan.

Apesar da visão prejudicada, Jack pôde perceber que estava sendo observado com desconfiança. Vestia seu habitual jeans, camiseta de cambraia azul, gravata de malha e um blazer leve que não era lavado ou passado havia mais tempo do que ele gostaria de admitir. Em contrapartida, Jordan vestia um paletó de smoking xadrez e um cachecol. Por trás dele, vinha uma lufada de ar frio e seco, indicando que o ar-condicionado da casa estava ligado, apesar da temperatura branda do lado de fora.

— Eu sou o Dr. Stapleton — começou Jack. Com uma decisão repentina de sugerir uma explicação supostamente oficial para a sua visita, Jack apalpou os bolsos para encontrar a carteira com o distintivo de médico-legista. Ele a ergueu por alguns segundos. — Sou um médico-legista e gostaria de tomar um pouquinho de seu tempo.

— Deixe-me ver — disse Jordan enquanto Jack tentava rapidamente guardar a carteira e o distintivo.

Jack se surpreendeu. Era raro que as pessoas de fato examinassem suas credenciais.

— Nova York? — perguntou Jordan, lançando um olhar rápido para o rosto de Jack. — Você não está um tanto fora de sua área?

Para os ouvidos de Jack, Jordan falava com uma falsa melodia e um leve sotaque inglês, que Jack associou aos internatos de elite da Nova Inglaterra. Para sua dupla surpresa, Jordan havia pegado em sua mão para fixá-la, enquanto estudava o distintivo que o legista segurava. Seus dedos perfeitamente manicurados tinham um toque frio.

— Eu levo meu trabalho a sério — disse Jack, recaindo no uso do sarcasmo como um mecanismo de defesa.

— E qual é o trabalho que lhe trouxe de Nova York até nossa humilde casa?

Jack não conseguiu conter um sorriso. O comentário do homem sugeria que ele tinha um senso de humor irônico similar ao de Jack. A casa podia ser tudo, menos humilde.

— Quem é, Jordie? — Uma voz cristalina perguntou das profundezas resfriadas do interior da casa.

— Eu ainda não sei muito bem, querida — disse Jordan, afetuoso, sem se virar. — É um médico de Nova York.

— Pediram que eu ajudasse com o caso judicial no qual o senhor está envolvido.

— É mesmo? — indagou Jordan, com um pouco de espanto. — E como exatamente você pretende ajudar?

Antes que Jack pudesse responder, uma mulher jovem e atraente, com olhos de corça e metade da idade de Jordan apareceu ao lado do anfitrião e encarou Jack. Ela havia passado um braço em volta do pescoço de Jordan e o outro na barriga dele. Sorriu agradavelmente, revelando dentes perfeitos e branquíssimos.

— Por que você está aqui fora? Convide o doutor para entrar! Ele pode tomar o chá conosco.

Seguindo a sugestão da mulher, Jordan deu um passo para o lado, gesticulou para que Jack entrasse e o levou por uma longa jornada, passando por um hall central, uma extensa sala de estar e saindo em um jardim de inverno anexo. Cercado em três lados e com teto de vidro, o ambiente deu a Jack a sensação de que estava de novo lá fora, no jardim. Embora ele tenha a princípio pensado que "chá" era um eufemismo para drinques, estava errado.

Acomodado em uma imensa cadeira de vime branca com almofadas de chintz pastel, Jack recebeu chá, chantili e pãezinhos de uma mulher circunspecta em um uniforme de criada, que logo desapareceu. Jordan e sua namorada, Charlene McKenna, estavam sentados de frente para ele, em um sofá de vime complementar. Entre Jack e seus anfitriões, havia uma mesa baixa de vidro, sobre a qual pousavam travessas de prata com outros docinhos. Charlene não tirava as mãos de Jordan, que agia como se não percebesse as demonstrações públicas de afeto. A conversa, de início, transitou por vários assuntos antes de se deter nos planos do casal para o verão, que incluíam um cruzeiro ao longo do litoral da Dalmácia.

Jack achava incrível que o casal estivesse disposto a falar aquilo tudo. Teve a impressão de que os dois estavam ávidos por diversão, considerando que ele não tivera que dizer muita coisa, além de sua cidade de origem, e que atualmente estava hospedado na casa da irmã, em Newton. Depois disso, tudo o que teve de fazer foi dizer o ocasional "ahã" para indicar que estava prestando atenção. Isso deu a Jack uma ótima oportunidade para apenas observar. E ficou fascinado. Ouviu que Jordan estava curtindo a vida, parece que vinha curtindo a vida praticamente desde o dia em que Patience Stanhope morrera. O tempo dedicado ao luto fora curto, pois Charlene fora morar com ele algumas semanas depois do funeral. O Bentley na entrada tinha apenas um mês de idade, e o casal havia passado parte do inverno em Saint Barts, no mar do Caribe.

Graças à combinação dessas novas informações com a natureza cínica do legista, a possibilidade, na mente de Jack, de haver algo de criminoso na morte de Patience deixou de ser apenas uma ideia passageira e fez com que uma necropsia se tornasse ainda mais apropriada e necessária. Ele pensou em voltar ao IML de Boston e falar de suas suspeitas, mesmo sendo inteiramente circunstanciais, para ver se os funcionários do instituto estariam dispostos a abordar o promotor e propor que este fosse até um juiz para que ordenasse uma exumação, porque Jordan com certeza jamais autorizaria, caso fosse de alguma maneira responsável pela morte de Patience. Mas quanto mais Jordan falava e mais ficava óbvio que ele interpretava o papel de um pseudocavalheiro aristocrático e culto, menos confiança Jack tinha quanto à reação do outro a uma proposta de necropsia. Houve casos nos quais os criminosos se achavam tão espertos que ajudavam a polícia ativamente, só para provar o quanto eram inteligentes. O embusteiro Jordan parecia que talvez se encaixasse naquela categoria e concordasse com uma necropsia para tornar o jogo muito mais emocionante.

Jack balançou a cabeça. Sua racionalidade de repente entrou em ação, e ele soube sem sombra de dúvida que estava deixando sua imaginação correr solta.

— Você não concorda? — perguntou Jordan, chamando a atenção de Jack.

— Não; quero dizer, sim — disse ele, num tropeço verbal, tentando acobertar a gafe, pois a verdade é que não estava prestando atenção no que falavam naquele instante.

— Estou dizendo que a melhor época para ir para o litoral da Dalmácia é o outono, e não o verão. Você não concorda?

— Eu concordo — insistiu Jack. — Sem dúvidas.

Apaziguado, Jordan voltou ao que estava dizendo. Charlene assentiu, como quem compreende.

Jack voltou às suas meditações e admitiu para si mesmo que a possibilidade da morte de Patience ter sido criminosa era mínima. O principal motivo era que Patience tivera um ataque cardíaco, e muitos bons médicos trataram do caso, inclusive Craig. Este não era sua pessoa preferida, menos ainda como marido de sua irmã, mas era um dos médicos mais perspicazes e instruídos que Jack conhecia. Era impossível que Jordan pudesse ter enganado aqueles profissionais, de alguma maneira fazendo com que sua esposa tivesse um ataque cardíaco.

Essa percepção jogou Jack de volta para o ponto de partida. O IML não poderia ordenar a exumação e a necropsia. Se Jack queria que fossem realizadas, teria de cuidar disso sozinho. Nesse sentido, o fato de Jordan estar tentando se passar por um dos velhos aristocratas de Boston poderia ser útil. Jack poderia abordá-lo como um cavalheiro, uma vez que os verdadeiros cavalheiros têm o dever de dar o exemplo no comportamento ético, garantindo que a justiça prevaleça. As chances eram pequenas, mas era a única jogada na qual ele conseguia pensar.

Enquanto Jordan e Charlene discutiam sobre qual era a melhor época do ano para ir a Veneza, Jack pôs na mesa sua xícara e pires, e buscou em seu bolso um de seus cartões de visita. Quando houve uma pausa na conversa, ele se inclinou para a frente e com o polegar colocou, com um estalo, o cartão sobre o tampo de vidro da mesa.

— Ora! O que temos aqui? — perguntou Jordan, mordendo a isca na mesma hora.

Curvando-se para a frente, ele deu uma olhada no cartão antes de pegá-lo para um exame mais próximo. Charlene pegou o cartão da mão dele e também o analisou.

— O que é um legista? — perguntou ela.

— É o mesmo que um juiz investigador — explicou Jordan.

— Não exatamente — disse Jack. — Um juiz investigador, historicamente, é uma autoridade nomeada ou eleita com a tarefa de investigar as causas das mortes, que pode ou não ter tido algum treinamento específico. Um legista é um médico que teve, na faculdade, um treinamento em patologia forense.

— Reconheço meu erro — admitiu Jordan. — Você estava para dizer como pretende me ajudar com o meu processo, o qual, tenho de admitir, estou achando bastante entediante.

— E por quê?

— Eu achava que seria empolgante, como assistir a uma luta de boxe. Na verdade, é tedioso, como ver duas pessoas discutindo.

— Tenho certeza de que eu poderia torná-lo mais interessante — disse Jack, aproveitando-se da oportunidade que a opinião inesperada de Jordan sobre o julgamento lhe concedia.

— Por favor, seja mais específico.

— Eu gosto de sua comparação entre o julgamento e o boxe, mas o motivo pelo qual o combate não está interessante é porque os dois lutadores estão de olhos vendados.

— É uma imagem engraçada. Dois lutadores incapazes de se verem e disparando os socos aleatoriamente.

— Isso mesmo. E eles estão de olhos vendados porque não têm todas as informações de que precisam.

— E do que eles precisam?

— Eles estão discutindo sobre como Patience Stanhope foi tratada, e ela não pode contar sua própria versão da história.

— E que história contaria se pudesse falar?

— Nós não saberemos, a menos que eu pergunte a ela.

— Não entendo o que vocês estão falando — reclamou Charlene. — Patience Stanhope está morta e enterrada.

— Creio que ele esteja falando sobre fazer uma necropsia.

— É exatamente disso que estou falando.

— Você quer dizer desenterrar ela? — perguntou Charlene, consternada. — Que nojo!

— Não é tão incomum — assegurou-lhe Jack. — Menos de um ano se passou. Garanto que teremos alguma informação adicional, e a luta de boxe, como você a chama, ocorrerá em plena luz do dia, e será muito mais interessante.

— Como o quê? — perguntou Jordan, ficando quieto e pensativo.

— Como qual área do coração dela estava envolvida no ataque cardíaco, como ele se desenvolveu, se existia qualquer distúrbio preexistente. Somente quando essas perguntas forem respondidas a questão do tratamento que ela recebeu pode ser abordada.

Jordan mordeu o lábio inferior enquanto pensava no que o médico dissera. Jack se animou. Ele sabia que o que estava tentando fazer ainda era uma batalha dificílima, mas Jordan não havia recusado a ideia logo de início. É claro, ele talvez não soubesse que a autorização para a exumação cabia a ele.

— Por que você está se oferecendo para fazer isso? — perguntou Jordan. — Quem está pagando?

— Ninguém está pagando. Posso dizer com sinceridade que minha motivação é ver a justiça prevalecer. Mas, ao mesmo tempo, tenho um conflito de interesse. Minha irmã é casada com o réu, o Dr. Craig Bowman.

Jack examinou com atenção o rosto de Jordan, em busca de sinais de raiva ou irritação, e não viu nenhum. Para crédito dele, o homem parecia estar refletindo racionalmente sobre os comentários de Jack, sem deixar que as emoções interferissem.

— Sou completamente a favor da justiça — disse Jordan, após um bom tempo. Naquele momento, seu leve sotaque inglês havia desaparecido. — Mas me parece que seria difícil para você se manter objetivo.

— É justo — admitiu Jack. — É um bom argumento, mas se fosse fazer uma necropsia, eu preservaria todas as amostras para que um especialista as revisasse. Poderia inclusive chamar um médico-legista que não tivesse um conflito de interesse para ser meu assistente.

— Por que não se fez uma necropsia antes?

— Nem todas as mortes resultam em necropsias. Se houvesse qualquer dúvida sobre a modalidade de morte, uma necropsia poderia ter sido ordenada pelo Instituto Médico Legal. Na época, não havia dúvidas. Patience teve um ataque cardíaco documentado e foi atendida por seu médico pessoal. Se um processo fosse previsto, uma necropsia poderia ter sido feita.

— Eu não tinha planos de processar, porém, seria desonesto de minha parte não admitir que o seu cunhado me irritou naquela noite. Ele foi arrogante e me acusou de não comunicar adequadamente o estado de Patience, apesar de eu ter pedido para levá-la direto para o hospital.

Jack assentiu. Ele lera sobre essa questão específica nos depoimentos de Craig e de Jordan e não tinha qualquer intenção de se envolver nela. Sabia que a origem de muitos processos por imperícia envolvia algum problema de comunicação da parte do médico ou de sua equipe.

— Na verdade, eu não tinha a intenção de abrir um processo, até o Sr. Anthony Fasano entrar em contato comigo.

Jack ficou alerta.

— O advogado lhe procurou, e não o contrário?

— Exato. Assim como você. Ele veio até aqui e tocou a campainha.

— E o convenceu a abrir um processo?

— Sim, e essencialmente usando o mesmo motivo que você: justiça. Ele disse que era minha responsabilidade garantir que o público fosse protegido de médicos como o Dr. Bowman e do que ele chamou de "injustiças e desigualdades" da medicina concierge. Ele foi bastante persistente e persuasivo.

Deus do céu, pensou Jack com seus botões. A credulidade de Jordan diante da isca de um advogado de porta de hospital enfraqueceu o respeito que Jack começava a sentir pelo homem. O legista lembrou-se de que ele era um impostor: um impostor rico, mas ainda assim um impostor que havia se casado muito bem. Havendo completado os trabalhos preparatórios, decidiu que era hora de atacar a jugular e dar o fora. Ele meteu a mão no bolso e puxou a autorização para a exumação. Colocou o papel sobre a mesa, na frente de Jordan.

— Para que eu faça a necropsia, você só precisaria assinar essa autorização. Eu cuido do resto.

— Que tipo de papel é esse? — perguntou Jordan, seu sotaque não original voltando. Ele se inclinou para olhar o papel. — Eu não sou advogado.

— É só um formulário de rotina — disse Jack.

Pensou em várias respostas sarcásticas possíveis, mas se conteve. A reação de Jordan pegou Jack de surpresa. Em vez de fazer outras perguntas, procurou algo no bolso do paletó, mas, infelizmente, não era uma caneta. Em vez disso, tirou um celular. Telefonou para algum número da discagem rápida e se recostou no sofá. Lançou um olhar para Jack enquanto a ligação se completava.

— Sr. Fasano — disse Jordan, enquanto olhava para seu magnífico gramado. — Eu acabei de receber um formulário de um médico-legista de Nova York que pode influenciar o julgamento. É para que eu autorize que Patience seja exumada para uma necropsia. Quero que você dê uma olhada antes de eu assinar.

Mesmo de onde estava sentado, a mais de 3 metros de distância, Jack pôde ouvir a reação de Tony Fasano. Não podia entender as palavras, mas o tom era bastante claro.

— Tudo bem, tudo bem! — repetiu Jordan. — Não assinarei até que você veja o documento. Dou minha palavra. — Ele fechou o celular e olhou para Jack. — Ele está vindo para cá.

A última coisa que Jack queria era o envolvimento dos advogados. Como havia dito a Alexis no dia anterior, ele não gostava de advogados, particularmente dos da área de danos pessoais, com suas alegações egoístas de estarem lutando pelos fracos. Depois do acidente de avião, ele fora caçado por advogados tentando convencê-lo a processar a companhia aérea.

— Acho que vou indo — disse Jack, ficando de pé. Ele não podia deixar de sentir que, com Tony Fasano na jogada, as chances de conseguir uma autorização assinada eram pouco maiores do que zero. — Você tem o número do meu celular, no meu cartão, caso queira entrar em contato comigo depois de o seu advogado verificar o formulário.

— Não, eu quero resolver isso agora! — disse Jordan. — Se eu não fizer isso agora, não vou fazer de jeito nenhum, então, sente-se! O Sr. Fasano deve chegar aqui a qualquer minuto. Que tal um drinque? Já passou das cinco, então é permitido. — Ele sorriu após esse gracejo banal e esfregou as mãos, empolgado.

Jack acomodou-se novamente na poltrona de vime. Resignou-se com qualquer resultado que adviesse daquela visita.

Jordan devia ter uma campainha escondida, porque a mulher no uniforme de criada se materializou do nada. Jordan pediu um jarro de martíni e um prato de azeitonas.

Como se nada tivesse acontecido no ínterim, Jordan confortavelmente voltou à conversa sobre os planos para a viagem que ele e Charlene fariam em breve. Jack declinou da oferta de um drinque. Ele não conseguia pensar em nada que desejasse menos. Estava pensando em se exercitar um pouco, assim que pudesse ir embora.

Justo quando a paciência de Jack estava perto de atingir o limite, o toque da campainha anunciou uma visita. Jordan não se moveu. Na distância, podia-se ouvir o abrir da porta da frente, seguido por vozes abafadas. Passados alguns minutos, Tony Fasano apareceu, apressado. Alguns passos atrás dele vinha outro homem, vestido de maneira idêntica ao advogado, mas intimidadoramente maior.

Numa demonstração automática de respeito, Jack levantou-se. Ele notou que Jordan não fez o mesmo.

— Onde está esse tal formulário? — exigiu Tony. Ele não tinha tempo para amenidades.

Jordan apontou, com a mão que não estava ocupada. A outra segurava um martíni. Charlene estava aconchegada ao seu lado, brincando com os cabelos da nuca dele.

Tony agarrou a autorização para a exumação da mesa de tampo de vidro e a examinou por alto com seus olhos escuros. Enquanto o fazia, Jack, por sua vez, o analisou. Ao contrário do seu comportamento jovial no tribunal, ele estava agora ostensivamente furioso. Jack estimou que tivesse entre 35 e 40 anos. Tinha um rosto largo com traços arredondados e dentes quadrados.

Suas mãos pareciam porretes, seus dedos eram curtos. A atenção de Jack voltou-se para o companheiro significativamente maior, que vestia os mesmos terno cinzento, camisa e gravata preta. Ele parara sob a soleira do jardim de inverno. Era óbvio que tratava-se do capanga de Tony. O fato de que o advogado aparentemente achava necessário esse tipo de companheiro em uma visita a um cliente deu a Jack o que pensar.

— Que besteira é essa? — inquiriu Tony, agitando o papel na direção de Jack.

— Eu não chamaria um formulário oficial da prefeitura de besteira — retrucou Jack. — É uma autorização de exumação.

— Você é o quê? Algum tipo de pau-mandado da defesa?

— De modo algum.

— Ele é o irmão da esposa do Dr. Bowman — explicou Jordan. — Ele está na cidade, hospedado na casa da irmã, para ajudar que a justiça prevaleça. Palavras dele.

— Justiça o cacete! — rosnou Tony para Jack. — Você é abusado, invadir a casa do meu cliente e falar com ele!

— Errado! — disse Jack, com calma. — Fui convidado a entrar para tomar um chá.

— Um engraçadinho, ainda por cima — rebateu Tony.

— É verdade! Eu o convidei a entrar — disse Jordan. — E nós realmente tomamos chá antes do martíni.

— Eu só estou tentando abrir caminho para fazer uma necropsia — explicou Jack. — Quanto mais informações tivermos em mãos, maior será a chance de que o resultado seja justo. Alguém precisa falar em nome de Patience Stanhope.

— Não posso acreditar na baboseira que estou ouvindo — disse Tony, jogando as mãos para o alto, exasperado. Ele então acenou para o companheiro. — Franco, venha até aqui e tire esse bosta da casa do Sr. Stanhope!

Franco obedientemente entrou no cômodo. Ele agarrou o braço de Jack pelo cotovelo, elevando com isso o ombro do legista, que refletiu sobre as razões para resistir e sobre as consequências disso enquanto Franco saía dali com ele a reboque. Jack lançou um olhar para seu anfitrião, que não saíra do sofá de vime. Jordan pareceu surpreso com aquilo tudo, mas não interveio enquanto Tony se desculpava pela interrupção e prometia tomar conta do intruso.

Mantendo bem preso o braço de Jack, Franco marchou pela sala de estar formal e então pelo hall central de mármore com a escadaria principal, empurrando-o.

— Não podemos discutir esse assunto como cavalheiros? — disse Jack.

Ele começou a resistir levemente à caminhada, enquanto continuava a refletir sobre como lidar com a situação. Não gostava da ideia de partir para a agressão, embora tivesse sido provocado. Franco era o tipo de indivíduo-armário que Jack associava com os *linebackers* quando jogava futebol americano no colégio. Topar com uma massa de tamanho e proporções semelhantes havia sido o fim de sua breve carreira naquele esporte.

— Cala a boca! — latiu Franco sem nem mesmo olhar para Jack.

Franco parou ao chegar à porta da frente. Depois de abri-la, jogou Jack para fora, soltando o braço dele no processo.

Jack ajeitou o blazer e desceu os dois degraus até a estradinha de cascalho da entrada. Estacionado perpendicularmente atrás do Bentley e do Hyundai estava um grande Cadillac negro, de idade indeterminada. Parecia uma casa flutuante, comparado aos outros dois carros.

Embora Jack houvesse começado a se dirigir a seu carro e tivesse a chave em mãos, parou e deu meia-volta. Sua racionalidade dizia para entrar no automóvel e ir embora, mas aquela mesma área no seu cromossomo Y que havia ficado admirada com o Bentley estava indignada com aquele despejo sumário. Franco tinha saído da casa e estava parado sobre os degraus, com as pernas separadas e as mãos na cintura. Um sorrisinho de escárnio persistia no rosto marcado por cicatrizes de acne. Antes que qualquer coisa pudesse ser dita, Tony havia disparado para fora da casa, ultrapassando seu capanga. Como uma versão consideravelmente menor de seu companheiro armário, ele tinha de movimentar seus quadris de uma forma peculiar para andar com suas pernas grossas e curtas. Ele se dirigiu diretamente a Jack, enfiando o dedo indicador na cara dele.

— Deixe eu dizer como são as coisas, caubói — rosnou Tony. — Eu estou com pelo menos 100 mil investidos nesse caso e estou esperando uma bela recompensa. Você está me ouvindo? Eu não quero que você foda com tudo. Tudo está indo muito bem, então nada de necropsia. *Capisce?*

— Eu não sei por que você está tão alterado — disse Jack. — Você poderia providenciar para que seu próprio legista trabalhasse comigo.

Ele sabia que a possibilidade da necropsia já entrara pelo cano, mas sentia certa satisfação em irritar Tony. Os olhos do homem estavam um pouco esbugalhados de início, e ficaram ainda mais agora. As veias de suas têmporas saltavam para fora como vermes escuros.

— O que eu tenho de dizer para você entender? — perguntou Tony rispidamente, sem esperar uma resposta. — Eu não quero uma necropsia! O caso está muito bem do jeito que está. Não preciso de surpresas, e não quero surpresas. Vamos acabar com aquele médico concierge arrogante, e ele merece.

— Me parece que você perdeu sua objetividade — comentou Jack.

Ele não pôde deixar de perceber como os lábios cheios de Tony se entortaram, mostrando um menosprezo inequívoco enquanto pronunciava a palavra "concierge". Jack se perguntou se aquela questão era uma cruzada pessoal. Havia um pouco de fanatismo na expressão de seu rosto.

Tony olhou para Franco, buscando apoio.

— Você consegue acreditar nesse cara? É como se ele fosse de outro planeta.

— Me parece que você está com medo dos fatos — disse Jack.

— Não tô com medo dos fatos — gritou Tony. — Eu tenho um monte de fatos. Aquela mulher morreu de um ataque cardíaco. Ela devia ter chegado ao hospital uma hora antes, e se isso tivesse acontecido, não estaríamos aqui conversando.

— Morreu de ataque o quê? — perguntou Jack, zombando do sotaque italiano de Tony, que havia alterado a tonicidade das sílabas.

— Agora chega! — disse Tony e estalou os dedos para chamar a atenção de Franco. — Ponha esse idiota no carro dele e longe da minha vista.

Franco desceu os degraus com velocidade suficiente para que as moedas em seu bolso tilintassem. Ele passou por Tony e tentou com as palmas das mãos empurrar Jack, que permaneceu firme.

— Sabe, eu estava pensando em perguntar a vocês como fazem para combinar as roupas — disse Jack. — Vocês decidem na noite anterior ou fazem isso de manhã bem cedo? Quero dizer, é até bonitinho.

Franco reagiu com tal velocidade que pegou Jack de surpresa. Com uma mão aberta, deu um tapa na têmpora de Jack que deixou seu ouvido zunindo. Jack recuou na mesma hora e devolveu o favor com um golpe semelhante e igualmente eficiente.

Desacostumado com pessoas que não se intimidavam com seu tamanho, Franco ficou mais surpreso do que Jack por ser atingido. Enquanto por reflexo erguia a mão para tocar o rosto que ardia, Jack o agarrou pelos ombros e lhe deu uma joelhada no meio das pernas. Franco curvou-se sobre a barriga por um breve instante, esforçando-se para recuperar o fôlego. Quando voltou, estava segurando uma arma.

— Não! — gritou Tony e agarrou o braço de Franco por trás, empurrando-o para baixo. — Dá o fora daqui! — rosnou para Jack, contendo o enfurecido capanga como um treinador segura um cachorro enlouquecido. — Se você ferrar com meu caso de alguma maneira, você já era. Não vai haver necropsia nenhuma.

Jack recuou até topar com o Hyundai. Ele não queria tirar os olhos de Franco, que ainda não estava completamente ereto e ainda segurava a arma. A adrenalina em seu sangue fez com que suas pernas bambeassem.

Depois de entrar no carro, rapidamente deu a partida. Enquanto olhava para Tony e seu comparsa, viu Jordan e Charlene de pé na entrada da casa.

— Não vai ficar por isso! — gritou Franco através da janela aberta do lado do carona, enquanto Jack ia embora.

Durante mais de quinze minutos, Jack dirigiu por uma rota tortuosa, passando por áreas residenciais, fazendo curvas de forma aleatória, mas sem querer parar. Ele não queria que ninguém o seguisse ou o encontrasse, não um Cadillac grande e preto em especial. Sabia que fora idiota no fim de sua visita à mansão de Stanhope. Havia ocorrido uma breve manifestação de sua personalidade rebelde e aventureira, que surgira após a depressão que o acidente de avião e a perda de sua família tinham provocado. Quando a adrenalina começou a baixar, Jack sentiu-se fraco. Completamente perdido, mas num lugar onde várias placas de trânsito estavam à vista, ele parou o carro no acostamento para se orientar, à sombra de um carvalho gigantesco.

Enquanto dirigia, Jack brincara com a ideia de ir até o aeroporto, lavar as mãos daquele caso todo e voar de volta para Nova York. A pele dolorida no lado esquerdo do rosto era um argumento a favor, e também o fato de que a possibilidade de fazer uma necropsia para ajudar sua irmã e seu cunhado agora estava enterrada. O outro argumento persuasivo era que seu casamento se aproximava a uma velocidade alarmante.

Mas Jack não podia. Fugir da cidade seria covardia. Ele pegou o mapa e tentou adivinhar qual rua devia tentar achar e em qual direção ela estaria. Não era fácil, porque a rua em que estava não constava no mapa. Era ou pequena demais, ou ficava fora da região delimitada pelo desenho. O problema é que ele não sabia qual era o caso.

Justo quando estava prestes a voltar a dirigir, sem rumo, até encontrar uma das ruas principais, seu celular deu sinal de vida. Jack puxou o telefone do bolso. Não reconheceu o número. Atendeu a ligação com um alô.

— Dr. Stapleton, aqui é Jordan Stanhope. Você está bem?

— Já tive momentos melhores, mas, em suma, estou bem. — Jack ficara surpreso com a ligação.

— Eu queria me desculpar pelos modos com que o Sr. Fasano e o colega dele lhe trataram em minha casa.

— Obrigado — disse Jack. Pensou em outras réplicas, mais astutas, mas segurou a língua.

— Eu vi lhe darem um tapa. Fiquei impressionado com sua reação.

— Não devia ter ficado. Foi uma coisa constrangedora e estúpida de se fazer, ainda mais levando em conta que o homem estava armado.

— Eu acho que ele fez por merecer.

— Duvido que ele seja da mesma opinião. Foi a parte menos agradável da minha visita.

— Eu percebi como o Sr. Fasano é grosseiro. É constrangedor.

Não é tarde demais para desistir do processo, pensou Jack, mas não disse.

— Eu também passei a questionar os métodos dele, e o tranquilo descaso que tem pela descoberta da verdade.

— Bem-vindo à profissão dos advogados — comentou Jack. — Infelizmente, nos processos civis, o objetivo é a resolução de conflitos e não a descoberta da verdade.

— Bom, eu me recuso a ser parte disso. Vou assinar a autorização da exumação.

9

NEWTON, MASSACHUSETTS

TERÇA-FEIRA, 6 DE JUNHO, 2006

19H30

Quando Jack chegou à residência dos Bowman, era tarde demais para pensar em sair para jogar. Ele também perdera o jantar com as meninas, que haviam se retirado para seus respectivos quartos e estavam estudando para as provas finais que se aproximavam. Aparentemente, sua presença já era um fato corriqueiro, pois nenhuma delas desceu para lhe dar um oi. Para compensar a ausência das filhas, Alexis o recebeu de forma efusiva, mas logo percebeu a vermelhidão, o machucado e o inchaço no lado esquerdo do rosto do irmão.

— Que diabos aconteceu? — perguntou, preocupada.

Jack tentou mudar de assunto, dizendo que não era nada, mas se dispôs a explicar mais tarde, depois do banho. Ele havia mudado de assunto perguntando por Craig. Alexis apenas disse que ele estava no salão, sem maiores explicações.

Jack havia entrado no chuveiro para se refrescar do dia, e agora, depois de sair, limpou o espelho embaçado do banheiro para olhar seu rosto. Depois da água quente, a vermelhidão estava ainda mais intensa do que antes. O que ele não havia percebido era uma pequena hemorragia em um tom bastante claro de vermelho, em forma de chama, no branco de seu olho. Inclinando-se para se aproximar do espelho, viu algumas pequenas hemorragias subcutâneas na lateral da maçã do rosto. Não havia dúvidas de que Franco acertara uma bela pancada. Jack não pôde deixar de imaginar como estaria o rosto do outro, uma vez que a palma de Jack ainda doía devido ao impacto, indicando que o atingira com a mesma intensidade.

Depois de vestir-se, Jack jogou as roupas sujas no cesto da lavanderia, como Alexis o havia orientado.

— Que tal um jantar? — ofereceu a irmã, de pé, na cozinha.

— Seria ótimo. Eu estou faminto. Não tive tempo para almoçar.

— Nós comemos filés feitos no grill, batatas tostadas, aspargos e salada. O que acha?

— Um sonho — respondeu Jack.

Enquanto isso, Craig não dissera uma palavra. Ele estava sentado a 12 metros de distância, no salão, exatamente no mesmo lugar em que estivera sentado naquela manhã, mas sem o jornal. Estava vestido nas mesmas roupas que usara durante o dia, embora a camisa estivesse amarrotada, o botão superior do colarinho desabotoado e a gravata afrouxada. Como uma estátua, ele encarava a televisão de tela plana, completamente imóvel. Jack não teria achado nada de anormal naquilo... se a TV estivesse ligada. Sobre a mesinha de centro à frente de Craig, havia uma garrafa meio vazia de uísque e um copo *old fashioned* com o líquido âmbar até a borda.

— O que ele está fazendo? — perguntou Jack, baixando o tom de voz.

— O que parece que ele está fazendo? — replicou Alexis. — Ele está vegetando. Ele está deprimido.

— Como foi o resto do dia no tribunal?

— Basicamente igual à parte que você viu. É por isso que ele está deprimido. Foi a vez da primeira das três testemunhas especialistas da acusação. O Dr. William Tardoff, que é o cardiologista-chefe do hospital Newton Memorial.

— E que tipo de testemunha ele foi?

— Infelizmente, pareceu muito digno de crédito e não foi condescendente com os jurados. Ele conseguiu deixar claro porque a primeira hora, até mesmo os primeiros minutos, são tão importantes para uma vítima de ataque cardíaco. Apesar da série de protestos da parte de Randolph, ele conseguiu inserir nos autos que era da opinião que as chances de sobrevivência de Patience Stanhope haviam diminuído significativamente por causa do atraso de Craig em confirmar seu diagnóstico e levá-la aonde poderia ser tratada, ou seja, ao hospital.

— Parece bem desfavorável, em especial vindo de um chefe de departamento do próprio hospital de Craig.

— Ele tem razão para estar deprimido. Ouvir críticas de qualquer pessoa é difícil para um médico, considerando que eles se colocam em um pedestal, mas quando elas vêm de um colega respeitado é absurdamente pior.

— Randolph conseguiu reduzir o impacto do Dr. Tardoff quando pôde fazer suas perguntas?

— Com certeza, pelo menos um pouco, mas é como se ele estivesse sempre atrás de Tony, tentando alcançá-lo.

— É regra que a acusação apresente o caso primeiro. A defesa terá a sua vez.

— O sistema não parece justo, mas a verdade é que não temos alternativa.

— Hoje só duas testemunhas falaram? — perguntou Jack.

— Não, foram três no total. Antes do Dr. Tardoff, Darlene, a enfermeira de Craig, testemunhou, e ela sofreu um interrogatório pesado sobre a classificação de "paciente-problema", do mesmo jeito que fizeram com Marlene, e com o mesmo resultado. Durante o recesso para o almoço, Randolph ficou furioso com Craig por não tê-lo informado sobre aquilo, e não é difícil entender o porquê.

— Ainda me intriga que Craig tenha permitido algo desse tipo no consultório dele.

— Tenho medo de que isso demonstre alguma arrogância da parte dele.

— Eu seria menos generoso. Para mim, é estupidez pura e certamente não vai ajudá-lo.

— Fico impressionada que se tenha permitido a introdução disso. Parece-me claramente prejudicial e não tem nada a ver com a negligência alegada Mas você sabe o que mais me incomoda?

— O quê? — perguntou Jack. Ele percebeu que Alexis ruborizara.

— O caso de Craig vai ser prejudicado, mas aquela designação para os pacientes é realmente apropriada.

— Como assim? — perguntou Jack.

Ele não podia deixar de perceber que o rubor de Alexis havia se aprofundado. Era um assunto sobre o qual ela tinha uma opinião muito forte.

— Porque eles eram pacientes-problema, todos eles. Na verdade, chamá-los de "pacientes-problema" não é forte o bastante. Eles eram hipocondríacos da pior espécie. Eu sei, porque Craig me contava sobre eles. Eles desperdiçavam o tempo dele. Deviam ir a um psiquiatra ou psicólogo, alguém que talvez os pudesse ter ajudado a trabalhar seus problemas. Patience Stanhope era a pior de todos. Durante certa época, há mais ou menos um ano, ela tirava Craig da cama uma vez por semana, para visitá-la em casa sem necessidade. Aquilo estava afetando toda a família.

— Então Patience Stanhope irritava você?

— É claro que me irritava. Não foi muito depois dessa época em que ela exigia tanto de Craig que ele saiu de casa.

Jack estudou o rosto da irmã. Ele sabia que a personalidade dela tendia para o histrionismo desde que eram crianças, e essa reação a Patience Stanhope sugeria que aquela característica não havia desaparecido por completo. Ela havia ficado inteiramente exaltada.

— Então, você não sentiu pena quando ela morreu? — disse Jack, mais como afirmação do que como pergunta.

— Pena? Eu fiquei feliz. Eu havia dito a ele que deveria parar de atendê-la muitas vezes e encontrar outro médico pra ela, de preferência um psiquiatra. Mas você sabe como ele é. Sempre se recusou. Nunca teve problemas em encaminhar os pacientes para especialistas, para que recebessem o cuidado adequado, mas a ideia de desistir de um paciente era praticamente o mesmo que admitir o fracasso. Ele não conseguia.

— O quanto ele tem bebido? — perguntou Jack, para ampliar o assunto, e fez um aceno com a cabeça na direção de um Craig imóvel.

— Demais, e todas as noites.

Jack assentiu. Ele sabia que o abuso de drogas e álcool não era uma sequela incomum em médicos que eram processados por imperícia.

— Uma vez que estamos nesse assunto, o que você gostaria de beber? Cerveja ou vinho? Temos as duas coisas na geladeira.

— Uma cerveja seria ótimo — respondeu Jack.

Pegou uma cerveja e, enquanto Alexis se ocupava de seu jantar, foi andando da cozinha para o sofá. Embora permanecendo imóvel, os olhos injetados de Craig se ergueram e fizeram contato com os de Jack.

— Sinto muito que o dia no tribunal tenha sido desanimador — disse Jack, com esperança de entabular conversa.

— O quanto da coisa você viu? — perguntou Craig, em tom de voz mortiço.

— Só o testemunho de sua recepcionista, Marlene, que foi inquietante.

Craig fez um gesto com a mão, como se espantasse insetos invisíveis, mas não comentou. Seus olhos voltaram para a tela desligada da TV.

Jack gostaria de perguntar sobre a designação "PP", para tentar entender direito o estado mental que teria permitido a Craig fazer algo tão politicamente incorreto e insensato, mas não perguntou. Não teria ajudado em nada e seria apenas para saciar sua curiosidade mórbida. Alexis estava certa. Havia sido arrogância. Craig era um daqueles médicos que, sem duvidar de si mesmo, achava nobre tudo o que fazia, porque a essência de sua vida, em termos de dedicação e sacrifício, era de fato nobre. Era um triste caso de orgulho.

Com Craig fechado em si mesmo, Jack voltou à cozinha e então saiu para o pátio com Alexis, enquanto ela grelhava seu filé. Alexis estava ansiosa para falar de algo menos sinistro do que o processo de imperícia. Queria ouvir falar de Laurie e dos planos para o casamento. Jack relatou os fatos básicos, mas não se empolgou com o assunto, pois estava se sentindo culpado por estar em Boston e deixar todos os detalhes de última hora nas mãos da noiva. Sob vários aspectos, era uma posição insustentável. Ele estava destinado a sentir-se culpado, não importando o que fizesse; se fosse para Nova York, sentiria estar abandonando Alexis. De qualquer maneira, ele estaria prejudicando alguém. Mas em vez de ficar se torturando com o dilema, foi buscar outra cerveja.

Quinze minutos mais tarde, Jack sentou-se em uma grande mesa redonda, enquanto Alexis colocava um prato divino em sua frente. Ela se servira de uma xícara de chá e se juntou a Jack, sentando-se de maneira que os dois ficassem um de frente para o outro. Craig fizera o esforço de ligar a TV e estava vendo um noticiário local.

— Eu queria contar sobre meu dia — disse Jack, entre garfadas. — Há uma decisão a tomar sobre o meu papel aqui e sobre o que vocês querem que eu faça. Tenho de dizer que tive uma tarde bem produtiva.

— Craig! — chamou Alexis. — Acho que você devia desligar esse seu equipamento de suporte de vida e vir aqui ouvir o que Jack tem a dizer. No fim das contas, é você quem vai tomar a decisão.

— Não gosto de ser alvo de piadas — retrucou Craig de pronto, mas desligou a TV com o controle remoto.

Como se exausto, levantou-se, pegou a garrafa de uísque e o copo, e andou até a mesa. Apoiou primeiro o copo e encheu-o de uísque antes de pousar a garrafa e sentar-se.

— Eu vou ter que parar você — disse Alexis, pegando a garrafa e a deslizando para fora do alcance de Craig.

Jack esperava que o cunhado tivesse um ataque de raiva, mas não. Em vez disso, deu um sorriso ostensivamente falso para Alexis, para agradecer-lhe com sarcasmo.

Enquanto comia, Jack contou a eles sobre suas atividades em ordem cronológica e tentou não deixar nada de fora. Contou sobre a ida ao IML e sobre a conversa com a Dra. Latasha Wylie, e o que ela dissera sobre exumar um cadáver em Massachusetts — em especial, sobre a necessidade da autorização do parente mais próximo.

— Esse não seria Jordan Stanhope? — perguntou Alexis.

— Ele nunca vai concordar — opinou Craig.

— Me deixe terminar a história — disse Jack.

Jack contou sua visita à funerária Langley-Peerson e sua conversa com Harold Langley, e como conseguiu os formulários de autorização. Ele então contou aos Bowman o que ficara sabendo sobre Jordan Stanhope.

Os queixos de Alexis e de Craig caíram simultaneamente, enquanto Jack fazia um breve relato sobre a vida de Jordan. Craig foi o primeiro a falar.

— Você acha que é verdade? — perguntou, se enrolando um pouco com as palavras.

— Harold Langley não tem motivos para mentir. Deve ser de conhecimento público em Brighton; se não, Harold Langley certamente não teria contado. Diretores de funerárias, e disso todo mundo sabe, em geral são muitos discretos.

— Stanislaw Jordan Jaruzelski — repetiu Alexis, como se não acreditasse. — Não espanta que ele tenha mudado de nome.

— Eu sabia que Jordan era mais novo do que Patience — disse Craig —, mas nunca suspeitei de algo assim. Eles agiam como se estivessem casados há mais de 25 anos. Estou pasmo.

— Eu acho que a parte interessante é que Patience era a dona do dinheiro.

— Agora não é mais — comentou Craig. Ele balançou a cabeça, indignado. — Randolph devia ter descoberto isso. Esse é outro exemplo da inépcia dele. Eu devia ter exigido outro advogado.

— Em geral esse não é o tipo de informação necessária para contestar judicialmente uma alegação de imperícia — disse Jack, embora também estivesse surpreso que o assunto não houvesse surgido no depoimento de Jordan. — Não é relevante.

— Eu não tenho tanta certeza assim — disse Craig.

— Me deixe terminar — interrompeu-o Jack. — Depois, podemos conversar sobre a situação toda.

— Está bem — concordou Craig.

Ele pôs seu drinque na mesa e inclinou-se para a frente, interessado. Não era mais um indivíduo pateticamente deprimido.

Jack então levou os Bowman pelo hospital Newton Memorial com suas palavras, e relatou suas conversas com a Dra. Noelle Everette, o Dr. Matt Gilbert e Georgina O'Keefe. Falou sobre a impressão que tinha de que a questão da cianose não havia sido solucionada. Disse que o fato mais enfatizado por Georgina fora que a cianose era tão grave que sequer se limitava às extremidades. Jack perguntou a Craig se ele tinha a mesma impressão.

— Suponho que sim. Mas eu estava tão espantado pela gravidade do estado geral dela que realmente não a observei com essa pergunta em mente.

— Foi exatamente isso o que o Dr. Gilbert disse — acrescentou Jack.

— Espere um segundo! — disse Craig, erguendo a mão. — O que você ficou sabendo sobre Jordan o fez pensar que a questão da cianose é mais importante? Quero dizer, havendo esse dinheiro todo, um homem mais jovem casado com uma viúva rica... — Craig deixou a frase pela metade, enquanto sua mente brincava com a ideia e suas implicações.

— Tenho de dizer que sim — concordou Jack —, mas por um tempo relativamente curto. Em muitos sentidos, isso seria muito novelesco, se é que a palavra se aplica. Além disso, foi documentado pelos biomarcadores que Patience havia sofrido um ataque cardíaco, como o Dr. Gilbert me lembrou hoje de forma pontual. Por outro lado, a peculiar biografia de Jordan não deveria ser descartada por completo.

Jack passou então a contar a história que relatara a Matt e Georgina, sobre o caso da mulher idosa que morrera de ataque cardíaco após sofrer um assalto a mão armada.

— Eu acho que isso tudo é muito significativo — disse Craig — e continua a me fazer questionar a competência de Randolph.

— E quanto ao machucado na lateral do seu rosto? — perguntou Alexis, como se de repente tivesse se lembrado que Jack havia concordado em explicar aquilo.

— Que machucado? — perguntou Craig.

Jack estava à esquerda dele, o que impedia sua visão do lado esquerdo do rosto dele.

— Você não percebeu? — indagou Alexis com espanto. — Olhe.

Craig levantou-se e se curvou sobre a mesa. Relutante, Jack virou a cabeça, de modo que Craig pudesse ver o lado esquerdo de seu rosto.

— Meu Deus. Parece ruim. — Craig tocou a maçã do rosto de Jack com a ponta do dedo indicador, para avaliar o edema. — Dói?

Jack afastou o rosto.

— É claro que dói — respondeu, irritado.

Odiava quando os médicos faziam aquilo. Sempre metiam a mão no lugar que você dizia doer. Os ortopedistas eram os piores, na experiência de Jack, a qual não era pouca, graças a todos os baques e hematomas que tivera jogando basquete.

— Desculpe — disse Craig. — Parece mau. Talvez um gelo fosse uma boa ideia. Quer que eu pegue um pouco?

Jack recusou a ajuda de Craig.

— Como foi isso? — perguntou Alexis.

— Já vou chegar lá — disse Jack e relatou a visita aos Stanhope.

— Você foi à mansão dos Stanhope? — perguntou Craig, sem ocultar o ceticismo.

— Sim — admitiu Jack.

— Isso não é ilegal?

— O que você quer dizer com ilegal? É claro que não é ilegal. Quero dizer, não é nada do tipo tentar falar com os jurados ou algo assim. Se havia alguma chance de conseguir uma assinatura, eu tinha que ir. — Jack então lhes contou sobre o Bentley e sobre a inesperada Charlene.

Craig e Alexis trocaram olhares surpresos. Craig deu uma risada curta, sarcástica.

— Que belo luto — disse Alexis, indignada. — O homem é descarado, assim como é aquela elaborada afetação de cavalheirismo.

— Isso está começando a me lembrar de um caso famoso, que ocorreu em Rhode Island, mas que foi de diabetes — disse Craig.

— Eu sei de que caso você está falando — comentou Jack. — Mas mesmo naquele caso, o herdeiro subitamente rico foi absolvido.

— E quanto ao seu rosto? — perguntou Alexis com impaciência. — Não estou aguentando o suspense.

Jack contou a eles sobre como levantara o assunto de exumar o corpo de Patience, não esperando nada além de um "não". Ele então descreveu a chegada de Tony Fasano, junto com um companheiro vestido de maneira quase idêntica.

— O nome dele é Franco — disse Alexis.

— Você o conhece? — perguntou Jack, surpreso.

— Não. Apenas o vi. É difícil não notá-lo. Ele vai ao tribunal com Tony Fasano. Só sei o nome dele porque ouvi Tony chamá-lo ontem, quando eles estavam saindo do tribunal.

Jack relatou a violenta oposição de Tony à ideia de se exumar Patience e submeter o corpo a uma necropsia. Contou que fora ameaçado com um "você já era", caso fosse em frente.

Por alguns momentos, tanto Alexis quanto Craig simplesmente encararam Jack. Os dois estavam atônitos com o que ele havia acabado de contar.

— Isso é bizarro! — declarou Craig, enfim. — Por que ele seria tão contra uma necropsia?

Jack deu de ombros.

— Presumivelmente, porque ele está confiante no caso que tem e não quer correr nenhum risco. Ele investiu um dinheiro grande e está esperando ser muitíssimo bem pago. Mas tenho de dizer que isso me deixa mais motivado.

— E quanto ao seu rosto? — perguntou Alexis. — Você continua evitando falar disso.

— Isso aconteceu no fim, depois que Franco me arrastou para fora da casa. Eu estava sendo engraçadinho e idiota. Disse aos dois que achava as roupas combinando uma coisa bonitinha.

— Então ele bateu em você? — perguntou Alexis, consternada.

— Bom, não foi um tapinha de amor — disse Jack.

— Acho que você devia dar queixa — afirmou ela, indignada.

— Discordo. Fui idiota e reagi, então dar queixa acabaria numa discussão sobre quem bateu em quem primeiro.

— Você bateu naquele brutamontes? — perguntou Alexis com descrença. — O que você virou na sua idade adulta, um homem autodestrutivo?

— Fui acusado disso em um passado não muito distante. Gosto de pensar que sou ocasionalmente impulsivo, com um pouco de atrevimento arrogante.

— Eu não acho isso nem um pouco engraçado — disse sua irmã.

— Nem eu — concordou Jack. — Mas o episódio, em especial a parte em que fui atingido, veio em socorro do raciocínio que usei com Jordan, e que originalmente pensava não ter nenhuma esperança. — Jack enfiou a mão no bolso interno de sua jaqueta e puxou a autorização para a exumação. Ele a pôs sobre a mesa e a alisou com a palma da mão. — Jordan assinou a autorização de exumação.

Alexis puxou o formulário para perto de si. Ela olhou a assinatura de Jordan e piscou várias vezes, como se esperasse que a assinatura fosse desaparecer de um instante para outro.

— Isso meio que elimina qualquer suspeita de um envolvimento dele — comentou Craig, olhando por cima do ombro de Alexis.

— Vai saber — disse Jack. — O que isso com certeza faz é colocar sobre a mesa a ideia de uma necropsia como uma opção real. Não é mais uma simples possibilidade teórica, embora agora estejamos lutando contra o relógio. Presumindo que isso possa ser superado, a questão é se vocês querem que eu a faça ou não. Isso tem de ser decidido hoje.

— Continuo me sentindo da mesma forma que me sentia de manhã — disse Craig. — Não dá para saber se isso vai ajudar ou prejudicar, e eu posso defender qualquer uma das hipóteses.

— Eu acho que há um pouco mais de chances de que ajude do que atrapalhe, por causa da questão da cianose — disse Jack. — Deve haver alguma explicação anatômica, alguma patologia que tenha contribuído. Mas você está certo: não há garantias. — Jack deu de ombros. — Mas eu não quero pressionar. Não estou aqui para piorar as coisas. A decisão é sua.

Craig balançou a cabeça.

— Confuso como estou, é difícil tomar uma decisão. Eu sou contra por causa do desconhecido, mas o que eu sei? Acho que, nas circunstâncias, é difícil que eu seja capaz de ser objetivo.

— Que tal perguntar a Randolph? — Alexis sugeriu. — Se algo de positivo fosse achado na necropsia, ele teria de descobrir um modo de incluir isso como evidência. Com as regras de admissão de provas, não é certo.

— Você tem razão — disse Jack. — Randolph deve ser consultado. Seria uma futilidade fazer a necropsia se o resultado não puder ser introduzido.

— Tem algo que não bate nisso tudo — disse Craig. — Estou questionando a competência do homem e pensando em substituí-lo, e vocês dois pensam que deveríamos deixá-lo decidir se fazemos ou não uma necropsia.

— Podemos também contar a ele a história de Jordan Stanhope — disse Alexis, ignorando Craig.

— Podemos ligar e discutir isso com ele esta noite? — perguntou Jack. — A decisão sobre fazer ou não a necropsia realmente não pode esperar. Mesmo que tenha sinal verde, não dá pra ter certeza de que vá acontecer. Existem variáveis demais, e o tempo é curto.

— Podemos fazer melhor do que ligar para ele — disse Alexis. — Ele mora aqui perto.

— Está bem — falou Craig, erguendo as mãos. Ele não estava tão determinado a ponto de tentar prevalecer sobre Alexis e Jack. — Mas eu não vou ligar para ele.

— Não me importo de telefonar — ofereceu-se Alexis. Ela levantou-se e foi até a mesa.

— Você parece estar se sentindo melhor — disse Jack a Craig enquanto a irmã usava o telefone.

— É uma montanha-russa — disse Craig. — Num momento, estou deprimido, e no minuto seguinte, tenho esperanças de que a verdade triunfe. Tem sido assim desde que essa coisa toda começou, em outubro. Mas hoje deve ter sido um dos piores dias, por ouvir Bill Tardoff testemunhar contra mim. Sempre estive em termos amigáveis com ele. Realmente não consigo entender.

— Ele é um bom médico?

Craig encarou Jack antes de dizer:

— Me pergunte isso daqui a um ou dois dias. Nesse momento, minha resposta não seria objetiva. Estou com vontade de matar o sujeito.

— Entendo — disse Jack, e entendia mesmo. — E quanto à Dra. Noelle Everette? Ela tem uma boa reputação?

— Comigo ou com o pessoal do hospital?

— Ambos.

— Como aconteceu com Bill, meus sentimentos mudaram depois desse processo por imperícia. Antes eu tinha uma boa opinião sobre ela, não excelente, mas boa, e algumas vezes encaminhei pacientes a ela. Depois do processo, estou com tanta raiva dela quanto de Bill. Quanto à reputação geral, é boa. Ela é querida, embora não seja tão dedicada quanto a maioria.

— Por que você diz isso?

— Oficialmente, ela trabalha apenas meio período, embora sejam três quartos de período, para ser mais preciso. A desculpa é a família dela, o que é absurdo. Quero dizer, todos nós temos famílias.

Jack assentiu, mas não concordava. Achava que Craig deveria ter dado uma chance à ética de trabalho de Noelle. Provavelmente faria dele uma pessoa mais feliz, e um pai e marido muito melhor.

— O motivo de eu perguntar sobre Noelle Everette — explicou Jack, depois de uma pausa — é porque ela disse uma coisa interessante hoje. Que alguns médicos da velha guarda, um grupo no qual ela se inclui, estavam irritados com vocês, médicos concierges. Você fica surpreso com essa afirmação?

— Na verdade, não. Acho que eles talvez sintam inveja. Nem todos podem mudar para o esquema de atendimento concierge. Depende muito da base de pacientes que se tem.

— Você quer dizer, se a base de pacientes é rica ou não.

— Em grande parte, sim — admitiu Craig. — A medicina concierge é um estilo de vida invejável, quando comparado com a bagunça que está a clínica normal. Estou ganhando mais dinheiro em muito menos tempo.

— O que aconteceu com seus pacientes do antigo consultório, os que não puderam arcar com o novo sistema?

— Eles foram indicados para outros médicos, com consultórios comuns.

— Então, num certo sentido, eles foram abandonados.

— Não, de modo algum. Passei um bom tempo dando a eles nomes e telefones de outros profissionais.

Para Jack, aquilo parecia bastante com ser abandonado, mas ele não quis discutir. Em vez disso, falou:

— Então, você acha que o tipo de irritação de que Noelle estava falando tem sua origem na inveja?

— Não consigo pensar em nenhum outro motivo.

Jack conseguia pensar em vários, incluindo o conceito de profissionalismo que Noelle havia mencionado, mas ele não tinha interesse em discutir com o cunhado. Era no caso de imperícia que estava mais interessado e, portanto, perguntou:

— Patience Stanhope era uma paciente antiga sua, do outro consultório?

— Não. Ela era uma paciente do médico que fundou o consultório concierge. Hoje em dia sou eu basicamente quem comanda o consultório. Ele está na Flórida, não anda muito bem de saúde.

— Então, de certa maneira, você a herdou.

— De certa maneira.

Alexis voltou à mesa.

— Randolph está vindo para cá agora mesmo. Ele está interessado na ideia da necropsia, mas tem dúvidas, inclusive quanto à possibilidade de admissão, como eu temia.

Jack assentiu, mas estava mais interessado em sua conversa com Craig, e pensava em como formular a próxima pergunta.

— Craig, lembra quando, hoje de manhã, eu mencionei a ideia de que Patience Stanhope talvez houvesse morrido por sufocamento ou estrangulamento, ideia que mais tarde percebi que era ridícula, visto que ela morreu de ataque cardíaco?

— Como poderia esquecer?

— É um exemplo de como nós, legistas, pensamos. Quero dizer, eu não estava afirmando nada. Estava meio que pensando em voz alta, tentando relacionar a cianose central com o resto dos fatos. Em retrospectiva, você entende, não? Na hora, você ficou incomodado com a sugestão.

— Entendo, mas eu não ando muito bem esses dias, por motivos óbvios. Desculpe.

— Não precisa se desculpar. Só estou levantando o assunto porque quero fazer uma pergunta que me ocorreu quando Noelle Everette fez aquele comentário sobre um grupo de médicos da velha guarda estar irritado com os concierges. É uma pergunta que você pode achar bizarra, da mesma maneira que você reagiu à menção do sufocamento e do estrangulamento.

— Você atiçou a minha curiosidade. Faça logo a pergunta.

— Você consegue pensar em alguma possibilidade, por mais remota que seja, de que tenham usado a morte de Patience Stanhope contra você? O que estou sugerindo é que alguém pode ter visto a morte dela como uma oportunidade de colocar a medicina concierge sob uma luz desfavorável. Essa ideia tem alguma verossimilhança, ou estou viajando outra vez?

Um pequeno sorriso apareceu nos cantos da boca de Craig e lentamente se espalhou, até que ele gargalhou e balançou a cabeça, surpreso.

— O que você não tem de racionalidade, com certeza compensa em criatividade.

— Lembre-se, é uma pergunta retórica. Eu não espero uma resposta; simplesmente a arquive em seu cérebro e veja se ela combina com quaisquer outros fatos que você não tenha contado a ninguém.

— Você está sugerindo algum tipo de conspiração? — perguntou Alexis, tão surpresa quanto Craig.

— Conspiração implica mais de uma pessoa — disse Jack. — Como você me pediu quando me ligou, estou pensando de maneira não convencional.

— Isso é não convencional demais — comentou Craig.

O som da campainha impossibilitou a continuação da conversa sobre esquemas médicos maquiavélicos. Era assim que Craig se referira à ideia de Jack enquanto Alexis deixava o cômodo. Quando ela voltou, com Randolph Bingham a reboque, Jack e Craig estavam dando risadinhas de outros nomes engraçados que Craig conseguira inventar. Ela sentiu-se agradavelmente surpresa com aquilo. O comportamento do marido era o mais normal que ela vira em meses, o que era ainda mais estranho considerando-se o dia estressante no tribunal.

Jack foi apresentado a Randolph pela segunda vez. A primeira havia sido do lado de fora do tribunal, naquela manhã, antes da sessão do julgamento. O tempo era curto, e Alexis, que fizera as apresentações, apenas tinha falado que Jack era seu irmão, mas agora incluiu os detalhes das qualificações profissionais dele.

Randolph não disse nada durante o monólogo de Alexis, embora tenha assentido algumas vezes, nos pontos-chave.

— É um prazer estar com você de novo — disse ele, quando Alexis concluiu.

— Igualmente — falou Jack.

Ele sentia que havia certo desconforto naquela situação. Randolph estava irrepreensivelmente sério. Embora não vestisse mais o terno de corte refinado que usara no tribunal, a ideia dele de uma roupa informal era uma camisa social de mangas compridas, recém-passada e muito engomada, uma calça leve de algodão com vincos bem marcados, e um suéter leve de caxemira. Para dar mais prova de seu formalismo, ele parecia ter-se barbeado, diferentemente de Jack e Craig, que tinham a esperada barba por fazer, e seus cabelos prateados estavam tão perfeitamente penteados quanto durante o dia, no tribunal.

— Nos sentamos aqui na mesa ou vocês preferem a sala de estar? — perguntou Alexis, fazendo o papel de anfitriã.

— Onde você preferir — disse Randolph. — Mas devemos ser expeditos. Tenho muito que preparar ainda hoje à noite.

Eles acabaram sentando-se em volta da mesa onde estavam antes da chegada do advogado.

— Alexis me contou sobre sua sugestão de realizar uma necropsia na falecida — disse Randolph. — Talvez você possa me dizer por que isso pode ser importante, tão em cima da hora.

Para os ouvidos de Jack, Randolph falava com a genuína melodia que ele associava com as faculdades de elite da Nova Inglaterra, e de repente lhe ocorreu que o advogado era o arquétipo ao qual Jordan aspirava. Por que o viúvo queria ser assim era outro assunto, uma vez que Randolph parecia a Jack um homem impassível, um prisioneiro de sua sóbria formalidade.

Jack percorreu a pequena lista de argumentos em favor da necropsia, sem qualquer referência a teorias conspiratórias ou a crimes de motivações individuais. Então, fez seu discurso-padrão sobre o papel de um legista, de falar em nome dos mortos.

— Resumindo — disse Jack, numa espécie de conclusão —, acredito que uma necropsia daria a Patience Stanhope seu dia no tribunal. Minha esperança é achar patologias que bastem para inocentar Craig ou, na pior das hipóteses, corroborar o argumento de negligência contributiva, considerando que há documentos que provam que a falecida se recusou a fazer o exame cardíaco recomendado.

Ele buscou alguma reação nos olhos azuis gélidos de Randolph. Não encontrou nenhuma, e tampouco saiu uma de sua boca, que era uma pequena fenda horizontal, quase sem lábios, a meio caminho entre o nariz e a ponta do queixo.

— Alguma dúvida? — perguntou Jack, esperando alguma reação.

— Creio que não — disse enfim Randolph. — Você apresentou seu argumento de maneira clara e sucinta. É uma possibilidade intrigante, na qual eu não havia pensado, pois os aspectos clínicos do caso são muito claros. Minha maior preocupação é quanto à admissibilidade de qualquer coisa que você possa encontrar. Caso se encontrasse algo verdadeiramente relevante e que mostrasse a ausência de culpa, eu teria de fazer uma petição à corte, pedindo uma prorrogação que permitisse uma nova fase de instrução. Em outras palavras, a decisão caberia ao juiz.

— Eu não poderia ser chamado como uma testemunha-surpresa de refutação?

— Somente para refutar um testemunho anterior, não para oferecer um testemunho novo.

— Eu estaria refutando o testemunho dos especialistas da acusação que alegam imperícia.

— Isso seria forçar as regras, mas entendo o argumento. De qualquer modo, caberia ao juiz, e ele estaria decidindo contra protestos exaustivos do advogado de acusação. Seria uma batalha dificílima e daria base para a acusação entrar com um recurso, caso seu testemunho fosse permitido.

"Um último fator que se acrescenta às dificuldades de introduzir novas evidências desse porte é minha experiência com o juiz Davidson. Ele é conhecido por gostar que as coisas andem rápido e já está irritado com o ritmo lento deste julgamento. Não há dúvidas de que quer concluir isso. Ele não daria boas-vindas a evidências apresentadas no último minuto."

Jack deu de ombros e ergueu as sobrancelhas interrogativamente.

— Então, você é contra?

— Não necessariamente. Esse é um caso singular, com desafios singulares, e seríamos tolos de não fazer tudo o que estiver ao nosso alcance para um resultado positivo. Novas evidências que inocentassem Craig poderiam ser usadas como a base da argumentação em favor de um novo julgamento, através de um recurso. Por outro lado, creio que as chances de se encontrar algo escusatório são, de fato, poucas. Dito isso, eu seria sessenta por cento a favor, quarenta contra. Então, aí está.

Randolph levantou-se, assim como os outros.

— Obrigado por me convidar e me informar — despediu-se, apertando a mão de cada um. — Vejo vocês no tribunal.

Enquanto Alexis acompanhava o advogado até a porta, Jack e Craig voltaram a se sentar.

— Ele me enganou — comentou Jack. — Justo quando pensei que ele estava nos dizendo que era contra eu fazer a necropsia, ele me diz que é a favor.

— Eu pensei o mesmo — disse Craig.

— Uma coisa que essa pequena reunião me fez perceber é que não acho que você deva mudar de advogado — opinou Jack. — Randolph pode ser um esnobe, mas me parece muito inteligente, e sob aquela aparência de cavalheiro, ele é um competidor. Sem dúvida, quer vencer.

— Obrigado por sua opinião — disse Craig. — Gostaria de poder compartilhar dela sem reservas.

Alexis voltou. Ela parecia um pouco irritada.

— Por que não contou a ele sobre sua briga com Tony Fasano e que ele ameaçou você?

— Eu não queria confundir o meio de campo — disse Jack. — Mesmo motivo pelo qual não mencionei minhas teorias extravagantes de crime, ou a biografia surpreendente de Jordan Stanhope, também conhecido como Stanislaw Jaruzelski.

— Acho que a questão da ameaça é mais importante — argumentou Alexis. — Não incomoda você ser ameaçado daquele jeito?

— Na verdade, não. Tony Fasano está preocupado com o investimento que fez, pois com certeza só vai receber o pagamento caso vença. Dito isto, ele me parece alguém que ladra mais do que morde.

— Eu não sei — disse Alexis. — Isso me preocupa.

— Bem, pessoal — falou Jack. — É hora de tomar a decisão. Devo tentar fazer essa necropsia ou não? Ah, e uma coisa que não mencionei. De acordo com minha experiência, os jurados usam a reação emocional, baseada no senso comum, na hora de tomar a decisão, mas eles gostam de fatos. O resultado de uma necropsia é um fato que eles podem compreender, mais do que os testemunhos, que são coisa de momento e podem ser interpretados de várias maneiras. Tentem não se esquecer disso.

— Se você pode me dizer sinceramente que não está preocupado com a ameaça de Tony Fasano, então meu voto é pela necropsia.

— E você, Craig? — perguntou Jack. — Você é o chefe aqui. Seu voto sozinho supera o de todos nós.

— Minha opinião não mudou — disse Craig. — Eu acho que há mais chances de descobrir coisas que não queremos saber do que o contrário. Mas não vou votar contra vocês dois e Randolph. — Ele se levantou. — Agora vou subir e me jogar nos braços gostosos e quentinhos de um sonífero forte. Com o resto dos especialistas da acusação, Jordan Stanhope, e possivelmente Leona Rattner listados para testemunhar, o dia amanhã vai ser exaustivo.

Durante alguns minutos depois de Craig haver desaparecido escada acima, Jack e Alexis permaneceram sentados, perdidos em seus pensamentos. Jack foi o primeiro a falar, depois de se esticar para pegar a garrafa de uísque.

— Misturar essa coisa forte com um sonífero potente não é uma boa ideia.

— Não tenho o que discutir.

— Você não está nem um pouco preocupada com a possibilidade de Craig fazer mal a si mesmo?

— Você quer dizer uma overdose?

— Sim, intencional ou não. — Jack lembrava-se de sua luta contra os impulsos autodestrutivos nos anos em que batalhou contra a depressão.

— É claro que pensei nisso, mas esse é um dos aspectos do narcisismo que trabalha a favor dele. É raro os narcisistas machucarem a si mesmos. E também, a depressão dele está longe de ser incapacitante, e ele tem passado por períodos de normalidade com certa frequência, como hoje à noite, por exemplo. Ele provavelmente não admitiria, mas acho que sua presença deu uma levantada no ânimo dele. Isso significa que você se importa, e ele respeita você.

— É bom ouvir isso. Mas o que ele tem tomado para o sono? Você sabe?

— Só o de costume, eu tenho vigiado de perto. Tenho vergonha de dizer, mas ando até mesmo contando as pílulas, sem ele saber.

— Você não deve ter vergonha. Está sendo cuidadosa.

— Então tá — disse Alexis, levantando-se. — Acho que vou subir, dar uma olhada nas meninas e ir dormir também. Odeio abandonar você, mas se Leona Rattner testemunhar amanhã, vai ser muito exaustivo para mim também.

— Sem problemas — falou Jack, pondo-se de pé. — Também estou cansado, embora eu queira reler alguns depoimentos. Fico pensando que posso ter deixado algo passar, algo que seria essencial não esquecer na hora da necropsia, se eu de fato a fizer.

— Não posso dizer que invejo você por trabalhar em alguém que está enterrado há quase um ano. Como você consegue fazer esse tipo de coisa todos os dias? Não é repugnante?

— Eu sei que parece desagradável, até mesmo mórbido, mas na verdade é fascinante. Eu aprendo algo de novo todos os dias e não tenho nenhum paciente-problema.

— Nem me fale de pacientes-problema — disse Alexis. — Isso é pura autoflagelação; é um exemplo perfeito.

O silêncio da grande casa caiu sobre Jack depois que Alexis disse boa noite e subiu as escadas. Por alguns minutos, refletiu sobre a resposta curiosamente emotiva da irmã ao fato de Patience Stanhope ser uma paciente-problema, e sobre como ela chegara a dizer que estava feliz pela paciente ter morrido. Ela até chegou a mencionar que pensava que Patience Stanhope tivera algo a ver com Craig ter saído de casa. Jack balançou a cabeça. Ele não sabia o que pensar. Terminou de beber a cerveja que vinha bebericando e então desceu ao seu quarto para pegar o arquivo do caso e o celular. Com ambos em mãos, voltou para o escritório no qual sem querer havia passado a noite. Aquele cômodo lhe dava uma sensação de conforto, de aconchego.

Depois de se instalar na mesma poltrona de leitura que ocupara na noite anterior, Jack abriu seu telefone. Estava dividido quanto a ligar para Laurie. Queria ouvir a voz dela, mas não estava nem um pouco a fim de lidar com o inevitável ressentimento que haveria, quando ele contasse sobre a possível exumação seguida de necropsia. Já era a noite de terça, o que significava que havia apenas mais dois dias inteiros antes de sexta. O outro problema era que Jack havia telefonado para Calvin durante o dia, para avisar que não iria ao IML na quarta, e que o manteria informado. Havia uma chance de que Calvin tivesse dito alguma coisa a Laurie, então ela estaria zangada por saber das coisas de segunda mão.

Enquanto a ligação se completava, Jack remexeu-se para ficar o mais confortável possível, e seus olhos passaram pelas prateleiras da parede oposta. Os olhos detiveram-se em uma grande, preta e antiquada maleta de médico, ao lado de uma máquina portátil de ECG.

— O viajante ocupado, finalmente! — disse Laurie, num tom animado. — Esperava que fosse você.

Jack lançou-se em um pedido imediato de desculpas por estar ligando àquela hora, mas explicou que queria esperar até que uma decisão fosse tomada.

— Que tipo de decisão?

Jack respirou fundo.

— A decisão de fazer uma necropsia na paciente cuja morte é a causa do processo que Craig está sofrendo.

— Uma necropsia? — perguntou Laurie, consternada. — Jack, estamos na noite de terça. O casamento será à uma e meia de sexta. Não tenho de dizer que falta muito pouco.

— Sei que o tempo não está a meu favor. Não esqueci disso. Não se preocupe.

— Você vai fazer a necropsia amanhã de manhã?

— Acho que não, mas não é impossível, eu suponho. O problema é que o corpo ainda está enterrado.

— Jack! — ganiu Laurie, pronunciando o nome como quem estica uma massa crua. — Por que você está fazendo isso comigo?

Jack contou a Laurie os detalhes do caso, tudo o que ele ficara sabendo com a leitura do arquivo, e tudo o que havia acontecido naquele dia, com exceção do episódio com Franco. Ela ouviu sem interromper até que Jack concluísse o relato. Então disse algo que o pegou completamente de surpresa:

— Você gostaria que eu fosse até aí para ajudar com o caso?

Querendo poder se esticar por todos os quilômetros que os separavam e dar nela um abraço de agradecimento, Jack respondeu:

— Obrigado por sua oferta, mas não precisa. Não vai ser um caso difícil, a menos que tenha entrado muita água.

— Bom, qualquer coisa, me avise. Tenho certeza de que, como equipe, poderíamos terminar rápido.

Depois de uma pequena conversa carinhosa sobre coisas sem importância e uma promessa de ligar assim que tivesse mais informações, Jack fechou o telefone. Ele estava prestes a colocar o arquivo do caso em seu colo, quando seus olhos bateram novamente na maleta. Jack levantou-se e foi até a prateleira. Como ele dissera a Alexis, não pensava que visitar os pacientes fosse um uso apropriado do tempo de um médico, pois isso os limitava quanto ao que era possível fazer sem as ferramentas diagnósticas disponíveis em um consultório bem aparelhado. Mas lembrando-se da referência no arquivo do caso a um kit portátil de teste de biomarcadores para confirmar ataques cardíacos, ocorreu-lhe que ele talvez não estivesse atualizado. Na verdade, Jack sequer ouvira falar sobre um kit que fizesse isso e ficou curioso para ver um com os próprios olhos. Pegou a maleta da prateleira e a pôs sobre a mesa de Craig. Ligou o abajur de haste flexível e destrancou a maleta, que abriu como uma caixa de equipamentos de pescaria, com uma série de compartimentos pequenos e abarrotados em bandejas no topo que se abriam para os lados. Abaixo, havia o compartimento principal, com uma coleção de instrumentos, incluindo um manguito para medir a pressão, oftalmoscópio e otoscópio. Jack pegou o oftalmoscópio. Bastou que segurasse o instrumento para que fosse invadido por uma torrente de memórias.

Recolocando o objeto em seu lugar, Jack passou os olhos pela pletora de outros materiais, incluindo solução intravenosa, tubos para a injeção do fluido, termômetro, medicamentos de emergência, pinça hemostática, meios de cultura e ataduras. No fundo, num dos cantos da maleta, ele achou o kit de biomarcadores. Pegou-o, leu sua embalagem e abriu-a, na esperança de que a bula fosse mais informativa. O impresso estava por cima.

Depois de ler, Jack concluiu que teria de rever sua opinião quanto a visitas médicas. Com aqueles produtos, incluindo métodos novos e precisos de determinar a glicemia, um médico podia ser bastante eficiente em um ambiente doméstico, especialmente com a máquina portátil de ECG que Jack vira próxima à maleta.

Ele repôs a bula no lugar e depois o kit de teste de biomarcadores. Quando o fez, percebeu alguns restos, incluído duas ampolas vazias, uma de atropina e outra de epinefrina. Ele se perguntou se poderiam ser da época em que Craig estava tratando de Patience Stanhope. De acordo com os prontuários, ambos medicamentos haviam sido usados. Então Jack encontrou algo que o fez ter certeza de que eram, sim, daquela época. Ele encontrou um pequeno frasco de amostra grátis do antidepressivo Zoloft, com o nome de Patience Stanhope e a notação #6: uma pílula antes de dormir. Jack abriu o frasco e deu uma olhada nos cinco tabletes de um azul pálido. Recolocando a tampa, devolveu o frasco ao lugar. Em seguida, ergueu contra a luz as ampolas de atropina e epinefrina. Ambas estavam vazias.

Ouvindo o que pensou serem passos descendo os degraus, Jack sentiu uma pontada de culpa por bisbilhotar a propriedade alheia, mesmo sendo apenas uma maleta de médico. Era uma clara violação da confiança concedida a ele como hóspede. Sentindo um pouco de pânico, rapidamente guardou as ampolas, fechou a maleta, saltou de volta para a poltrona de leitura e puxou o arquivo do caso para o colo.

Foi na hora certa. Craig entrou no escritório logo depois, com passos arrastados. Vestia um roupão e calçava pantufas abertas na parte detrás. Aproximou-se e se sentou na outra poltrona de leitura.

— Espero não estar atrapalhando — disse ele.

— Deixe de bobeira — falou Jack.

Ele não deixou de notar que a voz de Craig estava monocórdica, ao contrário de quando ele se retirara para dormir, e quando ele entrou, seus braços pareciam pender frouxamente em seus flancos, como se estivessem paralisados. Estava mais do que claro que o homem já tinha tomado seu sonífero e que não economizara na dose.

— Eu só queria agradecer por você vir até Boston. Sei que não fui um grande anfitrião ontem à noite e hoje de manhã.

— Sem problemas. Tenho uma boa ideia de como deve ser passar por isso.

— Eu também queria dizer que, depois de pensar mais um pouco, eu apoio a ideia da necropsia.

— Então temos uma unanimidade. Agora, depois de convencer todo mundo, só posso torcer para que eu consiga realizá-la.

— Bom, agradeço seus esforços. — Craig lutou para ficar de pé e vacilou antes de recuperar o equilíbrio.

— Eu dei uma olhada na sua maleta — disse Jack, para limpar a consciência. — Espero que você não se importe.

— Claro que não. Você precisa de alguma coisa? Na época em que eu estava fazendo muitas visitas, juntei uma pequena farmácia.

— Não. Eu estava curioso para ver o kit de biomarcadores para ataques cardíacos. Eu nem sabia que isso existia.

— É difícil se manter informado sobre todas as inovações tecnológicas. Boa noite.

— Boa noite — disse Jack.

De onde estava sentado, ele podia ver o longo corredor pelo qual Craig andava com passos pesados, em direção à escada. Os movimentos dele eram os de um zumbi. Pela primeira vez, Jack começou a sentir pena do homem.

10

NEWTON, MASSACHUSETTS

QUARTA-FEIRA, 7 DE JUNHO, 2006

6H15

A rotina matinal foi tão caótica quanto a da manhã anterior, incluindo outra discussão entre Meghan e Christina sobre alguma peça de roupa. Jack nunca ficou sabendo os detalhes, mas a situação havia se invertido. Agora era Meghan quem negava alguma coisa a Christina, o que resultou nesta correndo de volta para o andar de cima, aos prantos.

Alexis era a única que agia normalmente. Era como se ela fosse a cola que mantinha a família reunida. Craig estava sonolento e falou pouco, parecia que ainda sob os efeitos do uísque combinado ao sonífero.

Depois que as crianças saíram para a escola, Alexis disse a Jack.

— O que você quer fazer quanto ao transporte? Quer vir conosco ou ir no próprio carro?

— Tenho que ir dirigindo. Minha primeira parada será a funerária Langley-Peerson. Tenho de levar os papéis assinados para dar início ao processo de exumação.

O que ele não disse é que esperava jogar um pouco de basquete no fim da tarde.

— Então, nos vemos no tribunal?

— Essa é minha intenção — disse Jack, embora ele acalentasse um fio de esperança de que Harold Langley operasse um milagre e tirasse Patience Stanhope de seu local de descanso eterno naquela manhã mesmo.

Se isso fosse possível, então Jack poderia fazer a necropsia, ter em mãos o resultado naquela tarde, apresentá-los a Craig e Alexis e pegar a ponte aérea para Nova York. Isso daria a ele a quinta-feira para resolver algumas coisas em seu escritório antes da lua de mel, que começaria na manhã de sábado. Também lhe daria a oportunidade de pegar as passagens e os vouchers do hotel.

Jack saiu antes de Alexis e Craig. Entrou no carro alugado e foi na direção da via expressa, a Massachusetts Turnpike. Ele presumira que, já tendo visitado a funerária Langley-Peerson, seria fácil encontrá-la de novo. Infelizmente, estava errado. Passou quarenta irritantes minutos ao volante para cobrir cerca de 8 quilômetros em linha reta.

Resmungando obscenidades para si mesmo sobre aquela experiência estressante, Jack conseguiu enfim alcançar o estacionamento da funerária. Estava mais cheio do que no dia anterior, forçando Jack a parar bem no fundo. Quando chegou à frente do prédio, havia pessoas esperando no alpendre. Foi então que ele percebeu que um funeral devia estar prestes a começar. Suas suspeitas foram confirmadas quando entrou no vestíbulo. Na sala de velório, à direita, algumas pessoas se apressavam, arrumando flores e desdobrando cadeiras adicionais. Sobre o catafalco, estava um caixão aberto, com o ocupante descansando confortavelmente. A mesma trilha sonora etérea do dia anterior inundava o lugar.

— Se importaria de assinar o livro? — perguntou um homem, numa voz tranquila e solidária.

Em vários sentidos, era uma versão significativamente mais pesada de Harold Langley.

— Estou procurando pelo agente funerário.

— Eu sou o agente funerário. Sr. Locke Peerson, ao seu dispor.

Jack disse que procurava pelo Sr. Langley e foi orientado de novo ao escritório de Harold. Ele encontrou o homem sentado em sua mesa.

— O atual Sr. Stanhope assinou a autorização — disse Jack, sem desperdiçar tempo com amabilidades, e lhe entregou o formulário. — Agora é uma questão de extrema urgência trazer o corpo para cá, para sua sala de embalsamamento.

— Nós temos um funeral esta manhã — disse Harold. — Depois disso, me dedicarei ao assunto.

— Você vê alguma chance de a exumação acontecer hoje? Estamos realmente trabalhando com um prazo muito curto.

— Dr. Stapleton, não se lembra de que a cidade, a empresa responsável pelo jazigo, o operador da retroescavadeira e o cemitério, todos estão envolvidos nesse processo? Em circunstâncias normais, o prazo seria de no mínimo uma semana.

— Não pode ser uma semana — declarou Jack enfaticamente. — Tem de ser hoje, ou no máximo amanhã.

Jack teve um arrepio ao pensar nas implicações de ter de esperar até quinta-feira e se perguntou o que poderia dizer a Laurie.

— Isso é impossível.

— Quem sabe um extra de 500 dólares, além de seu preço de praxe, para compensar os inconvenientes.

Jack ficou olhando o rosto de Harold. Ele tinha uma falta de mobilidade quase parkinsoniana, e um par de lábios estreitos que o faziam lembrar os de Randolph.

— Tudo o que posso dizer é que me esforçarei ao máximo. Não posso prometer nada.

— Não posso pedir nada além disso — disse Jack, enquanto dava um de seus cartões a Harold. — Aliás, você tem alguma ideia do provável estado do corpo?

— Certamente — respondeu Harold enfaticamente. — O corpo estará em perfeitas condições. Foi embalsamado com nosso cuidado habitual, e o caixão é um Perpetual Repose, top de linha, sob um jazigo de cimento de qualidade.

— E quanto ao local da sepultura: muita água?

— Nenhuma. Está no topo da colina. O primeiro Sr. Stanhope a escolheu para a família.

— Telefone assim que souber de alguma coisa.

— Sem a menor sombra de dúvida.

Enquanto Jack deixava a funerária, as pessoas no alpendre haviam começado a se dirigir sombriamente para dentro da construção. Jack entrou no carro e consultou o novo mapa, melhoria de Alexis, que riu quando soube que ele estava tentando circular pela cidade com o mapa que recebera da locadora de automóveis. O próximo destino de Jack era novamente o IML.

Graças ao trânsito bem menos engarrafado, Jack conseguiu fazer a jornada num tempo relativamente curto.

A recepcionista lembrava-se dele. Disse que a Dra. Wylies com certeza estava na sala de necropsias e tomou a iniciativa de ligar lá para baixo e falar com ela. O resultado foi que um técnico subiu à recepção e acompanhou Jack até a antecâmara da sala de necropsias. Dois homens à paisana estavam zanzando por lá; um era afro-americano, o outro caucasiano. O caucasiano era um irlandês grande e de cara vermelha. Os demais usavam macacões de proteção Tyvek. Jack ficou sabendo, alguns minutos depois, que os homens eram detetives interessados no caso do qual Latasha Wylie estava encarregada.

Jack recebeu uma muda das roupas especiais e, depois de vesti-las, entrou na sala de necropsia. Como o resto do prédio, o cômodo tinha todos os equipamentos mais avançados e fazia a sala de Nova York parecer um anacronismo. Havia cinco mesas, três das quais estavam sendo utilizadas. Latasha estava na mais distante e acenou para que ele se aproximasse.

— Estou quase acabando — disse ela, por trás de sua máscara de plástico. — Imaginei que você gostaria de dar uma olhada.

— O que temos aqui? — perguntou Jack. Sua curiosidade nunca tirava folga.

— É uma mulher de 59 anos, encontrada morta no quarto, depois de receber a visita de um homem que conheceu pela internet. O quarto dela estava caótico, indicando que houve luta, com a mesa de cabeceira de ponta-cabeça e o abajur quebrado. Os dois detetives esperando na área de vestir estão trabalhando com a hipótese de homicídio. A mulher tinha um corte profundo na testa, perto da linha do cabelo.

Latasha puxou o escalpo da mulher de sobre o crânio em direção ao rosto, para ter acesso ao cérebro. Jack curvou-se para olhar a laceração. Era redonda e côncava, como se fosse de um martelo.

Ela então descreveu como conseguira reconstituir o que acabou se revelando um acidente, e não homicídio. A mulher havia escorregado em um pequeno capacho sobre o chão de madeira polida e colidido com a mesa de cabeceira, batendo a testa no remate do abajur, com toda a força de seu peso. O caso acabou se mostrando um exemplo de como o conhecimento do lugar do ocorrido era importante. Pelo visto, o remate do abajur era uma haste bastante alta, terminando em um disco achatado que se assemelhava à cabeça de um martelo.

Jack estava impressionado e mencionou isso a Latasha.

— Tudo em um só dia de trabalho — disse ela. — O que posso fazer por você?

— Quero aceitar sua oferta de equipamentos para a necropsia. Parece que vamos levá-la adiante, contanto que consigam desenterrar o corpo rápido. Vou realizá-la na funerária Langley-Peerson.

— Se por acaso a necropsia for realizada depois do meu expediente, eu estaria disposta a ajudar e poderia levar uma serra de osso.

— É mesmo? — perguntou Jack. Ele não esperava tanta generosidade. — Eu ficaria feliz em ter sua ajuda.

— Parece ser um caso intrigante. Deixe-me apresentá-lo ao nosso chefe, o Dr. Kevin Carson.

O chefe, que estava trabalhando na mesa número um, era um sujeito alto, bastante magro e simpático, com um sotaque sulista. Disse que era amigo do chefe de Jack, o Dr. Harold Bingham, e também que Latasha havia lhe contado sobre o que Jack estava tentando fazer. Ele apoiava a oferta de ajuda com as amostras e a toxicologia, caso fosse necessário. Acrescentou que eles ainda não possuíam um laboratório de toxicologia próprio, mas tinham acesso às excelentes instalações da universidade, que funcionavam em tempo integral.

— Diga a Harold que mandei um alô! — exclamou Kevin, antes de voltar ao trabalho.

— Vou dizer, sim — respondeu Jack, embora o homem já estivesse recurvado sobre o cadáver à frente dele. — E obrigado pela ajuda.

Enquanto Jack e Latasha saíam para a antecâmara, ele comentou.

— Parece um chefe legal.

— Ele é muito agradável — concordou Latasha.

Quinze minutos depois, Jack guardou uma caixa de equipamentos para a necropsia no porta-malas de seu Accent, empurrando suas roupas de basquete para o lado. Ele também colocou o cartão de Latasha, com o número do celular dela, em sua carteira, antes de se sentar ao volante.

Embora Alexis houvesse sugerido outro estacionamento perto do Faneuil Hall, Jack gostou de voltar ao que ficava embaixo do Boston Common, mais fácil de achar. Ele também apreciou a caminhada ao redor do Massachusetts State House.

Entrando no tribunal, Jack tentou fazer com que a porta se fechasse o mais silenciosamente possível atrás de si. Naquele momento, o meirinho estava cuidando do juramento de uma testemunha. Jack ouviu o nome; era o Dr. Herman Brown.

De pé, próximo à porta, Jack esquadrinhou o lugar. Ele viu a parte de trás das cabeças de Craig e Jordan, e também a de seus advogados e assistentes. Os jurados pareciam tão entediados quanto no dia anterior; o juiz, por sua vez, parecia preocupado. Ele estava remexendo em alguns papéis, dando uma olhada neles e os reorganizando, como se estivesse sozinho no tribunal.

Os olhos de Jack examinaram os espectadores e na mesma hora se fixaram nos de Franco. À distância, as órbitas oculares de Franco pareciam buracos negros indistintos, sob sua testa de neandertal.

Jack não achou sensato fazer aquilo, mas mesmo assim sorriu e acenou. Sabia que era idiotice, que aquilo serviria para provocar o homem, mas Jack não conseguiu se conter. Era uma recaída em sua mentalidade aventureira, a qual havia adotado durante vários anos, como um mecanismo juvenil para lidar com a culpa que sentia por ser o único de sua família a estar vivo. Jack pensou ter visto certa tensão em Franco, mas não podia ter certeza. O homem continuou a olhá-lo carrancudo por vários segundos, mas então desviou o olhar quando seu chefe arrastou a cadeira, levantando-se da mesa da acusação e indo em direção à tribuna.

Censurando-se por provocar deliberadamente o sujeito, Jack pensou em comprar spray de pimenta. Caso houvesse um segundo confronto, não tinha intenção de trocar sopapos de novo. A diferença de tamanho entre os dois tornava a briga injusta.

Jack voltou a passar os olhos pelos espectadores. Mais uma vez, ficou impressionado com a quantidade de pessoas. Ele se perguntou quantos deles eram os proverbiais viciados em julgamentos, que sentiam uma excitação indireta ao ver os outros recebendo a punição merecida, em especial os ricos e poderosos. Sendo um médico bem-sucedido, Craig era um bom alvo.

Finalmente, Jack viu Alexis. Ela estava sentada na primeira fileira oposta à parede, perto dos jurados. Ao lado dela, parecia haver um dos poucos assentos vagos. Jack caminhou até a barra do tribunal e então, pedindo licença, entrou na fileira. Alexis o viu chegando e tirou seus pertences do caminho, para dar-lhe espaço. Jack deu um leve aperto no ombro da irmã antes de sentar-se.

— Teve sorte? — sussurrou Alexis.

— Algum progresso, espero, mas agora não está mais em minhas mãos. O que aconteceu por aqui?

— Temo que mais do mesmo. O início foi lento, porque o juiz teve de lidar com algumas coisas jurídicas que eu não entendo. A primeira testemunha foi a Dra. Noelle Everette.

— Não pode ter sido bom.

— Não foi. Ela passou a impressão de ser uma profissional maravilhosamente capacitada, atenciosa e sensível, com o benefício extra de que é da comunidade de Boston e participou da tentativa de ressuscitação. Tony foi bem, infelizmente. O jeito que a interrogou e o jeito dela de responder prendeu a atenção dos jurados. Eu vi três donas de casa concordando com a cabeça em certo ponto, o que não é um bom sinal. Em sua essência, o testemunho dela foi o mesmo do Dr. William Tardoff, mas, na minha opinião, mais eficiente. Ela passa a impressão de ser aquela médica que todos gostariam de ter.

— E como se saiu Randolph, na vez dele?

— Não tão eficiente quanto foi com o Dr. Tardoff, mas não vejo como poderia ter sido melhor, levando em conta a ótima impressão causada pela Dra. Everette. Senti como se ele apenas quisesse tirá-la do banco das testemunhas o mais rápido possível.

— Talvez fosse a melhor tática — disse Jack. — A questão da medicina concierge foi trazida à baila?

— Ah, sim. Randolph tentou protestar, mas o juiz Davidson não está colocando qualquer empecilho.

— A questão da cianose foi levantada?

— Não. Por que pergunta?

— Isso continua sendo uma pulga atrás da minha orelha. Será uma das coisas nas quais mais prestarei atenção quando e se eu fizer a necropsia.

Um sexto sentido fez com que Jack se virasse e olhasse para Franco, do outro lado da sala. O homem estava de novo olhando enfezado para Jack, com uma expressão que variava entre uma carranca e um sorriso cruel. Mas nem tudo era ruim: do ângulo de Jack, podia ver que o lado esquerdo do rosto de Franco estava tão vermelho quanto o seu. Até aquele momento, as coisas estavam aparentemente em pé de igualdade.

Recostando-se no banco de carvalho, duro feito pedra, Jack voltou sua atenção para o julgamento. Tony estava na tribuna, enquanto o Dr. Herman Brown ocupava o banco de testemunhas. Logo em frente ao banco, os dedos do escrevente batucavam sem parar as teclas da pequena máquina, criando um registro textual do que se dizia. Tony fazia com que a testemunha contasse sobre suas impressionantes credenciais acadêmicas e clínicas, e aquilo já se estendia por um quarto de hora. Como chefe de cardiologia do hospital Boston Memorial, ele também ocupava o comando do Departamento de Cardiologia da Faculdade de Medicina de Harvard.

Randolph levantara-se em várias ocasiões, propondo que todos concordassem que a testemunha tinha qualificações para depor na condição de especialista, de modo a economizar tempo, mas Tony persistira. Ele tentava impressionar o júri e estava conseguindo. Tornou-se cada vez mais evidente para todos que seria difícil encontrar uma testemunha mais qualificada em cardiologia, ou mesmo uma que possuísse uma qualificação equivalente. A aparência e o porte do homem só contribuíam de forma positiva para sua imagem. Havia nele uma aura da velha aristocracia de Boston, semelhante à de Randolph, mas sem a leve insinuação de desprezo e condescendência. Ao invés de frio e distante, ele parecia afável e gentil: o tipo de pessoa que sairia do próprio caminho para colocar de volta no ninho um filhote de passarinho caído ao chão. Seu cabelo bem-penteado era de um branco típico de avô, mas sua postura, ereta. As roupas, bonitas, mas não exageradamente elegantes, passavam a impressão de serem confortáveis e amaciadas pelo uso. Ele usava uma gravata-borboleta de lã estampada. Havia até mesmo um leve toque de autodepreciação, uma vez que Tony teve de se esforçar para fazer com que o homem admitisse, relutante, suas realizações e os prêmios que recebera.

— Por que esse titã da medicina está testemunhando para a acusação em um julgamento de imperícia? — sussurrou Jack para Alexis, mais como uma pergunta retórica.

Ele começou a se perguntar se o motivo tinha algo a ver com o comentário inesperado de Noelle Everette sobre a medicina concierge, quando ela dissera, "alguns de nós, médicos da velha guarda, estamos irritados com os médicos concierge". Talvez o Dr. Brown fizesse parte daquele grupo porque o conceito da medicina concierge era um insulto ao novo profissionalismo que a academia estava tentando adotar, e mais do que qualquer outra pessoa no julgamento, o Dr. Herman Brown representava a academia.

— Dr. Brown — disse Tony Fasano, agarrando as laterais da tribuna com seus dedos grossos e curtos. — Antes de passarmos à infeliz e evitável morte de Patience Stanhope...

— Protesto — interrompeu-o Randolph, enfaticamente. — Não existe confirmação de que a morte da Sra. Stanhope fosse evitável.

— Aceito! — disse o juiz Davidson. — Reformule!

— Antes de passarmos à infeliz morte de Patience Stanhope, gostaria de lhe perguntar se o senhor já teve contato com o réu, o Dr. Craig Bowman.

— Sim.

— Poderia explicar a natureza desse contato para o júri?

— Protesto, Meritíssimo — exclamou Randolph com exasperação. — Irrelevante. Ou, se for relevante de alguma maneira insondável, então eu protesto contra o Dr. Brown como testemunha especialista, por parcialidade.

— Advogados, aproximem-se, por favor — disse o juiz Davidson.

Tony e Randolph, obedientes, se agruparam ao lado da bancada do juiz.

— Eu vou ficar muito irritado se tivermos uma repetição do que houve na segunda-feira — disse o juiz. — Ambos são advogados experientes. Comportem-se como tais: vocês dois conhecem as regras. Quanto ao problema em questão: Sr. Fasano, devo presumir que o senhor tem uma justificativa relevante para o rumo atual de suas perguntas?

— Certamente, Meritíssimo. O centro do caso da acusação gira em torno da atitude do Dr. Craig Bowman para com seus pacientes em geral e para com Patience Stanhope em particular. Eu chamo a atenção da corte para a classificação desdenhosa de "PP". O Dr. Brown tem a capacidade de fornecer alguns esclarecimentos sobre o desenvolvimento dessas características durante o terceiro ano da faculdade de medicina do Dr. Bowman, um período crítico, e durante seu treinamento na residência. Testemunhos subsequentes vão relacioná-los diretamente ao caso de Patience Stanhope.

— Está bem! Vou permitir que prossiga — disse o juiz Davidson. — Mas quero que essa conexão seja feita logo, de modo a estabelecer sua relevância. Estou sendo claro?

— Perfeitamente claro, Meritíssimo — respondeu Tony, incapaz de conter um pequeno sorriso de satisfação.

— Não fique com essa cara de aflição — disse o juiz Davidson a Randolph. — Seu protesto foi registrado. Minha visão, contanto que o Sr. Fasano esteja sendo completamente honesto sobre a relevância, é que o valor probatório irá se sobrepor ao lesivo. Admito que é uma decisão subjetiva, mas é por isso que estou aqui. Em compensação, garantirei à defesa grande leniência na reinquirição. Quanto à questão da tendenciosidade, houve ampla oportunidade de determinar isso durante a fase de instrução, e não aconteceu. Mas a questão pode ser explorada na reinquirição.

"E eu quero que apressem o passo. Reservei esta semana para o julgamento, e já estamos na quarta-feira. Pelo bem dos jurados e de minha agenda, desejo concluir na sexta-feira, a menos que hajam circunstâncias particularmente atenuantes."

Ambos advogados assentiram. Randolph voltou ao assento na mesa da defesa enquanto Tony retornava à tribuna.

— Protesto negado — disse o juiz Davidson. — Prossiga.

— Dr. Brown — continuou Tony, depois de pigarrear. — Poderia dizer ao júri a natureza de seu contato com o Dr. Craig Bowman?

— Meu primeiro contato foi como seu preceptor, no hospital Boston Memorial, nas visitas dele como interno, durante o terceiro ano do Dr. Bowman na faculdade de medicina.

— Poderia explicar o que isso significa, considerando que ninguém nesse ótimo júri fez faculdade de medicina? — Tony fez um gesto abrangendo os jurados, alguns dos quais assentiram em concordância.

Todos prestavam muita atenção, exceto pelo assistente de encanador, que só tinha olhos para as próprias unhas.

— A visita da clínica é a mais importante e a mais exigente durante o terceiro ano de clínica médica, e talvez de todos os quatro anos. É a primeira vez que os estudantes têm contato prolongado com os pacientes, desde a internação até que recebam alta, e eles participam do diagnóstico e do tratamento, sob observação e supervisão estritas do médico-residente da casa e do preceptor.

— Esse grupo que incluía o Dr. Bowman era grande ou pequeno?

— Um grupo pequeno: seis estudantes, para ser mais exato. O treinamento é intenso.

— Então você, como preceptor, tem contato regular com os estudantes?

— Todos os dias.

— Isso torna possível observar o desempenho geral de cada um.

— Isso mesmo. É uma época crucial na vida do estudante e marca o início da transformação do indivíduo em médico.

— Então, as atitudes que são observadas ou se desenvolvem são importantes?

— Extremamente importantes.

— E como você avalia sua responsabilidade como preceptor no tocante às atitudes?

— Mais uma vez, extremamente importante. Como preceptores, temos de equilibrar as atitudes explícitas para com os pacientes recomendadas pela faculdade de medicina com as atitudes implícitas muitas vezes exibidas pelos funcionários exaustos e estressados.

— E são diferentes? — perguntou Tony, com um ceticismo exagerado. — Poderia explicar a diferença?

— A quantidade de conhecimento que os internos precisam assimilar e não esquecer é descomunal e cresce a cada ano. Como eles são muito pressionados, podem às vezes esquecer os aspectos humanísticos fundamentais do que estão fazendo e que formam a base do profissionalismo. Existem também mecanismos de defesa diante do sofrimento, da morte e do morrer que não são saudáveis.

Tony balançou a cabeça, perplexo.

— Deixe ver se entendi bem. Simplificando, pode haver uma tendência da parte dos internos a menosprezar a pessoa humana, assim como quem não consegue mais ver as árvores porque presta atenção demais à floresta.

— Suponho que sim — disse o Dr. Brown. — Mas é importante não trivializar a questão.

— Vamos tentar — falou Tony com uma espécie de risadinha, o que gerou alguns sorrisos tímidos entre os jurados. — Agora, voltemos ao réu, o Dr. Craig Bowman. Como ele se saiu durante o período de clínica médica no terceiro ano?

— Em geral, excelente. No grupo de seis estudantes, ele era de longe o mais culto e o mais preparado. Muitas vezes me impressionei com o poder dele de lembrar-se das coisas. Lembro de uma ocasião perguntar a ele qual era o valor de nitrogênio ureico sanguíneo de um paciente.

— É um teste de laboratório? — perguntou Tony.

— Sim. A pergunta era mais retórica, para enfatizar que o conhecimento da função renal era essencial no tratamento da doença do paciente. O Dr. Bowman recitou a informação de memória, sem hesitar, o que me deixou em dúvida se ele não a teria inventado, um truque frequente dos estudantes de medicina para encobrir o despreparo. Mais tarde, fui verificar. A informação era exata.

— Então o Dr. Bowman recebeu uma boa nota no curso.

— Sim, um A.

— Mas ainda assim, você fez uma ressalva à excelência dele, dizendo "em geral, excelente".

— Sim.

— Pode nos dizer por quê?

— Eu tinha uma sensação incômoda, que senti novamente enquanto o supervisionava quando era residente no Boston Memorial.

— E qual era essa sensação?

— Eu tinha a impressão de que a personalidade dele...

— Protesto! — gritou Randolph. — Infundado: a testemunha não é psiquiatra ou psicólogo.

— Negado — disse o juiz Davidson. — Como médico, a testemunha teve contato com esses campos, a quantidade do qual pode ser questionada pela defesa na reinquirição. A testemunha pode prosseguir.

— Minha impressão era de que a sede de sucesso do Dr. Bowman e o tratamento de celebridade que ele dedicava ao residente-chefe o faziam ver os pacientes como um meio de competir. Ele, por vontade própria, procurava os pacientes mais difíceis, de modo que suas apresentações fossem, intelectualmente, as mais interessantes, e conseguissem a maior aclamação possível.

— Em outras palavras, era sua impressão que o Dr. Bowman via os pacientes como um degrau para avançar na carreira?

— Essencialmente, sim.

— E esse tipo de atitude não é consistente com o conceito atual de profissionalismo?

— Correto.

— Obrigado, doutor — disse Tony.

Ele fez uma pausa e olhou de um jurado para outro, fazendo contato visual com cada um deles, deixando que o testemunho fizesse efeito.

Jack inclinou-se na direção de Alexis e sussurrou:

— Agora entendo o que você disse sobre Tony Fasano; esse cara é bom. Agora ele está colocando a medicina acadêmica e sua competitividade inerente em julgamento, junto com a medicina concierge.

— O que me incomoda é que ele está transformando os sucessos de Craig em uma deficiência, se antecipando à tentativa de Randolph de fazer o contrário.

Quando Tony reiniciou as perguntas, concentrou-se no caso de Patience Stanhope com veemência. Logo, fez com que o Dr. Brown testemunhasse sobre como era importante dar início o mais cedo possível ao tratamento das vítimas de ataque cardíaco, e que, pelo que vira nos registros do caso, as chances de sobrevivência de Patience Stanhope haviam diminuído substancialmente devido ao atraso de Craig em confirmar o diagnóstico.

— Só mais algumas perguntas, Dr. Brown — acrescentou Tony. — Você conhece o Dr. William Tardoff?

— Sim, conheço.

— Você sabe que ele se formou na Universidade de Boston?

— Sei.

— E o senhor conhece também a Dra. Noelle Everette e sabe que ela se formou na Tufts?

— Sim.

— É surpreendente para o senhor que três especialistas em cardiologia das três faculdades de medicina de prestígio de nossa região concordem que o Dr. Craig Bowman não cumpriu o padrão de conduta no caso de Patience Stanhope?

— Não surpreende. Apenas demonstra a unanimidade sobre a questão da necessidade de tratamento rápido para vítimas de ataque cardíaco

— Obrigado, doutor. Sem mais perguntas.

Tony pegou seus papéis na tribuna e voltou à mesa da acusação. Tanto sua assistente quanto Jordan parabenizaram seu desempenho com tapinhas no braço dele.

Randolph lentamente ergueu-se em toda a sua imponente altura e aproximou-se da tribuna. Ele ajustou o paletó e pôs um de seus sapatos adornados e pesados, de solas grossas, sobre a barra metálica.

— Dr. Brown — começou —, concordo que haja unanimidade quanto à necessidade de se tratar as vítimas de ataques cardíacos o mais rápido possível, em um hospital com os equipamentos apropriados. No entanto, essa não e a questão que está sendo julgada. A questão é se o Dr. Bowman cumpriu ou não o padrão de conduta.

— Insistir em ir até a residência dos Stanhope em vez de ir encontrar a vítima no hospital causou um atraso.

— Mas antes da chegada do Dr. Bowman à residência dos Stanhope, não havia um diagnóstico definitivo.

— De acordo com o depoimento do querelante, o Dr. Bowman disse a ele que sua esposa estava tendo um ataque cardíaco.

— Esse foi o testemunho do querelante — disse Randolph —, mas o testemunho do réu foi de que ele disse especificamente que a possibilidade de um ataque cardíaco precisava ser levada em consideração. Ele não disse categoricamente que Patience Stanhope estava sofrendo o que vocês, médicos, chamam de infarto do miocárdio. Caso não houvesse um ataque cardíaco, não teria ocorrido um atraso. Isso não é verdade?

— Isso é verdade, mas ela teve um ataque cardíaco. Isso foi documentado. Nos registros, consta também que o resultado do teste ergométrico foi duvidoso.

— Mas o que estou dizendo é que o Dr. Bowman não sabia com certeza que Patience Stanhope tivera um infarto — disse Randolph. — E ele vai testemunhar isso neste tribunal. Mas voltemos nossa atenção ao seu testemunho anterior sobre a faculdade de medicina. Deixe-me perguntar se o senhor tirou um A no seu terceiro ano, na clínica médica.

— Sim, tirei.

— Seus colegas sob a tutela do preceptor... Todos eles tiraram A?

— Não, não tiraram.

— E todos queriam tirar A?

— Suponho que sim.

— Como se entra na faculdade de medicina? Você precisa tirar As rotineiramente no seu currículo pré-medicina?

— É claro.

— E como se consegue chegar às residências mais cobiçadas, como a do Boston Memorial?

— Tirando As.

— Não seria hipócrita da parte dos acadêmicos condenar a competição como desumana e ainda assim basear todo o sistema nela?

— As duas coisas não têm de ser mutuamente excludentes.

— Talvez não no mundo ideal, mas a realidade é outra coisa. A competição não gera compaixão em campo algum. Como o senhor eloquentemente testemunhou, os estudantes de medicina devem absorver uma quantidade atordoante de informações, e a capacidade de absorção é o critério para as notas. E mais uma pergunta a esse respeito: em sua experiência, tanto como estudante quanto como preceptor, existe competição pelos pacientes, cito, "mais interessantes", em vez das doenças de rotina?

— Acho que sim.

— E isso é porque as apresentações desses casos conseguem os maiores aplausos?

— Suponho que sim.

— O que sugere que todos os estudantes, mas em especial os melhores estudantes, até um certo ponto usam os pacientes tanto para aprender quando para avançar em suas carreiras.

— Talvez.

— Obrigado, doutor — disse Randolph. — Agora, voltemos à questão das consultas em domicílio. Qual é sua impressão profissional quanto a elas?

— Elas são de valor limitado. Não se tem acesso às ferramentas que são necessárias para a prática da medicina do século XXI.

— Então os médicos em geral não são a favor das consultas em domicílio. O senhor concordaria?

— Sim. Além da falta de equipamentos, representam uma utilização inapropriada dos recursos, pois se perde muito tempo indo e vindo da casa do paciente. No mesmo período, um número muito maior de pacientes poderia ser atendido.

— Então, é ineficiente.

— Sim, pode-se dizer isso.

— Qual é a opinião dos pacientes sobre as consultas em domicílio?

— Protesto! — gritou Tony, quase se levantando da cadeira. — Testemunho indireto.

O juiz Davidson tirou seus óculos de leitura com um puxão e lançou um olhar de ceticismo irritado para Tony.

— Negado! — disse ele. — Como um paciente, coisa que todos somos em algum ponto de nossas vidas, o Dr. Brown estaria falando com base em sua própria experiência. Prossiga.

— Gostaria que eu repetisse minha pergunta? — perguntou Randolph.

— Não — respondeu o Dr. Brown e hesitou. — Os pacientes em geral gostam das consultas domiciliares.

— Qual o senhor acha que era a opinião de Patience Stanhope sobre as consultas em domicílio?

— Protesto! — disse Tony, levantando-se novamente. — Especulativo. Não há como a testemunha saber a opinião da falecida sobre as consultas em domicílio.

— Aceito! — disse o juiz Davidson, com um suspiro.

— Presumo que o senhor tenha lido os prontuários médicos que foram fornecidos à acusação.

— Sim, eu os li.

— Então o senhor sabe que o Dr. Bowman fez muitas viagens para atender Patience Stanhope em casa antes da noite em questão, muitas vezes no meio da noite. Na leitura desses prontuários, qual era o diagnóstico mais comum nessas visitas?

— Reação de ansiedade se manifestando, na maior parte das vezes, através de queixas gastrointestinais.

— E o tratamento?

— Sintomático e placebo.

— Alguma menção de dor?

— Sim.

— Onde era a dor?

— Na maioria das vezes, no baixo-ventre, mas ocasionalmente na região mesoepigástrica.

— A dor nessa segunda localização mencionada é às vezes relatada como dor no peito. Correto?

— Sim, isso é correto.

— A partir de sua leitura dos prontuários, o senhor diria que Patience Stanhope exibia pelo menos alguns indícios de hipocondria?

— Protesto! — gritou Tony, mas continuou em sua cadeira. — A hipocondria jamais é mencionada nos registros.

— Negado! — interveio o juiz Davidson. — A corte gostaria de lembrar ao advogado de acusação que a testemunha é um especialista médico de sua escolha.

— Da leitura dos registros, eu creio que seria uma suposição segura dizer que alguns elementos de hipocondria estavam presentes.

— O fato de que o Dr. Bowman fez repetidas visitas domiciliares, as quais, de acordo com o senhor, a maioria dos médicos condena, muitas vezes no meio da noite, à casa de uma senhora claramente hipocondríaca, diz algo ao senhor, como médico, sobre a atitude e a compaixão do Dr. Bowman para com seus pacientes?

— Não, não diz.

Randolph endureceu, surpreso, e suas sobrancelhas se ergueram.

— Sua resposta afronta a razão. Pode explicar?

— É o meu entendimento que as consultas domiciliares são um dos direitos que os pacientes esperam quando pagam altos valores em adiantamento, às vezes chegando ao nível de 20 mil dólares por ano, para fazer parte de um consultório de medicina concierge. Sob tais circunstâncias, não é possível dizer que o fato de o Dr. Bowman fazer visitas domiciliares necessariamente indique caridade ou altruísmo.

— Mas é possível.

— Sim, é possível.

— Diga-me, Dr. Brown, o senhor tem algo contra a medicina concierge?

— É claro que tenho algo contra a medicina concierge — esbravejou o Dr. Brown.

Até aquele momento, ele havia mantido uma neutralidade fria, não muito diferente da de Randolph. Estava claro que as perguntas de Randolph haviam mexido com ele.

— O senhor pode dizer à corte por que tem uma opinião tão forte?

O Dr. Brown respirou fundo, para se acalmar.

— A medicina concierge é um insulto a um dos três princípios básicos do profissionalismo médico.

— Talvez o senhor queira explicar com mais detalhes.

— É claro — disse o Dr. Brown, voltando ao seu profissionalismo costumeiro. — Além do bem-estar e da autonomia do paciente, o princípio da justiça social é um fundamento essencial do profissionalismo médico do século XXI. A prática da medicina concierge vai totalmente contra a tentativa de eliminar a discriminação no sistema de saúde, que é a questão básica da justiça social.

— O senhor acredita que sua forte opinião a esse respeito pode comprometer sua capacidade de ser imparcial a respeito do Dr. Bowman?

— Não acredito.

— Talvez o senhor pudesse nos dizer o motivo, visto que, para usar de suas palavras, isso é "um insulto" à razão.

— Sendo um médico bem-informado, o Dr. Bowman sabe que os sintomas que as mulheres experimentam com o infarto do miocárdio não são os mesmos sintomas clássicos entre os homens. Assim que ocorrer a um médico a possibilidade de um ataque cardíaco em uma mulher, especialmente em uma que já passou da menopausa, ele deve agir como se o ataque cardíaco fosse um fato, até que seja provado o contrário. Existe um paralelo na pediatria: se a possibilidade de uma meningite ocorre a um médico com um paciente pediátrico, o médico é obrigado a proceder como se houvesse meningite e realizar uma punção lombar. O mesmo vale para uma mulher e um possível ataque cardíaco. O Dr. Bowman suspeitou de um ataque cardíaco e deveria ter agido de acordo com sua suspeita.

— Dr. Brown — continuou Randolph —, muitas vezes diz-se que a medicina se assemelha mais a uma arte do que a uma ciência. Pode-nos dizer o que isso significa?

— Significa que as informações factuais não bastam. Um médico precisa usar também seu discernimento, e como esse não é um campo objetivo que possa ser estudado, é chamado uma arte.

— Então, o conhecimento médico científico tem seus limites.

— Correto. Não existem dois seres humanos exatamente iguais, nem mesmo gêmeos idênticos.

— O senhor diria que a situação que o Dr. Bowman teve de enfrentar na noite de 8 de setembro de 2005, quando foi chamado para examinar pela segunda vez no mesmo dia uma mulher que ele sabia ser uma hipocondríaca, exigia uma grande medida de discernimento?

— Todas as situações médicas exigem discernimento.

— Estou perguntando especificamente sobre a noite em questão.

— Sim. Teria exigido uma grande medida de discernimento.

— Obrigado, doutor — disse Randolph, reunindo suas anotações. — Sem mais perguntas.

— A testemunha está liberada — disse o juiz Davidson e, voltando-se aos jurados, acrescentou: — Estamos perto do meio-dia, e acho que um belo almoço faria bem a vocês. Eu sei que fará a mim. Lembrem-se de não discutir o caso com terceiros e nem entre si. — Ele bateu o martelo. — A corte estará em recesso até uma e meia.

— Todos de pé — anunciou o meirinho, enquanto o juiz descia da bancada e desaparecia em seus aposentos.

11

BOSTON, MASSACHUSETTS
QUARTA-FEIRA,7 DE JUNHO, 2006
12H30

Alexis, Craig e Jack haviam encontrado uma pequena e barulhenta lanchonete, que dava de frente para a ampla esplanada do Government Center. Randolph fora convidado, mas recusara, dizendo que tinha preparações a fazer. Era um belo dia de fim de primavera, e a esplanada estava cheia de pessoas fugindo do confinamento de seus escritórios, em busca de um pouco de sol e ar fresco. Boston parecia a Jack uma boa cidade para ficar ao ar livre, muito mais do que Nova York.

Craig, a princípio, estava taciturno como de costume, mas começara a relaxar e a se juntar à conversa.

— Você não disse nada sobre a necropsia — disse ele, de repente. — Em que pé está?

— No momento, está nas mãos de um agente funerário — respondeu Jack. — Ele tem de levar a papelada até o Departamento de Saúde e providenciar a abertura da cova e o transporte do caixão.

— Então ainda é possível?

— Estamos tentando. Antes, eu tinha esperanças de que pudesse ser nessa tarde, mas como não entraram em contato, acho que teremos que esperar até amanhã.

— O juiz quer pôr o caso nas mãos do júri na sexta-feira — disse Craig, desanimado. — Amanhã talvez seja tarde demais. Odeio fazer você se esforçar tanto para nada.

— Talvez seja inútil — concordou Alexis, triste. — Talvez tudo dê em nada.

Jack olhou de um para outro.

— Ei. Não acho que seja "nada". Me dá a sensação de que estou fazendo alguma coisa. E, além disso, quanto mais penso sobre a questão da cianose, mais fico interessado.

— Por que, exatamente? — perguntou Alexis. — Me explique de novo.

— Não o incentive! — disse Craig. — Não quero gerar falsas esperanças. Vamos analisar o que aconteceu hoje de manhã.

— Pensei que você não quisesse falar sobre isso — disse Alexis, um pouco surpresa.

— Na verdade, eu preferia esquecer, mas infelizmente não posso me dar a esse luxo, se queremos alterar o rumo das coisas.

Tanto Craig quanto Alexis cravaram os olhos em Jack, esperançosos.

— O que é isso? — perguntou Jack com um sorriso sardônico, olhando de um para outro. — Um interrogatório? Por que eu?

— De nós três, você é o que pode ser mais objetivo — disse Alexis. — Óbvio.

— Como você acha que Randolph está se saindo, agora que pôde vê-lo por mais tempo em ação? — inquiriu Craig. — Eu estou preocupado. Não quero perder esse caso, e não só porque não houve negligência. Minha reputação iria para a sarjeta. A última testemunha foi o meu preceptor na faculdade, como ele disse, e meu chefe na residência. Eu adorava aquele cara, e ainda o adoro, profissionalmente.

— Consigo entender o quanto isso deve ser devastador e humilhante — respondeu Jack. — Dito isso, acho que Randolph está fazendo um bom trabalho. Ele neutralizou a maior parte do que Tony havia conseguido com o Dr. Brown. Então, suponho que eu tenha de dizer, pelo que vi nessa manhã, que foi um empate. O problema é que Tony prende mais a atenção, mas isso não é motivo bastante para mudar de advogado no meio do jogo.

— O que Randolph não neutralizou foi a poderosa analogia que o Dr. Brown fez com o paciente pediátrico e a meningite. Ele está certo, porque é assim que se tem de agir no caso de uma mulher que já passou da menopausa, bastando apenas que ocorra a possibilidade de que esteja sofrendo um ataque cardíaco. As mulheres não têm os mesmos sintomas que os homens em um número surpreendente de casos. Eu talvez tenha errado, porque a possibilidade de um ataque cardíaco realmente me ocorreu.

— Criticar-se depois do acontecido é uma tendência contínua em médicos, em todos os casos em que o resultado é adverso. — Jack lembrou a Craig. — Isso acontece em especial quando existe a alegação de imperícia. A realidade é que você fez todos os esforços possíveis com essa mulher, que estava na verdade tirando vantagem de você. Eu sei que não é politicamente correto dizer isso, mas é verdade. Com todos aqueles alarmes falsos, chamando você no meio da noite, não espanta que você estivesse pouco propenso a desconfiar de uma doença genuína.

— Obrigado — disse Craig, seus ombros se curvando. — Significa muito pra mim ouvir você dizendo isso.

— O problema é que Randolph precisa fazer o júri entender isso. Em resumo, é isso. E lembrem-se de que Randolph ainda não apresentou seu caso. Você tem seus próprios especialistas, que estão dispostos a testemunhar exatamente o que resumi aqui.

Craig inspirou fundo e deixou o ar sair ruidosamente. Ele balançou a cabeça algumas vezes em afirmação.

— Você está certo. Não posso jogar a toalha, mas amanhã terei de sentar no banco das testemunhas.

— Eu pensava que você estivesse ansioso por esse momento — disse Jack. — Você, mais do que qualquer um, sabe exatamente o que aconteceu e quando.

— Entendo perfeitamente o que você quer dizer — falou Craig. — O problema é que tenho tanto desprezo por Tony Fasano que acho difícil manter a calma. Você leu o depoimento. Ele conseguiu fazer com que eu entrasse no jogo dele. Randolph me aconselhou a não parecer arrogante; eu pareci arrogante. Randolph me aconselhou a não entrar em um bate-boca; eu bati boca. Randolph me aconselhou a não ficar irritado; eu me irritei. Randolph me aconselhou a responder a uma pergunta de cada vez; eu me deixei sair pela tangente, tentando justificar erros inocentes. Fui muito mal e tenho medo de acontecer tudo de novo. Eu não sou bom nisso.

— Encare seu depoimento como um treino — disse Jack. — E não esqueça: o depoimento durou dois dias. O juiz não vai permitir que isso se repita. Ele quer que o julgamento acabe na sexta.

— Acho que tudo se resume ao fato de que não confio em mim mesmo — explicou Craig. — O único lado bom de toda essa droga é que me forçou a me olhar no espelho, como se diz. Tony Fasano conseguiu fazer com que eu parecesse arrogante porque eu sou arrogante. Sei que não é politicamente correto dizer isso, mas sou o melhor médico que conheço. Tive confirmações disso de muitas maneiras diferentes. Sempre fui um dos melhores estudantes, senão o melhor, durante todo o período da faculdade, e me viciei nos aplausos. Eu quero ouvi-los, e é por isso que o contrário, como o que eu estou ouvindo durante essa provação toda, é tão desolador e humilhante.

Craig ficou em silêncio depois da explosão. Tanto Alexis quanto Jack ficaram atônitos e, por alguns instantes, sem palavras. O garçom veio e retirou os pratos sujos. Alexis e Jack trocaram um breve olhar e voltaram a encarar Craig com olhos arregalados.

— Alguém diga alguma coisa! — exigiu Craig.

Alexis estendeu as palmas das mãos para o alto e balançou a cabeça.

— Eu não sei bem o que dizer. Eu não sei se reajo emocional ou profissionalmente.

— Tente profissionalmente. Acho que preciso que me tragam de volta à realidade. Me sinto em queda livre. E você sabe por quê? Vou dizer por quê. Quando eu estava no curso básico e me esforçava como um burro de carga, achava um saco, mas acreditava que quando chegasse à medicina, eu ficaria bem. Bom, a faculdade de medicina também foi um saco, então eu passei a ansiar pela residência. Vocês já devem ter entendido. Bom, a residência não foi brincadeira, mas logo em seguida estava a abertura do meu consultório. Foi aí que a ficha realmente caiu, graças às companhias de seguro e aos planos de saúde e todas as babaquices que temos de aturar.

Jack olhou para Alexis. Pôde perceber que ela não sabia o que dizer diante daquelas revelações súbitas, mas esperava que pensasse em alguma coisa, considerando que ele era incapaz. Estava chocado com o monólogo de Craig. A psicologia não era o forte de Jack, de maneira alguma. Houvera um tempo em que aquilo era tudo o que podia fazer para não desmoronar.

— O seu insight foi impressionante — começou Alexis.

— Não me venha com essas balelas condescendentes — rebateu Craig.

— Acredite em mim, não é isso — disse Alexis. — Estou impressionada. De verdade: o que você está tentando comunicar é que sua natureza romântica tem sofrido constantes desilusões, com a realidade que fracassa em corresponder às suas expectativas idealizadas. Sempre que você alcança um objetivo, a coisa não era aquilo que você imaginava. Isso é trágico.

Craig revirou os olhos.

— Isso me parece balela.

— Não é — insistiu Alexis. — Pense bem.

Craig apertou os lábios e franziu as sobrancelhas por um longo momento.

— Está certo — disse ele, por fim. — Faz sentido mesmo. Ainda assim, parece um jeito complicadíssimo de dizer "as coisas não saíram exatamente como o esperado". Mas também, nunca fui perito em psicologuês.

— Você tem passado por alguns conflitos — continuou Alexis. — Não tem sido fácil para você.

— Ah, não brinca? — disse Craig, com um pouco de desdém.

— Não jogue na defensiva — pediu Alexis. — Você pediu especificamente pela minha resposta profissional.

— Você está certa! Desculpe! Fale dos conflitos.

— O mais fácil de todos é seu conflito entre a medicina clínica e a pesquisa médica. Isso causou alguma ansiedade no passado, por causa de sua necessidade de se dedicar integralmente a qualquer atividade, mas no caso, você conseguiu chegar a um equilíbrio. Um conflito mais problemático é entre se devotar ao seu trabalho ou se devotar à sua família. Isso causou muita ansiedade.

Craig encarou Alexis, mas permaneceu em silêncio.

— Por motivos óbvios, não consigo ser objetiva — continuou Alexis. — O que eu gostaria de fazer seria encorajar você a investigar essas suas percepções com um profissional.

— Não gosto de pedir ajuda — disse Craig.

— Eu sei, mas até mesmo essa atitude diz algo que pode ser valioso investigar. — Alexis voltou-se para Jack. — Você quer acrescentar alguma coisa?

Jack ergueu as mãos.

— Não. Não sou bom nesse campo.

Na verdade, ele estava pensando era que sofrera com seus próprios conflitos, ou seja, começar ou não uma nova família com Laurie, como estava agendado para sexta-feira. Por muitos anos, dissera que não, ele não merecia ser feliz e que outra família insultaria sua primeira. Mas, então, com o passar do tempo, aquilo havia se transformado em um medo de colocar Laurie em perigo. Jack havia lutado com o medo confessadamente irracional de que o amor dele por alguém colocaria aquela pessoa em risco.

A conversa tomou um rumo mais leve, e Jack aproveitou a oportunidade para pedir licença para usar o celular. Caminhando na direção da esplanada de tijolos, ele ligou para o IML. Queria deixar uma mensagem com a secretária de Calvin. Sua esperança era a de que o chefe estivesse fora do escritório, almoçando. Infelizmente, esse não era o caso. Era a secretária quem havia saído para almoçar. Calvin atendeu ao telefone.

— Quando diabos você vai voltar? — perguntou Calvin ao ouvir a voz de Jack.

— A coisa está feia — disse Jack. Ele então teve de afastar o telefone do ouvido enquanto Calvin praguejava e falava sobre a irresponsabilidade de Jack.

Depois Jack ouviu:

— Que diabos você está fazendo, afinal?

Ele pôs o celular de volta contra a orelha e explicou a proposta da necropsia. Contou a Calvin sobre ter sido apresentado ao legista-chefe de Boston, o Dr. Kevin Carson.

— Mesmo? Como está aquele velho sulista? — perguntou Calvin.

— Pareceu bem a mim. Ele estava cuidando de um caso quando o conheci, então não conversamos muito.

— Ele perguntou por mim?

— Ah, sim! — mentiu Jack. — Ele disse pra eu mandar um alô.

— Bom, mande um alô meu se o vir de novo. E então volte pra cá. Eu não tenho de dizer que você deixou Laurie furiosa, com o grande dia perto do jeito que está. Você não vai tentar correr pra cá no último minuto, vai?

— Claro que não — disse Jack.

Ele sabia que Calvin era uma das pessoas do trabalho que ela insistira em convidar. Se a decisão coubesse a ele, não teria convidado ninguém além de Chet, seu colega de escritório. O instituto já sabia demais sobre a vida particular deles.

Depois de encontrar Craig e Alexis, aos quais Jack se juntou para uma breve caminhada sob o sol, os três voltaram ao tribunal. Quando chegaram do lado de fora da sala onde ocorria o julgamento, outras pessoas entravam em fila. Era uma e quinze. Eles as seguiram.

Craig passou pela barra com Randolph e seu assistente. Jordan Stanhope já estava à mesa da acusação, com Tony Fasano e Renee Relf. Jack achou que Tony talvez estivesse dando a Jordan conselhos de última hora sobre seu testemunho. Embora o som da voz dele se perdesse em meio à tagarelice geral da sala, os lábios se moviam rapidamente, e ele gesticulava com ambas as mãos.

— Tenho uma séria suspeita de que o que veremos esta tarde será puro teatro — disse Jack, enquanto eles abriam caminho na mesma fileira que haviam ocupado pela manhã.

Alexis dissera que gostava de ficar perto dos jurados, para vigiar as expressões e os gestos deles. Naquele momento, ainda não haviam sido levados a seus lugares.

— Infelizmente, acho que você está certo — concordou Alexis, sentando-se e pondo a bolsa no chão, à sua frente.

Jack sentou-se e ajustou-se o melhor que pôde no carvalho inclemente do banco. Seus olhos vagaram sem rumo pelo tribunal, notando a estante recheada de livros de direito por trás da bancada do juiz. No centro, um quadro negro sobre rodas, além das mesas da acusação e da defesa, todos os quais ficavam sobre um carpete de padrão pontilhado. Quando os olhos de Jack percorreram toda a sala, indo até o extremo direito, para observar o compartimento do meirinho, foram além do que Jack gostaria. Uma vez mais, ele se viu confrontando o olhar sinistro de Franco. Ao contrário da manhã, e graças à posição atual do sol, Jack agora podia ver os olhos dele em suas cavidades profundas. Eram como duas bolas de gude pretas e brilhantes. Jack sentiu vontade de acenar de novo, mas a razão prevaleceu. Ele já tivera seu bocado de diversão naquela manhã. Provocar demais não fazia sentido algum.

— Você achou os comentários que Craig fez no almoço tão surpreendentes quanto eu? — perguntou Alexis.

Feliz de romper o contato visual com Franco, Jack voltou-se para encarar sua irmã.

— Eu acho que estarrecedor seria uma palavra melhor. Eu não quero ser cínico, mas pareceu não combinar com o personagem. Os narcisistas se reconhecem como tais?

— Normalmente não, a menos que estejam fazendo terapia e se sintam motivados a isso. É claro, estou falando de alguém com um genuíno transtorno de personalidade e não só de uma característica da personalidade. A maioria dos médicos se encaixa no segundo grupo.

Jack engoliu a língua para não falar o que pensava do assunto. Ele não ia entrar em uma discussão com Alexis sobre a qual grupo Craig pertencia. Em vez disso, perguntou:

— Aquele foi o tipo de percepção que é uma reação temporária ao estresse ou um verdadeiro progresso de autoconhecimento?

— Só o tempo dirá! — exclamou Alexis. — Mas não vou perder as esperanças. Seria algo muito positivo. Na verdade, Craig é uma vítima de um sistema que o pressionou a competir e a destacar-se, e a única maneira que ele tinha de saber que estava se destacando era quando recebia elogios dos professores, como o Dr. Brown. Como ele confessou, ficou viciado nesse tipo de aprovação. Então, quando terminou o treinamento, foi tolhido como um viciado a quem negam sua droga favorita, enquanto ao mesmo tempo sentia-se desiludido quanto à realidade do tipo de medicina que foi forçado a praticar.

— Acho que isso acontece com muitos médicos. Eles precisam de elogios.

— Não aconteceu com você. Por quê?

— Eu precisava um pouco, na época em que era oftalmologista. Randolph fez com que o Dr. Brown admitisse que isso é devido à estrutura competitiva da educação médica. Mas quando eu era estudante, não era tão monomaníaco quanto Craig. Eu tinha outros interesses que não a medicina. Tirei apenas um A- no estágio de clínica médica no terceiro ano.

Jack parou de falar quando seu telefone começou a vibrar no bolso. Ele havia tirado o som dele. Tentou freneticamente pegá-lo do bolso. Por razões que ele não podia compreender, o aparelho sempre o assustava.

— Alguma coisa está incomodando você? — perguntou Alexis, reparando nas contorções dele. Jack havia deslizado a pélvis para a frente para ficar reto.

— A droga do telefone — explicou. Finalmente, conseguiu pegá-lo. Olhou a telinha de LCD. Era do código de área de Boston. Então se lembrou do número. Era da funerária. — Já volto.

Levantou-se e rapidamente saiu da fileira. Uma vez mais, sabia que Franco o encarava, mas não olhou de volta. Em vez disso, saiu do tribunal. Só então atendeu à ligação.

Infelizmente, o sinal estava ruim e Jack desligou. Rapidamente, tomou o elevador para o primeiro andar e saiu do prédio. Usou a função de ligações recebidas para recuperar o número. Um momento depois, ouvia a voz de Harold e desculpou-se pelo sinal ruim de antes.

— Sem problemas — disse Harold. — Tenho boas notícias. A papelada está pronta, as licenças foram concedidas, e tudo está arranjado.

— Excelente! Para quando? Esta tarde?

— Não. Isso teria sido um milagre. Vai ser amanhã, no meio da manhã. Foi o melhor que consegui, mesmo. Tanto o caminhão para o jazigo quanto a retroescavadeira estavam ocupados durante todo o dia de hoje.

Desapontado pelo milagre não ter se realizado, Jack agradeceu ao diretor e desligou. Ele ficou parado por alguns minutos, pensando se ligava para Laurie para informar quando seria a necropsia. Embora soubesse que seria apropriado telefonar para ela, não estava muito animado para aquela conversa. Tinha poucas dúvidas sobre qual seria a reação dela. Ele teve então uma ideia covarde. Em vez de ligar para o telefone fixo do escritório, onde era provável que ele a encontraria, ligaria para o celular e deixaria uma mensagem na caixa postal, pois ela raramente deixava o celular ligado durante o dia. Assim, evitaria a reação imediata de Laurie e daria a ela a chance de se acostumar com a ideia antes de ligar à noite. Quando a chamada se completou, ficou aliviado ao ouvir a mensagem gravada.

Com aquela tarefa um pouco desagradável fora do caminho, Jack voltou à sua cadeira ao lado de Alexis. Jordan Stanhope estava no banco das testemunhas, e Tony na tribuna, mas ninguém estava falando. O advogado da acusação estava ocupado com seus papéis.

— O que eu perdi? — perguntou a Alexis.

— Nada. Jordan acabou de fazer o juramento e está prestes a começar o testemunho.

— A necropsia está confirmada para amanhã, ainda não sei a que horas. O corpo será exumado pela manhã.

— Ótimo! — exclamou Alexis, mas a reação não foi a que Jack esperava.

— Você não parece muito empolgada.

— Como poderia estar? Como Craig disse no almoço, amanhã pode ser tarde demais.

Jack deu de ombros. Ele estava fazendo o melhor que podia.

— Eu sei que isso é difícil para o senhor — disse Tony bem alto, em uma voz solidária, de modo que todos no tribunal pudessem ouvir. — Vou tentar fazer com que seja o mais breve e indolor possível, mas o júri precisa ouvir seu testemunho.

Jordan assentiu em agradecimento. Em vez da postura ereta que ele vinha mantendo na mesa de acusação, agora tinha os ombro curvados, e em vez da expressão facial anteriormente neutra, mantinha os cantos da boca virados para baixo, numa expressão de desalento e desespero. Vestia um terno de seda preto, camisa branca e gravata preta. Espreitando do bolso de seu peito, estava a pontinha de um lenço negro.

— Suponho que o senhor sinta falta de sua esposa — disse Tony. — Ela era uma mulher maravilhosa, apaixonada, culta, que amava a vida, não era?

— Céus! — queixou-se Jack em um sussurro para Alexis. — Tendo visitado o homem, isso vai me fazer vomitar. E estou surpreso com Randolph. Não sou advogado, mas essa é certamente uma questão importante. Por que ele não protesta?

— Ele me disse que o testemunho da viúva ou do viúvo é sempre o mais problemático para a defesa. E que a melhor estratégia é fazer com que saiam do banco o mais rápido possível, o que significa dar ao advogado de acusação uma rédea bem larga.

Jack concordou. A dor de perder um membro da família era uma emoção que calava fundo em todos, uma experiência humana fundamental.

Jordan passou a falar sobre Patience com um sentimentalismo exagerado: como ela era maravilhosa, como a vida deles fora digna de um conto de fadas e como ele a amava. Tony fazia perguntas sugestivas sempre que Jordan hesitava.

Enquanto esse estágio do testemunho de Jordan prosseguia de forma tediosa, Jack virou a cabeça e buscou em meio à galeria dos espectadores. Ele viu Franco, mas o homem estava de olho na testemunha, o que foi um pequeno alívio. Jack tinha esperanças de que a briga já fosse coisa do passado. Ele estava procurando por outra pessoa, e a achou na fileira do fundo. Era Charlene. A mulher parecia bem atraente em seu vestido de luto preto. Jack balançou a cabeça. Às vezes, ele sinceramente não conseguia acreditar em quão baixo as pessoas podiam descer. Mesmo que fosse apenas para manter as aparências, ela não devia estar lá.

O elogio à falecida continuava enquanto Jack ficava cada vez mais inquieto. Ele não precisava ouvir a baboseira que aquele impostor estava oferecendo. Olhou a parte de trás da cabeça de Craig. O cunhado estava imóvel, como que em transe. Jack tentou imaginar como seria se estivesse preso num pesadelo daqueles. Arriscou um breve olhar na direção de Alexis. Ela estava muito concentrada, com os olhos um pouco apertados. Jack desejou o melhor para ela e sentiu-se mal por não haver mais nada que pudesse fazer.

Justo quando Jack decidiu que não poderia ouvir outra palavra do testemunho de Jordan, Tony mudou de assunto.

— Agora, falemos sobre o dia 8 de setembro de 2005 — disse o advogado. — Posso supor que sua mulher não estava se sentindo muito bem naquele dia. O senhor poderia nos contar em suas próprias palavras o que aconteceu?

Jordan pigarreou. Ele ergueu os ombros e se endireitou na cadeira.

— Era de manhã quando me dei conta pela primeira vez que ela não estava se sentindo bem. Ela me chamou para que eu fosse a seu quarto. Eu a encontrei muito aflita.

— Do que ela se queixava?

— Dor no abdômen, gases e constipação. Ela disse que estava tossindo mais que o normal. Que não pregara os olhos a noite toda e não conseguia mais aguentar. Ela pediu que eu ligasse para o Dr. Bowman. Disse que queria que ele viesse imediatamente, pois não conseguiria ir até o consultório.

— Havia algum outro sintoma?

— Ela disse que tinha dor de cabeça e que se sentia quente.

— Então, quanto aos sintomas: dor abdominal, gases, tosse, dor de cabeça e quentura.

— Essencialmente, sim. Quero dizer, ela sempre tinha muitas queixas, mas essas eram as principais.

— Pobre mulher — disse Tony. — E era difícil para o senhor também, suponho.

— Fizemos o possível para lidar com a situação — disse Jordan rigidamente.

— Bom, o senhor chamou o doutor, e ele foi à sua casa.

— Sim, foi.

— E o que aconteceu?

— O Dr. Bowman a examinou e recomendou que ela tomasse os remédios que ele já havia receitado para o sistema digestivo. Também recomendou que ela saísse da cama e fumasse menos. E disse que ela parecia mais ansiosa do que o normal e sugeriu que tentasse tomar uma pequena dose de um medicamento antidepressivo, o qual ela deveria tomar antes de dormir. Ele disse que achava que valia a pena tentar.

— Patience ficou satisfeita com essas recomendações?

— Não. Ela queria um antibiótico, mas o Dr. Bowman se recusou a receitar. Ele disse que não era necessário.

— E ela seguiu as recomendações do médico?

— Não sei quais remédios tomou, mas ela chegou a sair da cama. Ela me pareceu ter melhorado. Então, às cinco, ela disse que ia voltar para a cama.

— Ela se queixou de alguma coisa nesse momento?

— Na verdade, não. Quero dizer, ela sempre se queixava de algumas coisas, e era por isso que estava voltando para a cama.

— O que aconteceu a seguir?

— Ela de repente me chamou por volta das sete, para que eu fosse ao seu quarto. Queria que eu ligasse para o doutor outra vez, porque se sentia muito mal.

— E ela tinha as mesmas queixas que relatou pela manhã?

— Não, eram completamente diferentes.

— Quais eram? — perguntou Tony.

— Ela sentia uma dor no peito que começara uma hora antes.

— Que era diferente da dor abdominal que ela teve de manhã?

— Completamente diferente.

— E o que mais?

— Ela se sentia fraca, e disse que havia vomitado um pouco. Mal conseguia ficar sentada. Contou que sentia dormência e uma sensação de estar flutuando. E disse que sentia dificuldades em respirar. Ela estava muito mal.

— Parece uma situação muito séria. Deve ter sido aterrorizante.

— Fiquei muito transtornado e preocupado.

— Então — entoou Tony, para fazer um efeito dramático —, você ligou para o doutor e o que disse a ele?

— Eu disse que Patience estava muito mal, que ela devia ser hospitalizada.

— E como o Dr. Bowman respondeu a seu pedido urgente de ir para o hospital de imediato?

— Ele quis que eu descrevesse os sintomas dela.

— E você os descreveu? Contou a ele o que nos contou hoje?

— Praticamente palavra por palavra.

— E qual foi a resposta do Dr. Bowman? Ele disse para o senhor chamar uma ambulância e que os encontraria no hospital?

— Não. Ele continuou fazendo mais perguntas, de modo que tive que voltar ao quarto de Patience e perguntar a ela.

— Deixe ver se entendi. Você disse a ele que sua esposa estava naquele estado terrível, e ele fez com que você fosse a ela diversas vezes para perguntar sobre detalhes específicos. É isso que o senhor está dizendo?

— É exatamente isso o que estou dizendo.

— Durante esse período de perguntas e respostas, enquanto um tempo valioso estava sendo desperdiçado, o senhor mencionou novamente sua opinião de que ela deveria ir direto para o hospital, imediatamente?

— Sim, mencionei. Eu estava apavorado.

— E devia estar mesmo, considerando que sua esposa estava morrendo diante de seus próprios olhos.

— Protesto! — disse Randolph. — Argumentativo e prejudicial. Proponho que seja removido dos autos.

— Aceito! — disse o juiz Davidson e olhou para o júri. — Vocês vão desconsiderar esta última afirmação do senhor Fasano, e ela não deve ter qualquer peso na avaliação que fizerem deste caso. — Então voltou-se para Tony: — Eu o advirto, advogado, de que não vou tolerar mais nenhum comentário do tipo.

— Peço desculpas à corte — falou Tony. — Me deixei tomar pelas emoções e isso prejudicou meu discernimento. Não vai acontecer de novo.

Alexis inclinou-se para Jack.

— Tony Fasano me assusta. Ele é ardiloso. Ele sabia o que estava fazendo.

Jack fez que sim com a cabeça, concordando. Era como ver um lutador em uma briga de rua.

Tony foi até a mesa da acusação para matar a sede. Estando fora da vista do juiz, Jack viu quando Tony deu uma piscadinha para sua assistente, Renee Relf.

De volta à tribuna, Tony retomou a narrativa.

— Durante sua conversa pelo telefone com o Dr. Bowman, enquanto sua mulher estava gravemente doente, ele mencionou as palavras ataque cardíaco?

— Sim, mencionou.

— Ele disse que ela estava tendo um ataque cardíaco?

— Sim. Ele disse que era nisso que estava pensando.

Jack notou Craig se inclinando e sussurrando no ouvido de Randolph. Randolph assentiu.

— Agora — continuou Tony —, quando o Dr. Bowman chegou em sua casa e viu Patience, ele agiu de outra maneira, diferente do que pareceu no telefone. É verdade?

— Protesto! — disse Randolph. — Conduzindo a testemunha.

— Aceito — concedeu o juiz Davidson.

— Sr. Stanhope, poderia nos dizer o que aconteceu quando o Dr. Bowman chegou à sua casa na noite de 8 de setembro do ano passado?

— Ele ficou chocado com o estado de Patience e pediu que eu chamasse uma ambulância imediatamente.

— Houve alguma mudança dramática no estado de saúde de Patience, no tempo que se passou entre sua conversa pelo telefone com o Dr. Bowman e a chegada dele?

— Não, não houve.

— Naquele momento, o Dr. Bowman lhe disse algo que o senhor tenha achado inapropriado?

— Sim. Ele me culpou por não haver descrito adequadamente o estado de Patience.

— Isso o surpreendeu?

— É claro que me surpreendeu. Eu havia contado a ele como ela estava mal e havia sugerido mais de uma vez para que ela fosse levada direto para o hospital.

— Obrigado, senhor Stanhope. Eu agradeço seu testemunho sobre esse acontecimento trágico. Tenho uma última pergunta: quando o Dr. Bowman chegou naquela noite fatídica, o que ele vestia? Consegue se lembrar?

— Protesto — disse Randolph. — Irrelevante.

O juiz Davidson rodou sua caneta e olhou para Tony.

— Isso tem alguma relevância ou é mero enfeite?

— É muito relevante, Meritíssimo — explicou Tony —, como será claramente demonstrado pela próxima testemunha de acusação.

— Protesto negado. A testemunha pode responder à pergunta.

— O Dr. Bowman chegou em um smoking, com uma jovem que usava um vestido decotado.

Alguns dos jurados trocaram olhares com seus vizinhos, como se perguntassem o que o outro estava pensando.

— O senhor reconheceu a moça?

— Sim, eu a tinha visto no consultório do Dr. Bowman, e ele disse que ela era sua secretária.

— Os trajes formais deles lhe pareceram estranhos ou significativos?

— Ambas as coisas — disse Jordan. — Era estranho porque sugeria que eles estavam a caminho de um evento social, e eu sabia que o Dr. Bowman era casado. E significativo porque me perguntei se os trajes dele tinham alguma coisa a ver com a decisão do Dr. Bowman de vir à nossa casa em vez de nos encontrar no hospital.

— Obrigado, Sr. Stanhope — disse Tony, juntando seus papéis. — Sem mais perguntas.

— Sr. Bingham — chamou o juiz Davidson, inclinando a cabeça na direção de Randolph.

Randolph hesitou por um momento. Obviamente, estava perdido em seus pensamentos. Mesmo quando se levantou e foi até a tribuna, parecia estar-se movendo por automatismo, em vez de por intenção consciente. No tribunal havia um silêncio prenhe de atenção ansiosa.

— Sr. Stanhope — começou Randolph —, vou lhe fazer apenas algumas perguntas. Todos nós na mesa da defesa, incluindo o Dr. Bowman, sentimos muito pela sua perda, e podemos imaginar o quanto é difícil para o senhor relembrar aquela noite fatídica. Portanto, serei breve. Voltemos à conversa que o senhor teve com o Dr. Bowman pelo telefone. O senhor se lembra de ter dito ao Dr. Bowman que, segundo se lembrava, Patience jamais se queixara de dor no peito antes?

— Não tenho certeza. Eu estava muito perturbado.

— E ainda assim, com o Sr. Fasano, sua lembrança do mesmo telefonema parecia ser espantosamente completa.

— Eu talvez tenha dito que ela jamais tivera dor no peito. Só não tenho certeza.

— Devo lembrar-lhe de que, em seu depoimento, o senhor declarou isso. Devo lê-lo para o senhor?

— Não. Se está lá, então é verdade. E, agora que você lembrou, acredito que eu realmente disse que ela nunca tivera dor no peito. Faz oito meses, eu estava sob pressão. Na época do depoimento, o acontecido era muito mais recente.

— Entendo, Sr. Stanhope. Mas gostaria que o senhor vasculhasse sua memória em busca da resposta do Dr. Bowman. O senhor se lembra do que ele disse?

— Creio que não.

— Ele o corrigiu e o lembrou de que ela havia tido dor no peito em várias ocasiões anteriores, devido às quais ele visitara a sua casa.

— Ele talvez tenha feito isso.

— Então, parece que sua lembrança do que foi dito durante aquele telefonema não é tão clara como fomos levados a crer há poucos minutos.

— Aquele telefonema foi há oito meses, eu estava desesperado na época. Não acho que isso seja absurdo.

— Não é absurdo, mas ainda assim o senhor está certo de que o Dr. Bowman disse especificamente que Patience estava tendo um ataque cardíaco.

— Ele disse que a hipótese precisava ser levada em conta.

— Sua escolha de palavras sugere que não foi o Dr. Bowman quem mencionou o assunto.

— Fui eu quem mencionou o assunto. Eu perguntei se era nisso que ele estava pensando. Deduzi, a partir das perguntas que ele pedia que eu fizesse a Patience.

— Dizer que a hipótese precisava ser levada em conta é muito diferente do que afirmar que Patience estava tento um ataque cardíaco. O senhor ficaria surpreso se eu dissesse que o Dr. Bowman nunca usou as palavras *ataque cardíaco* na conversa que tiveram?

— Nós tocamos no assunto. Disso eu me lembro.

— Foi o senhor quem puxou esse assunto. Ele meramente disse "a hipótese precisa ser levada em conta". Ele jamais chegou sequer a mencionar o termo.

— Talvez tenha sido assim que aconteceu, mas que diferença faz?

— Eu acredito que faz muita diferença. O senhor acredita que sempre que alguém tem dor no peito, como o senhor mesmo, por exemplo, e um médico está de plantão, ele ou ela acha que a hipótese de um ataque cardíaco deve ser levada em conta?

— Presumo que sim.

— Então, quando o senhor disse ao Dr. Bowman que Patience sentia dor no peito, não surpreende que o médico pensasse que a possibilidade devia ser considerada, mesmo que as chances fossem muito, muito pequenas?

— Suponho que não.

— E naquelas visitas que o Dr. Bowman fizera anteriormente para examinar Patience em resposta a uma queixa de dor no peito, qual foi o diagnóstico final em cada ocasião?

— Supôs-se que era gás intestinal.

— Correto: gás intestinal na flexura esplênica do cólon, para ser mais exato. Não foi ataque cardíaco ou dor no coração, pois os ECGs e enzimas estavam normais e permaneceram normais em exames subsequentes.

— Não eram ataques cardíacos.

— O Dr. Bowman fez muitas visitas para consultar Patience. Na verdade, os registros mostram uma frequência de visitas de aproximadamente uma por semana, durante um período de oito meses. Isso confere com o que o senhor se lembra?

Jordan concordou balançando a cabeça, o que fez com que o juiz advertisse:

— A testemunha deve falar em voz alta, para que o escrevente ouça e registre nos autos.

— Sim — bradou Jordan.

— Ser consultada em casa era a preferência de Patience?

— Sim. Ela não gostava de ir ao consultório médico.

— Ela gostava de hospitais?

— Ela tinha horror de hospitais.

— Então, fazendo visitas para consultá-la, o Dr. Bowman estava atendendo às necessidades e aos desejos de sua esposa.

— Sim, estava.

— Visto que o senhor está semiaposentado e passa uma boa parte de seu tempo em casa, tinha muitas oportunidades de interagir com o Dr. Bowman, uma vez que ele fazia tantas visitas à sua casa.

— É verdade — concordou Jordan. — Nos falávamos a cada visita e nossas relações eram bem amigáveis.

— Eu suponho que o senhor sempre estivesse presente quando o Dr. Bowman ia ver Patience.

— Ou eu ou a nossa empregada.

— Durante algumas dessas conversas com o Dr. Bowman, que eu suponho que fossem basicamente sobre Patience, o termo *hipocondria* chegou a ser mencionado?

Os olhos de Jordan dardejaram os de Tony e então voltaram para Randolph.

— Sim, chegou.

— E eu presumo que o senhor conheça a definição do termo.

Jordan deu de ombros.

— Acredito que sim.

— Se aplica a um indivíduo que se preocupa com sensações e funções corporais normais e acredita que elas indiquem problemas graves, que necessitam da atenção de um médico. É esse, em termos gerais, seu entendimento do termo?

— Eu não seria capaz de defini-lo exatamente assim, mas, sim, é assim que o compreendo.

— O Dr. Bowman alguma vez aplicou o termo a Patience?

— Sim.

— Ele usou o termo em um contexto depreciativo?

— Não, não usou. Ele disse que era sempre importante lembrar que os hipocondríacos podiam ter doenças reais, além de suas psicológicas, e mesmo que suas doenças imaginárias não fossem reais, ainda assim sofriam.

— Alguns momentos atrás, quando o Sr. Fasano lhe fazia perguntas, o senhor testemunhou que o estado de Patience não mudou dramaticamente entre a conversa pelo telefone e a chegada do Dr. Bowman

— Correto.

— Durante a conversa que tiveram, o senhor disse ao Dr. Bowman que achava que Patience estava tendo alguma dificuldade em respirar. O senhor se lembra disso?

— Sim, eu me lembro.

— O senhor também disse que acreditava que ela parecia meio azul. O senhor lembra disso também?

— Não sei se usei exatamente essas palavras, mas era basicamente isso o que eu estava dizendo.

— Eu afirmo que foi exatamente isso o que o senhor disse, ou algo muito semelhante. Em seu depoimento, o senhor concordou que fosse algo muito semelhante. O senhor gostaria que eu lesse as partes em questão?

— Se eu disse que era algo muito semelhante a isso, então era. Agora, já não lembro mais.

— Quando o Dr. Bowman chegou, encontrou Patience totalmente azul, mal respirando. O senhor diria ser essa uma grande diferença em relação à sua descrição pelo telefone?

— Eu estava tentando fazer o melhor que podia em uma situação difícil. Deixei bem claro para o doutor que ela estava muito mal e que devia ser levada a um hospital.

— Uma última pergunta — disse Randolph, endireitando sua figura magra e alta até atingir o limite de seus mais de 1,80 metro. — Levando em conta o longo histórico de hipocondria de Patience, junto com uma série de episódios anteriores de dor no peito causada por gases intestinais, o senhor acredita que, na noite de 8 de setembro de 2005, o Dr. Bowman pensava que Patience Stanhope estava sofrendo um ataque cardíaco?

— Protesto — gritou Tony, levantando-se. — Testemunho indireto.

— Aceito — disse o juiz Davidson. — A pergunta pode ser feita ao próprio réu durante seu testemunho.

— Sem mais perguntas — disse Randolph e voltou a passos largos para a mesa da defesa.

— O senhor deseja interrogar novamente a testemunha? — perguntou o juiz Davidson a Tony.

— Não, Meritíssimo — respondeu o advogado.

Enquanto Jordan saía do banco de testemunhas, Jack voltou-se para Alexis. Ele fez um sinal de positivo para o desempenho de Randolph na reinquirição, mas então os olhos dele passaram para os jurados. Eles não pareciam ter quase nada do interesse que haviam demonstrado mais cedo. Em vez de ver vários deles inclinados para a frente, como antes, estavam todos recostados em suas cadeiras, braços cruzados sobre os peitos, exceto pelo assistente de encanador. Ele estava mexendo nas unhas mais uma vez.

— Acusação, chame a próxima testemunha! — ordenou o juiz Davidson.

Tony levantou-se e vociferou:

— Chamo ao banco de testemunhas a Srta. Leona Rattner.

12

BOSTON, MASSACHUSETTS

QUARTA-FEIRA, 7 DE JUNHO, 2006

15H25

Jack virou a cabeça. Ele sentia um interesse levemente voyeurístico em ver a jovem atraente que se transformara em amante desprezada e megera. Tendo lido seu picante depoimento, ele tinha certeza de que o testemunho dela seria um show.

Leona entrou pela porta do tribunal e caminhou a passos largos, sem hesitar, pelo corredor central. Diferentemente da descrição de Craig de seu vestuário habitualmente sensual, ela estava agora vestida com discrição em um terninho azul-escuro com uma blusa branca abotoada até o pescoço. Jack supôs que fosse por sugestão de Tony Fasano. O único indicativo de seu estilo normal eram as sandálias de salto muito alto, que tornavam o andar dela um pouco cambaleante.

Embora as roupas fossem discretas, Jack pôde perceber de imediato o que havia atraído Craig. As feições dela não tinham nada de especial, nem seus cabelos loiros, obviamente tingidos, com raízes escuras. Mas a pele de Leona era imaculada e radiante. Ela era o retrato perfeito da sensualidade juvenil ousada, que não tinha vergonha de si mesma.

Leona passou pela barra do tribunal com um movimento atrevido de cabeça. Ela sabia que estava sob os holofotes e estava adorando.

Jack arriscou um olhar na direção de Alexis. O rosto da irmã estava duro como pedra, mostrando uma expressão decidida, com os lábios firmemente pressionados um contra o outro. Jack teve a impressão de que estava se preparando para o que viria. Achou que era uma boa tática de autopreservação, tendo lido o depoimento de Leona.

O meirinho administrou o juramento enquanto Leona erguia sua mão direita para o alto.

— Você jura ou afirma dizer a verdade, toda a verdade, e nada mais que a verdade, com a ajuda de Deus?

— Sim! — disse Leona, numa voz levemente nasalada.

Ela lançou um olhar discreto para o juiz, através de cílios repletos de rímel, enquanto subia ao banco das testemunhas.

Tony não se apressou no processo de ir até a tribuna e arranjar seus papéis. Ele apoiou um de seus mocassins borlados sobre a barra de metal, como era seu hábito, e começou a inquirição. Primeiro, construiu uma breve biografia: onde ela nascera (Revere, Massachusetts); onde fizera o ensino secundário (Revere, Massachusetts); onde vivia atualmente (Revere, Massachusetts). Perguntou há quanto tempo ela trabalhava no consultório do Dr. Craig Bowman (mais de um ano) e qual era a faculdade que ela frequentava três noites por semana (Bunker Hill Community College).

Enquanto Leona respondia a essas perguntas iniciais neutras, Jack pôde observá-la melhor. Percebeu que ela e Tony tinham um sotaque igual, que para ele parecia tanto do Brooklyn quanto de Boston. Jack também pôde ver mais evidências das características de personalidade que Craig havia descrito: orgulhosa, exuberante e voluntariosa. Só depois percebeu também a petulância errática.

— Agora, falemos sobre seu relacionamento com seu chefe, o Dr. Craig Bowman — disse Tony.

— Protesto — disse Randolph. — Irrelevante.

— Advogados, aproximem-se — ordenou, irritado, o juiz Davidson.

Randolph obedeceu na mesma hora. Tony fez um gesto para que Leona esperasse e o seguiu.

Usando seus óculos de leitura como quem usa o jornal enrolado para ameaçar um cachorro, o juiz se dirigiu a Tony.

— É melhor que isso não seja uma impostura bem elaborada, e quero que você me assegure de novo de que essa baboseira social é pertinente ao caso da acusação. Senão, teremos de lidar com uma anulação do julgamento e um possível veredicto meu em favor do doutor.

— É absolutamente pertinente. A testemunha deporá que o Dr. Bowman não considerou a possibilidade de encontrar Patience Stanhope no hospital por causa do relacionamento dos dois e dos planos que tinham para aquela noite.

— Está bem. Vou lhe dar bastante corda e espero que você não se enforque com ela. Vou permitir o testemunho social pelos motivos que já dei anteriormente, em especial, a garantia de que seu valor probativo se sobrepõe ao valor lesivo. — O juiz Davidson agitou os óculos na direção de Randolph. — Quanto à defesa, vou lhe permitir grande liberdade de ação na reinquirição, a qual o Sr. Fasano respeitará. Agora, dentro do contexto, quero que as coisas andem. Essas interrupções suas estão me deixando mortalmente aborrecido. Entendido?

— Sim, Meritíssimo — disseram ambos os advogados em uníssono, giraram sobre os calcanhares e retornaram aos seus respectivos lugares.

— Protesto negado — exclamou em voz alta o juiz Davidson, para que o escrevente registrasse. — Prossiga com a inquirição da Srta. Rattner.

— Srta. Rattner — disse Tony —, poderia contar à corte sobre seu relacionamento com o Dr. Bowman?

— É claro. Antes eu era, tipo, só uma das funcionárias. Mas, faz praticamente um ano, percebi que o Dr. Bowman estava me secando. Entende?

— Acho que sim — respondeu Tony. — Continue!

— No início me senti constrangida e tal, porque eu sabia que ele era casado e tinha filhos, essa coisa toda. Mas então, uma noite, quando eu estava trabalhando até tarde, ele chegou na sala de arquivos onde eu estava trabalhando e começou a puxar assunto. Uma coisa levou à outra, e começamos a ficar juntos. Quer dizer, estava tudo bem... Eu havia descoberto que ele tinha saído de casa e se mudado para um apartamento em Boston.

— Foi um caso platônico?

— É ruim, hein? Ele era um garanhão. Foi um relacionamento muito físico. Chegamos até a usar a mesa de exames do consultório uma tarde. Ele disse que a mulher dele não gostava de sexo e, além do mais, tinha engordado depois de ter os filhos e nunca perdeu o peso. Era como se ele estivesse faminto e precisasse de muita atenção, então fiz tudo o que eu podia. Pra você ver no que foi dar!

— Meritíssimo, isso ultrapassa... — Randolph começou a falar, ficando de pé.

— Sente-se, Sr. Bingham — disparou o juiz Davidson e então olhou para Tony sobre os óculos de leitura. — Sr. Fasano, é hora de estabelecer a relevância disso, e é melhor que seja convincente.

— É claro, Meritíssimo — disse Tony.

Ele fez uma pausa rápida para tomar um gole de água na mesa da acusação. Então, passando a língua pelos lábios, como se estivessem secos, Tony voltou à tribuna e mexeu em seus papéis.

Houve um zum-zum de expectativa vindo da área do público, e os jurados pareciam mais atentos do que o normal, com vários deles curvados para a frente. As obscenidades nunca perdiam o fascínio.

Uma vez mais, Jack lançou uma olhadela furtiva para Alexis, pelo canto do olho. Ela não se movera. Sua expressão sombria não havia mudado. Ele não pôde deixar de sentir uma compaixão afetuosa e fraternal. Jack esperava que o treinamento profissional em psicologia pudesse fornecer alguma proteção ao ego, por mais humilhante que a situação fosse.

— Srta. Rattner — recomeçou Tony. — Na noite de 8 de setembro de 2005, você estava no apartamento do Dr. Bowman, em Boston, no qual residia naquela época.

— Verdade. Eu tinha saído da espelunca onde eu morava, em Somerville, porque o proprietário era um babaca.

O juiz Davidson inclinou-se para Leona.

— A testemunha deve limitar-se a responder às perguntas e abster-se de fazer monólogos espontâneos.

— Sim, Meritíssimo — disse Leona docilmente, através de seus cílios borboleantes.

— Poderia dizer ao júri, em suas próprias palavras, o que você e o Dr Bowman estavam fazendo naquela noite?

— O que planejamos fazer e o que fizemos foram duas coisas diferentes. Nosso plano era ir ao Symphony Hall para ver um concerto lá. Craig, quero dizer, o Dr. Bowman, estava naquela onda de virar um homem culto para compensar o tempo perdido e tinha comprado para mim um vestido cor-de-rosa maravilhoso com um decote que vinha até aqui. — Ela traçou com o dedo um arco profundamente côncavo em seu peito. — Nós estávamos empolgados. O mais divertido era chegar no Symphony Hall, com toda a agitação e o alvoroço. Quero dizer, a música era bem legal também, mas a entrada era a melhor parte para nós dois. O Dr. Bowman tinha a assinatura da temporada, e as cadeiras ficavam bem lá na frente. Andar por aquele corredor era como estar no palco, e foi por isso que ele queria que eu estivesse bem sexy.

— Parece que o Dr. Bowman gostava de exibir você.

— Alguma coisa assim — concordou Leona. — Por mim, não tinha problema. Eu achava divertido.

— Mas para fazer isso, vocês tinham de chegar lá na hora, ou talvez um pouquinho adiantados.

— Isso mesmo! Se você chegasse atrasado, às vezes tinha de esperar até o intervalo para poder sentar na plateia, e não era a mesma coisa.

— O que aconteceu no dia 8 de setembro de 2005?

— A gente estava se apressando com a arrumação para sair, quando o celular do Dr. Bowman tocou.

— Presumo que tenha sido Jordan Stanhope — disse Tony.

— Era, e isso queria dizer que a noite estava em suspenso, porque o Dr. Bowman decidiu que teria de fazer uma consulta em domicílio.

— Você ficou no apartamento enquanto o Dr. Bowman fazia a visita?

— Não. O Dr. Bowman me chamou pra ir junto. Ele disse que, se fosse um alarme falso, poderíamos ir direto para o concerto da casa dos Stanhope. Ele disse que a casa deles não era muito longe do Symphony Hall.

— Ou seja, era mais perto do que o hospital Newton Memorial.

— Protesto — disse Randolph. — Infundado. A testemunha nada disse sobre o hospital Newton Memorial.

— Aceito — disse o juiz com uma voz cansada. — O júri deve desconsiderar. Prossiga.

— Srta. Rattner — falou Tony e lambeu os lábios como de hábito —, no caminho para a residência dos Stanhope, o Dr. Bowman disse alguma coisa a você sobre o que ele achava do estado de Patience Stanhope? Ele achava que a visita que estava prestes a fazer seria um alarme falso?

— Protesto — interveio Randolph. — Testemunho indireto.

— Aceito — disse o juiz com um suspiro. — A testemunha deve limitar-se aos comentários que o Dr. Bowman realmente fez e não oferecer uma opinião sobre o que ele estava pensando.

— Repito — disse Tony —: o Dr. Bowman disse alguma coisa a você sobre o que ele pensava do estado de saúde de Patience Stanhope?

247

Leona olhou para o juiz.

— Eu estou confusa. Ele está perguntando, e você está dizendo para eu não responder.

— Não estou dizendo para você não responder, minha querida — disse o juiz Davidson. — Estou dizendo para você não tentar imaginar o que o Dr. Bowman estava pensando. Ele próprio poderá nos dizer isso. O Sr. Fasano está perguntando o que, especificamente, o Dr. Bowman disse sobre o estado de saúde de Patience.

— Tá bem — disse Leona, finalmente entendendo. — Ele disse que tinha medo que a coisa fosse de verdade.

— Ou seja, que Patience Stanhope estivesse realmente doente.

— Sim.

— Ele disse alguma coisa sobre como se sentia em relação aos pacientes tipo Patience Stanhope, os PPs, ou pacientes-problema?

— Naquela noite, quando estávamos no carro?

— Sim, naquela noite.

— Ele disse que ela era uma hipocondríaca, coisa que ele não suportava. Disse que, para ele, hipocondríacos eram o mesmo que mandriões. Lembro porque tive de procurar a palavra no dicionário depois. Quer dizer alguém que finge estar doente para evitar o cumprimento do dever. É uma coisa feia.

— Procurar *mandrião* no dicionário foi muito louvável de sua parte. O que a motivou a fazer isso?

— Estou estudando para ser técnica de laboratório médico ou assistente de enfermagem. Tenho de conhecer o jargão.

— O Dr. Bowman lhe disse alguma outra coisa sobre como ele se sentia por Patience Stanhope?

— Ah, sim! — disse Leona com uma risada falsa, para enfatizar.

— Poderia explicar ao júri quando isso aconteceu?

— Foi na noite em que ele recebeu a notificação do processo. Estávamos no Sports Club LA.

— E o que foi que ele disse, exatamente?

— É melhor perguntar o que ele não disse. Quero dizer, ele falou tanto que você não acreditaria.

— Dê ao júri alguma ideia do que você está dizendo.

— Bom, é difícil lembrar daquela falação toda. Ele disse que odiava a paciente porque ela deixava todo mundo doido, inclusive a si mesma. Disse que deixava *ele* doido porque ela só falava de suas fezes e às vezes as guardava para mostrar. Ele também disse que ela deixava ele doido porque nunca fazia nada do que ele dizia para fazer. Chamou-a de hipocondríaca, pretexto de esposa e uma vaca de carteirinha que exigia que ele a consolasse e ouvisse suas queixas. Disse que o falecimento dela tinha sido uma bênção para todo mundo, inclusive para ela mesma.

— Uau! — disse Tony, fingindo que ouvia aquele depoimento pela primeira vez e ficava chocado. — Então me parece que sua impressão, baseada no que o Dr. Bowman disse, foi de que ele estava feliz por Patience Stanhope ter morrido.

— Protesto — interrompeu Randolph. — Conduzindo a testemunha.

— Aceito — disse o juiz. — Os jurados devem desconsiderar.

— Diga-nos o que você achou depois de tudo o que o Dr. Bowman disse

— Eu achei que ele estava feliz com a morte dela.

— Ouvindo a falação dele, para usar sua palavra, você deve ter pensado que o Dr. Bowman estava realmente irritado. Ele disse alguma coisa especificamente sobre ser processado, ou seja, que seu desempenho e suas decisões seriam questionadas de modo razoável em um tribunal de justiça?

— Sim. Ele disse que era um ultraje que o cretino esquisitão do Jordan Stanhope estivesse processando ele por perda dos benefícios como cônjuge, quando ele não conseguia imaginar o Sr. Stanhope transando ou querendo transar com uma bruxa tão horrorosa.

— Obrigado, Srta. Rattner — disse Tony, coletando os papéis espalhados na superfície da tribuna. — Sem mais perguntas.

Uma vez mais, Jack olhou brevemente para Alexis. Dessa vez, ela respondeu o olhar.

— Bem — sussurrou ela, filosoficamente —, o que Craig podia esperar? Não há dúvidas de que ele cavou a própria cova. O testemunho de Leona foi tão ruim quanto eu imaginava que seria. Vamos esperar que você consiga descobrir alguma coisa na necropsia.

— Talvez Randolph possa fazer alguma coisa na reinquirição. E não esqueça que ele ainda vai apresentar o lado da defesa

— Não esqueci. Só estou sendo realista e me colocando no lugar de um dos jurados. A coisa está feia. O testemunho conseguiu fazer Craig parecer uma pessoa completamente diferente do que é. Ele tem seus defeitos, mas o tanto que ele se importa com seus pacientes não é um deles.

— Infelizmente, acho que você está certa — disse Jack.

13

NEWTON, MASSACHUSETTS
QUARTA-FEIRA, 7 DE JUNHO DE 2006
15H30

— Deixe eu ver a planta baixa de novo — disse Renaldo a Manuel.

Eles estavam sentados num Chevrolet Camaro preto, estacionado numa ruela arborizada, perto da residência dos Bowman. Vestiam uniformes de trabalho genéricos, de cor marrom. No banco de trás, uma pequena bolsa de lona, semelhante às que os encanadores usam para guardar ferramentas.

Manuel entregou as plantas da casa para Renaldo. Os papéis se amassaram enquanto Renaldo os desenrolava. Renaldo estava sentado ao volante Ele teve de se esforçar para deixar o papel liso o suficiente para que se pudesse examiná-lo

— Essa é a porta pela qual nós vamos entrar — disse Renaldo, apontando. — Tá sacando?

Manuel curvou-se, quase tocando o ombro de Renaldo, visto que o topo da página estava virado para o lado oposto. Ele estava no banco do passageiro.

— Puta merda — reclamou Renaldo. — Não é tão complicado assim.

— Eu saquei! — disse Manuel.

— O que temos de fazer é achar todas as três garotas rápido, de modo que nenhuma delas tenha a chance de alertar as outras. Entende?

— Claro.

— Então ou elas vão estar aqui no salão/cozinha, provavelmente vendo TV — explicou Renaldo, apontando para a respectiva área na planta —, ou elas vão estar nos quartos delas. — Ele lutou para passar para a segunda página. O papel queria voltar para sua forma cilíndrica original. Acabou jogando a primeira página no banco de trás. — Aqui estão os quartos, na parte de trás da casa — disse quando conseguiu alisar a segunda página. — E aqui estão as escadas. Sacou? Não é bom ficar procurando, e a coisa tem de ser feita rápido.

— Eu entendi. Mas elas são três e nós somos só dois.

— Não vai ser difícil deixar as meninas morrendo de medo. A única que pode dar problema é a mais velha, mas se a gente não conseguir resolver isso, nós estamos no negócio errado. O plano é pôr as fitas nelas rápido. Rápido mesmo. Não quero ouvir grito nenhum. Assim que a gente amordaçar as três, a diversão começa. Certo?

— Sim — disse Manuel e se ajeitou no banco.

— Você está com a sua arma?

— Claro que estou com a minha arma. — Ele puxou uma 38 de cano curto do bolso.

— Guarda isso, pelo amor de Deus! — esbravejou Renaldo. Seus olhos perscrutaram rapidamente os arredores, para ter certeza de que não havia ninguém andando por ali. O local estava quieto. Todos estavam em seus trabalhos. As casas, bem distantes entre si, pareciam desertas.

— E as máscaras e luvas?

Manuel as tirou de seu outro bolso.

— Ótimo! — disse Renaldo, olhando o relógio. — Então, a hora é essa. Vamos lá!

Enquanto Manuel saía do carro, Renaldo pegou a bolsa de lona do banco de trás. Ele se juntou ao companheiro, e os dois caminharam de volta para a interseção, virando à direita. Não se apressaram e também não conversaram. Graças ao dossel de folhas das copas das árvores, a rua estava sombreada, mas ainda assim cada casa brilhava sob a intensa luz do sol. Uma senhora idosa passeava com seu cachorro ao longe, mas se distanciava deles. Um carro aproximou-se e seguiu adiante sem parar. O motorista os ignorou.

Chegando à frente da propriedade dos Bowman, eles pararam por um instante, olhando para ambos os lados da rua.

— Parece que está tudo bem — disse Renaldo. — Vamos lá.

Mantendo um passo normal, cruzaram a beira do gramado fronteiro dos Bowman. Pareciam dois trabalhadores normais, numa missão legítima. Entraram pela linha das árvores que separava as duas casas vizinhas e logo chegavam ao fundo. Olhando a parte detrás da casa, podiam ver a porta pela qual pretendiam entrar. Estava a cerca de 12 metros, depois de um caminho de grama banhado pelo sol.

— Certo — disse Renaldo. — Hora de colocar as máscaras e as luvas.

Os dois vestiram rapidamente os itens: máscaras primeiro, as luvas a seguir. Olharam um para o outro e acenaram com a cabeça.

Renaldo abriu a bolsa de lona com um clique. Ele queria ter certeza de que não faltava nada. Entregou a Manuel um rolo de fita adesiva, que este pôs no bolso.

— Vamos lá!

Como eram profissionais, cruzaram o gramado e entraram pela porta num piscar de olhos, quase sem fazer barulho. Quando entraram, hesitaram e ficaram de orelhas em pé. Podiam ouvir o barulho de risadas enlatadas vindo de uma TV no salão. Renaldo fez um sinal de positivo com o polegar e gesticulou para que Manuel avançasse. Com passos leves e movimentos silenciosos, passaram pelo escritório e percorreram o corredor central. Renaldo liderava. Ele parou logo antes da entrada em forma de arco do salão. Lentamente, olhou pela borda do arco, com seu campo de visão cada vez maior, primeiro da cozinha e depois englobando progressivamente o salão. Quando viu as garotas, recuou. Levantou dois dedos, indicando que havia duas garotas. Manuel fez que sim.

Renaldo traçou um grande círculo anti-horário no ar com a mão, para sugerir que fossem pela cozinha, e então se aproximassem por trás do sofá que ficava na frente da TV. Manuel concordou com a cabeça. Renaldo mostrou o rolo de fita adesiva. Manuel tirou o seu.

Depois de pôr silenciosamente a bolsa de lona no chão, Renaldo preparou-se. Olhou para Manuel, que sinalizou que estava pronto.

Com movimentos rápidos, mas silenciosos, Renaldo seguiu a rota que mapeara no ar. As cabeças das meninas podiam ser vistas despontando do encosto do sofá colorido. O volume da TV, que parecia baixo quando ouviram pela primeira vez, não estava baixo, especialmente nas partes das gargalhadas. Renaldo e Manuel conseguiram ir bem para trás das meninas, que de nada suspeitavam.

Com um aceno de cabeça de Renaldo, cada um dos homens pulou sobre cada extremidade do sofá. Agarraram-as. Foram brutais e não hesitaram, agarrando as crianças pelos pescoços e pressionando seus rostos sobre os travesseiros macios do sofá. As duas garotas haviam soltado fracos gritinhos por reflexo, mas os sons foram imediatamente abafados. Usando seus dentes, os homens cortaram pedaços de fita adesiva e, mantendo a pressão sobre as meninas com o peso do corpo, prenderam as mãos de ambas por trás de suas respectivas costas. Quase ao mesmo tempo, giraram as duas. Elas arquejaram, procurando ar, os olhos arregalados de medo. Renaldo pôs seu dedo sobre os lábios fechados para indicar que elas deviam ficar em silêncio, mas não havia necessidade. Ambas faziam todo o possível para satisfazer suas necessidades de ar e estavam aterrorizadas quase a ponto da paralisia.

— Onde está a irmã de vocês? — sibilou Renaldo através de dentes cerrados.

Nenhuma das garotas falou, olhando seus captores com intensidade, sem piscar os olhos. Renaldo estalou os dedos para Manuel e apontou para Meghan, que tremia sob seu domínio.

Manuel soltou Meghan tempo suficiente para pegar um lenço esfarrapado, que brutalmente enfiou na boca da menina. Ela tentou resistir, movendo a cabeça de um lado para o outro, mas foi em vão. Ele grudou um pedaço pequeno de fita adesiva sobre a parte inferior do rosto da menina, completando a mordaça. Rapidamente, um segundo pedaço de fita foi acrescentado, forçando Meghan a respirar ruidosamente pelo nariz.

Vendo o que acontecera a Meghan, Christina rapidamente tentou cooperar.

— Ela está lá em cima, tomando banho — exclamou sem fôlego.

Renaldo a recompensou amordaçando-a rapidamente, assim como Manuel fizera com Meghan. Então, os dois prenderam os pés das meninas antes de as colocar em pé com um puxão e então juntá-las para amarrá-las de costas uma para a outra. Nesse momento, Renaldo as empurrou e elas desabaram numa posição desajeitada, ambas ainda arfando.

— Fiquem aqui! — rosnou Renaldo enquanto pegava seu rolo de fita adesiva.

Rápido, mas sem fazer ruídos, Renaldo subiu a escada. Quando chegou ao corredor de cima, conseguiu ouvir o barulho do chuveiro. Era um som distante, suave, sibilante, o qual ele seguiu, passando por vários cômodos com portas abertas. A terceira porta à esquerda abria para um quarto extraordinariamente bagunçado. Roupas, livros, sapatos e revistas estavam largados pelo chão e sobre todas as superfícies horizontais. Uma calcinha fina e sutiã pretos estavam jogados sobre a soleira de mármore do banheiro. De lá de dentro, nuvens de vapor espiralavam para o interior do quarto.

Cada vez com mais expectativas, Renaldo rapidamente atravessou o quarto, tomando cuidado para evitar os entulhos. Ele espiou para dentro do banheiro, mas mal pôde ver através da densa névoa. O espelho estava completamente embaçado.

Era um banheiro pequeno, com uma pia de pedestal, um vaso e uma banheira baixa que também servia de boxe. Uma cortina de banho branca e opaca com cavalos-marinhos pretos pendia de um varão prateado e ondulava tanto pela força da ducha e do vapor que subia quanto pelos contatos ocasionais com a ocupante do chuveiro.

Renaldo pensou um pouco sobre o que devia fazer. Com as outras garotas já presas, não havia um problema real. Na verdade, saber que a garota estava pelada era excitante, e aquilo também tinha de ser levado em conta. Ele se esticou e pôs o rolo de fita adesiva na borda da pia. Não pôde conter um sorriso, ao lembrar que estava sendo pago para fazer algo que ele podia muito bem pagar para fazer. Ele sabia que a garota no chuveiro tinha 15 anos e corpo de 21, com um par de peitos que merecia uma boa olhada.

Depois de pensar em algumas alternativas, incluindo esperar que a menina terminasse o banho e saísse do chuveiro, Renaldo simplesmente agarrou a cortina e a afastou com um golpe. Era uma barra de tração e a força da puxada a arrancou da parede, fazendo com que o varão e a cortina caíssem no chão, em um montinho.

No momento em que a haste e a cortina desapareceram, Tracy estava de costas para o chuveiro, com a cabeça sob a torrente de água, esfregando com força suas densas madeixas. Ela não ouvira o estrépito, mas provavelmente sentiu a onda de ar frio, pois se esquivou do jato de água e abriu os olhos. Assim que viu o invasor vestindo uma máscara preta de esqui, ela gritou.

Renaldo estendeu o braço, agarrou um punhado dos cabelos molhados e arrancou Tracy da banheira. Os pés dela tropeçaram na borda, e ela caiu de cabeça no chão. Renaldo largou os cabelos e pôs um joelho sobre a coluna lombar enquanto tentava agarrar os pulsos que se debatiam. Usando uma força resoluta, forçou as mãos dela contra as costas, agarrou o rolo de fita sobre a pia e, como fizera no andar de baixo, usou os dentes para arrancar um pedaço de fita do rolo. Com movimentos rápidos, enrolou a fita dentro, fora e em volta dos pulsos de Tracy. Dentro de apenas alguns segundos, as mãos dela estavam firmemente atadas.

Enquanto isso, Tracy não parara de gritar, mas o som era abafado pelo ruído do chuveiro. Renaldo girou a menina, para ficar de frente para ela. Pegou um pedaço de pano no bolso, amassou-o em formato de bola e começou a enfiá-lo na boca de Tracy. Ela era bem mais forte do que Christina e conseguiu resistir até que Renaldo montasse nela e usasse os joelhos para segurar a cabeça. Ela então conseguiu morder o dedo dele, o que o deixou furioso.

— Puta! — gritou.

Ele a estapeou com força, cortando o lábio dela. Ela ainda resistia, mas Renaldo conseguiu colocar o pano dentro da boca e colar vários pedaços de fita para mantê-lo no lugar. Ele então ficou de pé e olhou para a adolescente aterrorizada.

— Nada mau — comentou Renaldo enquanto observava o corpo de mulher de Tracy e o piercing no umbigo. Seus olhos pararam em uma pequena tatuagem de cobra logo acima da púbis. — Tão cedo e já se raspa. E tem uma tatuagem. Imagino se papai e mamãe sabem disso. Você não está um pouco saidinha demais, menina?

Renaldo curvou-se e usando a mão como gancho, pegou Tracy por uma das axilas e a içou com brutalidade. Ela reagiu, saindo correndo do banheiro, o que o pegou de surpresa. Ele teve de correr para agarrá-la antes que saísse do quarto.

— Não tão rápido, bonitinha — vociferou Renaldo, colocando-a de frente para ele com um puxão. — Se for esperta e boazinha, não vou machucar você. Se não, garanto que vai se arrepender muito. Entendeu?

Tracy encarou desafiadoramente seu agressor, os olhos lançando faíscas.

— Se fazendo de difícil, é? — perguntou ironicamente. Ele baixou os olhos para os seios dela, que achou bem mais impressionantes agora que ela estava de pé. — E gostosa também. Quantas cobras já entraram na sua caverninha? Aposto que bem mais do que seus pais acham, hein? — Ele fez que sim com a cabeça, como quem sabe de um segredo.

Tracy continuava a encarar Renaldo com fúria, seu peito ondulando por causa da descarga de adrenalina.

— Deixe eu contar o que vai acontecer aqui. Você e eu vamos lá pra baixo, para a sala, para uma reunião de família com suas irmãs. Vamos amarrar vocês juntinhas, vocês vão formar uma grande e linda família. Então vou contar pra vocês algumas coisas que quero que contem aos seus pais. Aí, nós vamos embora. Entendeu o plano?

Com um empurrão, Renaldo conduziu Tracy para o corredor. Ele ainda a segurava pelo braço, logo acima do cotovelo. Quando chegaram às escadas, mandou que ela descesse.

Na sala de estar, Manuel obedientemente vigiava Meghan e Christina. Meghan chorava em silêncio, como se via por suas lágrimas e pelos tremores intermitentes de seu torso. Christina ainda estava aterrorizada, os olhos arregalados.

— Bom trabalho — disse Manuel enquanto Tracy, nua, era levada até o sofá. Ele não pôde não olhar para Tracy, assim como Renaldo fizera.

— Coloque as duas sentadas, com cada uma virada para uma ponta do sofá — ordenou Renaldo.

Manuel ergueu as duas pré-adolescentes e as girou, como o comparsa havia ordenado.

Renaldo guiou Tracy para que ela se sentasse na beira do sofá, de costas para as irmãs. Quando terminou, endireitou-se e deu uma olhada em sua obra. Sentindo-se satisfeito, entregou a fita para Manuel e mandou que ele juntasse as coisas.

— Ouçam, lindinhas — disse Renaldo para as meninas, principalmente para Tracy, a quem ele olhava diretamente nos olhos. — Queremos que vocês passem uma mensagem para seus pais. Mas antes deixem eu perguntar uma coisa. Vocês sabem o que é uma necropsia? Só façam que sim com a cabeça se souberem.

Tracy não se moveu. Nem sequer piscou. Renaldo a estapeou de novo, abrindo mais a ferida em seu lábio. Um filete de sangue corria pelo queixo da menina.

— Não vou perguntar de novo. Acenem, balancem a cabeça, indiquem se sabem a resposta. Respondam!

Tracy assentiu rapidamente.

— Bom! — disse Renaldo. — Esta é a mensagem para mamãe e papai: nada de necropsia! Você entendeu? Nada de necropsia! Faça que sim com a cabeça se você entendeu.

Tracy assentiu, obediente.

— Certo. Esta é a mensagem principal: nada de necropsia. Eu poderia escrever para vocês, mas não acho que seja inteligente nessas circunstâncias. Digam a eles que, caso ignorem esse aviso, nós voltaremos para visitar vocês, e a coisa não vai ser bonita. Entende o que estou dizendo? Vai ser ruim, não como agora, porque isso é só um aviso. Pode não ser amanhã e talvez nem na semana que vem, mas algum dia. Agora, quero saber se você entendeu a mensagem até aqui. Responda com um sinal.

Tracy fez que sim. Parte da coragem havia desaparecido de seus olhos.

— E a última parte da mensagem também é simples. Diga aos seus pais para não meterem a polícia na história. Isso é só entre os seus pais e a gente. Se eles falarem com a polícia, vou ter que fazer outra visita, onde quer que vocês estiverem. É bem fácil. Estamos entendidos sobre isso tudo?

Tracy assentiu novamente. Agora estava claro que ela se sentia tão aterrorizada quanto as irmãs mais novas.

— Ótimo! — disse Renaldo. Ele estendeu os dedos enluvados e beliscou um dos mamilos de Tracy. — Belos peitos. Diga a seus pais que não me obriguem a voltar.

Depois de uma breve varredura visual pelo ambiente, Renaldo fez um gesto para Manuel. Tão rapidamente quanto haviam entrado, saíram, pegando a bolsa de lona no caminho e tirando as máscaras e luvas. Fecharam a porta e refizeram o caminho até a rua. Enquanto se dirigiam ao carro, passaram por algumas crianças que andavam de bicicleta, mas isso não os incomodou. Eles eram apenas dois trabalhadores braçais, voltando para casa depois de completar um serviço. Dentro do carro, Renaldo olhou o relógio. Tudo aquilo durara menos de vinte minutos, o que não era nada mau para um pagamento de mil dólares.

14

BOSTON, MASSACHUSETTS

QUARTA-FEIRA, 7 DE JUNHO, 2006

15H50

Randolph demorou mais do que o normal para levantar-se da mesa da defesa, organizar seus papéis e se situar atrás da tribuna. Mesmo quando aparentava estar pronto, ele olhou para Leona Rattner por tempo suficiente para que ela desviasse o olhar por um instante. Randolph podia ser intimidante, com sua aura poderosa e patriarcal.

— Srta. Rattner — disse o advogado com sua voz refinada —, como você descreveria sua escolha de vestuário para trabalhar no consultório?

Leona riu, incerta.

— Normal, eu acho, por quê?

— Você classificaria suas roupas normais como conservadoras ou recatadas?

— Nunca pensei no assunto.

— Alguma vez Marlene Richardt, que é na prática a administradora do consultório, sugeriu que você se vestia de maneira inapropriada?

Por um instante, Leona pareceu como a raposa flagrada roubando o galinheiro. Seus olhos dardejaram de Tony para o juiz e então de volta para Randolph.

— Ela disse alguma coisa nesse sentido

— Quantas vezes?

– Como eu vou saber? Algumas

– Ela usou termos como "sexy" ou "provocante"?

— É possível.

— Srta. Rattner, você testemunhou que o Dr. Bowman estava lhe "secando", faz cerca de um ano.

— Verdade.

— Acha que isso pode ter tido alguma relação com sua escolha de vestuário?

— Como é que eu vou saber?

— Você testemunhou que no início ficou constrangida, porque ele era casado.

— Verdade.

— Mas, há um ano, o Dr. Bowman estava oficialmente separado da esposa. Havia desgastes no casamento com os quais ambos estavam lidando. Isso não era de conhecimento comum no consultório?

— Talvez fosse.

— Será que não era você quem secava o Dr. Bowman, em vez do contrário?

— Talvez de uma forma inconsciente. Ele é um cara bonitão.

— Alguma vez lhe ocorreu a ideia de que o Dr. Bowman pudesse estar suscetível a roupas provocantes, considerando o fato de que estava morando sozinho?

— Nunca pensei nisso.

— Srta. Rattner, você testemunhou que, no dia 8 de setembro de 2005, estava morando no apartamento do Dr. Bowman, em Boston.

— Eu estava.

— Como isso aconteceu? O Dr. Bowman a convidou para ir morar com ele?

— Não exatamente.

— A sua mudança para lá foi alguma vez tópico de conversa, de modo que os benefícios e desvantagens pudessem ser discutidos?

— Na verdade, não.

— A verdade é que você decidiu se mudar para lá por sua própria iniciativa. Isso é correto?

— Bom, eu estava passando todas as noites lá. Por que pagar aluguel de dois apartamentos?

— Você não respondeu à pergunta. Você se mudou para o apartamento do Dr. Bowman sem discutir o assunto com ele. Isso está correto?

— Mas ele não reclamou — disparou Leona. — Ele estava tendo o que queria todas as noites.

— A pergunta é se você se mudou para lá por sua própria iniciativa.

— Sim, eu me mudei por minha própria iniciativa — concordou Leona, irritada. — E ele adorou.

— Veremos isso quando o Dr. Bowman testemunhar — disse Randolph, consultando suas anotações. — Srta. Rattner, na noite de 8 de setembro de 2005, quando o Sr. Jordan Stanhope ligou por causa de sua esposa, Patience, o Dr. Bowman chegou a dizer alguma coisa sobre o hospital Newton Memorial?

— Não, não disse.

— Ele não disse que seria melhor ir para a casa dos Stanhope em vez de para o hospital, porque a residência dos Stanhope era mais próxima do Symphony Hall?

— Não. Ele não disse nada sobre o hospital.

— Quando você e o Dr. Bowman chegaram à residência dos Stanhope, você ficou no carro?

— Não. O Dr. Bowman quis que eu entrasse com ele, para ajudar.

— E você estava carregando o ECG portátil.

— Isso mesmo.

— E quando vocês chegaram ao quarto da Sra. Stanhope, o que aconteceu?

— O Dr. Bowman começou a tratar da Sra. Stanhope.

— Nesse momento, ele parecia preocupado?

— Com certeza. Ele fez com que o Sr. Stanhope chamasse uma ambulância na mesma hora.

— E ele instruiu você a ventilar a paciente, enquanto ele fazia o que tinha de fazer.

— Sim. Ele me mostrou como fazer a ventilação.

— O Dr. Bowman estava preocupado com o estado de saúde da paciente?

— Muito preocupado. A paciente estava muito azul, e as pupilas dela, grandes e não reativas.

— Segundo as informações, a ambulância veio rapidamente para levar a Sra. Stanhope ao Newton Memorial. Você e o Dr. Bowman foram para o hospital?

— Eu dirigi o carro dele. O Dr. Bowman foi na ambulância.

— Por que ele foi na ambulância?

— Ele disse que, se houvesse algum problema, gostaria de estar presente.

— Você não o viu novamente até muito mais tarde, depois que a Sra. Stanhope havia falecido. Correto?

— Sim. Foi na emergência. Ele estava todo sujo de sangue.

— Ele estava abatido com a morte da paciente?

— Ele estava bem mal.

— Então o Dr. Bowman se esforçou muito para salvar a paciente?

— Sim.

— E ele ficou arrasado quando todos os esforços dele não deram em nada.

— Eu diria que ele ficou deprimido, mas não por muito tempo. Na verdade, nós acabamos tendo uma noite de sexta muito gostosa, no apartamento.

— Srta. Rattner, permita-me fazer uma pergunta pessoal. Você me passa a impressão de ser uma jovem muito exuberante. Já chegou a dizer coisas que na verdade não queria, num momento de grande irritação, talvez exagerando o modo como realmente se sentia?

— Todo mundo já fez isso — respondeu Leona, com uma risada frívola.

— Na noite em que o Dr. Bowman recebeu a notificação do processo, ele ficou transtornado?

— Muito. Nunca o vi tão transtornado.

— E com raiva?

— Muita raiva.

— Em tais circunstâncias, você acredita que havia alguma chance, quando ele, cito, "tagarelou" e fez comentários inapropriados sobre Patience Stanhope, de que estivesse apenas falando da boca pra fora, especialmente levando em conta o grande esforço que fizera para ressuscitar a paciente na noite fatídica e nas visitas semanais durante o ano que antecedeu a morte dela?

Randolph parou, esperando que Leona respondesse.

— A testemunha deve responder à pergunta — disse o juiz Davidson, depois de alguns momentos de silêncio.

— Foi uma pergunta? — disse Leona, obviamente confusa. — Eu não entendi.

— Repita a pergunta — ordenou o juiz Davidson.

— O que eu estou sugerindo é que os comentários do Dr. Bowman sobre Patience Stanhope, na noite da notificação, foram um reflexo da inquietude dele, sendo sua atitude para com a paciente verdadeiramente demonstrada pelo esforço em atendê-la em casa semanalmente, durante quase um ano, e pelos grandes esforços para ressuscitá-la na noite em que faleceu. Eu estou perguntando, Srta. Rattner, se isso lhe parece plausível.

— Talvez. Eu não sei. Acho que você deve perguntar para ele.

— Creio que farei isso — disse Randolph. — Mas antes quero perguntar a você se ainda está morando no apartamento que o Dr. Bowman alugou em Boston.

Jack curvou-se para Alexis e sussurrou:

— Randolph está fazendo impunemente perguntas e afirmações que deviam ter provocado protestos da parte de Tony Fasano. Fasano sempre foi rápido no gatilho antes. O que será que está acontecendo?

— Talvez tenha algo a ver com aquela conversa reservada que o juiz teve com os advogados logo no começo do depoimento de Leona. Sempre há um pouco de concessões mútuas, para que a coisa fique equilibrada.

— Parece razoável — concordou Jack. — Seja lá por que for, Randolph está se saindo tão bem quanto possível.

Jack ouviu enquanto o advogado começava a questionar Leona, com astúcia, sobre como ela se sentia desde o início do processo de imperícia, e desde que Craig voltara a morar com a família. Jack sabia exatamente o que ele estava fazendo: preparava o terreno para uma defesa do tipo "amante desprezada", que tentaria criar uma suspeita de que o testemunho dela fosse motivado pelo rancor.

Jack aproximou-se novamente de Alexis e sussurrou:

— Deixe eu perguntar uma coisa. Seja sincera. Você se importaria se eu desse uma saidinha? Eu gostaria de jogar um pouco de basquete. Mas se você quiser que eu fique, eu fico. Tenho o pressentimento de que a pior parte já passou. Daqui em diante, Leona só vai piorar as coisas para si mesma.

— Claro! — disse Alexis, com sinceridade. — Vá fazer exercícios! Agradeço sua presença aqui, mas estou bem agora. Vá, se divirta. O juiz não vai demorar a encerrar as coisas por hoje. Ele sempre termina por volta das quatro.

— Tem certeza que está bem? — perguntou Jack.

— Sem dúvida — insistiu Alexis. — Vou jantar cedo com as meninas, mas vou deixar alguma coisa para você comer mais tarde. Não se apresse, mas tome cuidado. Craig sempre se machuca quando joga. Você está com sua chave?

— Estou com a chave — respondeu e envolveu a irmã num abraço rápido.

Jack levantou-se e, pedindo desculpas às pessoas sentadas na mesma fileira, abriu caminho até o corredor. Então, olhou de relance para o assento que Franco costumava ocupar. Ficou surpreso. O homem não estava na cadeira de costume. Sem parar de andar, procurou entre os espectadores pela conhecida silhueta do brutamontes. Quando chegou à porta, virou-se e rapidamente esquadrinhou o público mais uma vez. Nada de Franco.

Usando as costas para pressionar a alavanca da porta, Jack recuou para sair do tribunal. Não ver Franco no seu lugar de costume lhe deu o que pensar. A possibilidade de cruzar com o sujeito em algum lugar obscuro, com poucas saídas, como o estacionamento no subsolo, passou por sua mente. Embora sabendo que, se aquilo ocorresse no passado, Jack não se preocuparia nem um pouco, com o casamento marcado para dali a dois dias, ele não estava tão indiferente. Tendo de pensar em outra pessoa além de si mesmo, precisava tomar cuidado, o que significava estar preparado. A ideia de arranjar um spray de pimenta lhe ocorrera no dia anterior, mas ele não fizera nada a respeito. Decidiu mudar a situação.

O saguão dos elevadores do terceiro andar estava cheio de pessoas. As portas de um dos quatro tribunais estavam escancaradas, pessoas escoavam por ela. Um julgamento entrara em recesso. Havia grupos batendo papo; outros se apressaram para os elevadores, tentando determinar qual dos oito chegaria primeiro.

Jack juntou-se ao grupo e surpreendeu-se olhando em volta cautelosamente e imaginando se toparia com Franco. Duvidava de que fosse haver qualquer problema no prédio do tribunal. Era com o lado de fora que se preocupava.

No posto dos seguranças, na entrada, Jack parou para perguntar a um dos guardas uniformizados se ele sabia de alguma loja de ferragens próxima. Foi informado de que havia uma descendo a Charles Street, que lhe informaram ser a rua principal de Beacon Hill.

O segurança lhe assegurou de que conseguiria achar a rua com facilidade, inclusive porque ela cortava o parque, o que significava que era a que Jack usara para entrar no estacionamento onde seu carro alugado o esperava. De posse da informação e da orientação de que devia pegar a direção oeste, descendo pelo labirinto de Beacon Hill, Jack deixou o prédio do tribunal.

Novamente, ele olhou em volta à procura de sinais da presença de Franco, mas o brutamontes não se encontrava em parte alguma. Jack riu da própria paranoia. Informado de que devia tomar a direção oposta, deu a volta no prédio. As ruas eram estreitas e sinuosas, longe do padrão quadriculado ao qual se acostumara em Nova York. Seguindo seus instintos, Jack viu-se na Deme Street, que misteriosamente se transformou na Myrtle Street. Em sua maioria, as construções eram prédios residenciais de tijolos, modestos e estreitos, de quatro andares. Para sua surpresa, de repente deparou-se com um charmoso playground, lotado de mães e crianças. Passou por um estabelecimento apropriadamente batizado de Encanamento Beacon Hill, com um simpático labrador com pelo no tom chocolate fazendo um péssimo trabalho como guarda de entrada. Ao chegar ao topo da colina e começar uma lenta descida, Jack perguntou a um transeunte se estava na direção certa para a Charles Street. Disseram que sim, mas o aconselharam a virar à esquerda na próxima esquina, onde havia uma pequena loja de conveniência, e logo a seguir à direita, entrando na Pinkney Street.

À medida que a rua se tornava cada vez mais íngreme, percebeu que Beacon Hill não era só um nome, mas uma colina de verdade. As casas iam ficando maiores e mais elegantes, embora ainda discretas. À sua esquerda, passou por uma praça banhada de sol com uma forte cerca de ferro batido circulando uma linha de olmos centenários e um canteiro de grama. Alguns quarteirões adiante, Jack chegou à Charles Street

Em comparação com as vias secundárias que vinha seguindo, a Charles Street era um grande bulevar. Mesmo com carros estacionados em fila de ambos os lados, ainda havia espaço para três pistas de tráfego. Margeando a rua, havia nas calçadas uma grande variedade de pequenas lojas. Depois de parar um dos muitos pedestres e perguntar se havia uma loja de ferragens por perto, Jack aprendeu o caminho até a Charles Street Supply.

Ao entrar na loja, se perguntou se comprar o spray de pimenta era necessário. Longe do tribunal e do processo de Craig, a ameaça de Franco parecia uma possibilidade distante. Mas já havia chegado até lá, então comprou o spray de pimenta com o dono simpático, de mandíbula angulosa, cujo nome também era Jack, coincidentemente. Jack soube disso por acaso, quando um funcionário chamou o patrão pelo nome.

Recusando a oferta de uma sacolinha, Jack colocou o spray de pimenta no bolso direito da jaqueta. Como havia feito o esforço de comprar a fina latinha, queria mantê-la à mão. Assim armado, Jack caminhou sem pressa pela Charles Street, de volta para o Boston Common, e pegou o seu Hyundai.

No estacionamento subterrâneo, deserto, úmido e pouco iluminado, Jack ficou feliz de ter um spray de pimenta. Era justo numa circunstância daquelas que não gostaria de ter de enfrentar Franco. Mas, uma vez dentro do carro e a caminho da saída, ele novamente riu de sua paranoia e imaginou se aquilo não seria um sentimento de culpa deslocado. Agora, sabia que não devia ter dado uma joelhada no homem, na entrada da casa de Stanhope, embora também não lhe saísse da cabeça a ideia de que, caso não tivesse feito isso, a situação poderia ter se descontrolado com facilidade, especialmente levando em conta a óbvia falta de autocontrole de Franco quanto a seus impulsos e suas tendências violentas.

Enquanto Jack saía das sombrias profundezas da garagem para a radiante luz solar, tomou uma decisão consciente de parar de pensar em Franco. Então, encostou o carro e consultou o mapa da cidade que a irmã havia lhe dado. Enquanto o fazia, sentiu sua pulsação acelerar, pensando num bom jogo de basquete.

Ele procurava pela Memorial Drive. E logo a encontrou, paralela à bacia do rio Charles. Infelizmente, era em Cambridge, do outro lado do rio. Julgando pela experiência como motorista em Boston, teve a impressão de que chegar lá seria um tanto difícil, uma vez que as pontes eram poucas. Suas preocupações se confirmaram quando foi retardado por um desconcertante conjunto de ruas de mão única, pela ausência de curvas à esquerda, por placas de trânsito nem sempre legíveis e pelos motoristas exageradamente agressivos de Boston.

Apesar dos obstáculos, Jack conseguiu por fim pegar a Memorial Drive e então logo achou a quadra de rua que o amigo de Warren, David Thomas, havia descrito. Jack estacionou em uma pequena via secundária, saiu do carro e abriu o porta-malas. Empurrando para o lado os equipamentos para a necropsia que Latasha lhe emprestara, pegou sua roupa de jogar e olhou ao redor, à procura de um lugar para se trocar. Não encontrando nenhum, voltou ao carro e, como um contorcionista, conseguiu tirar suas roupas e vestir o short sem ofender ninguém em meio às multidões de ciclistas, patinadores e corredores que passavam pela margem do rio Charles.

Depois de se certificar de que o carro estava trancado, Jack correu até a quadra. Lá estavam cerca de quinze homens, variando em idade de 20 anos para cima. Aos 46, Jack achou que seria o jogador mais velho. O jogo ainda não havia começado. Todos estavam treinando arremessos ou fazendo estripulias com a bola e se insultavam amigavelmente.

Conhecendo a complicada etiqueta das quadras de rua graças aos muitos anos de experiência em um ambiente similar em Nova York, Jack se fez de indiferente. Começou apenas pegando os rebotes e passando as bolas para os que treinavam arremessos. Só mais tarde começou a arremessar, e como era esperado, seus acertos chamaram a atenção de vários jogadores, embora nenhum deles fizesse qualquer comentário. Depois de quinze minutos, sentindo-se mais solto, Jack perguntou por David Thomas num tom casual. O perguntado não respondeu, só apontou.

Jack aproximou-se. David era um dos que mais distribuía os insultos amigáveis. Como Jack imaginara, ele era afro-americano, tinha entre 35 e 40 anos, um pouco mais alto do que Jack, e mais pesado. Tinha uma barba cheia. Na verdade, tinha mais cabelo no rosto do que no cocuruto. Mas a característica mais peculiar era o brilho em seus olhos; era um homem de riso fácil. Era evidente que gostava da vida.

Quando Jack aproximou-se e se apresentou, David, sem qualquer constrangimento, jogou os braços em volta de Jack, o abraçou e então apertou sua mão.

— Qualquer amigo de Warren Wilson é meu amigo também — disse David, entusiasmado. — E Warren me disse que você é do ataque. Ei, você vai jogar comigo, ok?

— Claro! — respondeu Jack.

— Ei, Esopo! — David chamou outro jogador. — Hoje não é seu dia, cara. Você não vai jogar com a gente. É a vez do Jack! — David deu uma pancada nas costas do novo amigo e então disse, à parte: — Aquele cara sempre tem uma história pra contar. É por isso que o chamamos de Esopo.

O jogo acabou sendo ótimo: tão bom quanto em Nova York. Jack não demorou a perceber que tivera sorte de ser incluído no time de David. Embora os placares tivessem sido apertados, o time dele venceu todas as partidas, o que fez com que Jack não fosse obrigado a sair da quadra nenhuma vez. Por mais de duas horas, ele, David, e os três outros que seu novo amigo escolhera para o jogo daquela noite não perderam. Quando acabou, Jack estava exausto. Saindo da quadra, consultou o relógio. Já passava muito das sete.

— Você aparece amanhã de noite? — convidou David enquanto Jack juntava suas coisas.

— Não sei.

— Nós vamos estar aqui.

— Obrigado por me deixar jogar com vocês.

— Ei cara, você fez por merecer.

Jack saiu da quadra cercada com as pernas ligeiramente bambas. Embora ao fim do jogo ele estivesse ensopado de suor, já havia secado com a brisa seca e morna que soprava do rio. Andou devagar. O exercício lhe fizera muito bem. Por várias horas, não havia pensado em nada além das exigências imediatas do jogo, mas agora a realidade voltava a se instalar. A ideia de conversar com Laurie não o animava muito. Amanhã seria quinta, e ele sequer sabia a que horas poderia começar a necropsia, muito menos quando a terminaria, e quando poderia voar de volta para Nova York. Jack sabia que Laurie ficaria compreensivelmente chateada, e ele não tinha certeza do que devia dizer.

Chegou ao seu pequeno carro creme, destrancou a porta e começou a abri-la. Para sua surpresa, uma mão surgiu por cima de seu ombro e fechou a porta com uma pancada. Virou-se e topou com os olhos profundos e o rosto um tanto feio de Franco. A primeira coisa que passou por sua cabeça foi que o maldito spray de pimenta que custara 10 dólares e 49 centavos estava no bolso da jaqueta, dentro do carro.

— Nós temos alguns negócios inacabados — rosnou Franco.

Jack estava próximo o bastante de Franco para ser quase nocauteado pelo bafo de alho que emanava da boca do brutamontes.

— Corrigindo — disse Jack, tentando se inclinar para trás. Franco o estava comprimindo contra o carro. — Não acho que nós fizemos negócios algum dia, então, não podem estar inacabados. — Jack notou que atrás de Franco e um pouco para o lado havia outro homem que também estava envolvido no confronto.

268

— Espertinho — resmungou Franco. — O negócio foi a joelhada gratuita no meu saco.

— Não é gratuita quando você me soca primeiro.

— Pega ele, Antonio! — ordenou Franco enquanto recuava.

Jack reagiu tentando sair pelo espaço entre Franco e o carro. De tênis, ele achou que poderia, com facilidade, correr mais do que os dois bandidos, apesar de estar exausto do jogo. Mas Franco arremeteu e conseguiu agarrar uma parte da camiseta de Jack com a mão direita, detendo-o abruptamente enquanto ao mesmo tempo o atingia na boca com o punho esquerdo. Antonio agarrou um dos braços de Jack e tentou pegar o outro, de modo a prendê-los nas costas de Jack. Franco recuou a mão direita, preparando-se para o golpe decisivo.

Mas este nunca o atingiu. Em vez disso, um pequeno pedaço de cano atingiu o ombro de Franco, fazendo-o gritar de surpresa e dor. Seu braço direito caiu frouxo para o lado, enquanto sua mão esquerda socorria o ombro machucado, e ele se encurvou.

O cano agora estava apontado para Antonio.

— Solta ele, cara! — disse David.

Mais de doze outros jogadores de basquete haviam se materializado em um semicírculo ameaçador em volta de Jack, Franco e Antonio. Vários carregavam chaves de roda; outros, tacos de beisebol.

Antonio soltou Jack e olhou furioso para os recém-chegados.

— Não acho que vocês sejam aqui do bairro — comentou David, sua voz não mais truculenta. — Esopo, reviste!

Esopo avançou e rapidamente tomou a arma de Franco, que não resistiu. O segundo bandido não estava armado.

— Agora eu recomendo que vocês se retirem daqui — disse David, pegando a arma de Esopo.

— Isso ainda não acabou — resmungou Franco para Jack enquanto ele e Antonio iam embora.

Os jogadores abriram caminho para que passassem.

— O Warren me avisou sobre você — disse David a Jack. — Ele falou que você costuma se meter em confusões, e que ele teve que salvar você de enrascadas mais de uma vez. Sorte sua que vimos esses branquelos perto da quadra enquanto estávamos jogando. O que está havendo?

— Foi só um mal-entendido — respondeu Jack, evasivo.

Ele tocou o lábio com os dedos. Havia uma mancha de sangue.

— Se você precisar de alguma ajuda, é só me avisar. Agora, é melhor você botar gelo nesse lábio, e por que não fica com a arma? Você pode precisar se aquele idiota aparecer na porta da sua casa.

Jack recusou a arma e agradeceu a David e aos outros antes de entrar no carro. A primeira coisa que fez foi pegar a latinha de spray de pimenta. Então, olhou-se no espelho retrovisor. O lado direito do lábio superior havia inchado e começava a ficar azulado. Um filete de sangue solidificado lhe atravessava o queixo.

— Deus do céu — murmurou ele.

Warren estava certo, ele tinha uma inclinação para colocar-se em circunstâncias comprometedoras. Jack limpou o sangue o melhor que pôde com a bainha da camiseta.

Voltando para a casa dos Bowman, Jack pensou em mentir e dizer que o machucado fora resultado do jogo de basquete. Não era incomum que se machucasse, levando em conta o tanto que jogava, e o fato de que, na sua experiência, o basquete era um esporte de contato. O problema era que Craig e Alexis estariam abatidos depois do testemunho do dia, e ele não queria tornar o fardo deles mais pesado. Caso contasse a verdade, temia que se sentissem injustificadamente responsáveis.

Fazendo o mínimo de ruído possível, Jack usou a chave que tinha recebido de Alexis para entrar pela porta da frente. O objetivo era esgueirar-se até o porão e tomar um banho rápido antes que alguém o visse. Queria muito pôr gelo nos lábios, mas já havia passado tanto tempo desde a lesão que mais quinze minutos fariam pouca diferença. Depois de fechar silenciosamente a porta da frente, Jack parou, a mão ainda na maçaneta. Seu sexto sentido estava apitando; a casa encontrava-se quieta demais. Em todas as vezes que entrara, havia um ruído de fundo: um rádio, o toque de um celular, as crianças conversando, ou a TV. Agora, não havia nada, e o silêncio era agourento. Tendo visto o Lexus na entrada da casa, tinha uma razoável certeza de que ao menos os pais estavam ali. Sua preocupação imediata era que algo tivesse ido muito mal no julgamento.

Continuando a pressionar suas roupas contra o peito, Jack moveu-se rápida e silenciosamente pelo hall, indo até a arcada que levava ao salão. Inclinou-se pela abertura, esperando que o cômodo além dela estivesse deserto. Para sua surpresa, a família estava toda no sofá, com cada um dos pais em uma extremidade. Parecia que estavam vendo televisão, mas o aparelho estava desligado.

De seu ponto de observação, Jack não podia ver nenhum dos rostos. Por alguns instantes, ficou parado, vendo e ouvindo. Ninguém se movia ou falava. Intrigado, Jack entrou no salão e se aproximou. Quando chegou a cerca de 3 metros, hesitante, chamou pelo nome de Alexis. Ele não queria incomodá-los, caso fosse alguma coisa de família, mas algo o impedia de apenas se retirar.

Tanto Craig quanto Alexis se voltaram. Craig fuzilou Jack com os olhos, Alexis se levantou. O rosto dela estava tenso, e os olhos vermelhos. Havia alguma coisa errada. Havia alguma coisa muito errada.

15

NEWTON, MASSACHUSETTS

QUARTA-FEIRA, 7 DE JUNHO DE 2006

19H48

— Então foi isso — disse Alexis.

Ela havia contado a Jack a história de como ela e Craig haviam chegado em casa depois que o julgamento entrara em recesso e encontrado suas filhas aterrorizadas, presas e amordaçadas. Alexis tinha falado lenta e ponderadamente. Craig acrescentara alguns detalhes mórbidos, como o fato de que Tracy havia sido arrastada do chuveiro nua e golpeada com brutalidade.

Jack ficou sem palavras. Estava sentado na mesinha de centro, de frente para a irmã e o restante da família. Enquanto a história era contada, seus olhos pulavam de Alexis, ansiosa, assustada e preocupada, para Craig, que estava fora de si de tanta indignação, e para as meninas, em choque e obviamente traumatizadas. As três estavam sentadas em silêncio, não se moviam. Tracy tinha as pernas encolhidas sob si, os braços cruzados sobre o peito. Vestia um conjunto de moletom bem acima do seu número. Seu cabelo estava cacheado. Nada de umbigo de fora. Christina e Meghan envolviam as pernas com os braços, os joelhos se projetando para o alto. Via-se que a pele em volta da boca estava avermelhada e sensível em todas as três, onde os agressores haviam colado a fita adesiva. O lábio de Tracy estava ferido.

— Vocês estão bem? — perguntou Jack às meninas.

Ele tinha a impressão de que apenas Tracy havia sido fisicamente agredida e, ainda bem, parecia ser um machucado superficial.

— Elas estão tão bem quanto é possível na situação — disse Alexis.

— Como os homens conseguiram entrar?

— Eles arrombaram a porta dos fundos! — esbravejou Craig. — Está na cara que eram profissionais.

— Alguma coisa foi roubada? — perguntou Jack. Seus olhos rapidamente esquadrinharam o cômodo em busca de estragos, mas tudo parecia em ordem.

— Nada que tenhamos percebido — disse Alexis.

— O que eles queriam, então? — perguntou Jack.

— Mandar um recado — disse sua irmã. — Eles deram a Tracy uma mensagem verbal, para que ela nos dissesse.

— O quê? — perguntou Jack com impaciência, quando Alexis não explicou.

— Nada de necropsia! — explodiu Craig. — O recado era nada de necropsia ou eles voltariam para machucar as crianças.

Os olhos de Jack pularam velozmente entre Craig e Alexis, indo e voltando. Ele não conseguia acreditar que sua oferta de ajuda podia ter provocado uma situação daquelas.

— Isso é loucura. — Ele deixou escapar. — Isso não pode estar acontecendo.

— Diga isso para as crianças! — desafiou Craig.

— Perdão! — disse Jack. Ele desviou o olhar dos rostos dos Bowman. Sentia-se arrasado por ser a causa daquele desastre. Balançou a cabeça e ergueu novamente o olhar, em especial para Craig e Alexis — Bom, está bem então, nada de necropsia!

— Não sabemos se estamos dispostos a ceder a esse tipo de extorsão — disse Alexis. — Apesar do que aconteceu, não descartamos a necropsia. Achamos que se alguém chega a ponto de ameaçar crianças para impedir que ela seja feita, isso é outro motivo para realizá-la.

Jack assentiu. A ideia também lhe ocorrera, mas não cabia a ele fazer com que Tracy, Meghan e Christina corressem qualquer outro risco. Além disso, o único culpado no qual conseguia pensar era Tony Fasano, e sua motivação não poderia ser somente o medo de não receber o pagamento, condicionado à vitória no julgamento. Jack olhou para Craig, cuja raiva parecia ter diminuído um pouco no decorrer da conversa.

— Se houver qualquer risco, por menor que seja, sou contra — disse Craig. — Mas achamos que é possível eliminar o risco.

— Vocês chamaram a polícia? — perguntou Jack.

— Não chamamos — disse Alexis. — Essa foi a segunda parte da mensagem: nada de necropsia, nada de polícia.

— Vocês têm de chamar a polícia — falou Jack, mas suas palavras pareceram vazias. Ele não havia denunciado seu confronto com Fasano e companhia no dia anterior, ou seu confronto com Franco, uma hora atrás.

— Estamos pensando nas alternativas — explicou Craig. — Conversamos sobre isso com as meninas. Elas vão ficar com os avós por alguns dias, até que o julgamento acabe. Meus pais vivem em Lawrence, Massachusetts, e eles estão a caminho para pegá-las.

— Eu provavelmente vou com elas — disse Alexis.

— Você não precisa ir, mãe — interveio Tracy, falando pela primeira vez. — Vamos ficar bem com o vovô e a vovó.

— Ninguém vai saber a localização das meninas — argumentou Craig. — Elas vão faltar à escola no mínimo pelo resto dessa semana, e talvez pelo resto do período escolar, já que faltam poucos dias para o fim do ano letivo. Elas prometeram não usar os celulares e não contar a ninguém onde vão estar.

Jack fez que sim, mas não sabia com o que estava concordando. Tinha a impressão de que recebia mensagens contraditórias. Não havia como o risco quanto às crianças ser eliminado por completo. Estava preocupado com a possibilidade de Alexis e Craig não estarem pensando com lucidez, sob o estresse do julgamento. A única coisa de que Jack tinha certeza era que a polícia tinha de ser notificada.

— Olhem — disse Jack. — A única pessoa em que consigo pensar como mandante disso é Tony Fasano. Ele e seus comparsas.

— Também achamos isso — concordou Craig. — Mas o negócio parece quase mercenário demais, então estamos tentando nos manter abertos a outras possibilidades. A única coisa que realmente me surpreendeu no julgamento foi a animosidade que meus colegas sentem em relação à medicina concierge. Isso dá alguma credibilidade às perguntas retóricas que você fez ontem à noite sobre uma conspiração.

Jack pensou rapidamente sobre o assunto, mas apesar de ser uma ideia apetitosa para um fã confesso de teorias da conspiração, considerou a probabilidade de tal situação ser muito pequena, mesmo tendo sido ele quem a sugerira na noite anterior. Tony Fasano e sua equipe eram uma alternativa muito mais provável, em especial considerando que Franco já o havia ameaçado.

— Eu não sei se vocês perceberam meu lábio inchado — disse ele, tocando no machucado com cuidado.

— Seria difícil não ver! — disse Alexis. — Foi do basquete?

— Eu ia dizer isso — confessou Jack. — Mas foi de outra briga com o comparsa de Tony, o Franco. Isso infelizmente está se tornando um ritual diário.

— Aqueles canalhas! — rosnou Craig.

— Você está bem? — perguntou Alexis, preocupada.

— Estou melhor do que estaria se meus novos companheiros de basquete de Boston não tivessem interferido a meu favor na hora H. Franco tinha um comparsa.

— Meu Deus do céu — exclamou Alexis. — Sentimos muito por envolver você nisso tudo.

— Eu assumo inteiramente a responsabilidade — disse Jack. — E não estou querendo que vocês sintam pena. O que estou tentando dizer é que existe uma grande probabilidade de Fasano e seus capangas estarem por trás do que aconteceu aqui também. A questão é: a polícia precisa ser notificada de ambas as coisas.

— Você pode chamar a polícia para falar do seu problema — disse Craig.

— Mas não quero brincar com a segurança das minhas filhas. Não acho que a polícia possa ajudar. Essas pessoas que vieram aqui eram profissionais com máscaras de esqui, uniformes de trabalhador e luvas. E a polícia de Newton não está acostumada com esse tipo de coisa. Não passa de uma cidade suburbana.

— Eu discordo — declarou Jack. — Aposto que a polícia daqui viu muito mais coisas do que você imagina, e a ciência forense é uma ferramenta poderosa. Você não faz ideia do que poderiam encontrar. Poderiam ligar esse evento a outros semelhantes. Com certeza podem deixar vocês mais seguros. Um dos problemas de não notificar a polícia é que vocês estarão entregando o jogo para o culpado, seja lá ele quem for. Vocês estarão se deixando chantagear.

— É claro que estamos sendo chantageados — gritou Craig, tão alto que as meninas pularam. — Meu Deus, cara! Você acha que somos idiotas?

— Calma, Craig! — advertiu Alexis. Ela abraçou Tracy, que estava sentada a seu lado.

— Tenho uma sugestão — disse Jack. — Tenho um grande amigo em Nova York que é detetive sênior do Departamento de Polícia da cidade. Posso ligar para ele e pedir o conselho de uma pessoa experiente e capaz. Podemos perguntar o que vocês devem fazer.

— Eu não quero ser coagido — disse Craig.

— Ninguém vai coagir você — argumentou Jack. — Eu garanto.

— Acho que Jack deve ligar para o amigo dele — defendeu Alexis. — Nós ainda não tínhamos chegado a uma conclusão sobre a questão da polícia.

— Está bem! — disse Craig, jogando as mãos para o alto. — O que eu sei?

Jack procurou o celular nos bolsos da jaqueta. Então, ligou para a casa de Lou Soldano. Passava pouco das oito da noite, e aquele provavelmente era o melhor horário para encontrar o detetive, mas ele não estava em casa. Jack deixou uma mensagem na secretária eletrônica. A seguir, tentou o celular de Lou e foi atendido pelo detetive, que estava no carro, indo para o local de um homicídio, no Queens.

Enquanto os Bowman ouviam, Jack fez para Lou um pequeno resumo do que vinha fazendo e do que acontecera em Boston. Concluiu dizendo que estava sentado ao lado da irmã, do marido dela e das filhas do casal naquele exato minuto e a dúvida era: deviam ou não notificar a polícia?

— Sem dúvida — disse Lou sem hesitar. — Eles têm de avisar a polícia.

— Eles acham que a polícia de Newton pode não ter experiência com esse tipo de coisa, e, portanto, avisá-la seria correr um risco injustificado.

— Eles estão aí com você?

— Sim. Bem na minha frente

— Me põe no viva voz!

Jack fez o que Lou pediu e segurou o telefone diante de si.

Lou apresentou-se formalmente, expressou solidariedade pela provação pela qual passavam e então disse:

— Tenho um grande amigo, grande amigo mesmo, que é meu equivalente no Departamento de Polícia de Boston. Trabalhamos juntos séculos atrás. Ele tem muita experiência com todo tipo de crime, inclusive esse do qual vocês foram vítimas. Eu não teria nenhum problema em ligar para ele e pedir que cuidasse pessoalmente do caso. Ele vive ou na cidade de vocês ou em West Newton. É alguma coisa Newton. Tenho certeza de que conhece o pessoal da polícia de Newton. Vocês decidem. Posso ligar para ele agora mesmo. Ele se chama Liam Flanagan. Ótima pessoa. E deixem-me dizer uma coisa: suas filhas correm mais risco se vocês não notificarem o acontecido do que se notificarem. Disso tenho certeza.

Alexis olhou para Craig.

— Acho que devemos aceitar a oferta dele.

— Está bem — disse Craig, com alguma relutância.

— Ouviu? — perguntou Jack.

— Ouvi — disse Lou. — Vou cuidar disso já.

— Espere, Lou! — disse Jack.

Ele desligou o viva voz, pediu licença aos Bowman e saiu para o hall, onde não podia ser ouvido.

— Lou, quando você falar com Flanagan, veja se ele pode me arranjar uma arma.

— Uma arma? Isso é pedir demais.

— Veja se é possível. Estou me sentindo mais vulnerável do que o normal.

— Sua licença está em dia?

— Sim, para Nova York. Eu passei pelo treinamento formal e tudo. Foi você quem insistiu que eu o fizesse. Eu só não peguei a arma.

— Vou ver o que posso fazer.

Assim que Jack desligou, a campainha da porta da frente tocou. Alexis passou por ele apressada.

— Devem ser a vovó e o vovô — disse ela.

Mas estava errada. Era Randolph Bingham, vestido informalmente, mas com a elegância de sempre.

— Craig está pronto para o ensaio? — perguntou Randolph, percebendo a surpresa de Alexis. — Ele está me esperando.

Alexis pareceu confusa por alguns instantes, depois de ter tanta certeza de que eram os pais de Craig que haviam chegado.

— Ensaio? — perguntou ela.

— Sim. Craig testemunhará pela manhã, e concordamos que seria apropriado fazer um ensaio.

— Entre — disse Alexis, constrangida pela própria hesitação.

Randolph notou que Jack vestia um short e uma camiseta manchada de sangue, mas nada comentou enquanto Alexis o levava pelo hall até a sala.

Randolph seria agora informado do que acontecera naquela tarde na casa dos Bowman. Enquanto a história era contada, sua expressão mudou da habitual altivez levemente condescendente para uma de preocupação.

— As meninas foram examinadas por um médico? — perguntou ele.

— Além de Craig, não — disse Alexis. — Não chamamos o pediatra que cuida delas.

Randolph olhou para Craig.

— Posso fazer uma moção pedindo um adiamento do caso, se você quiser.

— Quais são as chances de o juiz conceder? — perguntou Craig.

— Não há como saber. Isso ficaria inteiramente ao critério do juiz Davidson.

— Para ser sincero, acho que gostaria de acabar logo com esse pesadelo do julgamento — opinou Craig. — E provavelmente é mais seguro para as crianças também.

— Como preferir — disse Randolph. — Presumo que você tenha contatado a polícia?

Alexis e Craig trocaram olhares. Em seguida, ela olhou para Jack, que havia voltado para o salão.

— Isso está sendo feito — disse Jack e então explicou brevemente o plano. Quando terminou, afirmou que acreditavam que Tony Fasano tinha algo a ver com o ocorrido, com base na ameaça bem específica que fizera a Jack de que ele "já era" caso continuasse com a necropsia.

— Isso é obviamente um crime de agressão — disse Randolph. — Você pode dar queixa.

— A questão é um pouco mais complicada — disse Jack. — A única testemunha foi o capanga de Fasano, no qual acabei batendo depois que ele me bateu. Resumindo... eu, pessoalmente, não tenho intenção de prestar queixa.

— Existe alguma prova de que Tony Fasano esteja por trás dos atos criminosos de hoje? — perguntou Randolph. — Se houver, tenho certeza de que eu poderia conseguir uma anulação do julgamento.

— Nenhuma prova — disse Craig. — Minhas filhas falaram que elas talvez consigam reconhecer as vozes, mas não têm certeza.

— Talvez a polícia tenha mais sorte — argumentou Randolph. — E quanto à necropsia? Vai ser realizada ou não?

— Estamos tentando decidir — disse Alexis.

— O problema, obviamente, é a segurança das meninas — acrescentou Craig.

— Se acontecer, quando será?

— A exumação do corpo está agendada para amanhã de manhã — disse Jack. — Vou fazer a necropsia imediatamente, mas os resultados iniciais serão somente em relação às patologias macroscópicas.

— Isso é muito tarde, visto o curso dos acontecimentos — disse Randolph. — Talvez não valha o esforço nem o risco. Amanhã, depois que o Dr. Bowman testemunhar, estou certo de que o juiz declarará que a acusação cumpriu seu ônus de provar. Então apresentarei a defesa, que será o testemunho de nossos especialistas. Isso significa que os discursos finais se darão na manhã de sexta.

O telefone de Jack tocou. Ele ainda o tinha em mãos e se assustou. Saiu rápido do salão antes de atender. Era Lou.

— Consegui falar com Liam, contei a história para ele e passei o endereço. Ele já está a caminho, com alguns policiais de Newton. Ele é gente fina.

— Você perguntou da arma?

— Perguntei. Ele não ficou animado com a ideia, mas eu falei maravilhas sobre sua integridade e essa baboseira toda.

— Bem, qual foi o resultado, afinal? Ele vai conseguir me dar uma ou não? Se tudo for bem, vão exumar o corpo de manhã, e com todas essas ameaças, estou me sentindo um alvo parado, esperando para ser atingido.

— Ele disse que arranjaria para você, mas que vai me responsabilizar.

— O que isso significa?

— Suponho que ele vá dar uma arma a você, então, tome cuidado com essa porcaria!

— Obrigado pelo conselho, papai — replicou Jack. — Vou tentar atirar no mínimo de pessoas possível.

Jack voltou para a sala. Craig, Alexis e Randolph ainda estavam discutindo as questões relativas à necropsia. O consenso se tornara a favor da realização, apesar das limitações de tempo. O principal argumento de Randolph era a possibilidade de usar quaisquer descobertas que pudessem ser significativas para ajudar com o processo de apelação, se este fosse necessário, quer fosse para anular o veredito, obter um novo julgamento, ou alocar a sentença de acordo com a negligência contributiva. Randolph chamou a atenção de todos para o fato de que os registros explicitavam que Patience Stanhope se recusou, em diversas ocasiões, a seguir o conselho médico de fazer quaisquer outros exames cardíacos depois do resultado duvidoso do teste ergométrico com ECG.

Quando houve uma pausa na conversa, Jack informou o grupo de que o tenente-detetive Liam Flanagan estava a caminho.

— Nós queremos que você faça a necropsia, se ainda estiver disposto. — Alexis dirigiu-se ao irmão, aparentemente ignorando o que ele acabara de dizer.

— Eu deduzi isso. Ficarei feliz em fazer a necropsia, se for o que vocês quiserem.

Ele olhou para Craig, que deu de ombros.

— Não vou fazer oposição — falou Craig. — Com todo o estresse pelo qual estou passando, não confio no meu discernimento.

— Está certo — disse Jack.

Uma vez mais, Jack teve a impressão de que o cunhado estava demonstrando um autoconhecimento inesperado.

A campainha tocou de novo, e mais uma vez Alexis correu para atender, dizendo que deviam ser os avós. Mas, pela segunda vez, estava errada. Diante da porta havia cinco policiais, dois dos quais estavam em uniformes do Departamento de Polícia de Newton. Alexis os convidou a entrar e os levou até a sala.

— Eu sou o tenente-detetive Liam Flanagan — apresentou-se o irlandês grande e de cara vermelha numa voz cavernosa.

Ele tinha olhos claros, de um azul-bebê, e um punhado de sardas cobria seu nariz achatado de boxeador. Ele então apresentou os outros, que incluíam o detetive Greg Skolar, os policiais Sean O'Rourke e David Shapiro, e o perito Derek Williams.

Enquanto Liam fazia as apresentações, Jack estudou o homem. Havia nele algo de familiar, como se o houvesse conhecido em algum ponto do passado, mas, ao mesmo tempo, isso lhe parecia improvável. De repente, teve o estalo. Quando teve a oportunidade de se apresentar a Liam, perguntou:

— Eu não vi você no IML essa manhã?

— Sim, viu — disse Liam efusivamente e riu. — Agora eu me lembro de você. Você foi até a sala de necropsias.

Depois de ouvir um breve resumo do incidente na residência dos Bowman, o perito criminal e os dois policiais uniformizados saíram para examinar o jardim enquanto ainda restava um pouco de luz do dia. O sol havia se posto, mas ainda não estava completamente escuro. Os dois detetives se ocuparam sobretudo das meninas, e elas não ficaram indiferentes a se tornarem o centro das atenções.

Enquanto isso acontecia, Randolph perguntou a Craig se ele estava disposto a fazer o ensaio que haviam planejado para o testemunho do dia seguinte.

— Você acha que isso é mesmo necessário? — protestou Craig, compreensivelmente preocupado.

— Eu diria que é absolutamente crucial — comentou Randolph. — Talvez você deva se lembrar de como se saiu no depoimento. Seria desastroso repetir aquele desempenho diante dos jurados. Já ficou claro que a tática da acusação é mostrá-lo como um médico arrogante e negligente, que estava mais interessado em chegar ao Symphony Hall a tempo com sua namorada-troféu do que no bem-estar de sua paciente gravemente doente. Devemos evitar que você passe qualquer impressão que substancie tais alegações. O único modo de fazer isso é ensaiar. Você é um bom médico, mas uma testemunha ruim.

Subjugado pela avaliação nada lisonjeira de Randolph, Craig docilmente concordou em uma sessão de treino. Ele interrompeu os detetives apenas para dizer às filhas que estaria logo ali na biblioteca.

De repente, Jack e Alexis se viram olhando um para o outro. A princípio, os dois ouviam atentos a descrição que as meninas faziam da provação pela qual passaram, mas quando elas começaram a se repetir, enquanto os detetives diligentemente procuravam qualquer informação importante que não tivesse sido mencionada, o interesse minguou. Para poderem conversar, os dois foram até a cozinha.

— Eu queria dizer outra vez o quanto sinto por tudo o que aconteceu — disse Jack. — Minhas intenções eram boas, mas acabei sendo mais um estorvo do que uma ajuda.

— Nada do que aconteceu poderia ter sido previsto — garantiu-lhe Alexis. — Não precisa se desculpar. Você foi de uma ajuda imensa para mim, me deixou mais motivada, e o mesmo vale para Craig. Ele é um homem diferente desde que você chegou. Na verdade, eu ainda estou chocada com as novas percepções de si mesmo que ele demonstrou na hora do almoço.

— Eu espero que seja algo que não desapareça com o tempo. E quanto às meninas? Como você acha que estão reagindo a essa experiência?

— Não tenho certeza — admitiu Alexis. — Elas são crianças bem centradas, apesar da ausência de Craig no processo de crescimento delas. Mas, por outro lado, fiquei bem próxima de cada uma. A comunicação entre nós é boa. O que teremos de fazer é viver um dia de cada vez e deixar que elas expressem suas emoções e preocupações.

— Você tem algum plano específico para elas?

— Basicamente, deixá-las com os avós. Elas adoram a avó. Lá, todas têm de dormir no mesmo quarto, o que é, em geral, motivo de reclamação, mas nas circunstâncias atuais, acho que vai ser bom.

— Você vai junto?

— Era isso o que estávamos discutindo quando você chegou. A minha vontade é ir. É uma maneira de reconhecer que os temores delas são justificados, o que é importante. A última coisa que deveria ser feita é dizer a elas banalidades do tipo que ficarão bem e que não devem ter medo. Elas devem ter medo. Foi obviamente uma provação muito traumatizante. Eu agradeço a Deus que não tenham sido fisicamente agredidas mais do que foram.

— Como você vai tomar a decisão quanto a ir?

— É quase certo que eu vá. Fiquei em dúvida porque Craig demonstrou algum interesse em que eu ficasse, e porque Tracy disse que não queria que eu fosse. Você viu. Mas acho que é bravata de adolescente. E por mais que eu esteja preocupada com Craig e as necessidades dele, se a coisa acabar numa decisão do tipo ou isso ou aquilo, as crianças ganham fácil.

— Você acha que elas vão precisar de ajuda profissional, algum tipo de terapia?

— Acho que não. Só se o medo delas se prolongar demais ou se tornar desproporcional. Acho que, no final das contas, a decisão terá de ser tomada com base em um julgamento subjetivo. Felizmente, tenho alguns colegas no trabalho aos quais posso pedir uma opinião, se for preciso.

— Eu estive pensando — disse Jack. — Como minha presença trouxe tantos problemas, talvez fosse melhor para todos se eu fosse para um hotel na cidade.

— De forma alguma! — replicou Alexis. — Não vou admitir isso. Você está aqui e vai continuar aqui.

— Tem certeza? Eu não vou ficar ofendido.

— Certeza absoluta. Não vamos nem discutir.

A campainha da porta da frente tocou mais uma vez.

— Dessa vez, são os avós — disse Alexis categoricamente, erguendo-se do balcão da cozinha, sobre o qual estava inclinada.

Jack lançou um olhar para a área dos sofás onde os detetives e as crianças estavam. Parecia que a entrevista estava chegando ao fim. Os dois policiais uniformizados e o perito criminal haviam voltado para o salão e examinavam os pedaços de fita adesiva.

Alguns minutos depois, Alexis entrou acompanhando os avós Bowman. Leonard era um homem corpulento e pálido, com uma barba de dois dias, um antiquado corte de cabelo à escovinha, e uma generosa barriga, sugerindo que ele passava tempo demais bebendo cerveja, sentado em sua cadeira reclinável favorita, em frente à TV. Quando Jack foi apresentado a ele, percebeu algo ainda mais idiossincrático e característico; Leonard era um homem de poucas palavras, que humilharia os lacônicos espartanos. Quando Jack apertou a mão do homem, ele não fez nada além de grunhir.

Rose Bowman era o oposto. Quando apareceu, e as crianças foram correndo em sua direção, ela inchou de alegria e preocupação. Era uma mulher baixinha e atarracada, de cabelos brancos cacheados, olhos vivos e dentes amarelados.

Enquanto as crianças arrastavam a avó até o sofá, Jack viu-se isolado com Leonard. Em um esforço de entabular conversa, Jack comentou o quanto as crianças gostavam da avó. Tudo o que recebeu como resposta foi outro grunhido oco.

Com a polícia fazendo seu trabalho, as crianças entretidas com a avó, Alexis ocupada fazendo as malas para si e para as filhas, e Craig confinado com Randolph na biblioteca, Jack estava preso com Leonard. Depois de mais algumas tentativas frustradas de arrancar palavras da boca do aposentado, ele desistiu. Foi falar com Liam Flanagan, para ter certeza de que ele não iria embora pelo menos nos trinta minutos seguintes; pegou sua pilha de roupas e sapatos no chão da lareira, onde os havia amontoado, encontrou Alexis, que estava no quarto de uma das filhas no andar de cima, avisou-a que ia tomar um banho, e desceu para seu quarto.

Enquanto estava se limpando, lembrou-se com culpa de que ainda não havia ligado para Laurie. Depois de sair do chuveiro, olhou-se rapidamente no espelho e recuou de susto. Havia esquecido do gelo, e seu lábio ainda estava inchado e azul. Combinando isso com o lado esquerdo de seu rosto, que ainda estava avermelhado, dava a impressão de que Jack se metera numa briga de bar. Pensou em pegar um pouco de gelo na geladeira que tinha visto no porão mesmo, mas decidiu que o efeito seria mínimo, já havia se passado tempo demais. Deixou então a ideia de lado. Em seguida, vestiu-se e pegou o celular.

Com o sinal praticamente inexistente, Jack desistiu da ideia do telefone também. Subiu as escadas e encontrou Alexis, as meninas e os avós no hall principal. Sua irmã terminara de fazer as malas e já as havia colocado no bagageiro da perua. As garotas estavam implorando a Rose que fosse com elas, mas ela tinha de ir com o avô. Foi então que Jack ouviu as únicas palavras de Leonard:

— Vamos logo, Rose — disse ele, pronunciando as palavras com severidade. Era uma ordem, não um pedido.

Obedientemente, Rose separou-se das crianças e correu atrás do marido, que já saíra pela porta da frente.

— Verei você no tribunal amanhã? — perguntou Alexis a Jack enquanto pastoreava as filhas em direção à entrada da garagem. As meninas já haviam se despedido de Craig, que ainda trabalhava com Randolph na biblioteca.

— Alguma hora, sim — disse Jack. — Sinceramente, não sei o que esperar em termos de horário. Está fora do meu controle.

De repente, Alexis virou-se, o rosto mostrando que acabara de perceber alguma coisa.

— Ah, meu Deus — exclamou ela. — Acabei de me lembrar que você se casa na sexta. Amanhã já é quinta. Ando tão preocupada que esqueci completamente. Desculpe. Sua futura esposa deve me odiar por trazer você até aqui e ainda mantê-lo refém.

— Laurie me conhece o bastante para saber a quem atribuir a culpa, se ela quiser.

— Então, você vai fazer a necropsia e voltar para Nova York?

— Esse é o plano.

Na porta da garagem, Alexis disse para as meninas se despedirem do tio. Cada uma deu em Jack um obediente abraço. Só Christina falou. Ela sussurrou no ouvido dele que sentia muito que suas filhas tivessem queimado no avião. O comentário totalmente inesperado surpreendeu tanto Jack que enfraqueceu seu controle emocional e ele teve de conter o choro. Quando Alexis o abraçou, sentiu essa emoção nova e recuou para olhá-lo nos olhos, se enganando sobre o que teria a provocado.

— Ei — disse ela. — Nós estamos bem. As crianças vão ficar bem. Confie em mim!

Jack fez que sim com a cabeça e reencontrou a voz:

— Vejo você em algum momento amanhã e espero muito ter algo a oferecer que faça tudo valer a pena.

— Eu também — concordou Alexis. Ela entrou na perua e acionou o portão da garagem, que se recolheu com um estrépito apavorante.

Foi nesse momento que Jack percebeu que tinha de tirar seu carro da frente. Ele estava estacionado ao lado do Lexus de Craig e bloqueando a saída. Jack passou correndo pela irmã, gesticulando para que ela esperasse. Deu ré no seu Hyundai até a rua e esperou enquanto Alexis fazia o mesmo. Com uma buzinada e um aceno, ela dirigiu noite afora.

Enquanto Jack voltava o carro para a entrada, lançou um olhar para as duas viaturas de Newton e os dois outros sedãs pretos genéricos, que pertenciam aos detetives, estacionados ao longo da rua. Perguntou-se se estavam perto de concluir o trabalho dentro da casa, pois estava ansioso por falar com eles em particular, especialmente com Liam Flanagan. Em resposta à sua dúvida, todos os cinco policiais saíram pela porta da frente dos Bowman enquanto Jack deixava o carro.

— Ei! — gritou Jack e deu uma corridinha na direção deles, os alcançando no meio do caminho na sinuosa calçada da frente da casa dos Bowman.

— Dr. Stapleton — disse Liam —, estávamos procurando você.

— Vocês terminaram a investigação do local? — perguntou Jack.

— Por enquanto, sim.

— Tiveram alguma sorte?

— A fita adesiva será analisada no laboratório forense, assim como algumas fibras do banheiro da menina. Não achamos muita coisa. Encontramos algo no local que não tenho liberdade de divulgar, que pode ser promissor, mas, no geral, foi obviamente um trabalho de profissionais.

— E quanto à necropsia, que está no centro dessa tentativa de extorsão? — perguntou o detetive Greg Skolar. — Será feita ou não?

— Se a exumação acontecer, então a necropsia será feita — disse Jack. — Vou começar a trabalhar assim que o corpo estiver disponível.

— É estranho haver uma ocorrência dessas por causa de uma necropsia — comentou o detetive Skolar. — Você espera alguma revelação chocante?

— Não sabemos o que esperar. Tudo o que sabemos com certeza é que a paciente teve um ataque cardíaco. Obviamente, o que aconteceu hoje aumentou nossa curiosidade.

— Estranho! — disse o detetive Skolar. — Para sua paz de espírito, e também dos Bowman, vamos colocar a casa sob vigilância vinte e quatro horas durante alguns dias.

— Tenho certeza de que os Bowman vão ficar agradecidos. Sei que vou conseguir dormir com mais tranquilidade.

— Qualquer novidade, nos informe — pediu o detetive Skolar. Ele entregou a Jack seu cartão antes de cumprimentá-lo. Os outros três policiais uniformizados também trocaram apertos de mão com Jack.

— Posso falar com você um minutinho? — perguntou Jack a Liam.

— Claro. Eu ia perguntar a mesma coisa.

Jack e Liam despediram-se dos policiais de Newton, e estes foram embora em seus respectivos veículos, que foram rapidamente engolidos pela escuridão profunda. A noite havia chegado hesitante, mas agora a transição estava completa. A única luz nas redondezas vinha das janelas da frente dos Bowman e de um solitário poste de rua na direção oposta à tomada pelos policiais. Acima, no céu escuro, a lua em forma de uma estreita cimitarra prateada espiava através das folhosas copas das árvores que se enfileiravam pela rua.

— Quer conversar na minha limusine? — perguntou Liam quando alcançaram seu Ford, o modelo mais básico.

— Para falar a verdade, a noite está linda — disse Jack.

O tempo esfriara, e a temperatura era revigorante.

Com os dois recostados contra o carro, Jack contou a história do confronto com Tony Fasano, a ameaça que recebera, e das duas trocas de socos com o comparsa dele, Franco. Liam ouviu com atenção.

— Eu conheço Tony Fasano — respondeu Liam. — É um sujeito que ataca por muitos lados, incluindo litígios de danos pessoais e agora de imperícia médica. Ele chegou até a trabalhar para criminosos, defendendo um punhado de vagabundos de quinta categoria. Foi assim que eu soube da existência dele. Tenho de reconhecer que ele é mais esperto do que as pessoas pensam a princípio.

— Eu tive a mesma impressão.

— Você acha que ele está por trás dessa tentativa de extorsão, coisa de profissional, mas um tanto tosca? Pelas pessoas com as quais ele anda, dá para perceber que tem os contatos necessários.

— Me parece lógico, levando em conta como ele me ameaçou, mas, por outro lado, parece quase simplório e estúpido demais, levando em conta o quão esperto ele aparentemente é.

— Você suspeita de alguma outra pessoa?

— Para falar a verdade, não — disse Jack. Pensou por um segundo em mencionar a ideia da conspiração, mas achou que as chances de ela ter qualquer validade eram tão infinitesimalmente pequenas que ficou com vergonha e não disse nada.

— Vou dar uma checada no Fasano — comentou Liam. — O escritório dele é no North End, então está sob nossa jurisdição, mas sem nenhuma evidência material, pelo menos até agora, não há quase nada que possamos fazer, ainda mais a curto prazo.

— Eu sei. Ouça, eu agradeço você perder seu tempo para vir até aqui e se envolver no caso. Eu tinha medo de que os Bowman não relatassem o episódio.

— Estou sempre pronto para prestar um favor para meu velho camarada Lou Soldano. Tive a impressão de que vocês são muito próximos.

Jack assentiu e sorriu consigo mesmo. Conhecera Lou quando os dois estavam atrás de Laurie. A Jack parecia que o fato de que só dizia boas coisas da personalidade de Lou, quando as chances dele com Laurie diminuíram por culpa do próprio, ele teve a cortesia de se tornar um partidário de Jack, o que acabou sendo essencial. A relação de Jack com Laurie não havia acontecido sem alguns solavancos, graças à bagagem psicológica dele.

— O que me faz lembrar do último assunto — disse Liam. Ele destrancou o carro e vasculhou uma mochila que estava no banco da frente. Depois se voltou para Jack e entregou uma Smith and Wesson .38, de cano curto.

— É bom mesmo que vocês dois sejam amigos, porque esse é o tipo de coisa que não costumo fazer.

Jack examinou o revólver em sua mão, virando-o de um lado para o outro. Ele brilhava na escuridão, com os reflexos da luz que vinha das janelas da casa.

— É melhor você só usar essa coisa se tiver um motivo muito bom mesmo — disse Liam. — E espero que você não a use.

— Fique seguro de que só usaria numa situação de vida ou morte — assegurou-lhe Jack. — Mas com as meninas fora da casa, talvez eu não precise. — Ele estendeu o revólver de volta para Liam.

O policial ergueu a mão, a palma virada para a frente.

— Fique com ele. Você já levou porrada algumas vezes. Esse Franco parece que tem uns parafusos a menos. Só não se esqueça de me devolver. Quando você vai embora?

— Amanhã, não sei a hora, o que é mais um motivo para eu não ficar com a arma.

— Fique com ela! — insistiu Liam e entregou a Jack seu cartão de visitas antes de dar a volta no carro e abrir a porta do lado do motorista. — Podemos nos encontrar antes de você ir embora, ou você pode deixá-la no departamento, numa sacola com meu nome. Não saia por aí anunciando o que tem dentro!

— Pode deixar, serei sutil — disse Jack e então acrescentou, bem-humorado: — Sutileza é o meu apelido.

— Não foi o que Lou me disse — Liam riu. — Mas ele contou que você é um cara imensamente responsável, e é com isso que estou contando.

Com uma última despedida, Liam entrou em seu carro e logo desapareceu na mesma direção que a polícia de Newton.

Jack manuseou a arma na escuridão. Parecia enganosamente inocente, como as armas de brinquedo que tivera quando criança, mas, como médico-legista, ele conhecia seu potencial destrutivo. Ele rastreara mais trajetórias de balas em cadáveres do que gostaria de admitir, sempre se espantando com a extensão dos traumas. Enquanto guardava a arma num bolso, Jack tirou o celular do outro. Compreensivelmente, queria e ao mesmo tempo não queria ligar para Laurie, pois sabia que ela ficaria, com razão, chateada e exasperada por ele continuar em Boston. Na opinião dela, que ele voltasse para casa só na quinta, talvez até na noite de quinta, era ridículo, irracional e até mesmo ofensivo, mas ele se sentia impotente. Estava preso em um atoleiro de circunstâncias. Depois de tudo o que acontecera, em parte por culpa dele, não havia como apenas abandonar Alexis e Craig. Além do mais, estava mesmo intrigado, porque alguém, por algum motivo, realmente não queria uma necropsia. E enquanto isso se remexia em seu cérebro, uma ideia nova lhe ocorreu: *E o hospital? Será que algo aconteceu no hospital, na noite em que Patience Stanhope morreu, que precisava ser ocultado?* Ele não havia pensado nessa possibilidade, e mesmo sendo improvável, tinha muito mais chances de ser possível do que a excêntrica ideia da conspiração contra a medicina concierge.

Apreensivo e com a região de seu cérebro responsável pelo sentimento de culpa funcionando a toda, Jack ligou para o celular de Laurie.

16

NEWTON, MASSACHUSETTS

QUARTA-FEIRA, 7 DE JUNHO, 2006

21H55

— Já não era sem tempo! — disse Laurie bruscamente.

Jack assustou-se. O alô dela era o completo oposto do da noite anterior, prenunciando o tipo de conversa que ele temia.

— Já são quase dez horas! — reclamou Laurie. — Por que você não ligou antes? Já se passaram oito horas desde que você covardemente deixou aquela mensagem na minha caixa postal.

— Desculpe — disse Jack, no tom mais arrependido que conseguia. — A tarde de hoje foi muito estranha.

Embora tal comentário fosse um eufemismo deliberado, passava longe do tipo de humor sarcástico de que Jack era capaz. Ele estava fazendo um esforço consciente para resistir à tendência que se tornara automatizada com a maneira audaciosa de viver a vida que adotara depois da tragédia com sua família. Tomando cuidado com o vocabulário e falando da maneira mais sucinta possível, Jack contou a Laurie sobre a invasão, a intimidação das crianças e a visita da polícia, tornada possível pela oportuna intervenção de Lou. Contou então sobre Tony Fasano e a ameaça, e também sobre Franco, incluindo o episódio do dia anterior, o qual ele omitira na noite da véspera.

— Isso é inacreditável! — disse Laurie, depois de uma pausa. Grande parte da raiva sumira de sua voz. — Você está bem?

— Estou com um lábio inchado e alguns capilares da maçã do rosto estourados, mas já me machuquei mais jogando basquete. Estou bem.

— Estou preocupada com esse Franco. Ele parece ser louco.

— Ele não sai da minha cabeça também — disse Jack. Pensou em mencionar a arma, mas concluiu que isso a deixaria ainda mais preocupada.

— Segundo entendi, você acha que Tony Fasano está por trás do episódio com as crianças.

Jack repetiu parte da conversa que tivera com Liam Flanagan.

— Como estão as crianças?

— Elas me pareceram incrivelmente equilibradas, considerando o que fizeram com elas. Talvez tenha alguma coisa a ver com a mãe delas ser psicóloga. Alexis é ótima com elas. Levou as filhas para a casa dos avós, os pais de Craig, e vão ficar lá alguns dias. Para você ter uma ideia, a menor estava bem o suficiente para se solidarizar comigo pelas minhas filhas, quando elas estavam se despedindo. Me pegou completamente de surpresa.

— Tão nova e já é madura assim! — disse Laurie. — Isso é uma bênção para os Bowman. Agora, vamos falar de nós. Afinal, quando você volta pra cá?

— Na pior das hipóteses amanhã de noite — respondeu Jack. — Vou fazer a necropsia, fazer o relatório, independentemente do resultado, e entregá-lo para o advogado de Craig. Mesmo que eu quisesse, ele acha que seria difícil me colocar no banco de testemunhas, então isso nem é uma questão.

— Você está se arriscando muito. Se eu acabar virando a noiva abandonada no altar, não vou perdoar jamais. Só queria que você soubesse disso.

— Eu disse na pior das hipóteses. Talvez eu esteja aí no meio da tarde.

— Me prometa que você não vai fazer nenhuma besteira.

Jack podia pensar em um monte de réplicas excelentes para isso, mas resistiu. Em vez disso, falou:

— Vou ser cuidadoso. — E então acrescentou, para deixá-la ainda mais tranquila: — A polícia de Newton vai colocar uma patrulha para vigiar a casa.

Seguro de que Laurie tinha sido razoavelmente acalmada, Jack disse algumas palavras carinhosas e se despediu. Então, fez duas outras ligações rápidas. Falou um pouco com Lou para explicar o que havia acontecido com Liam Flannagan e agradecer a ajuda. Disse que o veria na igreja, na sexta-feira. Depois, ligou para Warren e contou que David não só era um bom jogador de basquete, mas que também o salvara de uma boa. Jack teve de afastar o telefone do ouvido quando Warren respondeu. Jack também lhe disse que se veriam na igreja.

Feitas todas as ligações, ele uma vez mais se deixou impressionar pela paz do lugar. O pedacinho côncavo de lua havia subido um pouco no céu e iluminava as silhuetas negras das árvores. Algumas estrelas chegavam a cintilar, apesar do brilho noturno que subia de toda a área metropolitana de Boston. Jack inspirou um grande bocado do ar frio e fresco. Era revigorante. À distância, um cachorro latiu. A serenidade o fez se perguntar o que o amanhã traria. Haveria violência na exumação? Ele não sabia, mas a hipótese o fez ficar feliz pela insistência de Liam para que ele ficasse com a arma. Afagou-a por cima do bolso. Sua solidez pesada o fez sentir-se mais seguro, mesmo sabendo que as estatísticas mostravam o contrário. Sentindo fatalisticamente que suas ações não poderiam impedir o que fosse acontecer, Jack deu de ombros, virou-se e voltou para dentro da casa.

Sem a presença de Alexis e das meninas, Jack sentiu-se um pouco como um intruso. Depois que fechou a porta da frente, o silêncio da casa tornou-se quase tangível, embora pudesse ouvir as vozes abafadas de Craig e Randolph que vinham da biblioteca. Ele atravessou o salão e foi até a geladeira, de onde tirou os ingredientes para um rápido sanduíche. Abriu uma cerveja e levou-a com a comida para o sofá. Tomando cuidado para manter o som baixo, ligou a TV, e depois de zapear velozmente entre os canais, achou um noticiário. Ainda se sentindo um forasteiro numa terra estranha, recostou-se ao sofá e comeu.

Quando havia terminado o sanduíche e grande parte da cerveja, ouviu gritos vindos da biblioteca. Era óbvio que se tratava de uma discussão. Jack na mesma hora aumentou o volume da TV para não ouvir o que era dito. Isso o fez sentir-se mais ou menos como quando ele quase fora pego bisbilhotando a maleta de Craig. Alguns minutos mais tarde, a porta da frente da casa bateu com força suficiente para que Jack sentisse o impacto. Passados alguns instantes, Craig apareceu no salão. Sua maneira de agir deixava óbvio que estava furioso — particularmente a maneira como jogou três cubos de gelo em um copo *old fashioned* e bateu a porta de vidro do armário. Serviu-se de uma boa dose de uísque. Então trouxe o drinque e a garrafa para o sofá.

— Se importa? — falou Craig, gesticulando na direção do sofá em que Jack estava sentado.

— De modo algum — disse Jack, imaginando por que ele se dera ao trabalho de perguntar. Arrastou-se mais para perto da outra extremidade.

Desligou a TV e girou para ficar de frente para o anfitrião, que se jogara no assento, ainda segurando a garrafa e o copo.

Craig tomou um grande gole de seu uísque e remexeu o líquido na boca antes de engolir. Olhava fixamente para a lareira vazia.

— Como foi o ensaio? — perguntou Jack, sentindo-se obrigado a puxar assunto.

Craig não fez nada além de soltar uma gargalhada desdenhosa.

— Você se sente preparado? — Jack persistiu.

— Acho que sim. Melhor impossível. Mas isso não quer dizer muita coisa.

— Quais foram os conselhos de Randolph?

Craig forçou outra gargalhada.

— Sabe como é, o de sempre. Eu não devo limpar o nariz, peidar muito alto ou rir da cara do juiz.

— É sério — disse Jack. — Eu gostaria de saber.

Craig fitou Jack atentamente. Um pouco da tensão, antes bastante evidente, se esvaiu de seu rosto.

— Os conselhos de sempre, como os que mencionei no almoço, e talvez mais alguns. Devo evitar gaguejar e rir em momentos inapropriados. Consegue acreditar nisso? Tony Fasano vai me agredir verbalmente, e é para eu ficar calmo. Na pior das hipóteses, é para eu parecer magoado, e não furioso, de modo que o júri se solidarize comigo. Imagine só.

— Me parece sensato.

Os olhos de Craig estreitaram-se, fixos em Jack.

— Talvez para você, mas não para mim.

— Eu não pude deixar de ouvir os gritos. Quero dizer, não consegui ouvir sobre o que era. Você e Randolph discordaram sobre alguma coisa?

— Na verdade, não — respondeu Craig. — Ele só me deixou puto. É verdade que era isso que estava tentando fazer. Estava se passando por Fasano. O problema é que, quando eu estiver no banco, estarei sob juramento, enquanto Fasano não. Isso significa que ele pode inventar e fazer qualquer alegação que quiser, e o ideal é que eu seja resistente, mas não sou. Eu me irritei até com Randolph. Eu não tenho jeito.

Jack observou Craig esvaziar o copo e servir-se de outro. Ele sabia que não era incomum que as características de personalidade de médicos muito bons, como Craig, os tornassem suscetíveis a processos por imperícia, e as mesmas características os faziam péssimas testemunhas em defesa própria. Ele também sabia que o oposto era verdadeiro: médicos muito ruins caprichavam nas amabilidades para compensar por suas deficiências profissionais e assim evitar os processos, e esses mesmos médicos, se processados, costumavam oferecer interpretações dignas de Oscar em causa própria.

— A coisa está feia — continuou Craig, mais amargo do que furioso. — Ainda fico pensando que Randolph talvez não seja o cara certo, apesar da experiência. Ele é tão pretensioso. Bajulador do jeito que Tony Fasano é, consegue fazer os jurados comerem na palma da mão.

— Os júris têm o costume surpreendente de, no fim das contas, enxergar para além da cortina de fumaça — comentou Jack.

— A outra coisa que realmente me deixa fulo com Randolph é que ele não para de falar no recurso — disse Craig, como se não tivesse ouvido Jack. — Foi isso o que me fez explodir bem no finzinho da sessão. Não consegui acreditar quando o ouvi mencionando isso naquela hora. É claro, sei que tenho de pensar no assunto. Assim como tenho de pensar no que vou fazer pelo resto de minha vida. Se eu perder, não há nem dúvida de que não vou continuar clinicando.

— Essa é uma tragédia dupla — opinou Jack. — A profissão não pode permitir-se perder um dos seus melhores clínicos, e seus pacientes também não podem se dar a esse luxo.

— Se eu perder esse caso, nunca mais conseguirei olhar para um paciente sem me preocupar em ser processado e passar por esse tipo de experiência de novo. Esses foram os piores oito meses da minha vida.

— Mas o que você faria, senão clinicar? Suas filhas ainda são novas.

Craig deu de ombros.

— Provavelmente trabalhar para a indústria farmacêutica, em alguma função. Há muitas oportunidades. Eu conheço muitas pessoas que tomaram esse caminho. A outra possibilidade é dar algum jeito de fazer minhas pesquisas em tempo integral.

— Você realmente conseguiria trabalhar nesse negócio dos canais de sódio em tempo integral e se sentir feliz? — perguntou Jack.

— Claro. É fascinante. É ciência pura e ao mesmo tempo tem aplicação clínica imediata.

— Suponho que a indústria farmacêutica esteja interessada nisso

— Sem dúvida.

— Mudando de assunto. Enquanto eu estava lá fora me despedindo de todo mundo, pensei numa coisa que queria falar com você.

— Sobre o quê?

— Sobre Patience Stanhope. Estou com o arquivo completo do caso, que li e reli várias vezes. Ele inclui todos seus registros, mas a única coisa do hospital é o prontuário da emergência.

— Era tudo o que havia. Ela não chegou a ser internada.

— Eu sei disso, mas não há nenhum resultado de exame além do que é mencionado nas notas, nenhum pedido de exame. O que estou me perguntando é se algum erro sério poderia ter ocorrido no hospital, como a administração de um medicamento errado ou uma grande overdose. Se esse for o caso, quem quer que tenha sido responsável pode estar desesperado para esconder as próprias pegadas, e mais que feliz por ser você quem vai sofrer as consequências. Eu sei que é uma teoria meio louca, mas não é tão absurda quanto a ideia da conspiração. O que você acha? Quero dizer, pelo que aconteceu aqui essa tarde com suas filhas, está claro que alguém está muito, muito contra a necropsia, e se a culpa não for de Fasano, o motivo tem de ser algum outro que não dinheiro.

Craig olhou para o nada por um minuto, refletindo sobre a ideia.

— É outra ideia meio louca, mas interessante.

— Eu suponho que durante o processo de instrução todos os registros pertinentes do hospital tenham sido obtidos.

— Creio que sim — disse Craig. — E um argumento contra essa teoria é que eu estive lá com a paciente o tempo todo. Eu teria percebido algo desse tipo. Se administram o medicamento errado ou ocorresse uma overdose significativa, normalmente há uma mudança acentuada no estado do paciente. Não houve. Desde quando a vi pela primeira vez na casa dos Stanhope até ela ser declarada morta, ela apenas definhou, indiferente a qualquer coisa que fizéssemos.

— Certo! — falou Jack. — Mas talvez seja bom manter essa ideia em mente na hora em que eu fizer a necropsia. Eu já estava planejando um exame toxicológico, mas, se existir alguma chance de overdose ou de um medicamento errado, ele se torna mais importante.

— O que um exame toxicológico consegue detectar?

— Os medicamentos de praxe, até mesmo alguns menos comuns, se a concentração deles for alta o suficiente.

Craig matou o segundo drinque, olhou para a garrafa de uísque e ponderou sobre tomar um terceiro. Ele se levantou.

— Peço desculpas por não ser um anfitrião melhor, mas tenho um encontro marcado com meu sonífero favorito.

— Não é muito bom misturar álcool com soníferos.

— É mesmo? — perguntou Craig com arrogância. — Nunca ouvi falar isso!

— Nos vemos pela manhã — disse Jack, achando que a provocação de Craig não merecia uma resposta.

— Você acha que os bandidos voltam? — Craig perguntou em um tom de zombaria.

— Não me preocupo — disse Jack.

— Nem eu. Pelo menos não até que a necropsia seja feita.

— Você está com dúvidas?

— É claro que tenho dúvidas, especialmente com você me dizendo que as chances de encontrar algo de relevante são poucas, com Randolph dizendo que isso não vai influenciar o resultado do julgamento, independentemente do que seja encontrado, porque a corte não vai permitir a introdução de novas evidências.

— Eu disse que as chances de descobrir alguma coisa eram pequenas antes que alguém invadisse sua casa avisando para você não deixar que eu a fizesse. Mas não tenho intenção de discutir. A decisão cabe a você e a Alexis.

— Ela já decidiu a favor.

— Bom, vocês decidem. Você tem de me dizer, Craig. Você quer que eu faça a necropsia?

— Eu não sei o que pensar, ainda mais depois de dois uísques duplos.

— Por que você não me dá seu veredito final amanhã de manhã? — sugeriu Jack. Ele estava perdendo a paciência. Não era muito fácil gostar de Craig, menos ainda depois de dois uísques duplos.

— Que tipo de pessoa chegaria a ponto de aterrorizar três mininhas para conseguir o que quer? — perguntou Craig.

Jack deu de ombros. Era o tipo de pergunta que não requeria uma resposta. Ele disse boa noite e Craig fez o mesmo antes de sair do salão com passos cambaleantes.

Enquanto permanecia sentando no sofá, Jack inclinou a cabeça bem para trás e se esticou todo, mas pôde ver apenas de relance Craig galgando com lentidão os degraus. Teve a impressão de que Craig já dava mostras de um toque de discinesia causada pelo álcool, como se não soubesse muito bem onde seus pés estavam. Sem nunca sair de seu papel de médico, Jack perguntou a si mesmo se deveria dar uma olhada em Craig no meio da noite. Era uma pergunta difícil, pois Craig não veria com bons olhos tamanha solicitude, que deixaria implícito que precisava de cuidados, o que para Craig era um anátema.

Jack levantou e se espreguiçou. Podia sentir o peso do revólver, e aquilo o tranquilizava, mesmo não estando preocupado com possíveis invasores. Olhou as horas. Era cedo demais para tentar dormir. Olhou para a TV desligada: nada de interessante ali. Por falta de um plano melhor, foi pegar o arquivo do caso de Craig e o levou para o escritório. Sendo um homem de hábitos, Jack sentou-se na mesma poltrona que ocupara nas vezes anteriores. Depois de acender a luminária, procurou no arquivo pelo prontuário da emergência.

Puxando a folha, Jack acomodou-se na poltrona. Ele havia inspecionado aqueles papéis antes, especialmente a parte sobre a cianose. Agora queria ler palavra por palavra. Enquanto fazia isso, distraiu-se. Seus olhos haviam flutuado até a antiquada maleta médica de Craig. Subitamente, uma nova ideia lhe ocorreu. Perguntou-se qual seria a incidência de falsos positivos com o kit portátil de biomarcadores.

Primeiro, Jack foi até a porta, para verificar se podia ouvir Craig se movimentando no andar de cima. Mesmo o cunhado havendo dito que não se importava que Jack vasculhasse sua maleta, ele ainda se sentia desconfortável. Mas quando se convenceu de que tudo estava quieto, puxou a maleta de couro da prateleira, a abriu e pegou o kit de biomarcadores. Abrindo o encarte do produto, leu que a tecnologia era baseada em anticorpos monoclonais, que são altamente específicos, o que significa que a chance de um falso positivo era provavelmente próxima de zero.

— Fazer o quê? — disse Jack em voz alta.

O encarte voltou para a caixa e a caixa voltou para seu lugar, no fundo da maleta, entre as três ampolas usadas, e a maleta voltou para a prateleira. *Lá se vai outra ideia engenhosa*, pensou.

Jack retornou à poltrona de leitura e ao prontuário da emergência. Para sua infelicidade, não havia nada sequer remotamente suspeito e, como ele notara na primeira leitura, as anotações sobre a cianose eram a parte mais interessante.

De repente, os dois telefones sobre as duas mesas vieram à vida na mesma hora. O toque estridente assustou Jack na casa silenciosa. O telefone continuou a tocar, insistente, e Jack contou quantas vezes. Depois do quinto toque, começou a achar que Craig talvez não os estivesse ouvindo e levantou-se da poltrona. Acendendo o abajur sobre a mesa de Alexis, olhou o identificador de chamadas. O nome era Leonard Bowman.

Depois do sétimo toque, Jack teve certeza de que Craig não atenderia, então tirou o telefone do gancho. Como suspeitara, era Alexis.

— Obrigada por atender — disse ela depois do alô de Jack.

— Eu estava esperando que Craig atendesse, mas acho que o combo alcóolico já o levou para o mundo dos sonhos.

— Está tudo bem aí? — perguntou Alexis.

— Tudo bem. E aí?

— Tudo ótimo. Levando em conta o que aconteceu, as meninas estão indo muito bem. Christina e Meghan já estão dormindo. Tracy está vendo um filme antigo na TV. Temos de dormir todas no mesmo quarto, mas eu acho que isso vai ser bom.

— Craig está tendo dúvidas quanto à necropsia.

— Por quê? Eu pensei que já estivesse tudo decidido.

— Ele está muito preocupado com a segurança das meninas, mas isso foi depois de tomar dois uísques duplos. Amanhã ele vai me dar a resposta definitiva.

— Vou ligar pra ele de manhã. Eu acho que deve ser feita, mais ainda por causa da ameaça de hoje. Afinal, esse foi um dos motivos pelos quais eu e as crianças viemos para cá. Apronte-se para a necropsia! Eu convenço Craig.

Depois de conversarem mais algumas coisas sem importância, incluindo combinar de se verem no tribunal, desligaram.

De volta à poltrona de leitura, Jack tentou se concentrar no arquivo do caso, mas não conseguiu. Ficou pensando em quanta coisa aconteceria nos próximos dias, e se perguntando se lhe reservavam alguma surpresa. Mal sabia ele.

17

NEWTON, MASSACHUSETTS
QUINTA-FEIRA, 8 DE JUNHO, 2006
7H40

A inquietação que Jack começara a sentir depois que Alexis e as meninas foram embora na noite anterior estava ainda maior na manhã seguinte. Ele não sabia se o estado de espírito de Craig era devido ao estresse de ter de subir ao banco das testemunhas naquele dia ou à ressaca da combinação de bebidas e soníferos, mas ele retornara à sua rabugice muda e pensativa, parecida com a que Jack vira em sua primeira manhã na casa dos Bowman. Naquela ocasião, Alexis e as meninas fizeram com que a situação fosse tolerável, mas, agora, sem elas, era muito desagradável.

Jack tentara ser otimista ao sair de seu refúgio no porão, mas seus esforços foram recebidos com um olhar gélido. Só depois de Jack se servir de uma tigela de leite com cereal foi que Craig abriu a boca.

— Alexis me ligou — afirmou Craig em uma voz áspera e funesta. — Ela disse que vocês dois se falaram ontem à noite. Enfim, o recado é: a necropsia está de pé.

— Está bem. — Foi tudo o que Jack respondeu.

Seu cunhado parecia estar tão mal-humorado que Jack não pôde deixar de se perguntar como teria reagido caso Jack admitisse que subira até seu quarto no meio da noite para dar uma olhada nele e ouvir a sua respiração. Tudo parecera normal, então Jack não tentara acordá-lo, o que havia sido o plano original. Jack ficou feliz com isso, vendo o ânimo atual de Craig, sem nem mesmo saber da intromissão e sem ser lembrado de sua vulnerabilidade

Depois de se arrumar para sair, Craig compensou seu comportamento, em parte, dirigindo-se ao convidado, que estava na mesa de jantar, bebendo café e dando uma olhada no jornal:

— Me desculpe por ser um péssimo anfitrião — disse Craig em uma voz normal, sem sarcasmo ou arrogância. — Não estou no meu melhor momento.

Por respeito, Jack arrastou a cadeira para trás e se levantou.

— Eu imagino pelo que você está passando. Eu nunca fui processado por imperícia, mas vários dos meus amigos foram, na época em que eu era oftalmologista. Eu sei que é horrível, tão ruim quanto um divórcio.

— É péssimo.

Então Craig fez algo totalmente inesperado. Deu um abraço desajeitado em Jack e o largou de imediato, antes que o cunhado tivesse chance de reagir. Evitou olhá-lo nos olhos enquanto ajeitava o paletó do terno.

— Se isso vale alguma coisa, agradeço por você ter vindo até aqui. Obrigado pelos seus esforços. E sinto muito que você tenha levado uns socos por minha causa.

— Fico feliz em ajudar! — falou Jack, lutando para evitar a resposta sarcástica. — O prazer foi todo meu. — Odiava não ser sincero, mas a mudança no comportamento de Craig o pegara de surpresa.

— Verei você no tribunal?

— Sim, mas não sei a que horas.

— Ok. Até lá, então.

Jack olhou enquanto Craig saía. Uma vez mais, ele havia subestimado o homem.

Desceu para o seu quarto de hóspedes no porão e guardou seus pertences na mala. Não sabia o que fazer com as roupas de cama. Acabou tirando-as e as deixou junto às toalhas, em uma pilha. Dobrou os cobertores. Havia um bloco de notas ao lado do telefone. Escreveu um curto bilhete de agradecimento e o pôs sobre a coberta. Pensou no que fazer com a chave da frente, mas decidiu ficar com ela e devolvê-la pessoalmente, quando entregasse o arquivo do caso para Alexis. Ele queria ficar com a pasta do caso durante a necropsia, caso surgissem questões que os documentos pudessem responder ou elucidar. Jack vestiu a jaqueta. Podia sentir a arma num lado, e o celular no outro.

Com o gordo envelope sob um braço e a bagagem na outra mão, ele subiu as escadas e abriu a porta da frente. Embora, desde que chegara a Boston, o tempo estivesse magnífico, agora sem dúvida piorara. O céu estava encoberto por nuvens escuras, e chovia. Jack olhou para seu Hyundai, que estava a 15 encharcados metros de distância. Logo ao lado da porta da frente, havia um compartimento para guarda-chuvas. Jack tirou um em que estava escrito Ritz-Carlton. Não havia por que não devolvê-lo a Alexis, com as outras coisas.

De guarda-chuva, Jack fez várias viagens, pulando entre as poças, até colocar tudo dentro do carro. Quando estava pronto, ligou o motor e o limpador de para-brisas e esfregou o embaçado do vidro com a lateral da mão. Então deu ré na entrada, acenou para o policial sentado em sua viatura, aparentemente vigiando a casa, e acelerou, ganhando a rua.

Jack teve de usar a mão para limpar o vidro novamente, depois de haver percorrido uma distância bem curta. Alternou entre olhar para a estrada e procurar o botão do desembaçador. Assim que este começou a funcionar de todo, o problema do embaçado diminuiu. Para ajudar, Jack abriu uma fresta na janela do motorista.

Enquanto ele ziguezagueava pelas ruas suburbanas, o tráfego gradualmente se intensificava. Devido à escuridão provocada pelas nuvens, muitos carros estavam de faróis ligados. Quando chegou a Massachusetts Turnpike, onde teve de esperar por um sinal verde, Jack lembrou-se de que estava na hora do rush. À frente, a estrada com pedágio estava lotada de carros, ônibus e caminhões que corriam e criavam uma névoa torvelinhante e vaporosa. Jack preparou-se para entrar na confusão enquanto esperava que o sinal ficasse verde. Sabia que não era um motorista muito bom, ainda mais porque raramente dirigia depois que tinha se mudado para Nova York, há dez anos. Jack preferia mil vezes sua amada mountain bike, mesmo que a maioria das pessoas considerasse perigoso pedalar em meio ao trânsito da cidade.

De repente, alguma coisa bateu na traseira do carro, fazendo a cabeça de Jack quicar no apoio do banco. Assim que se recuperou um pouco, virou-se no assento para olhar pela janela traseira raiada de filetes de água. Ele não podia ver muita coisa além de um grande veículo preto pressionado contra a traseira do carro. Foi nesse ponto que Jack percebeu que seu Hyundai estava se movendo para a frente, apesar de seu pé não ter deixado de pressionar o pedal do freio.

Virando-se para olhar para a frente, o coração de Jack parou por um segundo. Ele estava sendo empurrado, e o sinal ainda estava vermelho! De fora, podia ouvir o horrível ranger de seus pneus travados contra o macadame coberto de pedregulhos e também o rugido do poderoso motor que o empurrava. A próxima coisa que Jack percebeu foi um farol se aproximando, vindo da esquerda, e uma buzina dando um aviso medonho. Então veio um som aflitivo e chiante de borracha contra o asfalto, seguido pelos faróis intensos se desviando.

No mesmo instante, os olhos de Jack fecharam-se, esperando um impacto no lado esquerdo do carro. Quando veio, foi mais um pequeno choque do que uma batida, e Jack viu a imagem embaçada pela água de um carro pressionado lateralmente contra o seu, do lado da porta do motorista. Houve um ruído de metais se raspando.

Jack tirou o pé do freio, que não estava funcionando e precisava ser bombeado. Naquele segundo, seu carro disparou na direção do tráfego intenso que corria na rodovia expressa. Jack enfiou o pé mais uma vez no pedal do freio. Ele pôde sentir as rodas travando e o som áspero dos pneus contra a superfície da estrada, mas a velocidade não diminuiu. Jack olhou para trás de novo. O grande carro preto o empurrava inexoravelmente na direção da perigosa rodovia expressa, que estava a menos de 15 metros de distância. Logo antes de girar a cabeça para voltar a olhar para a frente, ele viu o emblema no capô do carro que o empurrava. Embora a imagem fugaz fosse indistinta em meio à neblina e à garoa, Jack viu que consistia em dois ramos margeando um brasão. Ele fez a ligação de imediato. Era o ornamento de capô de um Cadillac, e na cabeça de Jack, um Cadillac preto queria dizer Franco, até que se provasse o contrário.

Como o freio era inútil contra a potência excessiva do Cadillac, Jack soltou e então pisou no acelerador. O Accent respondeu com agilidade. Houve mais um ruído angustiante de metal contra metal e, com um estalo perceptível, seu carro conseguiu se separar do que o intimidava.

Desesperado, agarrando o volante, Jack avançou nas quatro pistas de alta velocidade como nunca antes. No último segundo, chegou a fechar os olhos, pois não havia acostamento naquela parte da via e, portanto, não havia escolha senão juntar-se à torrente de carros na pista mais à direita. Embora Jack, em suas experiências anteriores ao volante, achara os motoristas de Boston muito agressivos, ele teve de dar crédito a eles por serem alertas e terem reflexos rápidos. Apesar da cacofonia de buzinas e pneus cantando, o carro de Jack conseguiu se juntar ao fluxo. Quando abriu os olhos, viu-se comprimido entre dois veículos; o primeiro, a uma distância de não mais de 2 metros à frente, e o outro aparentemente alguns centímetros atrás. Para sua infelicidade, este último carro era um assustador Hummer, que não se afastou, sugerindo que o motorista estava terrivelmente irritado.

Jack tentou ajustar sua velocidade para que equivalesse exatamente à do carro à sua frente, apesar de achar que estava rápido demais para aquele tempo chuvoso. Sentiu que lhe restavam poucas alternativas. Relutou em diminuir a velocidade, por medo de que o Hummer o golpeasse como o Cadillac. Enquanto isso, tentou, frenético, procurar seu inimigo nos espelhos retrovisores, mas não foi fácil. Isso exigia que ele tirasse os olhos do carro à frente, que não era nada além de um borrão indistinto, apesar de os limpadores de para-brisa funcionarem a toda a velocidade. Jack não viu o Cadillac, mas enxergou relances do motorista do Hummer alternadamente brandindo o punho e lhe mostrando o dedo quando percebia que Jack estava olhando para ele.

A necessidade de se concentrar na direção não era a única coisa que dificultava a procura pelo veículo que o atacara. Turbilhões rodopiantes de bruma e borrifos de água se erguiam num frenesi pelos veículos que aceleravam, em especial os caminhões com dezoito rodas, cada uma quase do tamanho do carro de Jack, patinando sobre o asfalto molhado, fazendo massas de névoa subirem pelo ar, ao redor de seus para-lamas.

De repente, à direita de Jack, uma curta faixa de acostamento apareceu, um desvio para veículos com problemas. Ele foi obrigado a tomar uma decisão no calor do momento, uma vez que a faixa não era extensa e, à velocidade que seu carro e os outros estavam, a oportunidade logo se perderia. Com um impulso, Jack deu uma guinada para a direita, para fora do tráfego, meteu o pé no freio, e então lutou contra a tendência do carro a derrapar primeiro para um lado, e depois para o outro.

Sentindo um grande alívio, Jack conseguiu fazer o carro parar, mas não teve nem um segundo de descanso. No espelho retrovisor, viu o Cadillac preto saindo do tráfego, assim como ele.

Jack encheu os pulmões, apertou o volante em suas mãos e pisou fundo no acelerador. O impulso não foi de quebrar o pescoço, mas ainda assim foi impressionante. À frente, a extremidade cercada do acostamento rapidamente agigantou-se, forçando Jack a juntar-se de súbito ao fluxo de novo. Dessa vez, não foi às cegas, mas deixou o motorista que vinha atrás igualmente furioso. Apesar de o Cadillac continuar na sua cola, Jack não se preocupou. Na verdade, havia um lado bom. O homem continuou a expressar sua fúria mantendo-se colado à traseira do carro de Jack. Em circunstâncias normais, Jack teria considerado aquela uma situação perigosa e irritante. Mas ali, significava que não havia espaço para o Cadillac, bem pior do que um simples motorista furioso.

Jack sabia que, alguns quilômetros à frente, estava o desvio que ele devia pegar, que se bifurcava surpreendentemente a partir da pista mais à esquerda. Não muito além disso, encontravam-se as cabines de pedágio demarcando o fim da rodovia expressa. Jack tentou raciocinar sobre qual seria a melhor solução. Nas cabines de pedágio havia funcionários, talvez até mesmo policiais rodoviários, o que era bom, mas também longas filas, o que era ruim. Embora David Thomas houvesse tomado a arma de Franco, Jack não tinha dúvida de que o homem tinha acesso a outras. Se Franco era louco o suficiente para bater em sua traseira, numa tentativa de forçá-lo a entrar no tráfego quando não podia, teria pouco receio em dar uns tiros. O desvio tinha menos funcionários e nenhum policial, o que era ruim, mas nenhuma fila, em especial em duas pistas rápidas, o que era bom.

Enquanto Jack pesava essas duas possibilidades, percebeu vagamente que, a alguma distância além dos prédios que margeavam a rodovia, um verdadeiro acostamento aparecia. Ele não pensara muito sobre isso, visto que não tinha qualquer intenção de sair do tráfego uma segunda vez. O que não lhe ocorreu foi que o Cadillac usaria a pista de acostamento para se aproximar.

Jack notou o Cadillac apenas quando ele emparelhou com seu carro. E, quando o viu, percebeu que a janela do lado do motorista estava aberta. Mais importante, Franco estava dirigindo com uma só mão. A outra segurava uma arma, que ele então estendeu para fora da janela. Jack freiou, e no mesmo instante sua janela do passageiro se quebrou em um milhão de pedaços, e um buraco de bala apareceu no revestimento de plástico do suporte de para-brisa, imediatamente à esquerda de Jack.

O motorista que vinha atrás de Jack continuava a buzinar sem parar, irritadíssimo. Jack podia compreender perfeitamente a agitação dele. Também estava impressionado com o fato de que o homem havia sido capaz de evitar uma colisão, fazendo com que Jack prometesse nunca mais reclamar dos motoristas de Boston.

No instante seguinte, depois de tocar no freio, Jack pressionou o acelerador até o fundo e usou sua recém-desenvolvida técnica de jogar-se no tráfego para poder mover-se lateralmente entre diversas faixas de trânsito. Agora, todos à sua volta buzinavam feito loucos. Jack não pôde curtir a vitória, pois Franco conseguira se misturar ao trânsito melhor ainda, e estava agora na mesma pista que Jack, com apenas um veículo entre os dois. À frente, Jack viu a placa de seu desvio, a faixa esquerda Allstone-Cambridge, se aproximar rapidamente e então passar por ele. Por instinto, tomou uma decisão de estalo, que dependia de que seu ágil e compacto Accent fosse capaz de fazer uma curva mais fechada e veloz do que o gigantesco Cadillac clássico. Franco cooperou, permanecendo na pista, presumivelmente evitando usar a pista mais à esquerda, que se encontrava mais vazia, para ultrapassar Jack, por medo de ser jogado para fora da estrada pela saída que se aproximava velozmente.

O corpo inteiro de Jack ficou tenso enquanto ele encarava seu objetivo. O que ele queria era executar a curva mais acentuada possível para a esquerda, de modo a pegar a saída sem capotar o carro e sem bater em um triângulo de contêineres de plástico amarelo, do tamanho de barris, colocado ali para amortecer o impacto de qualquer veículo destinado a bater contra o arco de concreto que delimitava a saída. Ele esperava que Franco fosse obrigado a passar reto.

No que esperava que fosse o momento certo, Jack girou o volante no sentido anti-horário. Ouviu os pneus cantando e sentiu a poderosa força centrífuga tentando desestabilizar o carro ou fazê-lo virar. Hesitante, tocou o pedal do freio, sem saber se isso ajudaria ou atrapalharia. Por um segundo, pareceu que o carro estava sobre duas rodas, mas ele se endireitou e Jack agilmente evitou os barris de proteção, passando a alguns metros de distância.

Jogando o volante na direção oposta sem perder tempo, Jack endireitou o carro na saída, indo no sentido da fileira de cabines de pedágio logo adiante, e começou a frear. Nesse momento, olhou pelo retrovisor justo quando Franco batia de lado no triângulo de barris amarelos. O que mais impressionava era que o Cadillac já estava de cabeça para baixo, obviamente tendo capotado logo quando Franco tentou seguir Jack.

Jack estremeceu com a força do impacto, que jogou pneus e outros escombros para o ar e se pegou admirando o tamanho da fúria de Franco, que obviamente triunfara sobre toda racionalidade.

Enquanto se aproximava dos pedágios, os dois atendentes pularam de seus postos, abandonando os motoristas que esperavam para fazer seus pagamentos. Um deles carregava um extintor de incêndio. Jack olhou pelo retrovisor. Agora via espirais de fogo lambendo a lateral do carro virado.

Reconfortado por saber que não havia muito que pudesse fazer, Jack seguiu em frente. Depois de abrir alguma distância entre si e toda a situação que começou com Franco batendo com força na traseira de seu carro, Jack sentiu-se cada vez mais ansioso, a ponto de tremer visivelmente. Em certo sentido, essa reação o surpreendeu mais do que a própria experiência. Há não muitos anos, ele teria adorado passar por algo assim. Agora, sentia-se mais responsável. Laurie esperava que ele não morresse e estivesse na igreja Riverside, à uma e meia do dia seguinte.

Quando Jack estacionou na funerária Langley-Peerson, vinte minutos depois, estava recuperado o bastante para reconhecer que tinha o dever de reportar o que ele sabia sobre o acidente de Franco, embora não quisesse perder o tempo de ir até a polícia de Boston. Ainda no carro, tirou do bolso seu telefone e o cartão de Liam Flanagan, com o número do celular do policial. Jack telefonou. Quando Liam atendeu, ele pôde ouvir um murmúrio de vozes em segundo plano.

— Esse não é um bom momento? — perguntou Jack.

— De modo algum. Estou na fila do Starbucks para pegar meu mocha latte. O que houve?

Jack contou a história de seu encontro mais recente com Franco, desde o começo até sua conclusão dramática e definitiva.

— Eu tenho uma pergunta — falou Liam. — Você reagiu aos tiros com a minha arma?

— Claro que não! — disse Jack. Não era a pergunta que ele esperava. — Para falar a verdade, nem cheguei a pensar nisso.

Liam disse a Jack que repassaria a informação à polícia estadual, encarregada de patrulhar a via expressa, e que se houvesse qualquer dúvida, os próprios policiais ligariam diretamente para Jack.

Satisfeito pela tarefa de relatar o acontecido ter sido tão fácil, Jack inclinou-se para a frente e examinou o buraco de bala no acabamento de plástico do para-brisa, sabendo que a locadora de carros não ficaria nada feliz. Estava bastante afundado, como ele frequentemente via nas feridas de entrada de bala nos crânios das vítimas. Jack estremeceu ao pensar o quão perto passara de ser o crânio dele, o que o fez se perguntar se o ataque com o carro fora o plano B de Franco. O plano A poderia ter sido esperar que Jack saísse da residência dos Bowman, ou, pior ainda, invadir a casa durante a noite. Talvez a vigilância policial o houvesse impedido, fazendo Jack arrepiar-se de novo, lembrando-se de como tivera certeza na noite passada de que não haveria invasores. A ignorância é uma bênção.

Tomando de forma consciente a decisão de não perder tempo com suposições, Jack pegou o guarda-chuva no banco de trás e caminhou até a funerária. O estabelecimento parecia não ter nenhum velório agendado, e estava de volta à sua serenidade silenciosa e sepulcral, exceto pelos cantos gregorianos praticamente inaudíveis. Jack teve de redescobrir o caminho até o acortinado escritório de Harold.

— Dr. Stapleton — disse Harold, vendo Jack na entrada do escritório — infelizmente tenho más notícias.

— Por favor! — implorou Jack — Não diga isso. Minha manhã já foi bem acidentada e difícil.

— Percy Gallaudet, o operador da retroescavadeira, ligou. O cemitério o colocou em outro trabalho, e depois ele vai sair para escavar o esgoto de alguém. Disse que não vai poder fazer o que você precisa antes de amanhã.

Jack deu um profundo suspiro e desviou o olhar por alguns segundos, para se acalmar. Os modos bajuladores de Harold tornavam esse novo empecilho ainda mais difícil de aguentar.

— Ok — aceitou Jack, devagar. — Que tal arranjarmos outra retroescavadeira? Deve haver mais de uma por aqui.

— Há muitas, mas atualmente apenas uma é aceitável para Walter Strasser, o superintendente do cemitério Park Meadow.

— Há propinas envolvidas? — disse Jack, mais afirmando do que perguntando. Permitirem apenas um operador de retroescavadeira: isso cheirava a suborno típico de cidade pequena.

— Só Deus sabe, mas o fato é que estamos presos a Percy Gallaudet.

— Merda! — exclamou Jack.

Era completamente impossível realizar a necropsia de manhã e estar na igreja à uma e meia.

— Há outro problema — continuou Harold. — O caminhão da empresa responsável pelo jazigo não estará disponível amanhã, e eu tive de ligar para eles e avisar que não vamos usar o caminhão hoje.

— Maravilha! — comentou Jack sarcasticamente e respirou fundo mais uma vez. — Vamos repassar tudo bem devagar, para saber quais são as opções. Existe algum jeito de fazermos isso sem a empresa do jazigo?

— Completamente impossível — disse Harold, indignado. — Isso implicaria em deixar o jazigo debaixo da terra.

— Ei, não me importo em deixar o jazigo onde está. Afinal, por que você tem de retirá-lo?

— É o jeito certo. É um jazigo top de linha, escolhido pelo falecido Sr. Stanhope. A tampa de peça única deve ser removida com cuidado.

— A tampa não poderia ser removida sem se tirar o jazigo inteiro do chão?

— Suponho que sim, mas ela poderia quebrar.

— Mas que diferença isso faria? — perguntou Jack, perdendo a paciência. Achava os costumes de sepultamento bizarros. Pessoalmente, era um fã da cremação. Bastava ver as múmias de faraós egípcios expostas ao público de forma repulsiva para perceber que deixar que os restos mortais de alguém fiquem por aqui não é necessariamente uma boa ideia.

— Uma rachadura poderia comprometer a vedação — declarou Harold, com indignação renovada.

— Pelo que estou entendendo, o jazigo pode ser deixado no chão — argumentou Jack. — Eu me responsabilizo. Se a tampa rachar, podemos conseguir uma nova. Estou certo de que isso agradaria à empresa.

— Suponho que sim — disse Harold, moderando sua posição.

— Vou falar pessoalmente com Percy e Walter e ver se posso resolver esse impasse.

— Como quiser. Só não deixe de me manter informado. Eu devo estar presente quando e se o jazigo for aberto.

— Garanto que não vou me esquecer disso. Você sabe dizer como chegar ao Park Meadow?

Jack saiu da funerária com uma disposição de espírito diferente da que entrara. Ele agora estava irritado, além de superagitado. Três coisas que nunca deixavam de irritá-lo eram burocracia, incompetência e idiotice, em especial quando vinham juntas, o que costumava acontecer. Tirar Patience Stanhope de debaixo da terra estava se mostrando uma tarefa mais árdua do que ele esperara quando casualmente sugeriu a realização da necropsia.

Quando chegou ao carro, examinou-o pela primeira vez desde o suplício da via expressa. Além da janela quebrada e da bala incrustada na coluna do para-brisa, o lado esquerdo inteiro estava arranhado e amassado, e a traseira afundada. A traseira estava tão danificada que ele temia não conseguir abrir o porta-malas. Felizmente, seus medos se mostraram infundados, pois conseguiu abri-lo sem problemas. Queria se certificar de que tinha acesso livre às ferramentas de necropsia que Latasha havia lhe emprestado. Qual seria a reação da locadora a todos aqueles danos era algo em que ele não queria pensar, embora estivesse feliz por ter optado pelo seguro total.

Assim que entrou no carro, pegou o mapa, e, combinando com as direções dadas por Harold, conseguiu planejar a rota. O cemitério não era longe, e ele o encontrou sem muito esforço ou incidentes. Ocupava uma colina a pouca distância de uma impressionante instituição religiosa, que parecia uma universidade com vários prédios. O cemitério era bem agradável, mesmo sob a chuva, e parecia um parque com lápides. O portão principal era uma elaborada estrutura de pedra que se estendia pela via de entrada e era coberta por esculturas dos profetas. Os portões individuais eram grades de ferro fundido preto, e seriam impenetráveis caso não fossem mantidos sempre abertos. O local era todo margeado por uma cerca que combinava com os portões de entrada.

Logo depois do portal e escondido atrás dele, havia um edifício gótico, contendo um escritório e um estacionamento grande. Ficava sobre uma área de paralelepípedos a partir da qual vias levavam ao cemitério propriamente dito. Jack estacionou e caminhou até a porta aberta do escritório. Havia duas pessoas, sentadas a duas mesas. O resto dos móveis incluía vários arquivos de metal de quatro gavetas e uma mesa de biblioteca acompanhada de cadeiras com braço. Na parede, um grande mapa do cemitério, delineando todos os lotes.

— Posso ajudar? — perguntou uma mulher desmazelada. Ela não se mostrou simpática nem antipática enquanto lançava um olhar perscrutador sobre Jack. Era uma conduta que ele estava começando a associar com a Nova Inglaterra.

— Estou procurando por Walter Strasser — disse Jack.

A mulher apontou na direção do homem, sem olhar para ele ou para Jack. Ela já voltara sua atenção para a tela de seu computador.

Jack foi até a mesa do homem. Era um sujeito mais ou menos no fim da meia-idade, e corpulento o bastante para sugerir que era um tanto relapso na parte que lhe coubera dos sete pecados capitais, especialmente quanto à gula e à preguiça. Estava sentado à mesa, calmo, com as mãos entrelaçadas sobre sua impressionante circunferência. Seu rosto cheio era vermelho como uma maçã.

— Sr. Strasser? — perguntou Jack, quando viu que o homem não faria qualquer esforço para falar ou mover-se.

— Sou eu.

Jack fez uma rápida introdução, que incluiu mostrar o distintivo de médico-legista. Então explicou a necessidade de examinar a falecida Patience Stanhope para ajudar com um processo civil e disse que as autorizações necessárias para a exumação haviam sido obtidas. Disse que tudo o que faltava era o corpo.

— Harold Langley conversou longamente comigo sobre essa questão — disse Walter.

Obrigado por me dizer logo de cara, pensou Jack, mas não disse. Em vez disso, perguntou:

— Ele mencionou também que existe um problema no agendamento? Havíamos planejado que a exumação ocorresse hoje.

— O Sr. Galladet teve um conflito de horários. Eu disse para ele ligar para o Sr. Langley hoje de manhã e explicar a situação.

— Eu fui informado. O motivo pelo qual vim aqui pessoalmente é ver se uma pequena recompensa extra por seus esforços e pelos do Sr. Gallaudet poderiam fazer com que a exumação voltasse à agenda de hoje. Infelizmente, tenho de deixar a cidade esta noite... — Jack deixou no ar sua vaga oferta de suborno, esperando que a cobiça fosse também um ponto fraco do homem, como a gula parecia ser.

— Que tipo de recompensa extra? — perguntou Walter, para a satisfação de Jack. Os olhos do homem passaram com desconfiança para a mulher, sugerindo que ela não devia tomar parte em suas travessuras.

— Eu estava pensando no dobro da taxa costumeira, em dinheiro.

— De minha parte, sem problemas — disse Walter. — Mas você terá de falar com Percy.

— E se usássemos outra retroescavadeira?

Walter pensou na sugestão por alguns instantes, e então recusou.

— Desculpe, mas Percy tem uma velha ligação com o Park Meadow. Ele conhece e respeita nossas regras e regulamentos.

— Eu entendo — disse Jack, afável, enquanto pensava que essa velha ligação provavelmente tinha mais a ver com propinas do que com regras e regulamentos, mas não ia insistir no assunto a menos que não conseguisse nada com Percy. — Me disseram que o Sr. Gallaudet está trabalhando no local nesse momento.

— Ele está perto do grande bordo, com Enrique e Cesar, se preparando para um enterro ao meio-dia.

— Quem são Enrique e Cesar?

— São nossos zeladores.

— Posso dirigir até lá?

— É claro.

Enquanto Jack dirigia colina acima, a chuva diminuiu e então convenientemente parou. Jack ficou aliviado, estava dirigindo sem a janela do carona, graças a Franco. Desligou os limpadores.

À medida que subia, tinha uma vista cada vez melhor das cercanias. Para o oeste, perto do horizonte, uma faixa de céu azul prometia um tempo melhor no futuro próximo.

Jack encontrou Percy e os outros perto do topo da colina. Percy estava na cabine de vidro de sua retroescavadeira, abrindo uma cova, enquanto os dois zeladores olhavam, se apoiando em pás de cabo longo. A pá da retroescavadeira estava dentro da vala funda, e o motor a diesel do veículo se esforçava para trazê-la para perto de si, e então para cima e para fora. A terra fresca estava empilhada, formando um monte sobre uma grande lona à prova d'água. Uma caminhonete branca com o nome do cemitério estampado na porta estava parada ao lado.

Jack estacionou o carro e andou até a retroescavadeira. Tentou chamar a atenção de Percy chamando-o pelo nome, mas o rugido do motor abafava sua voz. Foi só quando Jack bateu no vidro da cabine que o homem percebeu que estava sendo chamado. Ele imediatamente diminuiu a pressão sobre os controles, e o ronco do motor transformou-se num murmúrio mais suportável. Percy abriu a porta da cabine.

— O que há? — gritou ele como se o motor da escavadeira ainda estivesse fazendo um estrépito considerável.

— Preciso falar com você sobre um serviço — berrou Jack de volta.

Percy saltou da cabine. Ele era um homem baixo e nervoso, de movimentos súbitos e rápidos, e tinha uma expressão facial perpetuamente interrogativa, com sobrancelhas sempre erguidas e cenho franzido. Seu cabelo era curto, mas eriçado, e ambos os antebraços estavam cobertos de tatuagens.

— Que tipo de serviço? — perguntou Percy.

Jack então se apresentou e deu uma explicação ainda mais elaborada da que dera a Walter Strasser, na esperança de evocar qualquer compaixão que Percy pudesse ter dentro de si, de maneira a remarcar a ressurreição de Patience Stanhope para aquele dia. Infelizmente, não funcionou.

— Foi mal, cara. Depois disso aqui, tenho um amigo com um esgoto entupido e gêmeos recém-nascidos.

— Me falaram que você estava ocupado — admitiu Jack. — Mas, como eu disse ao Sr. Strasser, estou disposto a pagar o dobro, em dinheiro, para que a coisa seja feita hoje.

— E o que o Sr. Strasser disse?

— Ele falou que, da parte dele, não havia problemas.

As sobrancelhas de Percy subiram um pouquinho enquanto ele considerava a oferta.

— Então você está disposto a pagar o dobro da taxa do cemitério, e o dobro do que eu cobro?

— Só se a coisa for feita hoje.

— Eu ainda tenho que ajudar o meu amigo — disse Percy. — Teria de ser depois disso.

— A que horas você poderia fazer?

Percy contorceu os lábios e mexeu a cabeça enquanto refletia. Checou seu relógio de pulso.

— Com certeza seria depois das duas.

— Mas você vai fazer? — perguntou Jack, pois tinha de ter certeza.

— Vou fazer — prometeu Percy. — Eu só não sei o que vou encontrar no esgoto do meu amigo. Se for rápido, posso chegar aqui por volta das duas. Se a coisa for difícil, então não dá pra saber.

— Mas você vai fazer mesmo que seja no fim da tarde.

— Com certeza — disse Percy. — Pelo dobro do preço.

Jack estendeu a mão. Percy lhe deu um aperto breve. Enquanto Jack retornava ao seu castigado carro, o outro subiu de novo para a cabine da retroescavadeira. Antes de dar partida no motor, Jack ligou para Harold Langley.

— O negócio é o seguinte — disse Jack em uma voz que deixava implícito que não havia o que discutir —: voltamos com a programação e vamos tirar Patience em algum momento depois das duas da tarde de hoje.

— Você não tem um horário mais preciso?

— Vai ser depois que o Sr. Gallaudet terminar o serviço que ele tem marcado. É tudo o que posso dizer no momento.

— Só preciso que você me avise com meia hora de antecedência — disse Harold. — Encontro você em frente ao túmulo.

— Está bem.

Jack lutou para manter a voz sem qualquer tom de sarcasmo. Considerando a taxa que pagaria para a funerária Langley-Peerson, Jack achava que Harold devia ser o único correndo atrás e tendo quedas de braço com Walter Strasser e Percy Gallaudet.

Com o som da retroescavadeira de Percy atrás de si, Jack tentou pensar no que mais tinha de fazer. Olhou o relógio. Eram quase dez e meia. Do jeito que as coisas estavam indo, sua intuição lhe disse que ele teria sorte se conseguisse estar com Patience Stanhope na funerária Langley-Peerson entre o meio e o fim da tarde, o que significava que talvez a Dra. Latasha Wylie pudesse ajudar. Ele não tinha certeza de que a oferta de ajuda havia sido inteiramente sincera, mas achou que deveria dar-lhe o benefício da dúvida. Com o auxílio, a necropsia andaria mais rápido, e ele teria alguém com quem discutir ideias e que contribuísse com opiniões. Também queria a serra para ossos que ela lhe oferecera. Embora não acreditasse que o cérebro seria importante nesse caso específico, Jack odiava fazer qualquer coisa pela metade. Mais importante, achava que havia uma chance de ele querer usar um microscópio ou um microscópio estereoscópico, e a presença de Latasha tornaria essa possibilidade viável. O principal de tudo era a oferta do chefe dela de auxiliar na toxicologia, o que Latasha poderia ajudar a tornar realidade. Agora que Jack pensava na hipótese de uma overdose ou de um medicamento errado administrado no hospital, definitivamente queria que se fizesse um exame toxicológico, e precisava que fosse feito de imediato, para que fosse incluído no relatório da necropsia.

A linha de raciocínio fez Jack admitir uma possibilidade clara que ele vinha inconscientemente evitando, ou seja, que havia uma boa chance de ele não conseguir pegar o último voo de Boston para Nova York, o que o forçaria a voltar na manhã seguinte. Ele sabia que os primeiros voos partiam assim que o dia raiava, então não havia perigo de não conseguir chegar na igreja no horário certo, mesmo fazendo uma parada no apartamento para vestir o smoking. O problema era dizer isso a Laurie.

Reconhecendo que não estava pronto para ter essa conversa e racionalizando que não sabia com certeza se não conseguiria pegar o voo noturno, Jack optou por não telefonar. Pensou ainda que seria muito melhor falar com ela quando tivesse informações definitivas.

Inclinando-se para conseguir alcançar a carteira no bolso de trás, Jack pegou o cartão de Latasha Wylie e ligou para seu celular. Sabendo que horas eram, não ficou surpreso de topar com a caixa postal. Sem dúvida, ela estava na sala de necropsias. A mensagem que ele deixou era simples. Houvera um atraso na exumação, então a necropsia aconteceria no fim da tarde, e ele adoraria ter uma assistente, caso ela estivesse disposta, e por fim ele deixou o número de seu celular.

Sem mais telefonemas a fazer, Jack voltou sua atenção para um problema prático. Graças ao suborno amadorístico que propusera a Walter e Percy, no qual ele obviamente oferecera demais, visto que eles não demoraram nada para aceitar, agora estava obrigado a ter em mãos o dinheiro prometido. Os 20 ou 30 dólares que normalmente carregava na carteira não serviriam para muita coisa. Mas dinheiro não era problema, graças ao seu cartão de crédito. Ele só precisava de um caixa eletrônico, e a cidade com certeza tinha muitos.

Quando Jack terminou tudo o que se lembrara de fazer, resignou-se a voltar para o tribunal. A ideia não o empolgava. Ver sua irmã sendo humilhada havia sido mais que o bastante, e a pequena pontada de prazer com o sofrimento alheio que sentira inicialmente, mas mal admitira para si mesmo, com o castigo sofrido por Craig, há muito desaparecera. Jack passara a sentir uma forte empatia pelos dois e achava desagradável vê-los sendo ridicularizados, e o relacionamento deles aviltado por gente como o mercenário Tony Fasano.

Por outro lado, Jack havia prometido a ambos que apareceria, e os dois, cada um de seu modo, haviam demonstrado apreço pelo apoio dele. Tendo isso em mente, Jack deu a partida no carro alugado, conseguiu fazer a baliza e saiu do cemitério. Assim que passou pelo fastuoso portão cravejado de estátuas, parou o carro no acostamento para dar uma olhada no mapa. Foi bom ter feito isso, pois ele logo percebeu que havia um trajeto muito melhor para Boston do que retornar pelo caminho de ida, passando pela funerária.

Já no percurso, Jack pegou-se sorrindo. Ele não estava exatamente rindo, mas de repente algo o divertia. Ele estava em Boston havia dois dias e meio, quebrando a cabeça para entender um processo absurdo de imperícia médica, levara tapas e socos, quase levara um tiro e fora perseguido por um gângster em um Cadillac preto, e, na verdade, não havia conseguido realizar coisa alguma. Existia uma espécie de ironia cômica na situação toda que atraía seu senso de humor, que ele reconhecia ser bizarro.

Então, outra ideia lhe ocorreu. Ele ficara cada vez mais preocupado com a reação de Laurie, até o ponto de relutar em falar com ela. Mas ele não estava preocupado com o atraso em si. Se a realização da necropsia o forçasse a voar para Nova York só na manhã seguinte, ele tinha de reconhecer que talvez não chegasse a tempo para o casamento. Mesmo que isso fosse improvável, uma vez que o primeiro voo era às seis e meia da manhã e os seguintes partiam a cada meia hora, não era impossível, mas ainda assim isso não o incomodava E não sentir-se incomodado o fez se perguntar sobre suas motivações inconscientes. Ele amava Laurie, disso tinha certeza, e acreditava que queria casar-se de novo. Então, por que não estava mais preocupado?

Não conseguiu pensar em nenhuma resposta e apenas aceitou que a vida era mais complicada do que sua atitude temerária fazia parecer. Pelo visto, ele funcionava em múltiplos níveis, alguns dos quais estavam reprimidos, se não efetivamente suprimidos.

Sem nenhum carro o perseguindo, sem ter de lidar com nenhuma neblina e sem o trânsito do rush, Jack não demorou quase nada para chegar ao centro de Boston. Mesmo fazendo um novo caminho, conseguiu encontrar o Boston Public Garden e o Boston Common, onde os dois eram cortados pela

Charles Street. E, quando os encontrou, achou também o estacionamento subterrâneo que usara nos dias anteriores.

Depois de estacionar, Jack foi até a moça que cuidava da entrada e perguntou se havia um caixa eletrônico por perto. Foi orientado a ir até a parte comercial da Charles Street. Lá, encontrou-o em frente à loja de ferragens onde comprara o spray de pimenta ainda não usado, do outro lado da rua. Tendo no bolso a quantia máxima que a máquina permitira retirar, Jack voltou pelo mesmo caminho do dia anterior. Subiu a Beacon Hill, curtindo o agradável ambiente residencial dos baixos e belos edifícios urbanos, muitos dos quais com jardineiras muito bem cuidadas, transbordando de flores. A chuva recente havia limpado as ruas e as calçadas de tijolos. O céu nublado o fez perceber uma coisa que lhe escapara ontem, à luz do sol: os lampiões a gás do século XIX ficavam sempre acesos, pelo visto sem descanso.

Entrando no tribunal, Jack hesitou sob o portal. Superficialmente, tudo parecia idêntico a quando ele fora embora na tarde de ontem, exceto que era Craig quem estava no banco de testemunhas, em vez de Leona. Havia o mesmo elenco de personagens, reproduzindo as mesmas poses. Os jurados estavam impassíveis, como se fossem de papelão, exceto pelo assistente de encanador, cujo empenho em examinar as próprias unhas nunca arrefecia. O juiz ocupava-se dos papéis sobre sua mesa, como no dia anterior, e o público se mostrava perversamente atento.

Ao esquadrinhar os espectadores, Jack viu Alexis em seu lugar de sempre, com um espaço vazio ao lado, que parecia ser reservado a ele. Do outro lado da galeria, na cadeira que em geral era ocupada por Franco, sentava-se Antonio. Ele era uma versão menor de Franco, mas consideravelmente mais bonita. Agora vestia o traje do time Fasano: terno cinza, camisa e gravata pretas. Embora Jack tivesse uma razoável certeza de que Franco não apareceria por alguns dias, perguntou-se se teria problemas com Antonio. Também se perguntou se Franco ou Antonio, ou os dois, tiveram alguma participação na agressão às filhas de Craig.

Pedindo licença, como manda o figurino, Jack entrou na fileira da qual Alexis ocupava o último assento, o mais próximo à banca dos jurados. Ela o viu chegando e deu um sorrisinho rápido e nervoso. Jack não o achou auspicioso. Ela pegou seus pertences para que ele pudesse se sentar. Pegaram na mão um do outro por um instante antes que ele se sentasse.

— Como está indo? — sussurrou Jack, curvando-se na direção da irmã.

— Melhor agora, com Randolph fazendo a reinquirição.

— O que aconteceu na vez de Tony Fasano?

Alexis lançou um breve olhar a Jack, em que deixava transparecer sua ansiedade. Seus músculos faciais estavam tensos, seus olhos mais arregalados do que o normal. Suas mãos entrelaçavam-se com força sobre o colo.

— Não foi bem? — perguntou Jack.

— Foi horrível — admitiu Alexis. — A única coisa que se poderia dizer que foi positiva é que o testemunho de Craig foi consistente com o depoimento. Ele não se contradisse de maneira alguma.

— Não me diga que ele se enfureceu, não depois de todo aquele ensaio.

— Ele ficou furioso depois de mais ou menos uma hora, e daí foi ladeira abaixo. Tony sabia onde pressionar, e realmente o pressionou. A pior parte foi quando Craig disse a Tony que ele não tinha direito de criticar ou pôr em dúvida médicos que estavam sacrificando suas vidas para cuidar de seus pacientes. Craig então chamou Tony de advogado de porta de hospital desprezível.

— Isso não é bom. Mesmo sendo verdade.

— E a coisa piorou — disse Alexis impetuosamente, subindo o tom de voz.

— Com licença — interrompeu-os uma voz na fileira de trás. Alguém bateu no ombro de Jack.

— Não estamos conseguindo ouvir o testemunho — reclamou o espectador.

— Perdão — disse Jack e voltou-se para Alexis: — Quer sair para o corredor um pouco?

Alexis fez que sim. Era evidente que ela precisava de uma folga.

Levantaram-se. Alexis deixou suas coisas na cadeira. Os dois abriram caminho até o corredor central. Ele abriu a pesada porta do tribunal da forma mais silenciosa possível. No saguão dos elevadores, os irmãos se sentaram em um banco com revestimento de couro, encurvados, cotovelos apoiados nos joelhos.

— Juro por Deus — resmungou Alexis. — Eu não *entendo* por que esses voyeurs todos gostam de ver esse maldito julgamento.

— Você conhece o termo *Schadenfreude*? — perguntou Jack, achando interessante que meia hora antes ele estivesse pensando na expressão, em relação à sua reação inicial ao imbróglio de Craig.

— Não estou lembrando — disse Alexis.

— É alemão. Refere-se a quando as pessoas sentem prazer com os problemas e as dificuldades dos outros.

— Eu tinha esquecido a palavra, mas o conceito conheço muito bem. Comum do jeito que é, devíamos ter uma palavra para isso em inglês também. Droga, é por isso que a imprensa marrom tem público. De qualquer modo, eu na verdade sei por que as pessoas estão aqui vendo Craig ser torturado. Elas veem os médicos como pessoas poderosas, bem-sucedidas. Então, não preste atenção às minhas lamúrias.

— Você está se sentindo bem?

— Tirando uma dor de cabeça, estou ok.

— E as meninas?

— Aparentemente, vão bem. Acham que estão de férias, matando aula e ficando com a avó. Elas não me ligaram no celular. Todas sabem o número de cor, e eu ficaria sabendo se houvesse qualquer problema.

— Eu tive uma manhã cheia.

— É? Como está a coisa da necropsia? Estamos precisando de um milagre.

Jack contou a história da sua provação na Massachusetts Turnpike, e quanto mais Alexis ouvia, mais boquiaberta ficava. Ela estava tão perplexa quanto assustada.

— Eu é que deveria estar perguntando se você está bem — disse ela quando Jack descreveu a última e espetacular batida de Franco, com o carro capotado.

— Estou bem. O carro está pior do que eu. E sei que Franco se machucou. Provavelmente está em algum hospital. Não ficaria surpreso se estivesse preso também. Relatei o episódio para o mesmo detetive de Boston que foi à sua casa ontem à noite. Suponho que as autoridades não aprovem o disparo de armas de fogo na Massachusetts Turnpike.

— Meu Deus — exclamou Alexis, condoída. — Sinto muito que tudo isso tenha acontecido com você. Impossível não me sentir responsável.

— Não precisa! Acho que eu é que procuro problemas. A responsabilidade é toda minha. Mas vou admitir, tudo que aconteceu não fez nada além de me tornar mais determinado a fazer essa maldita necropsia.

— Em que pé está?

Jack descreveu suas negociações com Harold Langley, Walter Strasser e Percy Gallaudet.

— Caramba — disse Alexis —, depois desse trabalho todo, espero que resulte em algo significativo.

— Somos dois.

— Não incomoda você a possibilidade de adiar seu voo para Nova York para amanhã de manhã?

— O que tiver de ser, será — disse Jack, dando de ombros. Não estava disposto a entrar naquele assunto particularmente espinhoso.

— E quanto à sua noiva, a Laurie?

— Ainda não contei para ela — confessou Jack.

— Deus pai! Essa não é uma boa maneira de se começar um relacionamento com uma nova cunhada.

— Vamos voltar ao que está acontecendo no julgamento — disse Jack, para mudar de assunto. — Você ia me contar sobre como o testemunho de Craig ficou ainda pior.

— Depois que ele xingou Tony de advogado de porta de hospital desprezível, Craig resolveu advertir os jurados de que eles não eram seus iguais. Afirmou que eles eram incapazes de julgar as ações dele, pois nunca tiveram de tentar salvar uma vida, como ele tentara salvar a de Patience Stanhope.

Jack, pasmo, bateu com a mão na testa.

— O que Randolph estava fazendo enquanto isso?

— Tudo o que podia. Ele estava protestando o tempo todo, mas sem qualquer utilidade. Tentou fazer com que o juiz ordenasse um recesso, mas o juiz perguntou a Craig se ele precisava de um descanso, e Craig disse que não, então a coisa continuou.

Jack balançou a cabeça.

— Craig é o pior inimigo de si mesmo, embora...

— Embora o quê? — perguntou Alexis.

— Ele não deixe de ter razão. Em certo sentido, está falando por todos nós, médicos. Aposto que qualquer médico que tenha passado pelo pesadelo de ser julgado por imperícia médica se sente do mesmo jeito. É só que eles teriam a sensatez de não falar isso.

— Bom, ele certamente não deveria ter dito nada. Se eu fosse jurada, cumprindo meu dever cívico, e ouvisse esse tipo de reprimenda, eu ficaria espumando de raiva e acabaria muito mais disposta a aceitar a interpretação de Tony sobre os fatos

— Qual foi a pior parte?

— Houve muitas partes que poderiam competir pelo título de pior. Tony conseguiu fazer com que Craig admitisse que ele tinha algum temor de que a fatídica visita fosse devido a uma emergência de verdade, como Leona testemunhou, e também que um ataque cardíaco estava na sua lista de possíveis diagnósticos. Ele também fez com que Craig reconhecesse que ir da casa dos Stanhope até o Symphony Hall levaria menos tempo do que saindo do Newton Memorial e que ele estava ansioso para chegar antes que o concerto começasse, para exibir a sua namorada-troféu. E talvez especialmente incriminatória tenha sido a admissão que ele conseguiu de Craig, de que ele disse todas aquelas coisas pouco elogiosas sobre Patience Stanhope para aquela piranha da Leona, inclusive que a morte de Patience era uma bênção para todo mundo.

— Minha nossa — exclamou Jack, balançando a cabeça mais uma vez. — Isso não é bom.

— Nem um pouquinho. Craig conseguiu se fazer passar por um médico arrogante e indiferente, mais interessado em chegar em tempo ao Symphony Hall com seu objeto sexual do que em fazer o que era certo para sua paciente. Exatamente o que Randolph disse para ele não fazer.

Jack endireitou-se.

— E o que Randolph está fazendo na reinquirição?

— Tentando minimizar os danos seria a melhor descrição. Está tentando reabilitar Craig em cada ponto específico, partindo da classificação "PP", paciente-problema, e indo até o que aconteceu na noite em que Patience Stanhope morreu. Quando você chegou, Craig estava testemunhando sobre a diferença entre o estado de Patience quando ele chegou à casa dela, e a descrição que ouvira de Jordan Stanhope ao telefone. Randolph já fez com que Craig contasse ao júri que ele não disse a Jordan, pelo telefone, que Patience Stanhope estava tendo um ataque cardíaco, mas, sim, que era uma possibilidade que precisava ser considerada. É claro, isso contradisse o que Jordan disse no testemunho dele.

— Você conseguiu perceber alguma coisa da reação dos jurados ao testemunho durante a reinquirição, em comparação com a inquirição direta?

— Eles parecem mais apáticos agora do que antes, mas isso pode ser só coisa da minha percepção pessimista. Não estou otimista depois do desempenho de Craig. Randolph realmente tem uma batalha muito dura diante de si. Ele me disse esta manhã que vai pedir a Craig que conte sua história de vida, para contra-atacar a difamação feita por Tony.

— Por que não? — disse Jack.

Mesmo não estando muito animado, sentiu aumentar sua compaixão pela irmã e quis mostrar seu apoio. Enquanto voltavam para seus assentos no tribunal, imaginou como um veredito em favor da acusação afetaria o relacionamento de Alexis e Craig. Jack nunca fora defensor da união dos dois, desde a primeira vez que vira Craig pessoalmente, cerca de dezesseis anos antes. Craig e Alexis haviam se conhecido enquanto estagiavam no Boston Memorial e foram hóspedes na casa de Jack na época do noivado. Jack achara o cunhado insuportavelmente egocêntrico, com olhos apenas para a medicina. Mas agora que tivera a chance de vê-los juntos no ambiente deles, apesar das atuais circunstâncias difíceis, podia notar que se completavam. A personalidade levemente histriônica e dependente de Alexis, agora muito menos evidente do que na infância, combinava bem com o narcisismo mais agudo de Craig. De muitas maneiras, pelo que Jack podia ver, eles se complementavam.

Jack recostou-se na posição mais confortável possível naquelas circunstâncias. Randolph estava com as costas rijamente eretas na tribuna, transpirando sua pompa aristocrática de sempre. Craig estava no banco de testemunhas, um pouco inclinado para a frente, os ombros encurvados. A voz de Randolph era firme e articulada, melodiosa e levemente sibilante. A de Craig, monótona, como a de alguém exaurido por uma discussão.

Jack sentiu a mão de Alexis se enfiar entre seu cotovelo e suas costelas, e então seguir em frente, para alcançar sua mão. Em resposta, ele a apertou, e os dois trocaram um breve sorriso.

— Dr. Bowman — entoou Randolph —, desde que ganhou um kit médico de brinquedo, aos 4 anos, e passou a consultar seus pais e seu irmão mais velho, o senhor sempre quis ser médico. Mas sei que houve um acontecimento específico em sua infância que confirmou de vez essa escolha altruística de carreira. Poderia contar à corte esse episódio?

Craig pigarreou.

— Eu tinha 15 anos e estava no primeiro ano. Era do time de futebol americano. Tentei ser jogador, mas não consegui, o que foi uma grande decepção para o meu pai, porque meu irmão mais velho tinha sido um jogador de destaque. Então, virei um auxiliar, o que não queria dizer nada mais do que um garoto que levava água para os atletas. Nos intervalos de jogo, eu corria para o campo com um balde, uma concha e copos de papel. Num jogo em casa, um dos nossos jogadores se machucou, e o técnico pediu tempo. Corri para o campo com o balde, mas quando me aproximei pude ver que o jogador machucado era um amigo meu. Em vez de levar o balde para os outros jogadores, corri para o meu amigo. Fui o primeiro dos que estavam de fora a chegar até ele e o que vi foi perturbador. Ele havia quebrado a perna de tal modo que seu pé apontava para uma direção anormal, e ele se contorcia de dor. Fiquei tão impressionado com o estado dele, e com minha incapacidade de ajudá-lo, que decidi naquela hora mesmo que eu não só queria ser médico, eu *tinha* de ser médico.

— É uma história de cortar o coração — disse Randolph — e comovente pelo seu impulso imediato de compaixão, e pelo fato de que isso o motivou a seguir um caminho que se mostraria bem difícil. Tornar-se médico não foi fácil para você, Dr. Bowman, e aquele impulso altruísta que descreveu de forma tão eloquente tinha de ser realmente forte para incitá-lo a ultrapassar os obstáculos que enfrentou. Poderia contar à corte algo da sua inspiradora história à la Horatio Alger?

Craig endireitou-se perceptivelmente na cadeira.

— Protesto! — gritou Tony, levantando-se. — Irrelevante

O juiz Davidson tirou os óculos de leitura

— Advogados, aproximem-se.

Obedientemente, Randolph e Tony se reuniram à direita do juiz.

— Ouça! — disse o juiz, apontando os óculos na direção de Tony. – Você fez do caráter do Dr. Bowman uma peça central do caso da acusação. Permiti isso, apesar dos protestos do Sr. Bingham, com a ressalva de que você estabelecesse uma justificativa plausível, a qual eu creio que foi estabelecida. O que vale para um, vale para o outro. O júri tem todo direito de ouvir sobre as motivações e o treinamento do Dr. Bowman. Estou sendo claro?

— Sim, Meritíssimo — concordou Tony.

— E, além disso, não quero ouvir uma enxurrada de protestos a esse respeito.

— Compreendo, Meritíssimo — disse Tony.

Tony e Randolph voltaram aos seus postos, com Tony à mesa da acusação e Randolph à tribuna.

— Protesto negado — declarou em voz alta o juiz Davidson, para que o escrevente da corte pudesse registrar nos autos. — A testemunha pode responder à pergunta.

— Lembra-se da pergunta? — indagou Randolph

— Creio que sim. Por onde começo?

— Seria apropriado que pelo começo — disse Randolph. — Segundo sei, você não recebeu apoio de seus pais.

— Não do meu pai, pelo menos, e ele comandava a casa com punho de ferro. Ele era desgostoso dos filhos, principalmente de mim, porque eu não era um prodígio no futebol ou no hóquei, como meu irmão mais velho, Leonard Junior. Meu pai me considerava um "molengão" e me disse isso inúmeras vezes. Quando minha mãe, tiranizada por ele, deixou escapar que eu queria ser médico, ele disse que só se fosse por cima do cadáver dele.

— Ele usou exatamente essas palavras?

— Sem dúvida! Meu pai era um encanador que não tinha respeito por nenhum profissional, ele os chamava de bando de ladrões. Não queria de jeito nenhum que o filho dele se tornasse parte desse mundo, ainda mais porque ele nunca chegou a concluir o ensino médio. Na verdade, que eu saiba, ninguém da minha família, de nenhum dos lados, fez faculdade, incluindo meu irmão, que acabou seguindo o meu pai como encanador

— Então seu pai não apoiava seus interesses acadêmicos?

Craig deu uma risada triste

— Eu lia escondido quando jovem. Era obrigado a fazer isso. Havia vezes em que meu pai me batia quando me pegava lendo, em vez de cuidar das coisas da casa. Quando eu recebia os boletins, tinha que escondê-los do meu pai, e dar para minha mãe assinar em segredo, porque eu só tirava notas máximas. Com a maioria dos meus amigos, acontecia o contrário.

— Ficou mais fácil quando você entrou na faculdade?

— Por um lado sim, por outro não. Ele ficou indignado comigo, e em vez de me chamar de "molengão", passei a ser um "metidão". Ele tinha vergonha de falar de mim para os amigos. O maior problema era que ele se recusava a preencher os formulários necessários para que eu tentasse uma bolsa de estudos e, é claro, recusou-se a me ajudar com um centavo que fosse.

— Como você conseguiu pagar a faculdade?

— Dependi de uma combinação de empréstimos, subsídios acadêmicos, e de todo tipo de emprego que eu conseguisse arranjar e não me impedisse de conseguir uma média 10. Nos primeiros anos, trabalhei basicamente em restaurantes, lavando pratos e servindo mesas. Durante os dois últimos, consegui trabalhar em uma série de laboratórios. Nos verões, eu trabalhava no hospital, em qualquer função que me colocassem. E meu irmão também me ajudou um pouco, embora não pudesse fazer muito, porque já tinha começado uma família.

— Seu objetivo de ser médico e seu desejo de ajudar as pessoas o auxiliaram durante esses anos difíceis?

— Sem dúvida, especialmente quando trabalhava no hospital nos verões. Eu tinha adoração pelos médicos e enfermeiros, ainda mais os residentes. Eu mal podia esperar para me tornar um deles.

— O que aconteceu quando você entrou na faculdade de medicina? Suas dificuldades financeiras haviam piorado ou já não eram tão sérias?

— Tinham piorado muito. Os gastos eram maiores e o programa do curso requeria mais horas, quase o dia inteiro, todo dia, ao contrário do curso que somos obrigados a fazer antes da faculdade de medicina propriamente dita.

— Como você lidou com isso?

— Peguei emprestado o máximo que pude; o resto tive que conseguir com uma miríade de empregos no centro médico. Felizmente, empregos não faltavam.

— Mas como você conseguia arranjar tempo? Dizem que a faculdade de medicina ocupa o tempo inteiro do aluno e mais um pouco.

— Eu não dormia. Bem, não totalmente, uma vez que isso é fisicamente impossível. Aprendi a dormir em pequenos intervalos de tempo, até mesmo de dia. Era difícil, mas pelo menos na faculdade de medicina o objetivo já estava à vista, o que tornava a coisa mais fácil de suportar.

— Que tipo de trabalhos você fez?

— Todos os de costume em um centro médico: coletar sangue, fazer a tipagem, fazer as provas cruzadas, limpar as jaulas dos animais... toda e qualquer coisa que pudesse ser feita à noite. Trabalhei até na cozinha do centro médico. Então, durante o segundo ano, consegui um emprego maravilhoso com um pesquisador, estudando canais iônicos de sódio, nas células nervosas e musculares. Hoje em dia, até dou continuidade a esse trabalho.

— Tendo uma agenda tão lotada na faculdade de medicina, como suas notas ficaram?

— Excelentes. Eu estava entre os dez por cento dos melhores da turma, e era membro da sociedade de honra acadêmica Alpha Omega Alpha.

— Qual você considera ter sido seu maior sacrifício? A falta crônica de sono?

— Não! Era a falta de qualquer tempo para uma vida social. Meus colegas de turma tinham tempo de interagir e discutir a experiência pela qual passavam. A faculdade de medicina é uma experiência muito intensa. Durante meu terceiro ano, não sabia se me dedicaria às pesquisas científicas em medicina ou à clínica médica. Eu adoraria ter conversado com os outros sobre os prós e os contras, e me beneficiar das opiniões deles. Tive de tomar a decisão por conta própria.

— E como você a tomou?

— Percebi que gostava de cuidar das pessoas. Isso me causava uma satisfação imediata.

— Então era o contato com as pessoas que você achava agradável e gratificante.

— Sim, e o desafio de fazer diagnósticos diferenciais, e de descobrir o paradigma para estreitar o campo de investigação.

— Mas o que você estimava era o contato com as pessoas e poder ajudá-las.

— Protesto! — disse Tony, que vinha se mostrando cada vez mais inquieto. — Repetitivo.

— Aceito — concedeu o juiz Davidson com uma voz cansada. — Não há necessidade de insistir no assunto, Sr. Bingham. Estou certo de que o júri já entendeu.

— Conte-nos sobre seu treinamento na residência — disse Randolph.

— Aquilo foi uma grande felicidade — respondeu Craig, que agora se sentava ereto, com os ombros para trás. — Por causa da minha média, fui aceito pelo prestigioso hospital Boston Memorial. Era um ambiente de aprendizado maravilhoso, e de repente eu estava ganhando dinheiro, não muito, mas algum. E, igualmente importante, eu não tinha mais de pagar pelos estudos, então pude começar a pagar a enorme dívida que contraíra na época do curso pré-medicina e na faculdade de medicina em si.

— Você continuou a desfrutar das ligações necessariamente próximas que se formavam entre você e seus pacientes?

— Com certeza. Essa foi, de longe, a parte que mais me dava satisfação.

— Agora nos conte sobre seu consultório. Parece-me que houve algumas decepções.

— De início, não! No começo, meu consultório era tudo que eu tinha sonhado. Eu estava cheio de coisas para fazer e empolgado. Gostava de ir para lá todo santo dia. Os problemas de meus pacientes eram intelectualmente estimulantes e eles se sentiam gratos. Mas então os planos de saúde começaram a reter os pagamentos, muitas vezes contestando desnecessariamente certos gastos, tornando cada vez mais difícil fazer o que era melhor para os pacientes. O dinheiro que entrava começou a diminuir, enquanto os custos continuavam a subir. Para não fechar as portas, fui obrigado a aumentar a produtividade, o que é um eufemismo para atender mais pacientes por hora. Consegui fazer isso, mas com o passar do tempo, eu ficava cada vez mais preocupado com a qualidade do atendimento.

— Então, seu estilo de prática médica mudou nesse aspecto.

— Mudou dramaticamente. Um médico mais velho, muito respeitado, que estava praticando a medicina concierge, me procurou. Ele estava com problemas de saúde e queria me oferecer uma sociedade.

— Perdoe-me por interromper — disse Randolph. — Talvez você pudesse relembrar aos jurados do significado do termo "medicina concierge".

— É um estilo de prática no qual o médico concorda em limitar seu número de pacientes para oferecer a eles uma acessibilidade extraordinária, por um pagamento anual adiantado.

— Essa acessibilidade extraordinária ao médico inclui poder ser atendido em domicílio?

— Pode incluir. A decisão cabe ao médico e ao paciente.

— O que você está dizendo é que, com a medicina concierge, o médico pode ajustar o serviço às necessidades do paciente. Correto?

— Sim. Dois princípios fundamentais da boa prestação de cuidados aos pacientes são: o princípio do bem-estar do paciente e o princípio da autonomia do paciente. Atendendo um número demasiado de pacientes por hora, corre-se o risco de desrespeitar os dois, pois tudo é feito às pressas. Quando o médico tem de correr contra o tempo, a consulta acaba perdendo a espontaneidade, e quando isso acontece, a narrativa do paciente se perde, o que é trágico, uma vez que é muitas vezes na narrativa que os fatos essenciais do caso estão escondidos. Em uma clínica concierge, como a minha, posso ajustar o tempo que passo com o paciente e o local da consulta de acordo com as necessidades e os desejos do paciente.

— Dr. Bowman, a prática da medicina é uma arte ou uma ciência?

— É definitivamente uma arte, mas que tem base em um corpo de conhecimentos científicos comprovados.

— É possível praticar a medicina de forma adequada com um conhecimento adquirido apenas nos livros?

— Não, não é possível. Não existem duas pessoas iguais no mundo. A medicina precisa ser ajustada para cada paciente enquanto indivíduo. E há também o fato de que os livros estão inevitavelmente obsoletos quando chegam às prateleiras. O conhecimento médico cresce exponencialmente.

— O discernimento pessoal do médico tem um papel na prática?

— Com certeza. Em toda decisão médica, o discernimento pessoal é de importância suprema.

— Foi seu discernimento pessoal de médico que determinou, na noite de 8 de setembro de 2005, que o melhor para Patience Stanhope era que você fosse visitá-la em casa?

— Sim, foi.

— Pode explicar ao júri por que seu discernimento o levou a acreditar que esse seria o melhor curso de ação?

— Ela odiava hospitais. Eu relutava até mesmo em mandá-la para o hospital para os exames de rotina. As idas ao hospital inevitavelmente exacerbavam seus sintomas e também sua ansiedade. Ela preferia mil vezes que eu fosse vê-la em casa, coisa que eu vinha fazendo quase uma vez por semana, por oito meses. Todas as vezes, eu me deparava com um alarme falso, mesmo nas ocasiões em que Jordan Stanhope me dizia que ela achava que estava morrendo. No início da noite de 8 de setembro, não me foi dito que ela achava que estava morrendo. Eu estava confiante de que a visita seria um alarme falso, como todas as outras; ainda assim, como médico, eu não podia ignorar a possibilidade de que ela estivesse realmente doente. A melhor maneira de fazer isso era ir diretamente à casa dela.

— A Srta. Rattner testemunhou que o senhor disse a ela, a caminho da casa, que achava que as queixas dela talvez fossem legítimas. Isso é verdade?

— É verdade, mas eu não disse que considerava que as chances fossem extremamente pequenas. Eu disse que estava preocupado, porque notei uma preocupação levemente maior do que a normal na voz do Sr. Stanhope.

— Você disse ao Sr. Stanhope ao telefone que acreditava que a Sra. Stanhope havia sofrido um ataque cardíaco?

— Não, eu não disse. Eu disse a ele que, havendo qualquer queixa de dor no peito, essa era uma hipótese que precisava ser examinada, mas a Sra. Stanhope já tivera dores no peito antes, que mostraram não ser significativas.

— A Sra. Stanhope tinha alguma doença cardíaca?

— Conduzi um teste ergométrico alguns meses antes do falecimento dela, que apresentou um resultado ambíguo. Não era o suficiente para dizer que havia uma doença cardíaca, mas eu acreditava fortemente que ela devia passar por exames cardiológicos mais definitivos, com um cardiologista do hospital.

— Você recomendou isso à paciente?

— Recomendei veementemente, mas ela se recusou, em especial porque para tanto, ela precisaria ir a um hospital.

— Uma última pergunta, doutor — disse Randolph. — Em relação à designação usada no seu consultório, de PP, ou paciente-problema, isso significava que o paciente assim classificado recebia mais atenção ou menos atenção?

— Uma atenção consideravelmente maior! O problema com os pacientes assim designados era que eu não conseguia aliviar seus sintomas, fossem reais ou imaginários. Como médico, esse era um problema contínuo para mim, daí a terminologia.

— Obrigado, doutor — concluiu Randolph, enquanto reunia seus papéis. — Sem mais perguntas.

— Sr. Fasano! — chamou o juiz Davidson. — Deseja questionar novamente a testemunha?

— Certamente, Meritíssimo — vociferou Tony. Ele levantou de um pulo e andou apressado até a tribuna, como um perdigueiro em caça ao coelho.

— Dr. Bowman, em relação a seus pacientes PP, o senhor não disse à sua então namorada, que morava com o senhor, enquanto dirigia o seu Porsche vermelho novinho, a caminho da casa dos Stanhope em 8 de setembro de 2005, que você não suportava esses pacientes e que considerava que hipocondríacos equivaliam às pessoas que fingem doença para cabular o trabalho?

Houve uma pausa enquanto Craig mirava Tony como se seus olhos fossem armas.

— Doutor? — inquiriu Tony. — O gato comeu sua língua, como costumávamos dizer na escola?

— Eu não me lembro — respondeu Craig, por fim.

— Não se lembra? — perguntou Tony, exagerando na incredulidade. — Ah, por favor, doutor, essa é uma desculpa conveniente demais, em especial para alguém que se destacou no treinamento médico por se lembrar dos menores detalhes. A Srta. Rattner certamente se lembrou ao testemunhar. Talvez o senhor se lembre de dizer à Srta. Rattner, na noite em que recebeu a notificação desse processo, que você odiava Patience Stanhope e que a morte dela era uma bênção para todos. Será que consegue lembrar-se disso? — Tony inclinou-se para a frente sobre a tribuna, tanto quanto sua pequena estatura permitia, e ergueu as sobrancelhas de forma inquisitiva.

— Eu disse algo nesse sentido — admitiu Craig, relutante. — Eu estava furioso.

— É claro que estava furioso. Você estava indignado que alguém, como meu cliente, privado da esposa, pudesse sequer duvidar de que seu discernimento estava em conformidade com o padrão de conduta.

— Protesto! — exclamou Randolph — Argumentativo

— Aceito — disse o juiz Davidson e fuzilou Tony com o olhar

— Ficamos todos impressionados com sua história da pobreza à riqueza — disse Tony, mantendo o desdém. — Mas agora não tenho certeza do que ela significa, especialmente considerando o estilo de vida que seus pacientes lhe possibilitaram ao longo dos anos. Qual é o valor de mercado atual de sua casa?

— Protesto — interveio Randolph. — Irrelevante e imaterial.

— Meritíssimo — reclamou Tony —, a defesa apresentou um testemunho econômico para atestar a dedicação do réu a seu projeto de tornar-se médico. É razoável que o júri ouça quais recompensas econômicas resultaram disso.

O juiz Davidson refletiu por um momento antes de dizer.

— Protesto negado. A testemunha pode responder à pergunta.

Tony voltou a sua atenção a Craig.

— Bem?

Craig deu de ombros.

— Uns 2 ou 3 milhões, mas era menos quando a compramos.

— Eu agora gostaria de fazer algumas perguntas sobre seu consultório concierge — disse Tony, agarrando com força a beirada da tribuna. — Você acredita que exigir um pagamento anual adiantado de milhares de dólares é algo que está além das possibilidades de alguns pacientes?

— É claro que sim! — vociferou Craig.

— O que aconteceu com aqueles seus queridos pacientes que não puderam pagar, ou simplesmente não pagaram por algum motivo qualquer, o pagamento adiantado que estava financiando o seu Porsche zero e o seu retiro sexual em Beacon Hill?

— Protesto! — disse Randolph, levantando-se. — Argumentativo e lesivo.

— Aceito — exclamou bruscamente o juiz Davidson. — O advogado limitará suas perguntas à obtenção das informações factuais apropriadas e não formulará perguntas para propor teorias ou argumentos que cabem aos argumentos finais. Esse é meu último aviso!

— Peço desculpas, Meritíssimo — disse Tony antes de voltar-se para Craig. — O que aconteceu com aqueles amados pacientes dos quais você vinha cuidando ao longo dos anos?

— Eles tiveram de achar outros médicos.

— O que, temo eu, é mais fácil falar do que fazer. Você os ajudou nisso?

— Nós oferecemos nomes e telefones.

— Você os tirou das Páginas Amarelas?

— Eles eram médicos locais, conhecidos por mim e por minha equipe.

— Você ligou para esses médicos?

— Em alguns casos.

— Isso quer dizer que em outros casos, não telefonou. Dr. Bowman, não o incomodou abandonar seus supostamente queridos pacientes, que estavam desesperados, contando com você para tratar dos problemas de saúde que tinham?

— Eu não os abandonei! — disse Craig, indignado. — Eu lhes dei uma escolha.

— Sem mais perguntas — declarou Tony. Ele revirou os olhos enquanto voltava para a mesa da acusação.

O juiz olhou para Randolph por cima dos óculos.

— A defesa deseja uma nova reinquirição?

— Não, Meritíssimo — disse Randolph, semilevantando-se da cadeira.

— A testemunha pode se retirar — afirmou o juiz Davidson.

Craig levantou-se e, com passos cautelosos, voltou à mesa da defesa. O juiz voltou sua atenção a Tony.

— Sr. Fasano?

Tony levantou-se.

— A acusação concluiu seu caso, Meritíssimo — disse ele confiante, antes de voltar a sentar-se.

Os olhos do juiz passaram a Randolph. No momento correto, Randolph ergueu-se em toda sua aristocrática estatura.

— Com base na insuficiência do caso da acusação, e na carência de evidências, a defesa propõe o arquivamento do caso.

— Negado — disse o juiz Davidson com firmeza. — As evidências apresentadas são suficientes para que prossigamos. Quando a corte voltar ao funcionamento depois de um intervalo para o almoço, você pode chamar sua primeira testemunha, Sr. Bingham. — Ele então bateu o martelo com força e o som ecoou como um tiro. — Recesso para o almoço. Aconselho-os mais uma vez a não discutir o caso, entre vocês ou com qualquer pessoa de fora, e reter qualquer opinião até a conclusão do testemunho.

— Todos de pé! — anunciou o meirinho.

Jack e Alexis levantaram-se, assim como todos os outros no tribunal, enquanto o juiz descia de sua mesa e desaparecia pela porta ao lado.

— O que você achou? — perguntou Jack enquanto os jurados se retiravam.

— Ainda estou impressionada com o tanto de raiva interior que Craig demonstra sentir com esse julgamento, e como ele tem tão pouco controle sobre o próprio comportamento.

— Sendo você a especialista da casa, fico surpreso que isso a surpreenda. Isso não é coerente com o narcisismo?

— Sim, é, mas eu esperava que, com a nova percepção que demonstrou ter ontem no almoço, ele conseguisse se controlar melhor. Quando Tony se levantou, mesmo antes de começar a fazer as perguntas, vi a expressão do rosto de Craig mudar.

— Bom, na verdade eu queria saber sua opinião sobre como Randolph coordenou a parte da reinquirição que ouvimos.

— Infelizmente, não achei tão eficiente quanto esperava que fosse. Fez com que Craig soasse superior demais, como se ele estivesse dando uma palestra. Eu teria preferido que a reinquirição fosse incisiva e direta, como foi no fim.

— Achei que Randolph foi bastante eficiente! — defendeu-o Jack. — Eu não tinha ideia que Craig tinha realizado tudo isso partindo do nada. Trabalhar o tanto que trabalhou em empregos remunerados enquanto frequentava a faculdade de medicina, e ainda assim conseguir tirar as notas que tirou é algo muito impressionante.

— Mas você é um médico, não um jurado, e não ouviu o interrogatório de Tony. Craig pode ter batalhado muito na época em que era estudante, mas do ponto de vista dos jurados, é difícil sentir afinidade por ele, agora que Craig e eu estamos morando numa casa que provavelmente está mais perto de valer 4 milhões de dólares, e Tony foi muito esperto da segunda vez, conseguindo trazer à baila os sentimentos negativos pela paciente, o Porsche vermelho, a namorada, e o fato de ele haver abandonado muitos de seus antigos pacientes.

Jack relutantemente assentiu. Ele vinha lutando para ter uma perspectiva otimista, de modo a dar apoio moral a Alexis. Tentou outro rumo:

— Bom, agora é a vez de Randolph. É hora de a defesa brilhar.

— Eu temo que não vá haver muito brilho. Tudo o que Randolph vai fazer é interrogar dois ou três especialistas, e nenhum deles é de Boston. Ele disse que vai concluir nessa tarde mesmo. Amanhã teremos os pronunciamentos finais. — Alexis balançou a cabeça, desanimada. — Nas atuais circunstâncias, não vejo como ele pode virar o jogo.

— Ele tem experiência em processos de imperícia — argumentou Jack, tentando criar um entusiasmo que ele mesmo não sentia. — A experiência em geral prevalece na análise final. Quem sabe? Talvez ele tenha uma carta na manga.

Jack não sabia que, em parte, estava certo. Haveria uma surpresa, mas ela não viria da manga de Randolph.

18

BOSTON, MASSACHUSETTS
QUINTA-FEIRA, 8 DE JUNHO, 2006
13H15

— Revistas? — perguntou a mulher jovem e muito magra.

Jack achava que ela não devia pesar mais de 40 quilos, mas ainda assim passeava com seis cachorros na coleira, cujos tamanhos variavam desde um grande dogue alemão cinzento até um pequeno bichon frisé. Um punhado de sacos plásticos para recolher cocô era visível no bolso traseiro de seu jeans. Jack a havia parado depois de dirigir por seu trajeto habitual, descendo a vizinhança de Beacon Hill. Ele queria comprar algo para ler, caso a espera pelo operador da retroescavadeira se estendesse demais.

— Deixe eu pensar — disse a mulher, franzindo o rosto. — Tem uns dois lugares na Charles Street.

— Um só já estaria de bom tamanho — comentou Jack.

— Tem a Gary Drug, na esquina da Charles com a Mount Vernon Street.

— Estou indo na direção certa? — perguntou Jack. No momento, ele estava na Charles Street, indo em direção ao parque e ao estacionamento.

— Sim. A farmácia é um quarteirão para baixo, desse lado da rua.

Jack agradeceu à mulher, que foi puxada por seus impacientes cães.

A loja parecia tratar-se de um negócio familiar, com uma atmosfera desordenada e fora de moda, mas aconchegante. A coisa toda era mais ou menos do tamanho da seção de shampoos de uma daquelas farmácias pertencentes a grandes redes, mas ainda assim era um verdadeiro empório. Produtos que iam de vitaminas, passando por remédios para gripe, até agendas estavam entulhados em prateleiras que iam do chão ao teto, ao logo do único corredor. Bem no fundo da loja, perto do balcão de remédios, havia uma seleção surpreendentemente ampla de revistas e jornais.

Jack cometera o erro de concordar em almoçar com Alexis e Craig. Foi como ser convidado para um velório onde se esperava que você conversasse com os mortos. Craig estava furioso com o sistema, como o chamava, com Tony Fasano, com Jordan Stanhope e, acima de tudo, consigo mesmo. Ele sabia que se saíra muito mal, apesar das horas de prática que tivera com Randolph na noite anterior. Quando Alexis tentou fazer com que o marido falasse sobre por que tinha tão pouco controle sobre as próprias emoções, quando ele sabia perfeitamente bem que controlá-las seria melhor para si próprio, Craig perdeu as estribeiras, e ele e Alexis tiveram uma discussão curta, mas rude. Porém, durante a maior parte daquela hora, tudo o que Craig fez foi ficar sentado num silêncio taciturno. Alexis e Jack tentaram conversar, mas a intensidade da irritação de Craig emitia vibrações que eram difíceis de ignorar.

No fim do almoço, Alexis esperava que o irmão voltasse ao tribunal, mas Jack se esquivara com a desculpa de que queria chegar ao cemitério às duas, na esperança de que Percy Gallaudet não tivesse demorado no conserto do esgoto de seu amigo. Naquele momento, Craig dissera a Jack, irritado, para que ele simplesmente desistisse, que a sorte havia sido lançada e que o cunhado não precisava se incomodar. Jack respondeu que ele já tinha ido longe demais, envolvido pessoas demais, para abandonar a ideia agora.

Com várias revistas e um *New York Times* sob o braço, Jack seguiu para o estacionamento, tirou o triste Accent para a luz do dia e se dirigiu para o oeste. Foi um pouco difícil encontrar a rota pela qual viera à cidade naquela manhã, mas por fim reconheceu alguns pontos de referência que indicavam que estava no caminho certo.

Jack chegou ao cemitério Park Meadow às duas e dez e estacionou ao lado de uma minivan Dodge, na frente do prédio do escritório. Entrando, encontrou a mulher desalinhada e Walter Strasser exatamente como os deixara de manhã. A mulher estava digitando num computador, e Walter sentava-se, impassível, à sua mesa, as mãos ainda entrelaçadas sobre a pança. Jack se perguntou se ele de fato trabalhava, já que não havia nada sobre a sua mesa que indicasse isso. Ambos olharam na direção de Jack, mas a mulher logo voltou ao trabalho, sem dizer nada. Jack foi até Walter, que o seguiu com os olhos.

— Algum sinal de Percy? — perguntou Jack.

— Não desde que ele saiu essa manhã.

— Ele deu alguma notícia? — Impressionava-o que a única maneira de saber que Walter estava consciente eram as raras piscadas e o movimento de sua boca enquanto falava.

— Nadinha.

— Existe alguma forma de entrar em contato com ele? Marquei de encontrá-lo aqui depois das duas. Ele concordou em exumar Patience Stanhope esta tarde.

— Se ele disse que faria, vai estar aqui.

— Ele tem celular? Eu me esqueci de perguntar.

— Não. Nós falamos com ele por e-mail. E aí ele aparece aqui no escritório.

Jack colocou um de seus cartões de visita sobre a mesa de Walter.

— Se você pudesse entrar em contato para descobrir quando ele vem exumar Patience Stanhope, eu ficaria muito agradecido. Pode ligar para o meu celular. Enquanto isso, vou para o túmulo dela, se você puder me indicar onde fica.

— Gertrude, mostre ao doutor o lote dos Stanhope no mapa.

As rodinhas da cadeira de Gertrude rangeram quando ela se afastou da mesa. Sendo uma mulher de poucas palavras, apenas bateu de leve, com um indicador artrítico no ponto correto. Jack olhou para o lugar. Graças às curvas de nível, podia ver que era bem no topo da colina.

— A melhor vista de Park Meadow — comentou Walter.

— Vou ficar esperando lá — disse Jack e foi em direção ao carro.

— Doutor! — chamou Walter. — Já que vai se abrir a cova, existe a questão da taxa, que precisa ser resolvida antes de a escavação começar.

Depois de desfazer-se de um número significativo das cédulas de 20 dólares de seu gordo maço, Jack voltou para o carro alugado e dirigiu colina acima. Encontrou um pequeno desvio, com uma árvore fazendo sombra em um banco de parque. Deixou o carro ali e caminhou até onde supôs que a cova dos Stanhope estivesse. Era bem no topo da colina. Havia três lápides de granito idênticas, quase sem adornos. Encontrou a de Patience e deu uma breve olhada na inscrição.

Pegando as revistas e o jornal no carro, Jack foi até o banco e sentou-se numa posição confortável. O tempo havia melhorado bastante desde a manhã. O sol batia com uma violência que não tivera nos dias anteriores, como se quisesse lembrar a todos de que o verão estava chegando. Jack ficou feliz de ter a sombra da árvore coberta de hera, pois o calor que fazia era digno dos trópicos.

Jack olhou o relógio. Parecia difícil de acreditar que em menos de vinte e quatro horas ele estaria casado. Isto é, ele admitiu, a menos que houvesse algum desastre imprevisto, como, por exemplo, não chegar lá a tempo. Ele pensou nisso por um minuto, enquanto um gaio-azul o repreendia furiosamente de um corniso próximo. Jack afastou a ideia de não chegar a tempo na igreja com um meneio de cabeça. Não era possível. Mas aquele pensamento foi um desagradável lembrete da necessidade de ligar para Laurie. Ainda assim, não sabendo quando ele teria o cadáver de Patience, pôde mais uma vez adiar.

Jack nem conseguia se lembrar da última vez que passara algum tempo sozinho sem fazer nada. Ele descobrira que manter-se freneticamente ocupado, com o trabalho ou com os esportes, era a melhor maneira de deter seus demônios. Havia sido Laurie quem, paciente, o dissuadira desse hábito nos últimos anos, mas isso era quando eles estavam juntos. Agora era diferente, estava sozinho. Mas, mesmo assim, não sentia qualquer necessidade de pensar no passado e no que poderia ter sido. Ele estava satisfeito em pensar sobre o que seria, a menos que...

Jack afastou a ideia pela segunda vez. Então, pegou o jornal e começou a ler. Era gostoso ficar ao ar livre, sob o sol, apreciando as notícias com o canto dos pássaros ao fundo. Estar sentado bem no meio de um cemitério não o incomodava nem um pouco. Na verdade, graças ao seu senso de ironia, aquilo aumentava seu prazer.

Terminando o jornal, Jack passou às revistas. Depois de ler vários artigos bastante longos, porém interessantes na *New Yorker*, seu contentamento começou a se esvair, especialmente quando percebeu que o sol batia diretamente sobre ele. Olhou o relógio e praguejou. Eram quinze para as quatro. Levantou-se, espreguiçou-se e juntou o jornal e as revistas. De uma maneira ou de outra, ele encontraria Percy e o pressionaria por um horário de início para os trabalhos. Sabendo que o último voo para Nova York era por volta das nove, ele reconheceu que não chegaria a tempo. A menos que fosse com o carro alugado até Nova York, ideia que, por vários motivos, não o animava, ele teria de ficar em Boston por mais uma noite. Ocorreu-lhe ficar no hotel que vira no aeroporto, pois não tinha planos de voltar à casa dos Bowman sem que Alexis e as crianças estivessem lá. Por mais que fosse solidário a Craig, desde o almoço já estava cheio da depressão dele.

Jogou os jornais e as revistas pela janela sem vidro do banco do carona. Ia em direção ao banco do motorista quando ouviu o som da retroescavadeira. Protegendo-se do sol com a mão e perscrutando por entre as árvores, Jack viu o veículo amarelo de Percy começando a subir a sinuosa estrada do cemitério. Tinha o braço da máquina dobrado sobre a traseira, como a perna de um gafanhoto. Jack ligou na mesma hora para Harold Langley.

— Já são quase quatro — reclamou Harold quando Jack o informou que a exumação estava prestes a começar.

— Foi o melhor que pude fazer. Eu tive até de subornar o sujeito. — Jack não mencionou que também havia subornado Walter Strasser.

— Tudo bem — disse Harold, resignado. — Chego aí em meia hora. Preciso garantir que certas coisas estejam prontas aqui. Se eu me atrasar um pouco, não abram o jazigo na minha ausência: repito, não tentem retirar a tampa do jazigo até que eu esteja aí, vendo tudo! Eu tenho de identificar o caixão e atestar que estava naquele jazigo específico.

— Entendido — confirmou Jack.

Antes que Percy chegasse, a picape do Park Meadow subiu a estrada. Enrique e Cesar saíram do carro e tiraram os equipamentos da carroceria. Com eficiência louvável e quase sem trocar palavras, eles demarcaram o local da cova de Patience, espalharam uma lona encerada à prova d'água, como a que Jack vira naquela manhã na cova que estava sendo aberta, cortaram e removeram os torrões de grama e empilharam os rolos nas margens da lona.

Quando Percy chegou, o lugar já estava pronto para a retroescavadeira. Percy deu um aceno breve para Jack, mas não saiu da cabine antes de posicionar a máquina de escavação do jeito que queria. Só então saiu para posicionar os estabilizadores.

— Desculpe o atraso — gritou Percy para Jack

Jack apenas acenou. Não tinha qualquer interesse em entabular conversa Tudo o que queria era tirar o maldito caixão de debaixo da terra.

Quando Percy chegou à conclusão de que estava tudo em ordem, começou a trabalhar. A pá penetrou fundo na terra relativamente solta. O motor da retroescavadeira rugiu quando a caçamba foi recolhida e então suspendida. Percy girou a haste e começou a empilhar a terra sobre a lona.

Ele revelou-se habilidoso no que fazia. Num curto espaço de tempo, uma ampla vala com paredes precisamente perpendiculares começou a se formar. Quando o buraco tinha cerca de 1,20 metro de profundidade, Harold Langley chegou no carro fúnebre da Langley-Peerson. Manobrou o carro e estacionou-o ao lado da vala. Com as mãos nos quadris, inspecionou o progresso dos trabalhos.

— Você está chegando perto — gritou para Percy. — Vá com calma.

Se Percy não pôde ouvir Harold ou decidiu ignorá-lo, Jack não sabia. Qualquer que fosse o motivo, ele continuou a cavar como se Harold não estivesse lá. Depois de pouco tempo, ouviu-se um som oco e desagradável, quando os dentes da pá bateram contra a tampa de concreto do jazigo, cerca de 30 centímetros abaixo do solo, no fundo da vala.

Harold teve um ataque histérico.

— Eu disse pra você ir com calma! — gritou ele, agitando as mãos freneticamente, numa tentativa de fazer com que Percy retirasse a caçamba do buraco.

Jack teve de sorrir. Harold parecia um peixe fora d'água, não estando na funerária, ali sob o sol, pálido com seu lúgubre terno preto, como a paródia de um punk. Pontas de seu cabelo tingido de preto, que havia sido, com cuidado, penteado e imobilizado com gel sobre a calva, se arrepiavam para os lados.

Percy continuou a ignorar os gestos cada vez mais frenéticos de Harold. Desceu mais a caçamba, criando um ruído chiante quando o metal da caçamba raspou a tampa de concreto do jazigo.

Desesperado, Harold correu para a cabine da retroescavadeira e bateu com força no vidro. Só então a caçamba parou e o ruído do motor arrefeceu. Percy abriu a porta e olhou para o pálido agente funerário, com uma inocente expressão de dúvida.

— Você vai quebrar a tampa do jazigo ou arrancar os pitões, seu... — gritou Harold, incapaz de pensar num adjetivo vulgar o suficiente para expressar o que ele pensava de Percy. Sua fúria o emudecera.

Decidido a deixar que os profissionais resolvessem suas diferenças, Jack entrou em seu carro. Ele queria fazer uma ligação e pensou que o carro o protegeria do ruído do motor da retroescavadeira quando Percy recomeçasse a cavar. A janela que perdera o vidro estava virada para o outro lado.

Jack telefonou para a Dra. Latasha Wylie. Dessa vez, conseguiu falar com ela.

— Ouvi sua mensagem mais cedo — admitiu Latasha. — Desculpe não ter ligado de volta. Quinta é o dia das reuniões de apresentação de casos.

— Sem problemas — disse Jack. — Estou ligando agora porque finalmente estão exumando o corpo, neste exato instante. Se tudo for bem, e não tenho nenhum motivo para esperar isso, considerando os obstáculos que tive de enfrentar para chegar até aqui, meu plano é fazer a necropsia entre seis e sete da noite na funerária Langley-Peerson. Você se ofereceu para ajudar. A proposta ainda está de pé?

— Você ligou na hora certa. Estou dentro. Estou com a serra de osso à mão.

— Espero que não esteja impedindo você de fazer alguma coisa mais divertida.

— Eu tinha marcado um jantar com o papa, mas vou dizer pra ele que precisamos remarcar.

Jack sorriu. Latasha tinha um senso de humor parecido com o seu.

— Vou me organizar para encontrar você na funerária por volta de seis e meia — continuou Latasha. — Se isso não for apropriado por algum motivo, me ligue.

— Parece uma boa. Posso oferecer um jantar depois da diversão?

— Se não for muito tarde. Nós mulheres precisamos do nosso sono da beleza.

Jack desligou. Enquanto falava ao telefone, Enrique e Cesar haviam desaparecido para dentro da vala, e a terra começara a voar pelos ares. Enquanto isso, Percy começara a equipar os dentes da caçamba com cabos de aço. Harold havia voltado à beira da vala, olhando para suas profundezas com as mãos nos quadris. Jack ficou contente em vê-lo supervisionando atentamente os trabalhos.

Voltando para o celular, Jack pensou em ligar para Laurie. Sabia que ate mesmo o que chamara de "pior das hipóteses" ao telefone, na noite anterior, era agora uma impossibilidade: chegar em casa naquela noite. O desenrolar dos acontecimentos havia inexoravelmente atrasado sua partida até a manhã do dia seguinte, o dia do casamento. Embora o seu lado covarde tentasse convencê-lo a adiar o telefonema até depois da necropsia, ele sabia que tinha de ligar agora. Mas esse não era o único dilema: o outro era o que contar a Laurie sobre a batalha automobilística daquela manhã, na via expressa. Depois de pensar um pouco, decidiu lhe contar tudo. Parecia-lhe que o fator compaixão venceria o fator preocupação, pois ele podia dizer que estava bastante certo de que Franco devia estar de cama, pelo menos por alguns dias, e que não poderia causar novos problemas. É claro, isso não excluía Antonio, seja lá quem fosse. Jack podia lembrar-se dele atrás de Franco, no confronto perto da quadra de basquete da Memorial Drive, e também dele sentado no tribunal naquela manhã. Jack não fazia ideia de que papel ele cumpria no time Fasano, mas havia pensado em sua existência quando Percy começara a abrir a cova de Patience. Naquela hora, Jack inconscientemente tocara o revólver em seu bolso, só pra ter certeza de que o objeto estava lá. Considerando a gravidade da ameaça comunicada às meninas, não era absurdo imaginar alguém chegando e tentando impedir a exumação.

Respirando fundo para tomar coragem, Jack usou a discagem rápida para ligar para a noiva. Sempre havia a esperança de que caísse na caixa postal. Infelizmente, isso não aconteceu. Laurie não demorou a atender.

— Onde você está? — indagou ela, sem preliminares.

— A má notícia é que estou em um cemitério, em Boston. A boa notícia é que eu não sou um dos residentes daqui.

— Isso não é hora para piadas.

— Desculpe, não consegui me segurar. Estou em um cemitério. A cova está sendo aberta nesse instante.

Houve uma pausa desagradável.

— Eu sei que você está decepcionada — disse Jack. — Eu fiz tudo que pude para acelerar o processo. Minha esperança era estar a caminho de casa neste momento. Não tem sido fácil.

Jack então descreveu seu encontro com Franco pela manhã. Ele contou tudo o que acontecera, incluindo a bala que se alojara na coluna do para-brisa do carro alugado.

Laurie ouviu, num silêncio aturdido, até que ele concluísse seu monólogo, que incluiu a necessidade de subornar tanto o superintendente do cemitério quanto o operador da retroescavadeira. Mencionou também que o testemunho de Craig havia sido um desastre.

— O que me deixa puta é que agora não sei se fico irritada ou sinto pena.

— Se você está pedindo a minha opinião, eu me inclinaria na direção da pena.

— Por favor, Jack. Sem piadas! Isso é sério.

— Depois que eu houver terminado a necropsia, com certeza terei perdido o último voo de hoje. Vou ficar em um hotel no aeroporto. Os voos começam por volta das seis e meia.

Laurie suspirou audivelmente.

— Eu vou para a casa dos meus pais cedo, para me aprontar, então não verei você aqui no apartamento.

— Sem problemas. Acho que consigo entrar no meu smoking sem qualquer ajuda.

— Você irá para a igreja com Warren?

— É a minha intenção. Ele é muito criativo na hora de achar um lugar para estacionar.

— Então tá, Jack. Vejo você na igreja. — E desligou abruptamente.

Jack suspirou e fechou o celular. Laurie não estava feliz, mas ao menos aquele afazer desagradável não estava mais no meio do caminho. Por um instante, admirou-se que não houvesse nada na vida que fosse simples e fácil.

Guardando o telefone no bolso, Jack saiu do carro. Enquanto conversava com Laurie, as coisas pareciam ter chegado a um ponto decisivo perto do túmulo. Percy estava de volta à cabine da retroescavadeira e não dava folga ao motor a diesel. A caçamba pairava sobre o fosso, com cabos de aço acoplados se esticando até as profundezas. Percebia-se que a retroescavadeira estava impondo uma grande tensão aos cabos.

Jack caminhou até a beira do buraco, juntando-se a Harold. Olhando para baixo, pôde ver que os cabos estavam ligados a pistões incrustados à tampa do jazigo.

— O que está havendo? — gritou Jack acima do estrondo do motor.

— Estamos tentando quebrar o lacre! — berrou Harold de volta. — Não é fácil. É um material parecido com o asfalto, usado para tornar o jazigo impermeável.

A retroescavadeira grunhiu e puxou, e então diminuiu a intensidade, apenas para começar de novo.

— O que vamos fazer se o lacre não ceder? — perguntou Jack.

— Teríamos de voltar outro dia, com o pessoal da empresa do jazigo.

Jack praguejou, mas baixinho.

De repente, houve um estalo de tom grave e um breve ruído de sucção.

— Ah, aleluia! — disse Harold enquanto gesticulava com a mão para que Percy diminuísse o ritmo.

A tampa do jazigo ergueu-se. Quando chegou à beira do fosso, Enrique e Cesar a agarraram, para mantê-la estável enquanto Percy a afastava do túmulo. Cuidadosamente, ele a pousou sobre o gramado. Percy então desceu da cabine.

Harold olhou para dentro do jazigo. O revestimento era de aço inoxidável e parecia um espelho. Dentro, havia o caixão metálico branco e dourado. Havia uns bons 60 centímetros de vão livre à volta dele.

— Ele não é lindo? — perguntou Harold, com uma veneração quase religiosa. — Esse é um Perpetual Repose da Huntington Industries. Eu não vendo muitos desses. É realmente impressionante.

Jack estava mais interessado no fato de que o interior do jazigo estava tão seco quanto um osso.

— Como tiramos o caixão daí?

Tão logo Jack fez a pergunta, Enrique e Cesar desceram para o jazigo e passaram amplas tiras de tecido sob o caixão e pelas quatro alças laterais. Com o motor de volta à ativa, Percy devolveu a caçamba para o buraco e a baixou de modo que as tiras pudessem ser amarradas. Harold abriu a traseira do carro fúnebre.

Vinte minutos mais tarde, o caixão estava seguro dentro do carro fúnebre, e Harold fechou a porta.

— Vejo você na funerária daqui a pouco? — perguntou Harold a Jack.

— Com certeza. Quero fazer a necropsia imediatamente. E outra médica-legista também vai participar. O nome dela é Dra. Latasha Wylie.

— Muito bem — disse Harold. Ele sentou ao volante do carro fúnebre, manobrou até a estrada e acelerou colina abaixo.

Jack acertou-se com Percy, dando-lhe a maior parte de seu maço de cédulas de 20 dólares. Também deu algumas a Enrique e Cesar antes de entrar no carro e começar o trajeto colina abaixo. Enquanto dirigia, não pôde evitar sentir-se feliz. Depois de todos os problemas que havia enfrentado até aquele ponto, estava surpreso que a exumação em si tivesse ido tão bem. Em especial porque nenhum Fasano ou Antonio, e muito menos um Franco, aparecera para estragar a festa. Agora, tudo o que ele tinha de fazer era a necropsia.

19

BRIGHTON, MASSACHUSETTS

QUINTA-FEIRA, 8 DE JUNHO, 2006

18H45

Para a satisfação de Jack, as coisas continuaram a correr sem complicações. Ele dirigiu de Park Meadow até a funerária Langley-Peerson sem incidentes, assim como Harold com o caixão. Quando Jack chegou, Latasha já estava esperando. Ela havia chegado há apenas cinco minutos, então a sincronia foi quase perfeita.

Assim que chegou, Harold fez com que dois de seus robustos funcionários retirassem o Perpetual Repose do carro fúnebre e o pusessem sobre um carrinho, que fora levado até a sala de embalsamamento, onde agora se encontrava.

— O plano é o seguinte — disse Harold. Estava de pé, ao lado do caixão, com a mão ossuda descansando sobre a superfície metálica reluzente. Graças à luz fluorescente branco-azulada da sala de embalsamamento, toda cor natural de sua pele desaparecera, o que fazia com que ele parecesse um bom candidato para o Perpetual Repose.

Jack e Latasha estavam a alguns passos de distância, próximos à mesa de embalsamamento, que serviria como mesa de necropsia. Ambos vestiam macacões de proteção Tyvek, que Latasha atenciosamente trouxera do IML, com luvas, máscaras de plástico e uma coleção de instrumentos para o procedimento. Também estavam na sala Bill Barton, um bondoso senhor que Harold descrevera como o funcionário em que mais confiava, e Tyrone Vichi, um robusto afro-americano duas vezes maior do que Barton. Ambos haviam gentilmente se oferecido para ficar depois do expediente e assistiriam Jack e Latasha no que precisassem.

— Agora vamos abrir o caixão — continuou Harold. — Vou atestar que ele de fato contém os restos mortais da falecida Patience Stanhope. Bill e Trone vão remover as vestimentas e colocar o corpo sobre a mesa de embalsamamento para a necropsia. Quando vocês terminarem, Bill e Tyrone se encarregarão de vestir o corpo de novo e devolvê-lo ao caixão, para que ele possa ser enterrado pela manhã.

— Você vai ficar por aqui? — perguntou Jack.

— Não acho que seja necessário — disse Harold. — Mas eu moro perto, e Bill ou Tyrone podem me chamar se houver qualquer dúvida.

— Parece um bom plano — falou Jack, entusiasmado, esfregando as mãos enluvadas uma contra a outra. — Vamos começar o show!

Pegando uma manivela das mãos de Bill, Harold inseriu sua extremidade em um compartimento embutido em um dos lados do caixão de metal, a posicionou, e tentou girar. O esforço trouxe um breve resquício de cor ao seu rosto, mas ele não conseguiu girar a tranca. Harold gesticulou para Tyrone, que assumiu o lugar do diretor. Os músculos de Tyrone se retesaram sob a camiseta de algodão do uniforme, e com um guincho abrupto e torturante, a tampa começou a se abrir. Um momento depois, houve um breve silvo.

Jack olhou para Harold.

— Esse som sibilante é bom ou mau? — perguntou. Ele esperava que não indicasse decomposição gasosa.

— Nem bom nem mau — disse Harold. — Ele mostra o lacre soberbo do Perpetual Repose, o que não surpreende, já que é um produto top de linha, de fabricação refinada. — Gesticulou para que Tyrone fosse até o outro extremo do caixão, onde ele repetiu o processo com a manivela. — Acho que é isso! — disse, quando seu funcionário terminou. Pôs os dedos sob a borda do caixão e pediu que Tyrone fizesse o mesmo do outro lado. Então, coordenadamente, eles ergueram a tampa e deixaram que a luz caísse sobre Patience Stanhope.

O interior do caixão era revestido de acetinado branco, e Patience usava um vestido branco simples, de tafetá. Combinando com o cenário, o rosto, os antebraços e mãos expostos estavam cobertos por uma felpa branca de fungos, parecida com algodão. Sob o fungo, sua pele era de um cinza marmóreo.

— Sem sombra de dúvidas, esta é Patience Stanhope! — declarou Harold piamente.

— Ela está linda — exclamou Jack. — Toda arrumada e pronta para o baile.

Harold lançou um olhar de desaprovação na direção de Jack, mas manteve seus lábios finos pressionados um contra o outro.

— Certo, Bill e Tyrone — disse Jack, entusiasmado —, tirem as roupas de festa dela, e nós vamos começar o trabalho.

— Vou deixar vocês agora — disse Harold, com um toque de reprimenda na voz, como quem fala com uma criança levada. — Espero que esse trabalho se mostre útil.

— E quanto ao seu pagamento? — perguntou Jack.

Ele subitamente percebeu que não havia combinado nada com Harold.

— Tenho seu cartão de visitas, doutor. Vamos mandar a conta.

— Excelente — afirmou Jack. — Obrigado pela ajuda.

— O prazer foi nosso — disse Harold, com ar de troça. Suas sensibilidades de agente funerário haviam sido insultadas pela linguagem desrespeitosa de Jack.

Jack puxou para si uma mesa de aço inoxidável com rodinhas e pegou papel e caneta. Ele não tinha um gravador e queria anotar as suas descobertas enquanto trabalhava. Então, ajudou Latasha a organizar os frascos para coleta de amostras e os instrumentos. Embora Harold houvesse disposto algumas das ferramentas de embalsamamento, Latasha trouxera a faca mais apropriada para necropsia, bisturis, tesouras e talhadores de ossos, junto com a serra de ossos

— A sua gentileza de trazer todos esses equipamentos vai tornar esse trabalho mil vezes mais fácil — disse Jack enquanto acoplava uma nova lâmina de bisturi a um cabo. — Eu estava planejando me virar com o que eles tivessem aqui, o que agora vejo que não era uma boa ideia.

— Não foi incômodo algum — disse Latasha, olhando em volta. — Eu não sabia o que esperar. É a primeira vez que vejo uma sala de embalsamamento. Sinceramente, estou impressionada.

O cômodo era mais ou menos do mesmo tamanho que a sua sala de necropsias no IML, mas tinha apenas uma mesa de aço inoxidável no centro, dando a impressão de um grande espaço livre. O piso e as paredes eram de cerâmica verde-clara. Não havia janelas. Em vez delas, existiam áreas de tijolos de vidro, que deixavam entrar a luz de fora.

Os olhos de Jack seguiram os de Latasha pela sala.

— Isto aqui é quase um palácio — comentou ele. — A princípio, quando pensei em fazer essa necropsia, me imaginei usando a mesa de cozinha de alguém.

— Eca! — replicou Latasha. Ela deu uma breve olhada em Bill e Tyrone, que se ocupavam de tirar as roupas do cadáver. — Você me contou a história de Patience Stanhope e de seu amigo médico na terça, quando foi ao IML Infelizmente, esqueci os detalhes. Poderia me dar um resumo rápido?

Jack fez melhor. Contou a história toda, que incluía sua relação com Craig e também as ameaças que ele e as filhas de Craig haviam recebido sobre a questão da necropsia. Contou até sobre o incidente daquela manhã na via expressa.

Latasha estava chocada, e sua fisionomia não escondia isso.

— Suponho que eu devesse ter-lhe contado antes — admitiu Jack. — Talvez você não concordasse tão prontamente em participar. Mas acho que, se tivesse algum problema nesse estágio, ele teria ocorrido antes de Patience Stanhope ser desenterrada.

— Eu concordo — disse Latasha, se recuperando um pouco. — Agora os problemas, se é que vai haver algum, podem depender do que vamos descobrir

— Você tem razão. Talvez fosse melhor se você não ajudasse. Se alguém vai virar um alvo, de qualquer maneira, quero que seja eu.

— O quê? — perguntou Latasha, fazendo uma careta. — E deixar que os homens fiquem com toda a diversão? Não, obrigada! Esse nunca foi meu estilo. Vamos ver o que conseguimos descobrir, e depois decidimos o melhor a fazer.

Jack sorriu. Ele admirava e gostava de Latasha. Ela era inteligente, determinada e cheia de energia.

Bill e Tyrone ergueram o corpo do caixão, o levaram até a mesa de embalsamamento e puseram-no sobre a superfície. Com um balde d'água e uma esponja, Bill limpou os fungos delicadamente. Assim como uma mesa de necropsia, a mesa de embalsamamento possuía abas na sua circunferência e um ralo na extremidade, para dar vazão a qualquer fluido indócil.

Jack foi para o lado direito de Patience enquanto Latasha se posicionou à esquerda dela. Ambos haviam vestido a máscara que protegia a cabeça e o rosto. Tyrone pediu licença para fazer a sua ronda de segurança noturna, Bill ficou à parte, para estar disponível caso precisassem dele.

— O estado do corpo é excelente — comentou Latasha.

— Harold pode ser meio quadradão, mas pelo visto sabe o que faz.

Latasha e Jack fizeram seus próprios exames externos em silêncio. Quando Latasha terminou, ficou ereta.

— Eu não vejo nada que não fosse previsto — concluiu ela. — Quero dizer, ela passou por uma tentativa de ressuscitação e um embalsamamento, e disso há muitas evidências.

— Concordo — disse Jack. Ele estivera examinando algumas lacerações menores na boca de Patience, que condiziam com ela ter sido entubada durante a ressuscitação. — Até agora, nada que indique estrangulamento ou sufocamento, mas asfixia sem compressão do peito ainda é uma possibilidade.

— Acho muito pouco provável. O histórico basicamente exclui essa possibilidade, entende?

— Concordo — disse Jack e passou um bisturi a Latasha. — Que tal você fazer as honras da casa?

Latasha fez a habitual incisão em forma de Y, partindo dos ombros, passando pelo esterno no ponto mediano e descendo até o púbis. A carne estava seca como um chester que ficara tempo demais no forno, com uma cor entre o cinza e o castanho. Não havia putrefação, então o cheiro era rançoso, mas não repulsivo.

Trabalhando com agilidade e em conjunto, Jack e Latasha expuseram os órgãos internos. Os intestinos haviam sido completamente evacuados com a cânula de embalsamamento. Jack ergueu a extremidade firme do fígado. Abaixo, e afixada à sua face inferior, estava a vesícula biliar. Ele a apalpou com os dedos.

— Temos bile — declarou, animado. — Isso vai ajudar na toxicologia.

— Temos humor vítreo também — disse Latasha, pressionando os olhos através das pálpebras fechadas. — Acho que devíamos tirar uma amostra disso.

— Com certeza. E de urina, também, se acharmos na bexiga ou nos rins.

Cada um pegou uma seringa e coletou as amostras. Jack rotulou a sua, enquanto Latasha fazia o mesmo com a dela.

— Vamos ver se há um shunt direita-esquerda evidente — sugeriu Jack.
— Não consigo deixar de achar que a questão da cianose vai ser importante.

Cuidadosamente, Jack afastou os frágeis pulmões, para poder examinar os grandes vasos. Após apalpar com atenção, ele balançou a cabeça.

— Tudo parece normal.

— A patologia estará no coração — disse Latasha, convicta.

— Eu acho que você está certa — concordou Jack.

Ele chamou Bill e perguntou se havia alguma bacia ou tigela inoxidável que eles pudessem usar para pôr os órgãos. Bill pegou várias em um armário sob a pia da sala de embalsamamento.

Procedendo como se estivessem acostumados a trabalhar juntos, Jack e Latasha removeram o coração e os pulmões em bloco. Enquanto ela segurava a bacia, Jack levantou os órgãos do peito e os depositou nela. Ela apoiou a bacia sobre a mesa, para além dos pés de Patience.

— A aparência deles é normal — analisou Jack. Esfregou os dedos sobre a superfície dos pulmões.

— O toque deles também — disse Latasha, enquanto os apalpava delicadamente em alguns pontos. — Pena não termos uma balança.

Jack chamou Bill e perguntou se havia uma balança disponível, mas não havia.

— O peso me parece normal — disse Jack, sopesando o bloco de tecido. Latasha tentou o mesmo, mas negou com a cabeça.

— Não sou boa em sentir o peso das coisas.

— Estou ansioso para passar ao coração, mas talvez deveríamos fazer o resto primeiro. O que você acha?

— Primeiro o dever, depois o prazer. É esse o seu lema?

— Mais ou menos isso — respondeu Jack. — Vamos dividir o trabalho para acelerar as coisas. Um pode ficar com os órgãos abdominais, enquanto o outro disseca o pescoço. Para não deixar nada de fora, quero verificar se o osso hioide está intacto, mesmo que não achemos que tenha ocorrido uma estrangulação.

— Se você está me dando uma escolha, prefiro o pescoço.

— Manda ver.

Pela meia hora seguinte, os dois trabalharam silenciosamente em suas respectivas áreas. Jack usou a pia para lavar os intestinos. Foi no intestino grosso que ele encontrou a primeira patologia significativa. Chamou Latasha e apontou. Era um tumor no cólon ascendente.

— É pequeno, mas parece que penetrou a parede — opinou Latasha.

— Eu acho que sim. E alguns dos linfonodos abdominais estão inchados. Isso é uma prova decisiva de que os hipocondríacos ficam doentes mesmo.

— Isso teria sido percebido em um exame dos intestinos?

— Sem dúvida. Se ela tivesse feito um. Os registros de Craig mostram que ela se recusou repetidas vezes a seguir a recomendação de fazê-lo.

— Então, isso a teria matado caso ela não tivesse o ataque cardíaco.

— Mais cedo ou mais tarde — disse Jack. — Como você está indo com o pescoço?

— Quase acabando. O hioide está intacto.

— Bom! Por que você não tira o cérebro enquanto eu termino o abdômen? Estamos indo bem rápido. — Jack olhou o relógio de parede. Eram quase oito da noite, e seu estômago roncava. — Você vai aceitar o meu convite para jantar? — perguntou a Latasha, que estava voltando para a mesa.

— Vamos ver que horas vamos acabar aqui — respondeu ela sem se virar.

Jack encontrou uma série de pólipos em todo o intestino grosso de Patience. Quando terminou de examinar as vísceras, voltou para a cavidade abdominal.

— Eu tenho de tirar o chapéu para Harold. O que ele fez com Patience Stanhope teria deixado orgulhoso um embalsamador do antigo Egito.

— Eu não tenho muita experiência com cadáveres embalsamados, mas o estado deste aqui é melhor do que eu esperava — disse Latasha, enquanto ligava a serra de osso. Tratava-se de um dispositivo vibratório próprio para cortar ossos duros, mas não tecidos macios. Ela testou o aparelho, que produziu um chiado agudo. Posicionou-se na cabeceira da mesa e começou a trabalhar no crânio, o qual havia exposto antes, puxando o escalpo de Patience sobre o rosto dela.

Relativamente imune ao ruído, Jack apalpou o fígado, procurando por metástases do câncer de cólon. Não encontrando nenhuma, fez uma série de cortes por todo o órgão, mas ele estava aparentemente limpo. Jack sabia que seria possível encontrar algumas em um microscópio, mas isso teria de ser deixado para depois.

Vinte minutos mais tarde, sendo descartada a possibilidade de anomalias flagrantes no cérebro, e depois de retiradas diversas amostras de vários órgãos, os dois patologistas voltaram sua atenção ao coração. Jack havia cortado os pulmões, então o coração era tudo o que restava na bacia.

— É como deixar para abrir o melhor presente por último — falou Jack enquanto olhava curiosa e avidamente para o órgão e se perguntava que segredos ele estaria prestes a revelar.

Tinha o tamanho aproximado de uma laranja grande. A cor do tecido muscular era cinza, mas a capa gordurosa de tecido adiposo era castanho-claro.

— Vai ser tipo comer a sobremesa — disse Latasha, com igual entusiasmo.

— Olhar para esse coração me lembra de uma necropsia que fiz há cerca de seis meses. Era uma mulher que tivera um colapso na Bloomingdale's e cujo coração não podia ser regulado por um marca-passo externo, o mesmo caso de Patience Stanhope.

— O que você descobriu nesse caso?

— Um acentuado estreitamento congênito da artéria coronariana posterior descendente. Aparentemente, uma pequena trombose havia nocauteado uma boa porção do sistema de condução do coração, de uma só tacada.

— É isso o que você espera encontrar neste caso?

— É uma das minhas maiores apostas — respondeu Jack. — Mas também acho que vamos encontrar algum tipo de cardiopatia congênita, causando um shunt direita-esquerda, o que explicaria a cianose. — Ele então acrescentou, como um parêntese: — O que não vai explicar, infelizmente, porque alguém estava tão determinado a nos impedir de descobrir o que esse coração vai nos revelar, seja lá o que for.

— Acho que vamos encontrar uma doença coronariana bastante extensa, e evidências de uma série de pequenos ataques cardíacos assintomáticos, ocorridos antes do fatal, de modo a ter deixado o sistema de condução correndo um grande risco antes do episódio final, mas não prejudicado o bastante para que aparecesse em um ECG normal.

— É uma ideia interessante — respondeu Jack. Olhou para Latasha do outro lado da mesa, que continuava a encarar o coração. O respeito que nutria por ela continuava a crescer. Ele só queria que ela não parecesse ter 19 anos. Aquilo o fazia se sentir com um pé na cova.

— Lembre-se, recentemente demonstrou-se que mulheres que passaram da menopausa têm uma sintomatologia diferente que a de homens da mesma idade, no caso de doenças cardiovasculares. O caso que você acabou de descrever é evidência disso.

— Pare de me fazer sentir uma múmia desinformada — reclamou Jack.

Latasha, com sua mão enluvada, fez um gesto de "para com isso".

— Ah, tá bom! — disse ela com uma risadinha.

— Que tal fazermos uma pequena aposta, já que não estamos nos nossos locais de trabalho, onde não se admite esse tipo de coisa? Eu digo que vai ser congênito, e você, degenerativo. Estou disposto a apostar 5 pratas na minha ideia.

— Calma, seu gastador! — provocou Latasha. — Cinco é muito dinheiro, mas vou dobrar sua aposta. Dez.

— Apostado.

Depois de virar o coração, ele pegou um par de fórceps finos e tesouras e começou a trabalhar. Latasha segurou o órgão enquanto Jack cuidadosamente rastreava e abria a artéria coronária direita, concentrando-se na ramificação posterior descendente. Quando cortara o tanto que os instrumentos permitiam, ele se endireitou e esticou as costas.

— Nenhum estreitamento — observou, entre surpreso e decepcionado.

Embora ele normalmente se mantivesse aberto a diagnósticos diferentes, por medo de que uma descoberta inegável o cegasse para outras coisas menos óbvias que poderiam ser encontradas, nesse caso ele tivera bastante certeza da patologia que encontraria. Era a artéria coronária direita que fornecia sangue para a maior parte do sistema de condução do coração, que fora destruído pelo ataque cardíaco de Patience Stanhope.

— Não se desespere ainda — disse Latasha. — Os 10 dólares ainda estão na mesa. Não há estreitamento, mas também não vejo nenhuma placa ateromatosa.

— Você está certa. Está perfeitamente limpo — concordou Jack.

Ele quase não conseguia acreditar. O vaso todo estava macroscopicamente normal.

Jack voltou sua atenção à artéria coronária esquerda e às suas ramificações. Mas depois de alguns minutos de dissecação, ficou óbvio que o estado da esquerda era o mesmo da direita. Não havia placas ou estreitamentos. Ele estava perplexo e desapontado. Depois de tudo o que sofrera para chegar até ali, o fato de não haver nenhuma anormalidade coronariana macroscópica, congênita ou degenerativa, parecia uma ofensa pessoal.

— A patologia tem de estar dentro do coração — disse Latasha. — Talvez encontremos um crescimento anormal do tecido da válvula mitral ou da aórtica, que poderia ter gerado um acúmulo de coágulos, que depois se dissipou.

Jack assentiu, mas estava pensando na probabilidade de que um ataque cardíaco causasse morte súbita, sem que houvesse qualquer doença nas coronárias. Considerava-a muito pequena, menor que dez por cento, mas obviamente era possível, como mostrava o caso à sua frente. Algo com que ele sempre podia contar na patologia forense era ver e aprender coisas novas.

Latasha entregou a Jack uma faca de lâmina longa, tirando-o de um pequeno transe.

— Ande! Vamos ver o interior.

Jack abriu cada uma das câmaras do coração e fez vários cortes nas paredes musculares. Ele e Latasha inspecionaram as válvulas, o septo entre os lados direito e esquerdo do coração, e então as superfícies dos cortes nos músculos. Trabalharam em silêncio, verificando metodicamente cada estrutura individual. Quando concluíram, seus olhares se encontraram sobre a mesa.

— O lado bom é que nenhum de nós perdeu 10 dólares — disse Jack, tentando tirar alguma graça da situação. — O lado ruim é que Patience Stanhope não está nos revelando seus segredos. Em vida, ela tinha a reputação de não ser muito cooperativa e não está desmentindo a reputação depois de morta.

— Depois de ouvir a história do caso, estou chocada que esse coração pareça tão normal. Nunca vi isso. Eu acho que só o microscópio vai nos dar a resposta. Talvez tenha havido algum processo de doença capilar que envolveu apenas os vasos menores do sistema coronário.

— Nunca vi nada parecido.

— Nem eu — admitiu Latasha. — Mas ela morreu de um infarto necessariamente extenso. Temos de achar outra patologia que não um câncer de cólon pequeno e assintomático. Espere um minuto! Qual é o epônimo daquela síndrome em que os vasos coronarianos entram em espasmo? — Ela fez um gesto para Jack, como se estivesse brincando de adivinhar, esperando que ele dissesse o nome.

— Sinceramente, não faço ideia. Agora, não venha mencionar fatos curiosos que vão fazer com que eu me sinta um incompetente.

— Prinzmetal! É isso — disse Latasha, triunfante. — Angina de Prinzmetal.

— Nunca ouvi falar — confessou Jack. — Agora você está me fazendo lembrar de meu cunhado, que é a vítima desse desastre. Ele saberia, com certeza. O vasoespasmo pode causar ataques cardíacos extensos? Eis a questão.

— Não pode ser Prinzmetal — disse Latasha de repente, com um gesto de repúdio. — Mesmo nessa síndrome, o vasoespasmo é associado com alguma estenose do vaso contíguo, o que significa que haveria uma patologia visível, coisa que não encontramos.

— Estou aliviado.

— De qualquer maneira, temos de decifrar isso.

— É o que pretendo fazer, mas não ver nenhuma patologia no coração me faz sentir como um idiota, e fico até envergonhado, levando em conta todo o alvoroço que provoquei para conseguir fazer essa necropsia.

— Tenho uma ideia — disse Latasha. — Vamos levar todas as amostras para o meu escritório. Podemos examinar o coração no estereoscópio e até fazer algumas secções congeladas do tecido coronariano para olhar os capilares. O resto das amostras terá de ser processado normalmente.

— Talvez a gente deva apenas sair para jantar — disse Jack, com um desejo súbito de lavar as mãos de todo o caso.

— Eu compro uma pizza no caminho do escritório. Vamos lá! Transformaremos isso numa festa. Nós temos um mistério e tanto aqui. Vamos ver se conseguimos resolvê-lo. Podemos até conseguir um exame toxicológico esta noite. Por acaso conheço o supervisor noturno do laboratório da faculdade. Nós saímos por um tempo. Não deu certo, mas ainda nos falamos

Jack ficou alerta

— Como é que é? — exclamou ele, não acreditando. — Poderíamos fazer um exame toxicológico esta noite?

Em Nova York, no IML, se a toxicologia demorasse uma semana para ficar pronta, Jack se achava com sorte.

— A resposta é sim, mas teremos de esperar até depois das onze, quando Allan Smitham começa o turno dele.

— Quem é Allan Smitham? — perguntou Jack.

A possibilidade de um exame toxicológico imediato abriu uma dimensão investigativa totalmente nova.

— Nos conhecemos na faculdade. Fizemos várias aulas de química e biologia juntos. Então fui para a medicina e ele fez pós-graduação. Hoje trabalhamos a alguns quarteirões de distância.

— E o seu sono da beleza?

— Amanhã à noite me preocupo com isso. Fiquei vidrada neste caso. Temos de salvar o seu cunhado dos advogados malvados.

20

NEWTON, MASSACHUSETTS
QUINTA-FEIRA, 8 DE JUNHO, 2006
21H05

Alexis respondeu no quarto toque do telefone. Jack havia discado seu número e apoiado o telefone no viva voz, antes de deixá-lo sobre o banco do carona do carro alugado. Ele estava saindo da funerária Langley-Peerson, a caminho do Newton Memorial. Decidira fazer uma breve visita antes que o pessoal do turno das três às onze fosse embora, na esperança de encontrar Matt Gilbert e Georgina O'Keefe. Fora uma decisão impulsiva, tomada quando ele e Latasha saíram da funerária depois de terminar a necropsia. Ela disse que ia dar uma passada rápida em seu apartamento, para botar comida para o cachorro, deixar as amostras de fluido no laboratório de toxicologia com uma mensagem para que Allan ligasse logo ao chegar, e comprar umas pizzas em algum restaurante 24 horas antes de encontrá-lo no estacionamento do IML. Dera a Jack a oportunidade de vir junto, mas ele decidira aproveitar aquele tempo para dar uma passada no hospital.

— Estava esperando que você ligasse — disse Alexis quando ouviu a voz do irmão.

— Você pode me ouvir bem? Estou usando o viva voz.

— Ouço perfeitamente. Onde você está?

— Essa é uma pergunta que eu sempre me faço — gracejou Jack. Seu humor tinha melhorado desde o ponto mais baixo, causado pela falta de qualquer descoberta relevante na necropsia de Patience, para uma quase euforia. O entusiasmo de Latasha lhe dera novo ânimo, e também a chance de

355

conseguir a ajuda de um toxicologista. Sua mente agora estava ganhando velocidade como uma antiga locomotiva a vapor. Agora, novas ideias vibravam em sua cabeça, como uma revoada de pardais.

— Você está com um raro bom humor. O que está acontecendo?

— Estou no carro, a caminho do Newton Memorial.

— Você está bem?

— Estou ótimo. Só vou dar uma passada lá para perguntar algumas coisas ao pessoal da emergência que cuidou de Patience Stanhope.

— Você fez a exumação e a necropsia?

— Sim.

— O que descobriu?

— Além de um câncer de cólon irrelevante para nós, não encontrei nada.

— Nada? — perguntou Alexis. Percebia-se o desapontamento em sua voz.

— Eu sei o que você está pensando, porque pensei a mesma coisa. Fiquei deprimido. Mas agora acho que isso foi uma bênção inesperada.

— Como assim?

— Se eu tivesse encontrado alguma doença cardíaca genérica, corriqueira, o que na verdade eu achava que ia encontrar, em vez de alguma coisa mais dramática, e isso eu tinha esperanças de encontrar, eu teria deixado quieto. Ela tinha uma doença cardíaca e enfartou. Fim da história. Mas o fato de ela não ter nenhuma doença cardíaca exige uma explicação. Quero dizer, existe uma pequena chance de que ela tenha tido algum evento cardíaco fatal impossível de diagnosticar, passados oito meses do ocorrido, mas agora acredito que as chances de que haja algo mais envolvido estão a nosso favor, especialmente levando em conta a resistência que Fasano expressou a que eu fizesse a necropsia, e a tentativa de Franco de me jogar para fora da estrada e, mais importante ainda, a ameaça feita às suas filhas. Como elas estão, aliás?

— Estão bem. Não demostram qualquer insegurança e estão se divertindo aqui na casa da avó, que está mimando as netas como sempre. Mas voltando ao assunto: o que afinal você está tentando dizer?

— Não sei muito bem. Mas aqui vão algumas das minhas ideias, embora eu não saiba o quanto elas valem. A morte de Patience Stanhope e a resistência a que eu fizesse a necropsia poderiam ser duas circunstâncias completamente separadas. Fasano e seus capangas podem ser os responsáveis pelas ameaças, por motivos meramente pecuniários. Mas por alguma razão isso não faz sentido para mim. Por que ele chegaria a ponto de invadir sua casa e então displicentemente me deixaria fazer a exumação? Parece que os três acontecimentos são distintos, não têm ligação. Fasano me ameaçou pelos motivos que deu. Franco sentiu seu ego dolorido depois que meti o joelho nas bolas dele, então meu problema com ele não tem nada a ver com Patience Stanhope. Isso deixa a invasão de sua casa sem explicação.

— Isso é complicado demais — reclamou Alexis. — Se Tony Fasano não é o responsável pela intimidação das minhas filhas, então quem foi?

— Não faço ideia. Mas me perguntei qual poderia ter sido a motivação, caso não envolvesse Fasano e o dinheiro. Está bem claro que seria uma tentativa de me impedir de descobrir alguma coisa. E o que pode ser descoberto em uma necropsia? Uma possibilidade seria uma overdose de medicamentos ou que administraram a Patience Stanhope um medicamento contraindicado no hospital. Hospitais são grandes empresas, que têm muitos acionistas e envolvem grandes quantidades de dinheiro.

— Isso é loucura — comentou Alexis sem hesitar. — O hospital não foi responsável pela agressão às minhas filhas.

— Alexis, você quis que eu viesse até Boston e olhasse tudo com novos olhos, e raciocinasse de maneira não convencional, é isso que estou fazendo.

— Mas o hospital? — perguntou ela, num tom de queixa. — É por isso que você está indo para lá agora?

— Sim — confessou Jack. — Acho que sei julgar bem o caráter das pessoas. Duas pessoas da emergência com as quais falei na terça me impressionaram. Elas são simples e diretas, não são ardilosas. Quero conversar com elas de novo.

— O que você vai fazer? — indagou Alexis com desdém. — Perguntar a elas se cometeram algum erro tão grave que o hospital teve de enviar dois caras para agredir minhas filhas para tentar encobrir o erro? Isso é ridículo.

— Quando você coloca dessa maneira, realmente soa absurdo. Mas mesmo assim não vou desistir. A necropsia não terminou. Quero dizer, a dissecação macroscópica acabou, mas agora vamos ver o que a toxicologia pode nos dizer e também faremos exames microscópicos. Quero confirmar também exatamente qual medicamento foi administrado a Patience Stanhope, para que eu possa informar ao toxicologista.

— Bom, isso parece mais razoável do que acusar o hospital de um acobertamento ridículo.

— A possibilidade de uma overdose, ou de um medicamento errado, não é a minha única teoria. Você quer ouvir a outra?

— Estou ouvindo, mas espero que ela seja mais sensata do que a primeira.

Jack pensou em algumas réplicas mordazes, sarcásticas, mas conteve-se.

— A teoria do hospital é baseada na ideia de que o ataque cardíaco de Patience Stanhope e a oposição à necropsia são duas circunstâncias separadas, embora relacionadas. E se ambas envolvessem a mesma pessoa? — Jack fez uma pausa intencional, para deixar sua frase fazer efeito.

— Não sei se estou entendendo — disse Alexis por fim. — Você está falando que alguém causou o ataque cardíaco de Patience Stanhope e então tentou impedir a necropsia, para não ser descoberto?

— É justamente isso o que estou sugerindo.

— Eu não sei, Jack. Parece quase tão louco quanto. Suponho que você esteja pensando em Jordan.

— Jordan é a primeira pessoa que vem à mente. Craig disse que o relacionamento de Patience e Jordan passava longe de ser carinhoso, e foi ele quem mais lucrou com a morte da mulher. Com certeza não perdeu tempo ficando de luto. É muito possível que já estivesse de caso com a atual namorada enquanto Patience ainda estava viva.

— Como se pode causar um ataque cardíaco em alguém de propósito?

— O medicamento digital, ou digoxina, poderia fazer isso.

— Não sei — disse Alexis, em dúvida. — Parece igualmente improvável. Se Jordan tivesse qualquer culpa no cartório, não processaria por imperícia, e com certeza absoluta não teria assinado a autorização da exumação.

— Eu pensei nesse aspecto — disse Jack, enquanto entrava no estacionamento do hospital Newton Memorial. — Concordo que não parece racional, mas talvez não estejamos lidando com uma pessoa racional. Talvez Jordan esteja curtindo isso tudo, pensando que está mostrando como é muito mais inteligente do que todos nós. Mas fazer esse tipo de suposição é colocar o carro na frente dos bois. Antes, algum tipo de droga tem de ser encontrada no exame toxicológico. Se encontrarmos alguma coisa, então nós teremos de repensar tudo outra vez.

— Essa é a segunda vez que você diz "nós". Você só está falando isso como figura de linguagem ou o quê?

— Uma das legistas do IML de Boston está tendo a bondade de ajudar.

— Suponho que você tenha falado com Laurie — disse Alexis. — Ela não se importa de você ainda estar aqui?

— Ela já esteve mais feliz antes, mas não é nada grave.

— Não consigo acreditar que você vai se casar amanhã.

— Nem eu — respondeu Jack, embicando em uma vaga de frente para o lago. Seus faróis iluminaram um grupo de aves aquáticas que passeava por ali. — O que aconteceu no tribunal essa tarde?

— Randolph trouxe dois especialistas ao banco de testemunhas, um de Yale e outro de Columbia. Ambos pareceram confiáveis, mas não foi nada de prender a atenção. O melhor de tudo é que eles não se deixaram afetar por Tony, que tentou desconcertá-los. Acho que Tony esperava que Randolph levasse Craig de volta para o banco, mas ele foi sensato o bastante para não fazer isso. Em vez disso, Randolph encerrou o caso da defesa. E foi isso. Amanhã de manhã farão os pronunciamentos finais, com Randolph começando.

— A sua intuição sobre qual vai ser o veredito mudou alguma coisa?

— Na verdade, não. As testemunhas de defesa foram boas, mas elas não eram daqui da cidade. Como Boston é quase uma Meca da medicina, não acho que o fato de eles terem vindo de universidades distantes tenha causado uma boa impressão nos jurados. Os especialistas que Tony chamou foram mais impactantes.

— Infelizmente, você deve estar certa.

— Se por algum acaso muito grande você descobrir que algum crime foi cometido contra Patience Stanhope, isso provavelmente seria a salvação da lavoura para Craig.

— Não pense nem por um segundo que não estou considerando isso. Para ser sincero, é a minha motivação principal. Como está o humor de Craig?

— Melancólico, como de costume. Talvez até um pouco pior. Fico um pouco preocupada com ele sozinho em casa. Quando você acha que vai voltar para lá?

— Realmente não sei — disse Jack, de repente sentindo-se culpado por não querer voltar à casa dos Bowman.

— Talvez você possa dar uma olhadinha nele quando voltar. Não gosto daquela combinação de álcool com soníferos.

— Está bem, deixe comigo. Estou no hospital agora e tenho de me apressar.

— Não importa o que aconteça, agradeço de coração os seus esforços, Jack. Você não tem ideia de quanto seu apoio significou para mim nesses poucos dias.

— Você ainda se sente assim, mesmo sabendo que minha intromissão foi responsável pelo que aconteceu com as meninas?

— Não culpo você nem um pouco por aquilo.

Depois de mais algumas palavras carinhosas entre os irmãos, que poderiam fazer os olhos de Jack se encherem d'água caso continuassem, despediram-se. Ele fechou o celular e ficou sentado no carro por alguns instantes, pensando sobre relacionamentos e sobre como eles mudavam com o passar do tempo. Sentia-se bem por saber que ele e sua irmã haviam recuperado pelo menos um pouco da antiga proximidade, apesar dos anos em que ficaram separados, época em que ele lutava contra sua própria melancolia.

Enquanto Jack saía do carro, o entusiasmo que Latasha lhe havia infundido voltou todo de uma vez só. Os comentários de Alexis haviam sido um pouco desanimadores, mas ele não precisava dela para saber que suas ideias eram ridículas. Ele estava, como explicara, raciocinando de maneira não convencional sobre uma porção de fatos que eram em si mesmos aparentemente implausíveis.

Ao contrário do que acontecera em sua primeira visita, a sala de emergência fervilhava. A sala de espera estava cheia, com quase todos os assentos ocupados. Algumas pessoas estavam do lado de fora, na plataforma de desembarque das ambulâncias. Era uma noite morna, úmida, quase de verão.

Jack teve de esperar na fila da mesa de recepção, atrás de uma mulher que segurava nos braços uma criança febril. A criança encarou Jack por sobre o ombro da mãe, com olhos vidrados e um rosto inexpressivo. Quando ele se aproximava do balcão e estava prestes a perguntar pelo Dr. Matt Gilbert, o médico apareceu. Jogou sobre a mesa uma prancheta, à qual estava presa uma ficha preenchida de admissão na emergência, quando seu olhar cruzou com o de Jack.

— Conheço você — disse ele, apontando para Jack, claramente tentando lembrar-se do nome do visitante.

— Dr. Jack Stapleton.

— Certo! O legista interessado no caso da ressuscitação que não deu certo.

— Boa memória — comentou Jack.

— Foi o principal talento que desenvolvi na faculdade de medicina. O que posso fazer por você?

— Preciso de dois minutos do seu tempo. E seria melhor ainda se Georgina O'Keefe estivesse presente. Ela está aqui hoje?

— Ela é quem comanda o show — disse o secretário da recepção, com uma risada. — Ela está aqui.

— Eu sei que essa não é a melhor hora — disse Jack. — Mas exumamos o cadáver, e acabei de fazer a necropsia. Achei que vocês gostariam de saber o que descobri.

— Claro. E não é uma má hora. Estamos ocupados, mas são coisas de rotina, que deviam ser tratadas num consultório médico. No momento, não há nenhuma emergência grave. Vem aqui para o salão. Vou chamar Georgina.

Jack ficou sozinho por alguns minutos, sentado em uma cadeira. Usou o tempo para reler as duas páginas que constituíam o registro da entrada de Patience na emergência. Ele as retirara do arquivo do caso enquanto conversava com Alexis pelo telefone.

— Bem-vindo de volta — disse Georgina, efusiva, ao entrar impetuosamente na sala.

Matt entrou logo depois. Ambos vestiam jalecos brancos sobre roupas cirúrgicas verdes.

— Matt contou que você exumou a Sra. Stanhope e fez uma necropsia. Legal! O que você descobriu? Quero dizer, ninguém nunca nos deu esse tipo de feedback.

— O interessante foi que o coração dela parecia mesmo normal. Sem absolutamente nenhuma alteração degenerativa.

Georgina apoiou as costas das mãos nos quadris, com os cotovelos apontando para fora. Em sua boca, formou-se um sorriso frustrado e sardônico

— E eu pensando que íamos ouvir alguma coisa impressionante.

— É impressionante à sua própria maneira — argumentou Jack. — E raro não se encontrar nenhuma patologia no caso de uma morte súbita por causa cardíaca

— Você se deu ao trabalho de vir até aqui e contar que não achou nada? — perguntou Georgina, sem acreditar. Olhou para Matt, procurando apoio.

— Na verdade, vim para perguntar a vocês se existe alguma chance de ela ter recebido uma overdose de qualquer medicamento ou talvez o medicamento errado.

— De que tipo de medicamento você está falando? — indagou Georgina. O sorriso dela desapareceu, substituído por uma expressão de perplexidade desconfiada.

— Qualquer coisa. Em especial, qualquer um dos mais novos medicamentos fibrinolíticos ou antitrombóticos. Eu não sei. Vocês fazem alguma pesquisa randômica envolvendo pacientes de ataques cardíacos? Só estou curioso. Não há nada parecido com o que estou falando no prontuário.

Jack entregou as duas páginas a Georgina, que deu uma olhada nelas. Matt espiou por cima do ombro da colega.

— Tudo o que demos a ela está aqui — disse Georgina, erguendo o prontuário. Ela olhou para Matt, esperando uma confirmação.

— É isso mesmo — concordou Matt. — Ela estava à beira da morte quando chegou, praticamente sem batimento cardíaco. Tudo o que tentamos fazer foi ressuscitá-la. Não tentamos tratar o infarto. Para que faríamos isso?

— Vocês não deram a ela nada como o medicamento digital?

— Não — respondeu Matt. — Não conseguimos nem fazer com que o coração batesse, mesmo com um marca-passo externo de câmara dupla. O coração dela não respondia a nada.

Jack olhou de Georgina para Matt e de Matt para Georgina. Adeus para a ideia do medicamento errado ou overdose!

— O único laudo laboratorial no prontuário da emergência é a gasometria. Foi feito algum outro exame?

— Quando tiramos sangue para fazer a gasometria, é de rotina também pedir o hemograma normal com eletrólitos. E, no caso de ataque cardíaco, pedimos biomarcadores.

— Se eles foram pedidos, como é possível não haver qualquer menção a eles no prontuário, e por que os resultados não estão nas anotações da emergência? A gasometria está lá.

Matt pegou as folhas da mão de Georgina e olhou-as por alto. Ele deu de ombros

— Eu não sei, talvez porque eles normalmente vão para os registros do hospital. — Ele deu de ombros mais uma vez. — Suponho que os pedidos não estejam no prontuário porque são exames obrigatórios para todos os pacientes com suspeita de infarto do miocárdio. Mencionei nas minhas anotações que os níveis de sódio e potássio estavam normais, portanto, alguém passou os resultados para a mesa da emergência.

— Este não é uma emergência de cidade grande — explicou Georgina. — É raro haver uma morte aqui. Normalmente, as pessoas são internadas, mesmo aquelas que estão muito mal.

— Seria possível falar com o pessoal do laboratório e ver se eles talvez consigam localizar os resultados? — perguntou Jack. Ele não sabia bem o que fazer dessa descoberta fortuita, ou se ela teria algum significado, mas sentiu-se obrigado a seguir aquela pista.

— Claro — disse Matt. — Vamos falar com o secretário. Enquanto isso, temos de voltar ao trabalho. Obrigado por vir falar conosco. É estranho que não tenha encontrado nenhuma patologia, mas é bom saber que não deixamos passar nada que pudesse ter salvado a vida dela.

Cinco minutos depois, Jack estava no minúsculo escritório sem janelas do supervisor noturno do laboratório. Ele era um homem grande e corpulento, com olhos miúdos que sugeriam muitas noites maldormidas. Ele estava encarando o monitor de seu computador, com a cabeça inclinada para trás. Em seu crachá, lia-se: "Oi, eu sou Wayne Marsh."

— Não estou encontrando nada com o nome Patience Stanhope — disse Wayne. Ele havia sido muito prestativo ao receber o pedido da emergência e convidou Jack a subir até seu escritório. Ficara impressionado com as credenciais de Jack. Se percebeu que o distintivo dizia Nova York em vez de Massachusetts, não mencionou nada sobre o assunto.

— Preciso de um código — explicou Wayne —, mas se ela não chegou a ser internada, então não deram um código para ela.

— E se tentarmos pelas faturas? — sugeriu Jack. — Alguém teve de pagar os exames.

— Não há ninguém no setor de faturas a essa hora, mas você não disse que tinha uma cópia do registro da emergência? Nele você vai encontrar o número de entrada. Posso tentar ver por ele.

Jack passou a Wayne os papéis da emergência. Wayne digitou o número.

— Lá vamos nós — disse ele, quando uma ficha apareceu na tela. — O Dr. Gilbert estava certo. Nós fizemos um hemograma completo com plaquetas, eletrólitos e os biomarcadores cardíacos de costume.

— Quais?

— Fazemos CK-MB e troponina T cardíaca na chegada à emergência, refazemos o exame seis horas após a entrada e novamente doze horas após a entrada.

— Estava tudo normal?

— Depende da sua definição de normal — disse Wayne. Ele girou o monitor sobre a base para que Jack pudesse ver. Apontou para a seção do hemograma. — Há um aumento entre leve e moderado dos glóbulos brancos, o que é esperado quando há um ataque cardíaco. — O dedo dele então passou aos eletrólitos. — O potássio está no limite máximo da faixa normal. Caso ela não morresse, iríamos verificar isso, por motivos óbvios.

Jack tremeu por dentro à menção do potássio. O assustador episódio com o potássio de Laurie durante a emergência causada por sua gravidez ectópica ainda estava bem vivo em sua mente, apesar de um ano já ter se passado. Então seus olhos notaram os resultados dos biomarcadores. Para sua surpresa, eram negativos, e ele imediatamente chamou a atenção de Wayne. A pulsação de Jack começou a se acelerar. Será que tinha topado com algo importante?

— Isso não é incomum — disse Wayne. — Como o socorro médico agora geralmente demora menos, é comum recebermos as vítimas de ataque cardíaco na emergência dentro do intervalo de três a quatro horas necessário para que os biomarcadores subam. Esse é um dos motivos para repetirmos o teste seis horas depois.

Jack assentiu enquanto tentava decifrar a incompatibilidade que essa nova informação trazia. Ele são sabia se esquecera ou jamais fora informado da existência de tal atraso antes que os biomarcadores se tornassem positivos. Não querendo passar a impressão de estar muito mal-informado, ele formulou suas perguntas seguintes com cuidado:

— É surpreendente para você que um teste de biomarcadores, feito quando a paciente ainda estava em casa, tenha acusado positivo?

— Na verdade, não — disse Wayne.

— Por que não?

— Existem muitas variáveis. Para começar, há cerca de quatro por cento de falsos negativos, assim como três por cento de falsos positivos. Os testes são baseados em anticorpos monoclonais altamente específicos, mas não são infalíveis. E depois, os kits portáteis são baseados na troponina I, não na T, e a quantidade de marcas de kits portáteis é grande. O exame de biomarcadores que você mencionou foi apenas para a troponina I ou incluía mioglobinas?

— Não sei — admitiu Jack. Tentou lembrar-se do que estava escrito na caixa que vira na maleta de Craig, mas sua memória não era nítida.

— Isso seria importante. O componente da mioglobina fica positivo mais rápido, normalmente até dentro de duas horas. Qual foi o intervalo de tempo nesse caso? — Ele pegou a folha da emergência e leu em voz alta: — O marido de Patience informou que a dor no peito e os outros sintomas surgiram entre as cinco e as seis da tarde, provavelmente mais perto das seis. — Wayne olhou para Jack. — Ela chegou à emergência por volta das oito, então o intervalo de tempo parece certo, no tocante aos nossos resultados, já que foi menos de quatro horas. Você sabe quando foi feito o exame na casa da paciente?

— Não sei — respondeu Jack. — Mas se fosse para dar um palpite, diria que por volta das sete e meia.

— Bom, isso de fato parece insignificante, mas como eu disse, os testes portáteis são fabricados por um monte de empresas, com reatividades muito diferentes. Os kits também devem ser armazenados com cuidado, e acho que existe uma data de validade. Francamente, é por isso que não os usamos. Preferimos mil vezes a troponina T, já que ela é fabricada por apenas uma empresa. Conseguimos resultados facilmente replicáveis, num período curto de tempo. Gostaria de ver o nosso analisador Abbott? É uma belezura. Ele mede a absorção espectrofotometricamente, a 450 nanômetros. Está logo ali no laboratório se você quiser dar uma olhada.

— Obrigado, acho que hoje não — disse Jack

Estava entrando em assuntos técnicos que iam muito além de seu conhecimento, e sua visita ao hospital já tomara o dobro do tempo planejado. Certamente não queria deixar Latasha esperando. Agradeceu a Wayne pela ajuda e retornou rapidamente ao elevador. Enquanto descia para o primeiro andar não pôde deixar de imaginar se o kit portátil de teste de biomarcadores tivera algum defeito, ou por ser armazenado do jeito errado, ou pela validade vencida, e por isso acusara um falso positivo. E se Patience Stanhope não tivera um ataque cardíaco? De uma vez só, outra dimensão investigativa se abria, ainda mais agora que os serviços de um toxicologista estavam à disposição. Havia uma quantidade muito maior de drogas que tinham um efeito deletério sobre o coração do que de drogas capazes de simular um ataque cardíaco.

Jack pulou pra dentro do carro e logo discou o número de Latasha. Como fizera ao ligar para Alexis, pôs o telefone no viva voz e deixou-o sobre o assento do carona. Quando saía do estacionamento do hospital, Latasha atendeu.

— Onde você está? Estou aqui no meu escritório. Tenho duas pizzas quentinhas e duas Cocas grandes. Cadê você?

— Acabei de sair do hospital. Desculpe ter demorado tanto, mas fiquei sabendo de uma coisa possivelmente importante. O teste de biomarcadores de Patience Stanhope deu negativo quando lido pelo analista do hospital.

— Mas você me disse que tinha dado positivo.

— Esse foi o resultado de um kit portátil — disse Jack. Ele contou em detalhes o que ficara sabendo com o supervisor do laboratório.

— Em resumo — disse Latasha quando Jack terminou —, agora não temos certeza de que ela teve um ataque cardíaco, o que pode ser coerente com o que achamos na necropsia.

— Exatamente, e se esse for o caso, a toxicologia será essencial.

— Já deixei as amostras no laboratório de toxicologia, com um bilhete dizendo para Allan me ligar.

— Perfeito — disse Jack. Ele não podia deixar de ficar admirado com a sorte de contar com a ajuda de Latasha. Se não fosse por ela, talvez tivesse desistido depois de não encontrar nada no coração de Patience.

— Acho que isso põe o viúvo no centro das atenções — acrescentou Latasha.

— Ainda há algumas incoerências — disse Jack, lembrando dos argumentos de Alexis quanto a Jordan não ser o vilão —, mas, no geral, concordo, por mais que isso soe banal e mercenário

— Quando você chega aqui?

— O quanto antes. Estou chegando à Route Nine. Você provavelmente sabe melhor do que eu quanto tempo vou demorar. Por que não vai comendo a pizza, enquanto ainda está quente?

— Vou esperar. Vou ficar ocupada fazendo umas secções congeladas do coração.

— Acho que não vou comer muito — disse Jack. — Agora fiquei agitado. Sinto como se tivesse tomado dez xícaras de café.

Quando desligou o telefone, ele olhou as horas. Eram quase dez e meia, o que significava que o amigo de Latasha logo chegaria ao laboratório de toxicologia. Jack nutria esperanças de que o amigo tivesse bastante tempo livre; podia imaginar-se mantendo-o ocupado pela maior parte da noite. Jack não tinha ilusões quanto ao poder da toxicologia de detectar venenos. Não era um processo tão simples como a mídia tantas vezes mostrava. Com as grandes concentrações de drogas normais não costumava haver problemas, mas detectar traços de compostos mais tóxicos e letais, que poderiam matar uma pessoa mesmo em doses muito pequenas, era como procurar uma agulha no palheiro, como dizia o ditado.

Jack parou num sinal e impacientemente batucou o volante com os dedos. O ar úmido, suave e quente de junho entrou pela janela sem vidro. Ele estava feliz de ter visitado o hospital, embora se sentisse constrangido pela ideia de um acobertamento. Ainda assim, refletiu que a ideia havia indiretamente levado ao seu questionamento de se Patience Stanhope havia de fato tido um ataque cardíaco.

O sinal ficou verde, e ele seguiu em frente. O problema era que ela ainda podia ter sofrido um ataque cardíaco. Wayne admitira que mesmo com seu glorioso analisador de absorção, a frequência de falsos negativos era maior que a de falsos positivos. Jack suspirou. Naquele caso, não havia nada que fosse simples e direto. Patience Stanhope estava se mostrando uma paciente-problema mesmo depois da morte, o que fez Jack lembrar-se de sua piada de advogado favorita: qual é a diferença entre um advogado e uma prostituta? A prostituta para de chupar você quando você morre. Do ponto de vista de Jack, Patience estava demonstrando algumas irritantes qualidades advocatícias.

Enquanto dirigia, pensou na sua promessa de dar uma olhada em Craig, que provavelmente àquela hora estaria em um sono profundo, embalado pelo álcool e pelos remédios. Jack não gostava da ideia, e achava desnecessário, pois, em sua opinião, Craig nada tinha de suicida e, sendo um médico inteligente, conhecia bem o poder dos medicamentos que estava tomando. Por outro lado, o bom de fazer a visita seria uma chance de verificar que tipo de kit de biomarcadores Craig usou, e se estava dentro da validade. Até estar de posse daquela informação, não poderia decidir inteligentemente se havia ou não uma chance maior que a normal de que o resultado tivesse sido um falso positivo.

21

BOSTON, MASSACHUSETTS

SEXTA-FEIRA, 9 DE JUNHO, 2006

1H30

Por quase cinco minutos, Jack encarara os ponteiros do relógio de parede, enquanto marchavam em staccato na direção da uma e meia da manhã. Com um salto final do ponteiro dos minutos, Jack inspirou. Ele não tinha percebido que não respirara durante os últimos segundos, já que aquela hora era um pequeno marco. Daqui a exatamente doze horas ele estaria casado, e todos os anos que passara evitando o casamento teriam se tornado história. Parecia inconcebível. Exceto pelo passado relativamente recente, estar sozinho havia se tornado quase uma instituição para ele. Seria capaz de se casar, e de pensar em duas pessoas em vez de uma? Na verdade, ele não sabia.

— Você está bem? — perguntou Latasha, trazendo Jack bruscamente de volta à realidade com um aperto em seu antebraço.

— Bem. Estou bem! — exclamou Jack. Ela o assustara.

— Pensei que você estava tendo uma crise de ausência. Você não moveu um músculo nos últimos minutos. Não chegou nem a piscar. O que diabos estava pensando, que deixou você tão hipnotizado?

Apesar de ser uma pessoa muito reservada, Jack quase contou a Latasha o que estivera pensando, para ouvir a opinião de outra pessoa. Tal reação o surpreendeu, mesmo reconhecendo que desenvolvera uma forte afinidade por ela. Tirando sua pequena excursão até o Newton Memorial, os dois vinham trabalhando juntos fazia umas seis horas, e entre eles criara-se uma familiaridade natural. Quando Jack chegou ao IML de Boston, os dois ocuparam a sala que deveria ser a biblioteca, mas as prateleiras estavam em sua maioria vazias, esperando um patrocínio futuro. A principal vantagem do cômodo era uma grande mesa de biblioteca, sobre a qual Jack espalhara o conteúdo do arquivo do processo de imperícia de Craig, e o organizara, de modo que pudesse encontrar qualquer coisa específica, caso fosse necessário. Na extremidade da mesa, havia várias caixas de pizza abertas, pratos de papel e xícaras grandes. Nenhum dos dois havia comido muito. Ambos estavam absorvidos pelo enigma de Patience Stanhope.

Eles também trouxeram para a sala o estereoscópio binocular e, sentados em lados opostos da mesa, haviam passado várias horas abrindo e seguindo todas as coronárias. Como seus irmãos maiores e mais proximais, todos os vasos distais estavam normais e límpidos. Jack e Latasha dedicaram atenção especial àqueles ramos que serviam ao sistema de condução do coração.

O último estágio do exame do coração seria o microscópico. Eles haviam trazido amostras de todas as áreas do órgão, mas novamente se concentraram no sistema de condução e em suas adjacências. Antes de Jack chegar, Latasha fizera uma série de secções a partir de uma pequena amostragem, e a primeiríssima coisa que fizeram quando Jack chegou foi corá-las e colocá-las para secar. Agora, os dois estavam de sobreaviso, esperando a hora certa para começar a trabalhar nas amostras.

Assim que haviam terminado de corar as lâminas, Allan Smitham telefonara. Ele aparentemente gostara de ter notícias de Latasha, ou pelo menos assim pareceu a Jack da parte da conversa bastante pessoal que ele foi forçado a ouvir, mesmo tentando evitar. Jack sentia-se desconfortável por intrometer-se, mas a boa notícia era que Allan estava disposto a ajudar e faria o exame toxicológico na mesma hora.

— Eu não tive nenhuma outra ideia — disse Jack, respondendo à pergunta de Latasha sobre o que ele estava pensando.

No momento em que seus olhos haviam se prendido ao relógio, e o movimento staccato deste o havia hipnotizado, fazendo-o pensar sobre seu casamento intimidadoramente próximo, em tese, ele deveria estar tentando criar novas teorias sobre Patience. Ele relatara a Latasha todas suas velhas teorias, repetindo basicamente tudo o que dissera a Alexis pelo telefone a caminho do hospital. Jogando fora qualquer reivindicação de amor-próprio, ele incluiu a ideia da overdose/medicamento errado, mesmo que parecesse sem sentido, quase estúpida, e Latasha respondeu de acordo.

— Eu também não tive nenhum momento eureca — admitiu Latasha.
— Posso ter rido de algumas de suas ideias, mas tenho que dar crédito pela criatividade. Não consigo pensar em nada, entende?

Jack sorriu.

— Talvez se você combinasse o que contei com esse material aqui, você conseguiria — disse ele, fazendo um gesto na direção dos papéis do caso sobre a mesa. — O elenco de personagens não é nada desprezível. Aqui há depoimentos de quatro vezes mais pessoas do que foram chamadas para testemunhar no julgamento.

— Eu ficaria feliz de ler alguma coisa, se você pudesse me dizer quais acha que têm mais chances de ajudar.

— Se você vai ler algum, leia os depoimentos de Craig Bowman e Jordan Stanhope. Sendo o réu e o acusador, eles ocupam o centro do palco. Na verdade, quero reler os relatos de ambos sobre os sintomas de Patience. Para ajudar nossa suposição, se ela foi envenenada, como estamos especulando, os sintomas mais sutis seriam de importância cabal. Você sabe tão bem quanto eu que alguns venenos são quase impossíveis de achar no caldo complicado de substâncias químicas que compõem um ser humano. É muito provável que tenhamos de dizer a Allan o que ele deve procurar, para que ele consiga de fato encontrá-lo.

— Onde estão os depoimentos do Dr. Bowman e do Sr. Stanhope?

Jack os pegou. Ele os havia empilhado em separado. Ambos eram grossos. Estendeu o braço e entregou-os a Latasha.

— Puta merda! — exclamou ela, sentindo o peso. — O que é isso, *Guerra e paz*? Quantas páginas tem aqui?

— O depoimento de Craig Bowman se estendeu por vários dias. O escrevente do tribunal tem de registrar cada palavra.

— Acho que não estou no pique de fazer isso, são duas da manhã — disse Latasha e deixou que os volumes caíssem com um baque sobre a mesa à sua frente.

— É tudo composto de diálogos, com muito espaço separando os parágrafos. Na verdade, é uma leitura fácil, na maior parte.

— O que essas cópias de artigos científicos estão fazendo aqui? — perguntou Latasha, pegando a pequena pilha de publicações científicas.

— O Dr. Bowman é o autor principal da maioria deles e colaborou no resto. O advogado de Craig havia pensado em introduzi-los como prova corroborante da dedicação de Craig à medicina, como uma maneira de neutralizar a estratégia da acusação de difamá-lo.

— Eu me lembro de ter lido esse, quando saiu no *Journal* — disse Latasha, mostrando o importante artigo de Craig no *New England Journal of Medicine.*

Mais uma vez, Jack estava impressionado.

— Você acha tempo pra ler essas coisas esotéricas?

— Isso não é esotérico — disse Latasha, com uma risadinha de reprovação. — A fisiologia das membranas é essencial em praticamente todos os campos da medicina hoje em dia, em especial na farmacologia e na imunologia, e até mesmo para as doenças infecciosas e o câncer.

— Está bem, está bem! — exclamou Jack, erguendo as mãos como quisesse se proteger. — Retiro o que eu disse. Meu problema é que fiz faculdade de medicina no século passado.

— Essa é uma desculpa esfarrapada — argumentou Latasha, folheando o artigo de Craig. — A atividade dos canais de sódio é a base da atividade dos músculos e dos nervos. Se eles não funcionarem, nada funciona.

— Já chega. Você me convenceu. Vou me informar sobre o assunto.

O celular de Latasha subitamente deu sinal de vida. No silêncio, o barulho fez os dois se sobressaltarem.

Latasha pegou o aparelho, olhou a telinha de LCD e então atendeu.

— E aí? — disse ela sem qualquer preâmbulo, pressionando o telefone contra a orelha.

Jack tentou ouvir a voz do outro lado, mas não conseguiu. Ele achava e esperava que fosse Allan.

A conversa foi incisivamente curta. Latasha apenas disse:

— Está bem. — E fechou o celular, levantando-se.

— Quem era?

— Allan — disse Latasha. — Ele quer que passemos no laboratório, que é logo ali. Acho que vale a pena, se queremos mantê-lo ocupado com nossas coisas. Você topa?

— Está brincando? — perguntou Jack retoricamente e empurrou a cadeira para trás, levantando-se também.

Jack não havia percebido que o IML de Boston era na periferia do grande complexo do Boston City Hospital Medical Center. Apesar da hora avançada, passaram por vários funcionários do centro médico, incluindo diversos estudantes de medicina, que andavam entre os prédios. Ninguém parecia apressado, apesar da hora. Todos estavam curtindo o calor e a textura sedosa do ar. Embora tecnicamente ainda fosse primavera, parecia uma noite de verão.

O laboratório de toxicologia ficava a apenas alguns quarteirões dali, em uma estrutura nova em folha, de oito andares de vidro e aço.

Subindo no elevador até o sexto andar, Jack olhou para Latasha. Seus olhos escuros estavam fixos na tela que indicava os andares, e o rosto mostrava uma compreensível fadiga.

— Peço desculpas adiantadas caso eu diga algo inapropriado — Jack rompeu o silêncio —, mas tenho a sensação de que o esforço especial que Allan Smitham está disposto a devotar a esse caso é devido a sentimentos não correspondidos que ele nutre por você.

— Talvez — disse Latasha vagamente.

— Espero que aceitar a ajuda dele não ponha você em uma posição desconfortável.

— Acho que consigo lidar com isso. — A réplica de Latasha tinha um tom que dizia: fim da discussão.

O laboratório era de última geração e estava quase deserto. Além de Allan, havia apenas duas pessoas lá, ambos técnicos muito ocupados na outra extremidade da sala de tamanho generoso. Havia três grandes bancadas, que gemiam sob o peso de equipamentos reluzindo de novos.

Allan era um afro-americano de aparência formidável, com um bigode bastante aparado e um cavanhaque que lhe dava um ar intimidante e mefistofélico. Contribuindo para sua aparência imponente, possuía uma constituição física altamente musculosa mal-escondida por um jaleco branco com mangas enroladas sobre uma camiseta preta justa. Sua pele tinha a cor do mogno, um ou dois tons mais escura que a de Latasha. Os olhos brilhavam e estavam pousados sobre a velha amiga de faculdade.

Latasha apresentou Jack, que mereceu apenas um breve, mas forte, aperto de mão e um rápido olhar avaliativo. Allan estava descaradamente interessado em Latasha, a qual presenteou com um amplo sorriso recheado de dentes muito brancos.

— Você não devia sumir por tanto tempo — disse Allan a ela, enquanto fazia um gesto na direção de seu pequeno e prático escritório. Sentou-se à mesa enquanto Latasha e Jack ocuparam duas cadeiras de encosto reto na frente dele.

— Você tem um laboratório impressionante — elogiou Jack, apontando para trás com o polegar. — Mas parece ter poucos funcionários.

— É só nesse turno — explicou Allan, ainda sorrindo para Latasha. — Em termos do número de funcionários, a diferença entre agora e o turno do dia é como entre o dia e a noite. — Ele riu da própria piada. Jack teve a impressão de que a ele não faltavam autoestima ou bom humor.

— O que você achou em nossas amostras? — perguntou Latasha, indo direto ao ponto.

— Ah, sim — disse Allan, juntando as pontas dos dedos enquanto descansava os cotovelos sobre a mesa. — Você me deu algumas informações sobre o caso no bilhete que deixou, as quais eu gostaria de revisar, para ter certeza de que entendi direito. A paciente morreu em decorrência de um ataque cardíaco há cerca de oito meses. Ela foi embalsamada, enterrada e recentemente exumada. O que vocês querem fazer é descartar a possibilidade de que drogas tenham influenciado a morte.

— Vamos colocar a coisa de maneira mais sucinta — disse Latasha. — Supôs-se que a morte dela foi natural. Queremos ter certeza de que não foi homicídio.

— Está bem — concordou Allan, como se refletisse sobre o que diria a seguir.

— Qual foi o resultado do exame? — indagou Latasha, impaciente. — Por que você está fazendo esse drama?

Jack estremeceu internamente ao ouvir o tom de voz de Latasha. Sentia-se desconfortável por ela não estar sendo muito amável com Allan, que estava lhes prestando um imenso favor. Para Jack, ficava cada vez mais claro que havia alguma coisa entre aqueles dois que ele não sabia e não queria saber.

— Quero ter certeza de que vocês vão interpretar corretamente minhas descobertas — defendeu-se Allan.

— Nós dois somos médicos-legistas — disparou Latasha. — Acho que estamos relativamente bem informados sobre as limitações de um exame toxicológico.

— Bem informados o suficiente para saber que a precisão de um resultado negativo é de apenas quarenta por cento? — perguntou Allan, as sobrancelhas erguidas. — E isso para um cadáver recente, e não embalsamado.

— Então, você está dizendo que o exame toxicológico deu negativo.

— Sim. Definitivamente, negativo.

— Meu Deus, que dificuldade — reclamou Latasha. Ela revirou os olhos e agitou os braços impetuosamente.

— Que drogas você incluiu no exame? — perguntou Jack. — Digoxina?

— Incluí o digital — disse Allan enquanto se esticava para entregar a Jack a lista de drogas do exame toxicológico.

Jack examinou a folha. Ficou impressionado com o número de análises incluídas.

— Quais métodos você usa?

— Usamos uma combinação de cromatografia e ensaio imunoenzimático em nossos exames.

— Vocês têm cromatografia gasosa e espectrometria de massa? — perguntou Jack.

— Pode apostar que temos! — disse Alan com orgulho. — Mas se você quiser que eu use a artilharia pesada, vai ter de me dar uma ideia do que devo procurar.

— No momento, podemos dar apenas uma ideia geral — respondeu Jack. — De acordo com os sintomas relatados pela paciente, se houve envolvimento de drogas ou de algum veneno, estaríamos procurando por algo capaz de produzir um batimento cardíaco acentuadamente baixo, não apresentando reação a qualquer tentativa de ressuscitação, e um depressor respiratório, já que ela também foi descrita como cianótica.

— Você ainda está falando sobre uma porrada de possíveis drogas e venenos — disse Allan. — Sem mais detalhes específicos, vocês estão pedindo que eu faça um milagre.

— Eu sei. Mas Latasha e eu vamos voltar e fazer um brainstorm para ver se conseguimos pensar em alguns candidatos mais prováveis.

— É bom — disse Allan. — Se não, provavelmente meu trabalho vai ser inútil. Primeiro, tenho de descobrir o que ignorar, com todo aquele fluido de embalsamamento.

— Eu sei — repetiu Jack.

— E por que vocês estão considerando a hipótese de homicídio? — perguntou Allan. — Se não for perguntar demais.

Jack e Latasha trocaram olhares, incertos do quanto deveriam dizer.

— Nós fizemos a necropsia há poucas horas — explicou Latasha. — Não achamos nadica de nada. Não havia patologia cardíaca, o que não faz sentido, considerando o que aconteceu.

— Interessante — comentou Allan, pensativo. Olhou Latasha nos olhos. — Deixe-me ver se entendi. Você quer que eu tenha esse trabalho todo, passe a noite toda nisso e ainda por cima às escondidas. É isso que você está dizendo?

— É claro que queremos que você faça isso! — vociferou Latasha. — Qual é o seu problema? Por que outro motivo estaríamos sentados aqui?

— Não estou falando de você e o fulano aqui — disse Allan, fazendo um gesto na direção de Jack. Ele então apontou para Latasha. — Estou falando de você.

— Sim, é o que eu quero que você faça, tá? — disse Latasha e se levantou.

— Está bem — replicou Allan. Viam-se vestígios de um sorriso de satisfação em seu rosto.

Latasha saiu do escritório.

Surpreso com o fim súbito da conversa, Jack levantou-se e vasculhou os bolsos à procura de um de seus cartões.

— Só para o caso de você querer me perguntar alguma coisa — disse ele, enquanto deixava o cartão sobre a mesa de Allan e pegou um dos cartões dele de um pequeno recipiente de acrílico. — Sou grato pela sua ajuda. Obrigado.

— Sem problema — disse Allan. O sorrisinho persistente ainda era visível em seu rosto.

Jack alcançou Latasha no elevador. Ele não disse nada enquanto desciam.

— Foi um final bem abrupto — observou Jack. Ele fingiu não olhar para Latasha, prestando atenção ao indicador dos andares.

— Bem, sim, ele estava me dando nos nervos. Ele é um cretino arrogante.

— Me pareceu uma pessoa que não tem problemas de autoestima.

Latasha riu e relaxou perceptivelmente. Eles caminharam pela madrugada adentro. Já eram quase três, mas ainda havia gente na rua. Ao se aproximarem do IML, Latasha disse alto:

— Suponho que você tenha se perguntado por que pareci ser um tanto rude.

— Isso passou pela minha cabeça — reconheceu Jack.

— Allan e eu erámos muito próximos no último ano da faculdade, mas então aconteceu uma coisa que me fez perceber algo da personalidade dele que não me agradou. — Ela abriu com a chave a porta da frente e acenou para o segurança. Enquanto subiam o lance único de escadas, continuou: — Eu achei que estivesse grávida. Quando contei para ele, ele me deu um fora. Nem mesmo respondia meus telefonemas, então desisti. A ironia é que eu não estava grávida. Faz mais ou menos um ano, desde que ele descobriu que eu estava aqui no IML, que tem tentado voltar comigo, mas não estou interessada. Desculpe se foi constrangedor para você.

— Não precisa se desculpar. Como eu disse, quando estávamos chegando lá, espero que aceitar a ajuda dele não vá lhe causar problemas.

— Passados tantos anos, pensei que me sairia melhor. Mas bastou vê-lo pra eu ficar puta com aquele episódio mais uma vez. Esperava que eu tivesse superado.

Eles entraram na biblioteca. A bagunça estava exatamente como eles a haviam deixado.

— Que tal darmos uma olhada nas fatias que coramos? — sugeriu Latasha.

— Talvez você deva ir para casa e tirar um cochilo. Não há porque ficar acordada a noite toda. Quero dizer, adoro a ajuda e a companhia, mas isso é pedir demais.

— Você não vai se livrar de mim tão fácil — disse Latasha, fingindo um sorriso tímido. — Na faculdade de medicina, aprendi que, para mim, quando está tarde desse jeito, é melhor apenas ficar acordada. E eu adoraria resolver esse caso.

— Bom, acho que vou dar um pulo em Newton.

— No hospital de novo?

— Não. Na casa dos Bowman. Eu disse à minha irmã que daria uma olhada no marido dela, para ver se ele não está em coma. Graças à depressão dele, ele vem misturando álcool, sob a forma de um uísque single malt, com algum tipo de pílula para dormir.

— Vixe! Eu já tive de fazer necropsia em muita gente assim.

— Para falar a verdade, acho que não é preciso se preocupar muito com ele. Ele se tem em alta conta. Acredito que nem iria lá se fosse só por isso. O que eu também vou fazer é verificar o kit de teste de biomarcadores que foi usado no caso, para ver se existe algum motivo razoável para suspeitar que ele tenha gerado um falso positivo. Se foi um falso positivo, a chance de a morte não ter sido natural aumenta muito.

— E suicídio? — perguntou Latasha. — Você nunca mencionou suicídio, nem como uma possibilidade extremamente remota. Por quê?

Jack coçou a nuca distraidamente. Era verdade que a ideia de suicídio não lhe ocorrera, e ele se perguntou o porquê. Deixou escapar uma risadinha, lembrando-se de quantos casos participara ao longo dos anos nos quais a modalidade de morte aparente no final das contas não era a verdadeira. O último caso desses envolvera a esposa do diplomata iraniano, supostamente um suicídio, mas na verdade um homicídio.

— Eu não sei por que essa ideia nem passou pela minha cabeça — disse Jack —, ainda mais considerando as minhas outras teorias, igualmente improváveis.

— O pouco que você me contou sobre a mulher sugere que ela não era muito feliz.

— Isso provavelmente é verdade, mas é a única coisa que pode apoiar a teoria de um suicídio. Vamos mantê-la em mente, com minha ideia de uma conspiração do hospital. Mas agora vou para Newton. É claro que você pode vir, mas não consigo imaginar um motivo para você fazer isso.

— Vou ficar — disse Latasha. Ela puxou as transcrições dos depoimentos de Craig e Jordan para a frente de uma das cadeiras e sentou-se. — Vou ler para me informar sobre o histórico do caso enquanto você não está aqui. Onde estão os registros médicos?

Jack esticou a mão para indicar a pilha certa e a empurrou para perto dos depoimentos de Craig e Jordan. Latasha pegou um pequeno registro de ECG que estava saindo do monte de papéis.

— O que é isso?

— Um exame que o Dr. Bowman fez quando chegou à casa de Patience naquela noite. Infelizmente, é quase inútil. Ele não conseguiu lembrar nem da derivação. Teve de desistir de fazer o ECG porque o estado dela era muito grave e piorava rapidamente.

— Alguém examinou isso?

— Todos os especialistas examinaram, mas sem saber a derivação e não conseguindo decifrá-la, eles não puderam dizer muita coisa. Todos concordaram que a bradicardia acentuada indicava um bloqueio atrioventricular. Com base nisso e nas outras anormalidades de condução significativas, todos acharam que era pelo menos coerente com um ataque cardíaco em alguma parte do coração.

— Pena que não é mais — disse Latasha.

— Vou indo para conseguir voltar. Meu telefone está ligado, caso você tenha algum momento eureca ou Allan consiga fazer um milagre.

— Nos vemos quando você voltar — despediu-se Latasha. Já estava fazendo uma leitura dinâmica do depoimento de Craig.

Três da manhã foi finalmente o horário em que Jack não encontrou dificuldades para dirigir em Boston. Em alguns dos sinais da Massachusetts Avenue, o Accent era o único veículo esperando. Em várias ocasiões, pensou em ignorar os sinais quando não havia nenhum tráfego no cruzamento, mas não o fez. Jack não tinha problemas em quebrar regras que julgava ridículas, mas sinais de trânsito não se encaixavam nessa categoria.

A Massachusetts Turnpike foi outra história. Não estava engarrafada, mas havia mais trânsito do que Jack esperava, e não eram só caminhões. Impressionado, Jack perguntou-se o que tantas pessoas estavam fazendo andando por aí àquela hora.

A curta viagem até Newton deu a Jack uma chance de se acalmar da quase obsessão que Latasha criara quando disse que tinha acesso a um toxicologista justo na hora em Jack estava disposto a jogar a toalha. Num estado mental mais relaxado, ele pôde pensar sobre a situação toda de maneira bem mais racional, e quando o fez, ficou claro qual seria o resultado mais provável. Primeiramente, ele concluiria, diante da falta de provas do contrário, que a morte de Patience Stanhope tinha grande probabilidades de estar relacionada a um ataque cardíaco extenso, apesar de não haver nenhuma patologia óbvia; e em segundo lugar, que Fasano e companhia muito provavelmente estavam por trás da desprezível agressão às filhas de Craig e Alexis, baseada apenas em dinheiro. Quando ameaçara Jack, Fasano fora inequivocamente claro sobre suas motivações.

A leve obsessão de Jack havia regredido para uma apática melancolia quando chegou à casa dos Bowman. Pegou-se mais uma vez se perguntando se o motivo de ainda estar em Boston imaginando conspirações improváveis tinha mais a ver com medos semiconscientes de se casar dali a dez horas do que com tentar ajudar sua irmã e seu cunhado.

Jack saiu do carro segurando o guarda-chuva que tivera a presença de espírito de resgatar do banco traseiro. Ele estacionara perto do Lexus de Craig. Andando de volta para a rua, olhou para ambos os lados à procura da viatura que estava lá de manhã. Não estava em lugar algum. Nada de vigilância. Voltando para a casa, Jack arrastou-se pela calçada da frente. Sua fadiga começava a vencê-lo.

A casa estava escura, exceto por uma pequena luz que se filtrava pelas estreitas e pequenas janelas verticais que ladeavam a porta da frente. Inclinando a cabeça para trás ao se aproximar dos degraus da entrada, Jack olhou para as águas-furtadas do segundo andar. Estavam negras como ônix, refletindo a luz de um poste distante.

Em relativo silêncio, Jack inseriu a chave na fechadura. Não estava tentando ser furtivo, mas, ao mesmo tempo, preferia não acordar Craig, se possível. Foi nesse instante que Jack se lembrou do sistema de alarme. Com a chave na fechadura, tentou lembrar-se do código. Como sua cabeça estava muito cansada, passou-se um minuto até que o número lhe viesse à memória. Ele então se perguntou se devia apertar algum outro botão depois do código. Não sabia. Quando estava tão preparado quanto possível, girou a chave. O mecanismo da fechadura pareceu bem alto na quietude da noite.

Entrando na casa rapidamente, sentindo um pequeno pânico, Jack olhou para o teclado do alarme. Para sua felicidade, o zunido de alerta que ele estava esperando não soou, mas ele quis esperar para ter certeza. O alarme havia sido desarmado. Um pontinho de luz verde brilhante indicou que tudo estava bem. Jack fechou em silêncio a porta da frente. Foi então que percebeu o som abafado da televisão vindo da direção da sala. Da mesma direção surgia uma pequena quantidade de luz, fluindo para o vestíbulo principal, que, exceto por isso, encontrava-se escuro.

Imaginando que Craig talvez ainda estivesse acordado, ou quem sabe dormindo em frente à TV, Jack seguiu pelo corredor e caminhou até a sala. Nada de Craig. A televisão sobre a lareira estava ligada em um canal de notícias da TV a cabo, e as luzes, acesas naquela parte da sala, enquanto a cozinha e a área de jantar estavam ambas na escuridão.

Sobre a mesa de centro na frente do sofá, a garrafa de uísque de Craig, quase vazia, um copo *old fashioned*, e o controle remoto. Pela força do hábito, Jack andou até lá, pegou o controle e desligou a TV. Então, voltou para o vestíbulo. Olhou para as escadas que levavam ao andar de cima, na escuridão, e depois para o corredor que levava ao escritório. Uma pequena nesga de luz entrava pela janela saliente daquele cômodo, vinda da iluminação pública, portanto, ele não estava no escuro completo.

Jack pensou no que fazer primeiro: dar uma olhada em Craig ou no kit de biomarcadores. Não foi uma decisão difícil. Quando tinha de escolher, Jack geralmente cuidava da tarefa ou incumbência menos agradável primeiro. No caso, esta sem dúvida era dar uma olhada em Craig. Não que ele achasse que seria difícil, mas sabia que ir até o quarto dele trazia o risco de acordá-lo, o que não queria fazer por uma série de razões. A mais importante era a de que estava convencido de que o cunhado não consideraria sua presença um favor. Na verdade, era muito provável de que a insinuação de que Craig precisava de alguma coisa o ofenderia e o irritaria.

Jack olhou de novo para a escuridão do andar de cima. Ele nunca subira ao segundo pavimento, e não fazia ideia da localização da suíte master. Não querendo acender as luzes, Jack voltou para a cozinha. Na sua experiência, a maioria das famílias tinha uma gaveta de utensílios, e a maioria das gavetas de utensílios continham lanternas.

Na verdade, Jack estava certo apenas em parte. Havia uma lanterna na gaveta de utensílios, mas a dos Bowman ficava na lavanderia, e não na cozinha. Em harmonia com o restante da casa e o que havia dentro dela, a lanterna era uma impressionante Maglite de 30 centímetros, que lançou um feixe de luz substancial e concentrado quando Jack a ligou. Acreditando que podia colocar a mão sobre a lente e assim controlar a quantidade de claridade, Jack retornou com ela às escadas e começou a subir.

Chegando ao topo, deixou que fluísse luz suficiente por entre seus dedos para ver a extensão do corredor do segundo andar, primeiro em uma direção e depois na outra. Havia diversas portas em ambos os lados, e quis a sorte que a maioria delas estivesse fechada. Tentando decidir por onde começar, Jack verificou as duas direções mais uma vez e concluiu que o lado direito tinha metade da extensão do esquerdo. Sem saber por que, Jack foi para a direita. Escolhendo uma porta aleatoriamente, abriu-a em silêncio, apenas o suficiente para passar pela soleira. Devagar, deixou que a luz se espalhasse pelo cômodo. Com certeza, não era a suíte master. Era um dos quartos das meninas, e pelos pôsteres, fotos, badulaques e roupas espalhadas, Jack deduziu que fosse o de Tracy. De volta ao corredor, passou à próxima porta. Estava prestes a abri-la, quando percebeu que as portas na extremidade eram duplas. Já que todas as outras eram simples, parecia razoável apostar que encontrara a suíte master.

Ocultando com a mão a maior parte da luz, Jack caminhou até as portas duplas. Pressionou a lente da lanterna contra o abdômen para bloquear a claridade enquanto abria a porta da direita. A porta oscilou para dentro. Ao deslizar para dentro do quarto, pôde ver que era certamente a suíte master. Sentia sob os pés um carpete espesso, que revestia todo o chão. Por alguns instantes, não se moveu. Esforçou-se para ouvir a respiração de Craig, mas o quarto estava em silêncio.

Manejando lentamente a lanterna, uma quantidade cada vez maior de luz se estendia para as profundezas do quarto. Da penumbra, emergiu uma cama king-size. Craig estava deitado do lado mais afastado da cama.

Por alguns momentos, Jack ficou parado, pensando no que faria para se certificar de que o cunhado não estava em coma. Até então, não havia pensado muito no assunto, mas agora que estava ali, era obrigado. Tentar acordar Craig com certeza resolveria a questão, mas não era uma alternativa viável. Por fim, Jack decidiu que só se aproximaria e tentaria ouvir a respiração de Craig. Se parecesse normal, ele estava disposto a aceitar isso como prova positiva de que o homem estava bem, mesmo passando longe de ser uma evidência científica.

Reduzindo novamente a luz, Jack começou a cruzar o quarto, guiado mais pela memória do que acabara de ver do que pela visão em si. Uma nesga de luz ambiente, vinda da rua, conseguia se infiltrar pela água-furtada. Aquilo bastava para lhe oferecer uma vaga perspectiva dos contornos dos móveis maiores. Chegando ao pé da cama, Jack parou e esforçou-se para ouvir os sons intermitentes e sibilantes do sono. O silêncio do quarto era mortal. Jack sentiu a adrenalina correr por suas veias. Para seu horror, não havia som de respiração. Craig não estava respirando!

22

NEWTON, MASSACHUSETTS

SEXTA-FEIRA, 9 DE JUNHO, 2006

3H25

Os segundos seguintes foram um borrão para Jack. No instante em que percebeu que o cunhado não estava respirando, saltou para a frente, com a intenção de contornar a esquina da cama para chegar ao lado de Craig no menor tempo possível. Lá, retiraria as cobertas com um puxão, avaliaria rapidamente o estado dele e começaria a ressuscitação cardiopulmonar, se necessário.

É possível que aquele movimento repentino em direção ao lado tenha salvado a vida de Jack. No instante seguinte, ele percebeu que não estava sozinho no quarto. Havia outra figura, vestida de preto, o que a tornava quase imperceptível, que saiu correndo pela porta aberta do banheiro. O indivíduo estava brandindo um taco grande, que girou, circunscrevendo um grande arco no ponto onde estivera a cabeça de Jack.

Embora o ataque não tenha atingido sua cabeça, acertou seu ombro esquerdo. Por sorte, havia sido um golpe de raspão, que não o atingiu com sua força total. Ainda assim, enviou uma dor súbita e aguda até o centro do corpo de Jack, enfraquecendo seus joelhos no processo.

Jack ainda agarrava com firmeza a lanterna, cujo feixe correu aleatoriamente pelo quarto, enquanto ele se arrastava para além da extremidade da cama, evitando passar ao lado dela. Não queria ser encurralado pelo invasor. Mais por instinto do que por visão, sabia que um segundo golpe estava a caminho, quando a figura pulou em sua direção, perseguindo-o. Jack agachou-se e, acreditando que o ataque era a melhor defesa, jogou-se para a frente, atingindo o agressor com seu ombro direito, como se tentasse interceptá-lo. Ainda em pé, agarrou o homem com a parte superior das coxas, e colocando força nas próprias pernas, fortalecidas por tanto andar de bicicleta, conseguiu prender o homem antes que ambos caíssem no chão.

Muito próximo do agressor, Jack sentiu que a vantagem seria dele, se usasse a pesada lanterna Maglite de 30 centímetros como arma. O taco manejado pelo adversário, mais longo, estava em nítida desvantagem. Soltando as coxas do homem, Jack agarrou um punhado de sua camisa e rapidamente ergueu bem alto a lanterna, com plena intenção de atingir a testa do homem. Mas ao erguer o objeto, o raio de luz havia enquadrado o rosto da figura de preto. Por sorte, antes de desferir o golpe, a mente de Jack disparou os neurônios certos, o que permitiu o reconhecimento. Era Craig.

— Craig? — gritou Jack, perplexo. Ele rapidamente baixou a lanterna de sua posição ameaçadora e apontou a luz para o rosto de Craig, só para ter certeza.

— Jack? — explodiu Craig em resposta. Ergueu a mão livre para escudar os olhos da luz que o cegava.

— Meu Deus! — exclamou Jack. Largou a camisa de Craig, desviou a lanterna e levantou-se.

Craig também se levantou. Foi até um interruptor de parede e acendeu a luz.

— Que diabos você está fazendo aqui, se esgueirando pela minha casa a essa hora, seja lá que horas são? — Ele olhou para o relógio de cabeceira. — Três e meia da madrugada, porra!

— Eu posso explicar! — disse Jack. Estremeceu ao sentir uma pontada de dor no ombro. Com muito cuidado, tocou a área que fora golpeada, encontrando um ponto dolorido na junção entre a clavícula e o ombro.

— Céus — reclamou Craig, jogando sobre a cama o taco de beisebol. Aproximou-se de Jack. — Puxa, desculpe pela porrada. Eu podia ter matado você. Você está bem?

— Já estive pior — disse Jack. Ele olhou para a cama. O que pensou que fosse Craig eram apenas travesseiros e cobertas.

— Posso dar uma olhada? — ofereceu Craig solicitamente.

— Claro, eu acho.

Craig pegou o braço de Jack e gentilmente pôs a mão em seu ombro. Rotacionou o braço do cunhado na articulação do ombro, e então o ergueu devagar.

— Alguma dor?

— Um pouco, mas o movimento não faz com que piore.

— Não acho que tenha quebrado nada, mas uma radiografia não faria mal. Posso levar você de carro até o Newton Memorial, se quiser.

— Acho que por enquanto só vou colocar gelo — disse Jack.

— Boa ideia! Vamos descer para a cozinha. Vou colocar uns cubos de gelo em um saco plástico.

Enquanto caminhavam pelo corredor do segundo andar, Craig disse:

— Meu coração está a mil por hora. Pensei que você era um dos caras que arrombou a casa e agrediu minhas filhas, voltando para cumprir a ameaça. Eu estava pronto para quebrar você todinho.

— Suponho que eu também tenha achado que você era um desses caras — disse Jack. Percebeu que Craig vestia um roupão de cor escura, e não o uniforme negro de ninja que Jack houvera criativamente imaginado. Também sentiu a arma no bolso da jaqueta pressionando um pouco seu peito. Não pensara nela em meio ao furor do momento, o que foi bom.

Craig entregou a Jack uma bolsa de gelo. Jack estava sentado a um canto do sofá, segurando a bolsa gelada contra o ponto dolorido do ombro. Seu anfitrião jogou-se no outro canto, espalmando a mão na testa.

— Vou sair daqui para que você possa voltar a dormir — disse Jack. — Mas devo uma explicação a você.

— Estou ouvindo. Antes de me deitar, fui lá embaixo checar seu quarto. Você tinha tirado as roupas de cama. Eu com certeza não esperava ver você de novo aqui, ainda menos a essa hora, e especialmente não se esgueirando até meu quarto.

— Prometi a Alexis que viria dar uma olhada em você

— Você falou com ela hoje à noite?

— Sim, mas bem tarde. Para ser sincero, ela está preocupada com você misturando álcool com soníferos, e deveria estar preocupada mesmo. Já fiz algumas necropsias em vítimas dessa combinação

— Não preciso dos seus conselhos

— Está certo. Ainda assim, ela pediu que eu viesse dar uma olhada em você. Para falar a verdade, não achei que fosse necessário. O motivo para estar me esgueirando era que eu temia acordá-lo, com medo que você ficasse zangado com a minha presença.

Craig tirou a mão do rosto e olhou para Jack.

— Quanto a isso, você está certo.

— Desculpe se eu o ofendi. Fiz isso por Alexis. Ela tinha medo que você estivesse mais transtornado que o normal depois do que aconteceu no julgamento.

— Pelo menos você é sincero — disse Craig. — Suponho que eu deva interpretar isso como um favor. É só que é difícil, com tudo o que está acontecendo. Estou sendo forçado a me ver sob uma nova visão, nada lisonjeira. Fui uma testemunha péssima hoje, ridícula, provoquei a minha própria derrota. Quando penso no que aconteceu, fico envergonhado.

— Como você acha que foi hoje à tarde, com os especialistas da defesa?

— Razoável. Foi bom ouvir algumas palavras positivas para variar, mas não acho que tenha sido o suficiente. A menos que Randolph seja um ator digno de Oscar no pronunciamento final amanhã, coisa da qual, na minha opinião, ele é não é, acho que o júri vai decidir em favor daquele cretino do Jordan. — Craig soltou um suspiro melancólico. Seus olhos estavam fixos na tela desligada da TV.

— Eu tinha outro motivo para vir aqui a essa hora.

— Ah! Qual? — perguntou Craig. Virou-se para mirar Jack. Seus olhos brilhavam, como se estivesse prestes a chorar, mas tivesse vergonha de fazê-lo

— Você não me contou da necropsia. Ela foi feita?

— Sim — respondeu Jack. Contou então a Craig uma versão condensada dos eventos do dia, começando com a exumação e terminando com a conversa com o toxicologista. Não falou tanto para Craig quanto falara para Alexis, mas a essência era a mesma.

Enquanto Jack relatava os acontecimentos, Craig mostrava-se cada vez mais fascinado, especialmente na parte da participação do toxicologista, e diante da possibilidade de ter havido algum crime.

— Se o toxicologista pudesse encontrar alguma droga ou algum veneno, seria o fim desse absurdo todo de imperícia — disse Craig, sentando-se mais ereto

— Sem dúvida. Mas é uma chance muito, muito pequena, como expliquei. Mas se Patience não teve um ataque cardíaco, isso abre a possibilidade de muitos outros agentes potenciais. O outro motivo para eu estar aqui é para olhar a caixa do kit de teste de biomarcadores na sua maleta. Alguma coisa lhe faz pensar que o resultado talvez tenha sido um falso positivo?

Craig ergueu as sobrancelhas por um instante, enquanto refletia sobre a pergunta.

— Não consigo pensar em nada — disse ele com vagar. — Até queria poder, mas nada me ocorre.

— O supervisor do laboratório do hospital me perguntou se o seu kit testava tanto para troponina I quanto para mioglobina, ou só troponina I.

— É o que testa para mioglobina. Escolhi esse tipo pelo motivo mencionado pelo supervisor do laboratório. Principalmente, porque ele dá resultado dentro de duas horas.

— Existe uma data de validade para esses dispositivos?

— Não que eu saiba.

— Então, acho que vamos ter de limitar os agentes possíveis àqueles capazes de causar um ataque cardíaco.

— E o digital? — sugeriu Craig.

— Pensei nesse medicamento, é claro, e ele foi incluído no exame, mas não foi encontrado.

— Eu gostaria de poder ajudar mais. Uma das piores coisas de ser processado é que você se sente tão impotente.

— Você pode ajudar se conseguir pensar em alguma droga cardiotóxica à qual Patience ou Jordan talvez tivessem acesso.

— O armário de remédios dela era quase uma farmácia, graças ao meu desatento sócio, Ethan Cohen. Mas todos esses registros foram examinados na fase de instrução.

— Eu li esses papéis — disse Jack. Levantou-se. Relaxar por alguns minutos o fez sentir suas pernas pesadas e letárgicas. Era óbvio que precisaria tomar um café antes que a noite acabasse. — É melhor eu voltar e ver se o toxicologista teve alguma sorte, e é melhor que você volte pra cama. — Ele começou a ir em direção à porta.

— Você vai trabalhar a noite toda? — perguntou Craig, acompanhando Jack.

— Parece que sim. Depois de tudo o que aconteceu, eu gostaria de ter algum resultado positivo, mas pelo visto isso é improvável.

— Não sei o que dizer, além de obrigado por tudo o que você está fazendo.

— De nada. E não foi ruim, apesar dos problemas que causei e das porradas que me deram. Foi bom ter contato com Alexis de novo.

Os dois chegaram à porta da frente. Craig apontou na direção do escritório.

— Quer que eu vá lá e pegue a maleta, para você poder ver a caixa do kit dos biomarcadores? Tenho certeza de que é a mesma caixa. Depois desse fiasco, não tenho visitado muitos pacientes.

Jack negou com a cabeça.

— Não precisa. Você me disse o que eu precisava saber.

— Vamos ver você no tribunal amanhã?

— Acho que não. Tenho alguns planos pessoais urgentes, que exigem que eu pegue o primeiro voo de volta para a Big Apple. Então, boa sorte!

Jack e Craig trocaram um aperto de mãos. Se não haviam se tornado amigos, ao menos se conheceram melhor e passaram a respeitar mais um ao outro.

A volta para a cidade, pouco depois das quatro da manhã, foi idêntica ao caminho de ida. Havia trânsito na Massachusetts Turnpike, mas muito pouco na cidade, ao longo da Massachusetts Avenue. Jack levou menos de vinte minutos para chegar ao IML. Estacionou bem ao lado do prédio, em uma vaga reservada, pois como ele sairia bem cedo, não achou que haveria problema.

O segurança o reconheceu e deixou-o entrar. Enquanto subia as escadas, Jack olhou o relógio. O tempo estava quase se esgotando. Em menos de duas horas, ele estaria no avião, taxiando para longe do terminal.

Entrando na biblioteca, Jack parou, perplexo. O lugar estava consideravelmente mais bagunçado do que quando ele saíra. Latasha parecia uma estudante revisando a matéria para passar pela banca examinadora de uma especialidade médica. Havia vários livros imensos, que ela recolhera no escritório, abertos sobre a mesa. Jack reconheceu a maioria deles. Incluíam obras didáticas básicas de clínica médica, livros de fisiologia, toxicologia e farmacologia. O material do arquivo do caso que Jack organizara estava todo espalhado de forma aleatória, ao menos para os olhos dele.

— Mas que diabos...? — disse Jack com uma risada.

A cabeça de Latasha surgiu detrás de um livro aberto.

— Seja bem-vindo, sumido!

Jack olhou as capas de alguns dos exemplares abertos que ele não havia reconhecido. Depois de ver seus títulos, reabriu os livros no ponto em que Latasha os deixara. Sentou-se em uma cadeira à frente dela.

— O que aconteceu com o seu ombro?

Jack continuava a pressionar o saco com gelo sobre o machucado. A essa altura, a bolsa continha praticamente só água, mas ainda estava gelada o bastante para fazer algum bem. Ele contou o que acontecera, e ela se mostrou adequadamente solidária a Jack e inadequadamente severa com Craig.

— Não foi culpa dele — insistiu Jack. — Fiquei tão absorvido nesse caso, por uma série de motivos, que nunca parei para pensar que ideia ridícula foi entrar de esgueira na casa dele. Quero dizer, invadiram a casa outro dia, aterrorizaram as filhas deles para passar uma mensagem de que voltariam caso eu fizesse a necropsia. E acabei de fazer a necropsia, caramba. No que eu estava pensando?

— Mas você é um hóspede lá. Esperava-se que ele verificasse quem era antes de usar um taco de beisebol.

— Eu já não era mais hóspede. Mas deixa isso pra lá. Graças a Deus ninguém teve um ferimento mais grave do que uma contusão no ombro. Pelo menos, acho que é só uma contusão. Talvez tenha de fazer uma radiografia da clavícula.

— Veja pelo lado bom — disse Latasha. — Agora você tem certeza absoluta de que ele não estava em coma, né?

Sem querer, Jack teve de sorrir.

— E o kit de biomarcadores? Descobriu alguma coisa?

— Nada que levante a possibilidade de que o resultado tenha sido um falso positivo. Acredito que temos de presumir que foi um resultado autêntico.

— Acho que isso é bom. Elimina muitos agentes letais possíveis. — Os olhos de Latasha varreram os livros que arranjara em torno de si.

— Parece que você andou ocupada.

— Você não faz ideia. Renovei minhas energias com a ajuda de algumas Cocas Diet. Foi como um grande curso de revisão de toxicologia. Não estudo isso desde as provas de medicina forense.

— E Allan? Ele ligou?

— Várias vezes, para ser exata. Mas é bom. Quanto mais ouço a voz dele, mais fácil fica não desenterrar velhas memórias e ficar puta.

— Ele teve alguma sorte?

— Nada. Nada mesmo. Aparentemente, está tentando me impressionar, e, quer saber a verdade? Ele não está se saindo tão mal. Quero dizer, eu sabia que ele era inteligente e tal, desde a faculdade, com ele se formando em química, matemática e física, mas não sabia que fizera um doutorado no MIT. Sei que isso exige um pouco mais de inteligência do que a faculdade de medicina, onde a perseverança é o principal requisito.

— Ele disse que tipo de agente ele testou e não encontrou?

— A maioria dos agentes cardiotóxicos mais comuns que não incluiu no primeiro exame. Também me explicou alguns dos truques que está usando. Os produtos químicos do embalsamamento estão dificultando muito o exame das amostras de tecido, como as do coração e do fígado, então ele está se concentrando nos fluidos, onde houve menos contaminação.

— Então, o que você está procurando nestes livros todos?

— Comecei fazendo uma revisão dos agentes cardiotóxicos, muitos dos quais, fiquei sabendo, poderiam causar ataques cardíacos ou pelo menos danos suficientes ao músculo cardíaco, de modo que clinicamente se apresentariam como um infarto, mesmo não havendo oclusão dos vasos cardíacos. Quero dizer, foi isso o que descobrimos na necropsia. Foi também o que achei nas secções congeladas que nós coramos. Dei uma olhada em algumas amostras enquanto você tinha saído. Os capilares parecem normais. Deixei uma no microscópio do escritório, se você quiser dar uma olhada.

— Confio no que você está dizendo — disse Jack. — Não esperava que fôssemos ver algo tão limpo quanto vimos macroscopicamente.

— Agora passei dos agentes meramente cardiotóxicos para os neurotóxicos, já que muitos deles têm efeitos também sobre o coração. Vou contar pra você: é fascinante, principalmente como a coisa se casa direitinho com o bioterrorismo.

— Você leu os depoimentos? — perguntou Jack. Queria manter a conversa nos trilhos.

— Ei, você não ficou fora por muito tempo. Acho que fiz bastante coisa. Pega leve!

— Nosso tempo está se esgotando. Temos que nos manter focados.

— Eu tô focada, cara — escarneceu Latasha. — Não sou eu quem está dirigindo por aí, aprendendo coisas que essencialmente já sabia, e também apanhando.

Jack esfregou vigorosamente o rosto com as mãos, numa tentativa de combater o véu da fadiga, que estava interferindo na sua cognição e nas suas emoções. Ficar criticando Latasha certamente não era o que queria.

— Onde estão aquelas Cocas Diet? Uma dose de cafeína não me faria mal.

Latasha apontou na direção da porta que dava para o saguão.

— Tem uma máquina de refrigerantes na lanchonete, descendo à esquerda.

Quando a lata de refrigerante caiu com um baque na abertura da máquina, o barulho foi alto o bastante, em meio ao silêncio do prédio, para fazer Jack pular. Estava cansado, mas tenso também, e não tinha certeza do motivo. Poderia ser porque o tempo para resolver o caso estava acabando, mas também era provável que fosse a ansiedade com a volta para Nova York e tudo o que se seguiria. Depois de abrir a latinha, Jack hesitou. Seria aconselhável tomar cafeína, se ele já estava um pouco ansioso? Livrando-se da cautela, bebeu e arrotou. E então pensou: precisava que sua inteligência estivesse acordada e, para isso, a cafeína era a recomendação médica.

Sentindo um leve barato, já que a cafeína não era um de seus vícios, Jack retomou o assento à frente de Latasha e coletou as transcrições dos depoimentos de Craig e Jordan em meio à zona que cercava a colega.

— Eu não li esses depoimentos de cabo a rabo — disse ela. — Mas li por alto, para fazer uma lista dos sintomas de Patience.

— É mesmo? — perguntou Jack com interesse. — Era exatamente isso o que eu ia fazer.

— Eu deduzi, já que foi o que você sugeriu antes da sua malfadada viagem aos subúrbios.

— Onde está? — perguntou Jack.

Latasha franziu o rosto, se concentrando, enquanto vasculhava rapidamente parte dos papéis à sua frente. Por fim, achou um bloco de anotações amarelo e o entregou a Jack.

Ele recostou-se em sua cadeira. Não havia ordem na lista dos sintomas, exceto uma divisão entre dois grandes grupos: a manhã de 8 de setembro e depois o fim da tarde e o início da noite do mesmo dia. O grupo da manhã incluía dor abdominal, um aumento da tosse produtiva, quentura, congestão nasal, insônia, dor de cabeça, flatulência e ansiedade. O grupo do fim da tarde/início da noite continha dor no peito, cianose, perda da fala, dor de cabeça, dificuldade em andar, dificuldade em sentar-se, dormência, sensação de estar flutuando, náusea com um pouco de vômito e fraqueza generalizada.

— Isso é tudo? — indagou Jack, agitando o bloco no ar.

— Você ainda queria mais? Ela parece todos os meus pacientes no terceiro ano da faculdade de medicina reunidos.

— Eu só queria saber com certeza que são todos os sintomas mencionados nos depoimentos.

— São todos os que consegui encontrar.

— Você achou alguma menção a diaforese?

— Não achei e procurei especificamente por isso.

— Eu também — comentou Jack. — Transpiração é tão comum quando há um ataque cardíaco que não pude acreditar quando não a vi mencionada na minha primeira leitura. Estou feliz que você também não tenha encontrado, porque pensei que talvez eu tivesse deixado passar.

Jack examinou a lista. O problema era que a maioria das entradas não tinha modificadores, e as que tinham, tinham modificadores vagos demais, e insuficientemente descritivos. Era como se todos os sintomas fossem igualmente importantes, o que tornava difícil saber o peso da contribuição de cada um para o estado clínico de Patience. Dormência, por exemplo, não significava muito sem uma descrição da localização, do grau e da duração, e se significava a ausência de qualquer sensação ou parestesia, mais conhecida como formigamento. Em tal circunstância, era impossível para Jack decidir se a dormência era de origem neural ou cardiovascular.

— Sabe o que acho mais interessante nessa coisa de toxicologia? — disse Latasha, levantando os olhos do livro teórico.

— Não. O quê? — perguntou Jack distraidamente. Estava preocupado em decidir se precisaria revisar os depoimentos com os próprios olhos e ver quais qualificativos existiam para os sintomas mencionados.

— Répteis! É impressionante a evolução dos venenos dos répteis, e também o porquê da potência deles diferir tanto.

— É curioso mesmo — disse Jack enquanto abria o depoimento de Jordan e começava a folhear rapidamente as páginas para chegar à parte sobre os eventos do dia 8 de setembro.

— Existem algumas cobras cujo veneno contém uma poderosa cardiotoxina específica capaz de causar necrose direta do miocárdio. Você consegue imaginar o que isso faria com os níveis dos biomarcadores cardíacos?

— É mesmo? — perguntou Jack, com um interesse súbito. — Que tipo de cobras?

Latasha abriu uma clareira, empurrando para o lado os papéis sobre a mesa e, depois de girar o livro, o empurrou para Jack. Ela usou o dedo indicador para apontar os nomes de dois tipos de cobra em uma tabela que comparava a virulência das peçonhas.

— A cascavel de Mojave e a cascavel do Pacífico Sul.

Jack olhou a tabela. As duas cobras que ela indicara estavam entre as mais peçonhentas das listadas.

— Muito interessante — comentou. Seu interesse desapareceu tão rápido quanto havia surgido. Ele empurrou o livro de volta. — Porém, não estamos lidando com um empeçonhamento. Patience não foi mordida por uma cascavel.

— Eu sei — concordou Latasha, pegando o livro de volta. — Eu só estou lendo sobre peçonhas para ter ideias sobre as várias classes de compostos a ser levadas em conta. Quero dizer, estamos procurando por uma cardiotoxina.

— Ahá — disse Jack. Ele já havia voltado ao depoimento e encontrado a parte que estava procurando. Começou a ler com mais atenção.

— Na verdade, os animais peçonhentos mais interessantes são um grupo de anfíbios, por incrível que pareça.

— É mesmo? — perguntou Jack sem, de fato, prestar atenção. Chegara à menção da dor abdominal. Jordan depôs que era uma dor no "baixo" abdômen, mais para a esquerda do que para a direita. Jack acrescentou isso à anotação de Latasha no bloco de anotações amarelo.

— O campeão é o *Phyllobates terribilis* — disse Latasha, folheando o compêndio até chegar à parte certa.

— É sério? — repetiu Jack. Pulou partes no depoimento de Jordan, até chegar àquela em que o viúvo falava sobre os sintomas da noite. Jack procurava em especial pela descrição da dormência que Patience sentira.

— A secreção da pele deles contém algumas das substâncias mais tóxicas conhecidas pelo homem — disse Latasha. — E elas têm um efeito tóxico imediato sobre o músculo cardíaco. Você conhece a batracotoxina?

— Vagamente. — Jack achou a menção à dormência, e ficou claro a partir da descrição de Jordan que era um caso de parestesia, e não de ausência de sensações, e que atingira os braços e as pernas de Patience. Anotou então a informação no bloco amarelo.

— É a pior de todas as toxinas. Quando a batracotoxina entra em contato com o músculo cardíaco, toda a atividade cessa imediatamente. — Latasha estalou os dedos. — *In vitro*, num momento os miócitos cardíacos estão batendo normalmente e, no instante seguinte, depois de serem expostos a algumas moléculas de batracotoxina, param completamente. Dá para acreditar nisso?

— É difícil de acreditar — concordou Jack. Encontrou a referência de Jordan à sensação de estar flutuando e, interessantemente, estava associada com a parestesia, e não tinha nada a ver com um meio líquido. Era uma sensação de não ter chão e estar em suspensão no ar. Jack anotou a informação no bloco amarelo.

— O veneno não é um polipeptídeo e, sim, um alcaloide esteroidal, se é que saber isso faz alguma diferença. É encontrado em várias espécies de sapos, mas a que tem a maior concentração é chamada *Phyllobates terribilis*. O nome é apropriado, já que um sapo pequeninho tem batracotoxina suficiente para matar cem pessoas. É de cair o queixo.

Jack encontrou a parte em que Jordan falou da fraqueza de Patience, que no final das contas não se referia a uma debilidade em qualquer grupo de músculos específico. Na verdade, a fraqueza era um problema mais generalizado. Começou com dificuldades para andar e progrediu para uma dificuldade em sentar com rapidez. Jack adicionou a informação ao bloco amarelo.

— Tem outra coisa que você precisa saber sobre a batracotoxina, se já não sabe. O seu modo de ação molecular é despolarizar as membranas celulares, como as do músculo cardíaco e dos nervos. E você sabe como ela faz isso? Afetando o transporte do sódio, algo que você pensava que fosse um assunto esotérico. Lembra?

— O que foi que você disse sobre o sódio? — perguntou Jack quando os comentários de Latasha penetraram sua concentração. Quando ele se focava em alguma coisa, era comum ficar alheio ao ambiente, como Latasha já estava percebendo.

— A batracotoxina se fixa nas células nervosas e musculares e provoca a paralisação dos canais iônicos de sódio na posição aberta, o que significa que os nervos e músculos envolvidos param de funcionar.

— Sódio — repetiu Jack, como num transe.

— Sim — disse Latasha. — Lembra que estávamos falando...

De repente, Jack pulou de pé e remexeu freneticamente a bagunça espalhada sobre a mesa.

— Onde estão aqueles papéis? — inquiriu ele, num pequeno frenesi.

— Que papéis? — replicou Latasha. Ela havia interrompido a frase no meio e se curvado para trás na cadeira, surpresa pela repentina impetuosidade de Jack. Em sua pressa, ele jogava as transcrições dos depoimentos para fora da mesa.

— Você sabe! — exclamou ele, esforçando-se para se lembrar da palavra certa. — Aqueles... aqueles papéis!

— Nós temos muitos papéis aqui, cara! Quantas Cocas você tomou, afinal?

— Dane-se! — explodiu Jack. Ele desistiu de procurar. Então, estendeu a mão para Latasha. — Deixe-me ver aquele livro de toxicologia! — exigiu com violência.

— Claro — disse Latasha, intrigada pela transformação dele. Ela ficou olhando enquanto o colega passava rapidamente as páginas do tomo gigantesco, para chegar ao índice remissivo. Quando chegou, correu os dedos apressadamente pelas colunas, até encontrar o que estava procurando. Então, voltou a folhear o livro, tão rápido que Latasha temeu pela integridade do volume. Jack encontrou a página que procurava e ficou em silêncio.

— Seria demais pedir para você me contar o que está fazendo? — provocou Latasha.

— Acho que tive o que você chamaria de momento eureca, e eu chamaria de epifania — murmurou Jack enquanto continuava a ler. — Sim! — exclamou depois de alguns segundos, erguendo um punho triunfante no ar. Fechou o livro com força e olhou para Latasha do outro lado da mesa. — Tenho uma ideia do que pedir para que Allan procure: é bizarro, e se estiver presente, talvez não se encaixe em todos os fatos que sabemos, mas é coerente com al·

guns dos mais importantes, e provaria que Craig Bowman não é culpado de imperícia médica.

— Tipo o quê? — interpelou Latasha. Ela não conseguia não se sentir um pouco irritada por Jack estar sendo tão vago. Ela não estava com ânimos para charadas, às quase cinco da manhã.

— Dê uma olhada nesse estranho sintoma que você anotou — disse Jack. Ele esticou a mão, segurando o bloco de páginas amarelas e apontou para onde estava escrito: "sensação de estar flutuando". — Bem, essa não é uma queixa comum nem mesmo entre os hipocondríacos mais devotados. Isso sugere que algo realmente esquisito estava acontecendo, e se Allan conseguir encontrar o que eu estou pensando, haveria a possibilidade de que Patience Stanhope fosse uma fã obstinada de sushis ou uma devota maluca do vodu haitiano, mas nós vamos ver a coisa de outro modo.

— Jack! — disse Latasha, furiosa. — Estou cansada demais para esse tipo de brincadeira.

— Desculpe. Isso parece uma provocação porque estou com medo de estar certo. Essa é uma daquelas situações em que eu preferia estar errado, apesar de todos os esforços. — Ele gesticulou para ela. — Vamos lá! Vou contar tudo para você enquanto corremos até o laboratório de Allan. Isso vai se arrastar até os últimos instantes.

23

BOSTON, MASSACHUSETTS
SEXTA-FEIRA, 9 DE JUNHO, 2006
9h23

Jack embicou o castigado Accent no meio-fio, atrás de um caminhão marrom da UPS. Era uma área de embarque e desembarque na movimentada Cambridge Street, em frente a um longo e curvo prédio com arcadas diante da Prefeitura de Boston. Jack achava que as chances de ser multado por estacionar em local proibido, mesmo que planejasse demorar-se o mínimo possível, eram de quase cem por cento. Tinha esperanças de que o carro não fosse rebocado, mas, por via das dúvidas, levou consigo a bagagem de mão, junto com um grande envelope com o endereço do IML como remetente, impresso no canto superior esquerdo.

Galgou um lance de escadas que atravessava o prédio e emergia no pátio em frente ao Tribunal Superior do condado de Suffolk. Sem perder tempo, Jack correu até a entrada. Foi detido pelos seguranças e pela necessidade de que sua bolsa, o envelope e o celular passassem pela máquina de raios X. Nos saguão dos elevadores, enfiou-se no primeiro que chegou.

Enquanto o elevador subia, Jack conseguiu dar uma olhada em seu relógio. O fato de que ia se casar dentro de quatro horas não havia sido esquecido, e o fato de que ele estava na cidade errada lhe causava uma ansiedade considerável. Quando o elevador chegou ao terceiro andar, Jack tentou ser o mais educado possível enquanto lutava para sair. Se não soubesse das coisas, teria achado que os outros passageiros estavam deliberadamente tentando impedir sua passagem.

Embora em ocasiões anteriores tentasse ser o mais silencioso possível ao entrar no tribunal, nesse dia Jack simplesmente entrou com tudo. Achava que, quanto mais alvoroço criasse, melhor. Enquanto andava com passos decididos pelo corredor até o portão que separava a área do público do tribunal, a maioria dos espectadores se virou para olhá-lo, incluindo Alexis na primeira fileira. Jack fez um sinal de positivo com a cabeça para ela. O meirinho estava em seu lugar, lendo algo que não se via sobre a sua mesa, e não ergueu os olhos. Os jurados estavam em sua área habitual, impassíveis como sempre, e olhavam para Randolph, que estava na tribuna, pelo visto começando seu pronunciamento final. O juiz estava em sua bancada, examinando alguns papéis. Na mesa da defesa, Jack viu a parte de trás das cabeças de Craig e do assistente de Randolph. Na mesa da acusação, podia ver a parte posterior das cabeças de Tony, Jordan e da assistente de Tony. Tudo estava em ordem; como uma velha locomotiva a vapor, as rodas da justiça ganhando velocidade lenta e implacavelmente, avançando para uma conclusão.

A intenção de Jack era sequestrar o trem. Não queria descarrilá-lo, mas queria que parasse e tomasse novos trilhos. Ele chegou à barra e parou. Pôde ver os olhos dos jurados voltarem-se em sua direção, sem haver qualquer mudança na apatia. Randolph continuava a falar em sua voz melíflua e refinada. Suas palavras eram douradas como os raios do sol do fim da primavera que margeavam as cortinas das janelas altas e cortavam o ar revelando regiões repletas de partículas de poeira.

— Com licença! — disse Jack. — Com licença! — repetiu, mais alto, quando Randolph continuou a falar.

Jack não estava em seu campo de visão, mas Randolph se voltou em sua direção quando ele gritou pela segunda vez. Seus olhos azuis como o ártico espelhavam uma mistura de perplexidade e irritação. O meirinho, que também não percebera a primeira fala de Jack, certamente ouviu a segunda. Ele se levantou. A segurança do tribunal era sua jurisdição.

— Preciso falar com você imediatamente — disse Jack, alto o suficiente para que todos no tribunal, no qual ninguém falava além dele, pudessem ouvir. — Sei que é muito inconveniente, mas é de importância vital, caso você esteja interessado em evitar um erro judicial.

— Advogado, que diabos está acontecendo? — inquiriu o juiz Davidson. Estava inclinando sua cabeça para baixo, para ver por cima de seus óculos de leitura. Fez um gesto na direção do meirinho para que este continuasse onde estava.

Ainda perplexo, mas valendo-se de seus anos de experiência em litígios, Randolph rapidamente voltou à sua característica neutralidade refinada. Dirigiu um rápido olhar ao juiz antes de redirecionar sua atenção a Jack.

— Eu não estaria fazendo isso se não fosse de importância vital — acrescentou Jack, baixando a voz. Podia ver que os ocupantes das mesas da defesa e da acusação haviam se voltado em sua direção. Jack estava interessado em apenas dois: Craig e Jordan. Deles, o viúvo era o mais surpreso e aparentemente incomodado com a chegada tumultuosa.

Randolph voltou-se para o juiz.

— Meritíssimo, posso abusar da paciência da corte por apenas um instante?

— Dois minutos! — exclamou o juiz, rabugento. Ele permitiria que Randolph falasse com Jack, mas apenas para livrar-se do intruso. Era bastante óbvio que o juiz não estava contente com a interrupção de seu julgamento.

Randolph foi até a barra e mirou Jack com um olhar imperioso. Falou, em voz baixa:

— Isso é altamente irregular.

— Faço isso o tempo todo — sussurrou Jack, voltando ao seu velho estilo sarcástico. — Você tem de me colocar no banco das testemunhas!

— Não posso colocá-lo no banco. Já expliquei o motivo... e estou fazendo meu pronunciamento final, pelo amor de Deus.

— Eu fiz a necropsia e posso fornecer evidências, corroboradas por declarações juramentadas de uma legista de Massachusetts e de um toxicologista também de Massachusetts, de que o Dr. Bowman não cometeu negligência médica.

Pela primeira vez, Jack detectou uma pequena rachadura na carapaça de tranquilidade dentro da qual Randolph funcionava. Foram seus olhos que o traíram, quando dardejaram veloz e nervosamente entre Jack e o juiz. Havia pouco tempo para pensar, menos ainda para discutir.

— Sr. Bingham! — chamou o juiz Davidson com impaciência. — Seus dois minutos acabaram.

— Verei o que posso fazer — sussurrou o advogado para Jack antes de voltar à tribuna. — Meritíssimo, posso me aproximar?

— Se for necessário — respondeu o juiz, nada satisfeito.

Tony levantou de um pulo e juntou-se a Randolph ao lado da bancada do juiz.

— Que diabos está havendo? — murmurou impetuosamente o juiz. — Quem é esse homem? — Seus olhos fuzilaram Jack por um momento, de pé perto da barra, como um suplicante. Embora Jack houvesse deixado sua bolsa no chão, ainda estava segurando o envelope.

— O nome dele é Dr. Jack Stapleton — explicou Randolph. — Ele é um legista certificado do IML de Nova York. Fui informado de que é um profissional muito respeitado.

O juiz Davidson olhou para Tony.

— Você o conhece?

— Fomos apresentados — reconheceu Tony, sem elaborar.

— O que diabos ele quer, entrando aqui desse jeito? Isso é altamente irregular, para dizer o mínimo.

— Exprimi a mesma consternação — relatou Randolph. — Ele quer testemunhar.

— Ele não pode testemunhar! — disparou Tony. — Ele não está na lista de testemunhas e não prestou depoimento. É uma sugestão ultrajante.

— Modere a sua indignação! — disse o juiz Davidson a Tony, como se ralhasse com uma criança rebelde. — E por que ele está pedindo para testemunhar?

— Ele alega que pode oferecer um testemunho escusatório, que prova que o Dr. Bowman não cometeu imperícia médica. Alega ainda ser corroborado por declarações juramentadas de uma legista e de um toxicologista de Massachusetts.

— Isso é loucura! — explodiu Tony. — A defesa não pode trazer uma testemunha-surpresa no último minuto. Isso viola todas as regras que existem desde que a Magna Carta foi assinada.

— Pare com seus lamentos e reclamações, advogado! — vociferou o juiz.

Com esforço, Tony conseguiu controlar-se, mas sua ira e frustração contidas ficaram evidentes quando sua boca de lábios grossos formou um U invertido.

— Você tem alguma ideia de como ele conseguiu as informações sobre as quais está disposto a testemunhar?

— Ele mencionou que fez uma necropsia em Patience Stanhope.

— Se essa necropsia é potencialmente escusatória, por que não foi feita antes, de modo que pudesse ser incluída na fase de instrução?

— Não havia motivos para suspeitar que uma necropsia teria qualquer valor probatório. Estou certo de que o Sr. Fasano concordaria. Os fatos clínicos deste caso nunca foram matéria de discussão.

— Sr. Fasano, o senhor sabia da necropsia?

— Apenas que ela estava sendo considerada.

— Maldição! — exclamou o juiz Davidson. — Isso me coloca entre a cruz e a espada.

— Meritíssimo — começou Tony, incapaz de ficar quieto —, se for permitido que ele testemunhe, eu vou...

— Não quero ouvir as suas ameaças, advogado. Estou perfeitamente consciente de que o Dr. Stapleton não pode entrar aqui e simplesmente sentar-se no banco das testemunhas. Isso não é uma possibilidade. Suponho que possa ordenar uma continuação do julgamento, e o Dr. Stapleton e suas descobertas poderiam sujeitar-se a uma fase de instrução normal, mas o problema disso é que estraga toda minha agenda de compromissos. Odeio fazer isso, mas também odeio ter minhas sentenças revogadas em apelações. E se esse testemunho é tão dramático quanto o Dr. Stapleton parece achar, isso torna a revogação uma possibilidade real.

— Que tal se o senhor ouvisse as evidências que o Dr. Stapleton diz ter? — sugeriu Randolph. — Isso tornaria consideravelmente mais fácil a tomada de uma decisão.

O juiz assentiu enquanto contemplava a ideia.

— Para economizar tempo, poderia fazê-lo no seu gabinete.

— Levar uma testemunha ao meu gabinete é, em si, irregular.

— Mas não é algo inédito — alegou Randolph.

— Mas a testemunha poderia ir aos jornais e alegar o que quisesse. Eu não gosto dessa ideia.

— Leve o escrevente da corte — disse Randolph. — Deixe que faça parte dos autos do julgamento. O importante é que o júri não ficará sabendo. Se o senhor decidir que não há relevância, que não é essencial para o caso, posso simplesmente retomar meu pronunciamento final. Se o senhor decidir que é relevante e essencial, terá mais informações para ajudá-lo a tomar uma decisão sobre como proceder.

O juiz Davidson refletiu sobre a ideia e fez que sim com a cabeça.

— Gostei. Vou anunciar um breve recesso, mas manterei os jurados onde estão. Faremos isso sem demora. Alguma objeção a esse plano, Sr. Fasano?

— Acho horrível — rosnou Tony.

— O senhor sugere alguma alternativa? — perguntou o juiz.

Tony fez que não com a cabeça. Estava furioso. Contava com a vitória em seu primeiro caso de imperícia, e agora, a apenas horas de distância de seu objetivo, um grande desastre se anunciava, apesar de todos seus esforços. Voltou para a mesa da acusação e tomou um copo de água. A boca estava seca, e a garganta, desidratada.

Randolph dirigiu-se a Jack e abriu o portão para que ele entrasse na área do tribunal.

— Você não pode subir ao banco — sussurrou Randolph. — Mas arranjei para que você, na prática, dê seu testemunho ao juiz, que vai determinar se você poderá testemunhar na frente dos jurados posteriormente. Isso ocorrerá no gabinete dele. Ele está disposto a lhe conceder apenas alguns minutos, então é bom que você seja conciso e direto. Entendido?

Jack assentiu. Ficou tentado a dizer a Randolph que tinha, de fato, apenas alguns minutos a oferecer, mas conteve-se. Olhou então para Jordan, que nervosamente tentava fazer com que Tony explicasse o que estava havendo, já que o juiz anunciara que haveria um curto recesso, embora o júri devesse permanecer onde estava. Entre os espectadores, havia um zum-zum generalizado, com as pessoas tentando entender o que estava acontecendo e quem era Jack. Ele olhou para Craig, que sorriu. Jack acenou com a cabeça em resposta.

— Todos de pé! — ordenou o meirinho, enquanto o juiz se levantava e descia velozmente de sua bancada. Num piscar de olhos, sumiu para dentro de seu gabinete, embora deixasse a porta convidativamente entreaberta atrás de si. O escrevente da corte o seguiu, alguns passos atrás.

— Está pronto? — perguntou Randolph a Jack.

Jack novamente fez que sim com a cabeça e, ao fazê-lo, seu olhar e o de Tony por acaso se cruzaram. *Se olhares pudessem matar, eu estaria morto*, pensou Jack. O homem estava obviamente enfurecido.

Jack seguiu Randolph, e Tony juntou-se a eles enquanto passavam pelo banco de testemunhas vazio e pela mesa do meirinho. Jack sorriu mentalmente ao imaginar qual seria a reação de Tony se ele lhe perguntasse pela saúde de Franco, já que o capanga não estava em nenhum lugar visível.

Jack ficou decepcionado com o gabinete do juiz. Ele imaginava uma sala de madeira escura muito polida, móveis com revestimento de couro, e o aroma de charutos caros, algo como um clube exclusivo para homens. Na realidade, era indubitavelmente decrépita, com paredes precisando de tinta e os móveis típicos dos prédios públicos. E ainda pairava no ar um miasma de fumaça de cigarro. O único ponto alto era uma imensa mesa em estilo vitoriano, atrás da qual se sentava o juiz Davidson em uma cadeira de encosto alto. Ele inclinava-se para trás, com as mãos entrelaçadas na nuca, em relativa tranquilidade.

Jack, Randolph e Tony sentaram-se em cadeiras baixas estofadas de vinil, de modo que a linha de visão dos três estava bem abaixo da do juiz Davidson Jack presumiu que fosse um estratagema deliberado da parte do juiz, que gostava de estar sempre num plano superior. O escrevente da corte sentou-se a uma pequena mesa à parte.

— Dr. Stapleton — começou o juiz Davidson após uma breve apresentação. — O Sr. Bingham me informou de que você tem, nesse estágio avançado dos acontecimentos, evidências escusatórias a favor do réu.

— Isso não é inteiramente verdade — disse Jack. — Minhas palavras foram que eu posso fornecer evidências corroboradas que provam que o Dr. Bowman não cometeu negligência médica, na definição do estatuto. Não houve negligência alguma.

— E isso não é escusatório? Isso é algum tipo de jogo de palavras?

— Dificilmente é um jogo — respondeu Jack. — Nessa circunstância, é escusatório por um lado e incriminatório por outro.

— Acho melhor se explicar — disse o juiz. Ele trouxe as mãos até o tampo da mesa e inclinou-se para a frente. Jack conquistara sua atenção total.

Inserindo o dedo sob a aba do envelope, Jack o abriu e extraiu três documentos. Curvou-se e deslizou o que estava por cima pela mesa, para o juiz.

— Esta primeira declaração juramentada está assinada por um agente funerário licenciado de Massachusetts e afirma que o corpo no qual se fez a necropsia era de fato o da falecida Patience Stanhope. — Jack deslizou então o segundo papel para o juiz. — Esta declaração juramentada confirma que a Dra. Latasha Wylie, uma legista licenciada de Massachusetts, participou da necropsia, ajudou na coleta de todas as amostras e as transportou para o laboratório de toxicologia da universidade, onde as transferiu para o Dr. Allan Smitham.

O juiz Davidson pegara cada uma das declarações juramentadas e as examinara.

— Eu diria que seus papéis estão perfeitamente de acordo com os parâmetros legais — disse e olhou para Jack. — E qual é a última declaração?

— Isso foi o que o Dr. Smitham encontrou. O senhor tem algum conhecimento de envenenamento por baiacu?

O juiz regalou seus convidados com um breve sorriso sardônico.

— Acho melhor você ir direto ao ponto, filho — disse ele, num tom condescendente. — Eu tenho um júri lá fora roendo as unhas e ansioso para dar no pé.

— É um tipo de envenenamento, muitas vezes letal, que as pessoas sofrem ao comer sushi feito de baiacu. Compreensivelmente, isso ocorre quase com exclusividade no Japão.

— Não me diga que você está sugerindo que Patience Stanhope morreu por comer sushi — disse o juiz Davidson.

— Eu gostaria que fosse esse o caso — replicou Jack. — O veneno em questão é chamado tetrodotoxina e é um composto químico muito interessante. É extraordinariamente tóxico. Para se ter uma ideia, é mais de cem vezes mais letal que o veneno da aranha viúva-negra, e dez vezes mais letal do que o veneno da *Bungarus fasciatus*, uma das cobras mais venenosas do Sudoeste Asiático. Uma quantidade microscópica, se ingerida, causa uma morte rápida. — Jack inclinou-se e deslizou o último papel na direção do juiz. — A última declaração juramentada, assinada pelo Dr. Allan Smitham, explica que a tetrodotoxina foi encontrada em todas as amostras retiradas do corpo de Patience Stanhope que ele testou, em níveis que sugerem que a dose inicial era cem vezes maior do que seria necessário para matá-la.

O juiz examinou o documento e então o estendeu a Randolph.

— Você pode perguntar: qual é a confiabilidade dos testes que detectam a tetrodotoxina? — continuou Jack. — A resposta é: extremamente confiáveis. A chance de um falso positivo é próxima de zero, ainda mais porque o Dr.

Smitham usou dois métodos inteiramente distintos. Um foi a cromatografia líquida de alta pressão combinada à espectrometria de massa. O outro foi o radioimunoensaio, usando um anticorpo específico para a molécula da tetrodotoxina. Os resultados são definitivos e reproduzíveis.

Randolph ofereceu a declaração a Tony, que a agarrou, furioso. Ele sabia bem o que aquilo implicava.

— Então, você está dizendo que a falecida não morreu de ataque cardíaco?

— Ela não morreu de ataque cardíaco. Morreu de um envenenamento avassalador por tetrodotoxina. Já que não há tratamento disponível, a hora de chegada ao hospital não tem importância absolutamente alguma. Desde o momento em que ela engoliu o veneno, estava essencialmente condenada à morte.

Uma ruidosa batida na porta do juiz reverberou pelo gabinete. O juiz gritou para que entrassem. O meirinho colocou apenas a cabeça para dentro e disse:

— O júri está pedindo uma pausa para o café. O que devo dizer?

— Deixe que saiam para o café — concedeu o juiz, dispensando o meirinho com um aceno. Ele fuzilou Jack com os olhos negros como o cano de uma arma. — Então, essa é a parte escusatória. Qual é a parte incriminatória?

Jack recostou-se em sua cadeira. Era a parte que ele achava mais difícil.

— Por causa de sua toxicidade impressionante, a tetrodotoxina é uma substância de acesso altamente restrito, em especial hoje em dia. Mas o composto químico tem uma curiosa qualidade redentora. O mesmo mecanismo molecular responsável pela sua toxicidade o faz uma ferramenta excepcional para o estudo dos canais de sódio nos nervos e músculos.

— E qual é o impacto disso no caso em questão?

— As pesquisas publicadas pelo Dr. Craig Bowman, às quais ele ainda hoje se dedica, tratam sobre o estudo dos canais de sódio. Ele faz um amplo uso da tetrodotoxina.

Um silêncio pesado pairou sobre a sala enquanto Jack e o juiz Davidson se encaravam por sobre a mesa do juiz. Os outros dois homens apenas olhavam e ouviam. Durante todo um minuto, ninguém disse nada. Por fim, o juiz pigarreou e perguntou:

— Além dessa evidência circunstancial de acesso à toxina, há alguma outra coisa que associe o Dr. Bowman com o fato?

— Sim — respondeu Jack, com relutância. — No momento em que se determinou a presença da tetrodotoxina, voltei à casa dos Bowman, onde estive hospedado. Eu sabia que havia um pequeno frasco de pílulas que o Dr. Bowman dera à falecida no dia em que ela morreu. Levei o frasco para o laboratório de toxicologia. O Dr. Smitham fez um exame rápido, e o interior da embalagem acusou positivo para tetrodotoxina. Ele está fazendo o teste completo e definitivo neste instante.

— Certo — disse o juiz Davidson. Ele esfregou vigorosamente as mãos e olhou para o escrevente do tribunal. — Suspenda a transcrição até voltarmos para o tribunal. — Ele então recostou-se, fazendo ranger a velha cadeira. Sua expressão era agora severa, mas contemplativa. — Eu poderia ordenar que esse julgamento continuasse, de modo que todas essas novas informações pudessem ser objeto de uma fase de instrução, mas isso não faz muito sentido. Isso não é negligência civil, é assassinato. Vou lhes dizer o que pretendo fazer, senhores. Vou declarar o julgamento nulo. O caso precisa ser entregue ao promotor. Alguma pergunta? — Ele olhou para a plateia, detendo-se em Tony.

— Não fique com essa cara, advogado. Pode satisfazer-se com a consciência de que a justiça prevalece, e seu cliente ainda pode processar por homicídio.

— O problema é que a companhia de seguros sairá livre — bufou Tony.

O juiz olhou para Jack.

— Foi uma investigação admirável, doutor.

Jack apenas fez que sim com a cabeça, para mostrar reconhecimento ao elogio. Mas ele não sentia merecê-lo. Ter de reportar as descobertas chocantes o deixava angustiado pelas consequências que isso acarretava para Alexis e as filhas dela. Elas teriam de sofrer o processo de uma longa investigação e um novo julgamento, com consequências terríveis. Era uma tragédia para todos os envolvidos, especialmente Craig. Jack estava chocado com a intensidade do narcisismo do homem e com a óbvia falta de consciência. Mas ao mesmo tempo sentia que o cunhado era uma vítima do sistema acadêmico altamente competitivo da medicina, que recomendava o altruísmo e a compaixão, mas recompensava o oposto; ninguém se tornava residente-chefe sendo gentil e solidário com os pacientes. Com a necessidade contínua de Craig de um emprego assalariado durante os primeiros anos de seu treinamento como médico, ele havia sido privado das interações sociais normais que teriam amortecido essa mensagem tão contraditória.

— Muito bem, senhores! — disse o juiz Davidson. — Vamos pôr um fim a esse fiasco. — Ele levantou-se, e os outros também. O juiz então contornou sua mesa e foi em direção à porta. Jack acompanhou os dois advogados, e o escrevente veio atrás dele. De fora, no tribunal, ele ouviu o meirinho gritar para que todos ficassem de pé.

Quando Jack emergiu do gabinete, o juiz estava tomando o seu assento na bancada, enquanto Randolph e Tony se aproximavam de suas respectivas mesas. Jack notou que Craig não estava presente naquele momento e então estremeceu ao pensar em qual seria a reação do homem quando soubesse que seu segredo havia sido revelado.

Jack cruzou o caminho do tribunal em silêncio. Atrás de si, ouviu o juiz pedir ao meirinho que trouxesse o júri de volta. Jack abriu o portão da barra. Seu olhar encontrou-se com o de Alexis. Ela olhava para ele com uma compreensível expressão de dúvida, confusa, mas ainda assim esperançosa. Jack educadamente abriu caminho até ela e sentou-se ao lado. Segurou a mão da irmã. Percebeu que ela havia resgatado sua bagagem de mão, que ele deixara no portão antes de entrar no gabinete do juiz.

— Sr. Bingham — chamou o juiz Davidson —, percebo que o réu não se encontra na mesa da defesa.

— Meu assistente, o Sr. Cavendish, me informou que ele pediu para usar o toalete — informou-lhe Randolph, levantando-se parcialmente.

— Entendo — disse o juiz Davidson.

Os jurados entraram no tribunal e ocuparam a bancada do júri.

— O que está havendo? — perguntou Alexis. — Você achou evidências de um crime?

— Achei mais coisas do que estava procurando — confessou Jack.

— Talvez alguém devesse informar ao Dr. Bowman de que estamos de novo em sessão — disse o juiz. — É importante que ele testemunhe os procedimentos.

Jack pegou mais uma vez na mão de Alexis antes de se levantar.

— Vou chamar o Dr. Bowman — disse ele. Enquanto voltava para o corredor central, fez um gesto para o assistente de Randolph, que havia se levantado, presumivelmente para chamar Craig, indicando que ele ia buscá-lo.

Jack saiu para o saguão. Lá estavam os grupos de pessoas de sempre, entretidos em conversas em voz baixa, espalhados pelo corredor e pelo lobby dos elevadores. Jack foi direto para o toalete masculino. Olhou o relógio. Eram dez e quinze. Abriu a porta com um empurrão e entrou. Um homem de ascendência asiática lavava as mãos na pia. A área em volta dos urinóis estava vazia. Jack andou até as cabines e curvou-se para olhar sob as portas. Somente a última estava ocupada. Jack foi até a porta e perguntou-se se devia esperar ou perguntar pelo nome. Como a hora já estava muito adiantada, decidiu falar:

— Craig? — perguntou.

Ouviu-se o barulho da descarga. Um momento depois, o clique na tranca. A porta abriu para dentro, e de lá saiu um jovem latino. Olhou perplexo para Jack antes de se apressar em direção à pia. Surpreso por não ter de enfrentar Craig depois de juntar a coragem para fazê-lo, Jack abaixou-se de novo, para ter certeza de que todas as cabines estavam vazias. Exceto pelos dois homens nas pias, não havia mais ninguém no banheiro. Craig não estava em parte alguma. Jack instintivamente soube que ele havia ido embora.

24

BOSTON, MASSACHUSETTS

SEXTA-FEIRA, 9 DE JUNHO DE 2006

10H25

Depois de voltar ao tribunal, para onde Craig não retornara, Jack havia levado Alexis para um canto reservado. Da maneira mais rápida e humana possível, relatara tudo o que acontecera desde que havia falado com ela na noite anterior. Ouvindo, ela a princípio parecera cética e chocada, até ser informada da solidez das provas de que Craig era obviamente culpado. Naquele ponto, ela deixara sua persona profissional assumir o comando, o que a permitiu analisar a situação de forma clínica. Nesse estado de espírito, havia sido ela, e não Jack, quem mencionou a questão do tempo que se esgotava e que Jack tinha de ir embora, caso quisesse chegar a tempo para o casamento. Prometendo ligar naquela tarde, ele pegou sua bagagem e se apressou em direção aos elevadores.

Correndo impetuosamente, atravessou o pátio em frente ao Palácio de Justiça e desceu os dois lances curtos de escada até a rua. Para seu alívio, o combalido Accent estava onde ele o deixara, embora uma multa estivesse presa sob o limpador de para-brisa. A primeira tarefa era retirar do porta-malas a sacola de papel que continha a arma. Sabendo que teria de entregar o objeto no caminho do aeroporto, Jack pedira que Latasha lhe dissesse como chegar até a delegacia.

O local era logo depois da esquina onde Jack estava estacionado, embora fosse necessário o retorno em um canteiro. Ele olhou o espelho retrovisor, procurando viaturas, depois de cometer a manobra ilegal. Jack havia aprendido por sofrida experiência que, quando você perdia a curva ao dirigir por Boston, era muitas vezes impossível voltar atrás.

A parada na delegacia foi rápida e eficiente. A sacola tinha escrito o nome de Liam Flannagan, e o oficial em serviço a aceitou sem fazer qualquer comentário. Feliz por se livrar daquela tarefa, Jack correu para o carro, que estava estacionado em fila dupla, com o motor ligado.

As placas de trânsito que indicavam o caminho para o aeroporto eram superiores às que havia no resto da cidade, e Jack logo se viu dentro de um túnel. Felizmente, a distância entre o centro de Boston e o aeroporto era curta, e Jack chegou surpreendentemente rápido. Seguindo os sinais que indicavam a locadora de carros, chegou lá alguns minutos depois.

Estacionou em uma das pistas para a devolução de carros. Havia algumas instruções sobre o que fazer ao devolver um veículo, mas Jack as ignorou, assim como ignorou os agentes que estavam perambulando por ali, atendendo os clientes. A última coisa que ele queria era entrar numa longa discussão sobre o carro danificado. Tinha certeza de que a locadora entraria em contato. Pegou sua bagagem e correu para o ônibus que levava ao terminal.

Quando embarcou no ônibus, pensou que o veículo estava prestes a partir, mas em vez disso ele continuou parado, com o motor no ponto morto e sem motorista. Jack olhou nervosamente o relógio. Passava pouco das onze. Sabia que teria de pegar o voo das onze e meia, da Delta, ou tudo estaria perdido.

Finalmente, o motorista apareceu. Fez algumas piadas enquanto perguntava em que terminais as pessoas desejavam saltar. Jack ficou feliz ao saber que a Delta era a primeira parada

O próximo aborrecimento seria comprar a passagem. Por sorte, o circuito Boston-NY tinha sua seção exclusiva. Depois, havia a fila da segurança, mas nem mesmo isso foi muito problemático. Eram onze e vinte quando Jack calçou seus sapatos e correu pelo corredor até o portão do voo.

Jack não foi a última pessoa a embarcar, mas por pouco. A porta do avião foi fechada atrás do indivíduo que embarcara logo depois dele. Jack pegou o primeiro lugar disponível, para facilitar o desembarque em Nova York. Infelizmente, era um assento no meio de outros dois, entre um estudante desmazelado com um iPod num volume tão alto que ele podia ouvir todas as notas da música que tocava e um executivo num terno risca de giz, com um laptop e um BlackBerry. O executivo recebeu Jack com um olhar desaprovador quando ele indicou que queria ocupar o assento do meio. Isso exigia que o homem tirasse sua bagagem de mão de onde a havia alojado e pegasse seu paletó e maleta, que ele havia posto na cadeira.

Quando se sentou, com a bagagem de mão a seus pés, Jack apoiou a cabeça no encosto e fechou os olhos. Apesar da exaustão extrema, era impossível cair no sono, e não só por causa do iPod de seu vizinho. Não parava de repassar a conversa insatisfatória e curta demais que tivera com Alexis, e a percepção atrasada de que ele não havia pedido desculpas por ser o descobridor da deslealdade de Craig, não só em relação à sua profissão, mas também à sua família. Mesmo o pensamento de que seria melhor para Alexis e as crianças saber a verdade não fazia Jack sentir-se nem um pouco melhor. As chances de que a família se mantivesse unida diante das novidades eram infelizmente pequenas, e refletir sobre isso havia salientado para Jack como as aparências podiam ser enganosas. Olhando de fora, parecia que os Bowman tinham tudo: pais profissionais, belas filhas e uma casa de conto de fadas. Porém, no interior havia uma espécie de câncer corroendo tudo.

— Posso pedir a atenção de vocês, por favor? — disse uma voz pelo interfone do avião. — Aqui fala o piloto da aeronave. Acabamos de ser informados pela torre de controle de que temos uma situação de adiamento da decolagem. Há um temporal sobre Nova York. Esperamos que a demora não seja grande e os manteremos informados.

— Merda! — exclamou Jack para si mesmo. Agarrou a testa com a mão direita, usando as pontas dos dedos para massagear as têmporas. A ansiedade e a falta de sono estavam conspirando para lhe dar uma dor de cabeça. Sendo realista, começou a pensar no que aconteceria caso não chegasse a tempo para o casamento. Laurie não havia sido sutil. Disse que jamais o perdoaria, e nisso ele acreditou. Laurie era moderada com promessas e, quando fazia uma, a cumpria. Sabendo disso, ainda restava na mente de Jack a pergunta de se ele ficara em Boston durante aquele tempo todo mais por causa de um desejo inconsciente de não se casar do que para resolver o mistério de Patience Stanhope. Respirou fundo. Ele não acreditava que aquilo fosse verdade, e nem desejava que fosse, mas não sabia com certeza. O que sabia de fato é que queria chegar a tempo na igreja.

Então, como se em resposta aos seus pensamentos, o interfone voltou à vida.

— Aqui fala o comandante de novo. O controle reverteu a orientação. Estamos prontos para partir. Vamos deixá-los no terminal de desembarque de Nova York na hora marcada.

De repente, Jack foi bruscamente acordado pelo impacto das rodas do avião tocando a pista do aeroporto LaGuardia. Para sua completa surpresa, ele havia caído no sono apesar da ansiedade e, para seu constrangimento, havia babado um pouco. Limpou a boca com as costas da mão, raspando na barba por fazer em seu queixo. Com a mesma mão, sentiu o restante do rosto. Ele precisava se barbear, e principalmente de um banho, mas uma olhada no relógio mostrou que nada disso seria possível. Eram meio-dia e vinte e cinco.

Sacudindo-se como um cachorro para fazer sua circulação funcionar, Jack correu as mãos pelo cabelo. Essa atividade gerou uma expressão inquisitiva da parte do executivo, que não escondia estar se inclinando para o lado do corredor, afastando-se. Jack perguntou-se se isso era outra evidência da necessidade de tomar um banho. Embora houvesse usado macacões de proteção Tyvek, Jack sabia que não havia tomado banho desde que fizera a necropsia de um cadáver de oito meses.

Jack de repente percebeu que batia o pé no chão numa velocidade frenética. Mesmo quando punha a mão sobre o joelho, era difícil manter a perna parada. Não se lembrava de já ter sentido uma agitação tão intensa. O que piorava era ser obrigado a permanecer sentado. Para ele, seria melhor estar na pista de aterrissagem, correndo ao lado do avião.

Pareceu-lhe infinito o tempo que o avião demorou para taxiar até o terminal. E depois, numa lerdeza agoniante, para estacionar no portão de desembarque. Quando o sinal tocou, Jack levantou-se na mesma hora. Passando pelo executivo, que pegava uma bolsa do compartimento de bagagem, Jack foi presenteado com mais uma carranca desaprovadora. Estava pouco se lixando. Pedindo licença, conseguiu chegar até a frente do avião. Quando a porta finalmente se abriu, depois do que parecera uma espera interminável, foi o terceiro a sair.

Jack correu pela ponte de desembarque, ultrapassando as duas pessoas que haviam saído antes dele. Ao chegar ao terminal, correu na direção da esteira de bagagens e então saiu para a rua, que estava enevoada devido ao recente aguaceiro. Sendo um dos primeiros passageiros a sair do voo Boston-Nova York, ele esperava que não houvesse fila para pegar um táxi. Para sua infelicidade, esse não era o caso. O voo Washington, D.C.-Nova York havia pousado dez minutos antes, e parte dos passageiros esperava por táxis.

Sem ter vergonha de sua assertividade, Jack postou-se na frente da fila.

— Sou médico e estou numa emergência — falou Jack alto, pensando que ambas as coisas eram verdade, apenas não relacionadas.

As pessoas na fila o olharam em silêncio, demonstrando um pouco de irritação, mas ninguém o desafiou. Jack pulou para dentro do primeiro táxi.

O motorista era da Índia ou do Paquistão, Jack não sabia qual, e falava ao celular. Jack bradou seu endereço na rua 106, e o táxi acelerou, distanciando-se do meio-fio.

Jack olhou as horas. Faltavam dezoito minutos para uma hora e, portanto, ele tinha apenas 42 minutos antes da hora marcada na Riverside. Recostou-se e tentou relaxar. Impossível. Para piorar as coisas, assim que saíram do aeroporto, foram parados por todos os sinais vermelhos possíveis. Jack checou as horas de novo. Achou injusto que o ponteiro dos minutos estivesse correndo mais rápido que de costume. Já faltavam quinze para uma.

Jack começou a se perguntar nervosamente se deveria ir direto para a igreja e abrir mão da parada em casa. O benefício seria não se atrasar; a desvantagem era que a roupa dele nem chegava a ser casual, e ele precisava tomar banho e fazer a barba.

Quando o motorista do táxi concluiu a ligação ao celular, e antes que fizesse outra, Jack curvou-se para a frente.

— Não sei se vai fazer diferença, mas estou com pressa — falou. E então acrescentou: — Se você estiver disposto a esperar no endereço que dei, vai haver uma gorjeta de 20 dólares.

— Espero se o senhor quiser — disse o motorista de forma amistosa, com o charmoso e característico sotaque do subcontinente indiano.

Jack recostou-se e prendeu de novo o cinto de segurança. Eram dez para uma.

O próximo obstáculo foi o pedágio na Triborough Bridge. Aparentemente, alguém sem o passe para a pista rápida estava nela e não podia voltar por causa da fila de carros atrás dele. Depois de uma horrorosa cacofonia de buzinas e obscenidades gritadas, o problema foi resolvido, mas não antes que mais cinco minutos escoassem pelo ralo. Quando chegou à ilha de Manhattan, era uma da tarde.

O único benefício da ansiedade crescente de Jack era que sem dúvida ela fizera diminuir sua obsessão com Alexis e Craig e a catástrofe que estava prestes a começar. Um processo por imperícia era ruim; ser julgado por assassinato era abominável. Aquilo poria a família toda em um tormento implacável, que duraria muitos anos, com poucas chances de um final feliz.

Jack teve de reconhecer que o motorista conseguiu atravessar a cidade com rapidez, pois conhecia uma rua relativamente sossegada no Harlem. Quando parou à frente do prédio de Jack, era uma e quinze. Ele abriu a porta do carro antes que este parasse completamente.

Subiu correndo os degraus e passou a toda pela porta do prédio, surpreendendo alguns trabalhadores por ali. Com o prédio passando por uma reforma geral, a poeira era um desastre absoluto. Enquanto Jack corria pelo corredor até o apartamento que ele e Laurie vinham ocupando temporariamente durante a reforma, nuvens de poeira se erguiam do chão juncado de escombros.

Ele abriu a porta do apartamento e estava prestes a entrar quando o supervisor da obra o viu, vários andares acima, e gritou dizendo que precisava conversar sobre um problema no encanamento. Jack gritou de volta respondendo que não podia. Jogou sua bagagem no sofá e começou a tirar as roupas. Deixou um rastro delas no caminho até o banheiro.

Primeiro, olhou-se no espelho e recuou de susto. Uma barba já não tão curta escurecia as bochechas e queixo, como uma mancha de fuligem, e os olhos estavam vermelhos e fundos. Depois de um breve debate consigo mesmo sobre barbear-se ou tomar banho, já que não tinha tempo para os dois, decidiu-se pelo banho. Curvando-se sobre a banheira, ligou as duas torneiras no máximo. Infelizmente, apenas algumas gotas d'água surgiram: o problema no encanamento obviamente era no prédio inteiro.

Jack fechou as torneiras e, depois de tomar um generoso banho de água de colônia, correu do banheiro para o quarto. Vestiu uma cueca e a camisa. A seguir, vieram a calça e o paletó do smoking. Ele pegou as abotoaduras do paletó e dos pulsos e as enfiou no bolso da calça. A gravata-borboleta com o nó já feito foi para o outro bolso. Depois de enfiar os pés nos sapatos sociais, a carteira no bolso traseiro da calça, e o celular no bolso do paletó, ele correu de volta para o hall.

Diminuindo a velocidade para levantar o mínimo de poeira possível, foi novamente avistado pelo supervisor da obra, que gritou pela segunda vez que era essencial que conversassem. Jack nem se incomodou em responder. Do lado de fora, o táxi ainda o esperava. Jack atravessou a rua e pulou para dentro.

— Igreja Riverside — gritou Jack.

— Você sabe no cruzamento de que rua? — perguntou o motorista, olhando Jack pelo retrovisor.

— Cento e vinte e dois — respondeu Jack, seco. Começou a lutar com as abotoaduras do paletó jogando uma sobre o banco, onde rapidamente desapareceu em um buraco negro entre o assento e o encosto. Jack tentou enfiar a mão na fenda, mas não conseguiu, e logo desistiu. Em vez disso, usou as abotoaduras que tinha, deixando vazia a última casa.

— Você vai se casar? — perguntou o motorista, continuando a examinar Jack pelo retrovisor.

— Espero que sim — disse Jack. Ele então se voltou para o desafio das abotoaduras de pulso. Tentou lembrar-se da última vez que vestira um smoking, enquanto terminava de colocar a primeira abotoadura e começava a trabalhar na segunda. Não conseguia lembrar-se, embora certamente fosse em sua vida passada, quando trabalhava como oftalmologista. Depois das abotoaduras, Jack curvou-se e amarrou os sapatos e espanou as roupas com a mão. Faltava fechar o último botão da camisa e prender a gravata-borboleta atrás do pescoço.

— Você está bonito — disse o motorista com um largo sorriso.

— Aposto que sim — comentou Jack, sarcástico como sempre. Inclinou-se para a frente e tirou a carteira do bolso. Olhando para o taxímetro, pegou notas de 20 para pagar o valor da corrida, e uma a mais. Largou o dinheiro no banco do passageiro através da divisória de acrílico, enquanto o motorista virava para a Riverside Drive.

À frente, o campanário cor de areia da igreja apareceu. Ele erguia-se acima das construções circunvizinhas e se destacava por sua arquitetura gótica. Na frente da igreja, várias limusines pretas estavam estacionadas. Exceto pelos motoristas, que se recostavam nas laterais de seus carros, não havia ninguém. Jack olhou as horas. Era uma e trinta e três. Ele estava três minutos atrasado.

Mais uma vez, Jack abriu a porta do táxi antes que este parasse por completo. Gritou um obrigado para o motorista por cima do ombro, enquanto saltava para a rua. Abotoando o paletó, subiu a escada da frente da igreja de dois em dois degraus. À frente, pelo portal aberto, Laurie de repente apareceu como uma miragem. Ela estava magnífica, em um vestido de noiva branco. De trás dela, surgiam as poderosas notas musicais de um órgão.

Jack parou para absorver o cenário. Ele tinha de admitir que ela estava mais adorável do que nunca, radiante. A única coisa que diminuía o efeito eram suas mãos, punhos fechados postos desafiadoramente nos quadris. Também havia o pai dela, o Dr. Montgomery, que parecia um rei, mas não estava satisfeito.

— Jack! — exclamou Laurie com uma voz indecisa entre a irritação e o alívio. — Você está atrasado.

— Ei — disse Jack erguendo as mãos espalmadas —, pelo menos eu vim.

Laurie sem querer abriu um sorriso.

— Entre na igreja — ordenou ela, alegremente.

Jack galgou o restante da escada. Laurie estendeu a mão, e Jack a tomou. Ela então se inclinou para perto e o avaliou com um pouco de preocupação.

— Meu Deus, você está horrível!

— Você não devia me bajular tanto — disse Jack, fingindo acanhamento.

— Você nem fez a barba.

— Há segredos ainda piores — confessou ele, esperando que ela não percebesse que ele não tomava banho havia mais de trinta horas.

— Não sei no que estou me metendo! — exclamou Laurie, sorrindo mais uma vez. — Os amigos da minha mãe vão ficar estarrecidos.

— E deviam ficar mesmo.

Laurie sorriu com ironia diante do humor de Jack.

— Você nunca vai mudar.

— Eu discordo. Percebo que mudei. Posso estar um pouquinho atrasado, mas estou feliz por estar aqui. Quer se casar comigo?

O sorriso de Laurie ampliou-se.

— Sim, é claro. É a minha intenção há mais tempo do que eu gostaria de admitir.

— Não sei nem dizer o quanto sou agradecido por você ter aceitado esperar.

— Suponho que você tenha alguma explicação elaborada para ter chegado nervoso e no último minuto.

— Quero muito explicar a você. Francamente, o desenlace em Boston me deixou chocado. Você não vai acreditar.

— Quero muito ouvir — disse Laurie. — Mas é melhor você entrar na igreja e subir naquele altar. Seu padrinho, Warren, está alucinado. Quinze minutos atrás, ele estava aqui fora e disse que ia, literalmente, "dar com um chicote no seu traseiro".

Laurie impeliu Jack para o interior da igreja, onde foi envolvido pela música do órgão. Por um momento, ele hesitou, vendo o tamanho da impressionante nave. Sentia-se avassaladoramente intimidado. O lado direito da igreja estava lotado, quase sem lugares vagos, enquanto o esquerdo encontrava-se praticamente vazio, embora Jack visse que Lou Soldano e Chet estavam ali. À frente, no altar, estava o padre, ou reverendo, ou pastor, ou rabino, ou imame: Jack não sabia e não se importava. A religião organizada não era sua praia, e ele achava que nenhuma era superior a outra, em nenhum sentido. Ao lado do clérigo estava Warren e, mesmo a distância, ele parecia impressionante em seu smoking. Jack respirou fundo para reunir coragem e deu os passos que o levariam para uma vida inteiramente nova.

O resto da cerimônia foi um borrão em sua mente. Ele teve de ser empurrado ou cutucado nessa ou naquela direção, ou tinham de sussurrar para ele, para que fizesse o que era necessário. Por estar em Boston, perdera o ensaio, então, para Jack, tudo era improviso.

A parte que mais gostou foi correr para fora da igreja, pois significava que o suplício chegara ao fim. Ao entrar no carro, teve um descanso, mas curto demais. O caminho da igreja até Tavern on the Green, onde a recepção do casamento aconteceria, demorou apenas quinze minutos

A festa foi menos intimidante do que o casamento, e, se as circunstâncias fossem outras, e ele estivesse menos exausto, a teria achado quase agradável. Principalmente depois de uma refeição pesada, incluindo vinho, e da dança de praxe, Jack estava começando a esmorecer. Mas antes disso, precisava dar um telefonema. Pedindo licença ao sair de sua mesa, achou um ponto relativamente silencioso na entrada do restaurante. Discou o número do celular de Alexis e ficou contente quando ela atendeu.

— Você está casado? — perguntou a irmã, assim que reconheceu sua voz.

— Estou.

— Parabéns! Acho maravilhoso e estou muito feliz por você.

— Obrigado, irmã — disse Jack. — Eu queria ligar especialmente para pedir desculpas pelo meu papel na criação dos novos problemas na sua vida.

Você pediu que eu fosse até Boston para ajudar Craig e com isso ajudar você, e acabei fazendo o contrário. Sinto muitíssimo. Me sinto um cúmplice.

— Obrigado pelo pedido de desculpas. Eu com certeza não culpo você pelo comportamento de Craig e por ele ter sido exposto. Acredito de verdade que isso aconteceria mais cedo ou mais tarde. E para ser totalmente sincera, fiquei feliz em saber. Agora vai ser bem mais fácil tomar as decisões

— Craig voltou ao tribunal?

— Não, não voltou, e ainda não faço ideia de onde esteja. Há uma ordem de prisão contra ele, e a polícia já apareceu na casa com um mandado de busca. Eles confiscaram todos os papéis de Craig, incluindo o passaporte, então, ele não vai muito longe. Onde quer que esteja, está apenas adiando o inevitável.

— Por mais surpreendente que seja, sinto pena dele — comentou Jack.

— Também sinto.

— Ele tentou ver as crianças ou telefonar?

— Não tentou, embora isso não me surpreenda. Ele nunca foi muito próximo das filhas.

— Acho que ele nunca foi próximo de ninguém, talvez com exceção de você.

— Pensando bem, eu acho que nem de mim ele foi próximo. É uma tragédia, e pessoalmente acredito que o pai dele tem parte da culpa.

— Por favor, me mantenha informado! — pediu Jack. — Estamos saindo para a nossa lua de mel, mas vou levar o meu celular.

— Recebi uma informação perturbadora hoje à tarde. Uma semana atrás, Craig refinanciou nossa casa, pegando para si vários milhões de dólares

— Ele podia fazer isso sem sua assinatura?

— Sim. Quando compramos a casa, ele insistiu que fosse apenas no nome dele. Me deu alguma desculpa, algo sobre o seguro e os impostos, mas na época eu não me importava.

— Ele levou em dinheiro vivo? — perguntou Jack.

— Não, fui informada de que o dinheiro foi transferido para uma conta no exterior.

— Se você precisar de dinheiro, fale comigo. Eu tenho mais do que nunca, graças a não gastar nem mesmo uma ninharia do meu salário durante a última década.

— Obrigado, irmão. Não vou esquecer disso. Vamos nos sair bem, embora eu talvez tenha que complementar o meu salário com um consultório particular.

Depois de breves palavras carinhosas, Jack desligou. Ele não voltou para a festa de imediato. Em vez disso, pensou sobre como a vida era injusta e imprevisível. Enquanto estava ansioso por uma lua de mel com Laurie e um futuro promissor, Alexis e as crianças encaravam a incerteza e o sofrimento emocional. É o bastante, pensou Jack, para fazer alguém virar epicurista ou muito religioso, um dos dois extremos.

Jack levantou-se. Escolheu a primeira opção e queria levar Laurie para casa.

EPÍLOGO

HAVANA, CUBA
SEGUNDA-FEIRA, 12 DE JUNHO, 2006
14H15

Jack queria levar Laurie a um lugar especial e inusitado para a lua de mel. Talvez algum lugar da África, mas concluiu que era longe demais. Pensou na Índia, mas era pior ainda, pela distância. Então, alguém sugeriu Cuba. A princípio Jack rejeitou a ideia, porque pensou que seria impossível, mas, pesquisando na internet, logo descobriu que estava errado. Várias pessoas, mas não muitas, estavam indo para Cuba, passando pelo Canadá, pelo México ou pelas Bahamas. Jack escolhera as Bahamas.

O voo de Nova York para Nassau no sábado, um dia depois do casamento, havia sido chato, mas o que partiu de Nassau para Havana, na Cubana Airlines, tinha sido mais animado e interessante, e dera a eles uma amostra da mentalidade cubana. Jack havia reservado uma suíte no Hotel Nacional de Cuba, pressentindo que teria um pouco do velho charme cubano. Eles não se decepcionaram. Era situado no Malecón, no bairro Vedado da velha Havana. Embora alguns dos requintes do hotel fossem obsoletos, o esplendor original do art déco era evidente. O melhor de tudo, o serviço era uma maravilha. Ao contrário do que Jack imaginara, os cubanos eram um povo feliz.

Felizmente, Laurie ainda não insistira em fazer mais passeios turísticos do que caminhadas relaxantes pelo velho centro de Havana, que havia sido em sua maior parte restaurado. Várias das caminhadas os haviam levado para além da área restaurada, até bairros onde os prédios estavam em um triste estado de decadência, mas ainda assim mostravam um pouco de seu esplendor original.

Na maior parte do tempo, tanto Jack quanto Laurie se contentaram em dormir, comer e ficar deitados ao sol. Esse roteiro dera a Jack o tempo adequado para contar a Laurie os detalhes do que acontecera em Boston e também para discutir de forma mais aprofundada a situação. Laurie mostrou-se solidária a todos, incluindo Jack. Ela chamara o caso de uma tragédia médica americana. Ele concordara.

— Que tal fazermos um passeio pelo interior? — sugeriu Laurie de repente, interrompendo o repouso rejuvenescedor e despreocupado de Jack.

Jack protegeu os olhos do sol e voltou-se para mirar sua nova esposa. Ambos estavam reclinados em espreguiçadeiras brancas, ao lado da piscina. Vestiam trajes de banho e estavam lambuzados de protetor solar fator 45. Laurie o mirava com sobrancelhas arqueadas. Ele podia vê-las acima dos óculos escuros que ela usava.

— Você realmente quer renunciar a essa vida maravilhosamente preguiçosa? — perguntou Jack. — Se faz esse calor no litoral, o interior deve ser um forno.

— Não estou dizendo que temos de fazer isso hoje, nem mesmo amanhã, mas algum dia antes de irmos embora. Seria uma pena vir até aqui e não conhecer a ilha, além da parte turística.

— Acho que sim — disse Jack sem muito entusiasmo. Só de pensar no calor do interior da ilha, sentia sede. Sentou-se mais ereto. — Vou pegar alguma coisa para beber. Quer que eu traga para você também?

— Você vai tomar um daqueles mojitos?

— Me sinto tentado — disse Jack.

— Você está realmente de férias — comentou Laurie. — Está bem. Se você vai tomar, quero também. Só que eu talvez tenha de tirar um cochilo essa tarde.

— Nada de errado com isso — disse Jack. Levantou-se e espreguiçou-se. O que ele realmente precisava fazer era alugar uma bicicleta e pedalar um bocado, mas essa ideia só ocupou sua mente durante parte do trajeto até o bar. Preguiçosamente, decidiu que pensaria naquilo no dia seguinte.

Chamando a atenção de um dos bartenders, Jack pediu dois drinques. Para ele, era muito raro beber alguma coisa, mais ainda durante a tarde, mas ele havia sido encorajado a experimentar no dia anterior e gostara da sensação de total relaxamento que o álcool lhe proporcionara.

Enquanto esperava, seus olhos passearam pela área da piscina. Havia algumas mulheres com corpos que pareciam estar entre os melhores do mundo, que pediam um breve olhar apreciativo. Seus olhos então flutuaram até a vasta extensão do mar caribenho. Havia uma leve e sedosa brisa passeando pelo ar.

— Seus drinques, senhor — disse o bartender, chamando sua atenção.

Jack assinou a conta e pegou suas bebidas. Enquanto começava a voltar para a piscina, seus olhos passaram pelo rosto de um homem do outro lado do bar em forma de ilha. Jack parou e olhou de novo. Inclinou-se para a frente e o encarou sem qualquer constrangimento. O olhar do homem cruzou brevemente com o seu, mas não houve reconhecimento, e logo o estranho voltou-se para a bela mulher latina sentada ao seu lado. Jack o viu rir com naturalidade.

Jack deu de ombros, virou-se de novo na direção da piscina e começou a andar para a sua espreguiçadeira, mas deu apenas alguns passos antes de se virar mais uma vez. Decidindo olhar mais de perto, Jack deu a volta no bar e aproximou-se do homem por trás. Avançou até que estivesse diretamente atrás do indivíduo. Podia ouvi-lo falar. Era um espanhol passável, com certeza melhor que o de Jack.

— Craig? — chamou Jack, alto o suficiente para que o homem o ouvisse, mas o outro não se virou. — Craig Bowman — disse Jack, um pouco mais alto.

Não houve reação. Jack olhou para os drinques em suas mãos, que restringiam seus movimentos. Depois de refletir um pouco, recostou-se no balcão próximo ao homem, do lado oposto à sua companhia feminina. Apoiou um dos drinques no balcão e bateu no ombro do homem, que se virou e olhou Jack nos olhos. Não houve reconhecimento, apenas uma dúvida, com as sobrancelhas erguidas e a testa franzida.

— Posso ajudá-lo? — perguntou o homem em inglês.

— Craig? — indagou Jack, analisando os olhos do sujeito. Como ex-oftalmologista, Jack tendia a reparar nos olhos das pessoas. Assim como muitas vezes davam sinais de doenças, podiam demonstrar sinais de emoção. Jack não viu qualquer mudança. As pupilas continuaram exatamente do mesmo tamanho.

— Acho que você me confundiu com outra pessoa. Meu nome é Ralph Landrum.

— Perdão — disse Jack —, não quis incomodá-lo.

— Sem problemas. Qual é o seu nome?

— Jack Stapleton. De onde você é?

— Boston. E você?

— De Nova York — disse Jack. — Você está hospedado aqui no Nacional?

— Não. Aluguei uma casa perto da cidade. Trabalho com charutos. E você?

— Sou médico-legista.

Ralph inclinou-se para trás, de modo que Jack pudesse ver sua amiga.

— Essa é Toya.

Jack e Toya trocaram um aperto de mãos, esticando os braços na frente de Ralph.

— Foi um prazer conhecê-los — falou Jack, depois de arriscar um pouco de espanhol, para ser educado com Toya. Ele pegou seus drinques. — Desculpe a intromissão.

— Ei, sem problemas — disse Ralph. — Estamos em Cuba. As pessoas esperam que você fale com elas.

Com um último aceno de cabeça, Jack retirou-se. Contornou o bar e voltou para o lado de Laurie. Ela apoiou-se em um cotovelo e pegou uma das bebidas.

— Você nem demorou — disse, fazendo graça.

Jack acomodou-se em sua espreguiçadeira e balançou a cabeça, incrédulo.

— Você já topou com alguém que você tivesse certeza que conhecia?

— Algumas vezes — disse Laurie, tomando um gole. — Por que pergunta?

— Porque acabou de acontecer comigo. Você consegue ver aquele homem conversando com aquela mulher de seios fartos, vestida de vermelho, do outro lado do bar? — Jack apontou para o casal.

Laurie recolheu os pés, sentou-se e olhou.

— Sim, estou vendo.

— Eu tinha certeza de que aquele era Craig Bowman — disse Jack, com uma risada curta. — Parece tanto com ele que poderiam ser gêmeos.

— Eu me lembro de você ter dito que Craig Bowman tinha cabelo louro, parecidos com os seus. Aquele cara tem cabelo preto.

— Bom, tirando o cabelo. É inacreditável. Isso faz com que eu duvide das minhas impressões.

Laurie voltou-se para Jack.

— Por que é tão incrível? Cuba seria um bom refúgio para alguém como ele. Com certeza não existe tratado de extradição com os Estados Unidos. Talvez seja Craig Bowman.

— Não, não é. Eu me atrevi a perguntar e a prestar atenção na reação dele.

— Bom, não deixe que isso preocupe você — disse Laurie, reclinando-se novamente, com o drinque na mão.

— Não vai me preocupar — disse Jack. Ele também se recostou na cadeira. Mas não conseguia tirar a coincidência da cabeça. De repente, teve uma ideia. Sentando-se ereto, vasculhou o bolso de seu roupão e tirou o celular.

Laurie havia sentido esse movimento repentino e abriu um olho.

— Para quem você está ligando?

— Alexis.

A irmã atendeu, mas disse que não podia conversar, e que estava entre sessões.

— Só tenho uma pergunta rápida — disse Jack. — Você por acaso conhece um tal de Ralph Landrum, de Boston?

— Conhecia. Olha, Jack, eu tenho mesmo de desligar. Ligo em umas duas horas.

— Por que você respondeu no passado? — perguntou Jack.

— Porque ele morreu. Era um dos pacientes de Craig. Morreu de linfoma, há cerca de um ano.

NOTA DO AUTOR

A medicina concierge (também conhecida nos EUA como *retainer medicine, boutique medicine,* ou *luxury primary care*) é um fenômeno relativamente novo, que apareceu pela primeira vez em Seattle. Como descrita ao longo do livro, é um estilo de atendimento primário de saúde que requer um pagamento anual que varia entre centenas e muitos milhares de dólares por pessoa (a média está por volta de 1.500 dólares e o máximo, cerca de 20.000 dólares). De modo que o pagamento não seja interpretado como o de um seguro de saúde, o que seria contra os regulamentos, o paciente recebe uma grande lista de serviços ou tratamentos médicos específicos que não são providos pelos planos de saúde, por exemplo, minuciosos check-ups anuais, medicina preventiva, orientações nutricionais, e programas de bem-estar feitos sob medida para cada paciente, para mencionar alguns dos exemplos. Mas o verdadeiro privilégio vem do compromisso do médico de limitar a quantidade de pacientes a um número bem menor do que o normal, o que torna possíveis algumas vantagens especiais e um acesso diferenciado aos serviços médicos comuns (mas não o pagamento, que continua sendo responsabilidade do paciente, quer através de seguros de saúde, quer do próprio bolso).

As vantagens podem incluir: uma relação médico-paciente bastante pessoal, consultas sem pressa, que duram o quanto for necessário, salas de recepção mais bonitas e menos cheias (não chamadas de *salas de espera,* uma vez que a espera deve ser evitada, o que constitui outra vantagem), consultas na residência ou no local de trabalho dos pacientes, se for adequado e caso seja o desejo destes, facilitação do encaminhamento para especialistas que sejam por algum motivo necessários e consulta imediata, até possíveis viagens do médico a localidades distantes, caso o paciente adoeça ou se fira em uma viagem. O acesso diferenciado inclui consultas realizadas no mesmo dia da marcação, ou certamente dentro de apenas um ou dois dias, e acesso 24 horas ao médico, pelo celular, telefone residencial e endereço de e-mail.

Alguns artigos sobre a medicina concierge foram publicados em periódicos especializados e também no *New York Times* e em outros veículos da grande mídia, mas, em sua maior parte, esse estilo de prática da medicina, que vem lentamente se expandindo, passa despercebido pela grande maioria do público. Eu acredito que isso deve mudar e que vai mudar, porque a medicina concierge é mais um sintoma sutil, porém significativo, de um sistema de saúde que está em desordem, pois uma medicina de qualidade, focada no paciente, costumava ser disponível, e deveria continuar sendo, sem a necessidade de um considerável pagamento adiantado. Mais importante ainda: é de conhecimento público que já existem injustiças substanciais no acesso à assistência médica no mundo inteiro, e não é preciso ser um Einstein, como se diz, para entender que a medicina concierge só vai fazer com que uma situação que já é ruim piore: os médicos que adotarem esse estilo vão, por definição, atender um número muito menor de pacientes, e todos os pacientes que por qualquer motivo não puderem arcar com o pagamento adiantado terão menos liberdade de escolha em um sistema ainda mais limitado. De fato, um pequeno grupo de senadores dos EUA queixou-se oficialmente ao Department of Health and Human Services do impacto limitador que a medicina concierge oferece em potencial sobre a capacidade dos beneficiários do Medicare de acharem um médico que lhes preste os cuidados primários. Em resposta, o Government Accountability Office publicou um relatório em agosto de 2005 sugerindo que a medicina concierge ainda não era um problema, mas que a tendência seria monitorada. A conclusão é que haverá um problema quando a medicina concierge se proliferar. Infelizmente, posso confirmar que a situação já é uma realidade em Naples, Flórida, onde tal modelo já se estabeleceu. Atualmente, em Naples, é difícil para um novo paciente do sistema Medicare encontrar um médico sem ter de efetuar o pagamento adiantado exigido na medicina concierge, ou pagar do próprio bolso um preço exorbitante por um check-up anual, ou apenas se desligar do Medicare. Embora eu reconheça que Naples é uma comunidade de economia bastante singular, creio que essa situação seja um prenúncio do que está por vir em outros lugares, tanto nos EUA quanto no exterior.

Embora se tenham publicado artigos sobre a medicina concierge, nenhum dos que li abordou verdadeiramente a questão de por que tal fenômeno surgiu nessa época específica, e não em outra. Em geral oferecem-se explicações econômicas centradas na ideia de que a medicina concierge faz sentido de uma perspectiva mercadológica. Afinal, desde que se possa arcar com os custos, quem não gostaria das vantagens anunciadas, levando em conta a experiência comum de se consultar com um médico no mundo de hoje, e que médico não preferiria ter segurança financeira logo de início e poder praticar a medicina sem a pressa que lhe foi ensinada na faculdade? Infelizmente, essa resposta superficial não explica por que o fenômeno faz sentido agora e não fazia havia, digamos, vinte anos. Eu acredito que a verdadeira resposta é que a medicina concierge é um resultado direto do terrível e inaudito estado de desordem dos sistemas de saúde atuais, mundialmente falando. Na verdade, há quem evoque a metáfora da tempestade perfeita para descrever a situação atual, em especial no caso dos EUA.

Um bom número de problemas tem assolado a prática médica ao longo do último quarto de século, aproximadamente, mas nunca houve tantos convergindo simultaneamente. Ao mesmo tempo, estamos vendo uma contenção agressiva dos custos médicos;

escassez de pessoal e equipamentos; a expansão da tecnologia; esforços árduos e justificados pela redução do erro médico; um grande aumento dos litígios e do valor das indenizações; aumento dos custos secundários; uma desconcertante multiplicação de produtos de seguro de saúde, incluindo a assistência médica administrada, com sua necessária intromissão no poder decisório dos médicos; e até mesmo o novo papel que os hospitais vêm assumindo. Todas essas forças contribuíram para fazer do fundamento da medicina — a prática do atendimento primário à saúde — um pesadelo, senão impossível. Para que um médico responsável pelo atendimento primário à saúde continue clinicando, o que significa ganhar dinheiro suficiente para manter as portas abertas e as luzes acesas (ou ser funcionário em um ambiente de assistência médica administrada), ele deve atender uma quantidade extraordinária de pacientes, com um resultado bastante previsível: insatisfação tanto da parte do médico quanto do paciente e, ironicamente, um aumento da utilização e dos custos, e dos litígios também.

Vejamos o seguinte exemplo: um paciente com algumas doenças crônicas leves (por exemplo, pressão alta e colesterol elevado) visita seu clínico geral com queixas novas de dor no ombro e desconforto abdominal. No meio atual da prática médica, o médico tem meros quinze minutos para lidar com tudo, incluindo as boas maneiras sociais básicas. De forma compreensível, os problemas de saúde pelos quais o médico se responsabilizara anteriormente (a pressão alta e o nível do colesterol) teriam precedência. Só depois se cuidaria dos novos sintomas. Com o tempo correndo e uma sala de espera cheia de pacientes irritados pelo atraso causado por uma pequena emergência que ocorreu mais cedo (pequenas emergências ocorrem quase todos os dias), o médico recorre à abordagem mais rápida: por exemplo, pedir uma ressonância magnética ou uma tomografia computadorizada do ombro e encaminhar o paciente para um gastroenterologista para o desconforto abdominal. Com a pressão de arcar com as despesas do consultório, o médico não tem tempo para investigar da maneira adequada cada queixa, coletando um histórico minucioso e fazendo um exame detalhado. O resultado é que o paciente tem de voltar ao consultório repetidas vezes, os custos aumentam muito, e diminui a satisfação tanto do paciente quanto do médico. O médico é forçado pelas circunstâncias a funcionar mais como um assistente de triagem do que como um médico plenamente capacitado. Isso é ainda mais verdadeiro se o profissional for um clínico geral, muitos dos quais praticam o atendimento primário.

Voltando à questão de por que a medicina concierge surgiu agora e não no passado, acredito que isso é um resultado direto da "tempestade perfeita" no sistema de saúde e da insatisfação e desilusão resultantes dos médicos com a prática da medicina, que está alcançando proporções epidêmicas, como indicam numerosas pesquisas de opinião. Os médicos estão descontentes, em especial os responsáveis pelo atendimento primário. Nessa perspectiva, a medicina concierge é mais um movimento reacionário do que mera tática mercadológica. É uma tentativa de retificar as rupturas enfrentadas pelos médicos entre a medicina que aprenderam na universidade e esperavam praticar e a medicina que são forçados a praticar, diante da burocracia (governo ou planos de saúde) ou da pobreza (falta de equipamentos ou instalações), e entre as expectativas dos pacientes e a realidade do serviço fornecido pelos médicos.[1] A medicina concierge surgiu nos Estados Unidos, mas como a insatisfação e a desilusão dos médicos hoje em dia é um fenômeno mundial, ela vai se espalhar, se é que isso já não aconteceu, para outros países.

Intelectualmente, tenho problemas com o conceito de medicina concierge pelos mesmos motivos mencionados pelo Dr. Herman Brown em seu testemunho para a acusação neste livro. Resumindo, a medicina concierge é um insulto aos conceitos tradicionais de uma medicina altruísta. De fato, é uma violação direta do princípio da justiça social, que é um dos três princípios da nova definição do profissionalismo médico, requerendo que os médicos "trabalhem para eliminar as discriminações no sistema de saúde, quer sejam baseadas em raça, gênero, *condição socioeconômica* [grifo meu], etnia, religião, ou em qualquer outra categoria social".[2]

Mas há um problema. Ao mesmo tempo que sou filosoficamente contra a medicina concierge, também sou a favor dela, o que faz me sentir hipócrita. Tenho plena ciência de que, se eu trabalhasse como médico prestador do atendimento primário no mundo atual, com certeza gostaria de trabalhar no estilo concierge em vez de no estilo tradicional. Minha justificativa seria que eu preferiria cuidar bem de uma pessoa a cuidar mal de dez. Infelizmente, isso seria uma racionalização bastante pobre. Eu então talvez dissesse que tenho o direito de praticar a medicina do jeito que quiser. Infelizmente, isso seria não reconhecer o fato de que uma grande quantidade de dinheiro público é gasta na instrução de todos os médicos, na minha, inclusive, o que acarreta uma obrigação de cuidar de todos, não só dos capazes de arcar com pagamentos adiantados. Talvez eu então dissesse que a medicina concierge é parecida com o ensino privado, e que os pacientes com recursos têm o direito de pagar por serviços adicionais. Infelizmente, isso é ignorar o fato de que as pessoas que colocam os filhos no ensino privado também têm de pagar pelo ensino público através dos impostos. Também é ignorar que o serviço médico, mesmo o serviço médico básico, não é acessível da mesma forma a todos, e eu estaria contribuindo para essa desigualdade. Por fim, eu teria de admitir a mim mesmo que o motivo de eu querer praticar a medicina concierge provavelmente tem mais a ver com ela me proporcionar uma satisfação profissional diária, mesmo que no fundo eu lamentasse me tornar um médico diferente do que fora de início. Admitir isso significa que eu não culpo os médicos que praticam a medicina concierge, mas, sim, o sistema que os forçou a praticá-la.

É sempre mais fácil criticar do que resolver o problema. Porém, no tocante à medicina concierge, creio de fato que exista uma solução para limitar seu crescimento, uma solução bastante simples. Ela requer apenas uma modificação do mecanismo de reembolso pelo atendimento primário à saúde, que hoje é baseado numa simples taxa fixa de pouco mais que 50 dólares por consulta, como determinada pelo Medicare (o Medicare funciona, na prática, como o inaugurador das tendências das políticas de saúde). O atendimento primário à saúde é, como mencionei, a base do sistema de saúde, e, portanto, esse reembolso baixo, de taxa fixa, é contrário à intuição, como fica evidente pelo exemplo que dei. Os pacientes e as doenças variam consideravelmente, e se o paciente precisa de quinze, trinta, quarenta minutos, ou mesmo de uma hora, o médico deve ser pago de acordo. Em outras palavras, o reembolso para o atendimento primário deve ser baseado no tempo e deve incluir o tempo gasto com e-mail e telefone. Deveria ser também uma escala móvel, vinculada ao grau de instrução do médico. Isso não é nada menos do que razoável.

Se o atendimento primário fosse reembolsado de modo racional, o atendimento de qualidade seria estimulado, uma parte significativa da autonomia seria apropriadamente devolvida às mãos dos médicos, e a satisfação tanto do médico quanto do paciente aumentariam. Como consequência, o impulso na direção da medicina concierge arrefeceria. Também creio que um reembolso nesses parâmetros teria o efeito paradoxal de diminuir os custos globais da assistência médica, diminuindo a utilização dos serviços de especialistas. Para ajudar nesse sentido, o reembolso deveria ser desviado do atendimento especializado baseado em procedimentos complexos, como exames e intervenções cirúrgicas, como acontece hoje, e direcionado para o atendimento primário.

Algumas pessoas talvez se preocupem que basear os reembolsos no *tempo* criaria a oportunidade para o tipo de abuso que é visto nas profissões em que as cobranças são baseadas em tempo, mas eu discordo. Creio que o abuso seria a exceção mais do que a regra, em especial com o forte movimento em marcha pela reafirmação do profissionalismo médico, com o recém-promulgado Physician Charter.

Antes de terminar, gostaria de dizer algo sobre a imperícia médica. Quando concluí meu longo treinamento em medicina, na década de 1970 e abri um pequeno consultório particular, fui recebido pelo furacão da primeira crise da imperícia médica, que havia sido provocada por um surto de litígios e vitórias dos querelantes. O que vivenciei, como muitos outros médicos, foi uma dificuldade em obter cobertura, já que bom número das grandes seguradoras que lidavam com a imperícia médica abandonou o mercado. Por sorte, as coisas se acalmaram com a criação de métodos alternativos para que os médicos obtivessem seguros contra processos de imperícia, e tudo ficou bem até os anos 1980, quando uma segunda crise de imperícia médica apareceu no horizonte. De novo, houve uma alta repentina nos processos por imperícia, assim como um aumento acentuado do valor das indenizações, resultando em um grande e inquietante aumento do valor dos seguros.

Durante essas duas crises, o sistema de saúde foi flexível o suficiente para absorver o aumento dos custos, em última análise repassando-os para os pacientes e para o governo, através do Medicare. Consequentemente, o sistema não sofreu nenhuma grande ruptura, exceto por um acentuado endurecimento da aversão dos profissionais da medicina pelos profissionais do direito, em particular pelos advogados de imperícia, que os médicos consideravam "gananciosos". Lembro-me bem da época e sentia a mesma coisa. Com minha íntima ligação com a medicina acadêmica, parecia-me que os únicos bons médicos que se dispunham a pegar os casos difíceis eram processados. Como consequência, eu era um ardoroso partidário da solução defendida pela maioria dos médicos, ou seja, a reforma das leis, que incluía estabelecer um teto para as indenizações por danos morais, um teto para os honorários advocatícios, ajustar certos estatutos de caducidade e eliminar a responsabilidade solidária.

Infelizmente, há agora uma nova crise da imperícia, e embora suas origens sejam semelhantes, isto é, outra alta significativa de litígios com indenizações ainda maiores — é diferente das duas crises anteriores, e muito pior. A nova crise envolve problemas de cobertura de riscos e seguros cada vez mais caros, mas o que é mais importante, está ocorrendo durante a "tempestade perfeita" que está arruinando o sistema de saúde. Na verdade, ela é uma das causas da "tempestade perfeita". Além de uma série de fatores, alguns dos quais mencionei, o aumento dos custos que a crise está gerando não pode ser repassado. Médicos encurralados estão tendo de resistir à imensa força do temporal, o que aumenta imensuravelmente sua insatisfação e desilusão. Tem como um dos resultados a limitação ao acesso à assistência médica em certas regiões, com os médicos se mudando ou fechando seus consultórios, e vários serviços médicos de alto risco sendo restringidos. Além das dificuldades econômicas, ser processado é uma experiência terrível para um médico, como *Crise* ilustra, mesmo que o médico seja ao final absolvido, o que acontece com a maioria.

Visto que a nova crise da imperícia médica está ocorrendo apesar de vários estados terem aprovado certos pontos da reforma legal, e visto que surgiram novas informações sobre a amplitude dos danos iatrogênicos, modifiquei minha opinião. Não encaro mais a reforma legal como a solução. E também não tenho mais a visão míope que enxerga o problema como um confronto entre os "mocinhos" e os "bandidos", com os médicos altruístas duelando com os advogados gananciosos. Como o enredo de *Crise* sugere, estou convencido de que ambos os lados da equação têm sua parcela de culpa, havendo bons e maus nos dois lados do campo, de modo que hoje me envergonho de minha ingênua avaliação inicial. As questões globais da segurança dos pacientes e da indenização adequada para todos os pacientes que sofrem resultados adversos são mais importantes do que atribuir culpas, e mais importantes do que fornecer acordos milionários, numa espécie de loteria judicial, para uns poucos pacientes. Existem maneiras melhores de lidar com o problema, e o público deve exigir que elas sobrepujem as objeções dos acionistas atuais: a medicina organizada e os litigantes de danos pessoais por imperícia médica.

O fato é que a abordagem de defender uma reforma legal para resolver a crise da imperícia médica não está funcionando. Estudos mostraram que, no sistema atual, a vasta maioria das indenizações solicitadas não tem mérito, a grande maioria dos casos que são meritórios não dá origem a processos, e as indenizações são muitas vezes concedidas havendo poucas evidências de um descumprimento do padrão de conduta médico. Tal resultado é dificilmente algo que merece louvor. Resumindo, o atual método de lidar com a imperícia está fracassando em seus supostos objetivos tanto de indenizar pacientes por resultados adversos quanto de dissuadir com eficiência a negligência médica. Pelo lado bom, há bastante dinheiro disponível para financiar uma tática melhor, com os seguros contra processos por imperícia que os médicos e hospitais são obrigados a pagar. Hoje em dia, muito pouco desse dinheiro acaba nas mãos dos pacientes, e aqueles que recebem algum, com frequência não o recebem-antes de uma longa e amarga batalha. Precisamos de um sistema que pegue o dinheiro e o dê sem atrasos aos pacientes prejudicados, enquanto, ao mesmo tempo, investigue abertamente a causa dos danos, para assegurar que o mesmo não aconteça com outro paciente. Existem muitas sugestões para um sistema assim, desde um tipo de "*no-fault insurance*" (no qual a companhia de seguros cobre os danos sofridos pelo paciente independentemente da atribuição de culpa), passando por algo semelhante à lei de acidentes de trabalho, até métodos de arbitragem/mediação. A hora para uma abordagem alternativa é agora.

1. Zuger, A. 2004. "Dissatisfaction with Medical Practice." *NEJM* 350:69-75.
2. "A Physician Charter." 2005. American Board of Internal Medicine Foundation, American College of Physicians Foundation, European Federation of Internal Medicine.

LEITURAS COMPLEMENTARES

Brennan, T.A. 2002. "Luxury Primary Care — Market Innovation or Threat to Access." *NEJM* 346: 1165-68.

Brennan et al. 1991. "Incidence of Adverse Events and Negligence in Hospitalized Patients: Results of Harvard Medical Practice Study." *NEJM* 324:370-76.

Brennan et al. 1996. "Relation Between Negligent Adverse Events and the Outcomes of Medical Malpractice Litigation." *NEJM* 335: 1963-67.

Kassirer, J. P. 1998. "Doctor Discontent." *NEJM 348:1543-45.*

Melo et al. 2003. "'The New Medical Malpractice Crisis." *NEJM* 348:2281-84.

Studdert et al. 2004. "Medical Malpractice" *NEJM 350:283-92.*

Zipkin, A. '"The Concierge Doctor Is Available (At a Price)." NYT. 31 de julho, 2005.

Este livro foi composto na tipologia Adobe Garamond Pro,
em corpo 11,5/15,7, e impresso em papel off-white
no Sistema Cameron da Divisão Gráfica
da Distribuidora Record.